박태순 중단편 소설전집 3

외촌동 사람들

책임 편집·해설 오창은

일러두기

1. 『박태순 중단편 소설전집』은 박태순의 작품 세계를 집성해 널리 알리고 그 문학사적 의미를 새롭게 조명하려는 목적으로 기획되었다.
2. 수록 작품의 순서는 발표 시기 순에 따랐으며, 최초 게재지를 작품의 마지막에 밝혀 적었다.
3. 맞춤법, 띄어쓰기, 외래어 표기 등은 현행 한글 맞춤법과 외래어 표기법에 따라 수정했다.
4. 한글 표기를 원칙으로 삼았으며, 필요한 경우 괄호 안에 한자를 병기했다.
5. 간접 인용과 강조는 ' ', 직접 인용과 대화는 " ", 단편소설은 「 」, 장편소설은 『 』, 잡지는 《 》, 영화 등과 같은 작품은 〈 〉으로 표기했다.
6. 시 구절, 노래 가사 등의 직접 인용은 들여쓰기로 표기하였으며, 등장인물의 편지글이나 낙서 등은 이탤릭체로 표기하였다.
7. 이제는 사용하지 않아 의미가 불명확한 단어는 각주를 붙여서 설명하였다.

외촌동 사람들

『박태순 중단편 소설전집』을 펴내며

소설가 박태순이 타계한 것은 2019년 8월 30일이었다. 그때 영안실에서 조촐한 추도식을 연 우리 후학들은 고인의 문학 세계를 제대로 정리해 널리 알리는 일의 중요성에 대해 쉽게 의견을 모았다. 그로부터 5년, 우리는 이제 박태순 문학 전집의 첫 번째 성과물로 『박태순 중단편 소설전집』을 세상에 내보일 수 있게 되었다. 스스로 자랑스럽게 생각한다.

주지하듯, 박태순은 소설 이외에도 특히 국토 기행과 현장 르포 같은 산문, 역사 인물 평전, 제3세계 문학 번역 등 다방면에 걸쳐 활발하게 집필 활동을 했다. 엄혹한 시기 무소불위의 전제와 폭압에 맞서 자유실천문인협의회(현 한국작가회의)의 창립도 주도했는데, 그 과정을 꼼꼼히 기록하고 정리해 하나의 문학적 유산이 되게 한 것도 오롯이 그의 몫이었다.

소설로 국한하더라도 박태순은 한국 현대문학사에 자못 의미 있는 발자취를 남겼다. 무엇보다 그의 소설은 시대와의 고투 없이 쓰인 작품이 없으니, 중단편의 경우, 예컨대 「무너진 극장」에서 「외촌동 연작」으로, 거기서 다시 「3·1절」과 「밤길의 사람들」로 나아가는 계보가 이를 여실히 증명한다. 월남민의 자식으로 그는 도시 빈민의 삶을 묘사하는 데 자신의 생 체험을 유감없이 발휘했으며, 경제 개발 과정에서 소외되거나 심지어 추방된 또 다른 빈민들의 집단적 형성 과정에도 집요하리만큼 큰 관심을 기울였다. 또한 그는 소설을 쓰되 마치 성실한 사관처럼 당대를 생생히 기록하는 것은 물론, 한 걸음 나아가 시대를 관통하는 정신의 실체를 찾아내기 위해서도 부단히 노력했다. 이는 1960년 대학에 입학하자마자 독재정권의 흉탄에 벗을 잃은 자의 순결한 부채 의식에서 비롯했으되, 1970년 전태일의 죽음, 1980년 광주 오월에 대한 부채 의식과도 무관하지 않을 것이다. 당대의 총체적인 현실은 늘 그의 소설의 기점이자 마땅히 가 닿아야 할 과녁이었다.

따라서 그는 소설을 쓰되 골방에서 저만의 우주를 구축하는 데에는 관심이 없었다. 그의 소설은 곧 이야기였는데, 고맙게도 장삼이사 필부필부의 이야기는 사방 천지에 널려 있었다. 그는 발품을 팔아 가며 그런 이야기를 듣는 데 실로 많은 시간과 노력을 기울였다. 국토와 민중에 대한 무한한 애정이 그를 추동했다.

그러나 그의 소설에 대해 이런 식의 고식적인 평가만 반복하는 것은 바람직하지 않다. 그가 동시대의 다른 어떤 작가들보다 고집스러운 측면이 많은 것은 사실이지만, 다른 한편 그는 굉장히 풍성하고도 열린 오감의 소유자였다. 문학 청년처럼 오직 사전에만 남아 있을 낱말들을 수두룩 되살려낸 것도 하나의 사례일 터. 게다가 문학에 대한 그의 놀라운 열정이라니! 작품 목록을 작성하는 과정에서 우리는 등단 직후부터 가히 초인적인 힘으로 소설에 매진한 한 사람의 전업 작가를 목격할 수 있었다.

이번 『박태순 중단편 소설전집』에는 그동안 거의 언급되지 않았던 작품들도 여러 편 발굴해 실을 수 있었다. 그의 문학에 대한 이해와 평가가 한층 넓어지고 또 깊어지는 계기가 되기를 바란다.

박태순 전집 간행위원회의 얼개를 짠 이후 곧바로 박태순 전집 편집위원회를 구성했다. 소설가 김남일과 시인 이승철, 그리고 부지런히 그의 작품을 읽어 온 후학들로 김영찬, 김우영, 박윤영, 백지연, 서은주, 오창은, 이수형이 위원으로 참여했다. 이후에도 많은 이들이 힘을 보탰고 짐을 나누었다. 이 자리를 빌려 고인의 가족에게 가장 먼저 감사의 인사를 드린다. 특히 장남 박영윤은 처음부터 끝까지 뒷바라지만을 자처해 간섭은 하지 않되 물심으로 온갖 도움을 아끼지 않았다. 어려운 출판 사정에도 불구하고 기꺼이 출판을 맡아 준 '걷는사람'의 김성규 대표의 결단, 그리고 어렵고 짜증스러웠을 편집과 제작의 실무를 맡아 준 여러 직원의 노고도 기억해야 한다. 일일이 호명해 드리진 못하지만 전집 간행에 시량의 우정을 보태 준 많은 벗과 독자들에게도 고마운 마음을 전한다. 마지막으로, 고인의 동기로 긴 세월을 함께해 온 염무웅 선생이 간행위원회 위원장을 맡아 주셨기에 이 모든 작업의 첫발을 뗄 용기를 얻었음을 밝힌다.

박태순 전집 간행위원회는 앞으로도 장편 전집과 산문 전집을 계속해서 펴낼 예정이다. 많은 관심과 격려를 부탁드린다.

2024년 12월

박태순 전집 편집위원회

차례

박태순 중단편 소설전집 3권

옥숭이의 가출

— 외촌동 사람들

옥숭이의 가출
— 외촌동 사람들

1.

외촌동(外村洞)은 천막집들과 바라크(baraque)[1)]들, 닭장 짓듯이 잇달아 지은 블록집들로 만원이 되어 있다. 사람은 조용하고 깨끗하게 살아가지 못하게 마련이고 지저분하고 추잡하게 살아가도록 되어 있다면, 바로 외촌동 사람들이 그렇다. 얼마 전에 이 동네에서는 묘한 사내와 여자가 결혼을 했다. 사내의 나이는 마흔여섯 살이고 여자는 서른네 살인데, 가까운 동네 사람 대여섯 명이 막걸리 대접을 받았다. 바로 안갑종 씨와 평산댁의 결혼이었는데, 안갑종 씨는 이미 여섯 번이나 결혼을 해 본 위인이며 슬하에 다섯 명의 어린 것들이 달려 있다. 평산댁은 어떤 교수댁의 식모로 있다가 피치 못할 사정으로 도망을 쳐 온 여자인데, 시골 고향에는 버젓이 남편이 살아 있고, 어린애도 그 시골에 남아 있다. 동네 사람들은 이런 모든 사정을 알면서 그들을 비난하지 않았다. 도리어 천생배필이니 무어니 하면서 두 사람의 장래를 축하해 주었는데, 그중에서도 두 사람의 인연을 맺어준 오씨댁이 제일 기뻐했다.

1) 판잣집. 가건물. 허름하게 임시로 지은 작은 집.

오씨댁은 마흔세 살이지만 뼈대가 굵고 키가 훌쩍 커서 사내같이 걸걸한 데가 있는 여자였다. 오씨댁은 이날 막걸리를 열심히 들이켰고, 나중에는 〈수심가〉도 한 곡조 뽑았다. 안갑종 씨와 평산댁의 연분이야말로 전생에 맺어진 것에 틀림없다고 말하였다. 그 말을 들으면서 동네 사람들은 연방 고개를 주억거리곤 하였다. 모두들 오씨댁의 얘기를 일리 있게 들었던 것이다.

오씨댁은 세 명의 어린것들을 데리고 외촌동에서 살고 있었다. 남편이 있기는 있었는데, 술 마시고 들어와서는 마누라 두들겨대는 것만을 능사로 삼더니 젊은 년과 배가 맞아서 뛰쳐나가 버리고 말았다. 그때로부터 오씨댁은 어린것들을 키워내며 닥치는 대로 살아가고 있었다. 짐승보다 못한 남편을 생각할 적마다 오씨댁은 치를 떨었다. 어느 때이던가 남편이 거지 몰골을 해 가지고 찾아와서는 내가 잘못했수 라고 빌었을 적에도 받자를 하지 않았다. 오씨댁은 혼자서 살아내는 게 성질 고약한 남편과 함께 사는 것보다 낫다고 생각하였다. 커 오는 자식들을 공부시킬 여유가 없다는 것이 한이었으나, 사람은 다 제 복을 갖고 태어난다는 말이 사실이라면 그것도 하는 수 없는 일이었다. 오씨댁은 일주일 중 하루 이틀은 주간지를 거리에 내다 놓고 팔았다. 형편에 따라서는 버스표 같은 것을 파는 적도 있었다. 오씨댁이 해 보지 않은 장사란 아마 별로 없을 것이다. 새벽같이 인천으로 가서 어물과 젓 종류를 받아다가 행상을 했던 적도 있었고, 양갈보를 한 명 알아 가지고 외래품 장사를 해 본 적도 있었다. 구멍탄 장사, 배추 장사도 해 보았으며 공동수도에서 물을 받아다가 30원씩 주고 배달해 주는 물장사도 했고, 신축 양옥을 짓는 공사판에 나가 인조 대리석을 갈아주는 노동일도 했다. 요근래에는 잘 사는 집엘 다니면서 빨래도 해주고 간장도 담가주면서 헌 옷가지나 먹을 것을 얻어왔다.

그런가 하면 이따금씩 식모를 알선해주고 소개비를 받아먹기도 하였다. 아마 8개월쯤 전의 일이 되겠지만, 오씨댁은 고향엘 잠깐 내려갔다 올라온 적이 있었다. 먼 친척 아저씨뻘이 되는 총각의 결혼식이 있어서 참례하러 간 길이었지만, 마침 어떤 사모님으로부터 식모를 구해달라는 부탁을 들었기에 참한 여자를 물색하러 내려간 길이기도 했다. 오씨댁은 대략 1년 만에 고향엘 내려간 셈이 되었다. 결혼식은 인근 도시에서 그곳 교육감을 주례로 모시고 신식으로 행해졌으며, 일가친척들은 버스를 전세 내어 타고 신랑집으로 갔다. 거기에서 폐백이 있은 뒤에 한바탕 잔치판이 벌어졌다. 오랜만에 귀향한 길이어서 오씨댁은 잘 얻어먹었고, 일가친척들을 찾아다니며 문안을 올렸다. 변했다고는 하지만 시골은 역시 시골이어서 한 며칠 쉬는 기분으로 잘 지냈다. 그러다가 서울의 일이 궁금하여 기차를 타고 상경할 채비를 하였다. 어떤 사모님으로부터 부탁받은 식모 소개는 마침 적당한 처녀 애가 없어서 포기하는 수밖에 없었다. 오씨댁은 새벽 조반을 든든히 먹은 뒤에 아침 일곱 시 첫차를 탈 요량으로 정류장으로 나갔다. 조그만 시골역이라 대합실에는 예닐곱 명의 손님밖에는 없었다. 기차표를 끊은 뒤에 오씨댁은 백조 담배를 한 대 물고 바깥으로 나와서 있었다. 그러다가 오씨댁은 평산댁을 만나게 되었던 것이다.

그날 아침에 평산댁은 현금 이백삼십 원을 가지고 도망질을 쳤다. 평산댁의 남편은 지랄 증세가 있어서 술만 한 잔 들어가면 눈알이 뒤집혀 사람을 죽이려고 덤벼들곤 하였다. 평산댁은 두 명의 어린것들 때문에 꾹 참고 견디었으나, 며칠 전부터는 화냥질을 했다는 둥 생트집을 잡아 때려죽이려고 하므로 도저히 참을 수가 없게 되어 있었다. 남편으로 말할 것 같으면 본심이 나쁜 사람은 아니고 술이 화근인 데다가 누명을 써 가지고 실직자가 되어 버린 탓으로 그렇게 되었는데, 평산댁으로서는 이제 맞아 죽는 일밖에는 남아 있는 게 없을 것처럼 보였다. 그래서 한밤중에 일어나 눈물을 쏟으며 발걸음을 옮겨 정거장까지 나오게 된 길이었다.

오씨댁이 보자니까 나이는 많이 들었어야 서른대여섯 살 안팎이 되겠고, 머리 맵시라든가, 입성 걸친 것을 본즉 산간벽지에 파묻혀 지내는 게 틀림없을 듯한 새색시인데, 정신없이 허겁지겁 대합실 안으로 들어가는 것이었다. 기차를 탈만 한 사람 같지는 않고 그럴 만한 행장을 갖고 있지도 않았다. 그거 참 별 이상한 여자도 다 보겠다고 생각하면서 오씨댁은 태우고 있던 담배를 계속 빨아당겼다. 그 여자, 즉 평산댁은 대합실 안으로 들어갔다가 나오더니 바로 오씨댁 앞으로 다가왔다. 평산댁은 더듬거리는 목소리로 묻기를, 자기는 일이 있어서 서울을 올라가려고 하는데, 기차는 처음 타는 관계로 잘 모르겠으니 어떻게 하면 서울을 갈 수 있는지 좀 가르쳐달라고 하였다. 그래서 오씨댁은 대답하기를 서울에야 표를 끊어서 기차를 타고 가면 되는 게 아니겠는가 하고 말했다. 그야 그렇겠지만, 하고 평산댁은 말끝을 흐리면서, 자기 수중에는 이백삼십 원이 있는데 이걸로 기차표를 좀 끊어줄 수 없겠느냐고 부탁을 했다. 평산댁은 허리춤에서 돈을 끄집어내 가지고 오씨댁에게 내어주려고 했다. 오씨댁은 그 돈을 받은 대신에 평산댁을 찬찬히 바라보았는데, 왜 그러냐 하면 이백삼십 원을 가지고는 기차표 값이 모자라기 때문이었다. 사정이 퍽 딱해 보이기는 한데, 그렇다고 처음 보는 여자에게 함부로 호의를 내보일 수도 없는 일이었다. 오씨댁은 담배 꽁초를 비벼 끈 후에 어조를 부드럽게 해 가지고, 도대체 서울에는 왜 가려고 하느냐, 이백삼십 원으로서는 기차 푯값도 안 된다고 말해주었다. 오씨댁이 이렇게 말하자 평산댁은 어쩌면 좋나, 라고 말하면서 두 눈에 눈물이 그렁그렁 고였다.

오씨댁이 지켜보고 있노라니 평산댁은 절망 낙담해 가지고 입술을 앙다물고 허공을 바라보며 서 있는 것이었다. 그러자 마침 기차가 들어올 시각이 되었다. 오씨댁이 대합실 안으로 발걸음을 옮겨놓으려고 하자 평산댁은 당황하며 매달리기 시작했다. 자기는 지랄 증세가 있는 남편이 죽이려고 하므로 도망쳐 나온 여자인데, 서울엘 가지 못할 경우에는 붙잡혀서 매 맞아 죽을 처지이다. 그러니 자기를 팔아먹어도 좋고 아무래도 좋으니 제발 서울로 좀 데려가 줄 수 없겠느냐고 하소연을 해왔다. 오씨댁은 비 오듯 눈물을 쏟고 있는 이 여자를 찬찬히 바라보았다. 오씨댁은 이 여자의 사정이 여간 딱한 것이 아님을 알 수 있었다. 남편 때문에 쓰라린 경험도 갖고 있는 오씨댁은 이 여자의 처지가 어쩐지 남의 일 같지만은 않아서 동정심이 끓어올랐다. 조금 뒤에 오씨댁은 이 여자를 도와줄 마음을 먹었다. 생각해 보니 사모님 댁의 식모로 소개해 줄 수도 있는 일이고, 설사 그 일이 여의치 않다면 자기와 함께 막일을 하며 지낼 수도 있을 것이었다. 그래서 오씨댁은 이 여자를 서울로 데리고 가기로 작정했다. 기차표를 끊은 뒤에 오씨댁은 말하기를 내가 당신을 서울까지 데려다주겠다, 보아하니 당신은 순박한 시골 여자 같은데, 정신 차리고 사노라면 다 풀릴 길이 있을 것이다 라고 위로해 주었다. 두 여자는 정거장을 벗어나서 마침 도착한 기차에 올라탔다. 평산댁은 낯선 기차 여행과 승객들 때문에 얼떨떨해진 것 같았다. 오씨댁에게 고맙다는 인사말도 할 줄을 모르고 있었다. 그러자 기차가 출발하자 평산댁은 갑자기 두려움도 치밀고, 안심도 되고, 그런가 하면 집에 두고 온 자식들 생각이 나는지 비 오듯 눈물을 쏟기 시작했다. 오씨댁은 이 여자의 착잡한 심정을 이해할 수 있었기 때문에 그러는 양을 그냥 바라보고만 있었다. 이윽고 기차가 퍽 멀리 달려왔을 때에 평산댁은 어느 정도 진정이 되어있었다. 자기는 지랄 증세가 있는 남편한테 매 맞아 죽기로 되어 있는 여자이므로, 당신이 서울을 데려다주는 조건으로 어떤 곳에다 팔아먹는다 한들 달게 받겠노라고 말하는 것이었다.

오씨댁은 그런데 평산댁을 팔아먹었다기보다는 먼저부터 말이 있었던 어떤 대학교 교수 집에 소개를 해 주었다. 소개비는 약간 받았지만 그것으로 팔아먹었다고 볼 수는 없는 노릇이었다. 그 교수는 작은 키에 똥똥한 체구를 가졌고, 집안 식구들에게 버럭버럭 화를 잘 내었고, 수틀리면 아무 물건이나 집어던지기를 잘 해서 그 집안사람들은 하나 같이 쩔쩔맸다. 여자관계도 복잡해서 배다른 자식이 네 명이나 있었고, 지금 결혼해서 사는 여자는 스물아홉 살밖에는 안 되는, 좀 사치스럽고 나돌아다니기를 좋아하는 여자였다. 그 집에는 10년 전부터 데리고 살았던 정은이라는 식모 애가 있었는데 바람이 나서 물건을 훔쳐 가지고 도망을 가 버렸다. 직업소개소에서 몇 명 왔다가는 도둑질을 해서 달아나 버린 일이 몇 번 있은 뒤에 평산댁이 들어가게 된 것이었다. 평산댁은 지랄 증세가 있는 남편에게 얻어맞지 않고 지내게 되었으므로 오직 그것만을 하느님에게 감사하고 있었다. 평산댁은 그러는 한편 새로운 걱정거리에 싸여 지내기도 하였다. 미친 남편이기는 하지만, 평산댁이 없이는 하루도 견뎌내지를 못하는 그 남자의 성미이기도 하였다. 틀림없이 평산댁을 찾아 나섰을 것이었다. 행상을 하든, 도둑질을 하든 혈안이 되어 평산댁을 수색하고 있을 것이었다. 그래서 평산댁은 대문 바깥에 나가기를 꺼려 했다. 교수댁 식구들은 비웃어 마지않았지만, 시장은 물론이려니와 담배 심부름이나 쓰레기 청소하러 나가는 일조차도 평산댁은 마다하였다.

"네 년이 지옥엘 가면 나도 지옥엘 가서 붙잡아올 것이고, 네 년이 미국엘 가면 나도 미국엘 가서 붙잡아올 것이다."

미친 남편은 평소에도 늘 이러한 말을 하곤 했었다. 아마 지금쯤 서울 시내 골목골목을 뒤집고 다닐지도 알 수 없는 노릇이었다. 신식 교육을 받은 교수 부인은 평산댁을 안심시키려 했으나 효과가 없었다. 서울이 얼마나 넓은 줄 알기나 하느냐, 무슨 수로 찾아내겠느냐? 교수 부인이 말하면, 평산댁은 고개를 설레설레 흔들었다. 미친 남편하고는 전생에 원수를 진 바 있어서 틀림없이 붙잡히게 될 것이며, 그러면 당장에 매 맞아 죽게 될 것이라고 공포에 어린 눈으로 말하는 것이었다. 평산댁은 늘 독약을 가슴에 품고 다녔다. 남편에게 발각되면 그 자리에서 죽어 버리기 위해서였다.

평산댁의 또 하나의 고민은 집에 두고 온 두 명의 어린 자식 때문에 일어났다. 누가 어린것들의 뒤치다꺼리를 해줄 것인가? 지랄병 환자가 어린애들을 보살펴줄 리 만무했다. 벌써 굶어 죽었는지도 모를 일이었다. 그렇지 않다면 어디 고아원 같은 데에 처넣어졌거나 제 어미를 찾는다고 객지로 나와 거러지로 떠돌아다니고 있을는지도 알 수 없었다. 그래서 평산댁은 하루 한시도 마음 편할 날이 없이 수심에 잠겨 지냈다.

어느 날 오씨댁이 평산댁을 보러 찾아왔다. 평산댁은 마치 친정 어머니라도 만난 것처럼 반가워했다. 두 여자는 서로 안부를 묻고 허물없이 통사정 얘기를 꺼내게 되었다.

무슨 불편한 일은 없느냐, 교수는 화를 잘 내는 성미이고, 교수 부인은 신식 교육만 받아서 쌀쌀맞은 데가 있겠지만 꾹 참고 지내라고 오씨댁은 말하였다. 그러자 평산댁이 평소부터 얘기하기를 벼르던 자식 얘기를 드디어 끄집어냈다. 평산댁은 자기도 모르는 새에 눈물을 쏟으면서 하소연했다. 집에 두고 온 어린것들이 보고 싶어서 환장하겠다, 나야 미친 남편한테 매 맞아 죽을 몸이지만 어린것들에게 무슨 죄가 있겠는가? 죽을 때에는 죽더라도 자식 애들을 한 번 보고 죽어야겠다, 평산댁은 지랄 증세가 있는 남편으로부터 다만 한 명의 어린것이라도 빼 왔으면 여한이 없겠다고 구구히 사정을 하였다. 동정심이 많은 오씨댁은 평산댁의 처지가 너무 가긍해서 같이 눈물을 흘렸다.

“정 그렇다면 내가 사모님께 얘기를 해 보겠수.” 하고 오씨댁은 말하였다. 그 여자는 평산댁의 심정, 고통을 교수 부인에게 전달하였다. 식모 구하기 어려운 세상에 평산댁같은 여자가 어디 쉽겠는가. 그러니 인정을 베풀어 어린것을 한 명 데려오게 하면 평산댁이 그 은혜를 못 잊어할 것이라고 오씨댁은 말하였다. 교수 부인은 냉담하게 따져보더니, 사정이 정 그렇다면 그 어린애를 데리고 와도 좋다고 말하였다. 다만 교수님께서는 어린애들을 싫어하므로 울거나 보채거나 하면 당장 내려보내야 할 것이라는 말을 잊지 않았다. 평산댁은 교수 부인에게 백 배 감사를 드린 뒤에, 시골에 있는 어린것을 데리고 올 방안을 강구하였다. 마음 같다면야 당장 시골로 내려가서 데려왔으면 좋겠지만, 지랄병 환자가 그 눈치를 채지 못할리 없었다. 그래서 편지를 쓰기로 했다. 평산댁의 친정 오라버니에게 등기우편으로 은밀히 띄우는 편지였다. 어떤 일이 있어도 지랄병 환자가 이 편지를 보게 되는 일이 생겨서는 안 된다, 지랄병 환자 모르게 비밀을 지켜주어야 하되, 아무 날 몇 시에 어린것을 데리고 정거장으로 나와라, 그러면 서울에서 사람이 내려가 그 어린것을 끌어올리겠다……, 대략 그러한 내용의 편지였다. 답장을 받자면 이 주소를 대야겠는데, 의논한 끝에 오씨댁이 살고 있는 외촌동 주소를 써넣었다.

편지를 부치고 나서 평산댁은 희망과 불안으로 초조하게 답장이 오기를 기다리고 있었다. 그러자 한 일주일쯤 되었을까 할 때에 평산댁은 뜻밖의 소식을 듣게 되었다. 지랄 증세가 있다는 평산댁의 남편이 오씨댁에 나타났다는 것이었다. 마침 오씨댁은 출타 중이었는데, 그 남자는 쓰레기통 뒤에 몸을 숨겨 가지고 동정을 살피고 있었다. 오씨댁이 나타나자 그 남자는 쓰레기통 뒤로부터 몸을 일으켜 세우더니, "미안합니다, 미안합니다."라고 말하였는데, 이미 술냄새를 풍기고 있었다. 오씨댁은 한편 놀라고 다른 한편 야단났다는 생각이 들어서 잔뜩 긴장했다. 도대체 당신은 누구이길래 쓰레기통 뒤에 숨어서 남의 집 동정을 살피느냐, 썩 물러가지 않으면 경찰을 부르겠다고 오씨댁은 호통을 쳤다. 그러자 그 남자는 화를 내려고 하다가 생각을 고쳐먹었는지 벌쭉벌쭉 웃었다. 자기로 말할 것 같으면 평산댁의 남편 되는 사람으로서, 편지를 받고 달려오는 길이며, 서울은 초행이라고 말하였다. 방으로 들어온 뒤에 그 남자는 사정하는 어조로 말하기 시작했다. 이 세상에 자기처럼 나쁜 인간은 없을 것이다. 자기는 선량하고 순박한 마누라를 줄곧 두들겨 팼다. 그러니 마누라가 도망가는 것도 당연하다. 자기는 깊이깊이 참회했다. 하도 참회를 하다 보니 세상을 살아볼 면목이 없어서 자살해 버릴 결심까지 먹었으나, 다섯 살 일곱 살짜리 두 명의 어린것들이 불쌍해서 그만두었다. 그러니 제발 마누라가 어디 있는지 가르쳐달라. 자기는 두 손이 발이 되도록 빌기 위하여 서울로 올라왔다. 빌어도 빌어도 마누라가 용서를 해주지 않는다면, 그때에는 하는 수 없지 않은가? 자기 혼자서 내려가겠다…….

지랄 증세가 있다는 그 남자는 지랄 증세는커녕 더할 수 없이 싹싹하고 사리에 맞는 말을 했다.

오씨댁은 그러나 처음부터 끝까지 잡아뗐다. 평산댁을 우연히 만나서 서울까지 동행했던 것은 사실이다. 어느 교수댁에 식모로 소개해준 것도 사실이다. 그러나 두어 달 전에 평산댁은 온다간다 말 한마디 없이 사라져 버렸다. 당신의 사정을 들어보니 평산댁의 거처를 알려주고 싶은 생각이 들지만, 어디로 갔는지 정말 모르고 있다. 아마 한강 물에 뛰어들어 풍덩 자살이나 해버린 게 아닌지 모르겠다.

오씨댁은 이런 식으로 둘러댔다. 미친 증세가 있다는 그 남자는 "너무 하시네요. 정말 너무 하시네요." 하면서 오씨댁을 쏘아보았다.

"너무 하긴 무얼 너무 해요? 잔말 말고 고향으로 돌아가세요."

"정말 이러기십니까? 내가 물러설 줄 압니까?"

"원 별 소릴 다 듣겠네? 생판 낯도 모르는 남의 집에 와서 큰소리는 웬 놈의 큰소리람." 하고 오씨댁이 바락바락 고함을 질렀다.

"좋소, 두고 보시오."

이러더니 그 남자는 휭하니 바깥으로 나가 버리더니 이윽고 어딘가로 사라지고 말았다. 오씨댁은 여간 흥분되지 않았는데, 딸애를 시켜 교수 댁에게 이 소식을 알렸다.

지랄병 환자가 서울에 나타났다는 소리를 듣자 이번에는 평산댁의 얼굴이 하얗게 변했다. 그 여자는 말도 못 하고, 풍증에 걸린 것처럼 전신을 떨어대고만 있었다. 그러자 원래부터 신경 증세가 있는 교수 부인은 평산댁을 데리고 있기가 싫어졌다. 교수 부인은 현대 교양을 갖춘 도시인이었으므로, 평산댁이나 그 미친 남편의 해괴한 숨바꼭질을 이해하고 싶지도 않았다. 오씨댁이 나타나면 몇 마디 책망의 말을 던진 뒤에 평산댁의 꼬라지를 보고 싶지 않으니 데리고 나가라고 말할 작정이었다. 그날 밤 오씨댁이 허겁지겁 찾아들었다. 지랄증 환자는 쓰레기통 뒤에 숨어 가지고 형사처럼 자기 집을 감시하고 있으니 이 일을 어찌하면 좋을지 모르겠다고 걱정을 했다. 교수 부인은 시끄럽다고 고함을 한 번 지른 뒤에 오씨댁을 따로 불러세웠다.

"이러다간 우리 집이 수라장이 될지 모르겠어요. 교수님께서는 시끄러운 걸 참지 못해요. 더욱이 지금 국가의 돈을 받아서 연구에 몰두하고 계시는데, 시끄러워지면 곤란해요. 두말할 것 없이 평산댁을 데리고 나가 주세요. 지금 당장 나가요." 교수 부인은 신경질을 간신히 참으면서 말했다.

사건은 복잡하게 얽혀 들어가 이번에는 오씨댁조차 불평을 늘어놓았다. 사람이란 어느 때를 막론하고 선심을 쓸 것이 아니다. 그때 정거장에서 당신을 서울로 데리고 오지 않았던들 이렇게 골치를 썩힐 일은 생기지 않았을 것이다.

평산댁은 아직도 꼼짝달싹하지 못한 채 그저 와들와들 떨고만 있었다. 교수 부인은 어서 나가라고 성화였고, 오씨댁은 화가 풀리지 않아서 연신 백조 담배만을 빨아당기고 있었다. 조금 뒤에 평산댁은 보따리를 꾸릴 준비를 하였다. 그러다가 평산댁은 방바닥에 주저앉아서 깊이깊이 무슨 생각인가를 하고 있었다. 오씨댁이 잠깐 변소엘 갔다 와 봤더니 평산댁의 거동이 이상했다. 평산댁은 비장(備藏)해 갖고 다니던 독약을 먹으려고 했던 것이다.

여러분에게 폐를 끼친 것을 죄송하게 생각한다. 자기는 전생에 죄가 많아서 도저히 이 세상을 살 자격이 없다.

주위에 늘어섰던 사람들은 혼비백산이 되어 그 독약을 간신히 빼앗을 수 있었다. 교수 부인은 몹시 흥분되어 있었다. 사람의 은공을 이런 식으로 갚을 수 있는가. 그동안 먹여주고 잠재워준 것은 누구인데 어느 집을 망신시키려고 이러느냐. 누구더러 송장을 치우게 할 작정인가? 시골 무지렁이들은 하는 수 없다. 죽든 살든 좋으니 제발 나가 달라, 교수 부인은 극도로 분개한 나머지 진정제를 세 알이나 먹지 않을 수 없을 지경이었다.

그러자 그때 오씨댁의 아들이 허겁지겁 달려들었다. 얘기를 들어보니 지랄증 환자가 이쪽 집을 알았다는 것이었다. 지랄증 환자는 칼을 가지고 오씨댁의 아들에게 달려들었다.

"이눔의 새끼야, 우리 마누라가 어느 집에 가 있는지 알려라. 그렇지 않으면 죽여버리고 말 테다. 나는 제정신이 아니니 설사 교도소에 가서 사형을 당한다 해도 아무렇지도 않다. 이눔의 새끼야."

그 사내의 말하는 태도를 보니 과연 미친 증세가 있다는 것을 알 만하고, 정말로 칼을 가지고 찔러죽일 것 같기에 장 교수 댁에 가 있을 거라고 알려주었다는 것이었다. 장 교수 댁이 어딘지는 모르지만 전화번호 책을 찾아보면 그 주소를 알 수 있을 거라고 말한 뒤에, 이내 이 집으로 달려왔다는 것이었다.

교수 부인은 오래 살다 보니 별일 다 겪는다면서 교수가 귀가하기 전에 나가지 않는다면 경찰을 부르겠다고 호통을 쳤다. 교수의 아들도 합세해 가지고 어서 나가라, 당신 같은 인간들은 고생해도 싸다고 욕을 하였다. 오씨댁의 아들은 아들 대로 어서 나가지 않으면 큰일이다. 지금이라도 당장 지랄증 환자가 들이닥칠지 모른다면서 안절부절못했다.

오씨댁은 자기가 무슨 죄로 이런 깍두기판에 뛰어들었는지 모르겠다고 들어주는 사람 없는 푸념을 늘어놓았다. 이윽고 교수가 돌아왔다. 사정을 들은 교수는 울화증이 터져서 버럭버럭 고함을 질렀다. 우리 집을 무슨 도떼기시장으로 아느냐, 모두들 썩 꺼져버려라, 교수는 닥치는 대로 물건을 집어 던질 태세를 하였다. 교수, 교수 부인, 그 아들이 합세해 가지고 평산댁과 오씨댁 모자를 바깥으로 밀어냈다.

언제 어느 순간에 미친 남편이 달려들지 모르므로 평산댁은 실성한 사람 가까이 되어있었다. 오씨댁은 어쩔 줄을 모르고 서 있기만 하였는데, 아들이 거리로 뛰쳐나가더니 용케도 택시를 한 대 붙잡아 가지고 왔다. 그리하여 세 사람은 부랴부랴 택시에 올라탔다.

"어디로 가십니까?" 운전사가 물어왔다.

"어디로 가느냐구? 글쎄, 어디로 가야 한담." 하고 오씨댁이 대답을 못 하고 쩔쩔맸다.

"아주머니는 고향으로 내려가셔야 해요. 지랄 증세가 있다해도 아주머니는 남편과 사셔야 합니다." 하고 오씨댁의 아들이 말했다.

"이눔아, 네가 무얼 안다고 참견이야?"

"어디로 가십니까?" 운전사가 다시 물었다.

"하여튼 우리 집으로나 가야지. 외촌동으로 갑시다."

오씨댁은 이렇게 말하다가, 문득 떠오르는 생각이 있었다. '암, 그렇구 말구, 과부 사정이야 홀아비가 알구 말구, 고통을 겪어본 사람이라야 고통을 알 것이고, 결혼 생활에 쓴맛을 본 사람이라야 결혼이라는 걸 알지.' 오씨댁은 무릎을 쳤다. 같은 외촌동에서 살고 있는 안갑종 씨의 생각이 난 것이었다. 안갑종 씨는 이 세상에서 가장 못난 여자가 있다면 바로 그 여자를 소개해 달라고 부탁했던 적이 있었다. '안갑종 씨라면, 세상 사람들이 이해하지 못하는 것을 이해할 능력이 있을지 모른다…….' 오씨댁은 이렇게 생각하였다.

2.

안갑종 씨는 일곱 번이나 결혼을 한 사람이었다. 그의 고향은 함경도 경흥인데 전쟁만 없었더라면 그렇게 많이 결혼하는 일도 생기지 않았을 것이었다. 유엔군이 함경도까지 짓쳐왔을 때, 아니 그보다도 중공군의 참전으로 후퇴를 시작했을 때, 그는 단신으로 월남했다. 고향에는 열다섯 때 중매 결혼했던 첫 번째 부인과 두 명의 자식이 남아 있었다.

그 뒤로 반도를 이리저리 방황하며 별의별 우여곡절을 다 겪게 되었다. 피난지 부산에서는 부두 노동자 노릇을 했고, 거지 비슷하게 떠돌아다녔고, 그러다가 길거리에서 검색되어 군에 들어가서는 실전에 참가하여 악바리 하사로 용맹을 떨쳤고, 포로로 잡혔다가 용감하게 탈출하는 등 무용담이 한두 가지가 아니며 훈장도 여러 개를 탔다. 제대한 뒤에는 대구로 내려가서 양키 시장을 발판으로 하여 장사를 시작했다. 미제 물건 장사는 경찰들에게 빼앗기지만 않는다면 그럭저럭 해볼만 한 장사였다. 한때는 돈깨나 쓰며 돌아다녔고, 미군 부대를 터는 데에 한 몫 끼어들었던 적도 있었다. 통일이 되면 문제는 다르지만 객지에서 혼자 지내자니 애로가 많았다. 마침 중매쟁이도 나서고 해서 여자를 맞아들이기로 했다. 그 여자는 이름이 조순분이며, 나이는 스물두 살이고 결혼한 지 두 달 만에 생과부가 되었다는 보은 태생의 여자인데, 대구에 내려와서는 인쇄소 여공으로 일하고 있었다. 안 씨는 조순분과 백년해로를 맹세하고 가까운 친지들을 불러모아 설렁탕집에서 간단히 주연을 베푼 뒤에 동거 생활로 들어갔다. 말하자면 이것이 그의 두 번째 결혼이었다.

조순분은 말이 없고 수굿수굿 일을 잘하며 남편을 항상 어려워하는 참한 성격의 여자였다. 안 씨는 참 좋은 여자를 얻었다고 만족했으며, 1년쯤 뒤에 환도가 있었을 때 이슥고 서울로 올라왔다. 남대문시장에 노점 좌판을 하나 마련하여 아동복을 펼쳐놓았다.

안 씨는 재봉침을 두 대 사서 자기가 직접 제품을 만들어냈고, 부인인 조순분은 장바닥 노점에서 그걸 팔았다. 장사는 착실히 되어가서 재봉침은 곧 네 대로 불었고, 여직공과 남자 점원을 한 명 부리게끔 되었다. 조순분은 자식을 연년생으로 생산해내 벌써 세 명의 어린것이 딸리게 되었는데, 세 번째 놈이 아들이었고, 그때에는 아들을 본 것이 기뻐서 가까운 친지들에게 단단히 한턱을 냈다. 얼마 더 시간이 지나자 노점장사를 청산하게 되었다. 옥호를 '통일나사점'이라고 붙이고, 성인의류에서부터 여자용 내의와 아동복에 이르기까지 빡빡하게 진열해놓고 손님을 끌었다. 음력 설 대목과 추석 대목을 노리면 밥을 굶지 않으리라는 보장이 섰다. 시내 만리동에다가 그때 돈으로 백삼십만 환을 주고, 대지 29평에 건평 60평짜리 조선 기와집도 하나 마련하였다. 벌써 큰딸년 옥숭이는 국민학교에 들어갔고 안 씨 슬하에는 네 명의 자식이 주렁주렁 매달려 있었다.

그리고 얼마 안 있어 다섯째 놈이 세상으로 태어나올 판인데, 그러면 반드시 가족계획을 하리라고 작정하고 있었다. 남대문시장은 바닥이 커서 장사가 제대로 돼 갔고, 어린것들은 마냥 재롱을 떨었고, 부인은 얌전하고 착실하여 안 씨는 비로소 사람답게 살아보는 것 같았다. 그래서 술 한잔 취하면 이북에서 고생하고 있을 전처와 자식들 생각도 나고, 이런저런 외로움이 현재의 위치에 빗대어 회상되기도 하였다. 그리고 인형처럼 예쁜 젊은 계집에게 전세방을 들게 해주어 첩 살림을 시켜보기도 했으나 얼마 안 있어 개과천선하여 그 생활을 청산했는데, 안 씨는 원래 가정적인 사람이고 착실한 성격이어서 바람을 피우는 난봉꾼은 아니었다.

4·19 학생 혁명이 일어나던 그해에 안 씨네 집에는 좀 복잡한 변화가 일어났다. 안 씨의 부인 조순분은 다섯 번째의 자식을 만들어 냈는데 또 딸이었다. 아들을 하나쯤 더 두었으면 하는 미련과, 그만 단산을 시켜야겠다는 생각이 엇갈려 우물쭈물하는 사이에 조순분은 또 임신을 해서 3개월째로 접어들게 되었다. 그래서 여섯 번째 아이만 낳아놓으면 천하 없어도 단산 수술을 시키리라고 작정했는데 뜻하지 않은 일이 생겼다. 그만 버스와 택시가 키스를 하는 바람에 조순분이 부상을 입었다. 크게 다치지는 않았으나 뱃속의 어린것이 심한 충격으로 죽어버렸다. 산부인과 병원에 들어가 그것을 긁어내었고, 그래서 불임수술도 마저 해버렸다. 나중에 알고 보니 그곳 의사는 돌팔이 의사였다. 조순분은 빈혈증세가 있어서 수술을 할 때 여간 애를 먹었던 것이 아닌데, 그 뒤의 조섭도 엉망이었다. 나중에 안 얘기이지만 수술을 엉터리로 해서 배 속의 것을 완전히 청소하지 않은 채 내버려 두었다. 배 속에 남아있던 불순물이 거역 반응을 일으키자 환자는 피를 쏟더니 그만 기절해 버렸다. 큰소리만 땅땅 치던 의사는 입원비 일체를 뱉어 놓으면서 자기로서는 자신이 없으니 큰 병원으로 옮기라고 했다. 부랴부랴 종합병원으로 옮겨서 다시 수술을 받았다. 다행히 죽음은 면했으나 퇴원했을 적에 조순분의 몸은 극도로 쇠약해져 있었다.

그때로부터 안 씨에게는 고난의 연속이었다. 전에서부터 빚은 있었으나 부인의 치료비로 그 빚의 액수가 커졌다는 것은 어쩔 수 없다 하더라도, 점포를 담보로 하여 돈을 빌려 썼던 고리대금업자가 그렇게까지 더러운 인간일 줄은 알지 못했다. 7부 이자로 돈을 물어야 하는 것도 억울할 지경인데 기일을 제멋대로 정하더니 그 안으로 돈을 갚아내라고 성화였다. 나중에 안 일이지만 안 씨네 점포가 몫이 좋다는 것을 알고는 그것을 뺏으려는 수작이었다. 집달리가 와서 차압 소동을 일으키고 장사를 하지 못하도록 소동을 피웠다. 하지만 젊은 박가 놈한테 배신을 당하지 않았던들 그 빚을 못 갚지는 않았으리라, 그놈은 장사수완이 있기에 남보다 돈을 많이 주며 점원으로 삼았었는데, 거래처에 지불하는 현금과 재고품을 몽땅 털어 가지고 뺑소니를 쳐버렸다. 그러자 안 씨와 관계를 맺고 있던 사람들은 일제히 달려들어 악다구니를 퍼붓고 소동을 부렸다. 안 씨는 그 일 때문에 약 4개월 가량 지옥엘 다녀왔다. 법원 근처를 얼씬거리는 브로커들은 또한 도둑놈들이었다. 조순분은 쇠약해진 몸을 돌보지 않고 맹랑한 브로커들 꽁무니를 좇아 다녔다. 안 씨가 드디어 지옥으로부터 풀려나왔을 때 이번에는 조순분이 쓰러져 버렸다. 사람은 살려놓고 볼 일이기에 입원을 시켰다. 의사란 직업은 즉 경찰관과 다를 바 없었다. 다만 경찰관은 사람의 잘못을 가지고 으르렁거리는 직업이요, 의사란 사람의 병을 가지고 으르렁거리는 직업이었다. 병을 고쳐준다기보다는 병을 얼마나 교묘하게 이용하여 돈을 남겨 먹느냐 하는 것에 관심을 기울일 뿐이다. 무더기 돈이 뭉텅뭉텅 들어갔다. 기왕에 짊어지고 있는 부채려니와 입원비를 마련하느라고 만리동 집을 내놓았으며, 안 씨는 시장엘 나가서 하다못해 점원 노릇이라도 하려고 했으나 뜻대로 되지 않았다. 교도소엘 들어갔다가 나왔다는 사실을 께름칙하게 생각하여 상대를 해 주려 하지 않았다.

조순분은 입원비를 댈 수가 없어서 퇴원을 했다. 그러자 세 들어 있는 주인집에서 나가달라고 요구를 했고, 안 씨네 집안은 서울의 변두리 중에서도 상 변두리인 외촌동으로 굴러 들어갔다. 안 씨가 가 보니까 여기저기 벽돌담이 서 있고 그 벽돌담 위로 닭장을 짓듯이 지붕을 얹어 방을 만들고 구들을 만드는 공사가 진행 중에 있었다. 그렇게 하여 마련된 방을 애초에는 무상으로 지급하게 되어있었으나 이제는 그것에는 프리미엄이 붙어 몇만 원을 호가하고 있었다. 안 씨는 자작 구들을 놓고 도배지를 바르고 담장을 만들어서 이사를 하였다. 안 씨의 두 번째 부인 조순분은 외촌동으로 온 지 두 달이 못 되어 작고를 해 버렸고, 그때로부터 고난은 더욱 더 심해졌다.

간단히 장례를 치르고 나자 다섯 명의 어린것이 울음보를 터뜨리는데, 안 씨는 여간 난감하지 않았다. 남자의 힘으로 어린것들을 어떻게 키워낼 수 있을 것인지 방안이 서지 않았다. 돈이라도 많다면야 어찌어찌 견디어 보겠으나 그렇지도 않았다. 우선 식모를 두기로 했다. 안 씨는 남대문시장을 싸다니면서 좋게 말하면 물건을 흥정시켜주는 브로커이고 나쁘게 말하면 동냥지기인 그러한 생활을 시작했다. 식모는 한 달이 멀다 하고 자꾸 뛰쳐나갔다. 다섯 명의 어린것 뒤치다꺼리가 여간 고된 것이 아니기 때문이었다. 생활은 뒤죽박죽이고, 어린것들은 제대로 입지 못하고 먹지를 못해서 그 정상이 참으로 한심했다.

안 씨는 드디어 결심하고 재혼을 서둘렀다. 얼굴이 예쁘다거나 교양이 있다거나 그런 여자를 고를 생각은 애초부터 없었다. 그저 수굿수굿 일이나 잘하고 어린것들 뒤치다꺼리를 바지런히 해준다면 그 이상 바랄 것이 없었다. 결혼 상담소를 찾아가서 얘기를 했더니 30대의 과부가 한 명 나섰다. 안 씨는 그럴싸한 양복을 입고 명동 한일관에서 상대방 여자를 만났다. 그 여자는 일본에서 중학까지 다니다가 해방을 맞이했다는 그러한 여자였다. 두 사람은 산전수전 다 겪은 노련한 사람들답게 불고기 백반을 먹으면서 서로의 의사와 환경을 타진해 보았다. 상대방 여자도 또한 반드시 행복을 바라서 재혼을 하려는 것은 아닌 듯했다. 그리하여 결혼식은 생략하기로 하고, 택시를 빌려서 인천에 있는 호텔에 가서 하룻밤을 보낸 뒤에 살림을 차리기로 하였다.

이윽고 안 씨가 살고 있는 변두리 동네로 왔을 때부터 사정은 달라졌다. 여자는 안 씨가 너무도 가난한 것에 실망하는 눈치를 나타내었다. 거기에다가 올망졸망 딸린 다섯 명의 어린것들을 보고는 눈빛이 달라지며 "당신이 나를 속여도 단단히 속였군요." 하면서 대들었다. 안 씨는 할 말도 없었지만 어차피 알아두어야 할 것은 알아두어야 하겠기에 자기 실정을 속이지 않고 실토했다. 그 여자는 이틀 동안 이불을 뒤집어쓰고 드러누워 훌쩍훌쩍 눈물만 짜고 있었다. 내가 부귀 호강을 바라서 재혼하려던 것인 줄 아느냐? 그 여자는 안 씨를 불러 앉히고 말했다. 하지만 이것은 너무하다. 당신은 나를 식모데기로 아느냐, 창녀로 아느냐, 돈 한 푼 없는 주제에 어린 자식들이 다섯 명이나 매달려 있는 처지에, 그런 이야기는 한마디도 하지 않고 나를 속여 먹인 것이 아니냐……. 그러니 잔말 말고 내가 입은 정신적, 육체적 손해를 판상해 내라. 안 씨는 할 말이 없었지만, 아무 말도 안 할 수 없어서 이렇게 말했다. 당신이 실망했다면 나로서도 미안하다. 하지만 내가 고의로 당신을 속인 것은 아니다. 만약 당신이 조금만 참고 우리 가정을 지켜준다면, 나로서는 그 이상 고마운 일이 없겠고 내 평생토록 그 은혜에 보답하는 의미로 당신 마음을 편안하게 해주겠다. 안 씨는 눈물까지 흘려가며 말했지만 그 여자는 설복되지 않는 것 같았다. 온다간다 말 한마디 없이 사라져 버리고 말았다. 결과를 놓고 볼 때 안갑종 씨는 결혼 상담소 비용이다 무어다 해서 빚만 5만 원을 지게 되었다.

그러나 어린것들을 남자의 힘으로 키워내는 재간은 없었다. 식모를 두자면 비용도 비용이려니와 어린것들을 구박하기가 일쑤이고 오래 붙어 있지도 않았다. 신문을 들척거리면 많은 남자와 여자들이 혼인 광고를 내고 있으나, 안 씨에게는 마치 그럴 만한 권리가 없다는 것처럼 적합한 여자를 구하기가 힘이 들었다. 남자가 밥을 짓고 빨래를 하는 그러한 생활이 한 달 이상이나 계속되었는데, 이러다가는 도저히 안 되겠다고 결심하여 안 씨는 다시 혼처 자리를 찾아 나섰다. 이번에는 결혼 상담소에 부탁하지는 않기로 했다.

이상적인 여자를 구하겠다는 생각은 일찌감치 단념해 버렸다. 마음 착하고 신경질을 부리지 않는 여자라면 누구든지 받아들이겠다고 생각했다. 그러자 그러한 여자가 나타났다. 바로 같은 동네에 살고 있었다. 올해 나이는 서른여덟인데, 홍제동 버스 전복사건 때 남편을 잃어버린 과부였고, 두 명의 자식을 거느리고 있었다. 나이도 비슷이 맞았으며 모든 게 합당했으나 다만 두 명의 자식을 거느리고 있다는 것이 결점이었다. 하지만 중매를 섰던 최 씨 부인의 의견은 달랐다. 옛말에도 과부 사정은 홀아비가 안다는 말이 있지 않느냐. 안 씨네 자식들에게는 어머니가 필요하고 반대로 저 여자네 자식들에게는 안 씨와 같은 아버지가 필요하다. 그러니 두 집의 자식들이 한 데 모여 살면 그 얼마나 의기가 화합하겠는가? 최 씨 부인은 이렇게 말했다. 그러나 안 씨는 최 씨 부인의 말이 옳다고는 생각하지 않았다. 결정을 짓지 못하고 우울한 세월만 흘러가는데, 어린것들 등쌀에 더 이상 참을 수가 없다고 느껴지자 안 씨는 그 과부댁을 맞아들이기로 했다. 이번에는 피로연이고 무어고 그러한 형식은 모두 집어치우기로 하였다. 두 가족은 어느 날 안갑종 씨네 집에서 모였으며 그날로부터 한 살림을 하게 되었다.

"어머나, 웬 놈의 집안이 이렇게 더럽담."

과부댁은 소리를 빽빽 질렀다.

"얘 옥숭아, 냉큼 가서 걸레 좀 빨아 가지고 온."

과부댁은 괄괄한 성격이었고, 번개같이 일을 해내는 여자였다. 집안이 하루아침에 환해지는 것 같았고, 같은 시래깃국이라도 그 맛이 천양지판으로 달랐다. 이제야 모든 게 제대로 된 것 같아서 안갑종 씨는 오래간만에 흐뭇한 기분을 맛볼 수 있었다. 가장으로서의 권위도 찾았고 그리하여 홀가분한 마음으로 남대문시장에 나아가 재기해볼 마음을 먹었다. 그런데 예상은 하고 있었지만 과부댁의 자식들과 안 씨네 자식들은 서로 싸움질을 시작했다. 어린애들 세계에 있어서 과부댁의 자식들은 여당이었고 안 씨네 자식들은 야당이었다. 여당은 어머니에게 원조를 청해서 야당을 탄압했다. 야당은 아버지에게 원조를 청하면 야단만 만나게 되었고 역정만 들었다. 안갑종 씨는 특히 큰딸인 옥숭이에게 누누이 타일렀다. 그 계집애는 벌써 열다섯 살이나 되었다. 너도 우리 집 사정은 잘 알지 않느냐, 조금만 참아다오, 그러면 내가 무슨 수든지 내겠다. 옥숭이는 입술을 잘근잘근 깨물며 아버지 말을 듣고 있더니, 아버지는 어째 그 모양이냐, 자기는 열다섯 살이나 되었으니 참을 수 있으나 막냇동생이 구박받는 것을 보면 도저히 견디지 못하겠다. 먹을 것도 안 주고, 걸핏하면 일을 안 한다고 때리기가 일쑤다 라고 말했다. 안갑종 씨는 큰딸을 적당히 타이른 뒤에 과부댁에게 조용한 시간을 타서 넌지시 말했다. 당신의 고충을 모르는 것은 아니다. 당신 자식과 내 자식을 합치면 일곱 명의 올망졸망한 어린것들이 좁은 집안에 몰켜 있으니 어찌 소란스럽지 않겠는가, 하지만 어린것들은 철이 없으니 제발 계모가 어떻다는 소리를 듣지 않도록 해줄 수 없는가. 안 씨는 오해를 사지 않게끔 완고한 어조로 말했으나, 과부댁은 바락바락 화를 내기 시작했다. 내가 얼마나 참고 있는 줄 아는가, 어쩌면 그렇게 매정한 소리를 할 수 있는가, 잔말 할 것 없이 당신과는 재미없어 못 살겠으니 나가 버리겠다 이러더니 그 자리에서 보따리를 싸 가지고는 거짓말같이 가 버리고 말았다.

그리하여 네 번째의 결혼도 실패로 돌아가고 말았다. 옥숭이는 농약 공장에 다니고 있었는데, 자작 아침밥을 지었고 빨래를 했고 저녁밥을 지었다. 자기 동생을 시켜 아버지에게 편지를 전하게 했다.

'아버지가 어째서 새어머니를 자꾸 끌어들이는지 알고 있어요. 저희들 때문에 그러시는 줄 알고 있어요. 그러나 저희들은 새어머니를 원하지 않습니다. 저희들은 밥을 짓고 빨래를 하겠으니 제발 아버지는 새어머니를 모셔올 생각을 하지 마셔요.'

그 편지는 여간 깜찍하지가 않았다. 안갑종 씨는 여러 가지로 심각하게 생각해 보지 않을 도리가 없었다.

그러자 안 씨네 집안이 약간 풀렸다. 남대문시장에 커다란 포목점을 경영하고 있는 윤영대 씨네 창고에 도둑이 들어서 물건을 백만 원어치 남짓하게 잃어버린 일이 있었다. 그 일이 안 씨를 취직시켜 주게 하였다. 알고 보니 젊은 점원 녀석이 자기 친구와 짜고 맹랑한 짓을 벌인 것이었다. 포목점 주인 윤영대 씨는 말하기를 요새 젊은것들이란 닳고 닳아서 믿을 수가 없다. 역시 나이 듬직한 분이 창고를 관리해 주어야지 안 되겠다. 그래서 안 씨에게 부탁하는 것이니 제발 남의 일이라 생각하지 말고 잘 좀 보아달라고 말했다. 안갑종 씨는 백 배 감사하였다. 창고지기라는 직업이 천하다고 생각할 이유는 없었다.

낮에는 집에 들어와서 푹 쉬고 밤이 되면 나가서 창고를 지켰다. 이런 직업을 얻게 되자 거기에는 또 불편한 점이 있었다. 어린것들에게 집을 맡겨놓고 나가 지내자니 여간 안쓰러운 것이 아니었다. 책임 있게 집을 지켜줄 사람이 필요했다. 안갑종 씨는 이러한 사정을 어떤 친구에게 얘기했더니, 아 그런가, 그러면 내가 한 여자를 소개해 주겠다 해서 춘선이라는 스물아홉 살짜리의 괴상한 여자가 들어오게 되었다.

춘선이는 말을 못 하는 벙어리였다. 어렸을 때 소아마비에 걸린 적이 있었는데 요행히 신체적으로는 불균형을 이루지 않게 되었으나 그 대신 벙어리가 되고 말았다. 다행스러운 것은 춘선이네 집안이 부유해서 불구자가 겪게 마련인 고행을 어린 시절에는 맛보지 않았다. 하지만 6·25 전쟁이 일어난 뒤로부터 사정은 급변했다. 춘선이는 부모를 잃어버리게 되었고 먼 친척 집에 떠맡겨졌다. 어려운 난시에 친척 집에서는 춘선이를 눈엣가시 보듯이 하였다. 그리하여 고아원 비슷한 데 처넣어졌으며, 다달이 얼마간의 생활비를 보조받았다. 어느덧 성인이 되어 비록 말은 못 하지만 느낄 것은 다 느끼고, 알 것은 다 알 만한 때가 되었을 때, 춘선이는 같은 벙어리인 어떤 남자와 결혼을 했다. 그 남자는 벙어리였기 때문에 특수한 기술을 배우게 되었다. 구두를 남못지 않게 만들 수 있는 일류기술자였다. 같은 벙어리 처지였으므로 그럭저럭 달콤한 결혼 생활이 얼마 동안 계속되었는데, 결국 오래가지는 않았다. 벙어리 남편은 구두를 잘 만들었기 때문에 많은 고객을 가지게 되었고, 그리하여 시내의 변두리에다가 자기 나름의 구둣방을 하나 차렸다. 세일즈맨을 하나 두어 가정과 직장을 찾아다니며 구두를 주문 맡아왔으며, 그러면 남보다 정성스레 그것을 지어주었다. 구둣방은 그런대로 잘 유지되었으며 벙어리 구두 기술자를 두 명이나 거느릴 수 있을 만큼 발전했다. 다만 벙어리였으므로 벙어리가 아닌 고용원을 하나 둘 필요가 있어서 어떤 젊은 녀석을 채용했는데, 이 자식이 벙어리를 깔보아 가지고 물건을 훔쳐서 달아났다. 그러한 일이 있은 이후부터 춘선이에게는 인생 고행이 시작되었는데, 벙어리 남편은 벙어리가 아닌 여자를 부인으로 맞아들여야겠다는 생각을 했기 때문이었다. 소박을 당한 춘선이는 그 뒤로 별의별 곳을 다 찾아다니며 영락했다. 편물 기술자, 농아 학교 수화 선생, 그러다가는 드디어 바걸 생활을 했고, 술집 작부로도 있었는데 먼 친척이 발견해서는 감금하다시피 하여 집안에 처박아두었다. 그러한 춘선이가 안갑종 씨 집에 식모 비슷하게 오게 된 것이다.

춘선이는 신체 불구자가 갖는 특수한 애정으로 어린것들을 보살피기 시작했다. 희생정신을 발휘하여 어린것들을 즐겁게 해주려고 노력했으며, 마치 어머니라도 된 듯이 코를 닦아주고 머리를 감겨주었다. 안갑종 씨는 드디어 마음을 놓았다. 이제야말로 모든 게 제대로 풀렸다고 생각했다. 몇 가지 간단한 수화는 안갑종 씨도 배우게 되어, 이렇게 말하곤 했다. 정말 당신에게 고마운 마음 이루 말할 수 없다. 어린것들이 철이 없어서 당신을 놀려대기도 하고, 벙어리 흉내를 내기도 하는 모양이지만 노엽게 생각하지 말아달라, 그건 모두 어린것들이 허물없어서 그러는 것이 아니겠는가? 안갑종 씨는 벙어리 춘선이가 지어다 주는 밥을 먹고 출근해서는 다음날

아침에야 혼곤히 피곤해서 돌아오곤 하였다. 생활은 말씀이 아닐 정도로 가난했지만 그런대로 못 견딜 바는 아니었다. 하기야 사람들은 어디 살 것을 사는가? 죽지 못해서 살지. 옛날 사람들이 도리어 행복했을 거야. 그들은 소위 삼강오륜을 만들어서 그걸 꼭 지켜야 할 인생 항목으로 알지 않았는가? 다른 말로 하자면 옛날 사람들은 그와 같은 인생 항목을 지킬 수 있을 만큼 질서가 잡힌 사회에서 살아오지 않았는가? 그 질서는 모두 어디 갔나? 그 질서 대신에 무엇이 들어왔나? 안갑종 씨는 가슴이 답답할 적마다 그 어떤 깊은 생각조차 하는 때가 있었다.

"그거 안 선생, 우리 교회에 오시오. 하느님에 귀의하면 마음에 중심이 생깁니다." 하고 어떤 사람은 권유해 왔고, 또 어떤 사람은 "그거 안 선생, 이런 말 하기는 박정하지만 어떻게 애들을 맡아서 키우시오, 지금은 지금이지만 앞으로는 어쩔 셈이시오? 내가 아는 사람 하나가 양자를 들이려고 하는데 의향 어떠시오." 하고 물어왔다. 그럴 적마다 안갑종 씨는 고개를 저으면서 굳세게 거절했다.

"내가 못난 탓이 아니겠습니까? 내가 못났으니, 이 고생바가지이고, 내가 못났으니 어린것들을 비참하게 키우는 거겠지요. 그러나 나는 나 대로 저 어린것들을 내 생명만큼이나 귀한 것으로 알고 지냅니다." 하고 말하는 것이었다.

대개 예상하고 있었던 바지만 벙어리 춘선이도 가 버리고 말았다. 구두를 만드는 기술자인 벙어리 남편이 옛일을 후회하여 춘선이를 불러들이기로 결심한 것이었다. 안갑중 씨는 어떻게 말릴 수도 없었다. 불구녀가 자기 잘 되겠다고 택하는 길인데 훼방을 놓을 수도 없었다. 어린것들을 보살피느라고 고생만 실컷 했는데, 적절히 대우조차 해주지 못한 것이 미안할 따름이었다. 다시 집안은 엉망이 되었다. 구멍탄 불은 자꾸 꺼져서 방바닥이 얼음처럼 차가워지는가 하면, 어떤 때에는 아궁이를 덮어놓지를 않아서 연탄 중독이 되어 끙끙 앓아눕는 경우조차 생겼다.

"글쎄 최 선생, 사람이 살아간다는 게 어째 이렇게 서글프기만 합니까." 하고 안갑중 씨는 시장바닥에서 만나는 사람에게 하소연했다.

"이 세상에 바보 같은 여자는 없는 것입니까? 가장 못나고 병신 같은 여자는 없는 것입니까? 그런 여자가 아니라면 누가 내 처지에 알맞겠습니까?"

안갑중 씨는 소위 월부 결혼이라나 무어라나 하는 그런 여자를 두어 보기도 했으나, 또 실패한 뒤에는, 이 세상에서 가장 못난 여자를 어떻게 하면 구할 수 있을까, 심각하게 생각해보는 것이었다. 이미 안갑중 씨는 여섯 번이나 결혼을 한 경력을 가지게 되었지만, 본인으로 따져보자면 참으로 어처구니없다는 생각이 안 드는 바가 아니었다. 그는 일곱 번째의 여자야말로 이 세상에서 가장 못난 여자로되, 서로 의지해가며 살아볼 수 있는 그런 여자이어야 하리라고 생각하는 것이었다. 이미 큰딸년인 옥숭이는 세상 물정을 알 나이가 되어서 제 아버지를 여간 멸시하는 게 아니었지만…….

그러다가 안갑중 씨는 오씨댁이 중매를 서준 평산댁을 그의 일곱째 여자로 맞아들이게 된 것이었다. 안갑중 씨는 평산댁을 거부할 아무런 이유도 없었다. 안갑중 씨는 이미 그 누구보다도, 남자와 여자가 어떻게 만나 가지고 어떻게 인생을 혼란 속으로 밀어 넣으면서 살아가기 마련인지를 잘 깨닫게 되었기 때문이었다. 안갑중 씨는 평산댁을 맞아들였으나 말하자면 이제야말로 여자 없이도 살아갈 수 있을 듯한 생각이 드는 것이었다, 그리고 그것은 아마 평산댁도 마찬가지인 듯하였다. 집안은 그럭저럭 질서를 유지하고 있었는데, 그것이 왜 그렇게 되었느냐 하면 인간들이란 어떤 처지, 어떤 환경에 빠져 있어도 죽지 않고 살아내기 마련이었다. 다만 잘 산다든가, 인간답게 살아 본다든가, 자기 욕망을 풀어 가면서 호의호식하고 부귀영화를 누리면서 살아 볼 욕심을 내지 않는다면…….

큰딸년인 옥숭이만은 아버지의 말에 복종을 않더니, 급기야 집을 뛰쳐나가고 말았는데 안갑중 씨는 그만 그 일에 괘념을 하지 않을 만큼 이미 심신이 늙어 있었다. 아마 옥숭이도 나이를 먹으면 알게 되겠지, 하고 안갑종 씨는 생각하는 것이었다. 안갑종 씨는 괘념하지 않았다. 도리어 옛날보다도 대범해지고 유쾌하게 동네 사람들과 어울려 들었다. 외촌동 사람들은 너나 할 것 없이 안갑중 씨의 인생 사연과 흡사한, 또는 그보다도 지독한 자기 사연들을 가지고 있기 때문이었다.

《신동아》, 1970년 5월호

독재자의 아내

독재자의 아내

1.

장순규는 아내인 임미재와 한바탕 싸움을 벌이고 있는 중이었다. 두 사람은 삼십 분가량 서로 아무 말도 하지 않고 돌아앉아 있었지만, 그것은 어느 쪽이냐 하면 한바탕 울고불고하는 소동이 일어나기 직전의 좀 잔인한 침묵 상태에 불과한 것이었다. 두 사람의 부부 싸움은 대개 이러한 경로를 차근차근 밟아 가면서 진행되었다. 말하자면 어느 쪽이 더 인내심이 강한가 내기를 하는 것 같으며, 누구 편에서 분노할 수 있는 권리를 더 가지고 있는가 점쳐 보는 듯한 시간을 흘려보내게 마련이었다. 그런데 대개의 경우에 있어서는 아내인 임미재 쪽이 먼저 분노를 터뜨리게 되어 있었는데, 그것은 그날도 예외가 아니었다. 그녀는 어찌해야 좋을지 모르겠다는 것처럼 좀 자포자기적인 표정을 짓고 있었다. 그러다가 결연히 내뱉었다. "정말이지 생각만 해도 끔찍한 일이에요. 당신 마음대로 하세요. 나는 참견을 안 할래요." 임미재가 이렇게 포문을 열고 쏘아 댔어도 장순규의 표정에는 변화가 일어나지 않았다. 이럴 때 그는 어떤 태도를 짓고 있어야 하는지 터득하고라도 있는 것 같았다. 그는 좀 뻰뻰스런 파렴치범 피고와도 같이 머쓱한 표정으로 딴청만 부리고 있었다. 하기야 장순규로서는 이러는 도리밖에 없을 터였다. 그는 아내에 대해서 충분히 약점이 잡힐 만한 실수를 여간 많이 범하고 있는 것이 아니었다. 더구나 아내의 악처 소질을 개발시켜 준 것도 다름 아닌 장순규 자신이었다. 말하자면 그가 아내를 악처로 만들어 버리고 말았다. 그렇게 함으로써 아내로부터 오는 고통을 즐기기라도 하려는 것처럼. 그것은 어쨌든 장순규에게 항상 궁지에 몰린 듯한 현실미(現實味)를 띠고 현전(現前)해 오는 것이지만, 부부는 결혼한 지 일 년이 조금 넘어 버린 지금에 이르러 생활을 밝게 개선시켜 볼 의욕은 돋보이지 않고 있었다.

장순규가 뚱딴지같은 표정으로 앉아 있을수록 임미재는 생생한 멸시를 보내주기 위해 애를 쓰고 있었다. 어느덧 언성이 높아져 있었고, 잘못된 일들이 지적되었으며, 비참한 생활환경에 대한 흥분이 열도를 더해 갔다. 그런데도 장순규는 아무런 대꾸도 하지 않았다 아내의 멸시가 생생해질수록, 그것을 널찍하게 수용하려는 듯이 뚱딴지같은 표정을 짓고 있었다. 그래서 어떻게 보자면 아내의 약을 올리는 결과가 되고 말았다. 어느덧 임미재의 분노, 멸시, 증오, 자괴감(自愧感)은 점점 상승하여 인생에 대한 말 못 할 의분으로 치솟아 올라가고 있었다. 이럴 때 임미재는 엉터리 사내 때문에 야기된 불행으로 인해 자기 스스로 지독한 악처(惡妻) 노릇을 하도록 부채질을 하지 않고서는 견딜 수 없어 하는 것이었다. 그리하여 장순규는 맷집이 좋고 증오스럽고 파렴치한 적(敵)이며, 순진한 여자를 극도의 혼란 속으로 끌고 들어간 흉측한 사내가 되어야 했다. 이미 임미재는 이성을 잃을 정도로 흥분이 되어 있었다. 이렇게 되면 장순규로서도 참아 낼 수 없다는 것처럼 화풀이를 시작하였다. 그들의 부부 싸움은 항상 이런 식이었다.

그는 수세로부터 갑자기 공세로 나아갔다. 그는 버럭 고함을 지르고 주먹까지 부르르 흔들면서 단박에 아내를 윽박질러 버렸다. 그리하여 주도권을 자기가 빼앗았다고 생각되는 순간 이번에는 그 자신이 한바탕 늘어놓기 시작하였다. 도대체 남편이라는 걸 얼마나 이해하고 있느냐, 남자가 무엇 때문에 괴로워하고 있는 줄 알기나 하느냐, 여자라는 게 속 좁은 짐승인 줄 모르는 바는 아니지만 그까짓 사소한 일을 가지고 야단법석을 부린다면 어떻게 남자가 참아 낼 수 있겠느냐, 사람들이 얼마나 힘든 고통마저도 참아 가면서 살아가게 되어 있는가를 모르기 때문에 이런 어처구니없는 일이 일어나는 게 아닌가 생각해 봐라…… 따위로 평소에 품고 있었으나 말할 수 없었던 온갖 사실을 시원하게 늘어놓았다. 장순규가 핏대를 내면 임미재 쪽에서 아주 얌전하게 되는 것이 그들 부부 싸움의 규칙이었다.

그녀는 기가 죽어서 숨만 쌔근쌔근 쉬고 있었다. 말하자면 여태까지는 자기가 퍼부어 댔으니까 다음 차례로 남편이 해 대는 욕설을 들어주자고 차분히 결심이라도 하고 있는 듯한 태도였다. 장순규는 더욱 의분을 느껴 하면서 아내를 타매하였다. 아내가 화를 내주기를 바라는 듯이 큰 소리를 질렀다. 그럼에도 가만히 있기만 하는 것은 이쪽에 대한 모욕이라도 되는 것처럼 할 소리 못할 소리 퍼부었다. 그렇게 얼마만큼 시간이 경과되자 장순규는 적잖이 맥살이 났다. 스스로 반성하게 되기도 하고 무엇인가가 잘못되어 있다는 것을 깨닫는 것이지만, 공격을 중단하거나 약화시킬 수만은 없게 되는 것이었다. 좌절감 같은 것을 느끼면서 지독한 소리마저 나오면 아내는 소리 없는 울음, 몸짓 없는 슬픔 속에 잠겨 들어가고 있었다.

어느덧 한바탕 벌어졌던 소동이 마무리 지어질 무렵이 되었다. 장순규도 그러하거니와 아내도 또한 지쳐 버리고 말았다. 그 지쳐 빠진 상태—그 연민(憐憫)스런 상태는 항상 장순규에게 말 못 할 감동을 가져다주었다. 그것은 자기 스스로에게 부어지는 연민이며, 자기들의 생활에 대한 연민이며, 나아가서는 이러한 나라, 이러한 시대에 살고 있는 모든 때 묻은 영혼들에 대한 연민으로 확대되기까지 하였다. 누군들 마음 편하게 행복한 사람이 있겠으며, 그 누군들 이러저러한 통속적인 고통으로부터 유독 자유스러운 인간이 있겠는가? 아내는 여전히 울어 쌓고 있는데, 그 소리 없던 눈물에 어느덧 음향이 가미되어 있었다. 장순규는 이런 때의 아내의 울음소리에서 말하자면 왜정시대의 대중소설 장면을 연상하고는 하였다. 아내는 울음소리를 근대화시키지 못하고 있었다. 문자 그대로 '흑흑 느껴 우는' 것인데 그 신파조의 통속적인 울음소리야말로 장순규에게 얼얼할 정도로 깊은 실감을 가지고 박혀 들어왔다. 그렇다, 여자는 슬픔이 진하게 될 때 저렇게 통속적인 울음소리를 낼 수 있는 것이다. 흑흑 느껴 우는 한에 있어서 여자는 체면을 지킬 필요가 없고 점잖을 까닭도 없으며 말하자면 하나의 동물적인 상태에까지 이르게 되고야 마는 듯이 보였다. 더욱이 남자인 장순규는 흑흑 느껴 울어 본 지가 까마득히 오래되었다. 어른이 된 이후로는 흑흑 느껴 울어 본 적이 없는 것처럼만 생각되었다.

그들의 싸움의 원인이 명료하게 의식되고, 모든 사태가 분명하게 드러나 버리고, 아내가 적이 불쌍하다는 생각이 들 무렵—장순규는 연민의 상태에서 한 걸음 나아가 짜릿한 통증 같은 것을 느끼게 되는 것이었다. 그러한 날 밤이면 그는 아내를 꼭 끌어안고 사랑의 행위를 하였다. 이미 두 사람의 육체 위로 분노, 울음, 고통이 스쳐 지나간 뒤인지라 그것은 여름철의 뜨거운 태양열을 담뿍 쏘인 대지처럼 달쿠어져 있었다. 두 사람은 이번에는 더욱 뜨겁게 접근하고, 확인하고, 가까워지려고 안달을 내는 것이었다……. 아마 그렇게 해서 두 사람은 자기들의 자식을 만들어 내게 될 것이었다…….

2.

그들 두 사람이 결혼한 지는 일 년이 좀 넘었다. 마치 상처를 입은 짐승들이 서로의 환부를 핥아 대는 것만 같은 그러한 연애 시절을 사 개월가량 가진 뒤에, 그들은 인생에 대하여 이렇다 할 준비를 마련하지 못한 채 결혼 신고서를 구청에 제출하였다. 그때부터 두 사람은 처음 겪어 보는 전혀 다른 생활의 방식 속으로 빠져 들어갔다. 더욱이 임미재의 경우가 그러했다. 처녀 시절에는 눈, 코, 입술, 뺨이 명랑하게 웃어 대는 데에 흔히 사용되었던 것이지만, 일단 결혼한 뒤로부터 그 일대에 짜증과 우울과 피로가 성급하게 맺혀 있게 된 것이었다. 그러다가 임미재는 간단없이 벌어지는 부부 싸움에도 불구하고 임신을 했다. 그녀는 장순규에 대하여 무관심해졌고 그의 접근을 막아 대고 있었다. 그것이야말로 달걀을 품고 있는 어미닭의 모습을 그대로 연상시켜 주었다.

이때쯤 해서 장순규는 직장을 하나 잡아서 출근하게 되었다. 멀끔하게 양복을 차려입고, 넥타이를 매고, 머리 손질을 깨끗이 한 모범 청년이 되었다. 그는 아침 여덟 시에 집을 나서서 저녁 일곱 시까지 회사 사무실을 지켰다. 그가 받는 월급이 이만 원 남짓 된다는 것을 제외해 놓는다면 별 특징이 없는 직장이었다. 인사관리가 복잡한 것도 아니고 분주하게 뛰어다녀야 하는 것도 아니었다. 도리어 단조롭기까지 했다. 서른네 살인 김공대라는 친구는 부자인 아버지 덕분으로 브로커 상사를 하나 내었는데, 장순규는 영어 나부랭이나 끄적거리면서 월급을 받아먹고 있었다. 그는 이 직장에 오래 붙어 있고 싶은 마음도 없거니와, 또한 그렇게 되지도 못할 것이라고 생각하고 있었다. 몇 년 안 되는 사이에 그가 겪었던 사회 체험에 비추어 본다 할지라도 그는 넥타이를 맨 인생에 대하여 적잖은 혐오감을 가지고 있었다. 넥타이 인생—모가지에 그것을 옭아맴으로써 어떤 저 질서의 품행으로 결박시켜 그 이상의 자유로움도 느낄 수 없게 만들고 그 이하의 비참함으로부터 도피하게 만드는 인생, 그러한 인생에 다시 매달려 있기는 하였지만 장순규는 이제 기회를 착착 만들어서 무슨 장사 같은 것을 시작해 볼 생각에 골몰하였다. 애당초 그는 좀 다른 일을 해 보려고 했다. 월급을 받아먹으면서 지내는 넥타이인생만큼은 한사코 기피하려고 애를 썼다. 그래서 미친놈처럼 엉뚱한 짓을 하면서 돌아다녔던 것이지만, 그러다 보니 생활도 안 되고 정신적으로 갈피를 잡을 수 없어서 다시 양복을 입고 다니는 넥타이 인생을 찾게 된 길이기는 하였다. 하여튼 아내는 얼마 뒤에 어린애를 낳을 것이며, 가정을 수호하고 꾸려 나가는 책임은 전적으로 그 자신에게 달려 있었다. 아내와 그 사이에 이룩되어 있는 가정을 꾸려 나가야 하는 것을 삶의 조건으로 삼지 않을 수 없게 되었다. 그러한 구체적인 현실을 포기하지 않는 한에서 자기가 하고 싶어지는 일들이란 어떤 것일까, 그는 곰곰 따져보고 있었다. 더욱이 그는 아내를 깊게 이해하고 있었다. 말하자면 두 사람은 세상서 가장 가까이 붙어 있는 인간들이었다. 두 사람은 너무 쉬운 이유들을 발견해 내어 서로 증오하는 때가 있었다. 이미 인생과 사회에 대해서 별다른 욕심을 낼 처지가 아님에도 이상하게 그 어떤 전체적인 분위기가 잘못되어 있다는 것을 느낄 때가 있었다. 그들이 거대한 허구의 구도 속에 삐뚜름하니 잘못 자리를 잡고 있는 방치된 인간들이라고 깨달을 때가 있었다. 그러면서도 입에 풀칠을 하며 살아야 한다는 엄연한 사실이 그 모든 논리들을 초월하게 만드는 가장 근본적인 조건으로 해서 그럭저럭 습관화된 생활 속에 빠져 들어가 있었다. 그러한 어느 날 장순규는 자기와는 전혀 다르게 변모되어 버린 옛날 친구에 관한 소식을 듣게 되었다.

이미 저녁 무렵이었다. 장순규는 약간 싸늘해진 늦가을의 기후가 얹혀 있는 거리를 쭉 훑어 내려가다가 네거리 앞에 서서 신호등이 바뀌기를 기다리고 있었다. 도도하게 흘러가는 차량군과 그 너머 저쪽 포도에 늘어서 있는 사람들을 바라보다가 장순규는 문득 아는 얼굴을 하나 발견하였다. 그런데 그 여자의 얼굴은 너무 변해 있었다. 그 여자가 결혼을 한 것이 삼 년쯤 전의 일이니까 지금쯤 신문의 독자 투고란이나 열심히 읽고 있을 가정주부가 되어 있음직한 것이지만, 그 여자 강순혜는 전혀 그런 얼굴이 아니었다. 그러니까 장순규가 그 여자를 알고 지냈던 것은 대학 3학년 때였다. 데모 소동 같은 것이 한창 벌어지고 있었고 그 어떤 좌절감 같은 것에 두루뭉수리로 쫓기는 기분을 맛보고 있을 무렵쯤이었는데(얼마나 옛날 일인 것만 같은 느낌이 드는 것이냐), 그 뒤로 대학을 졸업하고 예기치 않은 일들을 겪어 가고, 지금 아내인 임미재와 결혼을 하게 되는 등 여러 일이 일어난 이후로는 한 번도 만나지 못하고 말았다. 다만 강순혜는 그 뒤로 유종천이라는 친구와 결혼을 했다는 말을 들었다. 유종천은 장순규의 친구이기도 했는데, 그때에는 서울에 없던 관계로 그 결혼식에 참석하지 못하고 말았다.

교통순경이 호각을 불자 차들은 급정거를 하고 이번에는 사람들이 길을 건너가기 시작했다. 그런데 장순규와 강순혜는 서로 마주 다가오면서 자기들이 퍽 나이를 많이 먹은 사람들임에 틀림없다는 듯한 미소를 띰으로써 서로의 얼굴 표정을 감지, 확인했다. 두 사람은 그렇게 하여 말을 나눌 수 있을 만큼 가까운 거리에까지 이르렀다.

"정말 오래만입니다." 장순규는 말하였다.

"오래만이에요." 강순혜도 웃었다.

"그동안 안녕하셨고?"

"나야 무어…… 장순규 씨는 어때요? 결혼 생활은? 어린애는? 참, 벌써 오 년도 넘었네……."

두 사람은 차도를 건너서 아까 장순규가 기다리고 있던, 포도 쪽으로 왔다.

"나야 그럭저럭 견디고 있지 무어. 참, 요새 종천이는 어떻게 지내고 있지? 거의 별로 만나 보지를 못했는데……."

강순혜의 남편으로 낙착 지어진 유종천이가 어떠한 결혼 생활을 하고 있는지 궁금증까지 느끼면서 장순규는 이렇게 물었다. 그러자 예상하지도 않게 강순혜의 얼굴에서 그 어떤 어두운 그늘, 깊은 좌절감을 맛본 사람만이 갖는 찌든 표정을 그는 발견하였다. 두 사람의 결혼 생활이 어째 여의치 않은 것인가? 장순규는 가슴이 뜨끔하였다. 자기가 실수라도 한 것 같은 느낌을 받았다.

"가만있자, 지금이 몇 시인가? 다방에 가서 차 한잔해요? 좋아요?"

"사 준다면 거절하진 않을 테야." 강순혜는 다시 웃었다.

그래서 두 사람은 눈에 띄는 조그만 다방을 찾아 들어섰다. 정말로 조그만 다방이었다. 나이가 지긋한 분들이 좀 악당 같은 표정들을 지어가지고 단골로 삼아 버리는 다방인 것 같았다. 텔레비전 수

상기로부터 운동 중계를 하고 있었는데, 영감님들은 모두 화면에 신경이 끌려 들어가 있었다. 두 사람은 가장 구석진 좌석으로 갔다.

차를 주문하고 난 뒤에도 두 사람은 아직 적당한 화제를 잡지 못하고 있었다. 그래서 분위기가 좀 딱딱해져 있었다. 말하자면 두 사람은 이러한 만남에 서툴렀다. 그렇게 된 까닭은, 서로 상대방에게 이렇다 할 개인적인 관심을 추적할 이유가 없어진 것과 마찬가지로, 그 후에 서로에게 일어난 변화에 대해서도 거의들 잘 모르고 있기 때문이었다. 막상 서로 마주 대하고 있노라니까 모른 척하고 지나쳐 버리는 게 나을 뻔했었다는 생각이 들 정도로 할 말들이 없어지는 것이었다. 그래서 장순규는 자기 지내온 이야기를 떠듬떠듬 웃기는 목소리로 지껄였다. 그런데 강순혜는 여전히 좀 먼 이방인의 표정을 짓고 있었다.

"나 말야, 집은 공덕동에 있어, 거기서 조그만 반찬 가게를 내고 있어, 그동안 시내엔 별로 나오지도 않았구……."

"그렇담 장사는 잘 되고?"

"잘 되기는 무어 그저 그렇지, 그동안 어린애가 하나 생겼거든, 벌써 세 살이야. 딸인데, 그 애나 키우면서 살아가는 거지 무어."

"어린애 나이가 세 살이라면…… 하기야 그렇게 되겠지."

"사실 이런 얘기, 할 것이 아니지만, 어째 결혼 생활이 제대로 이끌어지지가 않아요. 나, 혼자 살고 있어. 그 사람은 작년에 집을 뛰쳐나가 버렸는데, 어디에서 무슨 일을 하고 있는지 알 수두 없구……. 한때는 몹시 불행하다는 생각도 들었지만, 이젠 그럭저럭 견딜 만하구……. 아마 모든 게 다 그런 거겠지 무어." 강순혜의 눈에는 어느덧 눈물이 맺혀 있었다.

좌석이 이상하게 되어 장순규는 마치 쓸데없이 남의 일에 참견을 하다가 우스꽝스럽게 피해를 주고 피해를 입은 듯한 상태를 만나고 말았다.

하기야 유종천은 좀 이상하게 진지한 인간이었다. 누구나 젊은 시절을 보내 버렸다고 생각하고 싶어 하지만 그는 어떤 깊은 방황 속을 헤매고 있다고 간취되는 친구였다. 그래서 상식적인 인간과는 좀 차이가 느껴지는, 어려운 말로 하자면 생활인이 아니라 생존인(生存人)인 듯한 느낌을 주는 친구였다. 그러니까 대부분의 사람들이 생활을 위해서 모든 정력을 낭비하고 있는 때에, 이러한 친구는 자기 생활은 설계할 엄두를 내지 못하고 그 어떤 강인한 의지력으로 무엇인가 자기 나름의 꿈을 가꾸어 가느라고 가장 비참한 환경조차도 감수해 내고 있는 것처럼 보였다. 그것이야 어찌 되었든 유종천과 강순혜의 결혼 생활이 원활하지 않다는 소식은 말할 수 없이 우울한 느낌을 느끼게 하였다.

3.

두 달쯤의 세월이 또 흘러가 버렸다. 그날 밤도 장순규는 늦도록까지 술을 마시느라고 열두 시 통행금지 시간이 조금 지나서야 집에 돌아왔다. 그는 다시 무직자가 되어 있었다. 다니고 있던 회사는 망해 버렸고, 그는 두어 달 월급조차도 제대로 받지 못했다. 더 이상 붙어 있을 이유가 없어져서 일단 무직자 생활로 들어서면서부터 어떤 친구 녀석과 함께 섬유류 계통의 장사를 시작해 보기 위해 분주히 떠돌아다녔다. 그 일에는 그것 나름의 애로가 있어서 아직 이렇다 할 전망이 나서지 않고 있었다. 그날 장순규는 오후 세 시쯤 바깥으로 나오면서 두 시간 이내에 돌아오겠다고 말했던 것인데, 막상 사람을 만나 보게 되니까 술 먹을 일이 생겨서 귀가 시간이 엄청나게 늦어 버리고 만 것이었다.

그런데 유종천이가 그의 집에 찾아온 것은 장순규가 외출하고 없을 적이었다. 임미재는 유종천이를 물론 처음 만나 보고 있는 중이었다. 그런데 유종천의 옷주제는 형편없을 정도로 남루하였으며, 얼룩덜룩 때가 묻어 있었다. 또한 그 얼굴도 말이 아니어서 오른쪽 눈 가장자리에 보기 싫은 흠집을 가지고 있었다. 나중에 아내가 고백한 바에 의할 것 같으면 혹시 도둑놈이 아닐까 생각하였다는 것이었다. 당사자가 없을 때 친구라고 찾아와서는 물건을 훔쳐가지고 달아나 버리는 그러한 광경을 임미재는 전에 본 적이 있었다. 하지만 임미재는 말일망정 “잠깐 들어와서 기다리시지요. 금방 들어온다고 했어요.” 하고 말했다. 그러면 갈 줄 알았는데, 유종천이는 별로 망설이는 빛도 없이 “잠깐 실례하겠습니다, 그럼…….” 하고 말하면서 방으로 들어왔다. 임미재는 해산한 지 한 달 남짓 되었고, 방에는 어린것이 찌를 싸고 난 참이어서 설풋한 똥냄새가 났다. “두 분이 결혼한 지는 오래되었나요?” 하고 유종천이가 물었으므로 임미재는 “이제 일 년 반쯤 되었어요.” 하고 대답했다. 그러면서 참 넉살도 좋은 사내라고 생각하였다. 유종천이는 주머니를 뒤적거리고 있었는데 담배가 찾아지지 않자 슬며시 재떨이에서 피우다가 남은 꽁초를 주워 들었다. “아마 저를 처음 보실 겝니다. 이런 초라한 몰골의 친구가 찾아드는 게 반갑지 않으시지요?” 유종천이는 똑바로 임미재를 바라보면서 말을 붙였으므로 “괜찮아요. 아마 금방 돌아올 테니까 잠깐만 기다리면 될 거예요.” 하고 말했다. 임미재는 방을 유종천에게 빼앗겨 버렸으므로 어린것을 들쳐 업고 바깥으로 나와서는 마당가를 서성거렸다. 그러다가 남편의 친구라는 생각이 들어서 찻물을 끓여가지고 방으로 들어가 보니 유종천이는 방바닥에 쓰러져 세상모르게 잠들어 있었다. 봉두난발이 된 머리카락하며 앙상한 가슴하며, 그 몰골이 적이 측은하였지만, 임미재는 어쩌는 도리 없어 내버려 두고 말았다. 어느덧 시간이 꽤 흘러가 밤이 찾아왔는데 유종천은 계속해서 쿨쿨 자고만 있었다. 임미재는 밥을 지어 놓고 장순규가 오기만을 기다리고 있었는데 남편은 나타나지도 않고 방에는 발가락 냄새가 유달리 고약한 사내가 뻔뻔스레 잠들어 있는 것이었다. 나중에는 임미재로서도 참을 수가 없는 지경이 되어 방으로 들어가 트랜지스터라디오를 틀었다. 유종천이는 몇 번인가 끙끙거리더니 눈을 뜨고 일어나 앉았다. 그는 자기가 어디에 와 있는지 어리둥절해하였으며 그러다가 문득 겸연쩍어하면서 변명의 말을 늘어놓았다. "아마 참 뻔뻔스럽기 짝이 없는 사내라고 생각하실 겝니다." 유종천의 말에 대해서 임미재는 아무런 대꾸도 하지 않았다. "그런데 순규를 꼭 만나고 싶어서 찾아온 것이니 양해해 주십시오." 그래서 임미재는 "무어 괜찮아요."라고 대답하는 수밖에 없었다. "내 사정과 인간 됨됨이는 순규가 잘 압니다. 그래서 순규가 없는 방에 이렇게 퍼지르고 앉아 있어도 그리 큰 허물은 되지 않는다고 생각을 한 거란 말입니다." 유종천은 넉살 좋게 이런 말까지 하였으므로 임미재도 마음을 놓았다. 하지만 임미재는 그렇다고 해서 유종천이가 하고 있는 말을 믿었던 것은 아니었다. 그녀는 저런 이상한 인간들하고 사귀고 있는 남편을 진정으로 딱하게 생각하면서 가만히 한숨을 쉬고, 그리고 체념해 버리고 말았다. 하여튼 유종천이는 그렇게 한 시간을 더 기다려도 장순규가 나타나지를 않자, 편지를 한 장 써 놓고 바깥으로 나갔다.

그날 장순규는 통금에서 삼십 분 정도 더 지나간 뒤에야 귀가를 했던 것이지만 곤죽이 되도록 술에 떨어져 있었다. 임미재는 남편인 장순규의 주벽에 익숙해진 지 오래였으나 이날 밤만은 어쩐지 참을 수 없는 지경에 이르고 말았다. 그렇다 한들 술 취한 자를 상대해 봤자 뾰족한 수도 없어서 애만 바작바작 태웠다. "당신 친구라는 인간이 염치도 좋게 서너 시간 이상 퍼질러 앉아 있다가 갔어요." 하고 그녀는 짜증 난 목소리로 말했다. 그러나 이미 이때쯤 장순규는 정신없이 쓰러져 잠들어 버리고 말았다. 화난 김에 뺨따귀를 서너 차례 올려붙였지만 술 취한 개는 그것도 알지 못하고 있었다. 임미재는 하는 수 없이 장순규의 옷을 벗겨 내어 이불을 덮어 준 뒤에 어린것에게 젖을 물리고 나서, 아까 유종천이가 써 놓고 간 편지를 펴서 읽어 보았다. '유종천이가 왔다가 가네, 자네도 없는 사이에 부인에게 이만저만 결례를 한 것이 아닌 듯하네. 그러나 자네는 이해해 줄 수 있으리라 믿네…….' 편지는 이런 식으로 시작이 되고 있었다. 그리하여 유종천 자기가 어떻게 지내왔는가를 적어 놓은 뒤에, 요 근래 하고 있는 일, 느끼게 되는 고민, 그리고 만나고 싶었다는 것 따위의 얘기가 적혀 있었고 그 뒤에는 줄곧 비참한 소리들뿐이었다. '어느 시대를 막론하고 방랑자가 있게 마련이고 해괴하게 미쳐 버린 불쌍한 인간이 나타나기 마련이라면, 어째서 내가 그러한 인간이 되어 버렸는지 알 수가 없어지네. 젊은 시절이라는 이름의 체형(體形)이 그토록 잔인한 것이었다면, 이제 서른 살을 넘기고 난 나의 처지란 인간 생활의 전면적인 남루(襤褸)에 맞서서 자기를 내세울 수 있는 어떤 권리를 획득해 보려는 것일세.' 그 편지는 이런 식의 어려운 얘기로 발전하다가 결말 부분에 이르러서는 전혀 엉뚱한 소리를 적어 놓고 있었다. '……이런저런 이유로 오늘 밤에 자네를 만나고 싶네. 그래 일단 자네 집으로부터 나갈 터이지만, 바깥에 나가 봤자 별수 없을 터이니 아마 이곳 동네를 어정어정 돌아다니게 될 것일세. 자네가 오기를 기다리면서 말이네. 하여튼 이 동네를 어정거리며 신축 공사하고 있는 빈집 속에서 쉴 수도 있는 일이겠지. 그래서 이따가 통행금지 시간이 될 무렵쯤 자네 집 대문을 두들기겠네. 오늘 밤 하고 싶었던 이야기들이나 나눌 수 있게 되겠지. 그럼 이따 만나 보기로 하고 이만 쓰겠네.'

편지를 읽고 난 임미재는 하도 어처구니가 없어서 웃음이 나오기까지 하였다. 그는 유종천이란 사내를 전혀 이해하고 있지 않았다, 아니 그녀는 남자들의 이상하게 진지한 듯한 태도를 이해하려는 열성을 가지고 있지도 않았다. 그러자 열두 시 사십 분쯤 되었는데 대문 두들기는 소리가 났다. 임미재는 가슴이 덜컹 내려앉았지만 야무지게 결심을 하고는 바깥으로 나갔다.

"누구셔요."

그녀는 뻔히 알면서도 물었다.

"아까 낮에 찾아왔던 유종천이올시다."

"지금 곤죽이 되도록 술이 취해 떨어져 버렸는데 어떻게 해요?"

임미재는 짜증 난 목소리로 말하였다. 그러자 대문 바깥의 사내는 얼마 동안 아무 말도 하지 않았다.

"잘 알겠습니다. 그러면 내일 아침에 들를 테니까, 순규가 일어나거든 그렇게 전해 주기나 하십시오."

"그럼 여관에서 주무시고 내일 아침에 오세요. 그런데 저 사람은 술 먹은 다음 날 늦게 일어나곤 해요."

임미재는 좀 짠한 마음과 이겼다는 듯한 마음이 교묘하게 엇갈리는 느낌을 가지고 방으로 돌아왔다. 그래서 그녀는 한참도 잘 수가 없었다.

4.

그런데 유종천이는 식전 새벽같이 다시 찾아왔다. 임미재는 하도 어처구니가 없어서 방 안에는 얼씬도 하지 않았다. 유종천이가 뻔뻔스런 사내라면 남편인 장순규는 매정한 인간이었다. 두 남자는 아침밥도 먹지 않고 바깥으로 나가 버렸으며, 그렇게 하여 통행금지 시간이 되도록까지 나타나지 않고 있었다. 날이 어둑어둑해지고 지옥 같은 밤이 찾아왔을 때부터 임미재는 남편 기다리기에 지치다 못해 좀 자학적인 기분에 빠져 들어갔다. '술을 마시느라고 날마다 이렇게 늦는단 말이지? 오냐. 나도 술 좀 마셔 보자. 그리고 나도 술주정 좀 해 보자.' 임미재는 이러한 생각을 먹게 되었다. 그녀는 독한 소주를 한 병 사가지고 와서 꿀꺽꿀꺽 들이켰다.

장순규가 집에 들어왔을 적에는 이미 미치광이처럼 취해 버려 있었다. 그런데 장순규는 이러한 아내를 보살펴 주고 위로해 줄 생각은 하지 않고 타박하는 말을 지껄여 댔던 것이다.

"이게 무슨 짓이냐 말야. 도대체 뭣 때문에 불평이야?"

"정말 더 이상 못 참아요, 못 참겠어요."

"왜 못 참는다는 거야? 무얼 못 참는다는 거야?"

그렇게 하여 부부 싸움이 벌어졌다. 세상에 퍼져 있는 온갖 불행 실의, 절망들은 이들 젊은 부부의 셋방으로 한꺼번에 몰려들었다. 그들은 증오하였고, 비참해했으며, 신음했다. 그들은 저 우스꽝스런 결혼 생활을 저주했다. 어떠한 짓을 벌이든, 이런 결혼 생활보다는 나으리라. 그리고 이것으로 모든 일은 끝장이 났다고 판단하게 되었다. 연애 시절의 감미로운 언어들, 막연한 기대와 희망들, 신혼 초의 소꿉장난 같던 살림 재미, 거의 매일 밤마다 가졌던 방사의 은밀감, 남편 친구와 아내 친구들의 초대를 받아 가고 초대를 하던 때의 떠들썩하면서도 유쾌했던 기억들, 어린애를 만들어 냈을 때의 유장(乳漿)한 역사 감각 같은 것들……. 그러한 모든 것들이 커다란 음모 속에 계획되었던 사기 놀음이었다……. 결국 두 사람이 인생의 가장 밑바닥을 긁어서 퍼 올리게 된 것은 서로에 대한 증오였으며, 두 사람이 백년해로를 약속하면서 합작하여 만들어 낸 생활이란 비참함 이상의 아무것도 아니었다…….

정말로 악몽 같은 밤이었다. 두 사람은 완전히 녹초가 될 때까지 늑대처럼, 이리처럼 으르렁거렸다. 마치 그들이 젊다는 것은 서로 으르렁거릴 수 있는 폭(幅)이 넓다는 것을 의미하고라도 있는 것 같았다. 말하자면 전심전력을 다해 거의 미친 듯한 열성을 다 내어 으르렁거렸다. 그리하여 더 이상 으르렁거릴 수 없을 정도로 으르렁거렸다. 으르렁거리기를 중지하고 나면 말갛게 표백(漂白)되어 나올 아무것도 남지 않을 만큼 그렇게 으르렁거렸다. 밤 시간은 지루하고 탁탁하게 흘러갔다. 역시 체력의 한계가 찾아와서 임미재 쪽이 먼저 지쳐 버리고 말았다.

그녀는 동백꽃 아가씨처럼 울다 지쳤고, 수많은 밤을 남편 기다리며 증오하느라고 지쳤고, 으르렁거리기에 지쳤다. 그런데 이날 밤 따라 장순규는 좀처럼 으르렁거리기를 그만두려고 하지 않았다. 말하자면 두 사람이 서로의 갈등을 섞어서, 그 갈등으로 인해 괴로워하면서, 또한 그 갈등으로 인해 환시(環視)처럼 항상 흔들리게 되는 입체적인 세계를(그러니까 끊임없이 으르렁거림으로써) 설명해 내려고 하는 것이었다. 원래 그는 아내에 대하여 위엄을 세우는 성격의 인간은 되지 않았다. 그는 아내의 차원으로 자기 자신을 이끌어 내리는 일종의 공처가 타입의 인간이었다. 그러다가 어떤 기회가 찾아와 부부 싸움 같은 것이 벌어지면, 평민 반란이 그러하듯이, 끝 가는 데까지 악착 같이 물고 늘어져 자기 할 소리를 다하고, 자기주장을 세우고, 급기야는 잘난 체하고 있는 것이었다. 임미재도 본능처럼 그런 것을 알게 되었고, 그래서 부부 싸움의 막바지에 이르게 되면 예외 없이 자기가 굴복하게 된다는 것을 체험으로 느끼고 있었던 것이지만, 그날 밤의 양상은 약간 다르게 나타나고 있었다. 말하자면 장순규는 끊임없이 정열적으로 으르렁거리고 있었기 때문이었다. 그는 임미재가 좁은 울타리 안의 세계에만 갇혀 지내고 있는 탓으로, 사소한 불행이나 고통을 가지고 절망하고 괴로워한다고 타박하는 중이었다. 그것이 강한 민족 사이에 짜부라 들어 살아온 반도 민족의 비겁한 성격을 이루고 있는지 모르지만(이라고 엉뚱하게 유식한 소리도 지껄이고는), 그러한 성격을 뜯어고쳐야 한다고 타박하였다. 이왕 고통을 느끼겠으면 좀 거대하게 느껴 봐라. 사소한 것을 가지고 고통스러워하지 마라. 그런 것은 고통이라기보다는 그저 참아 주어야 할 일이다. 그런 것을 참아 내지 못한다면 항상 고통 그 자체의 노예가 되어 완전무결하게 불행해질 수밖에 별 도리가 없다. 남녀가 사랑으로 인하여 결합된다고 믿는 무식한 인간들 때문에 얼마나 불행해지고들 있는가. 사랑이 아니라 인내다, 이해가 아니라 차라리 증오다. 장순규는 임미재가 결혼 생활을 사랑이라는 언어로 설명하고자 하는 주간지 스타일의 사고방식을 가지고 있기 때문에 이런 꼬락서니를 낳게 되었다고 불평하고 있는 것이었다. 그래서 자기 친구가 한밤중에 찾아왔어도 대문을 따 주지 않았다고 엉뚱하게 유종천의 이야기를 끄집어냈다. 그는 유종천이라는 친구가 어떠한 인간인지 설명을 하더니 그의 결혼 생활이 불행한 이유는 인내심이 없기 때문이라고 말하였다. 어느덧 장순규는 임미재에 대해서 완전 반말을 하고 있었다.

너는 항상 잘디잔 고통들을 준비함으로써 그 이상의 큰 고통을 회피하고 있다. 네가 아파하고 신음하는 고통이란 사실상 네가 참아 내기에 힘든, 네 능력으로 감당하지 못할 고통은 아니다. 역설 같지만 큰 고통을 회피하기 위해서 사소한 고통을 넉넉히 준비하고 있다는 말이다. 그러기에 너는 진짜로 크게 고통을 느껴야 할 때는 여간 당황해하지 않는다. 그래서 바로 네 옆에 고통스러워하는 사람이 있을 때, 너보다 더 고통스러운 사람을 볼 때, 무관심한 체할 뿐만 아니라 그것을 즐기기까지 한다. 너는 그저 사소하게 고통스러워함으로써, 항상 가장 암체머리 없는 매끄러운 표정만을 짓고 있다는 말이다. 기생과도 같은 사회평론가들이 신문 같은 데에 사소한 불평, 사소한 사회 부정부패를 끄적거림으로써, 그들이 양심을 가지고 있음을 증명하려고 하는 바로 그것과 마찬가지 태도이다. 이래가지고는 너와 나의 생활이 행복해질 수가 없다. 어떤 때 행복해지는 체할 수는 있을지 모른다. 말하자면 교통순경들이 시시껍절한 일들을 적발해 냄으로써 치안유지가 평온무사하게 될 수 있다고 생각하는 것과 마찬가지다. 사회 전체의 분위기를 근본적으로 개선할 의욕과 노력을 기울이지 않는 한 어떻게 교통순경의 힘만으로 그것이 될 것인가 의심할 수 있는 것과 마찬가지로 너에 대해서도 그런 의심을 할 수가 있다. 결혼 생활에도 교통질서를 지키자면 그렇게 어려운 일이 아니다. 내가 독재자 노릇을 하면 된다. 남아메리카의 어떤 독재자처럼 너 위에 군림하여 너의 자유를 말살하고 너의 권위를 인정치 않고, 그저 이따금씩 심심할 적마다 폭력이나 쓰고 큰 소리나 질러 대면 아마 우리의 결혼 생활도 평온하게 보일지 모른다. 그러나 그러한 것이 정상적이 아니라는 것은 하다못해 신문 같은 데에서도 말해 주고 있다. 제발 사소한 것 때문에 고통스러워하지 말자. 그러한 것을 참는다는 것은 능력에 속하는 문제이다. 보다 큰 고통에 고통스러워하자. 고통을 개성화시키지 말자…….

장순규는 미쳐 버린 인간처럼 으르렁거리고만 있었다. 임미재는 그것이 우스운 짓임을 알고 있었으므로, 얼마나 더 있어야 저 사내가 그와 같은 수작을 집어치우게 될 것인가를 지루하게 기다리고 있었다. 여자에게, 더욱이 아내에게 유식한 소리를 지껄이는 사내, 이 세계 어느 구석엔가 처박혀 있을지 모르는 진리를 야단스럽게 끄집어 와서 그것이 마치 자기의 것인 양 잘난 체하고 떠드는 그 소리에 대하여 임미재는 싫증만을 느끼고 있었다. 다만 장순규가 열을 내어 떠들고, 욕설을 퍼붓고 큰 소리를 질러 대는 것이 임미재로서는 흡족했다. 당당한 표정을 지어가지고 그것이 어떠한 소리이든지 간에 열을 내어 퍼부어 댄다는 것은 이 사내가 한 여자쯤 거느리고 살 만한 능력은 갖고 있다고 보였기 때문이었다. 임미재는 다만 그 사실만이 만족스러워서 오늘 밤에 있을 일을 잔뜩 기대하였다.

《월간문학》, 1970년 11월호

구멍탄 냄새

— 외촌동 사람들 6

구멍탄 냄새
— 외촌동 사람들 6

1.

그 사건이 일어난 것은 그 겨울 들어 두 번째로 추위가 밀어닥친 12월 중순의 어느 날 밤일이었다. 그해 겨울은 날씨마저 변덕스러웠으니, 11월 중순경에 된추위가 한 번 있은 뒤로 줄곧 푸근한 기후가 계속되었던 것인데, 바로 그날 오후부터 기온이 급강하하기 시작하였다. 자욱한 안개는 오정 가까울 때까지 외촌동 일대를 감싸고 있어서, 분지(盆地)의 형태를 이루고 있는 그곳은 마치 커다란 호수 속에 잠겨라도 있는 것처럼 보였다. 그러다가 오후로 접어들자 진눈깨비가 내렸고, 조금 뒤에 하늘은 맑게 개었으나 성난 파도처럼 밀려드는 북풍과 함께 강추위가 다가왔다. 사람들은 유난히 초라한 표정을 지으면서 걸음을 바삐 움직이고 있었으며, 강풍을 맞아 난민 주택들은 덜덜 소리를 내며 흔들리고 있었다. 인근 비료공장에서 원료로 쓰고 있는 볏짚이 날아들어 온 하늘을 뿌옇게 휘덮고 있었고, 구멍탄 냄새, 똥 냄새가 났으며, 어제까지만 해도 질퍽하기 짝이 없던 황톳길은 꽁꽁 얼어붙어 버렸다. 겨울 낮은 금방 지나가 버리고 밤이 찾아왔다. 시내에 밥벌이를 나갔던 사람들은 만원 버스에 실려 돌아오고 있었다. 외촌극장의 스피커로부터 들려오던 유행가 가락도 밤 열 시가 넘어서면서부터 그쳐 버렸으며, 바람 소리만이 기승스럽게 외촌동 일대를 분탕질하고 있었다. 이날 밤에 살인 사건이 일어나서 외촌동 사람들은 한동안 무서운 화젯거리로 삼았고, 어린애들은 귀신에게 목을 졸리는 꿈을 계속 꾸게 되었던 것이다.

살인 사건을 외촌동 사람들이 알게 된 것은 밤 두 시가 좀 넘었을 무렵이었는데, 무서운 소문은 삽시간에 온 동네로 퍼지고 말았다. 그날 밤 우리는 초상난 집이 있어서 밤샘을 하고 있다가 살인 사건의 소문을 들었던 것이다. 우리는 잔인한 호기심을 가지고 현장을 지켜보았다. 한 명의 순경과 향토 예비군 다섯 명이 현장을 정리하고 있었다. 한편에서는 젊은 여자의 울음소리가 터지고 있었고, 다른 한편에서는 수런대는 소리가 계속되고 있었다. 기온은 시시각각 영하로 깊숙이 떨어져 가고 있는 것 같았다. 바람은 좀 잦아 있었으나 그 대신 안개가 지독히 끼어들었다. 스모그는 하늘을 가렸고 땅을 덮었다. '정주옥'이라고 옥호(屋號)를 붙인 현장으로부터 새 나오는 불빛에 빗겨 안개가 흐르는 것이 보였다. 사람들의 모습도 어딘가 유령에 씌인 것처럼 그 형체가 분명하지 않았다. 마치 육지로부터 멀리 떨어진 구석진 바다에 위치하는 섬의 어민들이 멀리 바다 바깥에 난파된 배를 향해 무력하게 애를 태우고 있는 것과 비슷하게 사람들은 추위에 떨면서도 감히 현장인 집 안으로 들어갈 생각을 내지 않고 있었다.

그러자 멀리서, 가까이에서 개새끼들이 일제히 짖어대기 시작했다. 삶과 죽음을 모호하게 뒤덮고 있는 듯한 묘지적인 공기, 또는 빈민촌의 좀 이상하게 과장적인 서글픔과 허무감 같은 것이, 공기마저도 꽁꽁 얼어붙게 하려는 듯이 추워져 가고 있는 겨울밤을 무섭게 태초적인 분위기로 끌고 갔다.

2.

죽은 사람은 정주댁이라고 불리우는 예순네 살 된 노파였다. 정주댁이 외촌동에 들어와서 살게 된 것은 일 년 반 남짓 되었다. 그동안에 정주옥이라는 술집을 차려서 술막쟁이 노파 노릇을 해 왔었다. 그런데 정주댁은 무섭게 외상값을 회계했고, 형편에 따라 고리대금 놀이도 해 왔으므로 외촌동 사람들 사이에서는 '돈만 아는 할망구'라는 좋지 않은 별명을 얻어 가지고 있었다. 고생한 흔적이 있을망정 곱게 늙은 듯한 여자였다. 싸구려 막걸리 집 노릇을 할 여자는 아닌 것 같았다. 말하자면 정주댁은 유별나게 독특한 분위기를 자기 주변에 거느리고 있었다. 주름살이 잡힌 얼굴에는 깊은 수심이 어려 있었다. 더욱이 눈 가장자리를 잠식해 들어간 잔주름에 이 여자만의 말 못 할 슬픔이 새겨져 있는 것 같았다. 정주댁은 이따금씩 폭음을 하는 경우가 있었고, 그럴 적이면 이 세상 사람 같지 않게 싸늘한 표정을 지어 자기 스스로 학대를 하는 것이었다. 그 누구도 정주댁이 어떠한 여자인지를 알아내는 수는 없었지만 깊은 사연이 있어서 이런 빈민촌으로 굴러 들어오게 되었으리라고 짐작할 수는 있었다.

들리는 소문에 의하면 정주댁은 그 늙은 나이에 자살을 기도했다가 실패한 후로, 어서 죽어지기만을 바라는 심정만을 가지고, 기구한 노년을 간신히 연명하고 있다는 것이었다. 하지만 우리는 이러한 소문을 액면 그대로 믿지는 않았다. 이따금씩 정주옥에 들러 술을 마시게 될 때마다 이 여자의 텅 빈 늙은 눈에서 삶의 허무함과 어려움을 발견할 수는 있었지만……. 아닌 게 아니라 외촌동 사람들 사이에서는 정주댁에 관하여 여러 가지로 풍문이 나돌고 있었다. 밀주를 담가 파는 현선이 엄마, 두어 달마다 갈려 가는 작부들, 정주댁이 수양딸 삼아 데리고 있는 순실이……. 들이 풍문을 퍼뜨리는 사람들이었다. 그리고 세상사에 관하여 모르는 것이 없는 것처럼 뽐을 내는 수재댁 남편 정당모 씨도 정주댁의 과거에 대하여 무엇인가를 알고 있는 듯한 표정을 짓곤 하는 것이었다. 어느 시대에나 좀 신비하고 무섭고 전설적인 놀라운 사람이 있기 마련이라면, 외촌동 사람들은 정주댁에게서 그러한 전형을 찾아보고자 하는 것이었다. 외촌동에 들어와서 정주댁은 하잘 것 없는 술막쟁이 노파 노릇을 하고 있지만, 이 여자의 과거는 전혀 그렇지 않았을 것이라고 사람들은 말하고 있었다. 이 여자가 왜정 시대의 어느 친일파 거두의 소실이었다느니, 또는 만주의 어느 중국인 군벌 지도자의 사랑을 받았다느니 따위의 소문도 나돌고 있었다. 그러한 이야기가 진짜이든 거짓이든 사람들은 고개를 주억거리며 뒷전에서 뒷말을 하고 있었다. 다만 어느 정도 확실한 것은 정주댁의 남편과 자식들이 버젓이 살아 있다는 것이었다. 바로 서울 시내 한복판에서 살고 있다는 것이었다. 그런데 말 못 할 사연이 있어 남편과 자식들로부터 버림을 받은 채 이런 변두리 동네로 나와 지낸다는 얘기였다. 이러한 소문들은, 정주댁이 수양딸 삼아 데리고 있는 순실이의 입을 통해서 나온 것이었다. 순실이의 말에 의하면 어느 때 고급 승용차 한 대가 정주옥을 찾아온 적이 있었다는 것이었다. 그때 승용차로부터 스물두어 살 가량의 청년이 내려섰는데, 그 청년은 애원조로 무엇인가를 얘기하였다는 것이었지만, 정주댁은 싸늘한 미소만 흘리면서 들은 체도 하지 않았다는 것이었다. "저 할망구는 산

사람이 아니에요. 이미 죽어 있는 사람이에요. 아직 젖값을 더 받아야 하기 때문에 억지로 살아 있는 것에 불과한 거예요."라고 순실이는 입방아를 찧고 돌아다녔었다.

3.

술집의 문이 열려 있었으므로 우리는 안을 들여다볼 수 있었다. 정주댁은 문의 맞은편으로 보이는 토담 방에 마치 잠이라도 든 것처럼 반듯이 누워 있었으며 우리는 그 아주머니가(정주댁은 할머니라고 불리는 것을 싫어했으므로 우리는 이렇게 불렀던 것이다) 죽었다는 것을 믿을 수 없었다. 그러나 아까부터 현장을 지켜봤던 외촌약방 주인 엄 씨의 말에 의하면, 정주댁은 코피를 약간 흘리고 있었다는 것이며 목덜미께에 외상을 갖고 있다는 얘기였다. 하지만 정확한 사인은 아직 밝혀지고 있지 않은 것 같았다. 그러자 마침 우리의 친구인 종협이가 향군복을 입은 채, 긴장한 낯으로 나왔으므로 약간의 사정 얘기를 듣게 되었다. 부민의원 곽 의사가 시체를 대충 검증했는데 사망 추정 시간은 열두 시 삼십 분에서 한 시 사이로 짐작된다는 것이었다. 그런데 이때에는 정주옥의 다락방에 여섯 명의 사내들이 계속 술을 퍼마시고 있었다는 것이며, 통행금지 시간은 지났어도 구애를 받지 않는 외촌동인지라 아직 행인들이 끊어지지 않을 시각이므로, 만약 피살된 것이라면 범인을 찾아내기가 까다롭게 될 것 같다는 것이었다. 어쨌든 사인이 확실히 판명 날 때까지는 심증이 가는 주변 사람들을 중심으로 해서 수사를 펴보는 수밖에 없을 것이라고 종협이는 말했다. 그러자 우리도 그 얼굴을 알고 있는 한 순경이 바깥으로 나왔고, 총을 들고 있는 향군 청년

네 명이 뒤를 따랐다. 이 술집의 작부인 정란이는 울음보를 터뜨리면서 문지방에 기대서서 알아먹을 수도 없는 푸념을 늘어놓고 있었다.

4.

사람들은 계속 몰려들어 정주옥 앞에는 어느덧 삼백 명 가량의 인파가 형성되어 있었다. 우리가 짐작하기로는, 한밤중에 이렇게 사람이 많이 모이기는 이 년 만에 처음일 것이었다. 그러니까 이 년 전에 사람들이 심야 소동을 벌인 이후로 처음인 셈이었다. 외촌동은 가난한 사람들이 사는 곳이라 분쟁이 끊이지를 않았다. 그런데 외촌동의 계보를 따지자면 크게 나누어 두 그룹으로 볼 수 있었다. 하나는 극락동의 무허가 판자촌을 철거하여 이쪽으로 내몰았을 때 이주 와서 사는 사람이 될 것이며, 다른 한 그룹은 5·16 직후 자활촌이라고 하여 개척단을 조직하여 간척 사업에 동원되었다가 뾰족한 방도가 나지 않자 시 당국의 알선에 의하여 외촌동으로 굴러 들어온 패거리들이었다. 이 년 전에 두 패거리는 젊은 층을 중심으로 해서 한밤중에 패싸움을 벌였던 것이었다. 서로 삼십여 명 가량 부상자가 생긴 가운데 사건은 일단 수습이 되었지만, 아직까지도 그 잔재는 남아 있는 중이었다. 말하자면 젊은 애들을 중심으로 해서 그것은 일종의 깡패 조직을 형성하고 있었다. 우리는 물론 '극락동파' 행동 대원들 중의 일부인 셈이었다. 외촌동에 처음으로 발을 들여놓는 사람들은 우리들 극락동파이거나 자활촌파 중의 하나를 선택해야 하며, 반드시 일정한 텃세를 내도록 되어 있는 것이었다.

그런데 하여튼 이 년 전에 그 소동이 있은 후, 이날 밤 처음으로 많은 사람들이 정주옥 앞에 몰켜 서 있는 것이었다. 한 순경은 서른 일곱 살 먹은 사람인데 우리와 비교적 안면이 두터웠다. 외촌동의 치안을 유지하자면 극락동파의 행동대원인 우리와 의논을 하지 않을 수 없기 때문이었다. 더욱이 우리가 아까 밤샘을 해주고 있던 초상집이란, 바로 그저께 구멍탄 중독 사고로 죽은 홍명표 씨의 집인데, 우리는 뒤처리까지 맡아서 해주었다. 그저께 우리는 한 순경을 만나서 구멍탄 중독 사고가 3건 외촌동에서 발생하여 홍명표 씨와 그의 어린 딸은 죽어 버렸다는 것을 보고 형식으로 통지해 준 뒤에 이것을 어떻게 처리했으면 좋겠느냐고 넌지시 물었다. 구멍탄 중독 사고쯤은 너무 흔하게 일어나는 일이기도 하거니와 그런 것을 일일이 기록한다는 것은 따분한 일일 뿐만 아니라, 만약 잘못되어 신문에 기사화된다면 그것은 외촌동에 관한 망신밖에 될 게 없음을 우리는 알고 있는 것이었다. 그야 외촌동이 난민 주택촌인 줄은 세상이 다 아는 사실이지만 신문을 보고 나서야 가난한 사람들과 세상 물정을 이해하게 되는 자들은 더욱 외촌동을 더러운 동네라고 깔보게 될 것이었다. 서울특별시 확장 계획표에 의하면 순환 도로가 외촌동을 경유하게 되어 있으므로 음지가 양지가 될 날도 멀지 않았다고 우리는 믿고 있는 중이었다. 더욱이 우리는 한 순경의 입장을 누구보다도 잘 알고 있었다. 한 순경은 종로경찰서 소속의 어느 고급 주택들이 들어차 있는 파출소에 근무 중이었는데 그만 높은 사람에 대해 본의 아닌 실례를 범한 것으로 지목을 받아 외촌동으로 좌천 발령이 나게 된 사람이었다. "여기는 서울인가? 아니야. 시골인가? 아냐. 서울에서도 살아낼 수 없고, 시골에서 살아낼 수 없는 찌꺼기 인간들이 몰켜 사는 별천지란 말이거든. 어째서 내가 이런 곳에 굴러떨어지게 되었지?" 한 순경은 어느 날 하루 휴가를 얻었을 때 우리와 술잔을 나누면서 이렇게 개탄한 적이 있었다. "너희들도 생각해 보렴. 외촌동처럼 사고뭉치 동네는 없다. 살인, 강간, 전염병, 투서, 탈주범, 진정서……. 외촌동의 인구가 벌써 십만 명이 넘으니, (하기야 봉천동이란 데는 십만 명 가까이 된다고 하던가?) 웬만한 소도시보다도 많은 인구인데, 이것이 하나의 동(洞) 단위란 말이다. 작업량은 다른 파출소의 열 배쯤 될 텐데, 상부로부터의 성화와 견책은 또 가장 심하거든." 한 순경의 말에 우리는 동감의 뜻을 표시했으며, 그러자 기분이 울적해져서 우리들 중의 하나인 택호는 이런 말까지 했었다. "서울시가 아무리 발전하고 있다고 해봤자, 외촌동을 이 모양으로 내버려 두고 있는 한, 누가 그 말을 믿는단 말입니까? 외촌동이란 이곳은 개선되거나 없어져야 할 곳이 아니겠어요? 그야 어찌 되었든 한 순경님 걱정 마십쇼. 우리가 힘 자라는껏 도와드릴 테니까요. 그 대신 우리를 잡아넣으면 곤란하다, 이거예요."

그래서 우리는 한 순경을 도와주었다. 말하자면 그저께 홍명표 씨와 그의 딸이 구멍탄 중독 사고로 죽어 버렸지만, 우리는 그 사건을 쓱싹해 버렸던 것이다. 그 첫째는 한 순경의 짐을 덜어주자는 것이요, 그 둘째는 외촌동이란 데서만 구멍탄 사고가 발생한다고 믿고 있을 인간들을 더 이상 즐겁게 해주지 말자는 생각에서였다. 아닌 게 아니라 우리 외촌동에서는 구멍탄 사고가 자주 일어나고 있었다. 신문 같은 것을 보면 아궁이 손질이 나빠서 그렇다느니 하고 이야기를 하는데, 그 말이 반드시 정확한 것은 아니다. 물론 아궁이 손질이 나쁘고 장판 손질이 돼 있지 않아서 구멍탄 사고가 생기는 것이 사실이다. 하지만 외촌동의 경우에는 그 이상의 원인이 있는 것이었다. 말하자면 이 동네 전체가 구멍탄에 중독되어 있는 상태였다. 안개라도 자욱하게 낀 날이면 영락없이 그러했다. 각 가정으로부터 발산되는 구멍탄 냄새는 분지의 형태를 이루고 있는 외촌동의 저공(低空)으로부터 다시 아래로 떨어져서, 항상 이곳에 고여 있기 마련이었다. 구멍탄 냄새는 외촌동을 벗어나서 하늘로 올라가는 것도 아니고 땅으로 스며드는 것도 아니었다. 외촌동에서는 하늘이 보이지 않는 것이었다. 그러니까 외촌동 사람들은 구멍탄 냄새를 맡고, 마시면서 살아가는 것이었다. 환기 장치가 되어 있지를 않았다. 중독 사고가 빈발하는 것은 이런 이유 때문이지 다른 이유가 아니었다. 사람들은 공해라는 것을 가지고 떠들기 시작하는 모양이고 그래서 '매스컴 공해', '종교 공해', '선거 공해', '정보 공해', '데모 공해' 등등 재담까지 섞어 가며 입방아를 찧는 것 같지만, 외촌동 주민인 우리는 그런 것까지야 모르고, 다만 사람이 너무 많다는 것은 알고 있으므로 '사람 공해'만큼은 철저히 느끼며 살아가고 있는 것이었다. 많은 사람들, 그 사람'들'에게서 '들'이라는 글자를 빼놓고 나면 남는 것은 무엇이냐. 아무것도 없었다. 결국 외로운 죽음밖에는…….

5.

한 순경, 향토 예비군, 술집 작부 정란이가 나왔고 이어서 여섯 명의 사내가 나타났다. 이 자들은 아까 정주옥의 다락방에서 술을 퍼마시던 자들이었다. 정주댁이 죽었으리라고 추정되는 시각에도 이 자들은 그 위 다락방에서 작부인 정란이와 희롱을 하면서 계속 퍼마시고 있었던 것이었다. 향군 한 명이 총대를 곧추세운 채 이 자들을 감시하고 있었다. 그런데 이 자들은 아직 술이 깨질 않아서 그냥 해롱대고 있는 참이었다. 개중에는 정신이 번쩍 난 듯싶은 최갑복이도 끼어 있었지만…….

한 순경은 향군 한 명에게 무엇이라고 지시를 하여 파출소로 보내 버렸고, 다른 한 명에게는 정주옥 안으로 그 누구도 들여 보내서는 안 된다고 보초를 시키게 하였으며, 그리하여 작부인 정란이를 앞세워 놓고, 여섯 명의 술꾼들에 대한 신상 조사를 하기 시작했다. 정란이는 아직도 끅끅거리며 울고 있었지만 순경이 묻는 말에는 어김없이 대답을 잘 해주었다. 그러면서 정란이는 여섯 명의 술꾼들을 증오스러운 눈으로 흘겨보고, 순경의 사무적이며, 관리답게 딱딱한 표정을 살펴보고, 무서움에 떨면서 구경하고 있는 외촌동 사람들을 향해 저리들 비키라고 고함을 질렀다.

"이름이 무어라고 했지?" 하고 순경은 수첩을 꺼내 들고 나서 물었다.

"정란이라고 했잖아요, 송정란."

"저 여섯 명의 사내들이 계속 술을 퍼마시고 있었단 말이지? 아까 밤 열두 시에서 한 시 사이에도."

"그래요."

"혹시 저 친구들하고 정주댁하고 말다툼 같은 건 없었나."

"왜 없어요? 아까도 두어 번 싸웠는 걸요."

"싸웠다구? 어째서?"

"저 사람들은 외상 술값이 많이 밀렸거든요. 그런데도 걸핏하면 찾아와 가지구 술 내놓으라구 행패를 부렸단 말이에요. 정말이지 짐승보다 나을 게 없는 남자들이에요. 글쎄, 아주 질이 더러운 인간들이란 말이에요. 외상 술값이 팔천 원이나 밀려 있는데도 아까 천 원을 내놓구 나서는 또 외상 술을 오천 원이나 먹어 버렸어요.

그러다가 하도 못살게 굴길래 비명을 질렀는데, 그때 엄마가 올라왔어요."

"엄마라니? 정주댁 말인가."

"그래요. 지금부터 그 얘기를 해야겠어요." 하더니 정란이는 여섯 명의 술꾼 사내 중

에서도 턱수염이 더부룩하니 자라난 인간을 꽉 붙잡더니 앞으로 끌어내었다. "바로 이 사람하고 싸웠어요. 글쎄 나더러 말이에요, 오늘 밤 함께 자자구 하는 거예요. 술집 작부는 물건이냔 말이에요. 막 보듬어 안구, 가슴을 만지구, 못살게 굴었어요. 아주 손버릇이 고약한 남자란 말이에요. 하도 시달리다 보니 어쩌는 수가 없어서 술값을 사천 원 이상만 올려 주면 그걸 해도 좋다고, 빈말이나마 그렇게 말해 버렸어요. 그런데 이 사람들은 사천 원을 올려놨어요. 하지만 술장사가 한정이 있겠어요. 내가 아래를 향해 '엄마, 여기 과일 한 사라 올려요.'라고 얘기했더니, '이년아, 과일 같은 건 안 먹어. 너 아까 약속했지? 사천 원 이상 올려주면 그걸 해주겠다구 했잖아? 네 입으로 얘기했으니까 다른 소리는 못하겠지, 응?' 하고 여기 이 남자는 말했어요. 그러더니 갑자기 나를 쓰러뜨리고는 옷을 벗기려구 했어요. 짐승인들 그럴 수 있겠어요? 글쎄 버젓이 여러 사내들이 있는데 그게 무슨 짓이에요. 하도 화가 나서 '이 쌍놈의 새끼야' 하고 욕을 했어요. '병신 같은 년'하고 여기 이 남자는 말하더니, 글쎄 말이에요, 손을 쑥 집어넣어 가지고는 막 타 누르고 하더니 털을 뽑아냈단 말이에요. 하도 아프고, 분하고, 억울해서 막 눈물이 나왔어요. 체면이고 무어고 생각해볼 겨를이 없었어요. 막 대들었어요. '이놈아, 내가 양 새끼인 줄 아니?'하고 막 욕을 했는데, 글쎄, 이 사내들은 인간이 아니에요. 빙글빙글 웃어대면서 옷을 벗기려

하구, 놀려 대구, 끼룩거렸어요. 그러는데 엄마가 과일을 가지고 올라왔던 거예요. 나는 엄마를 붙잡고 엉엉 울어버렸어요. 엄마도 화가 났죠. 이 짐승만도 못한 놈들아, 너희들한테는 술 안 팔아도 좋으니, 빨리 밀린 술값이나 내구 나가라, 나가, 하고 막 고함을 질렀어요. 그래 그때 엄마하구 이 사내들하고 시비가 붙었는데, 그래요, 저 남자가 엄마를 한 대 쳤어요."

정란이는 앞으로 뛰어나가더니 다른 사내를 한 명 붙잡고 늘어졌다. 그 사내는 얼떨결에 앞으로 나섰지만, 이미 얼굴이 사색이 되어 있었다.

"형편없는 젊은 것들이로구만. 도대체 당신들은 뭘 하는 인간들이야?" 하고 순경이 물었다.

"노가다들이에요."하고 정란이가 대답했다. "맞아요, 이 사람들이 우리 엄마를 죽였을 거예요, 그럴 거예요. 이놈들은 아까 엄마하고 대판 싸웠거든요. 엄마를 때렸단 말이에요. 그런데 엄마는 술값을 받아 내지 않으면 절대로 이놈들을 놔두지 않을 작정이었어요. 파출소에 신고하려고 했단 말이에요. 그래요. 이놈들은 술 취한 김에 우리 엄마를 죽였을 거예요. 술값을 내라고 하니까 흥분한 김에 덤벼들었는지도 몰라요."

"이 쌍년아, 말조심해." 하고 그들 중의 한 명이 소리를 질렀다.

"소리 지를 건 없어." 하고 순경은 윽박질렀다. "당신들에게 혐의가 가는 건 당연해."

"하지만……." 하고 그들 중의 한 자가 말하려고 했다.

"개 같은 놈들. 이 개 같은 놈들아."하고 정란이가 소리를 질렀다. "이 도둑놈들아. 오늘 밤은 도둑질을 못 하게 돼서 안됐다. 흥, 안됐구나."

"도둑질이라니?"하고 순경이 물었다.

"그래요. 이놈들은 도둑놈들이란 말이에요. 겨울철이 닥쳐와서 일감이 떨어졌단 말이에요. 그런데 노가다 일해서 번 돈은 다 털어먹구 게다가 산더미같이 빚을 졌단 말이에요. 오도 가도 못할 처지가 된 데다 돈마저 떨어졌으니 제깟 것들이 별수 있어요? 밤마다 도둑질을 하고 있는 거예요. 오늘 밤에도 저쪽 내촌동의 어떤 집을 털러 가기로 모의를 하고 있었단 말이에요. 아까 그런 얘기를 들었어요. 벌써 수십 차례 도둑질을 했단 말이에요."하고 정란이는 점점 신이 나서 큰소리로 말하고 있었다.

6.

죽일 놈들 죽일 놈들 소리가 구경하고 있는 사람들의 입으로부터 새어 나왔다. 순경은 여섯 명의 노가다 일꾼들을 앞으로 불러내었다. 그러고는 수첩에다가 각 사람들의 이름과 나이와 본적을 적어 넣었다. 그러자 구경을 나와 있던 중년 부인 하나가 노가다 청년 한 명의 멱살을 붙잡고 늘어졌다. 며칠 전에 은수저와 라디오와 금붙이를 도둑맞았는데, 틀림없이 네놈들의 소행일 것이며, 그러니 물건을 뱉어 내놓으라고 그 중년 부인은 바락바락 악을 써 대고 있었다. 구경하고 있던 사람들 속으로 마치 파도가 지나가는 것처럼 술렁거리는 소리가 높아져 갔다. 그러자 사람들은 점점 험악한 표정들이 되어 여섯 명의 노가다 청년들을 둘러싸고 있었다. 정란이는 계속해서 악다구니를 퍼부어 댔고, 여섯 명의 인간들은 순경을 붙잡고 발뺌하기에 분주하였다. 그러는데 돌멩이가 하나 날아들어 노가다 청년 중의 한 사람의 이마빼기를 맞췄다. 대략 이때쯤 되어서 분위기는 아연 살벌해져 갔는데 우리는, 즉 나와 황오와 경연이와 민대는 좀 심상치 않은 기분을 느끼게 되었다. 우리는 여섯 명의 노가다들이 좀도둑질을 다니고 있다는 것을 물론 알고 있었다. 그 여섯 명 중의 하나인 최갑복이와는 서로 술도 같이 마시는 친한 사이였다. 정란이가 실토한 바와 같이, 이자들은 지난 봄철에 시골로부터 이농(離農)을 해 가지고 상경했었다. 그리하여 별의별 우여곡절을 다 겪은 끝에 외촌동으로까지 굴러 들어오게 되었다. 외촌동의 극락동파 행동 대원들인 우리로서는 이자들을 가만히 내버려 둘 처지가 아니었었다. 외촌동의 옆 내촌동에는 주택들이 들어차기 시작하여 일손이 달렸고, 더욱이 외촌동의 옆 내촌동에서 십 리쯤 나가서 경기도 땅에는 어떤 재벌이 차관을 끌어들여 와 냉간 압연 공장을 세우고 있었으므로 일꾼들이 필요한 것도 사실이지마는, 그것이야 본토박이가 되다시피 한 우리들이 맡아서 할 일이었다. 우리는 외부로부터 노가다들이 밀려 들어오는 것을 여간 경계하고 있지 않았지마는, 이자들만은 용서해주기로 했던 것이었다. 이자들의 처지가 딱해 보여서 금년 한철 이곳에서 일하는 것을 봐주기로 했었다. 그런데 정란이도 지적했다시피 이자들은 품값으로 받은 돈을 술 사 먹고 계집질하는 데에 모두 써 버리고 말았다. 게다가 빚을 잔뜩 지게 되어 오도 가도 못할 처지에 빠졌다. 겨울철이 닥쳐오자 건축 공사는 모두 끝이 나 버렸고, 이자들은 궁리하다 못해 두 패로 나뉘어 막벌이 일을 나섰다. 한 패는 하수도나 변소를 고치라고 고함을 지르고 다녔다. 그리고 다른 한 패는 김장철이 되어 시장이 생기게 되자, "팔아요, 막 팔아요, 맛 좋은 알타리무." 하고 고함을 지르고 있었다. 최갑복이는 김장철에 거간 노릇을 착실히 해서 약간의 돈을 마련했다. 최갑복이는 국숫집 황 씨네 딸을 유혹해내어 동거 생활에 들어갔는데, 아마 이자가 그중 똑똑한 편일 것이었다. 그러다가 김장철도 지나가 버리고 하수도와 변소를 고쳐 주는 것으로는 입에 풀칠을 할 수 없게 된 이자들은 마지막으로 좀도둑질을 시작하고 있었다. 그런데 워낙 인간들이 변변치를 못해서 장물아비를 통하지 않고 물건을 처리하곤 했으므로 경찰에 발각되는 것은 시간문제라고 보고 있었는데, 의외의 사태에 연루되어 그들의 행실이 드러나고야 만 것이었다.

7.

그때 순실이가 나타나지 않았던들 이자들은 외촌동 사람들에게 집단 린치를 당하여 뼈도 추리지 못했을 것이었다. 외촌동 사람들이란 개개 인간들을 놓고 따져 보는 한에 있어서는 하나같이 무력한 사람들인 것이지만, 집단으로 형성되어 나타날 적에는 세상에 그토록 잔인할 수 없는 짓들을 벌이고야 마는 것이었다. 바로 일 년 전의 일이지만 대학까지 다녀 본 젊은 녀석 한 명이 정신병에 걸려 버렸는데, 발작을 시작하여 제 어미를 두들겨 패고, 게거품을 품고, 식칼을 들고 거리를 뛰어다녔다. 이때 외촌동 사람들은 모두 집 속에 숨어 들어가 꼼짝을 못했는데 얼마쯤 시간이 흘러가 미친 인간에 대해 공분을 느끼게 되자 제각기 도끼, 삽, 나무토막을 들고 나타나 그 미친 인간을 결국 때려죽여 버리고 만 일도 있었다. 그런데 정주댁이 수양딸 삼아 데리고 있던 순실이가 갑자기 나타남으로 인해서 사람들은 노가다 일꾼들에 대해서는 금방 잊어먹고 말았다.

순실이는 파란색의 파일 오버를 입고, 무릎 위까지 올라간 미니스커트에 피시네트 스타킹, 그리고 빨간 장갑, 노란 머플러를 휘두르면서 어둠 속으로부터 갑자기 나타났던 것이다. 그녀의 돌연한 출현은 그 자리에 있던 모든 사람들을 잠시 놀라게 만들었다. 경주댁이 죽어버린 지금, 수양딸 삼아 데리고 있던 순실이가 가장 밭은 연고자가 됨직도 하지마는, 그녀의 행실이 워낙 개차반이어서 사람들은 이 점을 망각하고 있었던 것이다. 그 중에서도 가장 놀라버린 것은 다름 아닌 우리들이었다. 즉, 황오와 경연이와 민대와 나는 비록 말은 안 했지만 순실이에 대해서 의심을 품고 있었다. 만약에 정주댁이 누군가에 의해 살해된 것이라면, 혹시 순실이가 그런 짓을 했을지도 모르겠다고 막연히 추측했었기 때문이다. 아니, 우리의 추측이란 순실이가 나쁜 여자애라든가 하는 뜻이라기보다는 경주댁과 순실이 사이의 묘한 인간관계를 두고 하는 말이었다.

순실이는 정주댁의 수양딸이었다. 좀 더 정확히 말하자면 정주댁은 순실이를 가리켜 자기의 수양딸이라고 말하고 다녔지마는, 어떻게 된 것이 순실이는 코웃음만을 치고 있었다.

“흥, 그 사람이 아니라 괴물인 걸 내가 무엇이 답답해서 그런 할망구의 수양딸 노릇을 해? 하지만 내가 없으면 그 할망구는 하루도 견디지 못할 거야. 인생이 불쌍해서 싫은 것을 억지로 참고 같이 지내주는 거야. 그러나 두고 봐. 이제 마음에 드는 사내가 나타나면 나는 그 사내와 도망을 가 버릴 거야.”

순실이는 누구에게나 이렇게 지껄이고 다녔다. 아닌 게 아니라 순실이는 살이 통통 쪘고, 활기에 넘쳐 있고, 유행가를 많이 알고 있고 그리고 예쁘다기보다는 머슴애처럼 이목구비가 골고루 컸다. 처음에 순실이는 정주옥에 작부로 들어왔으나 정주댁의 눈에 들어 작부 노릇을 면했다. 정주댁은 아무에게나 정을 주지 않았지만, 웬일인지 순실이에게만은 친딸 이상의 애정을 보이는 것이었다. 그런데 정주댁이 애정을 나타낼수록 순실이는 흥흥거리며 경멸해 마지 않았다. 순실이는 마치 발정 난 암캐처럼 꼬리를 휘저으며 좁은 외촌동 바닥을 쏘다니고 있었다. 사내놈들이 넋이 빠져서 휘파람을 홱홱 불고 수작을 붙일라치면 부끄러워하는 기색은 전혀 없이 당당하게 맞서서 쏘아대는 것이었다. 아닌 게 아니라 우리도 또한 순실이를 따라다닌 적이 있었다. 우리 중에도 황오와 민대는 순실이를 손아귀에 넣고자 애도 많이 썼다. 죽자사자 돈을 마련해서는 열심히 순실이에게 비싼 음식을 사 먹였다. 그러면 순실이는 사양하는 법 없이 얻어먹는 것이지만 이쪽에서 본전을 뽑으려고 하면 "이러지 말란 말야. 너하구 나하구 너무 가까워지면 서로 좋지 않아." 라고 말하는 것이고, 그래도 덤벼들라치면 "정말 별꼴이 반쪽이야. 이렇게 굴면 이담엔 다시 안 만날 테야."라고 말하였다. 하여튼 순실이는 골목대장처럼 사내애들을 두세 명 끌고 외촌동 일대를 돌아다니고 있었다. 그리고 순실이 뒤에는 항상 정주댁이 감시를 게을리하지 않고 있었다. 정주댁은 순실이를 찾아 나서는 것이었고, 그리하여 발견하게 되면 좋은 말로 구슬리기도 하고 협박을 넣기도 하여 집으로 끌고 들어가는 것이었다. 이미 이때쯤 되어서는 순실이와 함께 자 봤다는 사내놈들이 많이 나타나게 되었다. 사내놈들은 은근한 자부심을 가지고 잠자리의 세부 사항을 꼬치꼬치 설명해 주는 것이었다.

그런데 얼마쯤 전에서부터 순실이에게는 새로운 놈팽이가 생겨 있었다. 그자는 서른한 살 먹은 전과 2범의, 아마 틀림없이 다른 사람에게 피해를 입힘으로써 자기 스스로 개차반 같이 살아댈 것으로 보이는 건달 녀석인데 주민등록 신고차 외촌동에 들어왔다가 (그러니까 그자에게는 이 신흥 동네가 본적이었다) 순실이를 발견했다. 이름이 정헌죽인 그자는 순실이가 몸이 좋다는 것을 보자 회가 동하여 유혹했던 것이지만, 그토록 오만하던 순실이는 웬일인지 맥없이 그자에게 굴복하고 말았다. 그 사건이 일어난 것은 두 달 전의 일이었고, 순실이는 정주댁이 깊숙이 간직했던 패물을 훔쳐 가지고 애정 행각에 나섰다. 두 사람은 워커힐에 가서 하룻밤을 신나게 돈을 썼다는 것인데, 정헌죽이라는 사내놈이 얼마나 신이 났을지는 생각해 보지 않아도 알 수 있는 일이었다. 정헌죽은 그때로부터 다만 순실이를 조종하는 일만을 하면 되었다. 이따금씩 손찌검을 하고, 며칠 동안 만나주지 않거나 또는 다른 여자를 물어서 여봐란듯이 순실이 앞에 나타나 시위를 하면 되었다. 순실이는 애가 타고, 질투심에 불타오르고 환장할 지경이 되어 정헌죽의 비위를 맞추기 위하여 무슨 짓이든지 서슴지 않고 있었다. 정주댁은 이미 순실이가 돌아버린 줄 눈치채었지마는 마지막 안간힘을 다하여 붙잡아 두고자 애를 써 보았다. 심지어는 순실이를 감금하다시피 한 적도 있었다. 그러다가 약 보름쯤 전에 순실이는 다시 뛰쳐나갔는데, 정주댁을 막 물어뜯고 할퀴고 했다는 것이었다. "왜 못살게 굴어요. 빨리 뒈져 죽지나 않구. 지금까지는 참아 두고 있었지만 앞으로는 안 참아요, 안 참아. 다시 나타나지 않을 테니, 그런 줄이나 알고 있으란 말이에요." 순실이는 이렇게 말하고 나서 휑하니 나가 버리고 말았다.

그리고 순실이는 돌아오지 않았다. 정주댁은 소문을 퍼뜨리기를 순실이가 다시 나타나기만 한다면 그까짓 돈 훔친 것쯤 채근을 하지 않겠다, 순실이가 무슨 짓을 하든 참견하지 않겠다, 그저 옆에 있어 준다면 그것으로 만족하겠다, 라고 말하고 다녔지만 순실이는 종내 무소식이었다.

8.

그런데 우리는 아까 밤 열 시경 순실이를 보았다. 그녀는 요란하게 차리고 버스로부터 내려서는 길이었다. 반드시 그녀의 곁에 붙어 있을 거로 예상했던 정헌죽이 보이지 않았다. 그때 우리는, 즉 황오와 경연이와 민대와 나는 구멍탄 사고로 죽은 홍명표 씨 상갓집에서 와룡 소주를 얻어 마시고 나오는 길이었으므로 좀 얼큰하게 취해 있었다. 진눈깨비가 내리고 난 참이라 날씨는 시시각각으로 추워져 가고 있었는데, 스산한 마음속으로 들어간 술 한 잔이 묘한 작용을 불어넣어 좀 발작이라도 부리고 싶은 기분을 일으키고 있는데, 그때 바로 순실이를 보았던 것이었다. 황오는 슬슬 순실이의 꽁무니로 다가붙어 서서, 남자를 알게 된 이후로 부쩍 달라진 그녀의 몸매를 훑어보면서, "야, 정말 오랜만에 나타나셨구만." 하고 수작을 붙였다. "그래, 오랜만이야." 하고 순실이도 말하였다. "요새는 어떻게 지내고 있어요?" 하고 경연이가 좀 소심한 어조로 물었다. "나? 잘살고 있지 머. 전농동에서 살고 있는데, 우리 그 사람은 대양극장 기도(kido) 주임이 됐어." 하고 순실이는 말했다. "그렇다면 외촌동에는 왜?" 하고 이번에는 내가 물었다. "응, 우리 할망구한테 볼일이 있어서……." "무슨 볼일?" 하고 민대가 따져 물었다. 순실이는 잠깐 망설이는 눈치이더니, "우리 할망구한테 돈을 받을 게 좀 있거든." 하고 말하였다. 하지만 순실이가 무슨 돈을 받을 게 있을 것인가? 우리는 사정을 빤히 알 수 있었으므로 쿡쿡 웃었다. 아마 순실이는 우리의 쿡쿡 웃음에 좀 비위가 상한 것 같았으며, 그래서 자기를 설명할 필요를 느끼게 된 것 같았다. "우리 할망구가 어떤 여자인 줄 당신들은 잘 모를 거야. 간단히 얘기하자면……. 실수로 인해서 아직 살아 있는 여자란 말야. 아마 본인도 더 이상 살고 싶은 욕망을 안 갖고 있을 거야."

순실이는 이해하기 곤란한 이런 이야기를 하면서 극히 잠깐 동안이지만 아주 깊은 생각에 빠져 들어갔다. 말하자면 저 옛날에나 있었음직한 어떤 운명적인 분위기, 살(煞)이 낀 사람을 끼고 도는 불가해한 환경에 대해서 말하고자 했다. 삶에 대해서 무저항적으로 그것을 받아들일 수밖에 없는 깊은 허탈의 그림자… 그리고 이런 이야기를 더 발전시키다 보면 이런 빈민촌에서 살고 있는, 사람들의 억울하게 살고 있는 듯한 심정으로부터 연유되는 깊은 탄식과 체념의 응어리진 덩어리를 만나게 될 것이었다. 그와 같은 것은 물론 정주댁의 평소 분위기에 그대로 연결이 되어 있었다. 순실이는 아마 정주댁의 무슨 비밀을 탐지해내어 알고 있는 듯했으며, 또 어떻게 보면 정주댁이 갖고 있는 처참한 비밀을 알게 되는 순간부터 소스라치게 놀라 버린 것이 아닐까 짐작되기도 하였다. 하여튼 순실이는 무슨 얘기를 더 할 듯하다가 그만두어 버리고 말았다. 순실이는 다만 이렇게 말했다. "그 여자는 금방 죽어 버리고 말 거야. 그걸 피할 도리가 없을 거야. 그런데 할망구가 죽기 전에 나는 해야 할 일이 있단 말야." 순실이의 진지해진 태도에 우리는 도리어 놀라 버렸다. "무슨 일을 한다는 거야?" 하고 조금 뒤에 민대가 물었다. "그건 말할 수 없어. 하지만 얼마 지나지 않아서 모두들 알게 될 거야." 순실이는 이렇게 말하고 나서, 갑자기 제정신을 차린 듯 깜짝 놀라는 표정이 되어 황황히 도망가 버리고 말았다.

9.

"당신이 순실이지? 정주댁의 수양딸이라고 했던가?"하고 순경은 물었다.

"네 그래요." 순실이는 시인했다.

그녀는 별로 슬퍼하는 기색도 없었고 그렇다 해서 당황해하거나 놀라워하는 눈치도 보이지 않았다. 순실이의 너무도 태연한 태도가 그 자리에 있던 외촌동 사람들을 놀라게 하였다.

"맞아요. 재가 아까 찾아왔어요."하고 작부인 정란이가 고함을 질렀다. "그리고 싸웠어요. 엄마하고 싸웠어요."

"빌어먹을 년, 조용하지 못해?"하고 순실이도 으르렁거렸다. "정주댁이 어째서 네 엄마란 말이니?"

"그 여자가 어째서 죽었는지 당신은 알고 있나?" 하고 순경이 물었다.

순실이는 잠깐 생각을 해보는 눈치였다.

"네 알아요." 조금 뒤에 그녀는 이렇게 말했다.

순경과 예비군은 물론이지만, 구경하고 있던 외촌동 사람들에게도 긴장과 함께 놀라운 파문이 일어났다.

"알고 있다니? 당신이 죽였단 말이지?"

"아뇨."

"그럼 뭐야?"

"나는 안 죽였어요."

"그럼 누가 죽였단 말야? 정주댁이 피살된 건 사실이지?"

"어쩌면 자살일지도 몰라요. 하지만 의심 가는 사람이 있기는 해요."

"그 사람이 누구야?"

"정주댁의 아들이에요."

"아들?"

"네 그래요. 지금 외촌동에 들어와 있어요."

"그러고 보니 생각이 나요. 아까 웬 청년이 정주댁을 찾아왔어요."하고 정란이도 말했다.

"그게 몇 시쯤이었지?"

"열 시쯤이었어요. 글쎄, 저 노가다 놈들의 행패를 받은 뒤 하도 서러워 아래 술청에 내려와 있었어요. 이미자 노래도 부르고 송춘희 노래도 부르면서 서러운 마음을 달래고 있었어요. 한참 그러고 있으니까 마음이 진정이 되데요. 하지만 나는 술집 작부이거든요. 저 노가다 놈들이 행패를 부린 것은 악심을 가지고 한 게 아닌 줄은 알거든요. 나는 곱게 화장을 하구 나서 다락으로 올라갔어요. 그리고 넙죽넙죽 술을 받아 마셨어요. 그러다 보니 안주가 떨어졌어요. '엄마 동태찌개 하나 올려요.'하고 아래에 대고 소리를 질렀어요. 여느 때 같으면 '오냐, 알았다.' 하는 소리가 들릴 텐데 아무 대꾸가 없었어요. 이상하다 싶어 내려가 봤더니, 어떤 청년이 와 있었어요. 질 좋은 오버를 입었구, 머릿기름도 자르르 흐르는, 첫눈에 봐도 외촌동 사람은 아니었어요. '두말하지 않겠단 말입니다. 그러나 내놓으면 됩니다.'하고 청년은 말하고 있었어요. 그러다가 두 사람은 나를 보더니 입을 다물고 말았어요."

"맞아요. 아까 나도 봤어요."하고 순실이는 말했다.

"그 아들이 어디 있지?"하고 순경이 말했다.

"외촌동에 들어와 있다고 말했잖아요."

"글쎄, 외촌동 어디 있는지 알고 있느냔 말야."

"몰라요. 날씨가 추우니까 노숙은 못할 거구, 어디 여관에라도 있겠지요, 무어."

그러자 순경은 몇 가지 지시를 했다. 정주댁의 아들 이름을 알고 있는 정란이를 앞장세워 여관들을 순찰하도록 하였다. 이런 일에는 의당 협력을 해야 한다는 것처럼 경연이와 민대도 거기에 합세하였다. 그러나 황오와 나는 현장에 남아 있었다. 이미 밤 두 시가 넘어버린 싸늘한 빈민촌의 그 어둠의 냄새, 깊숙이 죽음과 관련을 맺게 된 사람들의 괴기스러운 긴장, 무서움, 아픔들로부터 도저히 벗어날 수가 없었기 때문이었다. 사람들은 점점 하강하는 영하의 기후와 죽은 사람의 영혼에 대하여 느끼게 되는 추움으로 인해 몸서리를 치면서 떨고 있었다. 아마 개새끼들도 그런 것을 느낀 듯했다. 개들은 배고픈 이리 떼처럼 짖어 대고 있었다. 싸늘한 겨울 공기를 흔들면서 들려오는 그 소리의 징조에 대하여 사람들이 느끼고 있는 발가벗겨진 심정— 무엇인가 우주 질서 전체의 운행이 대단히 잘못되어 있는 게 아닐까 하는 근원적인 불안감, 전율, 아픔과 같은 것을 느끼고 있었다. 정주댁은 우스꽝스럽게 내던져져서, 대단치도 않은 오해, 불신, 갈등, 괴로움의 소용돌이 속에 말려 들어가고, 패배당해, 산다기보다도 죽지 않고만 있는 그런 생활을 하고 있다가 전혀 어처구니없는 최후를 맞이해 버렸다. 정주댁과 그 정주댁의 주검을 놓고 산 사람들의 비겁함으로부터 오는 진상 규명의 태도, 죄와 벌의 유치한 응보 논리 속에 여전히 말려 들어가고 있는 그 현장의 분위기가, 외촌동 전체의 빈민촌 분위기와 엉겨 붙어, 말하자면 도저히 끝이 날 것 같지 않은 무거운 형벌의 중압감으로 타 눌어붙고만 있는 것 같았다. 아마 순경도 이러한 것을 느끼고 있는 것 같았다.

"빌어먹을 것들 같으니라구, 집에 처박혀 잠이나 잘 것이지 뭣들을 얼빠진 표정으로 구경하는 거야?"

순경은 증오에 가득 찬 눈으로 사람들을 매섭게 훑어보면서 으르렁거렸다. "빌어먹을 것들, 빌어먹을 것들." 소리를 그는 연발하고 있었다. 사람들은 순경의 말을 듣자 이상하게 놀라 버린, 겁먹은 마치 살인 혐의라도 받고 있는 것 같은 표정이 되어 두어 걸음 물러나고 있었다. 그러자 순실이가 갑자기 흐느껴 울기 시작했다. 머리카락을 쥐어뜯고, 어깨를 들먹이더니, 그대로 주저앉아서 대성통곡을 하고 있었다. 말하자면 그 여자의 가장 깊은 곳으로부터 무엇인가가 격하게 떨리고, 흔들리고, 그 여자의 모든 세포 조직, 오장육부가 견딜 수 없는 힘에 의하여 파괴되면서 울음으로 터져 나오고 있는 것 같았다. 이리 떼처럼 짖어 대는 개새끼들의 소리, 순실이의 울음소리가 싸늘한 겨울의 하늘로 사무쳐 올라갔다. 조금 뒤에 순실이는 정주옥 안으로 들어갔으며 정주댁의 주검에 매달리려고 하였지마는 사람들이 간신히 뜯어말렸다. 순실이는 소리를 지르기 시작하더니, 정주댁은 자기 때문에 죽었다고 하면서 발버둥질을 치고 있었다.

10.

그러자 조금 뒤에 사이렌 소리를 요란하게 울리면서 경찰 백차가 와 닿았고 서너 명의 사람이 분주히 뛰어내렸다. 시경에서 나온 형사와 신문 기자라는 것을 알아볼 수가 있었다. 순경은 상황 보고를 했고, 사건 경위를 대충 말해 주었다. 형사는 고개를 끄덕이면서 주변을 두리번거리며 살펴보고 있었다. 그런데 형사는 살인 사건을 수사하러 나온 사람이라기보다는, 외촌동이란 곳이 어떤 곳이며, 이곳 사람들이 얼마나 해괴한 표정들을 하고 살아가는지 조사하러 나온 사람 같았다. 먼 이방인의 눈초리로 밤하늘과, 어둠 속에 잠겨 있는 집들과 구경 나온 사람들, 을씨년스러운 정주옥, 그 옆에서 있는 포플러 나무를 두리번거리며 살폈다. 하기야 그들은 외촌동 사람들이 아니었다.

얼마 후 정란이와 예비군들은 정주댁의 아들이라는 청년을 데리고 현장에 도착했던 것이지만, 이미 이때에는 영화 같은 데서 흔히 볼 수 있는 것과 같이, 쓸데없이 분주하고, 사건 중심적이고, 또한 기계적인 수사 활동이 벌어지고 있어서, 그 괴기스럽던 공포, 떨림, 아픔의 분위기는 사라져 버리고 말았다. 정주댁의 아들은 변명이라도 늘어놓는 듯한 어조로 정주댁이 어떻게 살아온 사람인가를 설명했다. 그러나 이미 우리는 그런 사실적인 진술에 대하여 흥미를 잃어버리고 있었으므로, 흔히 대중 잡지에 게재되는 수사 비화를 읽는 심정으로 그 얘기를 들었다. 정주댁이 어떤 귀중한 문서를 갖고 있었다는 얘기였는데, 악착같이 그것을 숨기고 내놓지 않았다든가 따위의 말이었다.

우리는 살인 사건이 일어난 현장으로부터 어깨를 축 늘어뜨리고 걸어가기 시작하여 구멍탄 중독 사고로 죽은 홍명표 씨네 집으로 향하였다. 우리는 너무 피로하여, 다만 술을 마시고 싶은 생각뿐이었다. 사람들이 어떻게 살아가고 있는가를 만약 우리가 알게 되었다면, 그 삶이라는 것은 얼마나 무의미할 것인가를 생각하면서……. 물론 우리는 그러한 것을 알고 있는 것도 아니었지만…….

《월간중앙》, 1970년 12월호

새벽 외출

새벽 외출

광장을 가로질러 그는 남쪽 역사(驛舍) 있는 쪽으로 갔다. 검은 바다와도 같이 펼쳐 있는 어둠 속에 그 건물은 기선처럼 솟아 있었다. 새벽이 될 때까지가 있을 만한 곳이 마땅치를 않아서 그는 서울역으로 나온 길이었다. '그것은 해방 직후에도 그랬지, 잘 만한 곳이 마땅치를 않은 사람들은 역 대합실에 몰려와서 길고 지루한 밤을 드새곤 했지.'

그는 대합실 안으로 들어섰다. 딱딱한 나무 의자에 쪼그려 앉아 있던 거지 소년이 그를 쏘아보았다. 눈을 동그랗게 뜨고 퍽 지친 듯한 표정을 그 소년은 보여주고 있었다. 거지 소년의 옆에는 오른팔이 잘려 나가서 쇠갈쿠리를 달고 있는 병신 사내 한 명이 숯덩이를 그려 붙인 얼굴을 잔뜩 찡그린 채 잠에 떨어져 있었다. 그 위로 환한 샹들리에가 네 개 떠 있었고 안개가 불빛을 찾아드는 나방이들처럼 꾸역꾸역 밀려들고 있었다.

동지철, 한파가 밀려들어 얼음이 꽁꽁 얼어붙었다. 어둡지 않기 때문에 더욱 스산하고 황량해 보이는 대합실 안으로 네 명의 아낙네들이 들어섰다. 이미 통금 시간은 해제된 새벽 네 시 이십 분이지만, 그럼에도 아직 한밤중과도 같이 막막한 기운이 감돌고 있었다.

차갑게 밝은, 너무 밝은 샹들리에로 인해서 대합실에 몰려든 사람들은 겁을 내고 무서워하고, 외로워하고, 무연해하고 있었다.

네 명의 아낙네들은 한쪽 구석의 벤치로 몰려 붙었다. 거지 소년이 좀 먼 표정으로 아주먼네들을 바라봤다. 그들은 소곤소곤 얘기를 나누더니 백조 담배를 태우기 시작했다. 그들은 아마 서로 잘 아는 사이인 듯했으며 새벽의 대합실 분위기에도 익숙해져 있는 것에 틀림없었다. 그러자 또 한 명의 아낙네가 들어섰다.

"아이고, 우리 동생이 왔구만그래" 하고 그들 중의 하나가 말했다.

"그동안 어찌 통 보이지 않았어? 서방이 도망을 갔다더니 그래서야?"

"아파서 죽을 뻔했다. 그렇게 지독한 감기는 처음이야."

"원 저런 그래서 안 보였군?"

"지금은 그래 어떻구?"

"지금도 온몸이 쑤셔, 하지만 집 안에 틀어박혀 병을 앓고 있을 신세가 되어야 말이지."

"그야 그렇겠구먼."

"이 여편네들아, 그만들 떠들고 나가자구, 거지반 시간이 됐을 게야."

아주먼네들은 일제히 밀려 나갔다. 인천에 어물을 받으러 가는 행상꾼 여자들임을 알아볼 수 있었다. 아주 가까이로부터 인천행 디젤기관차의 울음소리가 들려왔다. 그 울음소리는 마치 커다란 기선의 고동 소리인 듯했다. 그러자 대합실은 마치 선창가인 것만 같았다. 아주먼네들이 나가 버리자 다시 막막한 기운이 감돌고 있었다. 모두들 동지철 새벽의 너무 밝은 대합실의 이러한 분위기에 안심하지 못하고 있는 것 같았다.

그는 시계를 들여다보았다. 네 시 이십사 분을 가리키고 있었다. 그는 자기 주머니에 돈이 얼마나 들어 있는지를 계산했다. 아마 삼백 원이 조금 안 되는 금액일 것이다. 차비가 편도에 칠십 원이니까 백사십 원하고, 돈은 그만하면 되었다. 인천으로 어물을 받으러 가는 것에 틀림없는 행상꾼 아주먼네들을 보자, 그는 문득 자기도 기차를 타 봤으면 좋겠다는 생각이 들었다. 이것은 거의 돌발적으로 일어난 생각이었으나, 이미 그로서는 이와 같이 예상하지 않았던 짤막한 여행을 꼭 해 봐야 한다고 결심했다. 그렇다, 어쨌든 서울을 벗어난다는 것에 의미가 있다. 더욱이 하룻밤을 꼴딱 새우면서 시달린 뒤끝이라 그는 마치 자기가 그런 것이 아니라 이 세상이 잘못되어 있는 것에 틀림없다는, 그런 종류의 젊은 절망에 시달리고 있는 참이었다…….

거지 소년은 계속해서 이쪽을 말똥말똥 쳐다보고 있었다. 초라한 외양(外樣) 속에 감추어진 어떤 날카로운 천대(賤待)의 감정으로 소년은 이쪽을 세심하게 읽어 내고 있었다. 험상궂은 몰골로 잠들어 있던 팔 병신 사내는 괴상한 꿈에라도 시달리고 있는지 입속말로 꿍얼꿍얼해 하더니 부스스 일어나 앉아 있었다. 악몽으로부터 싱겁게 깨어난 자의 아쉬움 같은 것이 그 더러운 얼굴에 서려 있었다.

그는 다시 시계를 보고, 좀 망설이고, 담배를 붙여 문 뒤에 이윽고 일어서서 바깥으로 나갔다. 그는 서울역 대합실이 이십여 년 전이나 지금이나 거의 변하지 않고 있음을 회상했다. 그는 차표를 파는 곳으로 가서 돈을 들이밀었다. 창구의 안쪽으로부터 나이 먹은 손이 그 돈을 채 갔다. 조금 뒤에 쾅 하고 일부인(日附印)을 찍는 소리가 났다. 잔돈과 함께 기차표가 바깥으로 내밀어졌을 때, 그는 오늘이 며칠인가 알기 위하여 일부인을 들여다보았다.

그는 기차표를 손에 꽉 쥐고 개찰구 쪽으로 걸어갔다. 철도원은 약간 춥고 외로운 듯한 표정으로 철책의 한쪽에 서 있었다. 그가 천천히 들어서자 철도원은 악의 없이 그를 노려본 뒤에 기차표에 동그란 구멍을 뚫어 주었다. '일부인에 구멍을 뚫고……'라고 그는 중얼거리면서 마치 이것이 무슨 시구나 되는 것처럼 두어 번 음미해 보았다. 그는 역 구내로 들어섰다. 바람의 결이 한층 거세어졌다. 아크등의 창백한 광선에 빗기어 안개 흐르는 것이 보였다. 선로는 앞뒤로 쭉쭉 뻗어 나가 있었고, 집채 같은 객화차가 여기저기 쉬고 있었다. 인천행 기차는 기동차 두 량에 객화차 세 량을 연결시켜 놓은 것이었다. 그는 플랫폼을 곧바로 걸어갔다. 그는 열차의 맨 뒤 방통을 지나면서 안을 들여다보았는데 의자들은 텅텅 비어 있었다.

디젤기관차가 먼 곳으로부터 슬픈 짐승처럼 울어 댔다. 그 울음소리가 가까워 오더니 선로에서 우당탕 우당탕 소리가 났다. 이어서 길게 꼬리를 문 열차가 들이닿았다. 그 열차는 인천행 기차가 머물고 있는 폼으로부터 세 개를 건너선 폼에 머물고 있었다. 확성기를 통하여 잠이 덜 깬 듯한 여자의 목소리가 들려왔다.

"서울…… 서울……."

여자 아나운서는 별로 성의 없는 목소리로 이 말을 반복했다.

구름다리로 여행객들이 올라가고 있었다. 젊은 사람, 늙은 사람, 남자들, 여자들이 서로 뒤섞여서 묵묵히 걸어갔다. 어쩐지 그 열(列)을 지어 흘러가고 있는 사람들이 가련한 짐승의 떼거리 같았다.

조금 뒤에 승객들은 거의 빠져나가고 말았다. 밤새도록 반도의 남단을 달려왔을 디젤기관차는 아직도 식식거리고 있었다. 그러자 그 기차가 머문 곳으로부터 웬 여자 한 명이 마구 선로를 건너 이쪽

인천행 기차가 있는 곳으로 건너오고 있었다.

나이는 많이 들었어야 스물두어 살쯤 되어 보였다. 키는 155센티 가량이겠고 얼굴보다도 큰 스카프를 친친 휘감고 있었다. 옆구리에 여행용 비닐 가방 하나와, 양장점 마크가 들어 있는 아크릴 봉투를 들고 있었다. 의아해서 바라보고 있노라니 그 여자는 어느덧 가까이 다가와 있었다. 아주 앳되어 보이는 동그란 얼굴의 여자였다. 밤새도록 기차를 타고 왔으면 피곤할 법도 하건마는 그 여자는 전혀 그런 기색이 없었다. 대신에 퍽 초조하게 서두르는 기미가 엿보였다.

"말씀 좀 물어보겠어요." 하고 그 여자는 말했다. "이 기차가 인천 가는 기차인가요?"

"맞습니다."

"틀림없죠?" 하면서 여자는 가방을 내려놓았다. "아주 잘됐네."

나중에 한 말은 거의 혼자 중얼거린 소리였다.

그 여자는 이쪽을 말끔히 쳐다보면서 애매한 미소를 지었다. 그러자 처음 만나는 사람에게 당돌한 질문을 던졌다는 것에 대한 변명과도 같은 부끄러움이 잠시 그 여자의 얼굴을 스쳐 갔다.

"기차가 말이에요, 연착이 되었에요. 원래는 어젯밤 11시에 서울 도착 예정이었던 건데, 사고가 생겨서 불통이 되었에요."

그 여자는 경기도 사투리라고나 할까, 그러한 어조로 말했다.

"어떤 사고였습니까?" 하고 그는 좀 망설이다가 궁금증을 가지고 물었다.

"끔찍한 사고였에요. 말하고 싶지도 않지만 아주 끔찍한 사고였에요. 사람들의 창자가 튀어나와 흩어지고……. 아마 신문에 나면 보게 되겠지요."

여자는 이렇게 말꼬리를 흐리더니 "인천까지 가시나요?" 하고 빚을 갚는 사람의 어조로 말했다.

"네, 인천까지 갑니다. 인천까지 가세요?"

"아아뇨, 백마장엘 가요. 부평 말예요."

여자는 갑자기 당황해져서 떠듬거리는 어조로 말했다. 별 괴상한 여자도 다 보겠다고 그는 생각했다. 자세히 살펴보니까 이 여자에게서는 어딘가 천기(賤氣)가 묻어 있었다. 고생을 하면서 자란 사람만이 갖고 있는 도발적인 기운, 스스럼없이 외방 남자들을 대해 온 여자가 갖는 허(虛)한 구석이 있었다. 그러면서도 동그랗고 앳되어 보이는 이 여자의 얼굴에는 어린애의 기질 같은 것이 아직 남아 있었다.

미군 부대 주변을 떠돌아다니는 여자일까? 백마장이라는 지명을 갖고 있는 분위기를 염두에 두다가, 그는 마치 이 여자의 나체를 본 듯한 느낌으로 생각했다.

디젤기관차는 뒤에 달고 있던 방통들을 일단 버리고 나서 경적을 울리며 수색 쪽으로 달아났다. 푸른 작업복을 입고 있는 철도원이 뛰어가고 있었다. 망치를 들고, 가스등을 켠 선로공이 기차 바퀴를 건성으로 두들기면서 자기네들끼리 무슨 이야기를 나누고 있었다.

여자는 다시 가방을 들고 인천행 기차 안으로 올라타려다 말고 갑자기 이쪽을 쳐다보았다.

"참, 기차표를 끊지 않았지" 하고 여자는 혼잣소리로 말했다.

"까짓것 끊지 않고 그냥 가도 좋겠지요" 하고 그는 웃으면서 말했다.

"어머, 그래서 되겠어요?"

"그러면 이렇게 할까요?" 하고 그는 말했다. "내가 끊은 기차표를 팔 테니까 사겠습니까?"

"그러면 댁에서는 어떻게 하시려구?"

"상관있겠어요? 그냥 가다가 들키면 벌금을 내지요 무어."

"그러시다면 편의를 봐주시면 좋겠네요."

여자는 가방을 내려놓고 핸드백을 열려고 했다.

"그런데 내 기차표는 인천까지거든요. 백마장까지 간다면 좀 손해를 보겠군" 하고 그는 계산했다. "실례지만 댁이 백마장에 있나요?"

"언니가 살고 있어요" 하고 여자는 꾸며서 하는 것이 아닐까 싶은 목소리로 말했다. "언니는 거기에서 다방을 경영하고 있어요. 원래는 서울 신설동에서 살았는데 형부가 술꾼이 돼서 지금은 어린애하고 혼자 살고 있는 형편이에요. 사실 저는 백마장에 가서 오래 있으려는 건 아니고요. 한 며칠 있다가 서울로 다시 올라와야 할 거예요. 그런 그렇구 기차표 값이 얼마나 되나요?"

여자는 백 원짜리를 한 장 꺼내더니 그것을 건네었다.

"백 원이면 되나요?"

"아아뇨, 돈은 필요 없습니다." 그는 생각지도 않고 이렇게 말했다. "백마장까지 가신다면…… 어디에서 올라오는 길인데요?"

"천안에서 오는 길이죠." 하면서 여자는 재빨리 백 원짜리를 그의 오버 포켓 속에 찔러 넣었다. "여러 가지로 감사합니다."

여자는 가방을 들고 종종걸음을 쳐서 기차 안으로 올라타 버리고 말았다.

수하물 인부인 듯한 사람이 아까부터 이쪽을 주시하고 있었다. 그는 담배를 한 대 물고 바람과 안개가 소용돌이를 치는 역 구내를 천천히 주시했다. 그는 오줌이 마려운 것을 억지로 참는 사람이 공연히 서성대는 것과 흡사한 조바심을 가지고 플랫폼을 왔다 갔다 했다. 그는 열차 안으로 들어갔다. 그러니까 세 번째 칸이었는데, 그곳은 사람 한 명 없이 텅 비어 있었다. 한쪽 나사가 빠진 전등갓이 저 혼자 덜그럭덜그럭 소리를 내고 있었다. 그는 뚜벅뚜벅 걸어서 난간을 통과하여 두 번째 칸으로 갔다. 바로 그 칸에는 어떤 선로원 한 명이 쓰러져 자고 있었다. 그는 이윽고 맨 앞 칸으로 갔다.

열 명 정도의 사람들이 몰려 있었다. 인천으로 어물을 받으러 가는 듯한 아주먼네들 네 명과 꾸벅꾸벅 졸고 있는 승무원 한 명 그리고 고등학교 학생이 한 명 노트를 펴들고 앉아 있었다. 그리고 아까 대합실에서 보았던 거지 소년과, 팔 하나를 잃어버려 쇠갈쿠리를 달고 있는 병신 사내도 거기에 있었다. 그들이 무임승차객이라는 것은 틀림없는 사실인 듯했다. 그들이 어떻게 역 구내로 들어왔는지 그는 궁금하게 생각했다. 아까는 거지 소년이 말똥말똥 눈을 뜨고 있었고 팔 병신 사내는 자고 있었는데, 지금은 그 반대여서 소년이 큰대자로 드러누워 자고 있었다. 팔 병신 사내는 깡마르고 시꺼멓게 얼룩이 묻은 얼굴을 좀 고약스럽게 쳐들고 있었다. 그 사내는 여간 방자하게 눈알을 굴리고 있는 게 아니었다. 끼룩끼룩 굴리고 있는 그 눈동자에 어떤 횡포한 기운이 넘쳐흐르고 있다. 팔 병신 사내가 심술스럽게 쏘아보고 있는 사람이 바로 백마장으로 간다는 그 여자였다.

그 기동차는 일본에서 수입해 온 것이어서 의자의 배치는 전차와 같았다. 어물을 받으러 가는 아주먼네들은 여전히 백조 담배를 태우면서 한창 화제의 꽃을 피우고 있었다. 서른대여섯 살가량 되어 보이는 승무원은 꾸벅꾸벅 졸면서도 그 아주먼네들의 이야기를 훔쳐 듣고 있었다. 고등학교 학생은 다른 사람들에게 관심을 기울이지 않은 채 공부를 계속하고 있었다. 아함, 하고 팔 병신 사내가 고의적으로 크게 하품을 했다.

"이놈의 기차 언제나 떠난다냐." 그 사내는 누구에랄 것 없이 큰 소리로 말했다.

"아따 어련히 안 떠날까 원." 어물을 받으러 가는 아주먼네들 중에서 어떤 여자가 게실거리면서 대꾸했다.

"당신한테 물은 게 아니란 말야." 팔 병신 사내는 성을 냈다. "당신들이야 척 보나마나 꼴뚜기젓 장사들이니까 새벽 시간 아까운 줄을 모른단 말야. 새벽부터 꼴뚜기젓 냄새나 풍기고 있으니까 말이야. 그건 그렇고 저 아가씨는 어디까지 가는 아가씨인가?" 팔 병신 사내는 백마장에를 간다고 했던 그 젊은 처녀를 향해서 물었다. "보아하니 새벽 기차를 탈 아가씨 같지는 않구먼."

팔 병신 사내는 그녀로부터 이렇다 할 대꾸가 없자 으레 그럴 줄 짐작이나 했다는 듯이 또 이렇게 말했다.

"새벽 기차를 타는 사람들은 어딘가 이상한 사람들이란 말야. 하기야 저기 꼴뚜기젓 장사를 다니는 아주먼네들이야 다르지만서두……."

"이봐요, 누가 당신더러 꼴뚜기젓을 팔아 달랬나 웬 말 편력이야 편력이……."

어물을 받으러 다니는 아주먼네들 중에서 누군가가 말했다.

"나더러 말 편력을 한다구? 허허, 그거 참 성깔이 대단한 아주먼네로구먼" 하면서 팔 병신 사내는 웃었다. "나처럼 팔 병신 사내가 말야, 인간 축에도 끼지 못할 인간이 무에가 대단해서 말 편력을 하겠노? 꼭두새벽부터 이런 기차를 타고 있는 저 처녀가 어떤 사연을 거느리고 있는 여자인가 싶어 그래 본 거야."

"이봐, 당신 쓸데없이 게지렁대지[1] 말아." 꾸벅꾸벅 졸던 승무원이 관리 티를 내면서 말했다. "기차 공짜로 타고 다니는 거나 고맙게 생각할 노릇이지."

"원 승무원 영감님도, 내가 무슨 행패를 부리겠소?" 하면서 팔 병신 사내는 껄껄대며 웃었다. "새벽 기차의 분위기가 하도 좋아서 괜히 그래 본 거지 무어."

어물을 받으러 가는 아주먼네들이 박장대소를 하고 있었다. 그들이 앉아 있는 곳에는 담배 연기가 자욱하게 서려 있었다. 그들은 더 이상 팔 병신 사내에 대해서 괘념하지 않기로 한 듯했다. 그러는데 아직 어린 티가 남아 있는 백마장행(行) 그 젊은 처녀가 자리에서 일어났다.

그녀는 그가 있는 곳으로 걸어왔다.

"저 사내가 기분 나빠 죽겠어요" 하고 그녀는 팔 병신 사내를 눈짓하면서 말했다. "여기 좀 앉아서 가도 괜찮겠지요."

그녀는 앉았다.

"어째서 아직까지도 저런 병신 사내가 남아 있느냔 말이에요" 하고 그녀는 여전히 분한 목소리로 말했다. "지금이 전쟁 중이라면 또 몰라도 그렇지도 않지 않아요? 제발 저런 인간들은 싹 죽어 없어졌으면 좋겠어요. 쓰레기 같은 인간들은 모두 꺼져 버리고 깨끗한 인간들끼리만 살았으면……."

그는 주머니에서 담배를 꺼내어 물었다.

"어디를 가든지 저런 사내들이 있단 말예요. 자기가 병신이 된 것을 무슨 커다란 권리라도 되는 것처럼 막 행패를 부리는 사람들이

---

1) 게질대다. 게질거리다. (=노가리 까다.)

있어요. 그야 그렇게 말하는 나도 깨끗한 여자는 아녜요" 하고 그녀는 말하면서 생각에 잠겨 들어갔다.

"어머, 저 팔 병신 사내가 이리로 오고 있어요. 어떻게 하면 좋아요?"

갑자기 그녀는 겁에 질린 목소리로 말했다.

그 사내가 다가옴에 따라 악취가 풍겨 나왔다. 잘려 나간 팔 대신에 달고 있는 쇠갈쿠리가 금속성을 발하고 있었다.

사내는 두 눈을 끼룩거리면서 그녀와 그를 번갈아 바라보았다. 그러더니 쇠갈쿠리를 불쑥 앞으로 내밀었다.

"이봐, 담배 있으면 나도 한 대 얻었으면 쓰겠군." 그 사내는 대뜸 반말로 수작을 붙였다.

그는 사내를 한 번 쳐다보고 나서 담뱃갑을 내밀었다. 사내는 전혀 고맙다는 표정이 아니었다. 성한 팔로 담배를 한 개비 뽑아내어서는 쇠갈쿠리로 그것을 정확하게 집어서 입으로 이동시켰다. 그는 성냥불을 켜 주었다. 사내는 잠시 담배 연기를 뱉어 내더니 맞은편 좌석으로 가 앉았다.

"무엇 때문에 저런 인간에게 선심을 쓰는 거예요?" 하고 여자는 분한 듯이 말했다. "우리가 병신이 아니기 때문에 그렇단 말예요? 아니면 주 예수라도 믿어서 천당을 가고 싶어 하는 거예요?"

그는 여자의 분한 듯한 물음에 대답하지 않았다.

어물을 받으러 가는 아주먼네들 중에서 한 여자가 일어섰다. 나머지 여자들은 박수를 쳐 대고 있었다. 꾸벅꾸벅 졸던 승무원이 그 소리에 놀라 눈을 떴다. 일어난 여자는 손으로 목젖께를 만지며 두어 번 기침을 했다. 그러더니 노래를 부르기 시작했다. 그것은 옛날의 유행가였다. 다른 여자들은 박수로 가락을 맞추었다. 고등학교

학생은 보던 책을 덮어 버리고 좀 화난 표정으로 아주먼네들을 노려보고 있었다. 드디어 박수 소리를 받으며 노래가 끝이 나자 다른 여자가 이어서 이번에는 창(唱)을 부르기 시작했다. 아마 흥부가의 어느 대목인 듯했다. 째어지게 가난한 흥부의 살림 정경이 구성진 가락으로 읊어지자 여자들은 우스워 죽겠다고 야단이었다. 드디어 그것도 끝이 나자 서로들 노래를 부르라거니 말라거니 즐거운 승강이를 그 아주먼네들은 벌이고 있었다.

"한심한 일이 아녜요? 기차 안에서 떠들고 노래를 부른다니 이럴 수 있어요?" 하고 젊은 여자가 그에게 말했다.

"여보시오 아주마니들 조용합시다."

하고 팔 병신 사내도 큰소리로 말했다.

"듣기 싫으면 귀라도 처막고 있구려." 어물을 받으러 가는 아주먼네들 중에서 한 여자가 처막았다.

"하, 대단한 아주마니들이로군그래. 그거 선거 때 막걸리깨나 공짜로들 얻어 자셨구만."

"흥 그 사내 한번 되게 잘났구만."

"그 생긴 것하고 똑같은 소리를 하는군그래."

여자들은 계속해서 쑤군쑤군하고 있었다. 그러나 이미 흥이 깨져 버렸다는 표정들이었다.

팔 병신 사내는 흡족한 표정을 지으면서 잠들어 있던 거지 소년을 깨웠다.

"이놈아 일어나라 일어나. 노래를 부르려거든 네나 불러라 어서, 그리구 노래 값이나 톡톡히 뜯어내란 말야, 인석아."

거지 소년이 영문을 몰라 잠에서 깨어가지고 사방을 두리번거리며 살피자 팔 병신 사내는 어서 노래를 부르라고 성화를 부렸다. 그러더니 다시 쇠갈쿠리를 흔들며 이쪽으로 다가왔다.

"그거 담배가 한 대 더 있으면 쓰겠군."

그러나 그는 팔 병신 사내의 이야기를 듣지 못한 척하고 앉아 있었다.

"흥 염치도 좋지, 한 대 얻어 피웠으면 그만이지 또 달라고 한담" 하고 그의 옆에 앉아 있던 젊은 처녀가 톡 쏘았다.

"하 이것 봐라, 여기 또 여장부가 앉아 계시누만. 에끼, 시집도 못 가 소박맞을라." 팔 병신 사내는 으르렁거렸다.

"남이야 어쨌든 무슨 상관이야."

그녀는 얼굴이 빨개져서 말했다.

"내가 알긴 알지? 암 그럴 테지, 이봐 그거 담배나 하나 더 내란 말야."

그는 담배를 내주었다.

팔 병신 사내는 별로 고맙지도 않은 표정으로 담뱃갑에서 두 개의 담배를 끄집어냈다.

"이봐, 젊은 처녀, 당신 그렇게 말하는 게 아냐."

"내가 무얼 어쨌다고 시비야?"

"당신이 어떤 종류의 여자인지는 내가 척 보고 안단 말야. 공연히 잘난 척하지 말아."

팔 병신 사내는 딱히 시비를 건다기보다도 거친 체해 보는 것에 재미를 들인 듯한 어조로 말했다. "보나마나 당신 같은 여자는 사내놈 때문에 신세를 조졌을 거야. 그런데 사내놈은 당신을 거들떠 보지도 않고 말이지. 그래, 더 붙어 있어 봤자 매 맞아 죽을 일밖에는 남은 게 없을 것 같아서 새벽같이 도망쳐 나온 길일 거야. 내가 척 보면 안단 말야."

"이봐요, 그게 무슨 소리요? 그거 그만 떠들고 저리 가쇼" 하고 이번에는 그가 참다못해 쳐박아 주었다. 그는 분명히 약간의 적의를 느끼는 듯한 태도로 팔 병신 사내를 쏘아보았다.

그러자 그 사내는 병신 인간들에게 흔히 있는 그 비굴한 표정으로 돌아갔다. 그 사내는 갑자기 사근사근해지고 아양이라도 떠는 것처럼 한 손을 허리춤에 대고 비비적거렸다.

"이봐, 대학생 친구, 당신은 내게 담배를 두 번이나 준 사람이란 말야. 당신한테는 아무런 유감의 뜻이 없어."

"난 대학생도 아닌걸" 하고 그는 말했다.

"대학생이 아니라구? 그러나 당신은 대학생이야. 무언가 아노라고 깝작대는 그런 종류의 인간에 틀림없어. 흥 그런 눈으로 날 보지 말라구. 내가 팔 병신이니까 측은하다 이거겠지? 동정이라도 하고 싶단 말이지? 좋아, 그렇다면 동정해도 상관없어, 이유야 어찌 되었든 당신은 나한테 담배를 두 번씩이나 주었거든."

팔 병신 사내는 껄껄거리고 웃었다.

"저런 인간을 보고 내버려 두세요? 바깥으로 내쫓으란 말예요" 하고 젊은 여자가 속이 상한 어조로 말했다.

그동안에 거지 소년은 기운 없고 단조로운 목소리로 두 번째의 노래를 마저 부르고 나서 동냥을 하기 시작했다.

"이봐요, 재한테 주는 돈 아깝다고들 생각하면 못써." 팔 병신 사내는 여러 사람들에게 큰 소리로 말했다. "모두들 같이 먹고 살아야 한다는 걸 잊지 말란 말이거든."

팔 병신 사내는 이렇게 훈수를 두고는 마치 자기의 선행(善行)에 만족을 느낀 자선 사업가와 같은 표정으로 다시 이쪽을 바라보았다.

"이왕지사 담배까지 얻어 피우게 되었으니 내가 그 벌충을 해야지? 보아하니 대학생 양반, 당신은 하룻밤을 꼴딱 새웠구만그래? 창녀한테 갔다가 돈이 없어서 쫓겨났다든가, 술이 취해 경찰서 신세를 지고 나왔다든가, 그것도 아니라면 데모니 무어니 하는 싸가지 없는 짓을 하다가 잠을 설쳤겠구만그래? 아니 아니, 내 말을 기분 나쁘게 듣진 말라구. 당신은 내게 담배를 두 번씩이나 준 사람이니까 나도 고맙게 생각한단 말야. 이제 그 얘기는 그만하고 나에 대해서 소개를 해야지? 보다시피 난 팔 병신 사내고 이렇게 병신이 돼 놔서 인간들이라는 게 얼마나 개 같은 놈들인가를 잘 알게 돼 버렸단 말야. 하지만 이래 뵈두 나두 자유를 사랑하는 사람이거든. 편안한 고급 감옥소와도 같은 상이군경 어쩌구 하는 데에서 밥 먹는 건 문제가 아니지만 그런 곳은 갑갑해서 싫단 말야. 그래 이렇게 뛰쳐나와서 인천행 새벽 첫차를 탄단 말야. 저기 꼴뚜기젓을 팔러 다니는 여편네들도 나라고 하면 존경해서 알아 모시거든. 그럴 수밖에 더 있어? 내가 바로 인천행 첫차의 주인이거든. 당신은 나 같은 팔 병신 사내가 제멋대로 떠들어 대는 걸 저 사람들이 어째서 내버려 둘까 이상하게 생각할지 모르지만 다 이런 까닭이 있어서란 말야. 그러나저러나 의당 죽어 없어져야 할 인간이 아직 꾸물대고 살아 있는 건 미안한 노릇이지만 그렇다고 해서 '사지가 멀쩡한 여러분, 미안합니다' 하고 외치며 다닐 수도 없지 않은가 말야. 나로 말하자면 전쟁의 폐물이고 모두들 전쟁을 잊고 싶어 하는데 난 그걸 몸뚱아리에다가 잊지 않겠다고 표시를 해 놨으니……." 사내는 껄껄 웃었다. "그건 그렇고 내가 배가 좀 고파서 그러는데 말이지 돈 가진 거 있으면 좀 꾸어 줘."

사내는 자기 지껄이고 싶은 말을 다 털어놓고 나니까 어쩐지 좀 초라해지고, 부끄러워진 듯한 표정으로 우두커니 서 있었다.

"싫다면 할 수 없지, 당신한테 담배를 두 번이나 얻어 피웠으니 그것만으로도 고마운 일이거든. 에 또, 담배가 두어 개비 더 있으면 쓰겠군."

팔 병신 사내는 이쪽 무릎에 놓여 있는 담뱃갑을 양해도 없이 집어 들었다. 그는 거기에서 세 개비를 꺼내어 자기 주머니 속에 넣었다.

"이거 톡톡히 신세를 졌구만그래. 하지만 그까짓 담배쯤 나누어 주었다고 해서 당신한테 동정을 받았다고 생각하진 말아야 해. 그럼 이만 실례해야겠군. 아마 인연이 있다면 앞으로 만나게 되겠지. 다음번에 만날 때에는 나한테 돈을 좀 꾸어 주었으면 좋겠어. 난 돈이 몹시 필요한 사내란 말야."

그 사내는 이렇게 지껄이고 나더니 이제 볼일은 다 끝났다는 것처럼 허리를 꼿꼿이 펴서 차내를 굽어보더니, 이윽고 스적스적 걸음을 떼어서 뒤의 기차 칸으로 건너가 버렸다.

"병신 같은 자식, 드디어 꺼져 버렸군요" 하고 젊은 여자는 비로소 안도의 한숨을 쉬면서 말했다.

어물을 받으러 가는 아주먼네들은 이제 좀 서글픈 표정을 짓고 묵묵히들 앉아 있었다. 거지 소년은 하차해 버렸는지 보이지 않았다. 기동차는 아까부터 발동이 걸려 있었다. 그래서 기동차는 마치 추위라도 타는 것처럼 덜덜 떨고 있었다.

"하기야 불쌍한 사내임에 틀림없기는 해요" 하고 젊은 여자는 말했다. "그러나 불쌍하다는 건 무엇이죠? 불쌍하지 않은 사람이 어디 있어요? 잘난 듯이 '나는 불쌍한 사내입니다'라고 광고하고 있는 듯한 그 태도가 싫단 말예요." 젊은 여자는 그러다가 자기의 신세가 처량하다고 생각했는지 갑자기 울기 시작했다. "틀림없이 무엇인가가 잘못되어 있기는 해요. 저 팔 병신 사내도 그렇고 그것은 나도 그래요. 아까 돈이라도 한 푼 집어 주는 건데……."

젊은 여자는 이렇게 말하더니 자기가 울고 있었다는 것을 광고하고 싶은 듯하게 손수건을 끄집어내어서 얼굴을 오래오래 닦았다.

"따분한 이야기는 그만두기로 해요. 인천엘 가신다고 했는데, 댁이 인천에 계시나요?"

"아아뇨, 나는 서울에서 살고 있습니다" 하고 그는 대답했다.

"그럼 인천엘 왜 가세요?" 하고 그녀는 물었다.

'글쎄, 인천엘 왜 가려고 하는 것일까' 하고 그는 속으로 생각해 보았다.

그러자 그는 인천엘 가려던 생각을 포기하고 말았다. 지난밤 시시한 사건임에 틀림없는 그러한 유식한 사건에 애매하게 연루되어 하룻밤 경찰서에서 지새우면서 그가 느꼈던 어떤 고(苦)의 느낌이 실상은 몹시도 유치한 것에 불과하다는 것을 그는 선명하게 깨달을 수 있었다. 그래서 그는 약간만 유혹하면 유성이 지구의 인력권 내로 빨려들듯이 자기에게로 끌려올 이 젊은 여자를 유혹해 보리라던 생각조차 포기하고 말았다. 더구나 그는 이 여자에게 주어 버리고 말았으므로 기차표도 가지고 있지 않았다.

마침 차가 떠나려고 하는 참이었으므로 그는 황급히 하차해 버리고 말았다. 안개는 여전히 뿌옇게 흘러가고 있었고, 초계처럼 서 있는 아크등의 불이 미치지 못하는 곳에 어둠과 밤이 새까맣게 깔려 있었다.

《세대》, 1971년 2월호

대지 모신의 만족

대지모신의 만족

1.

삼남 지방에서 신흥 종교를 창설하여 착착 세력을 펴 가고 있는 젊은이가 한 명 있었다. 나이는 서른네 살, 깔끔하게 양복을 입고 있고, 위엄을 돋우느라고 시력이 나쁘지도 않은데 금테 안경을 쓰고 있으며, 대학 출신의 비서와 함께 자가용 차를 끌고 포교 사업을 하며, 영어에 유창하고, 아울러 기독교, 불교, 천도교 등 한국에서 전파되고 있는 모든 종교의 교리와 형태 또는 그 전파 사업의 내용에 이르기까지 모르는 것이 없는 청년인데, 그의 야심은 대단해서 정신적 황무지인 한국 땅에 새로운 종교를 만들어 고달픈 영혼들을 이끌어 나가겠다는 것이었다.

대개 종교라든가 하는 데에 뜻을 둔 청년들이 어딘가 사기꾼과 같은 기질을 보이고 있고, 자기도취에 빠져 허황한 이야기를 진지하고 신념 깊게 떠들어 대고 있음이 사실이라고 한다면, 이 청년은 '종교가'라기보다는 세련된 장사치와 같은 인상을 풍겼다. 언제든지 깔끔하게 차려입은 옷매무시, 세속적인 현실을 적극적으로 받아들이려는 태도, 날카롭고 정확한 현실 판단, 고뇌의 그림자를 안고 있다기보다는 자기의 믿음에 의하여 그 고뇌를 멀리 추방해 버린 것처럼 떳떳하고 당당한 자세……. 이 청년이 이끄는 종교 단체는 우선 기독교 계통에 그 발상법을 두었는데 그 이유로서는 이 계통의 종교가 가장 광범위하게 통용되어 있고, 아울러 실속이 있으며, 교세를 확장해 가는 데에도 편리하다는 이유 때문이었다. 하지만 이 종교 단체의 성격을 좀 더 파들어 가 보면 기독교적인 것과는 상당한 거리가 있었다. 구태여 지칭한다면 그것은 원시 기독교적인 색채 정도로서 그치고 말 뿐이며 실제로는 한국적인 샤머니즘의 냄새가 더 짙었다. 신흥 종교가 갖고 있는 딜레마가 항상 그러하듯이, 이 종교 단체도 또한 서구적인 기독교 정신과 한국적인 샤머니즘 정신 사이에서 갈팡질팡하다가 점점 한국적인 것으로 악센트를 두어 가기 시작하는 양상을 보이고 있었다. 이렇게 된 것은 교주인 이 청년의 소박성 때문에서가 아니라, 이 종교 단체에 가입해 들어오는 사람들의 희망이 그러했기 때문이었다. 일반 교인들의 성격은 그야말로 각양각색이어서, 대단히 가난한 사람들, 가정적으로 불행한 아녀자층, 나이 4, 50이 넘어 인생의 허무를 깊숙이 맛본 사람들, 취직이 안 되어 빌빌대다가 이런 판에 뛰어들면 국물이라도 얻어걸리지 않을까 해서 달려든 청년들, 그리고 마지막으로 이 신흥 종교의 이념이라고나 할까 그 비슷한 것에 진짜로 솔깃하여 따라나선 극소수의 인간들로 구성되어 있었다.

모든 사회 활동이 그러하지만 종교 활동이라고 해서 거기에 어떤 메커니즘이 없을 수 없다. 힘을 가진 진리라야 진리이지, 힘이 없는 진리는 진리가 아니다. 역으로 말하자면 힘을 가진 허위는 진리가 될 수도 있지만 힘을 안 가진 진리는 허위가 되기가 십상이다. 이 청년은 자기의 신흥 종교에 있어서도 이러한 포교법의 요체를 무시하지 않았다. 이 청년은 종교 운동에 뛰어들기 전에는 빼아픈 세속적

고뇌를 맛보았다. 그리하여 애초에는 정치에 야망을 가졌었고 인류 역사를 지배해 온 마키아벨리즘적 색채에 먼저 눈을 떴으며, 대중의 어리석음, 난세의 시대에 있어서의 변증법적인 발전 과정, 등에 대하여 자기 나름대로 얻어 낸 체험이 있었다.

이 청년은 그런데 종합적인 시력(視力)을 구비한 인간이었다. 어떠한 사건이나 국면을, 모든 것과 결부시켜 파악하는 능력을 가졌다. 이러한 능력을 제대로 발전시킨다면 그야 물론 '모세적(的)인 각성'에까지 이르지 말라는 법도 없었다. 이 청년은 인류의 역사에 있어서 위대한 인간들만이 보았던 높은 정신의 고지(高地)를 자기가 체험했다고 굳이 믿고 싶어 하였다. 시쳇말로 해서 자기가 엘리트라고 자부하였으며, 이러한 나라 이러한 환경에 '무엇인가를' 하기 위하여 자기가 나타났다고 굳이 믿고 있는 것이었다. 야망이라는 것에 대해서 이 청년이 느끼고 있는 바를 너무 자세히 캐들어 가면 도리어 이 청년의 진지한 일면을 훼욕(毁辱)시킬 수도 있다는 점을 감안할 때, 이 청년이 자기 휘하의 교인들을 위하여 발간하고 있는 기관지(機關誌)를 읽고 거기에서 깊은 감동을 얻어, 이 종교 단체의 교인으로 들어가는 것이 좋은 일일 것이다.

이 잡지는 열성적인 교인들의 논문과 체험기, 감명기(感鳴記)를 실었다. 논문에서는 주로 이 종교와 기독교, 불교, 천도교 등과의 차이점을 다루었고, 체험기는 이 종교에 가입함으로써 얻을 수 있었던 정신적 안정, 행복감, 놀라운 기쁨을 토로한 글이었다. 어떤 글은 아주 소박한 문체로 씌어져 있었으며, 어떤 집필자는 유식한 대학교 강사였으며, 그리고 물론 교주의 글은 장중한 위엄을 가지고 이 잡지의 지배(紙背)를 철하였다. 교주는 이 종교의 창시자였으며, 교인들과 이 종교의 신(神) 사이에 놓여 있는 중매자였고 이 종교의 폐쇄적인 집단 세력을 대표하여 사회적인 지반을 굳혀 가는 위대한 지도자였다.

'대지모신이여'로써 시작되는 기도문(祈禱文)은 이 잡지의 서두에서부터 강력한 호소력을 가지고 활자화되어 있었다. '어이하여 이 나라를 버리시려 하나이까? 위대한 배달민족이며, 찬란한 동방의 빛이며, 평화를 사랑하는 백의민족을 걷어차려고 하시나이까? 세상은 혼탁하고, 사람들은 악마의 노예가 되었고, 부정부패는 끊임없이 만연되어 있습니다. 대지모신의 의사를 거역하였기 때문에 이러한 재앙을 받는 줄을 유독 우리는 압니다. 그리하여 우리는 대지모신을 받들어 모시고자 이렇게 엎드려 비나이다. 우리들에게 힘을 주시고, 이 사회를 밝게 해 주시고, 우리로 하여금 썩은 냄새를 진정시키는 소금이 되도록 해 주십시오. 이번에 여기 하나의 가엾은 영혼이 당신의 발아래 굽어 엎드렸습니다. 이 가엾은 영혼은 이 세상에 태어나서부터 수많은 죄를 저질렀고 타락했으며 몹쓸 세파에 휩쓸렸으며, 급기야는 사람을 죽이는 천인공노할 만행을 저질렀습니다. 가엾은 영혼은 재판에서 사형 언도를 받고 이제 죽을 날을 기다리게 되었습니다마는, 너무 늦게서야, (그러나 확언합니다마는 대지모신의 품 안에 들어오는 이상 너무 늦었다는 법은 없겠지요) 회개를 시작했습니다. 홍필돈이라는 사람이 바로 대지모신의 가엾은 종입니다. 홍필돈은 진심으로 회오하고 참회하여 기쁜 눈물을 흘리며 대지모신에 귀의해 왔습니다. 대지모신이여, 굽어 살피소서.'

사람을 능히 감동시킬 수 있는 문체로서 교주의 글은 계속이 되고 있었다. 교주는 사형 언도를 받은 홍필돈을 대신하여 대지모신에게 탄원하는 무당 노릇을 하고 있었다. 그때의 이 잡지의 특집은 다름 아니라 '홍필돈' 특집이었다. 사형을 언도받았다는 극한 상황하에서의 홍필돈이가 이 종교 단체에 가입했다는 것은 분명 놀라운 사실이었고, 어찌 보면 이 종교 단체에서 사회를 향해 그 교세를 드높일 아주 중요한 계기였기 때문이었다. 매스컴의 시선이 이쪽으로 집중되는 기회를 잡아, 이 종교 단체의 기관지는 대폭 부수(部數)를 확장하여 홍필돈을 물고 늘어졌다. 그리하여 홍필돈을 속죄양(贖罪羊)으로 삼아 이 종교 단체는 대 사회관, 현실관, 신관(神觀), 세계관을 열정적으로 개진하였다. 교인들은 '홍필돈 구출 위원회'를 별도로 조직하여 가두서명 작전에 나섰고, 전국 방방곡곡에서 홍필돈 구출 강연회를 열었고 또한 홍필돈의 참회문을 신문광고로써 내 실었다. 그 참회문은 진실된 어조가 넘쳐흘렀으며, 자기를 이끌어 준 신흥 종교 단체에 대한 감사를 연발하고 있었고, 비록 자기의 육신은 멸(滅)할지 모르나 대지모신은 끝내 자기를 버리지 않을 것이라는 열렬한 종교적 희열로 끝을 맺고 있었다.

2.

지금까지 작가는 대지모신을 섬기는 어떤 신흥 종교에 관해서 이야기를 하였거니와 다음으로 대지모신(大地母神)에 관해서 이야기를 하지 않을 수 없다. 그러기 위해서는 삼신할멈이 1969년 7월의 어느 날 세상 구경을 나왔었다는 놀라운 소식을 먼저 밝히지 않을 수 없겠다. 삼신할멈이 누구냐? 그야 독자 여러분도 잘 알겠지만 어린애를 낳을 때 산모(産母)와 갓난아기를 보살펴 주는 고마운 산신(産神)이다. 단군의 후손치고 할멈의 은혜를 입지 않은 종자가 몇이나 될 것인가?

그런데 할멈이 1969년 7월의 어느 날 세상 구경을 나왔었다는 말이다. 가만히 세상을 보아하니 근대화되었다고 떠들어쌓기는 하는데, 그 돌아가는 꼬락서니가 정말로 가긍하기 짝이 없었다. 내버려두었다가는 단군의 종자들이 그대로 멸망해 버리고 말 것 같은 판국이다. 숱한 외적의 침입과 반상(班常)의 엇갈림 속에서도 한민족이 그 종족을 유지하게 된 데에는 할멈의 뒷바라지 공로가 적었다고는 말할 수 없는 터였다.

더욱이 케케묵은 구습(舊習)과 낡아 빠진 옛날 도덕에만 사로잡혀 있는 할멈인지라, 문명을 받아들여 발전되었다는 세상(世相)을 달가워하지 않는 데다가 증오심마저 품고 있었다. 야박하게 영리해진 인간들은 할멈을 무시했을 뿐 아니라 치성을 드리는 일조차 드물어지고 말았다. 요새 인간들은 우쭐대기를 좋아해서 자만심에 가득 차 있고, 일하지 아니하며 놀고먹을 생각에만 골똘해 있었다. 인간이 제아무리 만물의 영장이라고 까불어 쌓댔자, 할멈이 볼 때에는 앞일 뒷일도 헤아려 볼 줄 모르는 불쌍한 미물(微物) 이상의 것이 아니었다. 하여튼 할멈은 어느 날 비행기보다도 빠른 속도로 한반도 상공을 훑어 날았다. 할멈은 그때 이렇게 개탄했다.

"내가 너희들에게 재앙을 내리고자 한다. 그동안 은인자중 내 참아 왔었다. 그러나 더 이상 너희들을 선도할 싹수대가리가 없음을 발견하기에 이르렀다. 너희들이 나를 배반함에 있어 그 극에 이르렀으며, 너희들 자신을 황폐하게 방기(放棄)함이 그토록 자심함에 당하였으매 한바탕 회오리바람을 일으켜 너희들을 징벌코자 한다. 내가 너희들에게 이미 부정부패, 증오와 불신, 양극화 현상, 매스컴 공해(公害), 인질 총격 사건…… 등의 제반 악질적인 사태를 야기케 하여 각성을 촉구한 바 있었다. 내 너희들을 달달 들볶고, 괴롭히고, 절망케 했음은, 결코 너희들이 미워서가 아니라, 정신을 차리지 못하고 있음을 안타까워하는 소이연이었다. 이렇게 괴롭히지 않고서는 너희들이 멸망해 버릴 터인즉 내 괴로움을 어이 표시할 것인가? 그럼에도 개과천선의 정이 전혀 보이지를 않으매, 내 다른 방도를 생각하는 중이렷다……."

할멈은 대략 이렇게 개탄을 하면서 과천부터 엎대어가지고 서울로 들어왔다. 온통 부동산 투기 붐이 일어나고 있는 꼬락서니를 할멈은 보았다. 그런데 이건 어찌 된 것인지 시(市) 당국이 땅장사를 해 먹는 판이고, 이에 부화뇌동하여 사기꾼들이 날뛰고 있었다. 그래서 할멈은 땅장사를 하는 인간들이 하루아침에 벼락부자가 되도록 하고, 또는 순식간에 알거지가 되도록 획책했다. 부동산 투기가 나쁜 짓이라는 걸 아무리 타일러 주어도 소용없겠기에, 그럴 바에야 차라리 극단적으로 땅장사 사기질을 해 먹도록 하여 끝장을 보도록 하는 수밖에 없다고 판단했던 것이다.

할멈은 서울로 들어오는 데 있어서 변두리 동네부터 들르지 않을 수 없었다. 젊은것들은 싸가지 없이 허송세월을 보내고 있었다. 그래, 할멈은 젊은것들의 마음속에 불안, 초조, 불만, 반항심, 폭력, 성욕을 심어 주었다. 젊은것들은 할멈이 시켜서 그렇게 된 것인 줄도 모른 채 날뛰기 시작했다. 주먹을 휘두르고, 술을 처마시고, 아무 계집이나 보면 울컥 성욕이 일어났다. 젊은것들은 열심히 자식 만들기 운동을 하였다. 여자들은 임신을 했다. 그래서 숱한 사생아들이 쏟아져 나왔다. 할멈이 어째서 이렇게 했는고 하니, 비상한 방법을 취하지 않는 한 산아제한이다 임신중절이다 해서 단군의 후손들이 멸종될 가능성이 있다고 보았기 때문이었다. 그래서 엉터리 산부인과를 찾아가서 배 속에 들어 있는 어린 핏덩이를 박박 긁어

내는 계집이 있으면 할멈은 가차 없이 보복을 했다. 그런 계집의 신체를 허약하게 만들도록 했던 것이다. 할멈은 이런 일을 했을 뿐만 아니라 신문사, 방송국, 시인, 작가들을 찾아갔다. 그리하여 신문에는 강간, 난행 사건이 수시로 보도되도록 했다. 방송국의 프로에 외설극이나 성욕을 불러일으키는 잡담이 쏟아져 나가도록 했다. 텔레비전 쇼 프로에는 벌거벗은 여자들로 하여금 춤을 추게 해서 그걸 보고 있는 시청자들로 하여금 울컥울컥 흥분하도록 만들었다. 시인, 작가로 하여금 섹스를 찬양케 하고, 호색 문학을 쓰도록 했다. 물론 이렇게 하는 것은 사람들로 하여금 자식을 만들고 싶은 생각이 무럭무럭 일어나도록 하기 위해서였다. 할멈은 이어서 대궐 같은 집을 짓고 사는 사람들을 찾아가 그들로 하여금 어떤 짓을 하든 돈을 벌고 볼 판이라고 결심시키게 했다. 또한 비참하게 가난한 사람들을 찾아가 그들로 하여금 절망의 구렁텅이로 몰아가도록 했다. 또한 쥐꼬리만 한 양심이나마 가지고 있다고 자처하는 자들을 찾아가 그들로 하여금 세상이야 어찌 되었든 자기 혼자의 성벽이나마 쌓고 있으면 된다고 생각하도록 하였다. 할멈이 이렇게 하는 이유는 전통 사회에서 근대 사회에로 이전되는 과도기적 상태에 있다고 배짱 편한 객소리나 하고 자빠져 있는 자들을 호되게 후려치기 위해서였다. 할멈이 사디스트적인 가학 행위를 하는 것은 단군의 후손들로 하여금 자신의 처지가 무엇인지를 뒤늦게나마 깨닫도록 해 주기 위해서였다. 그런데 이놈들은 그걸 모르고 있는 것이었다. 그야 이놈들에게는 양철북과 같은 기질이 있어서 꽈당당 꽈당당 후려치고 두들기고 개 패듯이 패야, 큰 소리, 아름다운 소리, 멋있는 소리를 발하는 것이었다.

할멈은 서울로부터 지방으로 내려갔다. 물론 할멈도 도시와 농촌 사이의 격차가 어떠한가를 보았다. 어리석은 인간들이 보는 것과는 비교가 되지 않을 정도로 깊은 아픔과 넓은 전지(全知)의 시야를 가지고 살폈다. 그러나 할멈으로써 할 수 있는 일이란 무엇이었을까? 농촌을 더욱 황폐하게 하는 일이 그것이었다. 젊은것들에게 농사짓는 일이란 말짱 헛것이니 무턱대고 상경해야 한다는 심정을 불러일으키게 했다. 그렇지 않고 농사를 짓는 인간들에게는 자포자기의 심정을 심어 주어 아무 여자나 보면 겁탈할 생각이 나게 하고, 약간의 이해득실을 따져 서로 처참하게 싸우도록 했다. 열등의식을 조장시켜 함부로 절망케 했다……. 할멈은 눈물을 흘리며 이러한 일을 하였다. 오천여 년의 세월 동안 그토록 아끼며 보살펴 왔던 단군의 후예들이 고통스러워하는 것을 볼 때 할멈도 고통스러웠기에 어쩌는 수 없이 더욱 잔인한 고통을 내려 주는 것이었다. 할멈은 1969년 7월 어느 날 대략 세상 구경을 다니면서 자기의 신민(神民)들이 사는 꼬락서니가 어떤지를 충분히 알아보았다. 다음으로 할멈은 삼남 지방으로 내려가서 바로 할멈 자신을 섬기는 종교 단체인 대지교를 몰래 방문했다. 그야 할멈은 삼신할멈인지라 그 영혼은 있으되 육체가 없었다. 할멈이 방문한 것은 영혼으로서였지 그 육체가 아니었다. 그래서 대지교의 위대한 교주는 물론이려니와 그 밑의 신도들 또한 할멈이 탐방 중이라는 것을 알지 못하였다.

그야 할멈은 계룡산 상공에 임해 수십 개의 종교 단체를 굽어본 적이 있었다. 할멈은 그때 몹시 한탄스러운 생각에 잠겨 있었다. 어리석은 인간들이라고는 하지만 그 어리석음이 저토록 극심할 수 있을 것인가. 다른 한쪽으로는 일본의 쪽발이 종교가 풍성한 자금과 함께 현해탄을 넘어와 일백오십만 신도를 호칭하면서 준동하고 있었고, 하릴없는 자들이 혹세무민의 유사 종교를 만들어 내어 괴상한 주문(呪文)을 외우면서 인간의 정본지심(正本之心)을 제멋대로 흐려 놓고 있었다. 그들이 무슨 신(神)을 섬기든 그들의 교리가 아무리 휘황찬란하든 그것이 문제가 아니었다. 그들이 실제로 해 대고 있는 짓거리가 가장 타락한 자들, 가장 돈독이 올라 있는 현실주의자들이 하는 짓이라는 게 문제였다. 그런데 할멈이 자기를 섬기고 있다는 대지교를 방문해 본즉, 이 종교 단체도 계룡산 어귀에서 날뛰는 한심한 사이비 종교와 전혀 다를 바가 없었다. 할멈은 너무 어처구니가 없어서 분개한다기보다는 개미 새끼 같은 그 종자들이 그저 가엾기만 했다. 이자들이 할멈을 섬긴다는 미명하에 실제로 행하고 있는 바는 사리사욕을 채워 돈 버는 일에 불과했으니 그러했다. 명분이야 얼마든지 갖다 붙일 수 있겠지만, 아니 어떠한 명분을 세우든 실제 행위와는 어긋나기 마련이라는 것이 좁은 정원과 흡사한 한반도에서의 인간 행태(行態)임을 할멈도 알게 되었다. 할멈은 '대지교'에 재앙을 내려 줄까 하다가 생각을 돌려먹었다.

연민(憐憫). 그리고 분노.

할멈은 연민을 발견했던 것이다. 그야 할멈이 삼신할멈으로 인간과는 다르기 때문에 신(神)의 연민이 가능했는지 몰랐다. 분노와 연민의 틈바구니에 끼여 고민하는 할멈은 육체를 얻어 낼 재간이 없는 자기를 대행(代行)하여, 어떤 하나의 인간을 선택해서 자기 생각을 단군의 후손들에게 펴 보여야 하겠다고 작정하기에 이르렀다. 즉 어리석은 인간을 한 명 선택해서, 그로 하여금 삼신할멈의 의지(意志)가 무엇인지를 통지해 주어야 하겠다고 결심했다는 말이다.

삼신할멈이 속죄양(贖罪羊)으로써 어떠한 인간을 선택할 수 있었을까? 정치가를 선택했을까? 종교가를? 시인을? 양심을 상품으로 파는 철인(哲人)? 고재봉 같은 살인자를? 어찌 그것을 알 수 있을까.

그러면 다시 대지교의 이야기로 돌아가지 않을 수 없다. 삼남 지방에서 착착 세력을 펴 가고 있는 그 종교 단체는 요 근래 어떤 사건이 일어나서 여간만 맹렬하게 활동하고 있는 것이 아니었다. 이미 앞에서도 말한 바 있지만 교주(敎主)는 사회의 밑바닥을 헤매어 다니면서 젊었을 때 별의별 체험을 다 겪은 사람이었다. 그는 고통받는 사람, 학대받는 대중, 무엇인가가 잘못되어 있기 때문에 비참하게 아파하는 것에 틀림없는 이러한 시대의 구체적 상황을 몸소 깊이 체험해 보았으며, 그 개선책을 열렬히 생각해 본 사람이었다. 그의 고행(苦行)에 관한 기록은 이 종교의 교리에 구구절절이 나타나 있으므로 뜻있는 자들의 일독을 권유하는 바이거니와, 옳지 않은 소리란 한 구절도 없고 감동적인 것이 아닌 언행 또한 전혀 찾아보기 힘들다. 그래서 말세를 타개하기 위해서는 삼신할멈을 섬기는 종교를 창설하여 정신적 황무지에서 방황하고 있는 고달픈 영혼들을 이끌어 나갈 수밖에 없다는 놀라운 각성(覺性)과 계시(啓示)를 받게 되었던 것이다. 교주는 산상(山上)에 올라가 삼칠(三七)일을 단식한 끝에 드디어 삼신할멈의 현몽을 받아 제도중생(濟道衆生)의 법을 터득했다. 그리하여 하산(下山)하여 설파하고 다니었는데, 무지몽매한 사람들은 교주의 높은 경지를 이해 못 하여 조롱하고, 비웃고, 업신여겼는데, 이때의 기록과 설교 내용 또한 이 종교 단체의 중요한 교리로써 명시되어 있다. 교주는 나아가서 기적을 행하였으니, 서울대학 부속병원에서도 고칠 수 없다고 포기한 위암환자를 살려 냈고 다리병신을 고쳐 주었으며, 자살하려고 생각하던 청년에게 희망을 안겨 주었고, '흑흑교(黑黑敎)'라는 사이비 종교를 만들어 가지고 있던 홍 모 씨와 담판을 하여 자기 신도로써 포섭하였던 것이다.

그리하여 삼남 지방에서 차곡차곡 세력을 펴 나가기 시작하여 지금에 이르러서는 기성의 기독교, 불교 계통의 여러 종파와 단단히 겨를 수 있는 힘을 가지기에 이르렀다. 그렇다고는 하지만 이 종교 단체가 단군의 후손들을 통틀어 모두어 진리를 설파하기에는 해야 할 일이 한두 가지가 아니었다. 난세(亂世)에 사는 인간들인지라, 그 마음이 창자처럼 비틀리고 꼬이고 막혀 버려서 위대한 진실을 가르쳐 주고자 하여도 도통 알아먹지를 못하는 것이었다. 그러한 판에 불쌍한 영혼인 홍필돈을 삼신할멈께서 속죄양(贖罪羊)으로 삼아 뭇 중생에게 시현(示顯)코자 한 사건이 일어났던 것이다. 이쯤 말해 놓으면 어리석은 독자들은 물을 테지. 홍필돈이란 사람이 어떻게 삼신할멈의 대속자(代續者)임을 알아낼 수 있는가, 라고.

물론 대지교의 교주도 여러 사람들로부터 이러한 질문을 받았다. 그러면 교주는 몇 가지 증거를 대는 것이었다. 우선 홍필돈 자신의 체험담을 들어보면 알 수 있는 것이다. 홍필돈이 한 꿈을 얻었는데 거기에 삼신할멈이 현몽했던 것이다. 이미 홍필돈은 '주간 고구려'라는 데에다가 그때의 꿈 내용을 실었던 적이 있었다. 꿈속에 한 노파가 나타나가지고 이렇게 말했다는 것이다. "내 말을 들어보아라. 벌써 사십 년 전 일이다. 네 어미가 아들을 하나 점지해 주십사 하고 백일치성을 드렸다. 너도 짐작하겠지만 삼신할멈인 나는 네 어미의 정성을 받아먹었단다. 네 어미가 갸륵한 생각이 들어 버드나무 가지를 꺾어서 어미 배 속에다가 집어넣어 주었느니라. 그때로부터 태기가 있어서 세상에 태어난 것이 너다. 아마 너도 어미한테 들어서 이런 이야기는 알고 있을 것이다." 노파의 말을 들은 홍필돈은 너무 놀란 나머지 무릎을 꾸부렸다는 것이다. "여태까지 네가 어떻게 살아왔는지 모를 리 있겠느냐? 너처럼 고생을 하면서도 순박하게 살아온 인간도 흔하지는 않을 것이다. 심지어는 너의 요 근래 일까지도 자세히 알고 있단다. 그래 내가 너에게 이르겠노니 내 말을 명심하여 결코 어긋남이 없도록 해야 한다." 노파는 이렇게 말하면서 그가 무엇을 해야 할 것인지 가르쳐 주었다는 것이다. 그런데 홍필돈이 삼신할멈의 현몽을 얻은 것은 치악산에서였다. 그가 사람을 죽이고 산속으로 도망쳐 들어와서의 일인데, 옥중수기에서 그는 자기 심정을 이렇게 말하고 있다. (그의 수기를 읽고 싶다면《월간 이씨조선》69년 11월호를 찾아볼 것)

'동물 훈련사가 원숭이에게 그림 그리는 법을 가르쳐 주었습니다. 그런데 그림을 그릴 수 있게 된 원숭이가 맨 처음으로 그린 것은, 자기를 가두어 놓고 있는 철창(鐵窓)이라는 것입니다. 제가 이 이야기를 들었을 때 느낀 심정이란 그 원숭이가 바로 저 자신이라는 것입니다. 제가 문득 사물을 알게 되었을 때 저지른 일이란 것이 사람을 죽여 버린 그 일이었던 것입니다. 저의 경우에는 자각하지 않은 채 무지몽매하게 지냈던 편이 나았을 것 같습니다. 제가 자각을 했을 때 나타난 양상이란 바로 범죄적인 결과로밖에는 표현될 수가 없었으니까요. 그림을 그리게 된 원숭이가 최초로 그린 것이 자기를 가두고 있는 철창(鐵窓)이었듯이…….'

세칭 '홍필돈 사건'이라고 하여 매스컴에서 쫑알대기 시작한 것은, 공평천(公平天)이라는 삼류 작가가 "음, 이 녀석을 물고 늘어지면 돈깨나 벌겠군" 하고 생각해서 눈물 어린 전기소설을 썼기 때문에 일어났던 것이지만, 아닌 게 아니라 홍필돈의 인생이야말로 세인의 심금을 울려 주기에 충분한 것이었다. 더구나 그는 살인자로서 깊은 참회를 하고 있는 중이었다. 속인들은 그러한 참회를 마치 아량이라도 가진 것처럼 받아 주면서 기분이 좋아졌던 것이다. 유수의 문학평론가는 "아, 홍필돈 씨의 인간 조건은 우리의 인간 조건과 똑같았다. 그는 아마 순교자일 것이다." 따위의 사춘기적 어조를 남발했고, 대지교 교주가 잔뜩 이 사건에 눈독을 들인 것도 이러한 이유 때문이었다.

홍필돈의 인생 편력을 자세히 알고 싶은 사람은 홍씨 출판사 발행 『원숭이가 그린 그림』이라는 자서전적 소설을 읽어 보면 알겠지만, 간략히 여기에 소개하자면 그의 인생은 대략 3단계로 구분된다. 제1단계는, 그가 강원도 고향에서 지냈던 어린 시절과 6·25 전쟁이 일어나서 인민군으로 강제 징모되었을 때까지의 이야기일 것이다. 제2단계는 낙동강 전투에서 포로가 되어 거제도 수용소에 갇혔다가 석방 시에 남한을 택하여 사회에 나왔을 때의 이야기이다. 그런데 그는 자기 이름이나 간신히 쓸 정도로 일가친척 한 명 없이 떠돌이 생활을 하지 않을 수 없었다. 잡범으로 투옥되기 두 번, 부두 노동 생활, 지게꾼 생활, 양아치 생활……. 주림에 견디다 못해 빈사 상태에 빠진 경우는 허다했고, 그리하여 강원도 영월군 주천면의 어느 시골에서 머슴 생활을 했는데, 시골 사람들의 박대란 이루 말할 수 없었고, 서른아홉 살이 될 때까지 장가를 가 보기는커녕 항상 배가 고파 한번 실컷 음식이나 먹어 봤으면 좋겠다고 하는 소원밖에는 가진 것이 없는 그러한 생활을 해 왔다. 그러다가 어느 날 사소한 실수를 저지른 적이 있었는데, 그것으로 집단 린치를 당하고 경찰서에 끌려가 실형을 살게 되면서, 자기 지내온 반생을 곰곰 되살펴 보게 된 기회가 생겼다. 물론 같은 감방에서 지냈던 어떤 사람의 감화를 받기도 했다……. 일 년 만에 출옥하여 한번 멋있게 살아 보자고 생각은 했으나, 그것이 전복위화(轉福爲禍)가 되어 살인을 저지르게 되었다……. 대략 이것이 그의 인생의 제2단계라면 치악산에서 삼신할멈의 현몽을 얻은 뒤 깊게 깨달은 바가 있어서 자수를 한 뒤에 『다시는 자기와 같은 인간이 없도록』 수기를 집필하면서부터 그의 제3단계의 인생이 이루어졌던 것이다.

이와 같은 홍필돈의 수기 내용으로 미루어 보아 그가 삼신할멈의 현몽을 받았던 것은 틀림없는 사실로 입증될 만했다. 최소한도 대지교의 교주는 이 점을 믿어 의심치 않았다. 거기에는 교주 자신의 영적(靈的) 체험도 뒷받침을 했다. 교주도 삼신할멈의 현몽을 받았던 것이다. 다만 여기에서는 생략하기로 하겠다.

대지교는 대대적으로 '홍필돈 구제 위원회'를 조직했고, 그를 위해 성대한 의식(儀式)을 베풀었다. 이와 때를 같이해서 매스컴의 호응을 대대적으로 받게 되었으니 삼류 작가 공평천이 적극적으로 활동한 결과였다. 원래 매스컴이란 잔인한 일면과 센티멘털한 일면을 가지고 있는 법인데, 공평천은 매스컴의 누선(淚線)을 묘하게 건들었던 것이다. 그리하여 사형수 홍필돈은 우리의 시대가 가지게 된 가장 비참하고 불쌍한 인간의 전형(典型)으로 부각되었다.

4.

홍필돈은 사형 집행을 받았느냐구? 그야 사형 집행을 받았다. 얼마 동안 사람들은 떠들썩하니 애도의 뜻을 표시했지만, 그것도 시간이 지나자 잊어 먹고 말았다. 대지교는 착착 세력을 확장 중에 있었고 그리하여, 또다시 새로운 계기를 만들어 잡아야 할 때가 되었다.

이때 터진 것이 동선무 사건이라고 불리는 것이었다. 독자 여러분도 잘 알겠지만, 동선무는 일본인이 물주가 되어 경영하는 호텔의 '조바'였는데, 인종 차별과 부당한 노임(勞賃)에 항거하다가 뜻을 이루지 못하자 사람들을 12층 별실에 가두어 놓고 총을 들이댔던 것이다. 경찰관들이 12층을 둘러쌌으며, 헬리콥터가 동원되고 급기야는 공병대가 투입되는 등 삼엄한 경계망을 폈는데 이때 대지교 교주가 급거 상경하여 범인과 면담을 가졌다. 교주는 동선무가 왜 난동을 부리는지 잘 알고 있었다. 너무 잘 알고 있었으므로 기뻐 환장할 지경이었다. 삼신할멈이 또 하나의 대속자(代續者)를 등장시킨 것에 틀림없었다. 정상적인 설득으로서는 단군의 후손들을 정신 차리게 할 수 없으므로 삼신할멈도 비상한 방법을 취하고 있는 것이다.

그렇게 하여 삼신할멈은 만족하고 계시는 것이며, 교주는 착착 세력을 확장시킬 수 있는 것이다. 소위 '동선무 사건'은 어떻게 되었느냐구? 그야《이 씨 조선 신문》70년 2월분 신문을 찾아보면 알 것이 아니냐. 작가로서는 대지모신께서 지극히 만족해하신다는 점을 전해 주면 되는 것이다.

《월간문학》, 1971년 6월호

우스꽝스런 정밀

우스꽝스런 정밀

1.

젊었을 때의 사소한 실수가 한 사람의 인생을 송두리째 지배해 버린다는 따위의 말에 대해서 그는 승복할 수가 없다. 도리어 그러한 실수를 통하여 사람 사는 놀음이라는 것의 윤곽이 밝혀지는 것이 아닌가.

그 당시 오만확의 나이는 스물한 살이었다. 일 년 재수해서 대학에 들어가기는 했는데, 학문의 전당이라는 곳이 꼭 무슨 극장 같기만 하고, 대학생이라는 인간들이 싸가지 없는 관람객과 흡사하게 보였던 것이다. 이런 장소에서 빌빌거리느니, 직접 삶의 싸움터에 뛰어들어 보는 것이 나으리라고 생각되었다.

그래서 어떤 일을 해 볼까 물색하는 중에, 마침 친구의 부친이 출판사를 경영하고 있어서, 그는 서적 세일즈맨 노릇을 해 볼 마음을 내었다.

그는 먼저 경상도 지방으로 내려가서 중도시와 시골 읍면을 돌아다녔다. 책을 월부로 팔게 되면 해당 서점에 카드를 인계하고, 수당 조로 받게 될 돈에서 여비를 충당받는, 그러한 판매 방식이었다. 그의 실적은 그저 중간 정도였다. 열심히 뛰어 봐도 그 이상 성적은 올라가지 않았다. 그럭저럭 한 열흘쯤 돌아다녀 보니까 제법 많은 것을 배우게 되었고, 이골이 붙었다.

그는 이제 전라도 지방으로 가 볼 생각을 했으며, 그래서 노중(路中)에 외삼촌이 살고 있는 왕산이란 곳엘 들러 하루 이틀 쉬기로 작정했다. 외삼촌은 서울에서 견디어보려고 애를 썼으나 실패한 뒤로 시골로 내려와 퍽 어렵게 농사를 짓고 있는 중이었다. 장성한 외사촌이 인근 역에서 공원(工員)으로 일하며 근근히 생계를 유지하는 형편이었는데, 오만확이가 찾아가니까 여간 반가워하지를 않는 것이었다.

오만확은 그곳에서 나흘을 머물렀는데 지금도 잊을 수 없는 그 여자를 만났던 것이다. 그 여자, 공종옥은 오만확보다 여섯 살 나이가 많았다. 어떤 남자의 부인이었다. 대구에서 여고를 졸업한 뒤에 중매를 통해 결혼했는데, 12년 연상인 남편은 그때 묵호역장으로 발령을 받아 타처에 나가 살고 있었다. 그래서 부부는 서로 떨어져 있는데, 그 여자는 시골 생활에 무척 염증을 느끼는 것 같았다.

그 여자가 오만확의 외사촌을 역의 공원으로 취직시켜준 모양이었다. 그래서 오만확이 왕산에 내려가 지내는 동안에도 그 여자는 허물없이 외사촌의 집엘 들락거리고 있었다.

그 여자는 몸집이 조그마했으나 얼굴은 퍽 단단한 인상을 풍겼다. 명랑한 성격의 소유자여서 잘 웃고, 이야기를 아주 재미나게 했다. 하지만 그 여자의 전체적인 분위기에는 세상의 중심부로부터 멀리 추방되어 사는 사람에게나 있음직한 쓸쓸함, 허무감, 외로움의 빛이 짙게 서려 있었다.

오만확이가 왕산에 온 다음날 외사촌은 마침 비번이어서 국수를 말아 먹은 뒤에 함께 화투를 쳤다. 인근 마을의 청년, 외사촌 누이,

오만확, 그 여자, 그리고 다른 한 명의 사람까지 합쳐서 좌중에는 여섯 사람이 있었다. 그런데 오만확은 손님 대접을 받았으므로 자연히 화제의 중심 인물이 되었다. 그들은 서울에 대해서 관심이 많았고, 농촌 생활을 경멸해 버리고 싶어 했으며, 그 당시 신문지상에서 오르락거리고 있었던 자유당 말기의 정치적 부패에 대하여 적개심이 큰 것 같았다.

오후가 되었을 때 인근 마을에 잔치가 있다 하여 친척들은 밀려갔지만, 오만확은 따라나서지 않았다. 그는 내일 아침 하동 방면으로 해서 전라도로 들어갈 생각이었다. 그래서 오후에는 인근 야산에나 올라갔다 내려와 일찌감치 쉴 작정이었다. 그런데 그 여자, 공종옥이가 오만확을 찾아왔다.

"어떻게 혼자 계시나요?" 하고 그 여자는 물었다.

"요 앞의 산에나 올라가 볼까 합니다."

"그러세요? 앞산을 넘으면 수래산이 있는데 제법 경치가 있어요. 제가 안내해 드릴게요."

"아아뇨, 그러실 필요는 없습니다."

"괜찮아요. 그렇지 않아도 한번 찬 바람을 쐬고 싶었던 참이었지요."

여자가 이렇게까지 얘기했으므로 오만확은 석연치 않은 대로 여자와 함께 산에 올라갈 수밖에 없었다. 어째서 석연치 않은가 하면, 이 여자의 눈초리에는 묘하게 유혹적인 갈망 같은 것이 서려 있었고, 연장자로서 군림해 보고 싶어 하는 듯한 위압적인 표정이 또한 섞여 있었다. 그런데 오만확은 이 여자를 거부할 만한 능력이 없었던 것이다.

얼마 올라가지 않아 두 사람은 숨이 가빠졌고, 그래서 야생화 더미 옆에 앉아 쉬었다. 이때 여자는 오만확의 학창 생활에 대해 퍽 많은 것을 알고 싶어 하였다.

"나도 퍽 공부가 하고 싶었어요. 그러나 가정 형편이 여의치 못했구 빨리 결혼을 해 버린 것도 그 때문이에요." 하고 그 여자는 말했다. "그건 그렇고 어째서 대학생활을 집어치우려는 거예요? 남들은 다니고 싶어도 다니지 못하는데, 제 발로 그만두겠다니 이해가 안 가요."

"그건…… 대학이라는 곳이 허황하게 사치스런 곳이구요, 나로선 그런 사치가 어울리지 않기 때문이에요, 어쨌든 세상 체험을 하고 싶어진 것이죠." 하고 그는 말했지만 여자가 그의 말을 납득했으리라고는 생각지 않았다.

그러자 여자는 화제를 바꾸었다. 자기의 소녀 시절, 처녀 시절의 이야기를 하기 시작했다. 이 여자는 어느 일면 솔직한 성격의 소유자인 것 같았다. 그래서 오만확이가 말 상대자로 적당하다고 판단했는지, 자기 신변을 들추어낼 까닭이 없는데도 불구하고 전혀 숨기는 빛이 없이 좀 감동적으로 먼눈을 지으면서 이야기를 하였다.

여자가 결혼 생활, 농촌 생활에 염증을 낸다는 것을 짐작할 수 있었다. 여고쯤 다녀봤으니까 아마 속으로 깨달아 느낀 것도 많을 터이며, 또는 잘난 체해 보고 싶은 마음도 있으리라. 그러나 오만확은 결혼 생활, 농촌 생활, 더욱이 여자의 감수성에는 비교적 둔한 편이었으므로 다만 좀 방심한 듯한 표정을 지을 수밖에 없었다.

두 사람은 다시 천천히 걷기 시작했는데, 조그만 둔덕을 넘어서자 저 앞으로 시꺼멓게 우뚝 가로막아 솟아오른 수래산 봉우리가 나타났다. 수래산 이쪽으로는 용틀임하듯 굽이쳐 흐르고 있는 낙동강 줄기가 보였다. 마을은 주먹만 한 크기로 강변을 따라 산재하였고, 땅이 넓어진 것이 아니라 하늘이 넓어진 것처럼 사방이 탁 트였다. 옛날 배짱 편한 선비들이 한시를 적어 읊기에 충분할 만한 경치였다. 오만확은 정신이 맑아지는 것 같고 신선한 공기에 몸이 가벼워져서 사방 풍경을 둘러보기에 여념이 없었다. 그런데 여자는 이 동안에도 자기의 처녀 시절의 이야기에만 열중하였으므로 경치 구경하는 데 도리어 방해가 되었다.

여자는 산, 강, 바람, 소나무, 푸른 하늘에 대해서는 별다른 관심이 없는 것 같았다. 오랜만에 처녀 시절의 일들을 마음 놓고 회상해 보는 것이 무척 즐겁고, 행복한 모양이었다. 여자가 열성을 내어 하고 있는 이야기란, 여고 시절과 여고를 졸업한 뒤 일 년 반가량의 직장 생활, 그리고 한 번의 연애 사건, 가출하여 상경했다가 다시 집으로 돌아가기까지의 이 년여의 괴로웠던 시절…… 들에 쏠려 있었다. 아마 여자는 자기 인생의 절정이 그때였다고 생각하는 것 같았다. 그때의 시절로부터 자기가 점점 멀어져 가고 있는 듯한 느낌에 젖어들 수록, 더욱 맹렬하게 그때의 시절을 자세히 기억해내고, 재생시켜 보고 보다 뚜렷하게 간직하고자 애를 태우는 것 같았다. 이 여자의 추억의 궁궐 속에는 오만확이가 상상할 수도 없는 체험과 감정과 아픔이 도사리고 있었다. 또한 오만확이가 스스로의 길지 않은 인생으로부터 유도해냈던 어떤 감동적인 성인의 상상적 세계는, 이 여자의 그것과 너무도 다르다는 것을 알 수 있었다.

그동안에도 두 사람은 꾸준히 산을 타서, 어느덧 수래산 꼭대기 근처에까지 와 있었다. 두 사람은 계곡을 이별한 뒤에 오솔길을 따라 바위를 타고, 간신히 덩굴을 부여잡고, 손을 마주쳐 올라갔다. 여자는 조그만 체구와는 달리 여간 민첩하지 않았다. 더욱이 여자는 오랜만에 처녀 시절의 일들을 추억해냈던 참이라 활기가 넘쳐

흐르는 것처럼 보였다.

이윽고 두 사람이 정상에 올라섰을 때에는 저녁 해가 뉘엿뉘엿 넘어가고 있었다. 아래의 계곡으로 어둠이 몰려들었고 거룡과도 같은 낙동강 연변에는 초가집으로부터 새 나오는 저녁 연기와도 같은 안개가 포근하게 내려 덮이고 있었다. 그것은 과연 장관을 이루었으므로 두 사람은 산을 힘들여 올라온 것이 아니라, 인생의 어떤 어려운 고지를 타고 넘어온 것과도 흡사하게 뿌듯한 감동에 휩싸여 있었다. 소나무를 흔들어 대는 바람 소리가 땅덩어리의 비밀을 드러내는 듯한 유심(幽深)한 맛이 두 사람을 매혹시켰고, 그들의 젊음에 싱싱한 탄력을 주는 것 같았다.

이미 날이 어두워지기 시작하였으므로 그들은 미련을 남긴 채 하산하기 시작했다. 여자는 노래를 한 곡 뽑았는데, 소위 명곡이라고 하는 그 노래에는 여고생이 불렀으면 적당할 만한 맑음이 순진스럽게 배어 있었다. 여자는 이런 노래를 이따금씩 애써 소프라노로 뽑아봄으로써 자기의 목청을 가꾸는 것 이상으로 자기의 생활에 어떤 선을 유지시키고자 애쓰고 있음에 틀림없었다. 어쩐지 이 여자가 신파조 소설에 나오는 신비를 머금고 있다는 따위의 여주인공처럼만 느껴져서, 바로 그것이 오만확에게는 우스웠다. 왜냐하면 이 여자가 일부러 고상한 척해 봄으로써 스스로 고상해지기라도 한 듯 만족을 느끼는 게 아닌가 생각되었기 때문이었다.

밤은 빨리 찾아와서 사방이 깜깜해졌는데, 그들은 그만 길을 잃고 말았다. 분명히 아까 올라오던 그 길이라고 생각되었으나 아래쪽으로 내려올수록 전혀 엉뚱한 곳이었다. 두 사람은 점점 이 사실을 숨길 수 없게 되었다. 여자도 당황해 하는 눈치가 있었다. 여자는 좁은 시골 바닥에 이상한 소문이 나돌 것을 걱정하는 것이 분명했다.

"빨리 가야겠어요. 집에서들 걱정하겠어요."

"내려가서 동네 사람들에게는 솔직히 얘기하지요, 뭐."

"아까 우리가 함께 산에 올라왔다는 걸 사람들이 알고 있지 않아요? 지금쯤 야단났을 거예요. 여자는 한숨을 쉬었다. "그렇지 않아도 나는 시댁 식구들한테 의심을 받고 있는 중이니까."

"의심을 받는다니요?" 하고 그는 물었다.

"그래요, 의심을 받고 있어요. 시누이가 특히 미워하고요."

여자는 이어서 하소연하는 듯한 어조로 자기의 불행한 처지와 비인간적인 외로움을 털어놓았다.

"물론 내게도 실수가 있었는지 모르지만." 하고 여자는 말했다.

"아무리 잘해 보려고 해도 소용이 없어요. 잘해 보려고 결심하면, 그 결심 자체가 더욱 의심을 받는 거예요. 나이 차이가 많이 지는 남편은 워낙 대범한 성격이어서 이야기가 통하지 않을뿐더러, 전혀 이해해 주려는 마음도 없어요."

그러다가 여자는 입을 다물었고 오만확도 그저 잠자코 말았다. 그는 여자가 어째서 이런 이야기를 자기에게 하는지 이해할 수 없다고 생각해 버렸던 것이다.

여자는 한두 번 발을 헛디뎌 넘어졌고, 그래서 무릎에 상처를 입어 피가 배여 나왔다. 하지만 시간에 쫓기는 듯한 심정이 되어 있었으므로 두 사람은 내처 계곡을 훑어 내려갔다. 이리하여 산의 영역을 벗어나서 아래 들판으로 내려왔을 때에는 어느덧 밤 아홉 시가 지나 있었다. 그들은 조그만 황톳길을 만났다. 그런데 여자는 여기가 도대체 어디인지 짐작할 수가 없다는 것이었다.

"하여튼 걸어가 보는 수밖에 없습니다." 그는 말했다. "밤새껏이라도 걸어가 보는 수밖에."

그들은 황톳길을 타박타박 걷기 시작했다. 도시에서는 찾을 수 없는 진한 어두움이 사방을 빽빽하게 감금하고 있었다. 그들은 걷는다기보다도 어떤 원시적인 황야를 허우적거리고 있는 듯한 외로움을 느꼈다. 여자는 오들오들 떨면서 무의식적으로 그의 곁에 바짝 다가붙어 손을 잡았다.

이윽고 두 사람은 주막집을 하나 발견했다. 초가집 바깥채에는 일용 잡화 가게를 차렸고, 그 안쪽 토담 방으로부터 술 취한 사내들과 여자의 웃음소리가 들려왔다.

"여우지골이라구요? 여기서 왼쪽 길로 삼십 리쯤 가야 할 겁니다." 주막집 노파는 세상을 오래 산 사람이 갖는 의심하는 듯한 시선으로 두 사람을 보면서 말했다. 그 노파의 표정이 오만확을 당황케 했고, 삼십 리가량 더 가야 한다는 말이 그를 놀라게 했다.

"정반대 방향으로 내려오고 말았지 뭐예요?"

"그럼 빨리 서둘러야 해요."

"다리가 아파 죽겠어요. 배도 고프고…… 좀 쉬어가요."

"수래산에 갔다가 길을 잘못 들었구만. 젊은 사람들이…… 딱하기두 하지." 하고 노파가 말했다.

토담 방에 틀어박혀 술을 마시던 사내들이 문을 밀고 바깥을 내다보았다. 그들이 무어라고 빈정거리는 말을 했다. 여자는 새침한 표정으로 냉담하게 앉아 있었고, 당황해한 것은 도리어 오만확 쪽이었다.

간단히 빵조각과 사이다를 마신 뒤에 그들은 다시 걷기 시작했다. 이미 이때에는 밤 열한 시가 넘어 있었다. 노파는 여기서 자고 날이 밝으면 떠나라고 했고, 여자는 그 말에 약간 망설이는 눈치조차 있었으나 오만확이가 우겨서 다시 걷기로 했던 것이다.

사방을 분간할 수 없을 정도로 어둠은 캄캄하게 내리 덮였고 마치 두 사람은 맥없이 물속을 허우적거리고 있는 듯한 심정이 되었다. 그들은 자기들이 걷고 있는 것인지 어쩐지 조차 잊어버릴 정도로 그냥 발걸음을 옮겨 놓았는데, 이때부터 오만확에게는 하나의 예감이 들기 시작했던 것이다.

그 예감은 점점 확실한 윤곽으로 잡혀 오기 시작했으며, 여자는 쌔근거렸고, 그는 괴로움을 느꼈다. 밤길은 가도 가도 끝이 없었고 여자는 아무 말도 하지 않았으며, 짐승 우는 듯한 소리가 음험하게 메아리쳐 왔다. 이미 밤 열두 시가 넘어 버린 것 같았다. 흐렸던 하늘은 벗겨지면서 초승달이 나타났다. 밤바람이 파도처럼 늠실늠실 밀려왔다. 길과 나란히 뻗은 개울로부터 물 흘러가는 소리를 들을 수 있었다.

산 고개를 하나 넘느라고 두 사람은 몹시 숨이 가빴다. 그러나 귀신이 노려보고 있는 듯한 언덕바지에서 쉬고 싶은 마음은 없었다. 이윽고 내리받이 길이 되었을 때, 여자는 갑자기 그의 팔목을 끌어잡았다.

"다리가 아파서 더이상 못 걷겠어요."

여자는 그를 풀더미 위로 인도했다. 그는 망설이듯 하며 끌려갔다.

"무릎에 피가 막 흐르는 것 같아요. 좀 손을 봐 주세요." 여자는 비스듬히 드러누웠고, 그는 여자의 무릎을 살펴보았다. 성냥불을 켜댔을 때 땀이 축축히 젖어 이상하게 상기된 여자의 얼굴을 볼 수 있었다.

"그까짓 상처는 내버려 두고 내 옆에 와서 누워요." 하고 여자는 명령하듯이 말했다.

"왜 그러세요?"하고 그는 간신히 말했다.

"왜 그러기는?" 여자는 웃었다.

"당신은 참 매정한 남자이군요."

"매정한 것은 아니에요." 하고 그는 어쩐지 자신 없는 어조로 말했다.

"그럼 무관심한 남자인가?" 여자는 이러더니 갑자기 흐느적거리며 울기 시작했다.

그 울음소리가 너무 애절하여서 오만확은 심장이 터질 듯한 괴로움을 느꼈다. 그는 여자가 자기를 유혹해냈다는 것을 충분히 느꼈지만, 외로운 참새 새끼처럼 떨고 있는 여자를 거부할 만한 아무런 능력도 없다는 것을 깨달았다. 그러자 그는 여자를 이해하기 시작했던 것이다. 이 여자가 놓여있는 처지의 비인간적인 외로움을 선의로써 파악했다. 이 여자가 연하의 젊은이에게 매달리는 심정을 유추해볼 수 있었다. 더욱이 그는 이 여자를 물리칠 힘이 없었다. 어느 쪽이냐 하면 그는 순진한 스물한 살의 청년이었다. 이윽고 두 사람은 서로 격렬한 애무를 나누다가 몸을 섞고야 말았는데, 오만확으로서는 좀 긴장되어 있었던 탓으로 스스로 생각해봐도 세련되지 못한 몸짓밖에는 할 수가 없었다. 그러나 여자는 이 점을 충분히 이해해 주었다.

결국 두 사람은 새벽 네 시가 가까워서야 집으로 돌아올 수 있었다. 조그만 시골 동네에서는 야단이 나 있었다. 난처한 입장에 빠져버린 것은 여자뿐만이 아니라 오만확도 마찬가지였다.

오만확은 날이 밝으면 전라도로 떠날 예정이었지만 다시 고쳐 생각했다. 이미 한바탕 흉흉한 소문이 좁은 동네를 폭풍우처럼 휩쓸었으며 외삼촌은 화가 나지만 간신히 참는다는 듯한 표정으로 이곳을 떠나라고 성화를 냈다.

"너를 탓할 마음보다도." 하고 외삼촌은 말했다. "그 여자는 질이 좋지 않은 여자야."

"그 여자는 어떻게 하고 있습니까?" 그는 초조한 심정에만 사로잡혀 있었다. 두 사람의 관계를 부인해 볼 엄두도 내지 않고 이렇게 물었다.

"그런 건 알 필요가 없고, 넌 곧바로 서울로 올라가."

외삼촌은 이러면서 나가 버렸는데, 그 여자 공종옥에 관한 소문은 곧 들을 수 있었다. 그 여자는 시댁 식구들로부터 닦달을 받고 있는데 지난밤 일에 대해서는 한사코 입을 다물고 있다는 것이었다.

오만확으로서는 이 일을 어떻게 처리해야 좋을지 알 수 없었다. 깊고 아득한 구렁텅이로 몰려 들어가는 듯한 심정에만 휩싸여 있었다. 그는 물론 여자가 교활하게 던져놓은 그물에 옴짝달싹 못 하고 걸려 들어버린 것이 아닌가 생각했다. 그렇다고 비겁하다고 판단될 만한 짓은 하지 않겠다고 결심했다. 그는 그 여자를 아주 깊이 이해하고 있는 것처럼 느끼고 있었기 때문이었다. 뿐만 아니라 그는 여자와 깊게 관련을 맺어 버린 것으로 느꼈다.

그 여자를 만나야 하겠다는 일념으로 그는 동네로 나왔다. 시골 사람들의 시선이 몹시 따가웠지만 그는 여자 집 앞으로 다가가서 삽살개 마냥 어슬렁거렸다. 말하자면 궁지에 몰려들어 버린 것 같은 그의 심정으로서는 여자를 만나서 사랑한다느니 어쩌느니 따위의, 신파조 냄새가 남으로 해서 더욱 설득력이 강한 그러한 이야기를 성급하게 꺼내 버렸으면 하는 갈증 비슷한 생각에 골몰해 있었다. 그렇지 않고서는 견딜 수 없을 것만 같았다.

그러나 그는 끝내 여자를 만나지 못한 채 외삼촌의 성화를 받은 끝에 그곳으로부터 떠났다. 그는 전라도 지방으로 해서 한 달가량 서적 세일즈맨 노릇을 하며 떠돌아다녔다. 젊은 그의 심정은 마치 실연의 비탄에 잠긴 나머지 세상사에 뜻을 잃어 영탄의 시를 읊으며 방황하는 시인 묵객이나 된 것처럼 좀 과장된 아픔에 잠겨 있었다. 그래서 터무니없는 가난과 부정부패에 시달리고 있는 사람들의 모습에서 자기의 일그러진 초상화를 발견해 내고 있는 것으로 느꼈다. 이 동안에 그의 정신 상태는 그를 어떤 퇴폐의 아픔으로 몰고 갔고, 그를 우글대는 창녀의 방으로 끌고 갔고, 그리고 그 여자, 공종옥에 대한 생각으로 꽉 차 있게 만들었다.

서울로 돌아왔을 때에는 그로서도 굉장히 깊은 체험을 해서 전혀 다른 사람이 되어 버린 듯이 느껴졌지만, 그의 어머니 또한 지방에서 있었던 연애 사건을 알고 있었다. 그러나 어머니는 아무 말씀도 구체적으로는 하지 않았다. 다만 좀 불결하다는 듯이 자기 아들을 먼눈으로 바라보는 것이었다.

그러나 오만확으로서는 이것보다도 공종옥으로부터 은밀하게 보내어진 편지를 받게 되었을 때 더욱 놀라지 않을 수 없었다. 오만확은 그때 시골의 밤길을 걸으면서 연락할 일이 있으면 자기 친구 아무개 편으로 편지를 보내면 될 것이라고 말해 두었던 것이다. 그 편지에 의할 것 같으면 공종옥 자기로서는 도저히 왕산의 시골집에서 견딜 수 없으므로 뛰쳐나오고 싶다는 것, 무척이나 당신이 보고 싶다는 것 따위의 사연으로 차 있었다. 여자의 편지는 사랑한다느니, 자기를 버리지 말아달라느니, 아는 사람이 없는 곳으로 도망을 가서 살자느니 하는 애절한 글귀로 넘쳐 있었다. 여자가 어떠한 처지에 빠져 있는지 그는 충분히 짐작할 수 있었고, 그래서 그는 결심을 하지 않을 수 없었다.

결국 두 달쯤 뒤에 두 사람은 대구에서 동거 생활에 들어갔다. 그 동안에 오만확은 집안의 물건을 훔쳐 팔아 돈을 장만했으며, 그리고는 그 여자와 만나기로 약속한 대구의 어떤 여관에 먼저 가서 기다렸다. 여자가 다섯 시간쯤 늦게 나타난 이후로 두 사람은 열렬한 애정 행각에 빠져 버렸던 것이다.

이미 그는 여자를 진심으로 사랑하고 있다고 믿었다. 또한 그는 자신이 있었다. 아직 젊으니까 무슨 짓이든지 해낼 수 있을 것이며, 최소한 두 사람의 목구멍에 풀칠이야 할 수 있을 것이라고 믿었다. 그들을 이해할 수 없었던 사람들도 차차 시간이 흘러가면 알게 되리라. 그리하여 두 사람의 진실이 과연 얼마만 한 힘을 가지고 있는지를 깨닫고는 깊이 머리를 끄덕이며 감동할 것이라고 생각했다. 최소한도 그는 이렇게 생각함으로써 스스로 찾아낸 행복에 기쁨을 느끼면서 겁 없이 새로운 생활환경 속으로 뛰어들어 갔다. 오만확도 그러하지만 그 여자 또한 진심으로 행복해 하는 것 같았다. 그 여자는 극진한 애정을 오만확에게 베풀어주는 것이었다. 두 사람의 생활이 비정상적이며 불안하고 모험적인 것이었기에 도발적인 애정이 더욱 유별나게 느껴졌는지도 몰랐다. 두 사람은 그러한 생활을 통하여 인생의 불가해한 모습을 보았고, 마치 범죄 의식과 마찬가지로 이 세상과 자기들을 분리시켜 더욱 깊게 뭉치고 더욱 넓게 탐닉하고 싶어지는 것이었다. 얼마 가지 않아서 돈이 떨어져 가게 되었으나, 진심으로 행복하다고 믿은 두 사람은 그까짓 것쯤 걱정하지 않았다. 왜냐하면 그들은 자기네의 행복의 대가로써는 어떠한 희생이든 치러낼 각오가 서 있다고 믿었기 때문이었다.

그리하여 두 사람은 미친 것처럼 넋이 나간 것처럼, 다만 서로 깊게 밀착되어 있었고 모든 것이 불분명한 애매한 열기 속에서 방심한 듯한 표정을 지으며 꿈을 꾸는 것만 같은 생활을 계속했다. 두어 달 쯤의 세월이 더 흘러 두 사람의 생활에 파탄이 올 때까지 오만확은 인생의 온갖 체험을 다했던 것처럼 생각되는 것이다.

역시 그것은 경제적인 이유 때문이었다. 경제적인 것이 해결되지 않으니까 정신적인 균열이 생기고, 그렇게 되자 자기들이 얼마나 타락적인 생활을 하고 있는지를 파악하게 되었다. 또한 이때에는 서로가 상대방의 전체를 완전히 다 알아 버리고 난 듯하여 말하자면 기진맥진한 상태에까지 다다라 있었다.

오만확은 자기의 도피 생활을 위해서는 무슨 짓이든지 해낼 수 있다고 믿었지만, 정작 낯선 대구에서 취직 자리를 알아보았댔자 할 일이 없었다. 그에게 보증을 서 줄 사람이 있지 않았으며 그렇다고 어떤 전문적인 기술을 습득해 가지고 있는 것도 아니었다. 그러한 것이 필요하지 않은 일감이란 막벌이밖에 없는 것인데, 오만확이 그 밑바닥 세계에서 배척을 당한다는 것은 너무 당연한 일이었다. 정말이지 그는 도로 포장 공사를 하고 있는 십장을 찾아가 노동일을 하겠다고 지원했던 적이 있었다. 그 사람은 마흔 살이 좀 넘었을 듯한 뼈마디가 굵고, 노무자로 커 온 사람인 듯했는데, 대뜸 오만확이 어떠한 상태에 빠져 있는지를 알아보는 것 같았다.

"쓸데없이 빌빌거리지 말고 집으로 들어가는 게 나을 것 같은 청년이군." 그 사람은 조롱하는 것 같지도 않은 어조로 말했다.

"뭣이라구?" 오만확은 비록 상대는 되지 않았지만 그 사내에게 대들어 보려고 했다.

하지만 그 사내는 오만확쯤 안중에도 없다는 듯이 자기 할 일을 하고 있었고, 그는 수치와 분노와 부끄러움으로 눈물을 글썽이며 돌아서는 수밖에 없었다. 그는 도피 행각의 보금자리인 셋방으로

가면서 곰곰 생각해 봤지만 이 정도의 시련으로써 물러설 수는 없다고, 다만 그렇게 굳이 다짐했다.

시간이 흘러갈수록 두 사람의 생계가 더욱 막바지에 이르렀다. 그런데 오만학은 열심히 돌아다녀 봐도 돈벌이를 할 만한 일이 나서지 않았다. 이 점에 있어서는 그 여자 또한 무력하기 짝이 없는 여자였다. 그러면서도 두 사람은 서로의 애정 하나만을 철석같이 믿은 채 용케도 견디어 냈다.

드디어 이제는 굶어 죽는 도리밖에는 없게 되었다고 생각되는 사태가 찾아왔다. 셋돈을 못 내서 주인집 여자는 재촉하다 못해 악다구니를 퍼부어 댔는데, 도피 생활을 하는 두 사람의 아픈 데를 서슴지 않고 찔러댔으므로 오만확으로서도 마지막 수단을 강구하지 않을 수 없었다. "염려 말란 말예요"하고 그는 주인집 여자에게 큰소리를 쳤다.

"내가 당장 갚을 테니까."

"흥, 사람들 눈을 속이며 사는 주제에 어디서 돈이 나와."

"제발 닥치란 말요"하고 그는 악을 썼다.

그는 공종옥을 안심시키기 위해 애를 썼다. "내가 말이지 다시 책을 팔겠어."

"하지만 당신 어머니한테 소문이 들어갈 거 아녜요?"

"아냐, 그렇진 않을 거야. 설사 소문이 들어가면 어때? 우리가 우리 힘으로 살아간다는 데야 누가 간섭을 한단 말야?"

그는 울고 있는 공종옥을 달랜 뒤에 서점으로 달려갔다. 그 서점 주인은 지난번 월부 서적을 세일즈했을 때 이미 알아 놓았으므로 그를 반갑게 맞이했다. 그는 서점 주인이 그의 신변에 일어난 사정을 모르는 것으로 생각하여 안심할 수 있었다. 이야기는 순조롭게 진행되어 그는 세일즈를 할 수 있었고, 급한 대로 그날 저녁때에는 약간의 돈이나마 만져볼 수 있었다. 그는 의기양양하게 집으로 들어갔고, 공종옥 또한 진심으로 기뻐하였다. 그동안 두 사람이 겪었던 지독한 고통은 이것으로 차츰 해소될 가망이 있는 것으로 판단되었고, 두 사람은 다시 깊은 애정을 서로 간에 되찾아 냈던 것이다.

하지만 오만확의 어머니와 공종옥의 늙은 남편이 나타난 것은 그로부터 사흘 뒤의 일이었다. 입장이 서로 다른 두 사람은 오만확을 보게 되었을 때 다만 굳은 표정을 지을 뿐 아무 말이 없었다.

"그동안 네가 겪었을 고통은 짐작한다. 너를 무조건 나무라고 싶지도 않아. 안 그래요?" 하고 어머니는 말하면서 조금 뒤에 공종옥의 늙은 남편에게 동의를 구했다.

그 남자는 몹시 괴로운 표정이었으나 끝내 아무 말도 하지 않았다.

세 사람은 각기 다른 생각을 하면서 애정행각의 도피처인 방으로 갔다. 공종옥은 그들을 보자 얼굴이 새파랗게 질려 있었다. 그래서 오만확은 냅다 소리를 질렀다.

"이 사람들은 남이야, 결코 이 사람들에게 속아 넘어가지 마."

공종옥이 고개를 끄덕거리기는 했으므로 그는 약간 자신을 가질 수 있었다. 그래서 다시 큰소리로 외쳐 댔는데, 어느덧 동네 사람들이 구경을 나와 있었다.

"너는 나가 있어라. 이 여자하고 할 이야기가 있으니까."

"이봐요 젊은이, 잠깐만 자리를 비켜 주시오." 하고 그 남자도 말했다.

오만확은 그 남자를 적이라고 느끼기 위해 안간힘을 쓰다가 바깥으로 뛰쳐나갔다. 그는 주머닛돈을 털어서 멍게를 파는 행상꾼으로부터 막소주를 다섯 잔 거푸 들이마셨다. 그러면서 생각했다. 분명 그는 자신의 행위를 변명할 의사는 없었다. 그것은 패륜의 일이었고, 그 여자의 늙은 남편이 고소를 제기한다면 감옥소에 가야 할 처지였다. 차라리 감옥소엘 가도 괜찮으리라고 생각되었다. 그는 그 여자와 자기 사이에 일어난 일을 변명할 의사가 없는 것과 마찬가지로 사과하거나 용서를 바랄 의사 또한 추호도 없었다. 그래서 그가 적들에게 이야기할 수 있는 것은 그들의 참됨을 증명해 보이는 것과, 그들이 충분히 자립해서 살 수 있으므로 결코 간섭하지 말아 달라는 그런 것뿐이라고 몇 번이고 다짐하듯 생각했다. 그러자 그는 자신이 생겼고, 적들을 설득할 수 있으리라고 악착같이 믿어버렸다. 그는 그 여자를 가운데 놓고 두 사람이 무슨 이야기를 나누고 있을까 궁금하여 집으로 돌아왔다. 그는 방문에서 엿들었다.

그 여자의 늙은 남편이 얘기하고 있는 중이었다. "임자가 아직 젊으니까 이런 불미한 일이 생긴 것으로 생각해 두겠소. 내가 임자를 극진히 위한다는 건 알 거 아니겠소? 게다가 내 사회적 체면이 말이 아니야, 스물한 살짜리 젊은 것한테 마누라를 빼앗겼다는 소리를 들을 때에는 별의별 저주스러운 생각이 다 들지만, 난 그저 공짜로 나이를 먹은 게 아니야, 이해할 수도 있는 일이지, 다만 임자가 잘못된 것을 깨닫고, 이번 일을 깨끗이 과거로 돌리고 나에게 돌아와 준다면 말이야. 그렇지 않을 때에는 나로서도 내 괴로움을 참고 견딜 수는 없소, 잘 알아서 하도록 해요."

이어서 그의 어머니가 말하기 시작했다. "댁에서 알다시피 저 애는 앞으로 할 일이 많은 애예요. 지금은 철없이 대학엘 안 다니겠다느니 자립해서 살겠다느니 하지만 어림없는 얘기 아니겠어요? 더욱이 댁에서 생각해 봐요. 당분간은 비참한 생활, 숨어서 사는 떳떳지 못한 생활을 할 수도 있겠지만 언제까지나 이렇게 살 수는 없지 않아요? 다행히 댁의 부군 되시는 분은 이해심이 넓으시고 아량이 깊으셔서 과거 일은 덮어 두겠다고 하니 정신을 차려야 하지 않겠어요?"

오만확은 더 이상 참을 수 없어서 방문을 박차고 안으로 들어섰다. 그는 흥분한 어조로 말했다.

"이건 누구도 참견할 일이 아니란 말예요. 난 스스로 택한 것에 관해서 전적으로 책임을 지겠어요. 책임을 질 뿐 아니라 어떠한 대가라도 치르겠어요. 결코 물러나지 않겠고, 결코 후회하지 않고 행복하게 살 자신이 있어요." 그는 가슴이 벅차올라 어느덧 눈물을 흘렸다.

"나뿐만이 아니라 이 여자도 마찬가지예요. 이 여자는 자기가 택한 길에 대해서 긍지를 느끼고 있어요. 우리의 새 생활에 깊은 보람을 느끼고 있단 말예요. 누가 간섭을 하고 누가 이 여자의 행복을 망가뜨릴 수 있어요?"

"그럼 한 번 여자분에게 물어보자꾸나." 하고 그의 어머니가 말했다. "어디 대답해 보세요. 내 아들 얘기가 사실인가요? 감옥소에 가는 한이 있어도 이렇게 비참한 생활을 해도 좋은 것인지 어떤지……."

"그래, 그래 대답해봐. 이 사람들에게 대답해 보란 말야." 하고 오만확도 열렬한 어조로 말했다.

공종옥은 고개를 떨구고 가만히 앉아 있기만 했는데, 그러자 오만확으로서는 예상할 수도 없었던 일이 그때 일어났던 것이다. 공종옥은 새침한 표정을 지으면서 일어서더니 차곡차곡 자기 짐을 챙기기 시작했다. 그리고는 한 번도 오만확 쪽을 돌아보지 않고 그녀의 늙은 남편과 함께 바깥으로 나가 버리고 말았던 것이다.

2.

나중에 들은 바로서는 그 여자의 남편은 얼마 동안 별거의 생활을 하면서 고민했으나 종합적으로 사리를 따져보고 주위의 권고를 받아들여 그 여자를 용서해 주었다는 것이다. 그래서 아들을 두 명 낳고 딸을 하나 생산해 내어 단란한 가정을 꾸렸다는 얘기였는데, 또 다른 소문에 의하면 그 여자는 재작년엔가 다시 가출을 하여 행방이 묘연해졌다는 것이다.

그러한 소문을 들을 적마다 오만확은 어쩐지 좀 쑥스러운 생각이 났다. 그 여자는 장난삼아 오만확의 인생에 개입해 들어와 그에게 깊은 번민을 안겨 주었다. 그리하여 인생의 우회로를 돌게 하도록 만들어 놓고 나서는 다시 자기의 갈 길로 가고 말았다고 생각되었다.

그러나 이제 오만확은 서른한 살이 되었다. 10년 전에 있었던 그 일이란 어처구니없이 순진하던 때의 얘기였으며, 더욱이 쉽사리 농락을 당해 버린 일이었으므로 회상한다는 것조차 수치스러운 느낌을 받게 되는 것이다.

그는 이따금씩 그 생각을 해 보았다. 그때 여자가 늙은 남편과 함께 사라져 버리지 않고, '저는 오만확 씨와 함께 살겠어요.'라고 말했다면 과연 어떻게 되었을까? 그랬을 때 두 사람은 끝까지 헤어지지 않고 행복하게 살았을까? 물론 그랬을 것이라고 그는 생각하고 싶어했지만 지금 와서 그 여자를 비난하고 싶은 마음은 없어져 있었다. 하여튼 그것은 영원히 지나가 버리고 만 일이었다. 그는 그 여자와의 사이에 있었던 연애 사건이 실수 이상의 것이 되지 못한다고 판단하는 것이지만, 사람 사는 놀음의 구체적 허무와 우스꽝스러움을 보았던 것이라고 아직껏 생각하고 있는 것이다. 인간의 생애란 자기적(自己的)인 것과 반자기적(反自己的)인 것 사이의 끊임없는 투쟁 관계이다, 따위의 이야기에 그는 감동을 받곤 하는 축이었다.

그런데 그는 서른한 살이 되어 버린 아직도 방황하고 있는 중이었다. 그의 20대 시절은 우스꽝스러운 우여곡절을 겪는 가운데 지나가 버렸고 이제 그의 30대는 더욱 우스꽝스러운 상태에 놓여 있었다. 말하자면 사람 사는 놀음이라는 것은 끝까지 어리석고 우스꽝스러운 것에 불과한 것인데, 아직까지도 그 자신 이 점을 잘 알지 못하는 것이 아닐까 판단될 정도로…….

하기야 그는 중단했던 대학 공부를 마쳤으며, 어머니가 돌아가신 이후 의지 가지 없이 생활전선에 나섰다. 그는 여러 직업을 전전하는 가운데 간신히 푼돈을 아껴서 '후끼'공장을 하나 차렸다. 그런데 그놈의 공장은 반년 만에 망해버리고 말았다. 당장 그로서 절망적이라고 판단되는 사태에 빠지게 되었다. 그는 일감을 찾아 나섰는데 다른 사람의 신세를 져 봄이 없이 자기의 능력으로 뛰어볼 수 있는 일은 마땅치가 않았다. 그리하여 다시 착수한 것이 서적 세일즈맨 노릇이었다.

우선 지방을 다녀봄으로써 당장의 호구지책을 마련해야 했다. 또한 각박한 사회에서 죽지 않고 살아내기 위해서는 밑바닥 인생으로부터 새로이 출발해 봐야 한다는 그 점이 의식되기도 했다. 그는 강원도 지방으로 나섰다. 우선 탄광 지대로 파고 들어가 볼 작정이었다. 광부들이 책을 읽는다는 게 유익한 일일지 어떨지 의심이 갔지만 저들 중에서는 교육이라는 것에 깊은 한을 느낀 나머지 무턱대고 책을 존경하는 습관이 있다는 것을 그는 알고 있었다.

그는 먼저 정선에 거점을 확보하여 놓았다. 그리고 인근의 광업소부터 샅샅이 훑었는데, 성적은 비참할 정도였다. 여비를 충당하기에도 급급한 지경이었으므로, 정선에 들어온 지 나흘 만에 손을 들어 버렸다. 그래서 다른 곳으로 이동할 생각을 했는데 중석 생산지로는 세계에서 최대 규모라고 하는 상동으로 잠복해 들어갈 예정을 세웠다. 그는 정선에서 기차를 타고 석항이라는 곳까지 나와서, 그곳에서 버스를 타고 상동으로 들어갔는데, 그야말로 첩첩산중이라는 것을 알만하였다. 그곳은 말하자면 한반도의 오지인 듯했으며, 산세가 너무 험해서 그야말로 인간이 살 수 없는 곳으로 유배를 가고 있는 듯한 기분이 절로 들었다. 시냇물은 중석을 우려내는 탓으로 희뿌옇게 흐려 있었고 버스는 가랑잎처럼 흔들리며 굴러갔다.

그는 상동에서 사흘을 머물렀는데, 그곳에서 우연찮게도 그 여자를 만났던 것이다. 하지만 그 여자가 공종옥이라는 것을 확인한 것은 그 뒤에 일이었고, 하여튼 그는 참 기묘한 체험을 하였던 것이다. 멕시코를 배경으로 하는 〈무법자〉 시리즈의 서부 영화에나 나옴직한 그러한 '황야'가 광산촌 일대의 삭막한 분위기를 형성하고 있다면 그 속에서 살고 있는 사람들의 시달린 표정에서 그는 인간을 살아가게끔 해 주고 있는 잔인한 본능을 어렵게나마 알아낼 수 있었다고 느꼈던 것이다.

그는 그 점을 일단 확실하게 깨달았다. 개개의 인간을 살아가게끔 해 주는 것은 대통령 덕분도 아닐 것이며, 민주주의 덕분도 아닐 것이다. 만약에 그러한 덕분에 의해 사람들이 살아가는 것이라면, 어째서 위정자들이 제멋대로 행패를 부려도 수굿수굿 참고만 있는 것이며, 어째서 첩첩산중에 틀어박혀 민주주의니 근대화니 따위와는 관계 없는 상태에 빠져 살아가는 것인가? 거기에는 반드시 다른 이유도 있을 것이다. 그 다른 이유라는 것이 그가 광산촌의 사람들로부터 보았던 잔인한 본능이라는 것이었다.

상동은 가파르게 굽이쳐 흘러내리는 계곡의 양쪽에 세워진 바라크[1]들로 닥지닥지 형성되어 있었고, 행정 단위는 1969년 그때까지도 상동면 구래리(九來理)로 리 단위에 불과하였지만, 1만 8천 명의 인구가 옴짝달싹 못 할 정도로 그 속에 끼여 묻어 살고 있었다. 첩첩 산중에 자리 잡고 있다는 입지적인 조건을 일단 무시한다면, 그곳은 그야말로 서울의 변두리 난민촌과 전혀 같았다. 그렇지 않아도 투박한 광산촌의 공기는, 그곳에 살고 있는 주민들의 찌들대로 찌들어 버린 생활 모습과, 분노조차 잃어버린듯한 지친 표정에 의하여 더욱 탁탁하게 보였다. 그는 버스에서 내리는 순간부터 암담한 심정에 빠졌다. 도대체 넥타이를 매고 이곳에 들어와서 책을 팔고자 하는 그는 어떻게 되어 먹은 인간인가?

그는 서점을 찾아가서 주인인 황 씨를 만났다. 황 씨는 마흔다섯 살쯤 된 평안도 출신의 인간인데, 턱수염을 기르고 있는 폼이 시시한 레슬링 선수를 연상시켜 주었다. 황 씨는 그가 찾아갔을 때 이미 술에 취해 있었는데, 연이어 광부들이 술 한잔 하자고 들이닥치고 있는 중이었다. 알고 보니까 그는 이곳에 들어온 지 18년이나 된다고 하였다. 말하자면 덫에 걸려 버렸다고나 할까. 이곳으로부터 도망을 치려고 아무리 애를 써도 도망가지 못한 채 아직껏 머물러 있는 사람이었다. 하기야 서점이나마 경영하고 있는 그의 현 위치로 볼 때는 성공한 광부 출신의 인간임에 틀림없겠지만…….

대략 황 씨와 함께 앞으로의 스케줄을 정한 뒤에 그는 이미 어두

1) 임시로 지은 건물.

워진 상동 일대를 한 바퀴 돌면서 간신히 식사를 하고 막걸리를 두 사발 들이킨 뒤에 일부러 싸구려 여인숙엘 찾아가 간단히 세수를 하고 나서 쓰러져 잠들어 버리고 말았다.

그는 아마 네 시간가량 잤을 것이다. 목이 타서 눈을 떴다. 찌그러진 주전자를 기울여 물을 마셨는데, 수돗물 맛에 길이 들어 버린 그의 미각으로 볼 때 이곳 물맛은 형편이 없었다. 그는 담배를 한 대 피워 물었다. 피로는 말짱히 가시고 정신이 또렷또렷하게 들었다. 그는 비로소 자기가 누워 있는 초라한 방이 어디에 있는지를 알아내었고, 새삼스레 객지에 나와 있는 사람으로서의 외로움을 느꼈다. 그러자 그가 누워 있는 왼쪽 방, 오른쪽 방으로부터 이상한 소리가 들려왔다. 그는 그 소리가 어떠한 행위를 할 때 생기는 소리인지를 금방 알아낼 수 있었다. 그의 청각 신경이 곤두섰다.

왼쪽 방에 들어와 있는 남녀는 아마 방금 그 행위를 시작한 참인 듯했고, 오른쪽 방의 남녀는 티격태격 말다툼을 벌이고 있었다. 그 방의 남자는 추측건대 50대의 사내쯤 되는 게 아닌가 싶었다. 술 취한 목소리로 여자를 달래고 있었다. 여자는 돈이 적다고 앙탈을 부리고 있었다. 여자는 노골적인 말을 입에 담으면서 영감님을 타매하였다. 영감님은 큰소리 나지 않게 여자를 달래려고 애를 쓰고 있었고, 아마 여자의 몸을 만지기 시작했는지, 여자가 고함을 질렀다. 그는 오른쪽 방의 영감과 여자가 빨리 타협을 보게 되기를 기원하면서, 이번에는 왼쪽 방 쪽으로 청각을 돌렸다. 그들은 한참 요란한 소리를 내고 있었다. 그들의 자세가 어떠한 것인지 짐작이 되었다. 남자의 거친 목소리가 들려왔고, 여자의 끙끙거리는 소리가 들려왔다. 남자는 그러자 힘을 빼낸 듯했고, 여자는 간신히 아픔을 참고 있는 것 같았다. 남자가 지극히 낮은 소리로 여자에게 미안하다고 얘기했다. 여자는 괜찮다고 말했다. 그런데 그 소리가 몹시도 절박한 느낌을 담고 있었다. 다시 남자가 힘을 넣었는지 방아 찧는 소리가 들렸고 여자의 아픔을 참는 소리가 들려왔다. 이로써 추측건대 남자의 나이는 많아야 열여덟, 열아홉 살 정도일 것 같았으며, 여자는 남자보다 더 어린 것이 아닐까 생각되었다.

이번에는 오른쪽 방으로부터 소리가 들려왔다. 오른쪽 방의 영감님은 좀 능란한 기술을 터득하고 있는지, 그 음향이 여간 리드미컬한 것이 아니었다. 왼쪽 방의 힘을 먹인 요란한 음향과 오른쪽 방의 세련된 음향이 오만확의 양쪽으로부터 그에게 달려들었다. 그는 마치 뜨거운 음향에 의해 꼼짝달싹도 할 수 없는 듯한 좀 흥분된 느낌 속으로 빠져들어 갔다. 그래서 그는 아무 소리도 만들어내지 않으려고 애를 썼다. 그마저 음향을 생산해 낸다면 그것은 양쪽 방의 사람들에게 미안한 일이 될 것이다.

그는 꼼짝도 하지 않고 그저 가만히 듣고만 있었다. 이윽고 왼쪽 방에서 들려오던 소리가 갑자기 중단되었다. 왼쪽 방의 소년과 소녀는 숨을 죽인 목소리를 나누고 있었다. 사내 녀석이 무어라고 이야기를 하자, 여자는 몰라, 모른단 말야…… 하고 자포자기적인 말을 내뱉었다. 사내 녀석은 소리가 크다고 여자에게 나무라는 말을 했다. 여자는 파고드는 듯한 목소리로 남자에게 다짐을 받고 싶어 하는 것 같았다. 이때쯤 해서 오른쪽 방에서 들려오던 소리도 갑자기 중단되었다.

멀리서 개새끼가 짖었다. 개새끼의 울음소리는 그가 서울에서 듣던 것과는 약간 다른 방식으로 좀 먼 느낌을 주면서 계곡으로 퍼져 나갔다. 이어서 여인숙의 문이 요란스럽게 울리더니 순경이 임검(臨檢)을 나왔는데, 여인숙 주인 여자는 손님이 한 명밖에 없다고 말하였다. 그 한 명의 손님이 오만확이었다. 주민등록증을 제시하고 여행 목적을 이야기하자 순경이 "밤늦게 미안합니다." 하고 말하면서 방문을 닫았다. 순경은 이어서 주인 여자에게 "정말 손님이 한 명밖에 없어? 이 방, 저 방에는 손님이 안 들었단 말이지?" 하고 물었다. "안 들었다니까요." 하고 여인숙 여자는 대답했다. 그러자 순경도 알고도 모르는 체한다는 것을 나타내기 위한 말을 한 뒤에 나가 버렸다. 순경은 싸구려 여인숙에 들어와 살을 맞부딪는 음향을 내는 사람들을, 그들이 마음껏 그렇게 할 수 있도록 허용해 주는 아량을 일부러 베푸는 데 만족을 느낀 것 같았다.

이렇게 해서 오만확은 상동에서의 첫날밤을 지냈다. 양쪽 방에 들어와 있던 두 쌍의 남녀는 새벽녘에 다시 한번 요란한 음향을 생산해 내었는데, 그는 그저 심상하니 즐거운 마음으로 그 음향을 들어줄 수 있었다. 다음날부터 그는 책을 팔러 다녔던 것이지만 광산촌에 대한 인상은 이미 싸구려 여인숙에서 결정된 것이나 마찬가지였다. 그날 밤 그가 들었던 요란한 음향……. 도덕이라거나 체면이라던가 또는 문명이라는 것이 개재될 수 없는 그 음향 같은 것이야말로 이 광산촌을 지배하고 있는 탄탄하면서도 강한 어떤 흐름이라는 것을 발견해냈기 때문이었다.

오만확이가 그 여자를 다시 만난 것은 상동에 들어오고 나서 이틀째 되는 날이었다. 그 여자가 철도청의 고급 공무원으로 근무하는 늙은 남편과 어떻게 하여 헤어지게 되었는지 또는 무슨 사연이 있어서 첩첩산중의 광산촌에까지 들어오게 되었는지 그는 전혀 짐작할 수 없었다.

하지만 그 여자를 보는 순간부터 그 여자의 테두리와 그 여자가 걸어온 인생의 윤곽을 이해할 수 있었다.

그 여자는 그런데 오만확에 대해서 알지 못한다는 듯한 표정을 지었다.

오만확이 그 여자를 10년 만에 만났을 때에는 그의 옆에 조돈중이라는 젊은 녀석이 끼여 있었다.

서점 주인 황 씨가 소개해 준 인간으로, 책을 팔아먹자면 광산촌에 발이 넓은 그 녀석을 조수 비슷하게 부려먹을 필요가 있을 것이라고 언질을 주었던 것이다. 조돈중은 아마 광업소 부근에 얼씬거리는 깡패쯤 되는 듯했는데 단순한 성격의 인간이 갖고 있는 뻔뻔스러움, 배짱, 사교성 같은 것이 그 녀석에게 있었다.

그 녀석은 광산촌 주변에 있는 사람들과 그들에게 일어나고 있는 사건들에 관한 한 모르는 게 없었다. 조돈중이가 술이나 한잔 하자고 해서 들어간 곳이 바로 '왕산옥'이라는 막걸리 집이었다.

"형님, 어떻수? 술집 마담 예쁘지요?" 하고 조돈중은 말했다. 오만확은 그 여자를 바라보자 문득 옛날 일이 회상되어 얼어붙은 듯한 심정이 되었다. 그는 아무 말도 할 수 없었다.

"참 묘한 여자예요." 하고 조돈중은 말했다. 이때 그 여자가 다가왔다. "오랜만이요 아주머니, 여기 술하고 북어무침 좀 갖다 주쇼. 아니 가만있자, 내가 아주머니한테 서울에서 오신 우리 형님을 소개해 드려야겠군."

그 여자가 오만확을 바라보았다.

"형님, 우리 아주머니 미인이죠?" 하고 조돈중이 다시 너스레를 떨었다.

그 여자는 술과 안줏감을 가져오기 위해 안으로 들어갔다.

"저 여자 상동에 들어온 지는 오래되었나?" 하고 오만확은 물었다.

"한 3년쯤 될 거예요. 원래는 경상도에서 살았던 모양인데, 아마 무슨 사연이 있겠지요.”

“여기에선 혼자 사는 모양이구?”

“현재는 김이란 젊은 광부와 살고 있어요. 하지만 이곳에 나타났을 때에는 홍 씨하고 같이 있었죠. 홍 씨라는 사람은 황지에서 덕대[2)]노릇을 하던 사람인데 지금 와서 폐인이 되었구요.”

“그럼, 저 여자는 어린애는 없이?”

“그런데 형님 그건 왜 묻는 거요?” 조돈중은 의심스럽다는 듯이 웃었다.

그러자 술판이 벌어졌다. 그 여자는 오만확과 조돈중의 좌석에 끼여 들었다. 끝까지 오만확에게 알은 체를 내지는 않았지만 그에게 술을 따라 주었고, 자기도 사양하지 않고 마셨다. 조돈중은 기분이 좋아졌는지 그 여자 옆에 바싹 붙어 앉아 있었고, 그리고 오만확은 어쩐지 무연한 심정을 느끼면서 한눈을 팔았다.

조돈중은 광산촌에서 일어나는 사건들을 화제로 삼아 그 여자의 관심을 붙들었다.

두 사람은 지치는 줄도 모르고 그러한 이야기들을 나누고 있었고 오만확은 좀 냉정한 기분을 가지려고 애쓰면서 거푸 술을 비웠다.

어느덧 밤이 깊었고, 광부들이 술을 마시기 위해 몰려들었다. 여기저기에서 유행가 소리가 높아졌고 그 여자는 엔간히 술이 올라 깔깔거렸다. 그리고 조돈중은 사람들 사이를 파고들며 거드럭거리고, 오만확을 여러 사람들에게 소개해 주었다.

분위기는 그런대로 무르익어가서 광부들 중에 주먹다짐을 하는 자들까지 생겨나 있었고, 서로들 발악하듯이 악다구니를 퍼부어

---

2) 광산에서, 한 구덩이의 작업을 감독하는 책임자.

대고 있었다. 그들은 상호 간에 증오와 저주를 퍼부어냄으로써 간신히 그들의 생활에 긴장과 균형을 유지해 볼 수 있는 사람들이었다. 오만확은 특히 그 여자 공종옥의 일동 일대를 주시했다. 그 여자는 서슴없이 깔깔거렸고, 아무 좌석이나 끼여 들었고, 내주는 술잔을 받아 마셨으며, 어느덧 눈자위가 발그레해져서 유행가를 뽑아대기도 했다. 사내들은 이때에 박수를 치고 장단을 맞추고 있었다.

조돈중은 몹시 술이 취했는지 오만확이 앉아 있는 좌석으로부터 벗어나서 자기 친구들 쪽으로 가 있었다. 오만확이 자작 술을 따라 마시고 있는데, 그 여자가 비틀거리며 다가왔다.

"어느 여관에서 쉬고 있어요? 혹시 시간이 나면 찾아가서 이야기를 하고 싶어요."

그 여자는 곧 자리를 떴다. 이어서 조돈중이가 와서 주정이라도 부리듯이 형님 솜씨가 보통이 아니라느니 어떻다느니 하고 떠들어댔다.

그러나 오만확은 조돈중의 이야기에 아무런 관심도 없었다. 그는 다만 그 여자가 밤중에 찾아오겠다고 한 말만을 몇 번이고 반복해서 되뇌이며 이상한 흥분 속에 잠겨들어 있었다.

10년 전에 그랬던 것과 마찬가지로 다시 지금에 이르러서도 그는 그 여자가 풍기고 있는 교묘한 마력에 대하여 저항할 아무런 힘도 없었다. 마치 그 여자는 항상 옳고 그는 항상 틀려 왔었다는 것처럼.

그는 이 점을 막연하게밖에는 느낄 수가 없었다.

좀 더 구체적으로 파고들어 가면 어쩐지 그 자신이 대단히 위선적인 가식의 세계에서 속아가며 살아왔던 것이나 아닐까 하고 생각케 되었다.

그러나 이 점마저 선명한 것은 아니었다.

그는 바깥으로 나와서 광산촌의 술에 취해 버린 듯한 밤거리를 걸었다.

그 자신은 정신이 또렷한데 광산촌이 술에 떨어져 있는 것만 같았다.

그는 찬바람을 얼마만큼 쏘인 뒤에 어젯밤에도 쉰 바 있던 싸구려 여인숙으로 돌아왔다.

그리고 계속 담배를 태우면서 기다렸다. 어제와 마찬가지로 오른쪽의 방, 왼쪽 방에서는 이상한 소리가 들려왔다. 그는 그 소리를 감미롭고도 싱싱한 기분으로 들었다. 추하다거나 불륜스럽다는 생각은 전혀 들지 않았다.

그는 도리어 어떤 거대한 힘을, 굉장한 압력을 그 소리로부터 느꼈다. 대부분의 사람들이 놓치고 있거나, 무시하고 있거나, 또는 잊어먹고 있는 거친 세계, 숨김이 없는 세계가 그 소리 속에 드러나고 있는 것 같았다. 그는 그 소리를 들으면서 그 여자를 기다렸다. 그 여자는 엉망으로 술에 취해서 밤 두 시가 좀 넘어서야 찾아왔다. 그 여자는 마구 깔깔거렸고, 딸꾹질을 했고, 그리고 그동안에 있었던 일들을 한꺼번에 설명하려고 안달을 내었다.

"금방 가지 않으면 안 돼요." 하고 그 여자는 말했다. "집에서 남편이 기다리고 있단 말예요. 잘못해서 기분을 상하게 하면 큰일이에요. 그 남자는 여간 무섭지가 않거든요. 하지만 내가 이렇게 찾아온 것은 옛날 일이 그리웠기 때문이에요. 그야 당신이 순진했구 참 좋은 분이었죠. 아마 내 원망을 많이 했을 거예요. 나로서는 어쩔 수가 없었지만……."

"원망은 하지 않았지요." 하고 그는 말했다. "그동안 어떻게 지내셨나요?"

"어떻게 지냈냐구요?" 하고 그 여자는 말했다. "그런데 어째서 그렇게 낯선 눈으로 쳐다보는 거예요? 내가 타락한 여자처럼 보이는가요? 하기야 그럴지도 몰라요. 원래부터 내게는 묘한 기질이 있었어요. 그래서 순진했던 당신을 유혹해 냈구, 도망쳐 버렸어요. 그 뒤로도 좀 얌전하게 살아 보려 했지만 되지가 않았어요. 집을 뛰쳐나와서 떠돌아다녔어요. 나 같은 여자는 알다시피 이렇게 살아가는 게 편하거든요. 그동안 내가 겪었던 고민이라든가, 어쩔 수 없었던 사정이라든가, 그런 이야기는 할 필요도 없을 거구……. 하여튼 다른 도리가 없어요."

여자는 담배를 달라고 해서 피워 물더니, "상동에는 어떻게 오셨나요?" 하고 물었다.

"세일즈맨 노릇을 아직껏 하고 있습니다." 하고 그는 말했다.

"그동안에 줄곧 세일즈맨 노릇을 하셨어요?"

"아니, 다른 일을 했지만, 어쩔 수 없는 일이 있어서 다시 이 노릇을 하게 된 셈입니다." 하고 그는 좀 초라한 기분을 느끼면서 말했다.

"세상일이란 뜻대로 되지 않는가 보죠?" 하면서 여자는 좀 동정적으로 웃었다. "그러나 나는 이따금씩 오만확 씨 생각을 했어요. 그때 늙은 남편을 따라가지 않고 오만확 씨 곁에 남아 있었으면 어땠을까 생각했죠."

"어땠을까요?"

"그걸 어떻게 알 수 있어요? 하지만 서로 행복하지는 않았을 거예요."

"그럴지도 모르죠. 서로 비참한 상태에 떨어졌을지도……."

"그러나 행복했을지도 몰라요."

"그래, 지금 생활은 어떻지요?"

"지금 생활이야…… 그저 그렇고 그래요. 광산촌에 발을 들여놓으면 이곳으로부터 도망가기가 수월치 않아요. 남자도 그렇고 여자도 마찬가지예요. 그야 어쨌든 세상을 살아가는 요령이란 모든 사람이 다 다를 수밖에 더 있겠어요? 어차피 될 대로 되어 있는 세상인 걸요. 내가 곰곰이 생각해 봤어요. 나 같은 여자는 끊임없이 방황하다가, 그 방황이 멈추는 날이 곧 죽는 날인걸요. 그 이상 아무런 미련도 있을 수 없어요."

이러면서 여자는 피곤하다는 듯이 벽에 기대더니 눈을 감았다가 떴다. 그런데 오만확은 이 여자가 빠져 있는 처지를 이해할 수 있었고, 10년 전과 마찬가지의 기분으로 되돌아가고 있음을 느꼈다. 그는 이 여자가 거의 절망적인 상태에 놓여있다고 생각되었다. 이 여자를 위해서라면 무슨 일이든지 해 주고 싶었다.

"내가 보기에는." 하고 그는 말했다. "이곳 생활이 별로 행복하게 보이지 않는 것 같군요."

"그렇다 한들 별수 있어요?" 하면서 여자는 웃었다.

"필요하다면 다른 방법을 생각할 수도 있지요." 그는 자기가 하는 말이 무엇을 뜻하는지 조차 모른채 이렇게 말했다.

"필요하다면 이런 생활을 청산하고 다른 곳으로 가고 싶은 적이 있어요. 그렇게 하고 싶기는 하지만…… 모르겠어요." 여자는 동경에 가득 찬 먼눈을 지었다. "어디 가서 밤새도록 술이나 마셨으면 해요."

"그렇게 하지요. 어디 가서 술이나 마셔요." 하고 그도 반복해서 말했다.

"당신은 정말이지 묘한 때에만 나타나는군요." 하면서 여자는 일어섰고, 그도 일어섰다.

두 사람은 마치 10년 전과 꼭 마찬가지의 기분을 느끼면서 바깥으로 나왔다.

"우리 집으로 가요." 하고 그는 말했다. "사실을 말하자면 내 남편은 영월에 볼일이 있어 들어갔거든요. 오늘 밤엔 들어오지 않을 거예요."

그들은 걸었다. 그러다가 오만확은 문득 생각되는 게 있어서 여자에게 물었다.

"남편은 어떤 사람입니까? 만약 내일 그 사람이 나타나면 어떻게 할 겁니까?

"남편이 나타나면……. 그야 별 수 없지 않겠어요? 남편이 하자는 대로 해야지요."

"그것은 10년 전에도 그랬지요." 하고 그는 따지듯이 물었다.

"그러지 말고 나와 함께 서울로 올라갑시다. 서울로 올라가서 다른 생활을 찾도록 해 보아야 합니다."

오만확은 자기 얘기에 열을 띄우면서 여자의 손을 잡았다.

그러자 오만확으로서도 예상할 수 없었던 일이 그때 일어난 것이다. 그 여자는 갑자기 조소하는 듯한 미소를 띄우더니, 아무 말도 없이 저 혼자서 어둠 속으로 사라져 버리고 말았다. 그 여자와 오만확의 마지막이 바로 이것이었다.

《월간중앙》, 1971년 6월호

한오백년

— 외촌동 사람들 9

한오백년

— 외촌동 사람들 9

1.

그는 외촌동으로 들어가려는 길이었다. 시영(市營) 버스는 이미 만원을 이루고 있어서 운전석 바로 뒤의 쇠 난간을 붙잡은 채 서 있었다. '한 시간 가량 이렇게 서서 가야 할 모양이로군.' 몹시 피곤하였으므로 그는 서서 가야 한다는 사실이 몹시 따분했다. 이윽고 차는 움직이기 시작했으며, 그는 창으로 스쳐 지나가는 바깥의 풍경을 바라보고 있었다. 밤 열 시 반이 조금 넘은 시각인지라 도심 지대의 거리 전체가 술에 취해 버린 것처럼 지저분했다. 이에 비해 볼 때 외촌동행 버스는 어느 시골로 떠나는 게 아닐까 착각될 정도로 초라한 입성에 피로하고 시달리고 따분한 표정을 짓고 있는 사람들로 꽉 차 있었다. '그야 그렇지, 외촌동 사람들은 항상 식민지 백성과 흡사하게 살고 있는 것이니까.' 서울시의 발전은 바로 외촌동과 같은 곳을 희생시킴으로써 얻어지는 것이므로, 외촌동의 입장에서 보자면 서울시의 발전이 하등 반가운 것일 수가 없는 것이었다.

윤지노가 외촌동에 들어가는 것은 일 년쯤 만에 처음이었다. 그러니까 11개월쯤 전에 그는 시내 용두동으로 이사해 들어왔다. 외촌동 사람들은 윤 씨가 발전을 해서 시내로 들어간다고 부러워하였다. 하지만 그의 입장에서 따져보자면 적지 않은 빚을 걸머지게 되었고, 또한 조그만 구멍가게나마 운영이 제대로 될는지 여간 근심 걱정이 많았던 것이 아니었다. 그는 아내와 함께 용두동의 청계천변에 있는 시장에다가 조그만 상점을 간신히 장만했던 것이었다. 그래서 처형인 홍걸대에게 10만 원 가량의 빚을 지지 않을 수 없었고, 상점과 그 상점에 딸려 있는 조그만 토담 방도 처형의 신세로 얻게 되었다고 해도 과언이 아니었다. 물론 그가 작년 봄철 병원으로부터 퇴원하면서 받았던 7만 원 가량의 재해 보상금이 긴요하게 쓰인 것도 사실이었다. 그는 재작년 외촌동 종점에서 들어오던 버스에 치여 왼쪽 다리뼈를 부러뜨리고 말았다. 더이상 완치될 가망이 없다고 여겨져서 퇴원하게 될 때 운수 회사로부터 받은 돈은 브로커의 커미션을 제하고 나니까 7만 원 가량밖에는 안되었다. 그는 아직도 눈에 띌 정도로 왼쪽 다리를 절뚝거리고 있었는데, 말하자면 병신이 된 대가가 7만 원인 셈이었다.

그야 어찌 되었든 다 지나가고 만 일이었다. 일 년여의 세월 동안 그는 외촌동에 한 번도 찾아가지 않았다. 외촌동이란 동네는 그로서도 별로 추억하고 싶은 곳은 아니었다. 그래서 찾아가는 일이 생기지 않았다. 그런데 이날 밤 외촌동으로 밤늦게 들어가는 것은 그로서도 여러 번 망설였던 것이 아니었다. 마음만 같다면야 그는 결코 찾아가고 싶지 않았다. 하지만 다시 곰곰 생각을 해본 결과 그대로 지나쳐 버릴 수만은 없다고 느꼈다. 그는 외촌동에 두 가지 볼일을 가지고 있었다.

그 하나는 어떤 고인(故人)의 일 년 상 제사에 참례해야만 한다는 것이었다. 그 사람이 죽은 지도 벌써 일 년이 되어버렸다. 윤지노가 외촌동에서 살 때 가장 친하게 사귀었던 사람이 바로 일 년 전에 고인이 된 정여철이었다. 나이는 정여철이 두 살 많았던 것이므로 아마 작년에 죽을 때 서른다섯이었을 터였다. 그가 외촌동이라는 곳에 정나미가 떨어진 이유의 하나로 정여철의 죽음에서 받았던 충격이 컸을 터이지만, 지금도 그때 일을 생각해 보면 무연한 심정이 되었다. 하여튼 정여철은 불의의 일로 인하여 죽어 버렸고, 그는 서둘러 외촌동을 떠났으며, 세월은 쉬지 않고 흘러 벌써 일 년이 지나가 버리고 말았다. 그는 여러 번 망설인 결과 고인에 대한 정리가 그럴 수만은 없다고 판단되어 외촌동으로 들어가는 것이지만, 고인의 유가족과 친구들을 상면해야 할 일이 결코 유쾌할 수만은 없으리라고 느꼈다. 가장이 죽어 버렸으니 미망인과 그 밑의 세 명의 자식들이 어떤 꼬락서니로 지내고 있을 것인지 눈에 보지 않아도 선하였다. 정여철의 부인이었던 홍선희라는 여자는 아마 서른두 살쯤밖에 안 될 터이니, 어쩌면 재혼이라도 해 버렸을 가능성도 있지만, 그렇다고 해 봤자 그 밑의 올망졸망한 어린것들이 결코 유쾌한 존재가 될 리 만무했다. 그가 외촌동으로 들어가는 것은, 홍선희라는 여자가 맹한 데가 있으므로 아마 틀림없이 재혼은 하지 않았을 거라고 믿는 때문이었지만…….

고인이 된 정여철의 제사에 참례하려는 것 말고도, 그는 다른 볼일을 외촌동에서 가지고 있었다. 아마 이 일만 아니었더라면 그는 그 동네를 일부러 찾아갈 생심을 내지 않았을 것이었다. 요사이 그의 가정 사정이 누구를 찾아갈 처지가 못 되는 까닭이 있는 탓이었다. 그런데 그는 하나밖에 없는 여동생 때문에 요 근래 무던히도 속을 썩히고 있는 중이었다.

윤지노는 그 당시 여동생이 사귀고 있었던 사내 녀석이 누군지를 잘 알고 있었다. 그러니까 외촌동이란, 젊은 여자가 살 곳이 못

되는 곳이었다. 여동생 지후는 어느 날 말하기를, "오빠, 우리 집 형편에 내가 놀고먹을 수는 없고, 취직을 다시 하게 되었어요." 하면서 정녕 기쁜 표정을 지었다. 지후는 그전에 어느 주물 공장에 여공으로 나갔었는데, 감독으로 나와 있는 자가 농락을 하려고 하기에 그만두어 버렸다고 울음 섞인 목소리로 말하더니, 그 뒤로 얼마 동안 멍청하게 놀면서 지내고 있는 참이었다. 지후가 다시 직장을 잡은 곳은 외촌동에서 이십 리쯤 떨어진 '외촌 골프 구락부'였고, 거기에서 공을 주우러 다니는 그런 일이었다. 정식으로 캐디가 되면 엄청난 팁을 받아 웬만한 월급쟁이 빰치게 수입이 있다 하였지만, 물론 지후에게는 그런 자리가 굴러올 리 만무였다. 그러니까 지후는 캐디의 보조 역할 노릇을 한다고 할까, 캐디가 받은 팁에서 그의 재량에 의하여 떼어 주는 돈을 받는, 어떻게 생각하면 비굴하기 짝이 없는 일자리였다. 그는 애당초 그런 일자리가 마땅치 않았다. 하다못해 편물 공장 같은 데 시다로 들어가 일하는 게 낫지 않겠느냐고 말해 주었다. 그는 을지로 방산 시장에 아는 재단사가 있기에 지후를 오버로크 미싱을 돌리는 시다로 집어넣어 준 적이 있었다. 하루 열세 시간 가량 일해서 받은 월급이 4천 원 정도밖에 안 되었으므로, 지후는 끝내 못하겠다고 손들고 나와 버렸던 일이 있었다. 하지만 골프장에 가서 심부름 해 가지고 돈 많은 나으리들의 용돈을 쪼개 나누어 받는 그런 일자리라니……. 그거야말로 사회에서 골프나 치러 다니는 족속들을 비난하는 것 이상으로 비난 받아야 할 것이었다. 그는 젊은 처녀가 인생을 너무 비굴하게 살게 될까 봐, 그리고 골프쟁이들로부터 인생을 너무 편하게만 살려는 풍조를 배우게 될까 봐, 여간 진심으로 지후를 말렸던 것이 아니었다. "오빠 말은 이상해요. 어쨌든 우리 형편에 놀고먹을 수 있는 건 아니잖아요? 내가 결혼한 오빠 밑에서 지내고 있으려니 미안하고 괴로와 죽겠어요. 오빠는 짐작도 못 하실 거예요." 지후는 눈물마저 글썽거리면서 이렇게 말했으므로 그는 입을 다물고 말았다.

그런데 지후가 골프장에 일자리를 마련케 된 것이 바로 '뽀빠이'라는 별명으로 통하는 녀석의 덕이었다. 뽀빠이는 빨간 모자에 당꼬즈봉[1]을 입고 실크로 만든 노란 셔츠를 걸치고 다녔다. 한눈에 보아도 어떤 녀석인지를 알 만했다.

뽀빠이는 그런데 지후를 점찍어두고 있었던 모양이었다. 오빠인 그도 그 눈치를 채게 되었다. 그래서 어느 날 뽀빠이를 만나 가지고 막걸릿집으로 끌고 가 얘기를 나누었다. "지후를 놓아주었으면 좋겠어."하고 그는 말했다. "뽀빠이도 할 일이 많은 사람이고, 그것은 지후도 마찬가지일 거 아니겠어? 둘이서 만나지 말라는 게 아니고, 너무 지나치게 서로가 사랑한다고 하는 그따위 생각은 하지 말아 달란 말이지." 그는 뽀빠이의 천성이 나쁜 인간이라고는 생각지 않았다. 뽀빠이보다 열 살이나 많은 그가 보기에 뽀빠이는 그럴 수 없을 만큼 단순한 녀석이었고 책임성이 약한 기분파였다. 그래서 녀석은 연애에 소질이 있는 듯했으며, 얼굴 생김새가 미운 편이 아닌 지후를 진심으로 좋아하고 있다고 느끼는 모양이었다. "형님 말씀은 잘 알아듣겠습니다. 그러나 너무 지나치게 관심을 기울이지는 말아주십시오. 저는 생활 개발 삼 개년 계획을 세우고 있으니까요."하고 그는 말했다. "일차 연도인 금년 목표는 외촌동을 떠나서 시내 중심가에 살림방을 한 칸 마련한다는 겁니다. 이차 연도 이사분기에는 지후하고 결혼하겠어요. 물론 그때에는 제가 최소한도 월수 이만

1) 허벅지 쪽은 헐렁한데 발목 부분의 밑단이 좁은 바지를 가리키는 일본말.

오천 원의 수입은 생길 거예요. 삼차 연도에 가면 제가 본격적으로 자립해서 마음속에 목적으로 삼고 있던 사업을 개시하려는 겁니다……."

뽀빠이는 마치 입지전(立志傳)에나 나오는 인간의 청년 시절을 방불케 하는 듯한 포부와 희망을 그럴 듯하게 개진하는 것이었다. 하지만 그는 속으로 뽀빠이의 단순함을 비웃지 않을 수 없었다. 아니 그래, 한반도에 사는 사람치고 똑똑지 않은 인간이 있더란 말인가? 더욱이 이 녀석은 무슨 삼 개년 계획 어쩌구저쩌구 떠들어쌓고 있지만 원래 그런 따위의 계획 백서(白書)라는 것은 허황한 숫자 놀음 이상의 것이 아니며, 구차한 선전 목적 이상의 의도를 가진 것이 아니었다. 이 녀석이 그런 소리를 지껄이는 것은 그가 남보다 잘났다기 보다 어처구니없이 기만적인 신문이나 방송에서 주워들은 수작임에 틀림없을 것이었다. 그래서 그는 다음과 같이 말해 주었다. "그런데 뽀빠이는 이런 문제를 생각해 봤는지 모르겠군. 지금 삼 개년 계획에 의해서 뽀빠이가 의도한 대로 잘 되면 문제는 그것으로 그만이지만, 내가 생각하기에는 인생이란 끊임없는 좌절의 연속이거든. 만약에 뽀빠이가 의도했던 것에 차질이 와서 깊은 좌절감을 맛보게 된다면 그때는 아무런 계획도 세우지 않은 것만 같지 못할지 몰라. 요컨대 내 말은 좌절감을 견디기 위해서는 이상과 희망을 말하기에 앞서, 얼마나 깊고 아프게 외촌동 바닥에서의 생활을 실감하고 있는가 하는 문제일 것 같은데 말이지……." 그는 너무 쉬운 얘기라 할지라도 입에 담으면 몹시 어려운 이야기처럼 되어 버리는 것에 신경질적인 느낌을 가졌다. 뽀빠이는 그의 말을 그저 난해하면서도 지당한 말씀으로 들은 것 같았다. "저는 이래 봬도 고생을 한두 번 겪은 게 아니에요. 어떤 지경에 빠져도 살아낼 자신은 있어요.” 하고 그는 말했다. “하지만 저는 결코 비참하게 살고 싶진 않습니다. 밝고 보람있게 살고 싶고요. 그럴 만한 능력이야 갖고 있다고 믿어요.”

그는 뽀빠이 같은 녀석이 나이 서른 살을 넘기고 나면 얼마나 비굴한 인간으로 변모되고 말 것인지 충분히 짐작할 수 있었다. 이런 녀석들이라는 것은 아무런 부담감 없이 여자를 사로잡아서 농락을 한 뒤에 내팽개쳐 버리는 무책임한 족속들이었다.

그런데 이 녀석은 감미로운 수작을 벌이고, 절망에 찬 듯한 표정을 꾸미고, 때에 따라서는 고아와도 같이 외로워함으로써 여동생의 마음을 송두리째 자기 것으로 만들어 버렸을 터였다. 잘못은 그런데 ‘뽀빠이’라는 별명으로 통하는 그 녀석에게만 있는 것이 아니라 여동생 지후에게도 있었다. 또한 잘못은 그 두 사람에게만 있는 것이 아니라 오빠이면서 가장인 그에게도 있을 것이었다.

몇 년 전까지만 하더라도 전혀 어린애 같았던 지후는 제멋대로 성장을 해 버려서 자기를 이러한 방식으로 드러내고 말았다. 사실이지 그는 실패된 인생의 궤적을 충분히 알고 있었다. “저는 사랑을 택하겠어요.” 하고 지후는 그 뒤에 뽀빠이를 데리고 와서 선언하듯이 말했다. 사랑이라니, 그것이 유행가 가사가 아닌 이상 틀림없이 실연(失戀)을 전제로 한 것이나, 또는 실연을 위해서 하는 말일 터였다. 스무 살을 갓 넘긴 여자가 사랑이라는 단어에다가 심각한 설득력을 부여한다면, 그것은 사랑이 아니라 다만 괴로운 현실로부터의 일시적인 회피책 이외의 것이 아님을 그는 알고 있었다. 그는 그 자신의 체험으로써도 이것을 알고 있었다. 여자가 어린 나이에 사랑을 알아 버리는 것이 나쁘다는 것은 여자의 어린 나이에 실연이라는 파괴적인 감수성에 의해 절망을 알아 버리는 것이 너무 참혹하다는 것에 기인하는 때문이기도 했다.

하지만 윤지노는 여동생이 결국 자기 하고 싶은 대로 할 것이라는 점을 깨달았다.

윤지노는 여동생 지후가 자기와 마찬가지로 인생의 우회로로 들어선 것을 안타깝게 생각했다. 하지만 여동생이 택해 버린 잘못된 길을 결코 자기 힘으로 돌려놓을 수는 없다고 깨닫지 않을 수 없었다. '그래, 네 멋대로 해라. 그렇게 상처 받고, 배신 당하고, 절망하고, 괴로워하면서 살아가는 것이 어쩔 수 없는 길이라면 그렇게 하는 수밖에 없지 않으냐. 결국 그렇게 되어서 너 자신이 좁은 사회의 밑바닥을 스스로 걷는 도리밖에는 없다면 그렇게 하는 수밖에 더 있느냐. 그것은 비단 네가 바람이 나서 그런 것이 아니고, 우리의 꽉 막힌 비참한 생활을 참을 수 없어서 그런 것일진대 다시 무슨 얘기를 하겠느냐.' 그는 그때 신경질적으로 이렇게 생각을 했다.

2.

그런데 예상했던 일은 너무 빨리 다가왔다. 지후와 뽄빠이의 동거 생활이 어떠리라는 것은 보지 않아도 짐작이 갔지만, 채 한 달도 안 가서 지후는 오빠의 집에 나타났었다. 그런데 그때에는 윤지노로서도 여간 난처한 입장에 처해 있지를 않았다. 그의 생계의 총 밑천인 상점이 헐려 버리게 된 일이 그것이었다. 그의 가게가 있는 시장 일대에 새로이 슈퍼마켓이 세워지게 되어 있었다. 지저분한 점포들을 헐어 버리고 3층의 슈퍼마켓에 5층의 아파트를 얹어 놓는 웅장한 건물이 서울시의 근대화의 계획에 맞추어 세워진다는 데야 그로서는 더 이상 할 말도 없었다. 그리하여 마켓이 세워지면, 원래 그곳에 조그만 점포를 가지고 있었던 시장 상인들에게는 슈퍼마켓의 1층에 점포를 우선적으로 대여해 준다는 것이었다. 사실은 2층에다가 대여해 주기로 마켓 쪽에서는 결정했지만 상인들이 들고일어나 간신히 1층에 그것을 마련토록 할 수 있었다. 그 대신 상인들은 슈퍼마켓 공사비로 평수에 따라 돈을 내야 한다는 조건이 붙었다. 윤지노는 슈퍼마켓 1층에 두 평의 점포를 얻게 될 것이므로 10만 원을 내놓아야 했는데, 우선 돈을 어떻게 마련해야 할지 여간 난감했다. 그것보다도 공사 기간 동안 어디서 살아야 할 것인지 그 문제가 급했다. 가게는 헐려 버릴 것이므로 소꿉장난 같은 장사나마 하지 못할 터이지만, 가게와 함께 붙어 있던 토담 방도 없어지는 것이니 당장 전세방이라도 구해서 얻어야 할 판이었다. 이러저러한 이로 그는 경황이 없었는데, 단지 희망이라면 슈퍼마켓 공사가 넉 달이면 된다고 했으니까, 죽을힘을 다하여 그 기간만 견디어내면 어엿이 자기 점포가 궁궐 같은 그 속에 생길 것이라는 점이었다. 그동안 견디어내기 위하여, 다리를 절룩거리는 자기로서도 감당해 낼 만한 직장을 또한 알아보러 다니고 있는 중이기도 했다.

이러한 때에 지후가 돌아왔던 것이다. 그는 여동생의 처지가 자기보다도 더 딱하다는 것을 짐작 못할 수가 없었다. 자기의 경우는 생활에서 오는 곤핍(困乏)이었다. 또한 이미 서른네 살이나 된 나이에 겪는 것이니까 이를 악물고서라도 견디어내야 할 일이었다. 그러나 여동생의 경우는 아직 여물지 않은 정신 상태에 부닥쳐 온 처음 겪는 상처였다. 자칫하다가는 극단적인 경우까지를 예상할 수 있는 일이었다. '저는 사랑을 택하겠어요'라는 도발적인 선언을 해 버릴 수 있었던 것은, 철없는 자신과 세상을 최소한도로나마 긍정해 버리고 싶은 갈망에서 나온 것이라고 한다면, 그러한 밑바탕으로부터 배신당하고 절망을 느꼈을 때, 그것은 자기를 송두리째 파괴시킬 수도 있는 가장 최악의 상태임에 틀림없었다. 게다가 지후는 임신까지도 하고 있는 중이었다. 세상을 살아간다는 것은 끊임없는 통속적 실수의 연속이었다. 또한 통속 그 자체일 수밖에 없겠지만, 자기 가정과 여동생에게 밀어닥친 통속이야말로 가장 악질적이며 저주받은 것임을 느끼지 않을 수 없었다. 그야 누군들 이러한 통속으로부터 벗어나서 예술과 향락과 멋을 찾고 싶지 않을 것일까, 윤지노는 인생의 지혜가 필요한 것은 바로 자기의 경우일 것이라고 생각했다. 아니, 좀 더 정직하게 말한다면 그는 더할 수 없이 허약한 상태에 빠져 있었다. 또는 빠져 있다고 느꼈다. 그래서 실수할 수가 없고, 만심할래야 그럴 수 없으며 어딘가 인생 그 자체에 대해서 착각을 해 오고 있었던 듯한 모든 것에 새로운 각오로써 대처하지 않으면 안 되겠다고 느낀 것이었다.

그는 물론이려니와 아내 또한 지후에 대해서는 평소와 다름없이 무관심한 채 해 두고 있었다. 지후가 오빠의 무관심한 체하는 의도를 모를 리 없겠지만, 그 이상 다른 방도란 그로서도 떠오르지 않았다. 그리하여 이틀이 지나가 버렸고 이제 하루만 더 있으면 집이 헐린다는 통보를 받게 되어 있어서 그는 열심히 전세방을 알아보러 다녔다. 3만 원에 3천 원씩을 내는 방을 마장동에 간신히 구해 놓고 돌아와 보니까 지후가 보이지 않았다. 지후는 그다음 날도 나타나지 않았다. 뽀빠이한테로 갔는가 해서 아내가 외촌동까지 찾아가 보았지만 거기에도 있지 않았다. 그래서 지후가 돈 한 푼 없이 무작정 가출을 해 버렸다는 것을 그는 알게 되었다. 이렇게 되면 그로서도 속수무책으로 다만 지후가 서투른 짓을 하지 않을 것이라고, 그저 그렇게 믿어 두는 수밖에는 없었다.

지후는 집을 뛰쳐나간 지 한 달이 넘도록 소식을 전하지 않았다. 여동생의 실연이 의외로 심각한 형태의 것임을 눈치챌 수 있었다. 젊은 여자가 사랑한다고 생각하는 남자 녀석에게 지었을 교태. 또는 배워 버린 몸짓. 그 육체적 흔들림을 이번에는 반대로 세상에 대하여 적용하려 할 때, 세상은 그러한 여자를 얼마나 포용해 주고 있을 것인가? 윤지노는 어떤 부류의 사람들에게는 퍽이나 관대하지만 어떤 부류의 사람들에게는 더할 수 없이 잔인한, 저 생존의 논리의 밑바닥에서 다만 여동생이 패배되지 않고 견디어내기를 바라는 것이었다. 그는 이렇게 생각했다. '애당초 너는 자신을 잘못 이끌어가서, 궁지에 몰아 놓았다. 바로 그 차원으로부터 너는 문득 정신을 차리지 않으면 안 된다는 것을 느끼게 된 것이다. 너는 어디 막걸릿집 작부라도 되어 버린 게 아니냐. 다시 시시한 놈팽이를 만나 가지고 학대라도 받고 있는 게 아니냐. 설사 그렇다한들 오빠로서 너에게 바라는 것은 책망이나 비난만은 아닐 것이다. 다만 네가 굳세게 견디어내라는 것뿐이다. 너도 알다시피 우리는 이 사회에 있어서 천민이 되었다. 당장 비참한 꼬라지로 죽어 버린다 해도 그것으로 그만인 잉여 족속이므로, 바로 그러하므로 두려워할 것이 무엇이겠느냐. 두려워할 것은 없고, 무엇이든지, 어떤 비참한 짓이든지 해 볼 수 있는 게 아니겠느냐. 그렇게 해서 싱싱하게 살아 낼 자신만 얻게 된다면 그것으로 성공이 아니겠느냐…….' 윤지노는 여동생에게 자기가 깊은 애정을 갖고 있다고 생각했으므로, 이렇게 생각하는 것이었다. 물론 그는 제대로 반항 한번 해 보지 못한 채 늙어 버린 쓰레기 인간이라고 느꼈으므로, 여동생만큼은 때릴수록 큰 소리를 내는 양철북처럼 어떠한 경우에도 굴하지 말기를 바라고 있었다. 그는 그러한 행로가 얼마나 역겨운 것인가를 알았던 터이므로 여동생의 싸가지 없는 연애에 반대해 왔던 것이지만 이미 지금 와서는 다만 여동생을 고무해 주고 독려해 주고 싶은 마음뿐이었다. 그는 지후가 어디에 있든지 이러한 오빠의 심정을 알고 있을 것이라고 생각했다. 그는 아내가 걱정의 말을 할 적마다 이렇게 처막아 주곤 했다. "걱정할 것은 없어. 사람이란 어리석은 짓을 저질러 보아야 똑똑해질 수 있는 거야." 그가 이러한 말을 하면 아내는 다만 어이없다는 듯한 얼굴을 하고 빤히 쳐다볼 뿐이었다.

그러자 어느 날이던가 편지가 왔다. '오빠에게 알리지 않을 수 없을 것 같아서 편지를 씁니다'하고 그 편지는 시작되고 있었다. '너무 걱정을 끼쳐드려서 죄송해요. 하지만 제 문제로 해서 오빠에게 걱정을 끼쳐드리고 싶은 마음은 없었습니다. 부질없이 편지를 낸다는 것이 도리어 걱정을 살 것 같아서 가만히 저 혼자 서울을 떠났어요. 그동안 고생이야 좀 했지만, 누군들 고생하지 않고 사는 사람이 있을까요. 그래서 아무렇지도 않게 생각했습니다. 다만 오빠에게 말씀드리고 싶은 것이 있어서 저의 근황을 전하는 것입니다. 저는 그동안 다방 레지가 되어 수원, 평택, 김제, 전주, 순천을 돌았습니다. 다시 삼천포, 밀양을 거쳐서 울산으로 와 가지고 지금은 묵호에 있습니다. 사실은 묵호에 오기 전에 강릉에도 조금 있었고요……. 오빠도 생각해 보시면 아시겠지만 한곳에 머물러 있던 기간이라야 그저 보름에서 한 달 정도밖에는 안 되었어요. 다방 주인들은 레지를 미끼로 고객들에게 선보이는 것이니까 많아야 한 달 이상 놔 두지를 않는 거예요. 그런데 저는 묵호에 와서 두 가지 사실로 걱정에 잠겨 있습니다. 한 열흘쯤 전에 해산을 해서 어린애를 낳았는데, 이런 상태로는 취직이 되지 않는다는 걱정이 그 하나입니다. 다른 하나는 외촌동의 뽀빠이(그 이름을 들먹이는 것이 괴롭습니다)에게 제 근황을 연락해야겠다는 생각입니다. 어쨌든 저는 뽀빠이를 잊을 수 없는, 그러한 여자입니다. 저는 이렇게 떠돌아다니면서 제법 많은 것을 알게 되었다고 느낍니다. 저는 묵호에서 어떤 남자(서른여덟 살입니다)의 이해심을 얻어 어쩌면 그 남자의 호의를 저버릴 수 없을지도 모르겠지만 설사 그렇게 된다 해도 별다른 일은 없으리라고 여겨집니다. 우선 간단하게나마 그동안의 소식을 전하는 거예요.'

지후는 오빠라는 상대방을 의식하고는 있었다. 그러나 오빠를 의논의 대상으로 생각한다느니 보다는 자기의 독백을 다만 좀 의뢰시키는 듯한 느낌을 주는 편지를 썼다. 사실 그것은 반대로 윤지노에게 많은 생각을 일으키게 해 주었다. 그는 여동생이 놓여 있는 근황을 상세하게 알게 되었다. 그녀가 묵호에서 호의를 입고 있다는 38살의 남자가 어떠한 인간일 것인가도 짐작되었다. 그 남자는 지후가 놓여 있는 딱한 처지를 이해하는 체하여 호의를 베풂으로써 반드시 어떤 반대급부적인 이득을 생각하고 있을 것이었다. 어쩌면 그 남자는 지후를 타락의 진구렁으로 몰아넣을지도 모르며, 자기의 첩쯤으로 삼아버릴 계획일지도 모르는 일이었다. 다만 윤지노로서 약간 안심이 되는 것은 지후가 어렴풋이나마 그 남자의 속셈을 짐작하고 있는 듯했기 때문이었다. 그것은 그렇고 여동생은 어떠한 지경에 놓여 있는가? 윤지노는 저도 모르게 비장한 생각이 들었다. 그는 짐작할 수 있었다. 여동생은 가장 처참한 상태에 빠져 있는 것이다. 지후는 정확하게 주소를 적어 놓은 것은 아니었다. 묵호에 있는 어떤 다방 레지의 전교(轉交)라고만 밝혀 놓고 있었다.

사정이 조금만 여의했더라면 그는 당장 묵호로 달려갔을 터였다. 그런데 슈퍼마켓 회사 측과 상인 측 사이에 분쟁이 일어나 있었다. 슈퍼마켓의 황 사장은 원래 돈을 갖고 공사를 시작한 것이 아니었다. 자기 돈을 들이지 않고 건물을 지어 놓아 점포를 팔아서 이문이나 남기자는 건축 브로커 기질의 인간이었다. 공사는 당초 계획했던 넉 달보다도 훨씬 오래 걸렸는데, 그것은 겨울철에 비가 많이 내렸다거나 엄동 추위가 예년에 비해서 빨리 왔다거나 하는 이유 때문에서가 아니었다. 황 사장이 돈이 없던 사람이었던 탓이었다. 상인들은 마켓이 완공될 때까지는 옴짝달싹도 할 수 없는 실직자 신세들이었다. 회사 측보다도 애가 달아서 공사에 협력을 했었다. 그리하여 해가 바뀌고 정이월 다 가고 3월이 되었다. 슈퍼마켓의 1층은 그럭저럭 완성 단계에 들어갔다. 상인들이 기대에 부풀어 있을 무렵 그들은 전혀 뜻밖의 소식을 듣게 되었다. 회사 측에서는 1층의 점포 임대권을 이미 외부의 인사들에게 팔아먹었다는 것이었다. 회사 측에서는 변명도 했다. 워낙 돈이 많이 들고 자금이 딸려서 그렇게 된 것이니, 상인 여러분은 슈퍼마켓의 무궁한 발전을 축복하는 의미에서 2층의 점포를 차지해 달라고 말했다. 하지만 상인들은 터무니없이 기만당했으므로 농성에 들어가기 시작했다. 상인들은 취사도구와 이부자리와 화투를 준비해서 마켓의 1층에 버티어 있는 것이었다. 윤지노는 아내와 함께 교대로 농성에 참가했다. 상인들 중에서는 그래도 윤지노가 글자깨나 안다 하여 시 당국, 관계 요로에 진정서, 탄원문, 결의문을 보내느라고 눈코 뜰 새 없이 바빴다.

이러한 일이 있었으므로 그는 여동생의 편지를 받고도 직접 묵호로 찾아가 볼 형편이 되지 않았다. 여동생의 혼란은 근본적인 면에 있어서, 누구에게도 자기의 정신을 의탁시킬 수 없는 외로움이 무질서를 구성하여 이루어진 것이었다. 그녀의 괴로움과 외로움은 어떤 기둥에 바끄러 매어질 때에 사라질 수 있었으리라. 그런데 그 기둥은 없었다. 윤지노는 이런 식의 상념에 젖어 들었으며, 오빠로서의 역할을 제대로 감당 못하는 자괴감도 느끼고 하다가, 어쨌든 직접 찾아가거나 편지를 내거나 대동소이할 것으로 판단하여 답장을 보내기로 했다. 그는 이렇게 썼다. '너에게 할 말은 없다. 하지만 가난이 단순히 가난을 의미하지 않는 것과 마찬가지로, 사랑이라거나 방황이라거나 하는 모든 세상사가 단순히 우리로 하여금 그러한 것들을 믿게 만들지 않는다는 점을 생각하렴. 너는 사랑이라는 것에, 또 실연이라는 것에 부여하고 있었던 고통의 뻐근한 무게를, 반대로 저 인생이라는 보다 큰 대양(大洋)에다가 부여하고 있는 것이 아니겠니? 그러니까 내가 하려는 말은, 그만큼 사회의 더러운 밑바닥을 흐느적거리며 헤엄쳐 봤으면, 더 이상 그렇게 하고 있을 것이 아니라는 점이다. 이제는 다시 서울로 돌아와서 너로 하여금 그토록 고통 속으로 밀어 넣었던 저 모든 혼란의 원인들을 찾아내어 수습해 봐야 하지 않겠니? 똑바로 정신을 차려서 네 주위의 일들을 정확히 따져 본 후에, 네가 어찌해서 그렇게 고통스러운 지경에 빠지게 되었는가를 알아내야 할 것이다. 너는 반드시 서울로 올라와서 오빠에게 자세한 의논을 할 것으로 믿는다. 나로서 더 이상 무슨 얘기를 해야 좋을지 모르겠다. 다만 하루빨리 내 앞에 나타나 줄 것으로 믿을 따름이다…….'

윤지노는 이런 식의 유식한 듯한 편지 문구가 정확히 무엇을 의미할 것인가에 관해서는 별다른 생각도 하지 않았다. 다만 여동생의 심중을 헤아리고 있다는 것. 근본적으로 무엇인가가 잘못되어 있는 것에 틀림없는 이러한 사회에 있어서는 누구를 막론하고 고통을 느끼지 않을 수 없을 터이므로 너무 체념적으로 고통스러워하는 것도 옳지 않으리라는 것, 그러니 어쨌든 서울로 올라오라는 것…… 등의 전체적인 느낌을 짐작만 해 준다면 족하리라 생각했다.

답장을 낸 지 보름쯤 뒤에 지후는 갑자기 나타났다. 지후는 갓 난 어린애를 데리고 있었다. 그 아이는 계집애였다. 피부병에 걸려있어서 정말이지 갓 낳은 강아지 새끼처럼 보였다. 지후는 아무런 말도 하지 않았고 그것은 윤지노도 마찬가지였다. 지후는 오빠와 자기 사이에 울타리를 쳐 놓고 있었다. 서로가 그 울타리를 건드리지 않는 것이 도리어 서로를 가장 이해하는 것임을 은근히 강조하고 있는 듯했다. 어쩌면 그러한 분위기는 지후 쪽에서가 아니라 윤지노 쪽에서 만들어 놓은 것인지도 몰랐다. 이제 윤지노는 외촌동으로 뽀빠이를 찾아가서 호되게 그를 닦아세울 작정을 먹고 있었다. 뽀빠이 같은 녀석은 무책임한 인간이기 때문에 어느 일면 선량한 구석을 가지고 있다는 것을 그는 알고 있었다. 그리하여 비참하든 유복하든 생활의 영역만 확정되면 적당한 나이를 먹어들 수가 있을 것이었다. 그 이상의 것을 감히 어떻게 바랄 것인가. 아마 지후도 오빠의 의도를 눈치챘었을 터였다. 그녀를 전혀 다른 방면에서 알고 있는 뽀빠이와의 공범 관계는, 비록 그것이 사생아를 낳게 하고 실연의 파괴적인 모습을 띠고 있다 할지라도, 이쪽에 버티어 있는 오빠가 침범해서는 되지 않을 것이라고 지후는 제법 성인다운 계산을 가하여, 마치 인생을 살아가는 커다란 지혜를 이해하고라도 있다는 듯이, 접근하는 윤지노를 떼밀어 대고 있을 것이었다. 최소한도 윤지노는 이렇게 짐작했다. 여동생이 낳은 딸아이의 아버지인 뽀빠이로 하여금 아버지 노릇을 시키게 한다는 것과 최소한도의 생존을 가능케 하기 위하여 말하자면 여동생의 직장이라도 잡아주면 그것으로 오빠의 할 일을 한 것이라 믿고 있었다. 그런데 마침 지후가 외촌동으로 뽀빠이를 만나러 갔다는 아내의 말을 들었다. 그래서 윤지노는 오늘 밤 있을 고 정여철의 제사에 참례하고 뽀빠이도 만나기 위해 외촌동행 막차 버스를 탄 것이었다.

3.

외촌동행 버스가 내촌동에 이르렀을 때에는 이미 밤 열한 시가 지나 있었다. 내촌동은 요 근래 토지 투기 붐이 일어나서 급속도로 발전되고 있었다. 여기까지 들어오는 시내버스 노선만 해도 다섯 개나 되었다. 그러나 외촌동은 황톳길을 이십여 리 더 나가야 되는 것이므로 길도 나쁘고 또한 항상 만원이 되게 마련이었다. 버스는 한 오 분 가량 더 쉬어가는 모양이었다. 윤지노는 간신히 자리를 하나 잡아 앉을 수 있었다. 그는 요 근래 슈퍼마켓 관계의 일, 여동생의 일에 정신이 팔려서 거의 바깥 출입이 없었다. 오래간만에 밤 버스를 타고 있노라니 승객들이며 창 바깥의 풍경이며가 눈여겨보이는 것은 이 때문이었다. 신문을 사라고 올라오는 애들, 검은 안경을 쓰고 있는 사내와 하얀 한복 차림의 맹하고 새침스러운 여자, 여차장과 버스 계원과의 희롱질 등, 윤지노는 그런 모든 사람들을 눈여겨보았다. 그는 이미 더 이상 젊지 않았고, 도리어 어느 쪽이냐 하면 늙은이처럼 피곤한 표정을 배워 버렸다. 그의 왼쪽 다리는 이러한 연령적 사실을 부채질해 주고 있었으므로 냉정하면서도 객관적인 흥미를 갖고 서울에 소속된다기보다는 어느 지방 소도시의 중심가와도 같은 이곳의 풍경을 신기한 듯이 살펴보는 것이었다.

또한 그는 어렸을 적의 일도 생각했다. 그의 고향은 충청도 논산이었는데, 제삿날이 되면 일가친척들은 밤길을 걸어서 호롱불이 켜져 있는 제삿집의 사랑방으로 모이는 것이었다. 그는 마치 죽은 사람의 혼이 어둠 속에 서려 있는 것 같은 언덕과 수풀과 개울을 건너서 어른들을 따라가곤 했다. 이윽고 제삿집에 도착하여 유세차(維歲次)라고 읊어댈 때의 엄숙하면서도 친근한 가락, 꾸벅꾸벅 절을 하는 재미, 이윽고 제사가 끝이 나서 화기애애한 분위기가 되면 장난삼아 얻어 마시는 술잔(그는 종손이었으므로 어른들의 권유에 따라 퇴주잔을 마시곤 했다.), 오랜만에 먹어 보는 맛난 음식들, 죽음과도 같이 찾아오는 졸음 등, 그런 어렸을 때의 일이 기억났다. 그런데 시골에서의 제삿날 기억이 감미롭게 추억되는 것은 그가 멋도 없고 여운도 없는 도시의 밑바닥 생활을 해 가는 탓이리라. 또한 그 자신 역사와 현실에 대하여 저항을 해보기에는 이미 너무 나이가 들었다는 일종의 조로증적(早老症的)인 현상에서 오는 것인지도 몰랐다. 그는 어렸을 때의 시골 풍경과 버스를 타고 제사에 참례하러 가는 자신의 지금 경우와를 비교했다. 그가 퍽 엇갈린 풍습과 생활 방식의 와중에서 장구한 세월을 살아온 듯이 생각되는 것은, 그러한 비교에 있어서 너무 엄청난 차이점들이 발견되는 때문이었다.

버스에 세 명의 청년이 올라탔는데 나이는 많이 들었어야 스물 두어 살 안짝의 인간들이었다. 그런데 이 녀석들은 술이 몹시 취해서 안하무인격으로 떠들어댔기 때문에 윤지노는 눈살을 찌푸렸다. 그들은 라디오 방송에서 주워들었는지 약 광고 노래를 흥얼거리기도 하고, 아마 그것도 텔레비전 연속극 같은 데에서 배운 것 같은데 '잘 하는 짓이다.' 어쩌고 하면서 킬킬거렸다. 그런가 하면 순전히 재미로 버스에서 물건을 파는 행상꾼 흉내를 내기도 했는데, 승객들이 웃어주자 더욱 기승을 부리며 저네들끼리 쌍소리를 주고받고 했다. 여느 때 같았으면 윤지노는 또한 이런 풍경을 보고 그냥 웃어 버렸을 것이었다.

그런데 이날만큼은 심청스럽게 늙어 버려서 마음이 졸아든 수전노 사내처럼 그들의 행동거지가 비위에 거슬리는 것이었다. 그는 이렇게 생각했다. '지금은 젊다고 까불어쌓고 있지만 이제 조금만 나이를 먹어 봐라. 그러면 너희들은 어떠한 꼬락서니의 인간이 되어 버렸는가를 알게 될 것이다. 그때에는 후회해 봤자 소용 없는 것이다. 버스 안에서 예의라는 것도 지킬 줄 모르는 녀석들 같으니라구…….'

이윽고 운전사가 올라타고, 버스는 출발했다. 얼마 가지 않아서 황톳길이 되었고 차체의 요동이 심해져있었다. 술 취한 세 명의 젊은것들은 엄살도 부리고, 젊은 여자들에게 슬쩍 부딪치기도 하고 희롱하는 쌍소리도 지껄여 가며 제멋대로 까불어쌓고 있었다. 그들은 담배를 태우고 있었는데, 그렇지 않아도 비좁은 버스 안이라 숨이 콱콱 막힐 지경이었다. '외촌동 사람들은 무력하다는 것에 길이 들어 버려서 저따위의 젊은것들이 멋대로 행패를 부려도 그저 가만히 참아대고만 있는 것이다……. 어째서 이래야 하는가.' 윤지노는 이렇게 생각했다. 그는 말하자면 사회에서 일어나는 사소한 부정부패를 참지 못해 신문사에 투고질을 하거나, 우국지사인 양 개탄을 해대곤 하는 그런 부류의 사람들이 갖게 마련인 얄팍한 정의감·분노감에 휩싸여 있었다. 그는 결코 외촌동 사람들처럼 멍하게 무감각한 족속이 되기는 싫다고 생각하였다. 싸가지 없는 세 명의 젊은것들에게 좀 조용히 가자는 말을 할까 하다가 자기가 나설 처지가 아니라는 것을 깨닫고 그는 간신히 참았다.

그러자 세 명의 젊은것 중에서 스포츠형 머리를 한 녀석이 끅끅 트림을 하더니 갑자기 게욱질을 시작했다. 그 청년 주변에 있던 사람들은 놀라 가지고 물러나느라고 야단이었다. 이 바람에 달리고 있는 버스 속에서는 때아닌 소동이 일어나 있었다. 운전사는 여전히 속력을 늦추지 않았으므로 토사물 위로 엎어지는 사람, 밀려나는 사람까지 생겨 있었다. 그러자 어떤 아주머니가 큰소리로 불평의 말을 했다. 그래서, 세 명의 청년 중 한 녀석이 그 아주머니에게 욱했다. 이에 어떤 군복 입은 청년이 아주머니 편을 거들어 상대방 청년에게 언성을 높였다. 이렇게 되어 소동이 일어나 있었다. "이봐요, 당장 이 차를 멈추쇼." 하고 군복 입은 청년이 소리를 질렀다.

운전사는 차의 속도를 조금 줄였으나 멈출 의사가 없다는 것은 확실했다. 말하자면 이런 일은 항다반사로 겪었으니까 소동이 더 커지기 전에 종점까지 인간쓰레기들을 빨리 운반해 주기만 하면 된다고 생각하는 듯했다. "이 새끼야, 차 멈추란 말야." 그러자 세 명의 청년 중에서 한 녀석이 기승을 부리며 말했다. 그래서 버스는 멈춰섰다.

"일루 나와, 일루 나오란 말야." 하고 세 명의 청년 중에서 한 녀석이 잽싸게 버스에서 내리더니 군복 입은 청년에게 말했다. "군복 입었으면 다야? 왕년에 군대 안 갔다온 놈 있어? 엉?"

"너 이 새끼, 너 같은 놈의 새끼는 본때를 봐야 돼." 군복 입은 청년도 화가 나서 말했다. "이봐 운전사, 저 새끼 태우고 말이지, 가까운 파출소 있는 데로 이 차 몰고 빨리 가쇼."

"좋아, 이 새끼야. 파출소 가면 누가 무서워할 줄 알어? 여기가 어딘 줄 알구 까불어? 여긴 외촌동이란 말야. 외촌동의 뽀빠이를 몰라주다니 내 참 어처구니가 없어서……."

뽀빠이는 이러더니 다시 버스에 올라탔고, 차는 아무 일도 없었다는 듯이 움직이기 시작했다. 이러한 소동이 벌어지고 있는 동안에도 대부분의 승객은 그저 꿀 먹은 벙어리처럼 잠자코만 있었다.

다만 윤지노는 세 명의 청년 중에서도 제일 싸가지 없는 녀석이 지금 그가 만나러 가고자 하는 뽀빠이라는 것을 알고 적잖이 놀라운 기분이 드는 것이었다. 하도 버스가 만원이 되어서 그는 세 명의 청년을 목소리로 들어서 분간하고 있었을 뿐, 그 얼굴을 본 것은 아니었다.

"이봐요, 운전사 양반. 빨리 가까운 파출소 앞으로 갖다 대쇼." 하고 군복 입은 청년은 뽀빠이를 상대로 할 것도 없다는 듯이 운전석을 향해 소리를 지르고 있었다. 운전사는 대답을 하지 않았다. 그러자 뽀빠이가 비웃듯이 소리를 질렀다. "죽여주는군. 외촌동 종점에 닿기까지는 파출소가 없다는 걸 알아두라 이거야." 뽀빠이가 소리치자, "인마, 넌 가만히 있어. 누가 네 말 듣는댔어?" 하고 군복 입은 청년이 욱했다. "내 참, 야마 돌리네." 하고 뽀빠이는 약간 머쓱한 어조로 말했다. "내가 오늘 속상한 일이 있어서 술 좀 먹었다 이거야. 야 용대야, 그렇지? 그래, 술 좀 마시고 버스를 탔는데, 기분이 울적해서 얘기를 좀 했다 이거야. 그런데 저 황오 개새끼가 웩웩 게욱질하는 걸 난들 어카겠느냔 말야. 그런데 형씨는 어째서 나한테 시비짱을 붙는가 말요." 뽀빠이는 비로소 군복 입은 청년에게 약간 두려움을 느낀 듯한 어조로 말했다. "인마, 가만히 가자니까 왜 잔말이야? 할 얘기 있으면 파출소엘 가서 해." 하고 군복 입은 청년은 역증이 난다는 듯이 말했다. "좋아, 파출소에 가서 얘기하기루 하자. 야 차장, 버스 좀 빨리 가자구 해. 속도를 붙이란 말야." 하고 뽀빠이는 슬쩍 화제를 다른 곳으로 돌렸다.

이렇게 해서 버스 안은 드디어 조용해지고 말았다. 마치 조용해지는 게 싫다는 듯이 운전사는 라디오를 크게 틀어놓았다. 연거푸 세 개의 약 광고가 나가더니 야담 시간이 되었다. 시골 노인의 목소리를 그럴 듯하게 흉내 내는 성우 유기현이 "옛날옛적에 봉산골에 어떤 선비가 살았더랬던 것이었습니다그려." 하고 말하기 시작했다. 저것이 동양 방송일 것이라고 윤지노는 생각했다.

그는 억지로 졸음을 참는 것처럼 두 눈을 감았다가 떴다. 마냥 터덜거리는 차체의 동요가 느껴졌다. 그는 술 처먹고 행패나 부리는 뽀빠이를 만나서 무슨 얘기를 나눌 수 있을 것인지, 그것이 점점 아득하게만 생각되었다. '보아하니 뽀빠이란 녀석은 너무 쉽게 울분을 터뜨리는 놈이 되어 버렸군. 아직 자기의 젊음을 믿는 증거일 것이다. 하지만 저 녀석은 깊게 고통스러워해 본 흔적은 나타나지 않는다. 그렇다면 버스 안에서 떠들어대는 따위의 유치한 짓은 하지 않을 게 아닌가.' 윤지노는 눈썹미를 찌푸렸다. 여동생 지후의 앞일이 걱정되었다. 지후가 저 녀석에게 매여 붙어 있는 한, 저 녀석이 터뜨리는 울분과 고통의 그래프를 따라가지 않을 수 없을 듯했기 때문이었다. '그야 어찌 되었든 버스에서 내리자마자 녀석을 붙잡고 이야기를 해 봐야지. 아무리 깡패 같이 날뛴다 해도 나한테 행패를 부리지는 못할 것이다. 아니 이렇게 해봐도 괜찮겠군. 녀석을 데리고 정여철의 제사에 함께 참례하는 것이다. 녀석도 생시의 정여철과는 친했으니까 내 제의를 거절하지는 못하겠지. 제사에 참례시켜서 생자와 사자 사이를 연결시켜 주는 그 엄숙한 의식에 젖게 만든 후에 좀 깊은 얘기를 해보는 것이다…….'

윤지노는 이렇게 생각해 보자 좀 마음이 놓이는 것이었다.

그런데 뽀빠이는 여전히 떠들어 대고 있는 중이었다.

"야 용대야, 이따 우리 집에 와라. 술이나 좀 더 마셔야겠다."

"인마, 그 정도 마셨으면 됐어." 하고 용대라는 녀석이 대꾸했다.

"개새끼, 오라면 와 자식아. 그년이 다시 왔단 말야. 아주 더러워 죽겠어."

"그년이라니? 지후 말야?"

"그래, 그게 다시 나타났어. 빌어먹을…… 그년이 말야, 어린애까지 하나 낳아 가지구 왔는데……."

"아따 마, 그럼 어린애 아버지가 됐단 말이지?" 하고 용대라는 녀석이 신기하다는 듯이 물었다.

"개새끼, 야마 돌리지 마라. 난 핏대가 나서 죽겠단 말야. 어린애를 보니까 그게 계집애인데 꼭 강아지 새끼처럼 생겼더라. 내가 뭐라구 할 말이 있어야지? 야 용대야, 너두 내 생각 좀 해보라 이거야. 요새 내가 마음적으루 생활적으루 얼마나 괴롭게 됐느냐 이거야. 그런데 그년이 딸까지 낳아 가지구 나타났으니 이거야말로 세코날[2] 멕이는 노릇이 아니구 뭐겠니. 그래 내가 말해줬어. 야 이년아, 어떻게 된 년이 넌 가장 혼란되어 있을 때에만 나타나곤 하니? 그런데 가만 보니까 이년이 눈물을 찔찔 짜면서 방정을 떠는데 무어라구 이야기할 수도 없더라. 하여튼 버스 안에서 얘기해 봤자 그렇고, 야, 이따 우리 집에 오라구. 우리 집에서 술이나 빠개자."

뽀빠이는 남이야 듣건 말건 멋대로 씨불여대고 있었다. 윤지노는 어느덧 그의 말을 귀담아듣게 되었지만, 그러자 어느덧 마음속에서 부글부글 열기가 솟아올랐다. '저놈의 자식을 어떻게 하면 좋지? 저놈의 자식을 어떻게 한다?' 그는 절망적으로 이런 생각에 잠겨 들어가 있었다. 그는 여동생 지후가 처해 있는 상황이 어떤 것인지를 짐작할 수 있었다. 그러자 그는 저도 모르게 얼굴이 화끈 뜨거워져 있었다. '아니, 지금 약하게 마음먹을 때가 아니다. 지금이야말로 지후

---

2) 마취제의 일종이자 보정용 약물 및 수면제.

를 위해서 저 자식의 정신을 차리게 해야 한다. 술이나 처먹으며 돌아다니는 저 자식의 버릇을 고쳐주기 위해서 내가 해볼 수 있는 모든 일을 해야 할 때이다…….' 윤지노는 속으로 이렇게 생각했다.

어느덧 버스는 외촌동 종점으로 들어서고 있었다. 지금까지 암흑의 벌판이었던 곳에 불빛이 나타났다. 불빛과 불빛의 간격이 차차 좁아지더니 네온사인이 보였고 아크릴 간판이 드러났으며, 이윽고 버스는 커어브를 돌아 멈추어 섰다. 외촌극장에서 틀어 놓고 있는 이미자의 노랫소리가 치그럭치그럭 들려왔다. 사람들은 서둘러 하차하기 시작했다. 그러자 먼저 내린 사람 중에서 크게 외치는 소리가 났다.

"이놈 어디 갔지? 뺑소니쳐 버리면 용서 안 해."

"뺑소니치지는 않는다구. 너야말로 꼼짝 말구 기다리구 있어." 하고 버스 안에서 뽀빠이가 소리를 질렀다.

뽀빠이보다 한 걸음 앞서서 윤지노는 하차했다. 외촌극장에서 틀어놓은 이미자의 노래는 끝이 나고, 이어서 치그럭치그럭 헛판 돌아가는 잡음만이 계속되었다. 윤지노는 뽀빠이와 시비를 붙었던 군복 입은 청년을 시선으로 찾으면서, 극히 잠깐 동안이나마 일 년 만에 다시 보게 된 외촌동 일대를 눈 주었다. 야트막한 밤하늘 아래 외촌동은 마치 적병을 대기하고 있는 야전 막사들처럼 바짝 땅바닥에 기다시피 붙어 있었다.

4.

뽀빠이는 용대라는 친구와 함께 아까 게욱질을 하고 쓰러져 잠들어 버렸던 다른 친구를 부축하면서 버스로부터 내려 섰다. 딱 빠그라진 어깨와 넓적한 얼굴을 가지고 있는 뽀빠이는 겁 없이 군복 입은 청년 앞으로 다가갔다. 이 때 윤지노는 다리를 절뚝이며 그들 앞에 나섰다.

"술 마셨으면 곱게 버스 타고 올 것이지 어째 떠들면서 그래?" 그는 기를 죽이려는 듯이 뽀빠이에게 우선 이렇게 말했다. 뽀빠이는 기분 나쁜 표정으로 돌아보다가 상대방이 누구인지를 알아봤는지 잠깐 놀란 빛을 보였다. 윤지노는 뽀빠이의 어깨를 탁 치면서 이번에는 군복 입은 청년에게 말했다.

"이거 미안하게 되었습니다. 내 동생이 아마 속상한 일이 있어서 실수를 한 것 같습니다. 내가 대신 사과드리기로 하고, 이만 승크러운 일이 벌어지기 전에 돌아가시지요."

"이봐, 당신이 참견할 일이 아니잖소." 하고 뽀빠이가 윤지노의 어깨를 밀치면서 화를 냈다.

그러자 윤지노도 화가 났다. 그 또한 주먹을 쓰면서 돌아다녔던 젊었던 시절의 일을 상기했다. 그래서 뽀빠이의 기를 죽여놓지 않으면 이따가 밤에 이야기할 때에도 곤란하겠다는 것을 느꼈다.

"너 아직 정신 못 차렸군. 네가 버스 안에서 실수했다는 건 자신이 잘 알 거 아니겠어. 그러니 잔말 말고 저리 가 있어." 그는 뽀빠이를 일부러 세차게 떼밀어버렸다.

"내가 공연히 이러는 게 아닌 줄은 아시겠죠?" 하고 군복 입은 청년이 말했다. "좋아요, 그럼 난 갈 테니까 그거 동생 버릇 좀 제대로 가르치쇼."

군복 입은 청년이 뒤돌아서자 뽀빠이는 공연히 기승을 부렸다. 윤지노는 그렇게 하고 있는 뽀빠이를 내버려 두었다. 아무리 그래 봤자 군복 입은 청년이 다시 돌아서서 시비를 붙자고 할 리는 없을 것이다. 뽀빠이도 뒤쫓아가 행패를 부리거나 그러지는 않을 것이라고 판단했다. 윤지노는 자기가 중재 역할을 제법 잘 해냈다고 마음속으로 으쓱한 기분이 들었다. 그러나 그가 으쓱한 기분을 느낄 틈도 없이 이번에는 뽀빠이가 그에게 신경질을 부리는 것이었다.

"흥, 여동생을 먼저 보내놓고 나서, 이젠 오빠님께서 나타나셨군. 아무리 그래 보라지. 내가 눈 한 번 까딱이나 할 것 같수?"

"너를 보러온 게 아냐. 오늘 밤 제사가 있어서 온 거야."

"제사라구? 흥, 팔자도 좋으시구만그래. 살아 있는 여동생 하나 제대로 보살펴줄 능력이 없으면서 죽은 사람 위해 먼 길을 마다 않고 제사 지내러 왔수? 아이구, 사람 죽여주는군그래."

뽀빠이는 빈정거렸는데, 아닌 게 아니라 윤지노도 이 말에는 울화가 치밀었다. 뽀빠이의 말이 일견 옳은 이야기였기에 더욱 울화가 치밀었다. 윤지노는 입을 굳게 다물고 뽀빠이를 쏘아보았다. 녀석이 얄미워 죽을 지경이었다. 그러나 간신히 화를 참았다. 그는 어떻게 대꾸해야 할지를 궁리했다.

"팔짜가 좋아서 제사 지내러 온 건 아냐. 너도 정여철이가 죽은 지 일 년이 됐다는 건 알고 있겠지? 정여철 제사나 지내고 그러고 너를 만나 훈계를 하려고 온 거야." 윤지노는 어째서 이런 자세한 이야기까지 뽀빠이에게 하고 있는지 속으로 화가 났으므로 갑자기 입을 다물었다.

"정여철이라구? 그 사람 죽은 지가 벌써 일 년이오?" 뽀빠이가 물었다.

"나 지금 그 집엘 가는 길인데, 아직 거기에서 살고 있겠지."

"아마 그럴 거요."

"이왕이면 같이 좀 가지."

"내가 거기엘 왜 간단 말요?"

"너도 정여철이가 어떻게 죽어 버렸는지는 알고 있을 거 아냐? 그 사람에 대해서 너도 그렇게 방관적일 수만은 없을 텐데?"

"그거 무슨 소리를 하구 있수? 그나저나 정 원한다면 길 안내나 하지요."

뽀빠이는 선선히 응하는 빛이 있었다. 용대라는 자기 친구와 이제야 간신히 술기운에서 좀 깨어난 듯한 다른 친구에게는, "야, 우리 집에나 가 있어. 나두 금방 갈 테니까." 하고 말했다.

윤지노는 다리를 절뚝이면서 걸었다. 뽀빠이가 먼저 휘적휘적 가고 있었으므로 뒤쫓아 가기가 만만치 않았다. '이 자식은 도대체 막자란 놈이 돼서 남의 사정을 봐 주는 법이 없군.' 하고 생각되자 윤지노는 다리가 아픈 것을 무릅쓰고 바삐 따라갔다. 외촌교를 넘어설 때쯤 해서야 뽀빠이는 뒤를 돌아보며 조금 걸음 속도를 늦추었다. 병신 인간을 바라보는 때의 동정적인 시선이 뽀빠이에게 나타난다고 느껴지자 그는 울화가 치밀었다.

"그래 정여철이네 가족들은 살기가 좀 나아졌어?"

"난 몰라요. 바쁜 세상에 어디 남의 일 관심 갖게 됐수?"

"넌 아직두 골프장에 나가고 있고?"

"거기 그만둔 지는 벌써 오래 전이에요."

"그럼 지금은 무얼 하고 있어?"

"지금은 깡패 야꾸사[3]가 돼 가지구 사람이나 치면서 돌아다니는 건달이오, 보다시피."

---

3) 야쿠자.

"남의 말을 그렇게 비꼬아서 듣지 말아."

"비꼬아 듣지 않아요. 사실을 사실대로 말했을 뿐이지. 그야 나라구 어째 잘 되어 보고 싶은 마음이 없겠수? 이놈의 외촌동이라는 데가 사람 환장하게 만드는 곳이니까 그깟 거 아무렇게나 사는 거지."

"흥, 지금이야 젊으니까 그런 소리나 하겠지. 그러나 조금 더 나이를 먹어 봐라. 그럼 너두 후회할 거다. 그야 나두 후회되는 일이 많아서 이 모양 이 꼴이지만……."

"형님 모양이 어때서 그래요?"

"네 말마따나 제 여동생 하나 제대로 보살피지 못하구 있지 않은가 말야."

"그건 형님 생각이 잘못이오. 지후가 어디 어린애요? 아무리 오빠라 하지만 참견할 일이 못 돼요."

"참견하고 싶지도 않아. 그러나 너 같은 녀석의 꼬임수에 빠져 가지고 그 애가 너무 고통스러워하는 게 딱해서 그렇지."

"나를 어떻게 생각하든 말든 그건 좋아요."

뽀빠이는 갑자기 걸음을 딱 멈추더니 소리를 질렀다.

"그러나 지후는 내 애새끼까지 낳은 년이니까 당신이 간섭을 하는 걸 원치 않는단 말요."

"흥, 여태껏 지후를 보살펴주기나 한 듯한 어투로군."

윤지노는 자기가 왜 이렇게 말하는지조차 느끼지 못했다.

"자꾸 이렇게 야마 돌릴 작정이요?" 뽀빠이는 대들 듯이 다가붙었다. "내가 자꾸 요새 성격이 난폭해져서 어떤 놈이든지 눈앞에 얼씬거리기만 하면 한 대 치구 싶어 못 견딜 지경이란 말예요. 형님두 자기 몸을 생각해서 그거 뚫린 입을 좀 봉하고 있으란 말요."

그래서 윤지노는 입을 다물고 다시 걷기 시작했다.

"흥, 형님이 뭘 생각하는지 알겠수." 하고 뽀빠이는 뒤쫓아오면서 말했다. "슬슬 나로 하여금 약을 올리게 하자는 거지. 그래서 지후의 얘기를 끄집어내어 그년을 버리지 않겠다는 다짐을 받으려는 게지? 그렇수?"

윤지노는 대답하지 않았다. 뽀빠이의 말이 옳다고 생각되진 않았다. 그러나 이 녀석이 눈치가 빠르다는 걸 알게 되었다.

"형님 맘대로는 되지 않을 거요. 난 솔직히 말해서 걔를 좋아하지 않는단 말요. 지후를 좋아하지 않아. 찔찔 눈물이나 짜구 사내를 개떡같이 알구 기껏 한다는 소리가 죽어 버리겠다는 따위의 얘기인데 어떻게 내가 그따위 년을 좋아할 수 있단 말요?"

"내 앞에서 지후를 이년 저년하고 부르지 말아. 아무리 깡패 야꾸샤가 되구 싶어 안달이 나더라두……."

"내가 무어라고 부르든 형님이 참견할 게 못 된단 말요. 형님이 더 지후에게 가까운 사람이겠수, 내가 더 가까운 사람이겠수? 아마 내가 더 가까운 사람일 걸요?"

"그럼 좋아." 하고 윤지노는 말했다. 그는 이 녀석이 어째서 자기에게 막 대하고 있는지 짐작하게 되었다. 이 녀석은 지후 오빠인 윤지노가 지후에 대해서 해준 게 아무것도 없다고 믿는 때문인 것이다. 그래서 지후가 고아나 마찬가지 상태의 여자라고 판단했을지언정 그녀의 오빠로서의 윤지노를 인정해 주고 싶어 하지 않는 것이었다. 윤지노는 이 점을 느꼈지만, 깡패스러운 이 녀석에게 자기를 상세하게 설명해 주고 싶어 미칠 지경이었다. "정여철의 제사에 참례하는 것보다도 너하고 얘기하는 게 더 중요할 것 같군. 너네 집으로 먼저 가야겠어."

"흥, 누구 맘대로 우리 집엘 가겠다는 거요?" 뽀빠이는 언성을 통겼다. "공연히 지후나 만나 가지고 남매끼리 눈물이나 찔찔 짜고 싶은 모양이지? 그거 꼴 좋겠군. 찔찔 눈물을 짜면서 뽀빠이가 천하에 죽일 놈이라도 된다는 듯이 떠들어쌓겠지."

"네가 생각하는 것처럼 그렇진 않아. 너랑 술이나 한잔 같이 마시고 싶어서 그래."

"술을 마시겠다구? 그럼 술집으로 갑시다."

"술집보다도 너네 집엘 가. 그래야 맘 놓고 얘기할 수가 있을 테니까."

"좋아요, 갑시다. 누가 떨 줄 아나 보지?"

윤지노와 뽀빠이는 걸음을 빨리했다. 조그만 가게가 나타나기에 윤지노는 소주와 마른 안줏감으로 오징어를 샀다. 물건 사는 것을 말리지 않는 것으로 보면, 뽀빠이가 요새 보통 궁색한 처지에 빠져 있지 않다는 것을 알 수 있었다. '노가다' 같은 그의 성격으로서 그냥 잠자코만 있는 것을 봐도 알 수 있었다. 아니, 뽀빠이는 상점 앞까지 쫓아오더니 이렇게 말했다.

"이왕 쐬주를 사려면 사 홉짜리로 사쇼. 그거 이 홉짜리 갖구 어느 목구멍에 침칠하겠수?"

그래서 윤지노는 이 홉짜리를 아예 세 병 샀다. 요 근래 그는 술을 마셔본 적이 거의 없었지만, 미련하기 짝이 없는 뽀빠이와 한 번 시합이라도 하는 것처럼 취하도록 마셔 보고 싶은 생각이 드는 것이었다. 더구나 윤지노는 작년 이날 밤의 그 광란을 생각해냈다. 작년 이날 밤, 정여철이 죽어 버렸던 밤은 그야말로 광란에 싸인 하룻밤이었다. 그 일 주년인 오늘 윤지노는 딱히 고인을 생각한다기보다도, 정여철을 고인이 되도록 만들었던 그 밤의 광기를 몸서리치게 기억했다. 그때의 흥분과 열기가 지금의 그에게까지도 전달되고 있는 것 같았다.

뽀빠이는 성큼성큼 걸어서 외촌동의 공영 주택들이 끝나는 곳까지 이르렀다. 거기로부터 아직 불하가 되지 않은 시유지 임야의 땅이라는 것을 윤지노도 알고 있었다. '이 녀석이 시유지에다가 무허가 판잣집을 지어 놓고 사는군.' 윤지노는 짐작할 수 있었다.

"이제 거의 다 왔수." 뽀빠이는 산비탈을 오르느라고 윤지노가 몹시 다리를 절뚝거리는 것을 보면서 말했다.

"그거 형님도 시내에서 빌빌거릴 게 아니라 여기서 집 장사를 해 보쇼. 차라리 이쪽이 수입이 많을걸."

"넌 무허가 판잣집을 전문으로 지어서 팔아먹는 모양이로군."

"그러면 어떡할 테요? 약간 불법적인 일을 했기로 무슨 대수요."

"불법도 불법이지만 가장 악질적인 깡패들이나 하는 일이 그것이니까 하는 말이지."

"바로 내가 가장 악질적인 깡패예요. 자, 다 왔으니 넘어지지 않고 들어오기나 해요."

뽀빠이는 시커먼 판자로 담을 쌓고 거적 대문을 만들어 붙인 안으로 쑥 들어가 버렸다. 윤지노도 들어섰다. 전깃불이 들어오지 않는다는 것을 알 수 있었다. 그 안은 토굴이나 마찬가지로 음험한 어둠에 감싸여 있었다. 마치 시꺼먼 수렁 속과 같았다. 윤지노는 이 녀석이 얼마나 한심하게 살고 있는지 짐작할 만했다. 큰소리를 지르고 직업 깡패처럼 어깨 폼을 잡는다는 것과 이렇게 비참한 상태로 산다는 것이 어쩐지 연결되는 것처럼 느껴졌다.

"야, 귀한 손님 왔다. 거기 등잔불 좀 이리 내와." 뽀빠이가 소리를 질렀다.

"인마, 조용히 들어와. 어째서 큰소리냐?" 뽀빠이의 친구인 용대가 조그만 부엌 옆에 딸린 문을 열면서 말했다.

문이 열리자 채 한 칸이 되지 않을 듯한 방 안으로부터 불빛이 새어나왔다. 그래서 방 안 풍경을 볼 수 있었다. 한쪽 가녘에 이부자리가 얹혀 있었다. 거기에 지후가 꼼짝 않고 앉아 있었다. 살림 도구는 그야말로 아무것도 보이지 않았다. 뽀빠이는 안으로 들어서더니 윤지노를 돌아보았다.

"누추해서 안 되었구료. 들어오고 싶으면 들어오고 마음대로 하쇼." 뽀빠이는 자기 치부를 드러낸 사람이 갖는 신경질적인 어조로 말했다.

그러자 윤지노는 여동생 지후를 발견했다. 그녀는 갑자기 문 앞에 나타나 있었다. 윤지노가 놀란 것 이상으로 지후는 놀란 모양이었다. 그녀는 다시 윤지노의 눈앞에서 사라졌다. 윤지노는 여동생을 이러한 장소에서 만나리라고는 예상하지 않았다. 그는 자기가 찾아온 것이 실수가 아닌가 비로소 생각했다. 그는 여동생을, 바로 자기의 여동생을 노골적으로 비참하게 보이는 방에서 만나는 것에 갑자기 두려움을 느꼈다. 의당 감추어져 있어야 할 치부를 본 것처럼 어색한 불안에 싸여 있었다. 마치 여동생의 나체를 본 것만 같은 기분이었다. 그는 지금까지 여동생을 막연하게밖에는 이해하지 않고 있었던 듯이 생각했다. 그래서 그는 이상하게 울음이라도 터뜨리고 싶은 심정이었다.

어린애가 울고 있었다. 여러 사람들이 떠들어대는 통에 잠자다가 깨어난 모양이었다. 뽀빠이가 신경질을 내고 있었다.

"빨리 어린것 데리구 바깥으로 나가. 어린애 울음소리만 들으면 미치고 환장할 것 같아서 못 참겠단 말야."

"나가지 않겠어요." 지후가 말했다. "울지 않도록 젖을 물릴 테니까 당신하고 당신 친구하고 좀 돌아앉아 계세요."

"흥, 당신 좋아하네. 오빠가 나타나니까 갑자기 기운이 나는 모양이지?"

"오빠한테는 그냥 돌아가시라고 말하세요. 오빠도 보다시피 전 여기서 당신과 함께 행복하게 살고 있잖아요? 오빠도 보셨으니, 아마 모든 걸 이해해 주실 거예요."

"행복하게 살고 있다?" 뽀빠이는 웃더니 윤지노를 보면서 말을 이었다. "누이동생께서 들어오지 말라는데 어떻게 하겠수, 형?" 그는 빙글빙글 놀리듯이 말했다.

그래서 윤지노는 갑자기 할 말을 잃었다. 그는 뽀빠이를 증오스럽게 쳐다보았다. 정말이지 그는 증오를 느꼈다. 뽀빠이가 태연한 체 할수록 더 그것을 느꼈다. 그는 아까부터 쑥스럽기만 해서 더욱 그러했다. 분노가 뒤섞인 쑥스러움, 눈물이 나올 것 같은 쑥스러움뿐이었다. 어쩌면 그가 느끼고 있는 '쑥스러움'이야말로 여태까지 모른 체하고 있었던 비밀스런 아픔인지도 모르겠다고 생각했다. 그렇다, 인생을 살아가는 데에는 어떤 비밀과도 같은 아픔이 있을 것이다. 누구도 그 아픔을 함부로 건드려서는 되지 않을 것이다. 그 아픔을 건드리는 자는 결국 이 세상 전체를 건드리지 않을 수 없을 것이다…….

당황해하고 있는 윤지노를 뽀빠이가 재미나다는 듯이 지켜보고 있었다. 윤지노는 그것을 느꼈다.

뽀빠이는 흥얼흥얼 노래를 부르고 있었다. 그 녀석의 목청은 예상 외로 트여 있었다. 〈한오백년〉이라는 옛날 노래라는 것을 알 수 있었다.

"제사 지낼 시간이 된 것 같군. 슬슬 정여철의 제사에나 가 봅시다." 하고 뽀빠이는 시계를 보면서 말했다.

"그 미치광이는 잘 죽었지, 잘 죽었어." 하면서 뽀빠이는 나섰다.

5.

바깥으로 나오고 난 뒤에도 뽀빠이는 계속 흥얼흥얼 하고 있었다.

뒷동산 후원에 단을 쌓고
우리 부모님 만수무강을
빌어 보자

개새끼 한 마리가 뒤를 쫓아오면서 짖어대기 시작했다. 뽀빠이는 개를 세차게 걷어찼다.

아무렴 그렇지 그렇고말고
한 오백 년을 살자는데 웬 성화인가

"제발 그놈의 노래는 집어치지그래. 청승맞아서 듣고 있을 수가 없군." 윤지노는 말했다.

"그야 청승맞으니까 좋다는 거 아뇨?" 뽀빠이는 대답하면서 다시 흥얼흥얼했다.

산중의 자규는 왜 우는가
고향 산천을 그리는 심사
어떨라구

그들은 다시 공영 주택이 있는 곳으로 나왔다. 아마 통행금지 시간이 지난 듯했다. 향군복을 입은 청년들이 밤을 지키고 있었다. 그들은 윤지노를 보자 검문을 할 듯했으나 뒤따라오는 뽀빠이와 안면이 있는지 아무 말도 하지 않았다.

아무렴 그렇지 그렇고 말고
한 오백 년을 살자는데 웬 성화인가

"형님도 작년 이날 밤을 기억하고 있수? 작년 이날 밤 생각을 해 보고 있는 중이었어요." 노래를 끝마친 뽀빠이가 갑자기 말했다.

윤지노는 대답을 하지 않았다. 그 또한 작년 이날 밤의 일을 생각해 보고 있는 중이었다. 그 광란의 하룻밤, 정여철이가 매 맞아 죽던 날 밤의 일은 그의 머리에서 잊힐 수가 없는 것이었다.

정여철은 작년 오늘 밤 외촌동 사람들에 의해 매 맞아 죽었다. 원래 정신병 증세가 있었는데, 갑자기 게거품을 품으며 발작을 일으켰다. 여편네와 아들을 죽어라 하고 두들겨 패더니 바깥으로 뛰쳐나갔다. 만나는 사람이면 누구를 막론하고 두들겨 팼다. 사람들은 이리저리 도망을 다녔다. 어느덧 그의 손에는 쇠막대기가 쥐어져 있었다. 눈에 띄는 집엘 들어가서 가재도구를 짓부쉈다. 눈앞에 나타난 여자의 머리끄덩이를 쥐어 잡고 흔들었다. 사람들이 달려들어 간신히 그 여자를 빼내었다. 그리고 돌팔매질을 했는데, 그는 피를 흘리며 외촌교 쪽으로 달아났다. 소문은 어느덧 삽시간에 퍼져서 외촌동 일대는 공포의 도가니가 되었다. 결국 수십 명이 달려들어서야 그를 나포할 수 있었다. 밧줄을 세 겹 네 겹으로 꽁꽁 묶어서 집으로 데리고 들어갔다. 그런데 완전히 미쳐 버린 그는 밧줄이 살을 파고들어도 아픈 줄을 모르는지 요동을 쳤고 벽에다가 꽝꽝 머리를 부딪쳐 피를 흘렸다. 그 모양이 하도 가긍해서 그의 노모가 밧줄을 느슨하게 풀어 주었다. 그는 어디서 그런 힘이 솟구쳤는지 밧줄을 풀더니 다시 바깥으로 뛰쳐나갔다. 그는 마침 공중변소에서 볼일을 마치고 나온 공 씨라는 오십 대 사내를 죽어라 하고 두들겨 패고 나서 외촌교 쪽으로 달려갔다. 공포에 질린 외촌동 사람들이 우르르 쏟아져 나와 한 오백 명 가량 모였다. 그가 네 명의 인간을 죽여 버렸다고 하는 와전된 소문을 듣고, 너나없이 분노하여 돌팔매질을 하고 몽둥이로 두들겨 댔다. 약간 흥분들이 가라앉아 진정되었을 때 간신히 사람들로부터 그를 빼내어 집으로 데리고 갔지만, 그는 한 시간쯤 뒤에 죽어 버리고 말았던 것이다.

"죽어야 할 인간은 죽어야 하는 거예요. 그 정신병자는 참 잘 죽었지, 잘 죽었어." 뽀빠이는 말했다. "외촌동 사람들이 천당으로 보냈으니 그 사람도 고맙게 생각할 겁니다."

"그런 이야기는 그만해."

"하기야 형님께선 정여철이 하고 친하게 지냈으니 마음이 아프겠지만 말이야, 바른대로 그 사람 잘 죽었지 뭐요? 살아야 할 사람은 살고, 죽어야 할 사람은 죽고……. 아아, 나는 몰라, 나는 몰라……." 뽀빠이는 저 혼자 머리를 끄덕끄덕했다. "그런데 그 사람 때문에 외촌동 사람들은 덕을 많이 입었어요."

"덕?"

"아, 형님께선 이사를 갔기 때문에 보지 못했군. 굿을 다섯 번이나 했단 말이에요. 외촌동이 생긴 이래 그런 축제는 다시 없었을 거예요. 외촌동 사람들도 그날 밤의 광란에는 소름이 끼쳤어요. 너나없이 돈을 냈거든요. 거기에 이곳 출마 예정인 국회의원이 돈을 보태 주어서 성대한 잔치를 벌였단 말예요. 나도 한 몫 끼었죠. 돼지를 다섯 마리 잡고 막걸리를 열 섬이나 주문했죠. 북 치고 꽹과리 두들기고 칼춤 추면서 돌아갔어요. 그게 그날 밤 정여철이 미쳐서 뛰어다녔던 코스를 밟았거든요. 그 코스를 밟아서, 천여 명 가까이 모인 외촌동 사람들은 마치 미치광이가 된 기분으로 춤추고 노래 부르고 고함 지르면서 돌아다녔단 말요. 무당이 버선만 신고 큰 칼 위로 올라서 가지고 중얼중얼했는데, 말을 들어보니 '세왕 갈라 준다'는 게 그거예요. 무당 말인즉은 외촌동의 지신(地神)이 노했다는 겁니다. 인간들에게 역정을 냈다는 거예요. 그야 어찌 되었든 막걸리를 아예 커다란 독에 넣어 가지고 맘껏 마시게 했거든요. 술 잘하는 외촌동 사람들이 얼마나 신이 났을 것인지 짐작되지 않수?"

뽀빠이는 마치 그날이 몹시 그립다는 어조로 입맛을 다셨다.

"외촌동에 지신이 있다면 노할 만도 하겠죠. 그러나 노해봤자 별거 있겠어요? 한 오백 년 살자는데 웬 성화냐 이런 말이에요. 미친 사람이야 미쳤으니 죽어 버린 거고, 아직 덜 미친 사람은 덜 미쳤다는 걸 즐거워하면서 신나게 술이나 마시는 거 아니겠습니까?"

이렇게 말하고 있는 동안에 그들은 정여철 유가족이 살고 있는 집에 도착했다. 그런데 문을 흔들어 보니까 그것은 잠겨 있었다. 안에도 불을 켜고 있는 것이 아니었다.

"아마 이사라도 간 모양이군." 하고 뽀빠이는 낙심한 듯한 어조로 말했다.

"그럴 수도 있지 않아요? 그깟 제사는 지내서 무얼 해?"

그들은 맥없이 돌아서고 말았다.

뽀빠이와 용대, 그리고 아까 버스 칸에서 게욱질을 하던 녀석까지 세 명의 청년과 윤지노는 밤새껏 영업을 한다는 술집으로 들어갔다. 그는 결국 외촌동에 와서 이루고자 했던 바 볼일을 전혀 하지 못한 셈이었다. 그렇지만 그는 긴장을 풀었다. 한바탕 술을 마실 생각에 기분이 흐뭇하다고만 생각했다.

세 젊은것들은 서로들 변죽이 잘 맞았다. 저네들끼리 술잔을 건네고 받으며 깡패들이나 쓰는 은어를 지껄였다. 돈 벌 구찌도 이야기하고, 그러다가는 은근히 윤지노에게 공격의 화살을 돌리는 것이었다.

"그거 형님도 외촌동에서 벗어나더니 변질이 되어 버렸수." 용대는 비꼬았다.

"인마, 그거야 당연하잖아? 외촌동이야 짐승들이나 사는 곳이니까." 술 게욱질 하던 녀석이 말했다.

"형님, 다시는 외촌동에 들어오지 마세요." 하고 뽀빠이도 말했다.

"일단 이곳으로부터 탈출했으면 나비같이 훨훨 날아서 벌같이 침이나 쏘며 꿀을 찾아라 이거요. 지후가 나를 좋아하는 것에 관해서는 내가 무어라고 할 수 있는 문제도 아니거든요. 그렇다고는 하지만 난 누구에게든 간섭받는다 하는 생각이 들면 참을 수가 없다, 이 말이에요."

"야, 술이나 들고 노래나 불러." 용대가 재수없다는 듯이 화제를 다른 곳으로 끌고 갔다. "그럼 내가 한 마디 읊을 테니, 귀 가진 인간들은 들어 봐."

이들의 술 마시는 버릇은 개판이었지만 윤지노는 참견하지 않고 그들이 하는 대로 내버려 두었다.

이윽고 밤이 깊었다. 뽀빠이는 노래를 흥얼거리다가 쓰러져 잠들어 버리고 말았다. 나머지 두 녀석은 교대로 유행가를 불러쌓더니 그것에도 흥미를 잃어 버렸는지 일어나서 먼저 가 버리고 말았다.

술집 주인에게 여기서 자고 가도 되는가 물어보았더니 그래도 상관없다는 말이었다. 뽀빠이는 숨을 씩씩거리면서 자고 있었고, 그리고 윤지노는 자작 따라서 혼자 술을 마셨다. 그는 이제 날이 밝으면 첫 버스를 타고 외촌동을 벗어날 생각을 하면서 지루하게 밤을 새웠다.

그는 뽀빠이와 여동생 지후에 대해서 더 이상 생각지 않기로 했다. 어쨌든 그들은 그들대로 살아나갈 것이다.

그가 참견한다고 될 일이 아니었다. 그것보다도 그 자신의 문제가 벅찼다. 외촌동 사람들과는 달리 그는 근대화의 덕을 입고 있는 셈이기는 했다. 시장의 근대화가 그것이 아닌가. 다만 그게 좀 잘못되어서, 농성을 벌이고 있는 중이었지만…….

그는 오랜만에 자기 혼자 있는 시간을 가졌다는 것을 느꼈다. 혼자 있는 시간—, 그것은 정말 오랜만의 일이었다. 그래서 무척 생각해 보고 따져 보아야 할 일이 많은 것처럼 느껴지는 것이었다.

그러나 무엇을 생각해 보고 무엇을 따져 본다는 말인가? 어느 쪽이냐 할 때, 그는 혼란된 세상을 살아가자면 자기 나름으로 일정한 태도와 일정한 법칙 같은 것을 마련해 가지고 있어야 한다고 생각해 왔었다. 그러나 그는 새삼스레 느끼는 것이었다. 자기의 그런 생각이야말로 그저 안온하게, 얌전하게, 이기적으로 살아가는 소심한 사람의 인생론에 불과했다. 정면으로 세상과 맞서서 용감하게 대처해 나가는 그러한 것과는 너무도 거리가 멀었다는 것을 느끼는 것이었다. 그 자신이 깜박 속아오고만 있었던 것처럼 생각되었다. 자질구레한 고민과 걱정거리, 비인간적인 가난으로부터 오는 위협, 무엇인가가 잘못되어 있는 것에 틀림없는 과도기적인 사회 현상에서 느껴지는 불안과 노여움—. 이러한 것들로 인해서 그가 얼마나 괴상하게 옹졸한 인간이 되었는가를 깨닫게 되는 것이었다. 물론 그는 늙어 죽도록 저 따분하고 괴로운 현실의 밑바닥에서 벗어나지는 못할 것이다. 그것 때문에, 그것으로 인해서 자기가 파 놓은 함정에 자기가 걸려들어 괴로워하다가 묘혈(墓穴)을 만들어 죽어 버릴 것이다. 어쩔 수 없이 그럴 것이다. 그러나 그래서? 그것이 변명의 구실이 되는가? 그럴 수는 없다. 그는 마치 오랫동안 정신적으로 노예의 상태에 빠져 있으면서도 그런 줄조차 모르고 있었던 것처럼 생각되었다. 무엇을 어떻게 해봐야 할지 알 수는 없었지만 막연한 대로 밝고 아름다운 풍경을 자기 스스로 그려 보고 싶어지는 것이었다. 그것이 없다면, 그러한 희망을 갖지 않는다면 그는 얼마나 더 옹졸한 인간이 되어 괴팍스러워질 것인가?

그는 이윽고 찬 공기를 마시기 위하여 바깥으로 나갔다. 그는 자기가 외촌동 주민이라는 것을 느끼게 되었다. 어쩐지 이곳이야말로 고향인 것만 같았으며, 어디를 가든지, 무슨 짓을 하고 있든지, 자기가 외촌동 사람이라는 것을 기억한다면 얼마든지 살아낼 힘을 얻을 수 있을 것만 같았다. 공중변소로 가는 사람이 다문다문 보이기 시작했고, 지루했던 밤의 어둠이 차차 엷어져 가고 있었다.

《현대문학》, 1971년 5월호

걸신
— 외촌동 사람들 10

걸신
— 외촌동 사람들 10

독자 여러분께서 사회생활에 몹시 시달리고 있는 걸 아는 터에 어찌 번거로운 소리를 해서 여러분의 심신을 더욱 피로하게 할 리 있겠소? 그래 원고료를 타 먹기 위해 쓰는 소설이기는 하지만, 외촌동에서 구멍탄 리어카를 끄는 어느 영감님을 만났던 이야기나 해 보고자 하는데……, 안심해도 괜찮은 것이, 이 영감님이 결코 여러분을 해칠 우려가 있는 사람도 아니며 그렇다고 당신들의 이맛살을 찌푸리게 할 만큼 높은 지위에 앉아 있다거나 벼락부자가 된 사람도 아니고 말하자면 선생들께서 능히 멸시해도 괜찮다고 느껴질 그러한 영감님이었다.

우리네 살아가는 인생은 하도 심오해서, 화가 날 때에는 '에라, 이놈의 세상' 소리도 나오지만, 하기야 요새는 신문깨나 보는 지식쟁이라면 괜히 '에라, 이놈의 세상' 하고 읊어대니, 그 희소가치도 퍽이나 떨어져 버렸다. 그러나 단언하거니와 이 영감님은 누구나 다 해 보는 '에라, 이놈의 세상' 소리 한 번 해본 적이 없었다. 아마도 그러한 이야기나마 서울의 도심 지대에 오구구 모여 붙어 살아가는 사람들의 공연히 괴로운 흉내를 내보는 척하는 소리인 듯싶고, 그 영감님은 항상 일신이 고달파서 세상이야 어찌 되었건 도무지 상관해 볼 생각을 내지 않는 것이었다.

그 영감님을 만났던 장소가 좀 묘한 곳이기는 하였다. 그곳이 서울 뚝섬 근처에 있는 동부 경찰서였다. 그런 곳 유치장이라는 데에도 사람 들어가라고 만들어 놓은 장소이니 짐승 아닌 인간으로서 능히 찾아가 봄 직한 곳이라 하겠다. 때는 196×년 가을 무렵이었다. 유치장엘 다녀본 사람은 알겠지만, 대개 그런 곳이란 경찰서의 지하실에 설치되어 있는 법이다. 문을 들어서면 원형의 넓은 홀과 같은 곳이 나오고 그 원형의 가장자리에 여섯 개 내지 일곱 개의 감방이 있고 그 한쪽에 세면대가 만들어져 있는 것이다. 홀의 가운데에 책상이 놓여 있고, 두어 명의 '담당님'들이 서류를 들치고 계실 것이다. 향후 그런 곳을 방문하게 될 초심자들을 위해서 말해두거니와 '담당님'을 간수님이라고 불렀다가는 필시 신상에 좋지 못할 것이다.

그날은 몹시 하늘이 파랗게 갠 가을날로써 즉결 재판소에서 너무 시간을 빼앗겼으므로 황혼 무렵이 되어서야 열두 명의 인간들은 유치장에 도착할 수 있었다. 담당님께서는 새로 들어온 자들을 노려보더니 손을 내저으며 "자……, 일렬로 서라." 하고 말씀하셨다.

"지금부터 주머니에 있는 것 다 꺼내 놓는다. 삼십 초 이내에 꺼내 놔." 담당님은 불호령을 내렸고 이어서 "신발 벗어, 혁대 풀어." 하고 명령하였다.

주머니에서 꺼내 놓은 물건들을 신발 속에 넣어 혁대로 꽁꽁 묶는 데에는 꽤 시간이 걸렸다. 워낙 변변치 못한 인간들인지라 담당님은 간단한 수속마저 제대로 못 하는 꼬락서니에 여간 역정을 내지 않았다.

드디어 그러한 일이 끝났을 때쯤 해서 입소식이라 할까 그것이 진행되었다. 담당님은 쉰 살 가까이 되는 뚱뚱하고 혈색이 좋고 왕년의 명배우 김승호처럼 선량하게 생긴 분이었다. 이분이 유치된 자들을 한 명씩 앞으로 불러내어 "무엇 때문에 여기 들어왔는지 말해봐." 하고 묻기 시작했다. 우물우물 입속말로 중얼거리는 자가 있으면 큰소리로 대답하라고 호통을 쳤다. 죄명이 이야기 되면

"음……, 사람을 쳤단 말이로군. 그거 왜 사람을 쳤소? 이런 데 들어오면 안 좋을 줄 알 텐데 말야."라고 동정적으로 얘기한 뒤에 "자아…… 내가 당신 손바닥을 후려칠 테니까 눈 딱 감고 있어요." 담당님은 있는 힘을 다 내어 상대방 손바닥을 고무신짝으로 내리갈기는 것이었다. "아팠지? 아팠을 거야. 사회에 나가거들랑 고무신바닥으로 맞았던 일만 기억해 둬. 그럼 다시 이곳에 들어오고 싶은 마음이 없어질 거야. 자아, 다음 사람……."

이러한 식으로 차례차례 고무신짝으로 손바닥을 후려 맞는데, 그 분위기가 가관이었다. 감방 속에 먼저 들어와 있던 자들은 쇠창살로 모이면서 살판났다고 시시덕거렸다. 이미 매를 맞고 난 인간들은 앞으로 매 맞게 될 자의 우거지상을 보며 우습다고 야단을 떨었다. 차례를 기다리고 있는 자들은 오줌이 급하게 마려운 것처럼 안절부절 못해 하고 있었다. 다만 담당님만이 여전히 침착하고 사무적이었다. 그렇게 하여 열두 명의 인간 중 열한 명이 매를 맞았는데 나머지 한 사람 차례가 되자 담당님은 고무신짝을 내던지고 나서 엉뚱한 소리를 하였던 것이다.

"저놈의 영감쟁이……. 이봐, 당신은 필요 없으니 나가! 나가란 말야."

영감님은 좀 겸연쩍게 헤헤하고 웃었다. 엄지손가락으로 누런 이빨을 딱딱 소리 나게 때렸다. 그러고는 여전히 헤헤 웃으면서 아무

렇지도 않은 듯 열한 명째 인간의 꽁무니에 다가붙었다. 그 영감님이 노걸대 영감님으로서 이미 앞에 언급한 외촌동의 구멍탄 배달 리어카꾼인 것이다.

이윽고 열두 명의 인간은 여섯 개의 감방에 분산 수용되었고, 안에 들어서자 이번에는 구류자 중의 최고 고참인 데빵께서 일대 축하연을 베푸는 것이었다. 즉 '빵끼통'이라고 하는 변소 청소가 그것인 셈이었다. 지린내 나는 그 속에 코를 처박고 들어가 물기 한 방울 없이 닦아내야 하는데, 걸레가 없으니 천상 자기 러닝셔츠라도 찢어서 해야 하는 것이었다. 그것이 끝나면 '예수님께 기도 드리는 일'이 시작되는데, 그야 감방 안에는 회개하라고 예수님 초상화가 걸려 있는 것이었다. 손가락을 코에 꿰차고 열다섯 바퀴 맴을 돈 뒤에 예수님의 눈을 정확히 가리켜야 하는 것으로 방향이 틀리면 계속해서 되풀이하게 되어 있었다. 그것이 끝나면 교육이 시작되는 것이었다. 성냥은 '장판', 성냥 알은 '대가리', 담배는 '강아지'라 부른다든가, 면회 올 만한 사람이 있으면 어떻게 신청을 해야 한다든가 하는 방법이 데빵으로부터 교시되는 것이었다. 그러한 일과 아울러 반드시 다음과 같은 질문도 받게 되는 법이었다.

"이봐, 돈 있으면 20원만 내놓지 그래? 배부른 것 좀 사다 먹게……."

데빵님의 말씀이라 거역 못 하고 '좋습니다.'라고 말하면 피를 보게 되는 것이었다. 여기에서의 20원이란 사실은 2천 원을 가리키는 은어인 때문이었다.

그 감방 안에서 노걸대 영감님과 친하게 되었거니와 데빵께서도 영감님을 무시하지는 못했다.

영감님으로 말하면 담당님께서도 인정을 해주는 사람이었기 때문이다.

당시 노걸대 영감의 나이 쉰일곱이었는데 혈색이 붉고 약간 대머리가 까졌고, 넓적한 코는 털구멍이 숭숭 나 있는 것이 아마 술 때문인 듯하였다. 입술이 두툼하고 모가지가 다밭았으면서도 뭉툭하고 어깨는 살점이 많고 골격이 굵어, 그러니까 한창 때에는 씨름을 해서 황소깨나 타보았음직하게 기골이 장대한 장사형의 위인이었다.

그래서 영감님은 첫눈에 좀 둔해 보이는 인상을 풍기는 것이었지만 실은 그렇게 민첩한 사람도 따로 없을 것이었다. 구류자 중에는 사치한 사람도 있으니 당국에서 내어주는 보리밥이 맛이 없다 하여 먹지를 않았다. 바로 이런 밥이야말로 도맡아놓고 영감님의 몫이었다.

노걸대 영감의 밥을 먹는 모습은 그야말로 일품이었다. 그렇게 날쌔면서 탐욕스럽게 밥을 먹는 사람을 본 적이 없다 해도 과언이 아니었다. 옆에 있는 사람도 군침이 돌 정도였다. 하기야 인간이라는 동물은 무엇인가를 먹고 있을 때 가장 정직해 보이는 법이다. 그렇다 해도 영감님이야말로 음식을 먹고 있는 경우에 있어서도 살아 있는 기쁨을 만끽하고, 그 음식이 오기까지의 모든 과정을 확인하고, 감사하고, 그리고 그 음식이 기여해 줄 모든 만족을 충분히 음미하면서 먹고 있는 것 같았다. 고대 소설식의 비유가 용납된다면 영감은 10년 대한(大旱)에 비를 만난 듯이, 독수리가 병아리 채가듯이, 아리스토텔레스 오나시스가 재클린 케네디 껴안듯이, 놀부 아내로부터 주걱 빰을 맞은 흥부가 밥풀 떼먹듯이, 광주 단지 소요가 일어났을 때 그곳 주민들 설치듯이……, 훌꺼덕, 요란스럽게 황급하게 먹어치워 버리는 것이었다. 아무리 맛없는 음식이라도 영감님은 입맛을 짝짝 다시며 게걸스럽게 씹어 삼키는 것이었다. 하여튼 그렇게 먹성이 좋은 영감은 처음 보았다.

구류자 중에는 차입을 받아먹는 인간도 있었다. 이럴 때 영감님은 갖은 수단을 다 동원하여 그것을 뺏어 먹었다. 과자 나부랭이가 감방의 인간들에게 분배되는 경우도 있는데, 이럴 때 영감은 다른 사람보다 열두 배쯤의 속도로 아마 열다섯 배쯤의 분량을 한 번에 처분하는 것이었다. 그럴 때의 영감은 꼭 비스킷을 먹는 코끼리처럼 그 커다란 덩치가 우스꽝스러워 보이기도 하지만, 물론 그 맹렬한 자세는 사자와 같다고나 해야 할 것이었다. 영감이 너무 기승스러운지라 "이보슈좀 작작 뎀벼드슈." 하고 다른 구류자들은 혀를 차곤 했다.

모두들 영감을 싫어하였는데 하지만 당자(當者)는 막무가내였다. 무엇을 먹고 있지 않을 때에는 그 대신 먹는 이야기를 쉬지 않고 떠벌렸다. 영감은 미각에 관한 한 한국 토종다웠다. 양식·왜식·중국 음식은 경멸해 마지않았다.

"그런 거 외국 음식 좋아하는 놈들은, 그게 벌써 한국 놈이 아닌 기야, 조선 음식 좋아하는 놈이 과시 조선 놈이니끼니."

어떤 젊은것이 비프스테이크가 어떻구 생선 초밥이 어떻구 이야기했을 때 영감이 뱉어낸 말이었다.

"하지만 이봐요, 영감. 일본 사람들은 쌀을 주식으로 하는 대신 이젠 밀가루를 주식으로 하게 됐단 말요, 우리나라도 그렇게 될 거요."

그 젊은것은 상당히 유식한 친구였던지 영감에게 이렇게 말했다. 그러자 영감은 껄껄껄 웃었다.

"보라우, 놈들은 마늘을 안 먹고 김치, 된장 맛도 모르지 안 카서. 식성이라는 게 다 그 나라의 토질과 농작물의 영향을 받는 기야. 저 젊은이는 농사를 안 지어 봤구만."

영감은 이런 식으로 눙쳐 잡더니 자기가 생각해 봐도 퍽 유식한 이야기를 했다고 짐작이 되었는지 좌중을 둘러보며 한 마디 첨가했다.

"그야…… 음식을 가려먹을 거야 없지, 없어. 한국놈은 식성이 좋아서 뭐어든지 먹어댄단 말야. 초근목피라도 다 먹어대는 기야. 뭐어든지 먹어줄 수 있다는 게 얼마나 좋은 일이가서?"

영감은 침을 꿀떡꿀떡 삼켰다. 그리고 시무룩해져서 곰곰 생각하는 듯한 표정을 짓는데 그게 무엇을 먹고 싶어서 그렇게 하고 있는 것에 틀림없을 터였다. 그리하여 조금 더 있다 보면 어느덧 영감에게서 전염이 되어 모두들 배가 고파지는 것이었다. 이때쯤 되면 영감의 항아리 같은 배에서 울려 나오는 '쪼구락 쪼구락' 소리를 들을 수 있었다. 영감은 두 눈을 질끈 감고 중얼중얼 해쌓는데, 그것은 '장대 회충[1)]님'에게 제발 좀 참아줍소사 하고 빌고 있는 것이었다. '장대 회충님'은 영감이 섬기고 있는 신이었다. 배가 고플 때면 영감은 장대 회충님에게 참아주십사 하고 빌고 배가 부르면 만족하셨습니까 하고 비는 것이었다.

또한 배가 부르면 영감은 술을 마시는 흉내를 냈다. 오른손을 입술 쪽으로 날씬하게 갖다 대면서 입을 반쯤 벌리는데, 고개는 약간 젖혀지기 마련이고 커다란 목젖이 꿈틀 움직여지는 게 신기했다. 더욱 신기한 것은 이때 '깔딱' 하는 맑은 금속성이 목젖으로부터 울려 나오는 일이었다. 영감은 그 '깔딱' 소리를 조그맣게 낼 수도 있고 크게 낼 수도 있었다. 구류자들은 그게 신통스러워서 심심할 적마다 영감더러 '깔딱' 소리를 내 보라고 조르곤 했다.

---

1) 장 속에 사는 회충.

"이보라우, 침 넘어가면 더 배가 고파지는 게야."

영감은 이러면서도 '깔딱' 소리를 실연해 보이는 것이었다. 그러면 구류자들도 공연히 침을 삼키게 되고, 침이 목구멍으로 들어갔다 나오는 횟수가 잦을수록 배가 고파진다는 게 사실임을 알게 되는 것이었다.

노걸대 영감은 천상천하에 자기 혼잣몸이었다. 생전에 결혼해 본 일이 없으니 자식새끼가 있을 리 만무였다. 전쟁통에 이북 고향을 벗어나서 남한에 내려왔으므로 일가붙이가 있는 게 아니었다. 그야말로 이리저리 부대끼며 유리걸식하듯 살아가고 있는 사람이었다.

"저놈의 영감쟁이, 명도 길군." 하고 담당님께서 언젠가 알은체를 낸 적이 있었는데, 노걸대 영감은 그냥 헤헤 웃음을 터뜨렸다.

"아직 죽으려면 밥그릇이 모자라는 걸 어카갔소?" 하고 퍽 우습다는 듯이 대답하는 것이었다.

"이봐 영감, 그 나이 되도록 그만큼 처먹었으면 됐지 않아? 다른 사람 세 명 평생 먹을 것은 먹었을 게야."

"그런 말 마시우. 내레 배고픈 설움, 누구 못지않게 겪어 봤시다. 그래서 부잣집 개새끼만큼도 못 먹으면서 살아왔으니, 될수록 오래 오래 살아야 하겠소."

영감은 자기의 인생이 특별히 기구하다고 생각해 본 적은 없는 것이었는데 다만 배곯았던 때의 일만큼은 정확히 기억하고 있었다. 영감이 억울한 팔자를 타고났다면, 그것은 늙어 빠지도록 의탁할 데 없는 홀몸이기 때문도 아니고 전란의 북새통에 떠돌아다니게 된 때문도 아닐 것이었다. 배고팠던 적이 많았다는 것 때문일 터였다. 가만히 이야기하는 걸 들어보면 영감은 그 일생에 있어서 특히 네 번 배를 곯았다. 즉 영감의 인생은 네 시기로 구분되는 것이었다.

노걸대 영감의 고향은 평안북도 순천이었다. 그런데 지나 사변[2] 때 만주에 징병으로 끌려가서 몹시 배를 곯았다고 이야기하는 것을 들었다. 즉 영감의 생애에 있어서 제1의 시기에 해당하는 게 이때였다. 1주일 동안 꼬박 굶으면서 사막 속을 허우적댔다는 것이었다.

해방이 되고 1년 뒤에 평안도 고향으로 돌아왔지만 얼마 안 있어 6·25 전쟁이 터져 버렸다. 그래 인민군으로 징발되었다. 동부 전선에 배치되어 태백산맥 줄기를 타고 남하하여 낙동강 전투에 참가하였다. 그러다 왜관에서 포로가 되어 거제도 수용소에 갇혀 버렸다. 그 수용소에서 영감은 몹시 배를 곯았다. 수용소에서 폭동이 일어나곤 하여 매 맞아 죽는 자, 굶어 죽는 자가 속출했던 것이었다. 이때가 즉 제2시기에 해당하는 것이다.

포로 석방을 할 때 그는 친구의 의견을 좇아 남한에 남기를 자원하였다. 얼마 후 반공청년단에 가입했으나 사소한 싸움 끝에 뛰쳐나오고 말았다. 그런데 남한 사회에는 연고자가 아무도 없었고 학력이라야 왜정 시대에 소학 2년까지 다녀본 게 전부여서 먹고 살아갈 일이 아득했다. 막일을 하고자 해도 보증 서줄 사람이 없고 어떻게 걸려들었다 하면 커다란 체구가 말썽이어서 조무래기 깡패들의 집적거림을 당했다. 그러다 가두(街頭) 심문에 걸려 이번에는 국군에 징발되었다. 하사로 제대할 때까지 5년 동안 복무했다.

영감은 도시 생활에 진력이 났으므로 시골로 찾아들었다. 농사꾼의 자식이니 농사 짓는 일이 그저 합당할 듯했던 것이었다. 그래 경기도 안중이라는 곳으로 굴러 들어가 그곳 인동 장 씨의 머슴이 되었다. 힘이 장사여서 웬만한 일꾼 두어 명의 몫은 감당했다. 태생

---

2) 중일 전쟁.

이 고지식한 터이므로 험한 일이라도 마다치 않고 열심히 했다. 주인인 인동 장 씨는 여간 좋아하지 않았다. 하지만 품값에는 인색했는데 다름 아니라 영감의 먹성이 워낙 좋아서 식대가 많이 든다는 핑계가 있기 때문이었다. 이때 노걸대 영감이 배고픈 설움을 당했으니(즉 제3시기에 해당한다.) 그곳 토박이들의 박대가 차츰 심해지기 시작한 것이었다.

그 고을은 원래 양반이 세서 구습이 그대로 남아있는 데다가 타관붙이를 배척하는 의식이 강하였다. 머슴살이나마도 그곳 출신이 아니면 사사건건 시비를 들었다. 일고여덟 살밖에 안 된 어린애들마저 반말지거리를 하고 청년들은 아예 천치 바보로 취급을 해서 상대를 해 주지 않았다. 하지만 의지가지 없는 영감인지라 한 10년 그곳에서 벨이 꼴리는 것을 참으며 항상 굶주려야 했는데 시골 사람들의 수모를 더 이상 참고 받을 수 없는 일이 생겼다. 인동 장 씨의 둘째 딸년이 시집을 간다고 하여 신식 결혼 반, 구식 결혼 반으로 혼례를 치르게 되어 영감에게 일복이 터졌다. 죽어라 바쁘게 돌아다녀도 하루 종일 구박만 받고, 밤이 자정만 해서야 동네 젊은것들 틈에 끼여 술 한 잔 마시게 되었다. 그런데 이 녀석들이 분명 천박한 흥미를 가지고 영감을 놀려대기 시작했는데, 꾹꾹 눌러 참아 두고만 있었던 아픈 데를 들큰들큰 쑤셔댔다. 그 나이 되도록 장가 한 번 못 들었으니 고자인 게 분명하다는 둥, 넙적 엎데 죽어 버리고 마는 게 낫겠다는 등 씨불여 댔다. 그러거나 말거나 영감이 헤헤 웃어대며 대꾸를 하지 않으니까 이 녀석들의 심보가 사나워져서 할 소리 못할 소리 영감을 동물원의 동물 취급하며 업신여기는데, 술이 얼큰해지자 영감도 슬몃슬몃 부아가 동했다. 그리하여 뼁 둘러앉아서 쿡쿡 찌르기도 하고 이 새끼 저 새끼 욕설도 나오고 좀 있으려니

싸우자고 덤벼들기도 하였다. 영감으로서도 참는 데 한도가 있어서 '이 쥐새끼 같은 놈들' 소리를 벽력같이 지르면서 눈에 보이는 젊은것을 한 대 쳤더니 갈빗대가 부러져서 경찰서에 끌려 들어갔다.

감옥소에서 2년 8개월을 썩고 나올 때, 죽으나 사나 서울로 올라가 보자고 영감이 결심했는데, 시골 사람들한테 학을 뗐기 때문이었다. 서울에는 도착했으나 도무지 어리벙벙하기만 하여 이 골목 저 골목을 헤매었다. 그때 마침 사회 정화 운동이 벌어지고 있어서 밤늦게 거리를 방황하는 영감은 불심 검문을 받았다. 파출소로 연행되어 조사를 받을 때 영감의 대답이 도무지 신통치 못하여 마침 그 당시 발생했던 어느 장관댁 강도 사건의 용의자가 아닌가 추궁을 당했으나 아무런 물증도 드러나는 것이 없었으므로 사흘 만에 혐의가 풀렸다. 하지만 통금 위반죄로 즉결 재판소에 넘어갔다. 벌금 천오백 원이 떨어졌는데 돈이 없는 영감은 하루에 이백오십 원 몸값으로 제하여 일주일 구류를 살았다.

그런데 구류를 살아도 서울의 유치장은 역시 괜찮았다. 나잇값을 계산해 주어서인지 영감은 그다 박대를 받지는 않았다. 마침 영감은 공 씨라고 하는 서른댓 살쯤 난 위인과 사귀게 되었다. 공교롭게도 같은 날 공 씨와 유치장을 나오게 되었는데 영감 사정을 짐작한 공 씨는, "보아하니 영감 처지가 딱한 모양이니 나하고 함께 외촌동이나 들어갑시다. 외촌동이라는 데에는 서울에서 쫓겨난 난민들, 시골에서 못살게 된 농민들이 몰려와서 사는 그런 곳이오. 게 가면 하루 세끼 밥이야 굶지 않을 게요."

그래서 영감은 외촌동엘 들어갔다. 공 씨는 '노가다' 일을 하는 벽돌공이었다. 그것을 그들은 왜말로 '쓰미'라고 불렀다. 벽돌에는 빨간 벽돌, 즉 '야끼'가 있고, 불그스레한 '나미' 등이 있고, 크기에 따라 7인치짜리의 '이찌마이'와 3.5인치짜리 '힝마이'가 있었다. 그것을 쌓는 데 있어서도 제 격식대로 두 겹으로 포개어 쌓는 '규깡쓰미'가 원칙이지만, 대개의 경우는 속을 비워놓고 '힝마이'로 쌓는 날림 공사를 하고 있었다.

공 씨는 무던한 사람이었다. 그가 소개를 해 주어서 영감도 공사판에서 일하게 되었다. 보기에는 대수롭지 않아도 아무나 '쓰미'를 할 수 있는 것은 아니었고 미장이 일, 즉 '사깡'이나 목수 일도 숙련이 된 사람만이 할 수 있었다. 그래서 영감은 잡역을 맡았다. 리어카로 흙을 나른다든가 땅을 판다든가 심부름을 다녔다. 숙소 문제는 공사판에서 야숙을 하면 되었으므로 해결된 셈이었다. 건축 자재를 훔쳐가는 좀도둑이 들끓어서 현장을 지키고 있어야 하는데 영감은 본보기로 조무래기를 한 놈 잡아 혼겁을 내준 이후로 '노가다' 판의 명물이 되었던 것이다.

하지만 영감은 너무 먹성이 좋으므로 얼마 안 있어 동료 인부들로부터 빈축을 샀다. 하루 세끼 이외에 한두 번 참을 먹는 경우도 있었지만 영감은 항상 좀 배가 고픈 표정을 지었다. 그래 동료 인부들의 몫을 실례하는 경우가 생겼던 것이다.

어떤 때 똥개를 한 마리 훔쳐서 산으로 끌고 올라가 삶아 먹은 일이 있었다. 그때에도 영감은 진국으로 해서 여덟 그릇을 비우고도 아쉬운 표정을 했다. 그걸 보고 인부들은 혀를 내두르며 '당신이 세상을 잘못 타고 났구려. 옛날에 태어났던들 천하장사로 세상을 흔들어봤을 텐데.' 따위의 놀림 반, 야유 반의 소리를 들었던 것이다. 여름철 삼복더위를 그렇게 넘겼고, 가을이 깊어졌을 때까지도 공사는 그럭저럭 연이었으므로 영감으로서도 견딜 만했다.

그리하여 겨울철이 찾아왔다. '노가다'꾼들은 뿔뿔이 흩어져 시골 고향으로 내려갔고 리어카꾼으로 전업을 하거나 하수도 고치라고 소리치고 다니거나 하였다. 개중에는 노점을 동대문시장 보관소에 맡겨놓고 출퇴근하다시피 다니는 행상꾼도 생겨났다. 그런데 영감으로서는 내려갈 고향도 없었고 당장 기거할 만한 집도 없었다.

엄동설한을 보낼 궁리가 막연하였다. 그래 영감은 구멍탄 장사를 하는 황 씨한테 빌붙다시피 지냈다. 황 씨가 만드는 구멍탄은 모래를 터무니없이 많이 쓰는 탓으로 화력이 형편없었고 금방 꺼져버리는 것이었지만 값이 좀 쌌으므로 그럭저럭 매상이 괜찮았다. 영감은 엉터리 구멍탄을 찍어내거나 리어카 배달을 나가거나 하는 일을 맡았다. 영감이 바라는 조건이란 그저 밥이나 먹고 잠자리 마련이나 되면 족하다는 것이었고 황 씨가 이에 승낙했던 것인데 사실상 이 조건이 맞추어지지를 않았다. 평안도에서 살 적에 매서운 추위를 겪어본 영감인지라 구멍탄 쌓아둔 창고 안에서 자는 것이야 어렵지 않은 일이었다. 하지만 먹는 것이 너무 시원치를 않았다. 주인 황 씨는 인색한 사람이어서 돈으로 회계해 주는 게 아니고, 자기네 먹는 습관에 따라 찌꺼기 밥을 주는데 은근히 사람 박대를 해서, 반찬이야 어찌 되었든 그 분량마저 턱없이 모자랐다. 그래 영감은 가까운 국숫집, 주점을 들락거리며 주린 배를 채웠는데, 외상이 밀리자 더 이상 음식점 출입을 할 수가 없게 되었다.

연말이 어수선하게 지나가고 해가 바뀌었다. 가난한 외촌동 사람들이지만 설을 맞이했다고 해서 떡국도 끓여 먹고 만두도 해 먹는 것이었다. 그래서 명절 때가 되면 영감의 신세가 아주 따분해지는 것이었다. 영감은 양지바른 쪽에 벙거지 모자를 쓴 채 쭈그리고 앉아서 배 속으로부터 들려오는 '쪼구락 쪼구락' 소리를 들어주고 있었다.

구멍탄 주인 황 씨는 더 이상 영감이 필요 없다고 하면서 가볼 데로 가 보라고 하였다. 영감 스스로 암만 궁리해봐도 가볼 데가 없었다. 그래 하릴없이 벙거지 모자를 쓴 채 쭈그려 앉아서 황 씨의 거동을 종일 살피고 있는 것이었다. 영감은 그저 두억시니처럼 그렇게 쭈그려 앉아 있다가 날이 저물면 꼭 고려장을 지내는 늙은이처럼 엉금엉금 기어서 구멍탄 창고 속으로 들어갔다.

영감은 영양 상태가 형편없는 데다가 찬바람을 쏘였던 탓인지 얼마 후에 득병을 하여 나흘 동안 끙끙 앓아누웠다. 황 씨네 마누라쟁이와 딸년은 송장을 치게 생겼다면서 당장 영감을 쫓아내려고 성화를 부렸다. 영감은 구멍탄 창고의 한 가녘에서 꿍얼꿍얼 중얼거리기도 하고 앓는 소리도 내면서 그렇게 비몽사몽 간을 헤매었다. 어느 정도 병이 나아서 기동할 만하자 다시 양지바른 쪽에 벙거지 모자를 쓴 채 쭈그려 앉아 있었다.

"이보우 영감, 그럭허고만 있으면 어쩔려구 그래? 어디 돌봐줄 사람을 찾아간다든가 해야지……."

지나가던 사람은 이런 말도 던져보는 것이지만, 영감은 멍하니 풀린 눈동자를 한 번 돌리다 말뿐 대답을 않는 것이었다. 동네의 어린애들은 쭈그려 앉아 있는 영감이 어쩐지 괴기스럽고 무서웠지만, 그럴수록 호기심이 발동하여 살그머니 다가와서 떠밀어 보기도 하고 꽥꽥 고함도 질렀다.

때로는 날씬한 승용차들이 영감에게 먼지를 들씌우면서 스쳐 지나가기도 하였다. 시내의 어느 재벌이 중산층을 위한 주택 단지를 건설했는데 그 입주식이 거행되기 때문이었다. 그날은 사회의 저명인사들도 왕림을 했다. 경제 발전을 치하하고 저소득층이 자기 집을 갖게 된 것을 기뻐했으며 정직과 근면으로 우리도 잘살아 볼 수 있다는 용기를 잃지 않을 때 새로운 역사는 창조되는 것이라고 다짐해 마지않았다. 영감이 그 역사의 대열에 끼여 있지 않은 것은 분명했으니, 먼지를 흠뻑 뒤집어쓰며 공허한 눈동자를 끔벅거리고 있었을 뿐이었다.

하지만 영감은 그렇게 쭈그려 앉아 가지고 지난 과거의 일을 회상하는 것이었다. 주변에서 일어나는 일에는 통 관심을 쏟지 않았다. 그야 영감은 자기의 신세가 특별히 기구하다는 생각을 할 여유는 없었다.

풍진 세상을 만났으니 너나없이 그저 그렇게 살아왔던 것이고 그것은 영감의 경우에도 마찬가지였다고 믿어버릴 뿐이었다. 영감이 생각하는 것은 단 한 가지였다. 지금 배가 고프다는 생각, 한 번 실컷 음식을 먹었으면 여한이 없겠다는 생각, 그리고 항상 배가 고파 왔었다는 생각이었다. 영감은 그 생각을 하고 또 하고 골백번이나 하고 있었다. 하도 여러 번 따져보노라니 어찌 세상 사는 일이 저주스러워지기도 하는 것이었다.

지나 사변, 8·15 해방, 토지 개혁, 6·25 전쟁, 거제도 포로수용소……. 영감은 막연히 겪었던 일들을 추억했다. 그러한 일들은 그저 공연히 북적북적 소란스럽기만 했던 것들이었다. 지내놓고 보면 막연한 감회마저도 생겨나는 것이었다. 높은 사람 몇 명이 무어라고 떠들어쌓고 있고, 괜히 생사람을 못 살게 굴려고 안달을 내다가 제풀에 시들어져서 물거품처럼 사라져 가 버리고 마는 그저 그러한 것들이었다고 회상되었다. 하기야 세상을 살아가노라면 공연히 기승이 나서 잘 났다고 떠들어쌓는 종자들이 있게 마련이었다. 그럴 경우 대부분의 사람들은 그저 수굿수굿 못난 놈 행세나 하면 그만이었다. 잘 났다고 떠들어 대는 인간들이 이러쿵저러쿵 명령을 내리고 전역을 시킬 때 그냥저냥 따라나서 주면 그것으로 재미있는 추억담도 생기는 것이었다. 영감이 따져본즉 일정 시대의 일본 놈들이 그렇게 기승을 부렸고 해방 후의 공산당들이 또 그렇게 설치고 다녔고 그리고 반공 포로로 석방 돼 나온 뒤 정치 깡패들이 뒷전에서 그렇게 으스대며 날뛰었던 것이었다. 그런 자들의 시달림을 받는다는 것은 그게 살아가는 방식인가 부다, 하고 치부를 해서 견디어 배기면 그게 다 우스갯감 이야기가 되는 것이었다.

다만 배고팠던 때의 체험만은 영감으로서 두고두고 잊히지가 않는 것이었다. 그런 기억들은 뾰족한 화살촉처럼 영감의 둔탁한 머리를 찔러댔다. 영감은 지나 사변을 기억하는 것이 아니라 북만주 사막에 배곯고 헤매던 일을 기억하는 것이었으며, 거제도 포로수용소를 생각하는 것이 아니라 그 안에서 폭동이 일어났을 때의 굶주림을 고통스럽게 회상하는 것이었다.

하기야 영감 스스로도 자기가 걸신 들린 사람이라는 것은 알고 있었다. 여러 귀신 중에서도 하필이면 걸신한테 들려 버렸는지 영감은 그것이 원통했다. 원래 영감은 석학신(石鶴神)을 믿었다. 평안도 순천 고향에는 학의 모양을 한 바위가 있었고, 그 바위 옆에 커다란 소나무가 자라고 있어서 부군(府君) 나무로 위함을 받아왔었다. 영감의 어머니는 권번[3]에 내놓아졌다가 열여섯 나이에 영감의 아버지 소실로 들어와서 그를 낳았는데, 그때 한 꿈을 얻었으니, 석학이 마치 나래를 펴고 일어날 듯이 꿈틀거리더니 그만 조각조각 부서져 버리고 말았던 것이다. 다음날 부군당으로 가 보니까 과연 바위

3) 일제 강점기에, 기생을 양성하고 감독하던 곳.

조각이 부서져 있어서 괴이한 일도 다 많다고 사람들은 수군댔다. 그때부터 태기가 있어서 그를 낳았던 것이지만 집안에서들은 이 자식이 더럽게 태어났다고 해서 모두들 오만상을 찌푸렸던 것이다. 과연 얼마 안 있어 부군 나무는 속으로 불이 일어나서 3년 동안 연기를 뿜어내며 타오르기 시작했는데, 동네 사람들이 아무리 물을 갖다 부어도 부군 나무의 속내 불기를 잡을 수가 없었다. 그러기를 3년쯤 한 뒤에 어느 날 밤 벽력 소리가 들렸고 다음 날 가 보니 부군 나무는 흉측한 꼬락서니로 나뒹굴어져 있었다. 그래 석학신이 죽어 버렸다는 것을 짐작할 만했으므로 집안에서도 사흘 굿을 해서 치성을 드려 줬지만 그 뒤로 과연 흉사(兇事)가 잇달아 일어났던 것이다.

영감한테 아마 그때 걸신이 달라붙었을 것이었다. 부군 나무가 흉측스럽게 나뒹굴어진 이후로부터 아직 나이 어렸던 그에게는 별의별 병마가 다 옮아 붙었다. 홍역을 지독하게 앓았을 때에는 생쥐를 그을려 먹은 뒤로 나았다. 그러자 이번에는 학질에 걸렸다. 삼복더위에 사시나무 떨 듯하며 끙끙댔는데 그때 아마 쓸개가 녹아 버렸을 것이었다. 학질에 걸리면 쓸개가 녹아 버리는 것이고, 영감이 허우대만 멀쩡했지 아둔하게 된 것은 그게 틀림없이 그때 쓸개 빠진 인간이 된 때문일 것이었다.

그 이후로도 장질부사, 호열자를 앓았는데, 특히 호열자는 그의 형제 4남 8녀 중 3남 6녀를 앗아가 버리고 말았다. 나이 여남은 살 되어 이젠 좀 괜찮을 만하자, 이번에는 관격이 일어나고 횟배가 끓었다. 하여튼 지지리도 궁상으로 태어난 팔자였다. 그래 집안 식구들은 말끝마다 '저놈의 새끼, 어서 뒈져 버리지 않구.' 어쩌구 욕바가지를 늘어 놓았는데 영감은 지금도 그때의 일이 선명하게 떠오르는 것이었다. 다만 할멈만이 그 못생긴 손주의 편을 들어주었다. 할멈은 손주 놈의 자지를 주물럭주물럭하고 똥똥한 아랫배를 쓰다듬어 주었다. 그러면서 할멈은 웅얼웅얼 주문을 외는 것이었는데, 그게 바로 '장대 회충님'에게 비는 것이었다.

사람의 배 속에는 누구를 막론하고 회충이 있게 마련이었다. 그 회충 세계의 상황제(上皇帝)가 즉 장대 회충이었다. 장대 회충은 영물이어서 사람의 오장육부를 관장해줄 뿐 아니라, 속내에서 생기는 만병(萬病)을 다스리는 신통력을 가지고 있는 것이다. 장대 회충이 부아가 동해서 성을 내면 그게 즉 관격이 일어나고 횟배가 끓는 원인이 되는 것이었다. 세상 사람들은 이러한 이치를 알지 못하는 터이므로 어처구니없는 치료법을 쓰기도 하였다. 그렇지만 영감 소싯적의 할멈만은 달랐다. 할멈이 흉상의 손주 놈 똥배를 살살 어루만지면서 장대 회충에게 치성을 드리면 횟배 끓는 것은 신통하게 멈추어 버리는 것이었다.

장대 회충에게 계속 공경을 했더라면 영감이 나중에 걸신에 들려 버린 사례는 일어나지도 않았을 것이었다. 그런데 곰곰 따져볼수록 영감은 장대 회충 비위에 거슬리는 짓을 많이 저질렀다. 영감 굶주리는 것은 괜찮다 해도 장대 회충마저 굶주리게 했던 경우가 비일비재하였다. 지나 사변 때에는 아랫배를 대검으로 찔린 적이 있었는데, 그때 배때기에 상처가 생긴 것은 어쩔 수 없겠으나 장대 회충마저 상(傷) 당했던 게 아닌가 싶었다. 그러한 경우가 또 한 번 있었다. 반공포로로 석방되었다가 다시 국군에 입대된 후, 영감은 오발로 복부에 총상을 입은 적이 있었다. 그래 수술을 했는데 양의(洋醫)라는 자들이 장대 회충을 알 리 만무였다. 군의관은 위 확장증이니 창자가 꼬였다느니 하고 말했지만 물론 영감은 그따위 말을 믿을 이유가 없었다. 장대 회충이 그 수술 때 얼마나 봉욕을 치렀을까 따져보노라면 영감은 아직도 회충님에게 송구스러운 심정이 되는 것이었다.

그래 이러저러한 이유로 해서 영감이 걸신에 들려 버렸을 터였다. 설사 걸신이 걸렸다는 것을 인정한다손 치더라도 영감이 벙거지 모자를 쓰고 쭈그려 앉아 그 일생을 회고해 보니 다른 감회가 치솟았다. 항상 배를 곯아왔었다는 게 억울하고 허무하게 생각되었고 저주스러워지는 것이었다.

영감은 문득 정신을 차리고 나서 사방을 투미하게 둘러보았다. 외촌동 사람들은 비루먹은 강아지 새끼들처럼 쏘다니고 있었다.

이미 오후도 착실히 되었는데 다시 뱃속에서 쪼구락 쪼구락 소리가 들렸다. 장대 회충마저 분노의 상태를 넘어서서 유식한 문자마따나 기아 선상을 헤매고 있다는 것을 짐작할 수 있었다. 사태가 이쯤 되고 보니까 장대 회충의 노여움을 받으리라는 것쯤 도리어 아무렇지도 않았다. '장대 회충님, 많은 사람 중에서 어째 나같이 지지리 못난 인간의 배 속을 택하였소.' 하고 묻고 싶은 심정이었다.

도리어 문제는 영감 자신에게 있었다. 아직 병이 완쾌된 것이 아니어서 기운이 하나도 없고 그에 겹쳐 '쪼구락 쪼구락' 뱃속에서 울리는 소리마저 다 죽어가는 사람의 숨 끊어지는 소리처럼 처참했다. 시간이 흐를수록 영감은 배고파 못 살겠다고 하는 분한 마음에 독이 오를 대로 올랐다. 당장 죽는 한이 있더라도 당장 배 터지게 먹을 수만 있다면 상관없는 것이었다. '그렇지 그래. 장대 회충이 다 뭐야? 석학신이고, 걸신이고 그게 다 뭐야? 나 자신 이렇게 굶어 왔는데, 그까짓 게 무어냐?' 하고 영감은 생각했다. 사람이 굶고 있는데 귀신이 굶을 것은 당연하고 회충이 굶는 것도 당연한 일이었다. 아니 그까짓 귀신이나 회충은 굶주려도 좋지만 사람은 무얼 먹어야 했다.

그런데 영감으로서는 이런 불충스런 마음을 가져본 적이 한 번도 없었다. 그래서 덜컥 겁이 났다. 당장이라도 장대 회충이 배 속에서 날벼락을 칠 것이라는 생각이 들었다.

조금 뒤에 영감은 벌떡 일어섰다. 벙거지 모자를 손에 구겨 쥔 뒤에 걷기 시작했다. 영감의 돌변스런 기세에 동네 조무래기들이 줄줄 뒤를 따라왔다. 영감쟁이가 배고파서 환장을 한 모양이라고 애들은 생각해서 얼마 전 외촌동에서 일어났던 미친놈과도 같이 미칠 것이라고 기대를 하였다. 호기심과 무서움이 애들을 긴장시켰다.

영감은 비칠비칠 걸어가서 버스 종점에 당도하였다. 마침 한 대의 버스가 막 출발하려고 하는 참이었다. 영감은 주저하는 빛도 없이 버스에 올라탔다. 애들은 경탄의 눈초리로 영감을 바라보았다. 영감이 버스를 타고 외촌동을 벗어나리라고는 예상하지 않았던 것이었다. 연속 방송극의 스토리를 백발백중으로 꿰뚫어 맞출 수 있는 그들의 실력을 배반했기에 극도로 호기심의 자극을 받았던 것이었다.

애들의 소란대는 소리를 뒤에 두고 버스는 출발했다. 영감은 쇠난간을 붙잡고 서 있었는데, 자연히 그 모습이 좀 얼간이 같았기에 승객들은 눈살을 찌푸릴 권리를 갖고 있을 터였다. '어떻게 우리의 희망찬 70년대에 저런 몰골, 저런 표정의 영감이 살아있는 걸까?' 하고 괜히 기분이 상해져 버린 듯한 청년이 바로 영감이 서 있는 옆의 좌석에 앉아 있었다. 질이 좋은 오버코트를 입은 그 청년은 인종지말(人種之末)인 영감 같은 인간과 동승하고 있다는 게 불쾌해서, '에이, 재수없이, 쯧쯧.' 하고 코를 싸매고 뒤켠으로 갔다. 그렇게 해서 영감은 앉아서 갔다.

영감은 버스에서 내렸다. 하지만 그곳이 어디쯤인지를 알 턱이 만무였다. 영감은 서울 지리를 몰랐다. 눈앞에 네온사인이 도깨비불처럼 어른어른하였다. 형형색색의 불빛이 꼭 배고파 환장한 사람의 어지러움증과도 같이 사방팔방에서 번쩍거렸다. '그렇지, 음식점을 찾아봐야지.' 하고 영감은 중얼거렸다. 사실이지 영감은 생사가 몇 번씩이나 엇갈렸던 일생을 통하여 가장 비장한 결심을 하고 있는 중이었다. 말하자면 '나도 걸신이 되어 보자.' 하고 작정했다. 그래 영감은 아무 음식점이나 들어가서 한번 배 터지게 식사를 해 볼 생심을 냈다. 이러한 영감의 눈앞에 커다란 한식 음식점이 보였다. 영감은 호기 있게 안으로 들어섰다

"어서 오세요." 예쁘게 생긴 소녀가 영감을 오래도록 기다려왔다는 듯이 맞아들였다. 음식점 안에서는 불고기 냄새가 진동하였고 영감은 전신을 부르르 떨었다. 냄새만 맡아도 영감은 흐늘흐늘 마비되어 버리는 것 같았다. 좌석에 앉자마자 주문을 했다. 불고기 5인 분, 청주 반 되……, 아니 한 되…….

식사가 오자, 영감은 정신없이 먹어 댔다. 누가 빼앗아가는 것도 아닌데 눈 깜짝할 사이에 후딱 비워 버리고 말았다. 다시 불고기 5인분을 주문하고 술을 마셨다. 영감은 히죽히죽 웃기도 하고 신음소리도 내지르고 땀인지 눈물인지 모를 것을 줄줄 흘렸다. 너무너무 좋고 좋아서 와구와구 처넣었다. 공복이었다가 한꺼번에 음식을 들이붓고 냉수 마시듯 술을 집어삼킨 영감은 그만 흐늘흐늘해져서 음식점 안에 일대 혼란이 생긴 것도 알지 못했다. 그 뒤에 일어난 일도 어렴풋하게밖에는 기억하지 못했다. 그저 몽롱하게 물기에 젖어서 깨어 있는 것도 아니고 잠든 것도 아닌 상태에서 그냥 계속 입놀림을 하고 있었다. 누군가가 옆에서 영감을 못살게 굴었고 고함을 질렀고……, 그리고 떠밀려져서 바깥으로 끌려 나갔고 그리고 어딘가로 갔었다. 그러거나 말거나 기분좋게 포식을 한 영감으

로서는 아랑곳할 바가 아니었다…….

눈을 떴을 때에는 이미 긴긴 겨울밤이 지나가고 새벽 동이 틀 무렵이었다. 영감은 그곳이 파출소라는 것을 막연히 짐작했다. 하지만 걱정을 하지 않았다. 애당초 예상했던 일이었다. 징역을 살라면 살아주면 되는 일이었다.

다만 영감이 곯아떨어져 있는 동안 음식점 기도를 보는 청년은 영감에게 불리한 조서를 꾸미게 했던 것이지만 설사 그렇다 해도 영감으로서는 상관없는 일이었다.

파출소 순경은 반은 직업의식으로, 반은 동정심에서 이것저것 물었지만, 영감은 생뚱한 표정을 지을 뿐, 그저 묵묵부답이었다. 새벽녘에 영감은 경찰차에 실려 본서로 넘어갔다. 영감에 관한 조서는 이미 담당자, 계장 등의 결재를 받았고 서류와 함께 영감은 호송차에 실려서 즉결 재판소로 갔다. 잡범들에게서 담배를 얻어 피우기도 하며 한낮을 보냈다. 이윽고 영감이 판사 앞에 설 차례가 되었다. 담당자가 미리 주의를 주었다.

"이봐, 당신 이름을 부르면 발딱 차렷 자세를 취한 뒤에 '네.' 하고 큰소리로 대답하란 말야."

조금 뒤에 서기가 '노걸대' 하고 불렀다. 영감은 미리 주의받은 대로 차렷 자세를 취하면서 '네.' 하고 우렁차게 큰소리를 질렀다. 영감은 일본 병정 노릇하던 때의 습관이 살아나서 자기가 '하이!' 하고 외친 것이나 아닌가 착각조차 하였다. 서기님과 판사님께서는 웃었고 조서에 눈을 주더니, "음, 무전취식이로군." 하더니 '벌금 5천 원.' 하고 언도했다.

사실 영감이 벌금형 정도로 끝난 것은 파출소 순경이 가볍게 처리해 주었기 때문이었다. 영감은 깍듯이 인사를 하고 나서 게걸음을 쳐서 물러나왔다. 벌금형을 물어낼 형편이 아닌 영감은 본서로 돌아와 유치장에 갇혔다. 그렇게 하여 예상했던 대로 그 모든 일이 진행되었던 것이었다.

그런데 영감의 유치장 생활은 유유자적이었다. 본인으로서는 썩 만족을 느끼고 있었으니 이는 애당초 영감에게 죄를 저질렀다는 의식이 없기 때문이었다. 이래 봬도 '내가 사람 아닌 걸신인데, 걸신께서 음식을 먹어준 게 무슨 죄가 되느냐.' 하는 속내 뱃심이 있었다. 설사 죄가 된다면 그거야 남들이 그렇다고 하는 것뿐이지 영감으로서야 상관할 일이 아니었다.

사실 영감은 이번 일을 스스로 생각해봐도 여간 대견스러운 것이 아니었다. 못나게시리 장대 회충에게 거역될까 보아 전전긍긍했던 과거 일이 후회스러울 정도였다. 그래서 유치장 안에서는 풀이 죽기는커녕 기승이 났다. 구류자들에게는 물론이거니와, 왜정 때의 습관이 가시지 않아 처음에는 담당님이 그저 무섭기만 했으나 알고 보니 그들도 같은 한국 사람이었다.

유치장에서 편하게 지낼 수 있는 요령도 생기게 되었다. 그 안에서 가장 필요한 것이 '강아지'라고 부르는 담배였다. 그것을 구득하는 방법도 터득했다. 면회를 받으러 나가는 자가 있으면 영감은 그 방법을 교시하는 것이었다. 성냥과 담배를 어떻게 가지고 들어오는가 하면 우선 성냥은 알갱이를 분질러버리고 대가리만을 크림빵의 가운데 속에 촘촘히 집어넣어 두면 되었다. 그리고 담배는 양말 바닥에 구멍을 뚫어서 발가락 사이에 끼워 넣으면 되었다. 그렇게 하여 강아지가 생기면 그것을 뻥기통, 즉 변소 속에 들어가서 굽는 것인데 그야 영감이 맨 처음 차례가 되었다.

어느덧 시일이 만료되어 영감이 출감하게 되었다. 담당님도 그동안 정이 들었는지, "이봐 영감……, 다시 들어오지 마쇼. 예? 다시 들어오지 말란 말야." 하고 말했다.

"헤헤……. 그야 나가봐야 알지."

"아니, 그럼 다시 들어오겠단 말야?"

"그야 나가봐서……, 한 사흘쯤 휭하니 돌아댕기다가 이곳이 그리워지면 다시 들어오갔소."

영감은 경찰서를 빠져나갔다. 그래 외촌동엘 찾아가서 하룻밤을 자고 다시 시내로 나왔다. 하여튼 영감은 정확하게 사흘 뒤에 또 붙잡혀 왔던 것이다. 담당님은 하도 기가 막혀 멍하니 영감을 바라보았다. 고무신 바닥으로 후려칠 생각도 잊어먹었다. 그러자 영감이 벙긋 웃으며 이렇게 말했던 것이었다.

"헤헤……. 어떻쉐까? 내가 약속을 지키지 않았시까?"

그와 같이 하여 영감은 놀랍고 의기양양한 새 생활을 시작하였다. 유치장에서 나가면 서울 시내를 이리저리 돌아다니며 구경하고 싶은 것 구경하고 사람들 살아가는 모습을 세세히 관찰해보고 그러다가 배가 고파지면 아무 음식점이나 뛰어가 한 3천 원어치쯤만 되게 식사를 해주는 것이었다. 그 이상 먹어치울 때에는 자칫 구류가 아니라 징역감이 될 가능성이 있기 때문이었다. 그 방식도 많이 발전이 되어서 서울 시내의 각 경찰서를 차례로 순방하는 것이었다. 즉 전번 청량리에 나타났다 하면 이번에는 마포에, 그리고 다음번에는 종로에 출몰하는 것이었다. 앞에서 이야기했듯이 영감을 잠깐 만났던 곳은 동부 경찰서였거니와 이미 그때쯤 영감은 서울 시내의 각 경찰서를 안 가 본 데 없이 다녀봤다. 말하자면 유치장이 영감의 집처럼 되어버렸다. 유치장을 나서면 서울 시내를 유령처럼 떠돌아다니며 기기묘묘하게 살아대는 사람들을 구경하고 영감 자신의 사는 재미를 마음껏 찾는 것이었다. 그리하여 한 며칠 쉬고 싶으면 배 터지게 음식을 처먹고 안으로 들어왔다. '내 팔자야말로 상팔자네.' 하고 영감은 진담인지 농담인지 모를 소리를 하는 것이었다.

이따금씩 괴상한 손님이 유치장에 찾아오기도 했다. 주 예수를 믿으라고 설교하고 다니는 그 남자는 50여 세 가까이 된, 대머리가 홀랑 벗겨지고 말이 썩 좋은 남자였다. "내가 젊었을 때 여러분처럼 노상 유치장을 들락거렸어요. 이것도 아편과 같아서 한 번 들락거리기 시작하면 자꾸만 들어오게 된단 말이에요." 하고 그는 설교하였다. "지금 보니까 낯이 익은 사람이 많구먼. 한 번 들어오면 자꾸 들락거리게 된단 말에요. 자, 여러분 생각해 봅시다. 세상엔 남부럽지 않게 사는 사람도 많은데 왜 자기는 요 모양 요 꼴이 되었나……."

그가 이렇게 말하면 "집어치워라, 집어치워." 하는 소리가 터져 나오기 마련이었다. 구류자들은 그 사내가 과자 봉지라도 넣어주기 때문에 재미도 없는 설교를 들어줄 마음을 먹고 있는 것이었다. 과자 봉지의 대가로써의 설교가 그들의 자존심을 건드리는 것을 용서하지 않았다. 이럴 때 영감은 공연히 기승이 나서 한 마디씩 톡톡 쏘아붙이는 것이었다. '이봐, 그럴 것 없이 임자가 경찰서장이 되고 장관이 되지 그랬어.' 하고 말하면 구류자들이 죽겠다고 웃어대는데 설교하러 온 그 사람도 화를 내기는커녕 따라서 웃어 버리는 것이었다. 말하자면 그렇게 설교하러 다니는 것도 하나의 요식 행위라는 것을 자인하는 셈이었다.

그리고 때에 따라서는 귀빈이 그 국립 호텔로 왕림하는 경우가 있었다. 즉, 가장 시설이 나은 1호 감방을 치우게 되면 귀한 손님이 온다는 것을 짐작할 수 있었다. 사회에서 죄를 저지른 것은 마찬가지이지만 돈의 덕분으로 그러한 귀빈은 마음 놓고 담배도 태우고 그야말로 없는 것이 없는 호텔에 유숙하고 있는 대접을 받는 것이었다. 이럴 때 영감은 억척스럽게 고집스러워져서 자기 하고 싶은 욕설은 모두 귀빈에게 뱉아내는 것이었고 그러면 귀빈께서는 영감이 있는 감방에 물건을 좀 넣어주라고 분부를 내리는 것이었다. 그러다가 어느 때인가 영감이 '꼴통'으로 지목을 받았던 적이 있었다. 구류자 중에서 가장 말썽꾸러기가 꼴통이 되는 것이었다. 커다란 칠판이 하나 있어서 거기에 구류자의 명단이 전부 적혀 있게 마련인데 꼴통이 된 사람은 그의 이름 옆에 △표가 그려져 있는 것이었다. 그러므로 꼴통이 어느 인간인가를 쉽게 알아볼 수 있었다. 재수가 없느라고 영감이 꼴통으로 군림하고 있을 때 높은 분이 시찰을 왔다. 경찰서장이 직접 그분을 모시고 지하실로 나타났던 것인데, 그분은 대충 살펴본 뒤에 그만 칠판에 표시된 △표에 눈이 갔다. 그것이 무슨 표시이냐고 질문을 하신 뒤에 설명을 받게 되자 이번에는 영감이 불려 나왔다. 하기야 영감으로서는 일평생 아둔하게만 살아왔는지라 그렇게 높은 분을 눈앞에 면대하기는 처음 있는 일이었다. 담당님들은 자기들 고충을 피력하는 아주 좋은 기회라고 생각하여 영감에 대해서 머리를 내어 휘두르며 설명을 했다.

"아주 골치 아픈 영감쟁이입니다. 조국 근대화 작업이 활발하게 추진되고 있는 현실에 어떻게 저런 영감쟁이가 존재하는지 이야말로 수치스런 일임에 틀림없습니다."

"이봐요, 그런 일을 해내는 것이야말로 또한 근대화 작업이오." 높은 분이 마땅치 않은 듯 말씀했다. "그래, 도대체 당신은 왜 여기 들어왔소?" 그분은 직접 영감에게 물었는데 영감은 그저 무섭게 떨리기만 해서 반편처럼 입을 헤 벌리고 웃기만 했다. 그 기회를 타서 담당님이 말했다.

"저 나이가 되도록 집도 없고 처자식도 없이 홀몸으로 지내는 영감입니다." 이어서 담당님은 될수록 간단명료하게 말씀드리겠다고 하면서 별로 간단명료하지도 않게 영감에 대하여 이야기를 했다. 걸신이 들려서 배고프면 참지를 못한다는 것, 아무 음식점에나 들어가서 진탕만탕 때려 마시고는 끌려 들어오곤 하는데, 서울 시내의 여러 경찰서를 안 가 본 데 없이 다녀 본……, 도저히 구제될 수 없는 그러한 영감이라는 것을 설명했다.

하여튼 전화위복이라고나 할까 영감은 그 즉시로 경찰서의 문을 나설 수 있었다. 높은 분이 영감의 체납된 벌금을 대신 물어 주겠다고 했기 때문이다.

"알겠소, 영감. 앞으로는 새 사람이 되시오."

경찰서장이 옆에 있다가 민망해서 이렇게 말했다.

"새 사람이요? 그야 새 사람이 되어야겠지만……." 영감은 그러다가 끼룩끼룩 웃었다.

"이 늙은 나이에 새 사람이 되어서 무얼 한단 말이웨까?"

그러나 물론 나중 말은 높은 사람이 듣지 못했다. 영감이 그나마 유치장 생활도 못 하게 될까 봐 겁을 내고 있다는 것을 담당님만큼은 느낄 수 있었지만…….

그러고 나서 얼마 뒤였는데, 마침 외촌동에 들어갈 기회가 생겼다. 영감님 소식이 궁금하여 찾아볼 마음을 먹었다. 묻고 또 물어서야 영감님이 고용되어 있었던 구멍탄 가게를 찾아냈다. 주인인 황 씨를 만났는데, 그 사람도 노걸대 영감에 대해서는 잘 모르고 있었다.

"그야 제깟 놈의 영감쟁이 죽지 않았으면 살아 있을 것이요, 살아 있지 않으면 죽었을 게 아뇨? 하기야 누군들 다 그렇지만 말이에요."

황 씨란 사람은 이렇게 말했는데 세상에 그렇게 매정한 사람은 처음 만났다. 노걸대 영감이 죽었으리라고는 생각되지 않는 것이었다.

영감의 인상으로 볼진대 분명 명이 길 사람이었다. 옛날 현인들이 부러워했던 것처럼 천수를 누릴 관상이었기 때문이다. 영감의 표현대로 하자면 아직 밥그릇이 모자라 죽을 수가 없는, 그런 이야기일 것이었다. 영감이 여전히 유령처럼 서울 시내를 떠돌아 다니는 듯한데 그러고 보니까 언젠가 영감이 도둑질을 하기 시작했다는 말을 들은 것도 같다.

《월간중앙》, 1972년 1월호

무비불

무비불

1.

무비불(無非不) 선생의 댁은 상계동이다. 벌써 연로하셨으니 올해 춘추가 예순일곱이다. 요새는 가짜 나이들이 많은데, 미루어 생각컨대 선생이야말로 당당하고 정직하게 매일을 살고 매월을 살고 살아 이에 이순을 넘긴 것이 아닌가 한다. 옛 시인 묵객들은 집 앞에 매화나무를 심었겠지만, 선생은 그 대신 구멍탄 가게를 내고 있다. 선생의 사모님께서는 리어카를 직접 끌고 배달을 다니는데 언제나 활기가 넘쳐흘러 힘들어하는 법이 없다. 사모님이 그러한 사모님이므로 무비불 선생은 과연 무비불 선생이다.

나는 이따금씩 선생을 찾아뵙는데, 어떤 때에는 한 석 달 만에, 또 어떤 때에는 한 9개월 만에 가 뵙는 것이 된다. 그러나 선생께서는 도무지 격식에 구애를 받지 아니하므로, "음……, 왔나?" 하는 것이 고작이다.

선생은 원래 술을 사랑하는 터이며, 비록 고금의 차이는 있을지언정 도연명과도 흡사하여, 취하는 것으로써 그 한정을 삼는다. 그래 두 홉짜리 소주 한 병은 반드시 꿰차게 되는데, 이에 노소동락으로 잔을 기울이게 되면 선생께서는 주기가 동하는 것이 아니라, 화학 합성주의 불순물에 적셔져서 노기를 띠우는 때도 있으니, 무릇 책하여 이르는 말씀이 준열하였다.

"이놈아 나가라, 나가."

하기도 하고, 나이 어린것이 세상 개탄을 하거나, 사는 지혜가 무엇인지 가르쳐주십사 바라기라도 한다면

"에이 그놈 시끄럽다 시끄러워. 귀를 닦아야겠으니 물 좀 떠 가지고 오너라." 하고 고함도 지르는 것이다.

대체로 말해 선생은 나이가 들수록 맑아져서 세상을 관조하되 그 깊은 곳을 꿰뚫었고, 신문을 읽되 그 얄삽한 것을 구애하지 않으니 두루 마음에 집착하는 것이 없어 높은 경지를 스스로 이루었다. 그러한 선생이기는 하지만 젊었을 때에는 한바탕 혼탁한 생활을 보내기도 하였으니 나이와 함께 차차로 투명해져 간 것이라 하겠다. 한창때 당신의 기행에 관해서는 아는 사람이 알거니와, 실로 그 나라 사회가 한심하고 불쌍하게 되어 있을 때에는 개인이 더 한심하고 불쌍하게 싸워 나아가야 한다는 생각을 가졌던 적도 있는 게 아닌가 한다. 그러므로 선생이 마음을 젊게 가져, 항상 주변에 청년들이 찾게 되는 것이다.

선생은 방랑벽이 있어 왜정 시대에 세계가 좁다 하고 두루 떠돌이 생활을 보내었는데 그로써 견식을 넓히고 슬픔과 기쁨의 참맛을 알고 숨은 혁명가로 그 이름을 감추되 밝혀지지 않은 노력은 도도한 인사보다도 출중하였다. 선생이 이처럼 흐르다가 마흔여섯에 한 여자를 만나 함께 서백리아[1]를 헤맸고 그를 인연 삼아 지금까지 해로하고 있으니, 두 분이 항상 구차한 살림에 시달리되 그 사이가

1) 西伯利亞, 시베리아.

정인(情人)들과 같았다.

선생은 찾아오는 청년들과 짐짓 어울려 수작을 나눌 때 항상 애처로운 빛을 띠는 것이니, 이는 대체로 말해 어리석은 자들이 날뛰는 어지러운 세상을 한탄하는 뜻도 있겠고, 당신이 살아오면서 지켜보아 온 세상에 싫증을 내고, 앞으로 살아갈 젊은이들을 진실로 불쌍하고 가엾게 여기는 소이연도 있다 할 것이다. 선생이 어느 때 한 생각을 말한 적이 있었는데 그 이후로 '무비불 선생'이라는 별명으로 통하게 되었다. 그러니까 벌써 몇 년 전의 일이 될 것이다. 선생께서 마흔아홉에 아들을 한 명 두었는데, 그 우비용이 대학생이 되었고(내가 우비용과 친구 사이가 된다.), 젊은것들이 못나게스리 데모에 끼어들었다가 괜히 싱숭생숭한 마음이 되어 선생을 찾아갔던 적이 있었다. 그러니까 그게 1964년 한일회담 반대 데모가 벌어져서 위수령이 내려지고 하던 여름철이었다.

이날 따라 선생은 단정히 정좌하여 눈을 감고 선(禪)의 경지에 들어가 있었다. 그리하여 우리는 감히 선생께 범접할 엄두를 내지 못하였는데, 그럼에도 듣고 싶은 말씀이 한둘이 아니었다. 연령은 지혜다, 라는 이야기가 맞는 듯한 느낌이 들지 않을 수 없는 것은, 우리로서는 어쩐지 살아가는 일에 자신이 없었고, 아니 자신이 없었다기보다도 현실과 이상에 연결되는 지혜로운 가르침을 받았으면 하는 것이 소망스런 심정이었다.

이윽고 선생은 우리의 좌석으로 오셨다.

"거기 바둑판 좀 내오너라."하고 선생은 분부를 내리더니, "누구 나와 바둑 한판 겨룰 텐가?" 하면서 우리를 둘러보았다.

"바둑이라면 제가 좀 둘 줄 압니다." 하고 장기택이가 말했다. 그래 선생은 장기택과 바둑을 두었다.

선생은 5급이었고 장기택은 1급이었다. 그런데 선생은 바둑을 성의 없이 두었다. 아니 대범하게 두었다. 아무 일도 하지 않고 있으면 정 무료하므로 그저 그 정도 되게끔만 바둑을 둔다는 듯이.

"선생님, 요새 세상이 묘하게 돌아갑니다." 하고 장기택이 말하였다.

"이봐, 세상보다도 바둑이 어떻게 돌아가고 있는지나 알아야지."

"그거야 알고 있죠. 선생님께서 몰리고 있잖습니까?"

"그게 그렇구만."

그래서 선생은 바둑에서 졌다.

"고얀 노릇이군." 하고 선생은 개탄했다.

"미안합니다. 이번엔 져드릴 테니 다시 한번 두십시다."

"싫어. 그러면 집착하게 돼."

"집착하는 것이 안 좋은 일입니까?"

"안 좋은 일이지."

"그럼 해탈해야 합니까?"

"그것도 안 좋은 일이지."

"그럼 어떻게 해야 좋은 일입니까?"

"딱한 노릇이군. 자네 그 나이 되도록 그렇게 어리석은가?"

선생은 선문답과도 같이 아리송한 말만을 할 뿐이었다. 그래서 술을 마시게 되었다. 선생은 술을 좋아할 뿐 아니라 젊은것들 속에 섞여 있기를 좋아하는 것이었다. 담배를 태우라고 해서 맞담배질도 하고, 그리고 점차 이야기는 열이 올랐다.

"선생님, 힘이란 무엇입니까?" 하고 오갑중이가 또 물었다.

화제가 마침 왜정 시대로 옮아가서 민중이 힘없으매 왜놈들로부터 받았던 여러 탄압에 대한 이야기가 나왔고 힘이라는 것이 중요하다는 말로 유도되었던 것이었다.

"아니 그래, 자넨 힘이 무엇인지도 모르는가?" 하고 선생은 또 언설을 퉁겼다.

"어떻게 하면 힘이 나오느냐 하는 걸 물은 겁니다."

"그야 긍정을 해야지."

"무엇을 말입니까?"

"자기를 긍정하고 남을 긍정하고 모든 것을 긍정하면 그때 힘이 나오는 거야."

"어렵습니다. 어떻게 잘못된 것을 긍정하며, 어떻게 비참한 것을 긍정하며, 어떻게 젊음을 긍정합니까?"

"그럼 자넨 부정하려는가?"

"네, 부정 정신이야말로 필요한 겁니다."

"그렇지만 자네가 진짜로 부정할 수가 있겠나?"

"자신은 없지만 아직은 젊으니까요."

"그건 어려운 일이야."

"그야 어려운 일입니다."

"진짜 힘은 부정하는 데에서 생기지. 그건 사실이지만 그럴수록 어려워."

선생은 어쩐지 힘들어하였다. 그래서 우리도 힘이 들었다.

"옛날에 중국에서 크게 부정한 사람이 있었지. 내 생각에 그 사람만치 크게 부정한 사람의 이야기를 알지 못해."

"어떤 사람입니까?"

"불교가 중국에 전파되던 무렵의 사람이야. 이 사람이 크게 깨달은 경지에 올라 잘못되어 있는 현실을 고쳐 보기 위해 그거 소위 앙가주망을 할 결심을 했어. 자기 능력이면 충분히 세상을 바로잡아

볼 자신이 있었거든."

"그래서요?"

"그래서 왕을 찾아갔어. 담판을 했지. 그런데 정치가들이란 원래 기술자에 불과한 거야. 사람을 다루는 째째한 기술밖에는 가진 게 없는 왕에게 그 사람의 말이 들릴 리 없었어. 하지만 체면상 그 사람을 돌려보낼 수 없고, 그래서 왕은 세 가지 질문을 던졌지."

"그래 어떤 질문입니까?"

"그거야 뻔하지 않겠는가? 질문이 중요한 게 아냐. 그 사람의 답변이 깊은 뜻을 가지고 있어. 즉 그 사람 대답이 '무, 비, 불(無非不)'이었거든. 글쎄 쉽게 푼다면 어떤 뜻이 될까? '아무것도 없다', '그렇지 않다', '안 된다' 하는 뜻이 될까?

"무, 비, 불……? 그야말로 철저한 부정이군요."

내가 알기로 그 사람만큼 크게 부정한 사람이 없는 것 같고, 또 그렇구만, 그 사람이 그렇게 크게 부정을 했다는 게 역사를 발전시키는 원동력으로 쓰였겠지."

"무비불? 우리나라도 무비불이라고 말할 수 있는 능력을 가진 사람이 있을까요?" 하고 오갑중이가 또 물었다.

선생은 한참 동안 대답이 없었다. 모두들 곰곰 생각에 잠겨 들었다. '무비불'이라? 부정의 뜻을 나타내는 한자를 한꺼번에 동원시킬 수 있었던 그 사람은 과연 얼마나 강한 사람인가? 그야말로 원자탄과 같은 위력을 가진 말이 되겠구나. 아마 선생이 생각했던 것도 그와 흡사한 것이 아닌가 싶었다.

"그야 세상에는 무비불의 세상이야. 나 자신도 무비불이고……."

"정말 어렵군요." 하고 오갑중이 대답했다. 그리하여 그날은 그것으로 파흥이 되고 말았다. 하지만 그 뒤로부터 우리는 선생을 '무비불 선생'이라 부르는 것이다.

하기야 선생은 반드시 '무비불 선생'도 아닐 것이다. 다만 그 누군가가 한 번 크게 '무비불'이라고 외쳐 준다면 그 덕분으로 우리는 조그맣게 부정하고 조그맣게 긍정하면서 살아갈 수 있을 것 같은 생각이 들기에, 아마 그런 마음으로 선생을 무비불 선생이라 하고 있는지도 모르겠다. 말하자면 산맥이 떠내려감으로써 평야가 아늑하게 감싸여지듯이. 또한 우리 자신이 직접 '무비불'이라고 외칠 힘도 없고, 아니 그렇게 외쳤다가는 너무 능력에 겨워 감당 못 하고 쓰러져 버리고 말겠지만, 그 '무비불'을 우리의 체질에 맞게끔 약화시켜 그것으로 삶의 기둥을 비끄러매고 싶었는지도 모르겠다.

얼마 전에 우리는 또 무비불 선생을 찾아갔다. 선생은 원체 연로하여서 기운이 없는 듯했으나, 내공의 수신이 역시 대단하여 정정하게 가눔을 하고 있는 듯했다. 몸이 허약하면 바로 그 허약하다는 것을 살려야 한다고 선생은 말했다. 허약함을 유지하자면 바로 그 허약함을 통해야 한다. 즉 골고루 허약해야 한다. 가령 육체의 모든 기능이 허약한데 유독 허파 하나만이 강하다면 건강은 깨진다. 허파는 심장, 위장, 창자가 강해지기를 요구할 것이고 이를 견딜 수 없을 터이니까 그러하다. 반대로 육체의 모든 기능이 허약한 중에 특히 위장이 더 허약하다 해도 건강은 깨진다. 다른 육체의 오장육부의 허약한 수준만큼 위장을 허약하게 조절해야 하는 것이다.

"알겠나? 나이를 먹으면 허약하다는 것도 힘이 되는 법을 배우게 되는 게야." 하고 선생은 말했다.

"그것도 참 어려운 이야깁니다." 하고 황서중이 말했다.

"자네는 내 말을 못 알아 들었네. 나처럼 허약하게 된 사람은 그 허약하다는 것을 무기처럼 써 가지고 강해진단 말이거든."

"그러니 그게 보통 사람으로 할 수 있는 일이겠습니까?"

"저런 답답둥이 같으니라구. 허약한 자는 자기가 어느 정도로 허약한가를 똑똑히 알고 있어야 한단 말이야. 그렇게 해서 아직 허약하지 않은 요소를 애써 찾아내고, 그걸 키우고, 북돋우고, 일으켜 세워 싸워야 하는 거야. 그래야 생명력을 빼앗기지 않는 게야. 허약할수록 허약해져선 되지 않는 게야."

그렇게 해서 우리는 무비불 선생의 이야기를 알아들었다. 아마도 무비불 선생의 말은 당신의 노체를 건강하게 하는 비결을 토로한 것이겠지만, 아울러 복잡다단하고 어려운 사회에서 아직 젊되 허약한 젊은것들이 어떻게 살아나가야 할지를 암시하는 뜻도 포함시키고 있는 듯하였다.

그 뒤로 나는 아직껏 무비불 선생을 찾아뵙지 못했는데, 그래서인지 어쩐지 요 근래 와서는 자꾸만 이상해져 가는 것 같아 적이 두려운 생각도 드는 것이다. 그러나 무비불 선생이 살아계신다는 것만으로도, 아직껏 이 시대에 생존해 계신다는 것만으로도 너무 감사하여 이에 짧은 소견으로 이 글을 적는다. 과연 저 더럽고, 답답하고, 따분한 세상에 푹 적셔져서 그렇게 더럽고, 답답하고, 따분하게 염색되고 있으니, 어찌하면 '무비불 선생'처럼 세탁되어 투명해질 것인지 나는 알지 못하겠다.

《월간문학》, 1972년 1월호

무비불 2

무비불 2

일 년은 사계절로 되어 있는데 그 사계절이 어떻게 되는가 하면 춘(春) 하(夏) 비추(悲秋) 동(冬)이라는 이야기가 있지만, 그와 같이 만사가 슬프게 가슴을 져며 오는 것만 같은 어느 가을날, 두 명의 청년이 무비불(無非不) 선생을 다시 방문하게 되었다.

"무비불(無非不)이라? 부정(否定)의 뜻을 나타내는 한자는 모두 한데 모았군그래. 도대체 그게 어떠한 말이지?"

최라는 청년이 황이라는 청년에게 물었다.

황이 그 말의 연원을 설명해 주었다. 옛날 한 왕(王)이 어떤 고명한 현인에게 세상 다스릴 세 가지 방책을 물었는데, 그 현인이 세 가지 질문에 대답하기를 '무 비 불(無非不)'이라고 했다는 그러한 이야기였다. 그 현인은 어째서 자기가 '유시가(有是可)'라고 이야기를 못 했을까, 어째서 대긍정을 취하지 못했을까를 생각한 나머지 깊은 산골로 들어가 평생을 몸과 마음의 수양에 바쳤다는 것인데, 이러한 이야기를 들려준 그 선생에 대하여 청년들은 '무비불 선생'이라는 별명을 붙여 주게 되었다는 것까지 말해 주었다.

"그것 참, 우리나라에도 그렇게 괴팍스런 영감님이 다 있나? 한번 찾아뵙고 싶군."

해서 두 청년은 2홉짜리 소주에 오징어를 한 마리 사가지고 무비불 선생 댁을 찾았다.

"자네들 왔구만그래? 그거 소주는 왜 사 왔누? 나 술은 못 해."

하고 무비불 선생은 말했다.

"아니 어째서 못 하신다는 겁니까?"

하고 황(黃)이 물었다.

"이제 죽을 날을 기다리는 몸이 되어서 그래."

"그건 또 무슨 말씀이십니까?"

"무슨 말도 아니야. 그럭저럭 살아 볼 대로 살아 봤으니 이제 이 세상의 신세를 그만 져도 좋을 때가 된 게야."

무비불 선생의 어조는 담담하였으나, 그럼에도 어쩐지 비감한 분위기를 내보이고 있었다. 두 청년은 자기들이 아직 젊다는 것을 무겁게 느끼게 되었다. 무비불 선생은 아닌 게 아니라 상당히 여위었다. 선생은 연치가 많아질수록 양생(養生)하는 이치를 취하여 전혀 곡식을 들지 아니하였다. 하루에 두 번 정도씩 술을 마심으로써 그렇게 술의 자양만으로 살고 있었다. 무비불 선생은 그런데 근자에는 술 대신에 생쌀을 조금씩 들고 있다는 것이었다. 최(崔)는 선생의 이러한 괴팍한 섭생법에 흥미를 나타내었다.

무비불 선생은 두 청년이 무겁게 앉아 있는 것을 보고 빙그레 웃었다.

"자네들이 늙어 빠진 나를 찾아 주는 것은 정녕 고마운 일인데도 내가 분위기를 무겁게 했구만그랴. 그건 그렇고 자네들이 나를 찾는 이유인즉슨, 이 말라비틀어진 영감쟁이로부터 그럴듯한 말마디나 주워들을까 하는 생각이 있어서 그럴 것일 터인데……."

"솔직히 말씀드려서 그렇습니다."

"하지만 나야 퇴물인걸?"

선생은 이렇게 움츠리는 자세를 취하였다.

"나는 왜정 시대의 퇴물일세. 자네는 내가 중국 대륙을 헤매고 시베리아 벌판을 싸다닌 걸 가지고 무슨 독립운동 비슷한 걸 했겠거니 하고 존경하겠지만, 또 사실 뭐 그러한 일을 했다고 해도 어디 그걸 내세울 처지야 되는가 말이야. 우리가 왜놈들과 떳떳하게 싸워 독립을 했더라면 자네들에게 이와 같이 딱하고 불쌍한 세상을 물려줬을라구? 그러니 나로선 그걸 추켜 내세울 염치가 없구, 또 나 같은 인간은 해방 직후에 벌써 그 능력을 마감했네. 지금의 이 세상은 내 세상이 아니고 남의 세상이야. 아직 죽지 않아서 나는 신세를 지고 있는 게야. 사람이 세상을 살아가노라면 최소한의 염치는 차려야 하는 것인데 내가 정말 염치가 없어. 그런데 젊은 양반들께서 찾아 주셨으니, 어디 내 꼬부라진 머리통으로부터 이야기나 한 움큼 퍼내서, 그걸루 염치를 차리는 척이나 해 볼까, 원."

선생은 이렇게 말하면서 부처님같이 자상스럽게 웃어서 두 청년도 푸근한 기분을 느끼게 되었다.

"선생님 말씀을 듣고 싶습니다. 요 근래 선생님도 아시다시피 남북대화를 놓구서 세상이 핑핑 어지럽게 돌아가고 있는 중이니까요."

"글쎄 그게 그렇더구만. 통일이야 어서 되어야지. 우리가 왜놈 밑에서 36년간이나 눌려 지냈던 것을 생각해 본다면, 남북이 분단되구 나서 올해로 27년째가 되는 이 세월이 정말이지 못나게스리 긴 세월이라는 건 분명하거든. 통일이 될라면 힘이 있어야 하는 것인데, 그 힘이 어떻게 생겨나겠느냐 하는 걸 생각들 해 봐야지."

"어떻게 생겨납니까?"

"그게 정신의 힘이라는 게야."

이러면서 무비불 선생은 옛날의 여러 이야기를 예로 들기 시작하였는데, 화제가 거슬러 올라가 신라, 고구려, 백제의 삼국 시대와 그 삼국의 통일 시대로까지 비약되었다.

"세상의 근본적인 표정이라는 건 시대가 흘러도 변하지 않는 거라구 우선 생각해 보세. 삼국 시대의 이데올로기는 불교였어. 가령 우리의 이데올로기라는 게 아직까지도 좀 어렵구 유식한 사람들이나 지껄이는 것처럼 그 당시의 불교도 아직은 그렇게 어렵구 유식한 것이었어. 또 그것두 그렇지. 신라의 불교는 불평등 종교였구, 왕실 전용 종교로 출발했단 말야. 신라의 왕실은 강성한 귀족 세력들 때문에 자신의 존엄성을 유지하는 데 힘이 들었거든. 그래서 골품제라구 해서 가혹한 신분제의 계급사회를 만들어 놨는데, 그래두 왕실의 정통성을 지키기가 빠근했는데 이때에 불교가 들어왔단 말야. 중국만 해두 불교는 아래 백성에게까지 골고루 퍼져 있었지만, 신라는 이것을 받아들일 적에 우선 왕실 전용의 종교로 만들었단 말야. 가령 이차돈의 죽음만 해도 그런 게야. 이차돈은 진골 출신으로 파문을 당하게 되어 고구려로 쫓겨 갔다가 중이 되어 돌아왔는데, 신라의 왕실은 이차돈을 받아들이구 불교를 받아들였지만, 귀족들이 반대해서 죽게 된 거야. 이것만 봐두 왕실에서 불교를 믿게 된 데 반해 귀족들에게는 배척당했다는 것을 알 수 있어. 진평왕 진흥왕 진덕왕 등 진(眞)이라는 글자가 많이 보이는 것두 불교의 영향이야. 신라의 왕실은 자기네 피가 귀족들의 피와는 다르다는 것을 주장하기 위해 불교의 설화를 취택한 게지. 이렇게 해서 참신한 설득력을 가지고 수입돼 온 불교가 어떻게 해서 신라의 정신적인 힘으로 발전했는가 하니……. 하기야 뭐 고교생쯤이면 다 아는 이야기겠지만, 원효(元曉)라는 사람이 나왔기 때문이지."

이렇게 해서 두 청년은 원효에 대한 이야기를 듣게 되었다. 그런데 그들이 듣게 된 원효는 기왕에 알아 왔던 것과는 약간 달랐다. 무비불 선생은 원효를 불교 사상가로서가 아니라 현실 참여자로서 설명했던 것이다.

"어느 시대를 막론하고 역사를 움직이는 힘이란 일반 민중에게 있는 거야. 민중이 불끈 힘을 먹여가지고 용을 써대면 역사는 제 갈 길을 올바로 가게 되는 게야. 불교가 왕실 전용 종교, 귀족 종교의 차원에서 머물렀다면 삼국시대의 역사도 그대로 답보 상태에 빠지고 말았을 게야. 그런데 원효가 나타나가지구서 그 왕실 종교, 귀족 종교인 불교를 민중의 종교로 뒤바꾸어 놓았거든. 미륵 신앙 아미타 신앙 관음 신앙이란 것은 불교의 이론을 가지고 민중이 마음속에 품고 있었던 소박한 사상들을 정리, 체계화시킨 것이고, 이로써 불교 이상 국가를 꿈꾸게 되는 강력한 힘이 나온 거야. 형태야 어찌 되었든 이상 국가라는 걸 희원할 만하게 되었다는 게 중요해. 민족 분열을 단합시키고자 할 때 필요한 게 이러한 민중의 힘이야. ……어느 시대에도 그렇거니와 위대한 인물은 부정(否定)의 과정을 통하여 이루어지는 거야. 원효는 사회의 상층부에서 형성된 인물은 아니거든. 신라에는 열일곱 계급이 있어가지고 다섯 번째까지 즉 오두품(五頭品) 이상이라야 귀족이라 할 수 있고, 육두품 이하는 아무리 훌륭한 인물이라 해도 그 서품(品) 이상으로 올라갈 수가 없었단 말야. 그런데 원효의 집안은 열한 번째 계급이니 비천한 위치밖에는 못 가졌단 말야.

원효와 가장 대비(對比)되는 인물이 자장(慈藏)이지, 자장은 진골 출신이었어. 순탄하게 출세 길이 열린 사람이었지. 그렇지만 자장이 당대의 엘리트였던 것은 틀림없는 사실이야. 나라에서 벼슬을 주어 불렀는데도 그걸 마다하고 불교에 귀의했다는 것은 그가 현실적인 만족을 얻는 데 급하게 군 것이 아니라 오늘날의 용어로 말해서 이론가가 되고자 했다는 것을 말하는 거야. 불교라는 건 당시에 있어서 최신 학문이자 종교이었겠지.

자장은 물론 중국으로 유학을 갔지. 요새 미국이다 구라파다 하는 데로 유학 가는 것과 마찬가지야. 그렇게 자장이 유학을 가있을 적의 신라의 사정은 어떻게 되어 있는고 하니 엉망진창이었단 말야. 우선 왕실의 법통(法統)을 놓고 문제가 생겼어. 김춘추는 출세주의자이며 야심가인 김유신의 꼬임에 빠져 그의 누이동생과 결혼을 하게 되었는데, 김유신으로 말하면 가야의 왕손으로 신라에 낑겨 들어왔으니 아래 계급의 사람이고, 그러한 김유신의 누이동생과 결혼한 김춘추는 그 자신의 계급을 한 단계 떨어뜨리게 되었단 말야. 그래서 어찌하는 수 없이 여자를 왕으로 들여앉히게 되었으니 신라사회의 지도층 내부에 혼란이 일어날 수밖에 없었어. 법통 문제는 이렇다 하고, 백제와 고구려는 시시각각으로 신라를 조여들어 오고 있는 판이니 이렇게 하다가는 신라가 망해 자빠지리라는 것은 단지 시간문제에 불과한 것처럼 생각되었단 말야. 더구나 나제동맹(羅濟同盟)을 신라가 제멋대로 어기었다는 것 때문에 백제의 공격은 날카롭기 짝이 없었어. 백제는 당항성으로 쳐들어와 신라가 당나라와 통교하는 항구를 막아 버렸어. 또 백제는 지금의 합천(대야성)을 점령해 버렸어. 반도의 동남방으로 쫓길 대로 쫓긴 신라로서는 최후의 발악이라도 해보지 않으면 안 될 처지가 되었단 말야. 이렇게 급박한 정세 속에서 난감하게 된 여왕은 중국에 유학 가 있는 자장을 급히 불렀어. 다급한 대로 정신 혁명을 일으키지 않으면 안 되겠다고 판단이 갔기 때문일 게고, 이것은 내 추측이지만 선덕여왕이 권력의 좌(座)에 앉아 있자니 아무래도 주변이 허전해서 자장을 자기 측근에 두려고 했는지도 몰라.

하여튼 자장은 의기양양하게 귀국을 했는데, 이때 자장이 쓰게 된 감투가 무엇인고 하니 대국통(大國統)이라는 거야. 그 전에는 고작 승통(僧統)이나 국통밖에는 없었던 것으로 봐도 자장이 쓰게 된 감투가 얼마나 큰 것인가를 알 수 있어. 자장은 처신에 능한 사람이어서 자기에게 돌아온 역할이 무엇인가를 파악했어. 귀국하자마자 그는 분황사에 머물면서 민중들의 신망을 모으는 일에 골몰했어. 게다가 선덕여왕의 신임을 절대적으로 받게 된 자장은 정치적인 제스처를 크게 부릴 때라고 판단했기 때문에 민중에게 우상이 필요하다는 걸 깨닫게 되었어. 대국통 자장은 정치공학을 터득한 사람이어서 황룡사에 9층탑을 세우자고 건의한 거야. '우리 신라는 원래가 부처님의 고향이다. 황룡사는 부처님이 원래 설법했던 곳이다. 여기에 9층탑을 세움으로써 아홉 나라가 신라에 항복하게 될 것이다.' 대국통은 이와 같은 말을 선전하고 부처가 원래 신라에서 살았다고 하는 맹랑한 신화를 퍼뜨려가지고 이러한 불국토설(佛國土說)을 민중들에게 주입시켰어. 그리하여 당시로서는 엄청난 공사를 개시하기 시작했어. 황룡사 9층탑은 높이만 해도 20미터가 넘는 거창한 크기였거든. 백성들을 이 공사판에 투입시켜 황룡사 9층탑을 정신적인 우상으로 삼게 했단 말야. 아깝게도 9층탑은 고려의 몽고란 때에 불타 버리고 말았지만……. 하여튼 이것은 신라의 삼보의 하나로 귀중시되었거든. 이조 말엽에 대원군이 경복궁을 중수한 것도 마찬가지 짓이었겠지. 경복궁을 중수하여 권위를 세워 보려던 의도는 완전히 실패로 끝나고 말았지만, 황룡사 9층탑은 그런 나름으로 민중에게 우상을 심어 놓는 데에는 성공한 듯해.

대국통 자장의 권세가 어땠을지는 능히 짐작할 수 있어. 정확한 비유가 될지 모르겠지만, 불교라는 것은 그 당시의 아카데미즘의 본령을 이루고 있었을지 몰라. 그렇다고 한다면 자장이 그것을 완전히 석권해가지고 권력층과 야합해 버렸을 터이니 불교는 자기의 본바탕을 잃어버렸을 게야. 이른바 비상시국이기 때문에 그러한 일이 가능할 수도 있겠지만, 반대로 비상시국이기 때문에 자장과 같은 사람의 역할은 너무 한계적일 수밖에 없어. 황룡사 9층탑이 자장의 긍정적인 공적이었다면 대국통으로서의 그는 좋지 않은 일도 했을 게야. 물론 자장의 부정적인 면에 대해서는 전해지는 바가 없기 때문에 이렇게 생각해 보는 것은 내 추측인지도 몰라. 하지만 원효가 어째서 미친 짓을 벌이며 돌아다녔는지, 또 대안(大安) 스님과 같은 사람이 왜 민가를 헤매 다녔는가를 보면 짐작되는 일이 있어. 자장이 완전히 불교계를 석권해가지고 가차 없이 숙청을 단행하고 똑똑한 사람이 보이면 죽이려고 덤벼들었기 때문에 일부러 그런 짓을 하고 돌아다녔다는 것을 알 수 있어. 장동 김씨 천하시의 흥선대원군처럼 말야. 그리고 원효가 화쟁(和諍)이라는 것을 열심히 강조하는 것을 봐도 그러한 사정이 짐작이 돼. 화쟁이란, 서로 사상이 다른 불교의 여러 학설에 대해서 이를 너그럽게 화해시키려는 태도이거든. 원효가 화쟁을 강조한 것은 학문적 독단론이 얼마나 위험한가를 깊이 살펴보았다는 증거일 거야.

따라서 자장이란 사람은 원효를 만들어 내기 위해서 존재했던 과도기적인 인물에 불과했다고 보인단 말야. 원효는 참담한 방황을 통하여 민중적인 인물로 성장할 수 있었거든. 위대한 인물이란 반드시 민중적인 성격을 가진 인물이라는 것을 자네들도 명심해 둘 필요가 있어. 그렇다고 민중적인 인물에 그쳐서는 안 되고 상층과

하층을 꿰뚫어 낼 수 있는 능력을 갖추어야 하는 거야. 원효는 열한 번째 계급의 미미한 출신이었지만 자신의 불력(佛力)으로 사회의 상층 구조와 하층 구조를 관류(貫流)했단 말야. 하지만 그가 뛰어난 능력과 종교심에도 불구하고 얼마나 불교계에서 소외당하고 있었던가 하는 것은 중요한 불교 집회에 그가 참석하지 못했던 것으로 봐도 알 수 있는 거야. 그에 대한 박해가 거셌다는 증좌야, 원효의 파계는 필연적인 과정이었어. 그는 술집에 처박혀 대낮부터 술을 처마시고 돌아다니는가 하면 창녀촌에 들락거리며 해롱댔거든. 모두들 그를 미친놈이라고 여기었겠지만 그에게 온기가 부어졌다는 것은 중요한 사실이야. 원효는 이렇게 해서 보통 사람으로서는 획득하기 어려운 광대한 정신 영토를 가지게 된 거야.

그는 어느 때 사복(蛇福)이라는 괴짜 중과 어울리기도 했고, 사복의 어머니 장례식에 가서는 '태어나지 말지니 그 죽는 것이 괴롭고, 죽지 말지니 그 태어나는 것이 괴롭구나' 하고 장난 글을 짓기도 했어. 사복도 괴짜인 것이 원효의 장난 글을 보고는 그것이 장황한 수작이라 하여 '죽고 사는 게 괴롭도다' 하고 고쳐 버렸어. 사복과 같은 괴짜, 대안 스님과 같은 걸승(傑僧)이 원효를 지켜 주었다는 사실도 중요한 거야. 원효는 이와 같이 미친 짓을 하고 돌아다니면서 자기를 소성거사(小性居士)라고 부르기도 하고 복성거사(卜性居士)라고 부르기도 했어. 복성(卜性)이란 아래 하(下) 자보다도 더 아래인 복(卜) 자를 따다가 붙인 거야. 원효가 이러한 별호를 붙였을 때의 심경은 아마 거짓 없는 진정이었을 거야. 자신을 그렇게 미천한 인물로 생각했음에 틀림없어. 자, 다음으로 원효에게 있어 가장 감동적인 행동을 이야기할 때가 되었군.

어느 날 서라벌 거리에서 원효는 탈춤을 추며 신나게 행락을 벌이는 광대패들을 보았어. 자네들도 알겠지만 우리나라의 예술은 그 전통이 길어. 민중예술의 본바탕을 이해하지 않으면 안 돼. 원효는 서라벌 거리에서 그러한 광대패들을 보고 깊은 감동을 느꼈어. 다음부터 원효는 스스로 탈바가지를 들고 다니며 심심할 적마다 그걸 두들기면서 노래를 부르고 춤을 추고 했단 말야. 원효가 왜 그랬느냐 하는 것을 이해해야 해. 그는 자신을 가장 민중적인 인물, 그야말로 민중과 백지 한 장의 차이도 없는 민중 그 자체의 인물로 만들고 싶었던 것에 틀림없어. '모든 것에 거리낌 없는 사람이라야 생사(生死)를 벗어날 수 있다'라고 한 원효의 뜻은 보다 깊어.

이제 원효와 요석공주와의 연애 사건을 내가 어떻게 보느냐 하는 이야기를 해야겠군. 요석공주는 김춘추의 딸인데, 그 당시 청상과부로 쓸쓸하게 세월을 낭비하고 있었단 말야. 다시 말하자면 이광수가 소설에서 그려 냈듯이 산뜻한 여자는 못 되는 게야. 막말로 하자면 헌 여자야. 또 원효가 요석공주와 맺어지는 그때에는 선덕여왕도 죽고 진덕여왕도 죽어, 김춘추가 왕위에 올라섰을 때이거든. 김춘추는 김유신의 누이동생과의 결혼 때문에 신라의 계급 사회적인 모순을 느껴 봤을 게고, 자기가 성골이 아니고 진골이기 때문에 왕위에 올라서기까지는 불가불 두 여왕을 내세우지 않을 수 없을 만큼 고통을 겪었단 말야. 그러한 김춘추이니 신라의 보수적 정객, 정통파적 지도층과는 사고방식이 달랐을 게야. 또 추측을 해 보자면 김춘추가 왕위에 올라섰을 때에는 자장은 이미 그 권력을 잃고 있는 중이었을 거야. 자장은 후일 오대산으로 갔다가 태백산으로 들어가서 거기에 암자를 짓고 살다가 죽었다고 하는데, 이것으로 봐서 그 말년이 허전하기 짝이 없단 말야.

원효가 요석공주를 유혹한 거야. 그걸 김춘추가 알고 청상과부가 되어 독수공방을 지키고 있는 자기 딸과 인연을 맺게 해 준 것이거든. 원효가 이때 길거리에서 불렀다는 노래가 지금까지 전하고 있어. '도끼에 자루를 끼우게 할 사람은 없느냐. 내가 하늘을 받칠 기둥을 찍어 세우겠노라.' 이 노래는 음탕하면서도 의미심장해. 자네들은 나이가 젊으니까 도끼에 자루를 끼우게 한다는 것이 무엇을 상징하는 말인지 알겠군. 그러나 원효는 거기에서 한 걸음 더 나아가 자기의 웅장한 야심을 토로했거든. 하늘을 받칠 기둥을 찍어 세우겠다는 그 발상은 얼마나 우렁찬 것인가 말야. 사내라면 이쯤 자신만만해질 수 있어야 하는 거야. 김춘추는 영리한 지도자이므로 원효의 수작을 알아들었어. "대사(大師)가 귀부인을 얻어 현자(賢者)를 낳으려고 하는구나. 현자가 있다는 것은 나라를 위해 좋은 일이야"라고 웃으면서 원효를 찾게 했어. 원효는 이제야 자기 뜻대로 되는구나 싶지만, 일부러 개천에 뛰어들어 생쥐처럼 홀딱 젖은 몸으로 김춘추 앞에 나갔고 김춘추는 그 해괴한 모습에 박장대소하면서 자기 딸의 방으로 원효를 디밀어 줬단 말이거든.

이제 마지막으로 원효와 의상의 관계에 대해서 이야기를 해야겠구만. 그거 불교인들은 원효의 파계를 흉한 모습으로 내보이는 게 두려워서 원효가 해골 물을 마셨다는 그 사실을 기를 써서 강조하려고 하더구만그래. 의상은 원효보다 여덟 살 아래지. 원효가 미미한 집안의 출신임에 반해 의상은 당당한 집안의 자손이었어. 원효와 의상은 두 번 당나라에 유학 가려고 했었어. 첫 번째는 아마 자장의 득세 시기였으니 좁은 데에서 썩고 있을 게 아니라 넓은 데로 가서 본바닥의 지식을 섭렵하고 오자는 생각이었을 게야. 그러나 두 사람은 고구려를 통과해서 만주로 들어가려다가 그만 간첩의 혐의를 받아 체포되었어. 그래 감옥소에 갇혀 고생하다가 그들이 정치 목적을 가진 게 아니라는 걸 알게 되어 풀려나왔지. 이렇게 첫 번째 유학 계획은 좌절되었구 다시 신라로 돌아온 원효는 줄곧 미친 짓만 하고 돌아다닌 거야. 여태까지 이야기한 것이 이 시절의 일이지.

십 년이 지나서 원효와 의상은 다시 당나라로 들어갈 계획을 세웠는데, 그 십 년이란 세월 동안에 신라는 이미 백제를 통합시켜 버렸으니 얼마나 변혁이 거셌던 십 년이었다는 것을 짐작할 만하지 않은가? 내 생각에는 원효가 당나라에 들어갈 마음이 없었던 게 아닌가 해. 의상은 곧게 성장한 사람들이 그렇기 마련이듯이 그대로 쭉쭉 뻗어 나갈수록 자신을 더욱 크게 만들 수 있지만, 원효는 우불탕 꾸불탕 인생의 신산을 겪을 대로 겪으면서 막 자란 사람이거든. 해골 물을 마셔가지고 원효가 대오 각성했다는 것은 사실이겠지. 하지만 원효가 당나라에 들어가지 않은 것은 정말 잘한 일이야. 의상이 저 혼자서 당나라로 건너간 것이 그를 위해서 잘한 일이듯이 말야. 원효의 당나라 유학 포기는 그에게 하나의 큰 분수령을 이루었겠지. 지금까지 해괴망측한 타락 생활을 보냈던 원효가 당당하게 정신적인 지도자로서 군림하게 되었으니까. 원효는 통일시대의 정신을 감당할 능력을 갖춘 인물로서의 큰 역할을 해냈어.

그의 정신적인 편력이 얼마나 위대한 것인가는 그의 어렵고 난해한 저서 때문만은 아니라는 걸 자네들은 이해하겠지. 왕실 전용의 종교였던 불교를 민중화시켰고 스스로 파행적인 과정을 통하여 그것을 실천한 것이 원효였거든. 자장과 원효의 다른 점이 바로 거기에 있어. 자장은 왕실 측근의 인물로써 제한된 역할밖에는 가지지 못하는 것이고 그나마도 제대로 해내었다는 것은 그 인물 됨됨이의 크기를 말해 주는 것이기는 해도, 불교계의 독재자로서 좋지 않은 일도 했어. 그렇게 본다면 원효를 형성하기 위해서 자장은 반대급부적으로 필요했던 인물에 불과하게 되고 마는 거야. 자장의 박해가 있었으므로 원효는 서슴없이 민중 속에 뛰어들어 고행하게 되었고, 그러한 고행의 결과로써 통일시대의 어렵고 힘든 정신의 세계를 감당해 낼 수 있는 힘을 키우게 되었거든. 자장이 황룡사 9층탑을 세움으로써 다져 놓은 왕실 불교를 민중의 종교로 확산케 한 원효는 따라서 자장을 통과, 극복하여 형성되어진 인물이야. 이 점을 충분히 알아야 해.

다음으로 원효의 불교 사상에 대해서 말해야겠는데, 자네들은 워낙 무식할 터인즉 그 말을 알아들을 리 없을 터이므로 관두지. 또 내가 하고 싶은 이야기는 그쪽이 아니기도 해. 아직 젊은 자네들은 당장의 사회 현실로부터 모범 답안을 꾸며 볼 생각을 하기에 앞서 미친놈처럼 떠돌아다녀 보는 게야. 마음껏 술도 처마시고 연애도 해 봐. 그거 고속버스가 아니라 시골 버스에 매달려 방방곡곡 헤매다녀 보기도 하는 게야. 자네들이, 비유컨대 자장이 되고 싶다면 황룡사 9층탑을 만드는 것도 아주 바람직한 일이기는 해. 황룡사 9층탑과 같은 것이 지금 필요한 것에 틀림없어. 그것도 쉬운 일은 결코 아니야. 아주 어려운 정신 작업임에 틀림없지.

자네들은 그저 술이나 마시게. 내가 술은 못 마시지만 자네들이 마시는 걸 구경하면서 기분은 낼 수 있으니."

두 청년은 술을 마셨다. 그러고 나서 버스를 타고 집으로들 돌아갔다.

《신동아》, 1972년 12월호

사육

사육

흐르는 개울물이 어찌 흐르지 않겠다고 할 수 있을까? 그렇게 시간이 흘러갔고, 그렇게 사람들은 견디어 내고 있었다. 아침이면 태양이 떠올라 왔고 저녁이면 어둠이 내렸다. 공사는 그대로 계속 중이었다. 아무도 그 공사가 언제 끝날지 알지 못하고 있었다. 어쩌면 그것은 영원히 계속될 것처럼 보였다. 마치 만리장성이 영구히 뻗어 나가 있고 만리장성을 쌓던 사람의 노력이 영원히 지속될 것처럼 느껴졌듯이 기계 돌아가는 소리, 괴상하게 생긴 자동차, 수 없는 계획표와 일정표, 감독과 명령 속에서 사람들은 계속 꼬물대면서 공사판에 매달려 있었다. 김(金)은 올해 서른한 살이었다. 김이 현장에 나타난 것은 두 달쯤밖에 안 되었다. 1년 2개월가량의 실직 생활의 쓰라린 체험 끝에 얻어걸린 직장이 바로 태평 토건이었다. 그는 무엇보다도 실직자 생활의 쓰라림을 아프게 겪었으므로 누구보다도 태평 토건에 충실한 사원이 되리라 결심했다. 실직 생활…… 아무것에도 소속되어 있지 않고, 멍하니 방심한 표정으로 방구석에 처박혀 지내는 그 생활은 참으로 죽은 거나 마찬가지의 기간이었다. 외삼촌을 통해서 이력서를 들이밀고, 부사장께 몇 번 청을 넣어서 간신히 잡은 직장, 태평 토건은 김에게 있어서 그가 충성을 바쳐야 할 지고지

엄(至高至嚴)한 조직체였다. 그렇게 하여 김은 독재 사회와도 흡사한 태평 토건의 조직인으로 흡수되었다. 이 회사는 랭킹 30위 정도의 선에서 머물고 있는, 아직도 결함 많고 모순 많은 회사였다. 회사의 조직인들은 마치, 시민들이 정부에 대하여 불평불만을 갖는 것처럼, 또는 그 이상으로 회사에 대하여 불평불만을 가지는 것이지만, 다만 그것은 보다 구체적이고 절실한 것이었다. 김은 고학을 하면서 대학을 졸업하였는데, 그러자니 학업에 충실했던 것은 아니었으나, 그까짓 현장에 나가 일하는 십장 노릇쯤이야 감당 못 하랴 싶었다. 김은 곧 회사의 운영 방침에 의하여 공사 현장으로 수송되었다. 김은 굳은 결의와 약간의 감동을 준비하여 그곳에 당도했다. 그리하여 공사는 계속되었고, 소음 속에서 해가 떠올라 소음 속에서 어둠이 깃드는 나날이 계속되었다. 시간은 많은 사람들의 꼬물거리는 노동에 의해 금속성을 내는 듯했으며, 또는 그 금속성에 의해 간신히 지탱되고 있는 것도 같았다. 일은 고되었고, 사람을 부린다는 것은 힘들었다. 계획은 빠듯했고, 사고는 계속 발생했다. 공사 자체도 힘들 뿐 아니라 노동 인부들, 그 막판 인생들에게 명령을 내리고 감독을 한다는 것도 역겨운 일이었다. 그러나 1년 2개월의 실직 끝에 가지게 된 직장이었다. 김은 실직의 계절을 통해서 깊은 느낌을 얻었고, 사회생활의 무섭게 냉정한 원칙 비슷한 것을 깨달은 것으로 생각되었다. 그러한즉 회사에 충성하여 승진해야겠고, 능력을 발휘하여 발판을 굳혀야 했다. 그래서 김은 누구보다도 성실히 공사에 임했다. 그는 성실할 뿐만 아니라 능률을 올려야 했다. 그러자면 계획을 초과 달성하는 일이 필요하고, 노동 인부들, 그 막판 인생들과 혼연일체가 되어야 했다. 그래서 김 스스로의 결의는 노동 인부들과 격의 없는 관계를 맺고 싶었고, 그들과 같은 생활 반경, 똑같은 의식구조, 그야말로 탄탄하게 조여진 일체감을 가져야 한다고 믿었다.

그렇지만 그것이 제대로 되지 않았다. 김은 어처구니없는 실수를 계속 저지르고 있었다. 노동 인부들은 김의 마음을 이해해 주지 않았다. 김을 자기들과는 종류가 다른 인간으로 취급해서 곁을 주지 않았다. 다음으로 김 자신의 의식적인 노력에도 불구하고 그의 생리가 노동 인부들과 같은 마음이 되지 않음을 깨닫게 되었다. 사실상 그가 공사 현장의 십장이라도 감수한 것은 1년 2개월의 실직 생활이 참담했기 때문이었다.

김은 노동 인부들로부터 계속 따돌림을 받았고, 그럴수록 더욱 서투른 십장이 되어 갔다. 그의 별명은 '가네야마'였다. 이는 김이 왜정 시대의 왜놈과 흡사하다 해서 노동 인부들이 선사한 별명이었다. 그런데 김은 이런 별명을 듣는다는 것이 죽기보다도 싫었다. 어째서 내가 가네야마란 말인가? 그는 일본 놈들의 수탈·착취 행위를 알고 있었다. 또한 그의 집안으로 말하더라도 할아버지는 독립 의병을 하다가 왜경에 잡혀 죽었다. 그러한 할아버지 때문에 그의 아버지는 인생을 망쳤고, 그 여파는 그 자신에게까지 파급되었던 것이다. 그러한 그가 어째서 가네야마가 되어야 한단 말인가? 그러나 김이 가네야마라는 별명을 듣기 싫어할수록 노동 인부들은, 김이야말로 틀림없이 일정 때의 왜놈과 같은 자라는 확신을 가지고 있는 모양이었다. 그래서 김은 자기가 가네야마 아님을 증거하기 위해 애를 썼고, 그것이 뜻대로 안 되자 결국은 별명에 대한 항거를 포기하였다. 그는 노동 인부들을 경멸하기로 했다. 그래서 그는 포악해져 갔고, 점점 실수를 저지르는 것이었지만 본인 자신은 그에 괘념하지 않았다. 말하자면 십장이라는 자리가 그렇게 포악한 자리가 될 수밖에 없다는 것을 알아낸 것처럼. 그래서 김은 진짜로 가네야마가 되어 버린 것이었는데, 이때로부터 그는 능력 있는 조직인으로서 태평 토건의 간부들에게 부각되기 시작하였던 것이다.

그리고 이때로부터 노동 인부들은 김을 몰아낼 계획을 꾸미기 시작하였다. 맨 처음 김이 공사 현장에 나타났을 때 노동 인부들은, 그가 아무것도 모르는 애송이라는 것을 알았으므로 좀 놀려 준 것이 사실이었다. 가네야마라는 별명이 그것이었다. 김이 회사에 충실한 조직인이 되겠다는 사명감을 가지고 인부들을 들볶아 대려고 했을 때, 이를 받아들여 순종한다는 것은 참기 어려운 고역이었다. 더욱이 김은 공사판에 대해서 아무것도 몰랐다. 그럴수록 그 실정을 알아야 할 터인데도 그저 자기 생각에만 골몰해서 뚜뚜따따했다. 가령 김은 인부들더러 술을 마시지 말고 돈을 저축하라느니, 고생스럽더라도 참고 나가야 한다느니, 따위의 소리를 비장한 어조로 했던 것이다. 또한 가령, 군대 기피자 한만호더러 "군대 갔다 왔소?"라고 물은 것은 좋았다 치더라도 한만호가 그 일 때문에 속으로 얼마나 켕겨 하고 있는지를 알지도 못하고 악질적인 농담을 한 것은 한만호로 하여금 "밀고할지도 모른다." 하고 생각게 함으로써 마음을 심란하게 만들었던 것이다. 그러나 그것은 문제가 아니었다. 한만호가 심란한 마음이 된 것을 김이 비웃음으로써, 즉 사람이 왜 그렇게 단순하냐고 말함으로써 한만호로 하여금 "이봐, 난 소학교두 못 나왔소. 당신처럼 똑똑하질 못해서 그렇단 말요."라는 이야기가 나오게끔 되었다면 문제는 달라졌다. 김은 태평 토건의 조직인이었으나, 인부들은 하루 일당을 받아먹고 일하는, 그야말로 인생의 막다른 골목들이었다. 태평 토건은 공사를 성공리에 끝마쳐야 하겠지만, 인부들은 일당을 받기 위하여 그 공사에 동원되고 있을 뿐이었다. 사정이 그럴 만하면, 그렇다는 것을 똑똑히 알아서 일을 시켜야 할 터인데, 김은 애송이가 되어 놔서 아무것도 모르고 설치는 것이었다. 그야 어찌 되었든 날마다 해는 뜨고 밤이 찾아왔고 그리고 공사는 힘들게, 힘들게 진행되어 가고 있었다. 일을 시키는 것은 김이었고, 김의 뒤에 도사리고 있는 조직체 태평 토건이었고, 태평 토건 뒤에 도사리고 있는 그 무엇이었으나, 인부들은 그런 것을 따지는 대신에 다만 김으로 하여금 결코 인부들의 수중에서 벗어나지 않도록, 그 점만을 의식해 두면 되었다. 인부들이 어떻게 저 거대한 공사의 전모를 알 것인가? 또 알았다고 해서 무슨 소용이란 말인가? 인부들은 김이 폭군이 되지 않도록 그 점만을 견제함으로써, 그것으로 약간 안심을 하며, 저 지루하고 힘에 벅차며 거의 무의미한 듯이 느껴지는 공사에 간신히 동원되고 있었다.

인생의 지혜란 항상 더러운 것이었다. 원리가 있는 것도 아니고 법칙이 통하는 것도 아니지만, 그렇다고 어떤 기본적인 룰이 없는 것도 아닐 터이니, 인부들이 막연히 생각하는 것은 민주주의도 아닐 터이고, 독재주의도 아닐 터이고, 그러니까 이왕 사육당하는 처지일 바에야 좀 편하게 덜 들볶이며 사육당하고 싶다는 그런 기분일 터였다. 그야 일은 고되기 짝이 없었고, 나오는 돈이라야 형편없이 적었다. 그걸 절망해 본댔자 무슨 소용이 있겠는가? 그럼에도 절망이 있다면 철이 덜 든 것으로 간주해 버리고 참고 또 참아서, 그 절망이란 놈을 깊숙하게 꾱겨 놓고, 술기운 퍼지듯 감감하게 육체에 얹어 놓고, 그러고 나서 절망하지 않는 것이었다. 그래서 아마 김이 볼 적에는, 인부들이란 전혀 곤충과도 같은 것이고 다만 촉각만이 발달한 굼벵이처럼 보일 것이지만, 인부들의 입장에서 볼 적에는 김이 결국은 허수아비이고, 결국은 지쳐서 자기 갈 곳으로 가 버릴 일종의 기숙자에 불과한 것일 터였다. 끝판에까지 공사 현장에 남아 있는 것은 김 쪽이 아니라 인부들 쪽이었다. 무수하게 나라가 바뀌고 임금이 바뀌는 저 중국의 혼란 시대에 무감각하게 살았던 일반 백성들과도 흡사해서, 인부들은 그동안 무수한 감독, 무수한 기사, 무수한 십장들을 겪어냈고, 그리하여 그들이 갈려갈 적마다 종당에는 자기네들이 이겨서 살아남은 것처럼 좋아하는 것이었다. 일을 시키는 사람과 일을 하는 노동 인부와의 사이에는 결코 혼동될 수 없는 거리감이 있었다. 그것이 혼동되면 서로 몹시 불편하고, 몹시 화가 나는 것이었다. 잠자는 사자를 건드리면 화를 내고 으르렁거려 잠을 깨운 자를 잡아먹어 버리고 다시 잠들고 싶어 할 것이었다. 인부들은 일을 시키는 자의 명령에 따라 일하고 있는 것이지만, 사실상 일을 시키는 자는 인부들이 앞에 내세운 꼭두각시에 불과한 것이었다. 왜냐하면 인부들의 입장에서 보자면 할 수 있는 일만을 하는 것이었다. 인부들은 일하는 사람이므로 일하는 것에는 근본적으로 아무 느낌도 있을 수 없었다. 인부들은 일, 그 일이 어떤 일이든지 다만 그것은 마찬가지였다. 과거에도 일해 왔고 앞으로도 일해 갈 것이었다. 다만 할 수 있는 일만을 할 뿐이었다. 그러므로 할 수 없는 일을 하라고 할 때에는, 그렇게 명령을 내리고 있는 십장을 가만두지 않는 것이고, 그리하여 다시 할 수 있는 일만을 하는 것이었다.

그럼에도 공사는 계속되고 있었고, 날마다 태양은 떠오르고, 밤이 되면 술을 마시고, 자질구레한 불평을 토로함으로써 큰 불평을 막아 버리고, 그리고 경제 개발 계획의 추진은 그 극히 작은 한 요소에 불과한 그 공사 현장에서는 그런대로 지속이 되고 있었다. 달리고 있는 차는 계속 달려야 했다. 너무 빨리 달리는 것을 원치 않고, 그렇다고 천천히 달리는 것도 바라지 않고, 그저 그렇게 달리고 있어서, 과연 그게 달리고 있는 것인지 달리지 않고 있는 것인지 모를 정도로 달려야 했다. 그리고 그 점을 김은 얼마 안 되는 현장의 생활을 통하여 어느 정도 분명히 느끼게 되었다. 공사장에 처음 나타났을 때 그가 너무 성급한 의욕과 열의를 가지고 있었다는 것을 인정하기까지에는 상당히 오랜 시간이 걸렸으나, 그리고 그 의욕과 열의라는 것이 사실상 의욕과 열의가 아니라 어리석은 조바심과 자기가 해야 하는 일이 무엇인가를 알지 못하는 데에서 나온 무지스러움 이상이 아니었다는 것을 깨달은 것은 더욱 뒤에 일이었으나 결국은 그것을 알게 되었고, 알게 된 순간, 그는 인부들의 어리석음을 새삼 발견하고 놀라 버렸다.

그는 학교에 다닐 적에 노신(魯迅)의 아큐정전(阿Q正傳)을 읽은 적이 있었다. 그리고 감동한 적이 있었다. 그가 본 인부들이 바로 아큐였다. 때리고 차고 짓밟아도 성낼 줄을 모르고, 그냥저냥 술타령이나 하고, 사소한 만족에 크게 기뻐하고, 조그만 위협에 하늘이 꺼지는 듯 두려워하는 족속들이었다. 그는 인부와 자기와의 관계를 아큐와 노신의 관계에 빗대는 그러한 비유법에 상당히 만족했다. 그는 공사 현장을 떠나 어쩌다가 서울 올라올 기회가 있어서 은행이나 국가 기관에 다니는 친구들을 만날 때에는 반드시 자기가 착안해 낸 그 비유법을 쓰는 것이었다. 그러면 친구들은, 공사 현장을 느끼는 것이 아니라 그 비유법의 실감을 느끼면서 재미있어했다. 그리하여 김은 공사 현장에서 일어난 모든 일과 인간관계에 완전히 익숙해졌다고 믿었고, 아마 가장 유능한 십장쯤의 하나가 아닐까 생각하였다. 아큐는 노신이 있기 때문에 아큐인 것이다. 노신이 없는 아큐는 얼마나 더 비참할까? 그 반대도 마찬가지였다. 아큐가 없는 노신은 얼마나 허황할까? 그 아큐에 그 노신이 있었기 때문에, 또는 그 노신에 그 아큐가 있었기 때문에, 문학이라는 면에서 중국은 크게 달라졌던 것이었다.

공사 현장은 비참했고, 작업량은 항상 밀려 있었고, 인부들은 짜그라들고, 그는 적당히 채찍질을 했다. 인부들은 인부들 이상이 아니므로 항상 가난할 수밖에 없고, 항상 비참할 수밖에 없었다. 그 가난, 그 비참이 항상 그렇게 팍팍한 상태로 남아 있어야 한다는 것이야말로 공사 자체를 위하는 길임을 발견한 것은 그다음에 일이었다. 일단 긴장이 풀리자 그는 권태를 느꼈는데 이 권태를 감당한다는 것이 퍽이나 힘들었다. 그는 처음 현장에 왔을 때와는 달리 뒷돈을 받아쓰기도 하고, 상식적인 뇌물은 당연히 묵인함으로써 그렇게 무능한 유능인이 되어갔다. 어쨌든 그는 인부들과는 입장이 달랐으니, 얼마나 다른가를 새삼 느끼게 되었고, 처음 왔을 때 무조건 인부들에게 자신을 일치시키고자 했던 것이 얼마나 어리석은 것이었나를 깨닫고 고소(苦笑)했다. 국가 경제는 새로운 국면에 접어든 것 같았고, 아니 그보다도 태평 토건은 좀 곤란한 상태에 직면하고 있었다. 전에도 인부들의 일당 지불은 현금이 아니었다. 전표를 써 주고, 한 열흘쯤 있다가 현금으로 바꾸어 주었다. 그러나 인부들은 당장 돈이 아쉬운 판이므로 그 전표를 함바집에 숙식대로 내놓기도 하고 술을 사 먹기도 하였으므로 전표는 사실상 준 현금처럼 유통되고 있었다. 태평 토건이 여의치 않다는 것을 가장 먼저 알려준 것은 바로 전표에 나타났으니, 현금 환불 기일이 늦어졌던 것이다. 또는 환불을 늦춤으로써 태평 토건이 여의치 않다고 공포하여 숨을 돌리자는 것인지 어쩐지도 알 수 없는 노릇이었다.

인부들은 회사 측에서 농간을 부리고 있다는 것을 알았다. 언제 경제 사정이 좋았던 적이 있었던가? 아니 여태까지는 회사 형편이 괜찮아서 열흘 전표를 써 주었던가? 그렇게 하지 않고서는 인부들이 일을 할 수 없으므로, 여러모로 계산해 보고 궁리해 본 결과 열흘 전표로 마무리했다던 것이 아닌가. 그런데 하루아침에 이십일 전표를 써 주겠다고 하니, 이는 일을 하지 말라는 것이나 마찬가지였다. 인부들이 열흘 전표를 현금으로 바꿀 때에는 이자 계산을 해서 액수의 1할은 떼어 냈던 것이다. 만약에 이십일 전표가 된다면 액수의 2할은 떼어 내야 할지 모른다. 그것은 결과적으로 임금을 떨어트린다는 말이었다. 그런데 임금을 떨어트릴 수는 없으므로 그와 같이 교묘한 술책을 부리고 있는 것일 터였다. 지금까지 평온한 것처럼 보였던 공사판은 하루아침에 긴장감이 돌았다. 하기야 회사 측에서는 미리 그 점을 예상하여 만단 준비를 갖춘 듯했고, 김은 다만 아무런 표정도 나타내지를 않았다. 인부들은 모여서 대책을 의논했다. 강경파와 온건파가 갈렸다. 중국에서 오래 살아서 중국말을 할 줄 알았고, 한반도는 너무 좁다고 개탄하곤 하는 장 영감은 극력 온건책을 내세워 회사의 형편이 그렇다니 따르는 수밖에 있느냐 했고, 항상 반편처럼 웃기만 하던 황은 분개한 표정이 되어 파업에 들어가자고 했다. 장시간 토론했으나 결국 의견은 모이지 않았고, 인부들은 회사 측의 새로운 조건을 받아들였다. 그리하여 처음에는 울분도 끼었고 억울하기도 했으나 얼마 지나지 않아 이십일 전표에 익숙해지고 말았다. 현금으로 바꿀 때에는 이잣돈 조로 얼마가 더 나갔고, 그리하여 인부들의 형편은 그만큼 옹색하였으되 그것도 적응이 되었다. 술집은 매상이 좀 줄었으나 계속 인부들로 법석거렸고, 합숙소, 소위 함바집 합숙소 아주머니는 숙식으로 남는 돈과 이자 조로 남는 돈으로 평시와 다름이 없었다. 그러자 이번에는 25일 전표가 실시되었다. 인부들은 모여서 개탄했지만 자신들의 허약함을 느끼게 될 뿐이었다. 현금으로 바꿀 때는 2할 5부를 떼어내야 했다. 그러자 전표 환불은 30일이 되었고, 얼마 안 있어 35일, 그리고 40일이 되었다. 그리고 얼마 안 있어 50일이 되었다. 따라서 인부들은 전표에 씌어 있는 액수의 5할, 즉 반의 현금밖에는 받을 수 없게 되었다. 그것은 그러니까 노임(勞賃)이 불과 한두 달 사이에 반으로 내려갔다는 이야기 이외에 아무것도 아니었다. 다만 인부들은 단결할 수 없었고, 그래서 자기네가 받는 돈이 그만큼 작아져 가고 그것을 알아차리지를 못했던 것이었다. 하기야 회사 측에서는 온갖 선전 방법을 동원하여 경제가 여의치 않음을 설명하였고, 조금만 참아달라고 말하였고, 일부 사람들에게는 향응을 베풀어 환심을 사기에 급급하였다. 약간의 사람들은 회사 측의 처사에 분개하여 이미 일찍이 빠져나갔으나 그들은 다만 빠져나갔을 뿐, 회사 측의 처사에 대항하여 그 부당함을 고치도록 할 수는 없었던 것이었다. 그것은 아무래도 김의 능력 발휘와 동분서주 뛰어다닌 보람 때문이었을 것이다. 김은 누구보다도 열성적으로 회사의 곤란을 강조하였고, 누구보다도 자기가 인부들의 편에 서서 회사 고위층과 담판 중임을 역설하였다. 인부들은 김을 믿을 수 있어서가 아니라, 믿지 않고서는 다른 도리가 없었다. 그리하여 한두 달 사이에 인부들은 그들의 봉급의 반을 빼앗겨 버리는, 다시 말하자면 봉급이 반으로 줄어든 사태를 만났던 것이었다.

그리고 이것이 인부들로서는 참을 수 있었던 마지막 한계선이었다. 인부들은 들고 일어났다. 몽둥이를 들고 김과 현장 감독과 소장이 쓰고 있는 사무실을 습격하였다. 사태에 놀란 서울 본사로부터 부사장이 직접 내려오고, 그리고 노무자 대표와 회담에 들어갔다. 그리하여 쌍방은 합의를 이루었으니, 회사 측에서는 40일 전표를 주장하였고 인부 측에서는 20일 전표를 주장하여 30일 전표로 낙착을 짓게 된 것이다. 이의 부대조건으로서 인부들은 김을 몰아낼 것을 요구하였고, 회사 측에서는 수락했다. 그리하여 다시 아침이면 태양이 떠올라 왔고 저녁이면 어둠이 내렸다. 공사는 그대로 계속되었고, 기계 돌아가는 소리, 괴상하게 생긴 자동차, 수없는 계획표와 일정표, 감독과 명령 속에서 인부들은 계속 꼬물대면서 공사판에 매달려 있었다. 인부들은 새로운 십장을 맞이하였으니 그는 정(鄭)이라고 하였다. 정은 어릿거렸고, 하는 짓이 서툴렀고, 그래서 사람들은 '당나귀'라는 별명을 지어 주었다. 또한 사람들은, 먼저 십장 김과 지금 십장 정을 비교하여, 김이 결국 인부들에 의하여 쫓겨난 것을 통쾌하게 생각하였고, 새로 온 정 또한 그렇게 쫓아 보낼 수 있다고 만족하였다.

김은 태평 토건에서 쫓겨났다. 인부들을 제대로 통솔하지 못한 책임을 묻게 되었던 탓이었다. 하지만 직장에서 쫓겨난 김 또한 만족하였다. 그 김은 현장에서 십장으로 있을 때, 그리니까 전표가 5할로 떨어지고 있을 무렵에 한몫 밑천을 잡았던 것이다. 밑천을 잡았을 뿐만 아니라 귀중한 체험을 얻었다. 사실상 밑바닥 인부들을 어떻게 사육시키는지, 사육사로서의 요령을 배웠던 것이었다. 그래서 김은 다른 건설 회사에 들어가 더욱 악랄한 십장이 되어 인부들을 잡아먹고, 등쳐먹고, 못살게 구는 역할을 늠름하게 감행했고, 그리고 인부들은 여전히, 여전히 사소한 일에 크게 화를 내고 조그만 공갈에 많은 두려움을 가지며 허덕허덕 일에 매달려 있었다. 날마다 태양은 떠오르고 공사는 그대로 계속되었다. 어쩌면 그것은 영원히 계속될 것처럼 보였다.

《지성》, 1972년 1월호

홍역 1

홍역 1

1.

오망골에 홍역이 들어왔을 때 다섯 명의 어린것들이 역신(疫神)에게 불려갔다. 그중에서도 강석헌의 아이들 세 명이 죽어 버리고 말았으니 부인 오 씨의 슬픔이란 이루 말할 수 없었다.

오망골은 밤나무, 감나무에 둘러싸여 있는 50여 호 정도의 조그만 촌락이었다. 지도를 펼쳐 놓고 보면 황해(黃海)의 가녘에 백령도라는 섬을 발견할 수 있다. 그 백령도에서 시선을 오른쪽으로 조금 이동시키면 부서진 삽자루 모양으로 삐죽이 튀어나온 지형을 발견하게 된다. 이것이 소위 옹진반도이다. 옹진읍은 옹진반도 아래에 동그라미 하나로 표시되어 있다. 옹진읍에서 빨간 줄이 뻗어가 있는데, 그것은 38선을 나타내는 까만 줄과 교차하여 그 위쪽으로 태탄이라는 곳에 연결되어 있다.

옹진으로부터 뻗어온 빨간 줄과 38선을 가리키는 까만 줄이 교차하는 곳의 이름을 사람들은 긴둥이라고 부른다. 긴둥에서 왼쪽으로 십 리쯤 들어가면 삼괴정이라는 마을이 나오고, 오른쪽으로 5리쯤 꼬부라져 들어가면 오망골이 되는 것이다. 오망골은 수청골의 계곡을 흘러 내려오는 개울을 멀찍이 휘감고 도는데, 그 개울은 오망골의 외곽에 와서 원내라는 이름으로 불리워지게 된다. 큰 개울은 아니지만 그 위에 수리 조합 시설이 있어서 넓은 들판에 물을 대 주는 젖줄이 되고 있다. 긴등에서 원내를 건너 이십 분쯤 걸어오면 나타나게 되는 오망골에는 옛날부터 강(姜) 씨들이 많이 살고 있었다.

강석헌의 집은 오망골에서도 이름난 부자였다. □자형의 뙤새집이 구름처럼 들앉아 있었다. 대문과 중문이 세워져 있었고 신주를 모신 사당과 커다란 사랑방, 지체 높은 집안임을 가리켜 주기에 족하리만치 큼직한 툇돌과, 튼튼한 재목을 써서 세운 문지방에 대청이 번듯하니 넓었다. 집 앞으로는 조그만 동산을 가지고 있어서 그 동산에는 백 년쯤 된 느티나무가 부군(府君) 나무로 지정되어 동네 사람들의 위함을 받고 있었다.

강석헌의 부인 오 씨는 흔히 마산댁으로 불리워졌다. 오 씨의 고향이 옹진읍 마산리에 있었기 때문이다. 열여섯 살에 오망골에 들어와 상처(喪妻)한 강석헌과 성례(成禮)를 치루었는데, 오 씨의 집안은 빈한하여 재취 부인이 되는 것을 달갑게 받아들였던 것이다. 그 뒤로 오 씨는 연년이 자식을 낳아 위로 딸 두 명에 아들 하나의 어머니가 되었다. 오 씨는 큰 집안의 맏며느리답게 인덕이 있어서 복잡한 가내 권솔을 잘 다스렸으며, 머슴과 소작인(그곳 사투리로는 서포살이라고 하지만)들에게도 흠을 잡히지 않았다. 다만 시아버지가 되는 강신운 노인은 망령기가 있어서 며느리를 타박하였고, 재산문제를 가지고 여러 자식과 뜻이 맞지 않아 분란이 일어나곤 하였다.

강석헌은 벌써 서른여섯이었다. 그는 아버지와 뜻이 맞지 않았다. 강신운 노인은 구두쇠였고, 죽천에서 내려온 기생을 첩으로 맞아들여 늦바람을 피우고 있었다. 강석헌은 한때 공부가 하고 싶어서 서울로 올라간 적이 있었고, 한동안 산학교에 다니기도 하였으나 종갓집 맏아들로서의 책임을 피할 도리가 없고, 거기에 강신운 노인의 성화같은 독촉에 못 이겨 다시 하향하고야 말았다. 고향에 내려온 그는 농사일을 감독하였고, 나중에는 그 고을에 생겼던 소학교의 운영에 약간 관여하기도 했던 것이다.

집안은 번다해서 일가붙이와 손님들이 끊일 새 없이 드나들었으며, 출가한 딸들과 고모들이 친정에 다니러 오기도 하고, 근친을 가기도 하였다. 마침 그해에 강 씨 집에서는 혼사가 있었다. 강석헌의 막내 누이가 되는 강순례는 태탄 가루개(갈현동)에 사는 권 씨 집에 출가하게 되었다. 강석헌은 후행(後行)을 서서 신랑 집엘 갔다. 혼자 가기에는 심심하게 생각되어 그때 세 살이던 아들 강만구를 데리고 갔다. 왜정 말기를 다가가는 세월이어서 물자가 넉넉하지만은 않았지만, 유벽진 시골 인심에는 반드시 큰 변화가 있는 것도 아니어서 혼인 예식은 그렁저렁 풍성하였다. 강석헌은 사흘 동안 머물면서 극진한 대접을 받고 돌아왔던 것이었다.

그런데 바로 그 혼인집에서 홍역을 묻어 가지고 온 것이었다. 처음에는 그저 흔하게 도는 고뿔이거니 싶어 내버려 두었지만, 세 살짜리 강만구는 점차 심상치 않은 증세를 보이기 시작했다. 눈곱이 끼고 콧물을 줄줄 흘리더니 좁쌀알 같은 것이 전신에 내 돋기 시작했다. 그것이 홍역인 줄을 알게 되었을 적에는 이미 때가 늦었다. 삽시간에 그것은 퍼져서 강석헌의 세 자식이 모두 앓아눕게 되었고, 강신운 노인과 죽천에서 온 기생첩 사이에서 태어난 두 명의 어린애들도 병에 걸렸다. 나이는 비슷하지만 조카 아재비 사이가 되는 다섯 명의 어린애가 일제히 홍역을 앓게 되었고, 서포살이를 하던 허

씨네 딸아이, 수대 댁이라고 불리는 과부의 유복녀, 그리고 열일곱 살짜리 머슴인 밤쇠까지도 앓아눕게 되었다.

병구완을 위해서 갖가지 치료법이 시행되었다. 개똥을 받아 그것을 짜낸 물을 애들에게 먹였다. 가재를 잡아서 배를 가르고 거기에서 생기는 보글보글한 거품만을 따로 받아낸, 노란빛의 '가재장'을 복용시키기도 하였다. 다른 한편으로는 태어난 지 얼마 안 되는 생쥐 새끼를 껍질째 태워서 그것을 먹였다. 하지만 홍역의 증세에는 차도가 없었다. 오 씨는 실성할 지경이 되어 애들의 전신에 돋은 고름을 빨아대기도 하였고, 부군 나무 앞으로 가 치성을 드렸으며 드디어는 살풀이까지도 하였다. 무당은 깩깩 고함을 지르며 앓고 있는 애들의 주변을 빙글빙글 돌았다. 복숭아 나뭇가지를 꺾어서 애들의 곪아 터진 피부에다가 꽂았다. 그럼에도 불구하고 홍역에 걸린 애들은 낫지 않았다.

제일 먼저 세 살짜리 강만구가 숨을 할딱이며 몸부림치다가 점점 피부 빛깔이 까맣게 변하더니 그만 숨을 거두고 말았다. 그러자 조금 뒤에는 수대 댁의 유복녀가 기진해서 죽고 말았다. 아직 죽지 않은 애들도 증세는 점차적으로 나빠지기 시작하여 목숨이 경각에 달리게 되었다. 강신운 노인은 어린것들이 홍역에 걸렸어도 돈이 드는 것이 아까워 모른 체하고 있었지만 사태가 이렇게 되고 보니까 서둘러 본격적인 치료방법을 생각하게 되었다. 이에 강석헌은 차를 불러 타고 옹진까지 의사를 데리러 갔다. 한편 부인 오 씨는 지칡 뿌리를 구하러 친정집으로 황급히 떠났다. 지칡 뿌리를 짓이겨 물을 내어 먹이면 어떠한 홍역이든지 떨어지는 것을 오 씨는 시집 오기 전 처녀 시절에 보았던 것이다. 이렇게 강석헌과 오 씨가 집을 비운 사이에도 동네 할망구들은 부적을 만들어 애들의 얼굴에 붙였고,

역신을 쫓기 위해 주문을 외었다. 강신운 노인과 죽천에서 온 기생첩도 자못 걱정이 되어 숨을 할딱이고 있는 어린것들의 방을 연신 들락거렸다.

그러는데 밤이 되었고 어린애들의 증세는 더욱 나빠지기 시작하여 하룻밤 새에 연거푸 두 명이 죽어 버리고 다음 날 아침에 또 한 명이 죽었다. 강석헌과 마산댁 오 씨 사이에서 태어난 세 명의 자식이 모두 홍역으로 가 버렸던 것이다.

다음날 해질녘에 의사를 데리고 온 강석헌과, 지칡 뿌리를 한 아름 안고 나타난 마산댁은 말문이 막혀 멍하니 하늘만 쳐다보았다.

"집안이 망할려구 이런 변괴가 생겼다. 에이 꼴 보기 싫다."

강신운 노인은 마산댁을 노려보며 호통을 질렀다. 마산댁 오 씨가 잘못해서 어린것들이 죽어 버렸다는 것처럼.

"그거 저 앞산 아무 데나 갖다가 묻어 버려라. 어린것들이 죽었으니 관을 쓰겠냐, 상여를 메겠나?"

2.

홍역을 이기지 못하고 죽은 어린애들이라 관을 쓰지도 않았고 옷을 입힌 위에 짚으로 싸서 앞산에 묻고 말았다. 오 씨만은 실성한 가운데에도 어린것들을 가족묘에 매장시켜 주기를 애원하다시피 바랐지만 강신운 노인은 그 말을 듣지 않았다.

봄철이 돌아오는 산야에는 푸릇푸릇 새싹이 돋기 시작했고 앞산에는 봉긋한, 조그만 아기 묘가 다섯 개 생겨났다. 마산댁은 그 무덤 곁에서 떠나려고 하지 않았다. 무슨 이유든지 내세워 집 바깥으로 나갔으며, 한밤중에도 신들린 것처럼 앞산을 기어 올라갔다.

산짐승들이 음산하게 우는 밤이면 더욱 안절부절 못 했다. 여우가 나타나 무덤을 파헤치는 그런 광경이 오 씨를 더더욱 불안하게 만들었다. 이따금씩 자장가를 흥얼거리기도 하였고, 산에서 가랑잎이 흔들리고 아지랑이가 피어오르면 죽은 어린것들의 원혼이 나타났다고 반색을 하며 좇아가기도 하였다.

하지만 시간이 좀 지나자 마산댁은 또 포태를 하게 되었다. 태어나 봤자 죽어 버리고 말 아이를 뭣 때문에 가져야 하냐고 오 씨는 진저리를 쳤다. '이 집안에는 살기가 서려 있어, 망조가 들렸으니 새 생명이 깃들일 수가 없어. 억울하게 죽은 안 씨네 귀신이 이 집을 함빡 뒤집어 씌우고 있어서 그 재앙을 받고 있는 거야.'

어느 맑은 날 액땜을 하기 위해 한바탕 굿을 벌였다. 강 씨의 대소일가는 근래에 불운이 겹쳐 일어났던 것이었다. 마산댁은 시어머니와 함께 주동이 되어 재물이 아깝다 생각하지 않고 성대하게 벌였다.

죽은 어린것들을 위해서 진오귀굿부터 시작했다. 자리걷이를 해주자 무당의 넋두리가 시작되었다. 죽은 어린애들이 저승에서 보내오는 말이 신들린 무당의 입으로부터 흘러나왔다.

"죽은 나뭇가지에서 새싹이 돋아요."

무당의 말을 들은 할머니와 동네 사람들은 크게 안심을 했다. 비록 세 명의 어린것이 죽어 버리고 말았지만 거기에서 새싹이 돋아나온다고 했으니, 앞으로 태어날 아기는 수명장수하고 오복을 누릴 것이라고 자위하였다.

이어서 무당은 어린 원혼들을 위해서 '세왕'을 갈라 주었다. 무명을 땅바닥에 펴고 그 위에 작두를 곤두세웠다. 무당은 춤을 추다가 별안간 작두 위에 오뚝 서 가지고 밟아 나갔다. 신기하게도 무당의 버선 바닥에는 작두의 날이 들어와 박히지 않았는데, 죽은 어린것들의 생년월일을 대면서 부디 좋은 곳으로 보내달라고 축원을 마지않았다.

그렇게 굿을 한 번 벌인 뒤로 마산댁은 한결 마음이 진정되었다. 죽은 어린애들이 좋은 곳을 찾아갔으리라 생각하고는 안심을 놓았으며, 장차 태어날 아이를 위해서 이번에는 삼신굿을 벌였다. 삼신이란 어린애를 잘 낳게 하고 산모와 태아를 돌봐 주시는 신이니, 삼신에게 거슬리는 짓을 하면 태어날 어린애에게 화가 미침은 물론이려니와 산모도 또한 산욕을 겪기 마련이었다. 무당은 흰 백지를 길쭉하게 접어서 시렁에 매달아 놓았고, 산모 옷고름에 부적을 달았으며, 한편 안방의 선반에는 조그만 동고리 모양을 만들어 그것을 걸어 놓았다. 무당은 이러한 일을 모두 끝마친 뒤에

"죽어 버린 나뭇가지에서 새싹이 돋아나온다."

하고 말했다. 그런데 그 말은 지난번에 진오귀굿을 벌일 적에도 나왔던 소리였다. 분명하지는 않지만 상제(上帝)가 재앙에 차 있는 이 집을 위해 한 가닥 서광이나마 비춰 주고 있는 듯하였다. 이윽고 삼신굿이 끝났을 때, 무당은 마산댁을 찬찬히 바라보더니 두 손을 부여잡으면서 이렇게 말했다.

"에그, 팔자가 어찌하여 이리도 기구할꼬? 고생 복이 터졌수. 어린애를 낳기는 많이 낳겠지만, 많이 잃어버리겠어. 그렇지만 어쩌누? 타고난 팔자가 기구하지만, 꾹 참고 견디면 그를 물리칠 힘이 있구먼."

마산댁은 무당이 액땜을 해주겠노라는 말에 다소곳이 고개를 숙여 감사의 뜻을 표시했다. 처녀 시절에도 그랬거니와 출가 이후에도 마산댁은 하루도 마음 편한 날이 없었지만 사람 사는 것이 그런 것이라고 생각하여 새삼스럽게 인내해 볼 작정을 내었다.

이제 태어날 자식을 위해서 새벽에 일어나서 백일기도를 드리기로 결심하였고, 또한 그것을 실행하였다. 영기(靈氣)를 품고 있는 부군 나무는 마산댁의 청원을 안 받아주고는 견디지 못할 것이었다. 날마다 새벽 정화수를 떠다 놓고는 마음속에 복받치는 모든 염원을 함께 모아 빌어 마지않았다. 그렇게 빌어 가는 동안에 마산댁은 온갖 잡념을 물리칠 수 있었고, 배 속에서 뛰놀기 시작하는 어린 생명의 태질에 정신을 모을 수가 있었다.

그러자 백일이 지나가고 해산달이 되어 아들을 낳았다. 사주팔자를 잘 보는 황 노인이 와서 갓난아기의 생년월일을 풀어 보았다. '명도 길고, 복도 잘 타고났다.'는 것이 황 노인의 말이었다. '다만 두 살 되는 해에 역이 씌었으니 조심하라.'는 말이 단서처럼 붙어 있었다.

그 아이에게는 돌림자인 구(求)자에 맞추어 강길구라는 이름이 붙여졌다. 번다한 가내 권솔들은 모두들 그 아이의 탄생을 기뻐 마지않았으며, 이제 강 씨 집안도 길조가 드는 것이라고 이야기하기 시작했다.

하지만 집안 사정은 화목한 것만은 아니어서 강신운 노인과 강석헌 부자는 여전히 반목을 일삼았다. 어느 날 제사가 끝난 다음 재산분배에 관해서 논의가 있었다. 그런데 강신운 노인은 맏아들이 미워서 본처 소생, 첩 소생 가릴 것 없이 5형제의 아들들에게 똑같이 재산을 나누어 주겠다고 말했다. 더구나 가장 토질이 좋으며 종계논으로 장남에게만 전수해 오는 담태골 논을 출가한 딸에게 주겠다고 할 때 말썽이 일어났다. 강석헌은 화가 나서 아버지에게 대들었고 강신운 노인은 불효자식이라고 아들을 타매하면서 길길이 뛰었다. 그리고 얼마 뒤에는 재산 분배에 불만을 가졌던 셋째 아들 강석태가 돈을 훔쳐 가지고 감쪽같이 만주로 달아나 버린 일도 일어났다. 세상은 대동아 전쟁[1]으로 뒤숭숭하였고, 무서운 재앙을 예고해 주는 사건이 또 새로이 오망골에서 일어났다.

3.

어떤 일에건 반드시 그 징조가 있는 법이라고 사람들이 두고두고 이야기할 만한 사건이었다. 오망골 전체에 몇 가지 심상치 않은 징조가 나타났으니, 마을이 망하려고 이러는 것이 아닌가 사람들은 겁을 내었다.

어느 날 나무꾼이 부군 나무 앞을 지나가면서 보자니까 커다란 상사 구렁이 한 마리가 부군 나무 밑둥치를 친친 휘어 감고 있었다. 마치 상사 구렁이가 부군 나무의 목을 졸라서 죽이려는 형국이었으므로 나무꾼은 와들와들 떨었다. 상사 구렁이가 사람 눈에 잘 띄게 나타난다는 것은 심상치 않은 변괴였고, 하물며 마을에서 지성으로 받들어 모시는 부군 나무를 휘감고 있다는 것은 생각할수록 끔찍한 일이었다. 나무꾼은 동네방네 쏘다니며 이 소식을 전했다. 사람들이 이내 몰려들었으나 똬리를 튼 듯이 나무를 휘감고 있는 상사 구렁이는 움직일 기미를 보이지 않았다.

여러가지로 의논이 계속되었다. 상사 구렁이를 해(害)할 수도 있었으나, 그것은 감히 생각만 하여도 불측스런 일이었다. 하여튼 부군 나무로부터 상사 구렁이를 떼어 내는 일이 화급했다. 사람들은 의논 끝에 부군 나무의 곁에다가 불을 질렀다. 연기를 마시다 보면

1) 태평양 전쟁에 대한 일본 정부의 호칭.

상사 구렁이가 견디다 못해 도망가 버릴 것이라고 생각하였다. 그러나 상사 구렁이는 도망가는 것이 아니라 슬몃슬몃 거대한 부군 나무에 생겨난 구멍 속으로 들어가 버리고 말았다.

사람들은 몹시 당황했다. 나무 바로 곁에다가 불을 질렀다. 부채질을 하여 연기가 구멍 속으로 새어 들어가게끔 하였다. 그런데 동남풍이 한 번 거세게 불어오더니 그만 부군 나무의 밑둥치에 불이 붙어 버렸다. 사람들은 이 새로운 변괴에 놀라 이번에는 불을 끄느라고 경황이 없었다. 얼마 지나지 않아 불길은 잡았지만 상사 구렁이의 행방은 알 수 없었다.

그러자 다음날부터인데 부군 나무로부터 연기가 모락모락 새어 나왔다. 사람들은 불길이 완전히 죽지 않은 것을 알고는 물을 갖다가 부었다. 하지만 해괴한 일은, 아무리 물을 갖다 부어도 연기는 그대로 뿜어져 나오고 있었다. 하루 이틀 그런 것이 아니었다. 한 달, 두 달, 부군 나무는 연기를 뱉어내면서 속으로 타들어 가고 있었다. 백여 년 푸른빛을 뽐냈던 그 나무의 임종은 그와 같이 터무니없게 가까워지는 것 같았다. 칭칭 늘어진 푸른 이파리는 차차 누런 빛을 띠기 시작했고, 그 모습도 흉측하게 변해 있었다.

날마다 부군 제사가 드려졌다. 사람들은 절하고, 치성드리고, 부군 나무를 위해 빌었다. 하지만 부군 나무는 그 수명을 다했다는 듯이 활화산처럼 하늘을 향해 연기를 토해내고 있는 것이었다.

그러는 사이 강 씨의 되새집에서는 또 하나의 변괴가 나타났다. 어느 날 아침 천정, 대들보, 안방, 부엌 가릴 것 없이 구렁이가 나타나기 시작한 것이었다. 길이가 석 자 가웃이나 되고 어른의 팔뚝만큼씩이나 굵은 그놈들은 일제히 사람들이 보이는 앞에 나타나서 시위라도 하듯 꼼짝도 하지 않았다.

원래 그 구렁이는 터 구렁이라는 이름으로 불리워지고 있었다. 오래된 집일수록 그 집을 보살펴주고 지켜주는 터 구렁이는 있게 마련이었다. 더욱이 터 구렁이는 그 모양이 유별나게 크고 머리도 세모꼴이지만 행동이 굼뜨며 사람을 무는 법이 없었고 해를 끼치는 일은 하지 않았다.

터 구렁이는 대청의 용마루를 친친 휘감고 있었고, 이틀 사흘이 지나도 움직일 줄을 몰랐다. 집안에는 흉가와도 같은 살기마저 어려 있었다. 그러나 터 구렁이는 사라지기는커녕 점점 많이 나타나기 시작하여 새벽에 부엌으로 들어간 머슴 집 여편네는 아궁이에서 그 놈이 느릿느릿 기어 나오는 것을 발견했고, 쌀을 퍼내기 위하여 진둥 항아리를 열어보니 그 속에도 똬리를 틀고 도사려 있었다.

'이것은 모두 안 씨의 죽은 귀신이 씌어서 이런 것이다.' 하고 아낙네들은 수군거렸다. 또는 강 씨의 터가 닦인 땅의 기운이 쇠하여져서 터 구렁이들이 이동하려는 것이라고 판단들을 내리고 있었다. 한꺼번에 터 구렁이가 나타나기 시작했다는 것은 집안이 망할 징조였다. 과연 얼마 가지 않아서 터 구렁이는 일제히 자취를 감추어 버리고 말았지만, 그러자 다시 사마(死魔)가 이 집안에 어른거리기 시작했다. 많은 사람들이 징용을 당해 강제로 붙잡히다시피 끌려간 일도 일어났고, 마을 처녀들이 정신대에 강제 징발된 일도 생겼지만, 다시 홍역이 오망골을 휩쓴 일이 그때 발생하였던 것이다.

마산댁은 강길구를 낳은 후에 쌍둥이를 또 낳았다. 그리하여 자식은 다시 세 명이 되었는데, 새로 휩쓸려 온 홍역으로 마산댁은 정신이 없었다.

그 3년 전에 태탄 가루개의 권 씨에게로 출가한 강순례가 친정엘 다니러 오던 때부터 다시 홍역이 퍼지기 시작했던 것이다.

마침 같은 날에 강석헌의 이복동생 강석복의 부인 홍 씨가 친정엘 다녀서 다시 시집으로 돌아왔다. 홍 씨는 친정 오빠를 후행으로 삼아서 하인에게 떡과 제육을 짐 지워 막 돌아왔으므로 집안 대소 일가들은 모두 그 구경을 하고 있었다.

그러자 서포살이하는 밤쇠가 들어오더니

"가르개에서 내향을 옵니다."

하는 보고를 했다. 갈현동 권 씨에게로 출가한 딸이 친정에 다니러 온다는 소식이 전해지자 다시 한번 법석이 일어났다. 출가해 보낸 딸과, 출가 온 며느리가 한꺼번에 들이닥치는 판이라 모두들 이중의 잔치라도 벌어진 것처럼 수선을 피웠다.

몇몇 아낙네들이 마중을 나가게 되었다. 그중에 수대댁도 끼여 있었다. 수대댁은 3년 전 홍역에 유복자를 잃어버린 뒤에도 그대로 머물러 살고 있었다. 수대댁은 세 살짜리 강길구를 업고 있었는데, 얼떨떨한 판이라 그대로 어린애를 들쳐 업은 채 십여 리 길을 마중 나갔던 것이다.

음력으로 따져서 아직 9월도 초순이었지만 그해에는 추위가 빨리 밀어닥쳐 참으로 음산한 날씨였다. 어린애를 포대기에 둘러씌워 업고 있는 것도 아니었으나 수대댁은 정신이 팔려서 어린애 생각을 하지 않았다.

드디어 내향 온 강순례와 마중 나갔던 사람들이 긴등으로부터 들어오는 길목에서 만나게 되었다. 그때 강순례는 상옷을 입고 있었다. 시가에 마침 상사(喪事)가 일어난 지 얼마 되지 않는 참이라, 아무리 친정에 다니러 가는 길이라 하지만 상옷을 벗지는 못했던 것이다.

그리하여 모두들 웃고 떠들면서 집으로 돌아왔던 것인데 강길구가 앓아눕기 시작했다. 열이 몹시 오르고 손발을 절면서 숨을 할딱거렸다. 세 살짜리 어린 강길구는 이틀을 그렇게 할딱거리더니 결국 사흘 뒤에 어처구니없이 죽고 말았다. 나중에 무당은 말하기를 '상문(喪門)이 뻗쳤다.'고 하였다. 강길구는 오복을 제대로 타고났으나, 친정엘 다니러 온 강순례의 상옷이 화근을 미쳐서 불의의 죽음을 당한 것이라고 하였다. 집안사람들이 일찍 손을 써서 강순례가 입고 있던 상옷의 깃을 태워 그것을 어린애에게 먹였으면 죽지 않고 살 수 있었는데 어른들의 부주의로 어린 생명을 죽였다고 무당은 한탄하였다.

마침 무섭게 눈이 내려 손님들은 계속 집 안에 머물러 있었다. 그 손님들이 미안해할 것이 민망하여 집 안에서는 죽은 아이의 얘기를 꺼내지도 못하고 말았다. 그들이 가지고 온 떡과 제육을 온 동네 모든 사람들에게 분배해 주면서 겉으로는 아무런 일도 없었던 듯이 슬픔을 참고 있었다.

그러나 재앙은 그칠 줄을 몰랐다. 이번에는 쌍둥이까지 앓아눕게 된 것이었다. 결국 그것은 홍역이라는 것으로 증세가 판단되었지만 집안 어른들의 무관심과 마산댁 혼자서만 애를 태우는 가운데 열 시간 차이를 두고 쌍둥이마저 죽어 버리고 말았다. 집 마당에서 보이는 앞산에는 여섯 개의 아이 무덤이 나란히 한 줄로 세워져 있다.

이윽고 손님들이 모두 떠나 버리자 집안은 귀신이 들끓는 폐가처럼 음산하였으며, 앞동산의 부군 나무는 여전히 연기를 내뿜으며 타고 있었다. 강신운 노인은 이렇게 개탄했다.

"부군 나무야, 네 속과 내 속이 같이 타는구나."

여섯 명의 어린것을 몇 년 사이에 잃어버린 마산댁은 성질이 난

폭해져서 심지어는 행악을 부리는 때도 있었다. 이따금씩 환장하여 들판을 쏘다니는가 하면, 앞산에 묻힌 여섯의 어린것들을 가족 묘지에 이장해 주지 않는다고 시아버지에게 대들기도 했다.

그때 옹진으로부터 마산댁 친정어머니가 상심한 딸을 달래기 위해 찾아왔다. 친정어머니는 무꾸리를 데리고 왔는데, 새로 진오귀굿을 벌여 죽은 원혼을 위로하였다. 무꾸리는 굿이 끝나자 이렇게 말했다.

"죽은 아이는 상문이 뻗쳐서 제 명을 살지 못하고 억울하게 갔수다. 아기의 무덤을 오망골에 놔두면 안 되겠수다, 옹진으로 데불고 가설랑으니 아무도 모르게 삼세 번 이장을 시켜주면 이담부텀은 액을 면하겠수다."

그리하여 마산댁 친정어머니는 전혀 눈치채지 않게 인부를 사서 어린아이 무덤을 파서 시체를 가지고 돌아갔다.

마산댁은 그 뒤로 어느 정도 평온을 회복하였으나 얼이 빠진 것처럼 말이 없고 무심하고 반편스런 표정을 지었다. 그러자 마산댁은 또 임신을 했다. 마산댁도 이번에는 악이 바칠 대로 바쳐서, '어떤 일이 있어도 아이는 낳지 않겠다. 낳아봤자 얼마 못 가 죽구 말면 어떻게 다시 그걸 참구 보겠느냐.' 하고 결심하고는 양잿물을 떠 먹었다.

집안 사람들에게 이내 발견되어 그것은 미수로 그치고 말았고 얼마 동안 마산댁은 감시를 받기까지 하였다. 마산댁이 전생에 죄를 많이 지었으므로 자식들이 자꾸 죽어가는 것 아닌가 생각하는 눈치조차 강 씨네들에게는 있었기에, 마산댁은 더욱 고독한 처지가 되었다. 강석헌은 그때 동네 소학교에 열성을 붓고 있었으며 젊은 여자를 사귀어 딴살림을 차리고 있었다. 마산댁은 질투를 느끼지조차 않았다. 마산댁은 여러 자식을 애꿎게 잃어버린 뒤에는 남편과 시가에 대해서는 어느덧 무관심해지고 말았던 것이다. 그러자 오망골에도 놀라운 소식이 전해져왔는데, 우리나라가 해방이 되었다는 것이었다. 이렇게 되어 세상을 등졌던 유벽진 시골 오망골은 뜻밖의 환경을 맞이하게 되었다. 여태까지 오망골과 강 씨 집안에 일어났던 불길한 징조, 다시 말하자면 부군 나무가 연기를 내뿜으며 말라 죽었다든가 터 구렁이가 출몰하였다든가, 아니 무엇보다도 홍역이 심하게 돌아 죄 없는 어린 생명들을 잡아갔던 그런 모든 일은, 해방의 감격이 차츰 진정되어 갈 무렵부터 새로이 도래한 사태를 불길하게 예고해주는 것 같았다. 인력으로는 어찌해 볼 수 없는 불가해한 시련이 갑자기, 아무 준비도 없었던 사람들에게 달려들었다. 그들에게 고통과 슬픔과 죽음을 견뎌내지 않으면 안 되게끔 만들었다.

4.

만주에서 일본으로부터 징용 나갔던 사람들, 이주 갔던 사람들이 기쁜 눈물을 흘리며 고향으로 찾아들었다. 날마다 잔치판이나 벌어지는 듯 마을은 술렁댔으며 금방이라도 새 세상이 찾아오는 듯하였다. 인간이 변변치 못해 놀림감이 되곤 하던 칠득이라는 젊은이가 있었는데, 사람들은 이 자가 수리 조합 저수지에 빠져 죽은 것으로 알고 있었다. 그런데 칠득이는 징용을 안 가고자 땅밑으로 여섯 자나 굴을 파고 그 속에서 두더지처럼 지내왔다. 해방이 되자 칠득이는 항일혁명가로 자처하였고, 하기야 얼마 후 비참한 최후를 맞이하였지만 감투를 써서 마을 사람들에게 심한 작폐를 끼치기도 하였던 것이다.

마을의 치안 질서도 문란하여져서 산에 빽빽이 들어찼던 나무들은 함부로 벌채되었고, '새 세상 왔다'며 사소한 원한 관계에 보복을 일삼는 일이 일어나고, 젊은이들이 노인들 의견을 무시하고 제멋대로 작폐를 끼치는 일도 일어났다. 그래서 임시적으로 마을 사람들은 치안 조직을 만들어 간단없이 일어나는 살인사건, 강도사건, 폭력사태, 존속 및 비속 상해사건, 재산사건들을 다루었다. 하지만 이들 또한 젊은 혈기에 경험이 없고 우쭐거리는 습관들이 있어서 쥐꼬리만 한 권력을 남용하기도 하였다. 대낮부터 술이 취해서 친일파들을 잡아낸다고 큰소리 지르며 작폐를 부리곤 하였다.

강 씨 집안은 암암리에 친일파로 지목되고 있었다. 농민들이 만세를 부르고 시위를 하였을 때, 대부분의 강 씨들은 동조하지 않았으며, 만세 사건으로 옥살이를 하고 고문에 못 이겨 최판수가 죽었을 때에도 강 씨들은 대체로 괜찮았다. 더구나 강 씨의 친척이 되는 강신국은 면장 노릇 하며 왜놈들의 앞잡이로 일했다. 신사 참배를 강요하고 창씨개명을 권유하고 놋그릇, 숟가락, 솥, 화로에 이르기까지 쇠붙이를 거두어 가는 일을 맡아서 했다. 사람들은 세상이 달라지자 강 씨네에게 소격(疏隔)한 느낌을 갖는 것이었으나 대대로 내려오면서 강 씨네가 동네의 유지였음을 느끼고 그 무게에 의하여 아무렇지도 않은 듯 내색하지 않은 채 경계하는 것이었다. 강 씨네가 친일을 한 것은 사실이지만, 반면에 강석헌은 소학교를 세워주었고, 강신운 노인은 일찍이 서포살이하던 한 씨네 둘째 아들이 독립운동 패거리에 가담했다가 반도적 비슷하게 밤중에 돈을 내놓으라고 덤볐을 때에 자진해서 곡식을 내어주고 좋은 말로 격려까지 해준 일이 있었는데, 마침 그 사람이 금의환향하여 강신운 노인에게 인사 온 일이 있었던 것이다.

그러는 사이 마산댁은 아이를 낳았다. 계집아이였는데 어떻게 된 것이 배냇병신이었다. 마산댁은 무당 말을 들은 뒤로는 갓난애 총각이(그 계집아이는 사내애를 바라는 집안 사람들의 염원에 따라 이런 이름을 갖게 되었다.)를 몹시도 싫어하여 눈에 띄기만 하면 구박 놓고 손찌검을 하였다. 총각이는 다리를 쓰지 못했다. 짐승 새끼처럼 이따금씩 킁킁거리며 울어대기나 하고, 눈치만은 아주 빨라서 자기를 좋아하는 사람, 싫어하는 사람을 본능적으로 알아냈으며 무슨 심상치 않은 일이 생길 기미가 보이면 마치 귀신이 들러붙은 것처럼 해괴한 몸짓을 하였다. 그것을 신기해 하면서도 두렵게 생각한 동네 아낙네들은

"저 애에게는 죽은 제 언니, 오빠의 영이 뒤집어 씌였다."

고 수군댔다.

그러면 마산댁은 배냇병신인 총각이를 쥐어뜯으며 눈물을 짓곤 하였는데, 얼마 안 있어 또 포태를 하게 되었다. 마산댁은 새로 포태를 하게 되었을 때 이번에는 한 꿈을 얻었다. 죽은 여섯 명의 어린애들이 말갛게 웃는 얼굴로 나타난 것이었다. 그중에서도 강길구는 백화 나무[2)]가 하얗게 가득 찬 산골짜기에 꽃 한 송이를 꺾어 들고 아장아장 걸어 다니고 있었다.

꿈에서 깨어난 뒤에 마산댁은 그 꿈이 너무 이상하고, 그 어린 강길구가 백화 나무 아래에서 꽃을 꺾어 들고 아장대는 모습이 너무 선연하여 무당을 찾아가 사연을 이야기했다.

"앞으로 아들을 하나 낳을 것이다. 그런데 이 아이는 일찍 죽지

---

2) 자작나무.

않고 오래오래 살게 되리라."

하고 무당은 말했다. 이어서 무당은 옛 얘기를 끄집어냈다. 죽은 어린애 강길구가 다시 육체를 얻어 태어나려는 것이라고 하였다.

그 어린애는 원래 명이 길고 오복을 타고났던 것인데, 그때 상문이 뻗쳐서 의외의 죽음을 당했다는 것이었다. 하늘에 계시는 상제께서는 이것을 안타까이 여겨 다시 환생시키는 것이라는 말이었다.

마산댁은 그 말을 진심으로 믿었다. 그 때 죽은 어린애 강길구를 앞산에 관도 쓰지 못한 채 그렇게 묻어 버리는 것이 싫어서 친정어머니에게 그 시체를 보냈던 생각이 떠올랐다. 그 생각이 불현듯 치밀자 마산댁은 곧 옹진읍으로 갈 채비를 하였는데, 이때에는 이미 얼토당토 않게도 38선이라는 것이 오망골 바로 앞 긴등에 생겨 온 마을이 여간 뒤숭숭할 때가 아니었으므로 주위에서 한사코 말렸지만 마산댁은 듣지 않고 친정으로 돌아갔다.

38선이 생긴다는 말이 들린 것은 해방된 기쁨이 어느 정도 가라앉고 너나없이 새로이 맞이한 세상에 대하여 차츰 익숙해져 갈 무렵이었다. 마을에 괴상한 소식이 전해지는가 하더니 얼마 안 돼 사람들은 생전 처음 서양인을 보게 되었다.

로스께[3]는 두꺼운 차를 앞장세우고 행군해 왔다. 그들은 북쪽으로부터 먼지를 내뿜으며 차를 몰고 와서 이윽고 원내다리 앞에서 잠깐 쉬었다. 측량을 해 보고, 사람들에게 눈알을 부라려 보이더니 다시 남쪽으로 행군하며 긴등에까지 왔다. 원래 긴등에는 옻나무가 많아서 사람들은 옻나무 동산이라고 부르기도 하거니와 여기에 38선이 생겼다는 소문이 금방 퍼졌다.

3) 루스키예. 일본어로 구소련인 또는 러시아인들을 싸잡아 이르는 말.

'옻나무 동산 앞까지 로스께가 왔다'는 소문이 오망골까지 퍼졌다. 마을의 유식한 청년인 황낙수에게 사람들은 달려가서 이것이 무엇을 의미하는 것이냐, 앞으로 세상이 어떻게 되는 것이냐고 물었다. 황낙수도 자세한 것을 알지는 못하였지만, 38선이 바로 옻나무 동산, 그 긴등 앞을 통과하고 있다고 말하면서 이제 오망골은 일대 풍파가 일어날 것이니 자기는 서울로 올라가겠노라고 하였다.

하여튼 38선이 긴등 앞을 통과하게 되면 오망골은 38선 바로 북쪽이 되겠거니 마을 사람들은 생각했을 따름이었다.

며칠이 지나자 이번에는 남쪽 옹진으로부터 다시 서양 사람들이 올라오기 시작했다. 그들은 미국 사람들이었다.

옻나무 동산 앞에서 미국인과 로스께가 서로 만났다. 그러자, 미국 사람이 이렇게 말했다.

"너희는 어째서 38선을 넘어서 남쪽으로 내려왔는가?"

"아니다. 여기가 38선이다." 하고 로스께가 말했다.

그리하여 미국인과 로스께는 자기네의 기계와 연장을 동원하여 다시 측량했다. 그 결과 옻나무 동산이 38선이 아니라는 것이 드러났다. 38선은 옻나무 동산에서 북쪽으로 5리쯤 더 올라가서 원내다리께를 통과한다는 것을 알게 되었다.

'오망골이 38선 바로 이남에 놓이게 되었다'는 것을 동네 사람들은 새로 알게 되었다. 하지만 오망골이 38선 바로 이북이 되든 바로 이남이 되든 그게 무슨 대수겠느냐, 생각한 동네 사람들은 그저 심상한 일로만 여기었을 따름이었다.

로스께는 한동안 원내다리 북쪽 입구에 버티어 있었고, 한편 미군은 원내다리 바로 남쪽에 버티어 있었다. 시간이 좀 더 흐르자 미군과 로스께는 상주하지는 않게 되었다. 남쪽에서는 치안대가 조직되어 원내다리 남쪽을 경비하였고, 북쪽에는 자위대 완장을 두른 자들이 눈알을 부라리며 버티어 서 있었다.

38선이 얼마나 불편한 것인가는 금방 나타났다. 사람들은 38선이라는 게 그저 형식적인 것으로만 생각해 버렸던 것인데 얼마 안 있어 남쪽과 북쪽의 통행은 원칙적으로 금지되었다. 넓은 들판과 구릉에 무슨 선이나 금이 그어진 것도 아니건만 통행은 차단되고 만 것이었다.

강 씨 집안에서는 오망골에도 논이 있었지만 원내다리 북쪽에 더 많은 토지를 갖고 있었다. 얄궂게도 38선은 강 씨네 논을 양분하여 북쪽에 가지고 있는 논에는 가지도 못한다는 것이었다.

그러자 얼마 아니되어 38선 바로 이북에 있던 강 씨네의 토지는 북쪽에 새로 들어선 공산당에 의하여 몰수되어 버리고 말았다. 그것은 그야말로 눈 깜짝할 사이에 그렇게 되어버리고 만 일이었다. 눈에 보이지 않게 산천을 갈라놓은 38선이란 괴물은 여전히 눈에 보이지 않으나 완고하게 그 위력을 발휘하고 있었다.

추운 겨울이 지나가고 다시 봄이 찾아왔다. 춘궁기가 닥쳐왔고 세상은 어떻게 돌아가는지 모르게 소연스러워졌으나 사람들은 무엇보다도 농사를 짓기 위해 부지런을 떨었다. 수리 조합은 바로 38선 경계에 놓여있었다.

그런데 수리 조합 수문은 38 이북의 관할지가 되었고, 수리 조합에서 나오는 물의 혜택을 받아야 할 몽리구역(蒙利區域)은 38 이남이었다. 이북에서는 수문을 꽉 잠가서 물을 대주지 않았다. 이남의 논밭은 때아닌 가뭄을 만나게 되었다. 처음에는 사정하는 어조로 수문을 열어달라고 부탁하였다. 그러나 수문은 열리어지지 않았다.

어느 날 밤중에 이남 농민들은 월경(越境)을 감행했다. 수문을 열어 놓고 돌아왔다. 그러자 이북에서는 금방 수문을 잠가 놓고 말았으며 이남 농민들은 애가 탈 대로 탔다. 원내다리에 버티어 선 사람들에게 사정했지만 "이 악질 지주 놈들아." 하는 대답밖에는 듣지 못했다.

38선이라는 것이 잠시 동안 원내다리에 착륙해 있다가 금방 날아갈 것이라고 생각들을 하고는 있었지만, 차츰 그것은 노인들이나 바라는 일이 되어 버리고 말았다. 오망골은 항상 유벽진 산간벽촌이었지만 38선이라는 게 체증처럼 이 마을 바로 앞에 떨어져 내려와 이동할 줄을 모르게 된 때부터, 오망골은 그놈의 38선 때문에 천하에 사람 못 살 동네로 변해 버리고 말았던 것이었다.

바로 38 이북에서는 이주법이라는 게 생겨서 지금까지 땅마지기나 갖고 지주랍시고 농사를 짓던 사람들을 고향으로부터 축출하여 산간벽지로 내몰았다. 그 바람에 강신운 노인의 오망골 집은 찾아온 사람들로 법석을 이루게 되었다. 이주를 당하게 된 친척들이 38 이남으로 쏟아져 내려왔다.

이주를 당하게 된 사람들은 38 이남으로 쏟아져 내려왔으나 개중에는 별의별 소문이 다 나돌았다. 머슴 살던 녀석이 하루아침에 민청 간부가 되어 사사로운 원한을 뒤집어씌우는 예도 일어났다. 나한성이라는 사람이 밤쇠에게 당한 일도 그것이었다. 사람이 고지식하되 이따금씩 벨[4]을 내뱉던 밤쇠는 바로 38 이북 천하에서 민청 간부가 되자 온통 세상을 들어올렸다 놓았다 하였다. 밤쇠가 나한성네에게 이주 명령을 내리고 나한성 딸을 유인해내 야욕을 채운 일이 생기자 나한성 딸은 목을 매 자살하고 말았다. 이를 알게 된

4) 몹시 못마땅하거나 언짢아서 나는 성.

나한성 형제가 밤중에 밤쇠 집으로 쳐들어가 낫으로 그를 벤다는 것이 가슴에 상처만 내어 놓게 되었다. 나한성 부자는 그 길로 38 이남으로 넘어왔다.

원내다리 이북(그러니까 38 이북이 되지만)에서는 민청, 여성 동맹, 인민 위원 들이 군중 대회를 소집하여 나한성의 잔류한 일가들에게 인민 재판을 연 뒤, 밤중에 제각기 무기를 들고 원내다리 이남으로 쳐들어왔다. 밤쇠는 나한성이 머물 만한 집을 찾아다녔으나 끝내 찾지를 못하였다. 그러자 강석헌의 12촌이 되는 강석광이가 대신 행악을 받게 되었다. 밤쇠는 강석광에게 원한이 있기도 하였지만, 개새끼 몰 듯이 강석광을 앞장세운 채 어둠 속으로 사라졌다. 다음날 해가 떠올랐을 때 오망골 사람들은, 강석광의 시체를 원내다리 근처 개울에서 발견했다. 코와 귀와 눈은 제멋대로 달아나버리고 말았으며 창자가 아무렇게나 노출되어 있었다.

5.

강 씨네 집안은 이제 강석헌이 가장 중심인물이 되었다. 강신운 노인은 죽천에서 온 기생첩이 죽은 뒤부터 노망기가 나타나기 시작하였던 것이었다. 강석헌의 나이도 40을 바라보게 되었다. 그는 강 씨네 문중의 중심인물이었을 뿐 아니라 오망골의 유지였다. 원내다리 이북과의 분쟁이 차츰 노골화되자 오망골 사람들은 서로 단결하여 강 씨네 뙤새집으로 몰려와 대책을 의논하였고 자연히 강석헌은 좌중을 인도하는 인물이 되었던 것이다. 무슨 청년회라는 것이 조직되었는데 그 회장 자리에 강석헌이 앉게 되었다.

이로부터 집안의 분위기는 완연히 달라져서 살기와 분노가 감돌게 되었으며 신문 잡지를 펼쳐놓고 한바탕 시국론이 벌어지는가 하면, 원내다리의 남쪽과 북쪽 사이의 충돌이 잦아짐에 따라 과격한 언사들이 거침없이 튀어나오게 되었다. 또한 다른 한편으로는 38 이북에서 월남한 친지들이 항상 집안을 시끌벅적하게 만들어놓았다.

마산댁이 배냇병신 총각이를 낳은 뒤 또 임신하게 되고, 백화 나무 아래에서 꽃 한 송이를 꺾어 들고 있는 그러한 꿈을 얻은 뒤, 애를 낳을 때까지 옹진으로 내려가기로 작정한 것은 이 무렵의 일이었다. 마산댁은 홍역에 죽지 않고 살아남아 부귀장수할 수 있는 어린애를 반드시 생산해내야겠다고 생각하였고, 어쩐지 이번에 잉태한 아이만큼은 그런 역경과 질병을 능히 돌파해낼 수 있을 것 같은 예감이 드는 것이었다. 마산댁은 달걀을 품고 있는 어미 닭처럼 배 속에 든 어린것에게만 관심을 기울이고 있었으므로 어느덧 집안사람들과는 소원한 상태가 되었으나, 바로 배냇것을 위해서는 오망골의 어수선한 분위기가 좋지 않으리라는 것에 생각이 미치자 단호히 옹진 친정집으로 내려가 어린애를 낳고 오겠다고 말하였던 것이었다. 마산댁은 곧 옹진읍으로 갈 채비를 하였고 주변에서 말리는 것도 듣지 않고 마산리 친정집으로 돌아갔다.

"세상이 이렇게 어수선하니 야단이지 뭐냐?"

친정어머니는 한숨을 쉬며 이렇게 말했다.

"하지만 이번에 네가 낳을 어린애만큼은 안심해도 괜찮을 게야. 그때 점쟁이에게 물어봤다."

친정어머니 말인즉, 지난번에 죽은 강길구는 상문이 씌워서 죽은 것이고, 그러니 세 번 이장 시키면 다음에 태어날 아이에게 길(吉)하리라는 말을 들었다는 것이었다.

그래서 죽은 어린애는 세 번 이장을 시켰는데 그 애를 어디에 묻었는지는 아무도 모른다고 하였고, 그것은 딸인 마산댁에게도 가르쳐줄 수 없다고 하였다.

마산댁은 죽은 자기 아이의 무덤을 찾아 산간을 헤매기 시작했다. 그 아이의 무덤을 발견해야만 뱃속에 들어있는 핏덩이가 액을 면하리라는 집념에 사로잡혀 있었다. 홍역을 무사히 돌파해 내어야 세상에서 살아낼 자격을 얻듯이, 액을 면해야 세상에 태어날 자격을 갖게 되는 것이었다. 정처 없이 산골을 헤매다 보니까, 마치 꿈속에서 본 것처럼 어린애들 대여섯 명이 나물을 캐며 놀고 있었다. 마산댁은 불현듯 심상치 않은 예감이 들어 그 애들에게 물어보았다.

"너희들, 어린애 무덤이 있는 곳을 아니, 응?"

"알아요."

하고 한 계집애가 말했다. 마산댁은 그 계집애를 열심히 좇아갔다. 그러자 산비탈이 진 양지바른 곳에 무덤이 하나 있었다.

그런데 가까이 가서 보니까 그 무덤은 구멍이 뻥 뚫려 있었다. 마치 용이 되고자 천 년을 기다리며 웅크렸던 이무기가 남겨놓은 자취와도 같은 구멍이었다.

"며칠 전까지만 해도 여기에 있었는데……."

하고 그 계집애는 아리송한 표정을 지었다. 마산댁은 친정어머니가 어린애를 세 번째 이장시키기 위하여 다른 데로 옮긴 것이라고 그렇게 생각을 하였다.

그러나 마산댁은 아주 이상한 느낌에 빠져서 저도 모르게 발길을 옮겼다. 마치 하늘에 계시는 상제가 인도라도 해주는 것 같았다. 마산댁은 그렇게 산과 계곡을 정신없이 한동안 헤맸는데, 갑자기 변의를 느껴서 한 곳에 머무르고 말았다. 볼일을 보고 주섬주섬 일어서는데, 보니까 햇빛이 하얗게 내리 쪼이고 백화 나무가 하얗게 바람에 흔들리고 있었다. 그러자 마산댁은 갑자기 소름이 쭉 끼치고 무서움을 느꼈다. 어찌나 무서운지 전신이 와들와들 떨리고, 머리칼이 곤두서고, 그래서 저도 모르게 고함을 질렀다. 사방을 두리번거리며 살피는데 마침 눈앞에 무덤이 하나 보였다. 아직 잔디가 피어나지 못한 것을 보면 새로 생긴 것임에 틀림없었다. 마산댁은 하도 이상한 생각이 들어서 그 무덤 가까이 가 보고 싶은 생각조차 들지 아니하였다. 간신히 행보를 옮겨 마을로 돌아왔다.

마산댁은 친정어머니에게도 그 이야기는 하지 않았다. 곧 다시 채비를 차려 오망골로 돌아왔다. 마산댁은 오망골에 닿는 즉시로 무당을 찾아가서 자초지종을 얘기했다.

"태어날 아드님에게 축복을 드리갔시오."

갑자기 무당은 활갯짓을 하며 일어서더니 마산댁을 향하여 고두배를 드렸다. 당황한 마산댁이 일어서려 하자 그것을 말리면서 무당은,

"배 속에 들어있는 아드님에게 절을 드린 거예요. 그 아드님이 자라서 어른이 되면 그때에는 세상도 달라질 거예요."

하고 말했다. 무당은 강 씨네 집안에 불길한 기운이 뻗쳐 있는데 마산댁만이 그것을 이겨낼 것이라는 암시도 주었다.

그 뒤로 마산댁은 전혀 다른 사람이 되어 있었다. 세상이 아무리 수선스럽건, 집안이 아무리 복잡하건 마산댁은 아무렇지도 않다는 듯 쾌활한 성격이 되었으며 만나는 사람을 대할 적에도 전에 보지 못하게 자상해져 있었다.

'망해가는 집안이지만 며느리 덕으로 유지되고 있다.' 하는 소문이 돈 것은 그 무렵이었다.

그러고 얼마 있지 않아서 마산댁은 아들을 낳았다.

6.

38 이북·이남 가릴 것 없이 콜레라가 창궐하였다. 이북·이남 할 것 없이 병원은 초만원 사태를 이루었고, 모든 교통 기관은 검역을 받았으며, 고기잡이배들은 출항을 금지당했다. 수만 명의 사람들이 죽어갔다. 무더운 여름철이었는데 그해 따라 비 한 방울 내리지 않았고 산천초목은 불에 데인 것처럼 타들어 가고 있었다. 바야흐로 세계는 뒤숭숭했고 민심도 흉흉하여 금방이라도 무슨 유혈극이 일어날 것 같았다. 38선은 점점 굳세어져서 심지어는 총소리가 음산하게 울려 퍼지고, 많은 사람들이 불의의 죽음을 당하기도 하였다.

콜레라는 오망골에도 들어왔다. 콜레라를 가지고 온 사람은 강씨네의 먼 친척이 되는 강항구라는 사람이었다. 강항구는 서자의 서자로 오망골에서부터 늘 업신여김을 당하며 자라온 사람이었다. 그의 할아버지가 성격이 난폭해서 재산을 탕진했고 그의 아버지 또한 망나니로 놀아나 나중에는 친척 집의 소작을 살아야 하는 비참한 생활을 했다. 강항구는 고향에 대하여 증오를 품고 열 살 남짓해서 출타해 버렸다. 그는 방랑벽이 있어서 만주와 중국을 쏘다녔고 일본 군대에 들어가 태평양 일대를 전전하였다. 그러다가 해방 직후 잠깐 고향에 내려와 지내더니 온다간다 말 한마디 없이 훌쩍 떠나 버렸다.

그는 해주로 나가서 살았는데 38선이 생기자 묘한 장사를 시작하였다. 남과 북으로 왕래하면서 장사도 했고, 월남하려는 사람들의 길 안내 노릇도 했다. 얼마간 돈이 모이자 본격적으로 회색 브로커 노릇을 하고 지냈다. 그는 해주를 본거지로 정하여 육로와 수로의 남북 왕래 길 안내를 해주고 배를 띄웠다. 마음에 맞지 않는 자가 있으면 은밀히 군인들과 내통하여 죽여 버렸으며, 객지에 나온 월남인들에게 공갈 협박을 가해서 재산을 가로채기도 하였다. 결국 그는 6·25 전쟁이 터졌을 때 제일 먼저 죽임을 당한 사람 중 하나가 되었지만, 바로 그 전에 콜레라와 홍역을 오망골에 전파시키는 역할도 하였던 것이었다.

그는 해주에 집을 가지고 있었는데 정세가 불안해지자 인천에다가도 집을 마련하였고, 다시 옹진읍에 땅을 사두기 위하여 원내다리를 통해서 남으로 왔다가 잠깐 오망골에 들른 것이었다. 그는 한 살 난 딸과 부인을 대동하고 있었는데 그 딸이 콜레라에 걸린 것이었다. 여행 도중에 병에 걸린 딸의 병구완을 위해서 오망골에 잠시 들렸던 길이었다.

오망골 사람들은 다시 홍역이 들어온 걸로 생각하였고, 어린애를 가진 집안에서는 이 무서운 소문에 문을 닫아 걸고 부적을 붙이고 밥을 대문 밖에 갖다 버렸지만, 이내 병은 온 동네에 퍼지고 말았다.

마산댁은 홍역이 들어왔다는 것을 알게 되었지만, 전과는 달리 대담해져 있었다. 배냇병신인 총각이와 두 살짜리 오망이를 데리고 수대산으로 들어가 버렸다. 과거에는 집안 어른들의 잘못으로 어린애들을 죽였지만 이제는 결코 그렇게 하지는 않겠다는 결심이 서 있었다.

하지만 이내 수대산에도 병은 옮아 왔다. 고뿔 증세를 나타내었던 아이들은 열에 들떠 신음하였다. 마산댁은 지칡 뿌리를 구해다가 즙을 내 먹였으며 가재장, 개똥 물을 복용케 하였다. 이따금씩 애아버지 강석헌이 산골로 들어와 병이 차도가 있는가를 알아보고자 했다. 하지만 마산댁은 완강하게 결코 아이들과 아버지가 만나도록 허락하지 않았다. 아무도 애들 근처에 접근하지 못하도록 했으며, 모든 병구완을 자기 혼자서만 맡아서 했다. 마산댁은 애들을 둘러업고 노래도 부르고 자장가도 불렀다.

둥기 둥기야

얼싸 둥기야

금을 주면 너를 살까

은을 주면 너를 살까

애들이 정신을 잃고 까무라치면 열심히 흔들어 깨우고 또다시 둥기 노래를 부르고 고름을 빨아주곤 하였다. 마산댁은 치성을 다하여 이 세상 자연과 싸웠다. 애처로이 어린것을 들여다보며 마산댁은 결의를 굳건히 하였다. 사람이 살아간다는 것은 여간한 인내와 정성으로 되는 일이 아니며, 또한 세상의 병마와 시련과 모함과 투쟁에서 죽지 않고 살아가자면 여간 강인하지 않으면 안 되는 것이었다. 홍역은 바로 그런 투쟁, 그런 시련, 삶에 대한 최초의 조건, 최초의 투쟁이었다. 일생에 홍역이 한 번밖에 안 걸린다는 것은 의미심장한 일이다. 투쟁에서 이기면 그 항성이 생겨나는 것이었다. 항성을 얻으면 다음에는 사람이 살아도 된다는 허락을 받는 셈이 되는 것이었다. 병을 앓는 동안에 익혀둔 항성은 반대로 자연의 다른 모습, 즉 악과 병마와 파괴력에 지탱해낼 수 있는 힘을 주는 것이다. 다만 그런 투쟁의 과정, 홍역의 과정이 힘이 드는 것이었다. 그것을 이겨내기가 어려운 일이었다.

그러자 어린애들은 나아가기 시작했다. 홍역에는 남달리 약했던 강 씨 집안에 새로운 괴변이 일어난 것이었다. 애들은 고통스러웠던 표정을 지우고 이윽고 고요하고 평화스러운 낯이 되어 숨소리도 고르게 잠이 들어 버렸다. 홍역은 그 파괴의 능력, 살육의 위력을 발휘하는 데 실패했다. 어린애는 자체적으로 홍역을 이겨낼 만한 굳건한 힘을 키워 가지게 되었다. 애들은 죽지 않아도 되었다. 그들은 살 권리를 획득했고, 자기의 생명을 굳건히 지켰다. 하룻밤이 지나가자 애들은 거의 완쾌되어 있었다.

마산댁은 지친 몸을 이끌고 애들과 함께 하산하였다.

그렇지만 마산댁은 며칠 뒤 그 자신이 병에 걸려, 다시 회복되지 못하고 말았다. 마을 사람들은 그 일을 아주 이상하게 여겼다. 사람의 일생에 홍역은 한 번밖에 안 걸리게 되어 있는데도 마산댁은 그 홍역을 두 번 앓았다고 생각되었기 때문이었다. 어린것들을 살려주는 대신 역신(疫神)은 마산댁을 두 번 걸리게 해서 데리고 간 모양이었다.

강 씨네 뙤새집은 1950년 6월 하순에 전쟁이 터졌을 때 곧 포화를 맞아 파괴되어 버리고 말았다. 그 앞의 산에 연기를 토하며 죽은 채로 서 있던 커다란 부군 나무는 이내 땔감이 되어 버리고 말았다. 강 씨네 집안도 풍비박산이 되었다. 강석헌은 용케도 수대산에 들어가 숨어 있었는데, 탈환이 되기 전날 밤 이미 탈환이 되었다는 헛정보를 듣고 바깥에 나왔다가 그만 붙잡히고 말았다. 밤쇠가 인민 위원장이었는데, 회의가 있으니 온 마을 사람들이 모두 모여야 한다고 가가호호 다니면서 전달을 시켰다. 젊은이, 늙은이, 아낙네, 어린애 가릴 것 없이 사람들은 공회당으로 모였는데 밤쇠는 짧은 연설을 한마디 하고는 바깥으로 나와서 불을 질러 버렸다. 하지만 밤쇠도 사흘 뒤에 오망골이 수복되었을 때 매 맞아 죽고 말았다.

미신을 믿는 사람들은 부군 나무의 죽음으로부터 홍역에 이르기까지 그들이 보았던 여러 괴상한 사건들을 기억해 내어 오망골이 하늘의 노여움을 사서 재앙을 받았다고 말했으며, 강 씨네 집안에서 일어난 여러 일들을 심상치 않은 것으로 여기었다.

《신동아》, 1972년 6월호

고사목
— 홍역 2

고사목

— 홍역 2

옹진반도는 한반도의 중허리 서쪽에 붙어 있다. 즉 한반도는 황해 바다와 밋밋하게 만나고 있는 것만은 아닌 것이, 바로 삽자루처럼 내리뻗쳐 있는 툭 불거진 지역, 그러니까 옹진반도를 거기에다가 별스럽게 만들어 놓았던 것이다. 우리 집안은 옹진반도의 중간쯤에 자리 잡은 황해도 옹진군 가천면 장현리 오만동(오망골)에 3백여 년간 토족으로 대물림을 하며 살아온 그러한 집안이고, 나는 그러한 진주 강씨(晋州姜氏)의 장손으로 1943년에 태어났거니와, 원래 내 위로 세 명의 사내애와 두 명의 계집애가 먼저 어머니 배 속을 거쳐 나왔었다고 한다. 그런데 모두들 홍역을 앓다가 죽어 버리고 말았고, 그리고 나 또한 홍역에 걸려서 다 죽게 되어 있었는데 어머니의 지성이 뻗쳐 간신히 살아남게 되었다고 한다. 하지만 그 일은 내가 아직 지각을 갖기도 전인 까마득한 어린 시절의 일이므로, 엄밀히 말하여 나의 선사시대(先史時代)에나 속한다고 해야 할 이야기가 아닌가 싶다. 내가 어렴풋이나마 철이 들기 시작할 무렵, 이 세상은 한창 동족상잔의 전쟁에 휘말려 들어가 있었다. 그러한 연유로 내 어린 시절의 삶은 죽음과 뒤엉겨 붙은 것이 되었다. 평화 시대에 있어서는 생자(生者)들이 사자(死者)들 속에 아늑히 둘러싸여져 지극히 겸손한 마음을 가지고 제사를 드리고, 부군님께 빌고, 삼신할멈께 치성도 드려서, 즉 사자(死者)들을 끊임없이 공경함으로써 생자(生者)의 생자다운 역할에 소홀함이 없도록 하였을 테지만, 하루아침에 그러한 원칙들이 뒤죽박죽으로 되고 말았다.

그런데 간악한 일제 치하의 세월에 이미 나라가 망했으니 다음으로 우리네 고향 땅이 망할 차례가 되고, 그리고 우리 집안이 망하지 않으면 안 된다고나 할까, 그러한 징조들이 일어났다고 하는 것이다.

오망골을 중심으로 하여 산의 세력이 약해진 곳마다 다문다문 붙어 있는 마을 이름들, '가루개' '여우지' '절골' '안골' '멧골' '찬우물이' '담태골' '왕대골' '새터' '아자리' '창다리' '수청골' '수자골' '주라위' '긴등'…… 등의 마을도 마찬가지이겠지만, 우리네 오망골에도 커다란 이변(異變)이 일어났으니 그것이 부군(府君) 나무가 불타 죽어 버리고 만 일이었다. 천년을 푸르를 것처럼 서 있던 은행나무(그 은행나무가 부군 나무였다)가 어느 날 불이 붙기 시작했다. (불이 난 원인은 하도 여러 가지로 말들을 해서 확실치 않지만) 부군 나무가 불탄다는 소문에 사람들이 연신 물을 끼얹고, 치성을 드렸어도 불길이 잡힌 듯하면서도 나무 속의 공동(空洞)으로 시름시름 타들어 가 연기를 내뿜었다. 부군 나무는 처참하게 시들어져 급기야 고사목(枯死木)이 돼 버리고 말았던 것이다. 마을이 망하리라는 징조는 이렇게 찾아왔거니와 우리 집안이 망할 조짐을 보인 것도 이 무렵의 일이었다고 하는 것이다. 물론 오망골의 그 뙈쇄집에는 여태껏 뙈쇄집을 지켜 주고 있던 터구렁이(흔히 텃구리라고 불렀지만)가 있었다. 그런데 흔히 사람 눈에 잘 뜨이지 않는 곳에 도사리고 있기 마련인 텃구리가 마루청 대들보를 친친 감은 채 이레 동안 꼼짝도 하지 않았고, 이때로부터 계속 흉사(凶事)가 일어났다. 부인네들이 밥을 지으려고 진동항아리를 열자 거기에도 텃구리가 똬리를 틀고 들어앉아 있었으며, 불을 지피려고 아궁이 재를 쑤시니까 거기에도 텃구리가 나타났으며, 어린애 잠든 머리맡에도 텃구리가 썰썰 나타났다고 하는 것이다. 그러다가 이레를 넘기면서 텃구리들은 이상한 울음소리 같은 것을 내더니, 뙈쇄집으로부터 종적을 감춘 채 어딘가로 떠나가 버리고 말았다고 했는데, 이는 필시 뙈쇄집의 정기(精氣)가 쇠할 대로 쇠해져서 텃구리들이 뙈쇄집을 버린 것이었다. 동네가 망할 징조, 집안이 망할 조짐은 그것만으로 그친 것이 아니라 현실로서 나타나게 되었다. 8·15 이후 오망골과 우리 집안에는 전혀 예상할 수 없었던 일들이 일어났던 것이다.

나는 그 시절의 일들을 어렴풋하게밖에는 기억을 하지 못하지만 그럼에도 그 시절에 있었던 여러 죽음들에 관해서는 아직도 그리고 앞으로도 잊지 않을 것이다. 그런데 때때로 인간의 역사에는 해괴한 사태가 생기기도 한다. 어처구니없는 변괴가 줄곧 평화롭고 아늑하기만 하였던 유벽한 시골구석을 발칵 뒤집어 놓았다. 변괴는 대략 이러한 방식으로 찾아왔다. 주재소의 일본인 순사들과 일본인들이 풀이 죽어 퇴거하였을 무렵, 그러니까 8·15가 지나고 2개월쯤 되었을까 할 때에, 한 대의 투박한 자동차가 먼 서양 나라 군인들을 싣고 오망골에서 십여 리 떨어진 긴등에 나타났다. 이자들은 제멋대로 측량을 하고, 쑤군대고, 눈알을 부라려 보이곤 하더니 이윽고 말뚝을 하나 박고, 철조망을 쳐 놓았다.

이들이 아라사 군인들, 아니 로스케들이라는 소문이 순식간에 돌았으며, 여기저기서 도난 사고가 발생했다. 그 사흘 뒤에, 이번에는 남쪽으로부터 또 뜻밖의 서양 군인들이 껌을 짝짝 씹으며 나타나서는 역시 시골 사람들을 동물 보듯이 하면서 저네들끼리 껄껄대면서 웃고, 측량을 하더니, 또한 말뚝을 박아 놓았는데, 그 미군들이 박아 놓은 말뚝과 로스케가 박아 놓은 말뚝 사이에는 7백 미터 가량의 오차가 생겨나 있었다. 이에 미군과 로스케는 서로 만나가지고 쑤군대고, 의논하고, 화를 내더니 공동으로 측량을 다시 했으며, 그리하여 원내에다가 말뚝을 박았다. 수청골로부터 흘러 내려온 시냇물이 웅진—태탄 간의 도로와 만나 생긴 조그만 다리의 남쪽에는 미군들이 초소를 지었고, 북쪽에는 로스케가 초소를 지었다. 그러고 나서 남과 북의 왕래 길을 금지시키려고 했던 것이다. 그리하여 난생처음 보는 해괴한 일이 발생하였다. 집은 다리의 북쪽에 있으나 전답이 남쪽에 있는 사람들은 추수를 하러 갈 수가 없게 되었고 아들은 다리 남쪽에 있으나, 북쪽에 있는 아버지를 찾아갈 수 없게 되었다. 얼마 안 있어 미군과 로스케는 경비대로 바뀌고 총을 멘 사람들이 순찰[1]을 나와 있었다.

사람들은 어처구니없는 사태에 놀라 버렸으며 이에 항의하고, 대들고, 토론하여 보았으나 다만 맹종하는 수밖에 없었다. 38선이라는 걸 일방적으로 이해하지 않으면 안 되게 되었다. 이런 어이없는 변괴는 마을을 하루아침에 아수라장으로 만들어 버렸거니와, 하지만 이때로부터 불어닥친 여러 끔찍한 일들에 비하면 그런 정도의 일은 아무것도 아니랄 수가 있었다. 8·15 다음 해가 되면서 충돌은 보다 살벌한 느낌을 가지고 야기되었으며, 또 그해에는 전국적으로 콜레라가 만연되어 있었다. 콜레라만은 남북을 마음대로 왕래했

---

1) 원문은 '임찰'로 표기되어 있음.

던 모양이었는지 아랫마을 윗마을(사실은 삼팔 이남과 삼팔 이북으로 갈려지는 것이지만) 가릴 것 없이 골고루 퍼져 있었다. 아마 나도 콜레라에 걸려가지고 어른들의 속을 무던히도 태웠던 것 같은데, 그해에 나는 네 살에 불과했으므로 자세한 기억은 나지 않는다. 그렇지만 이 무렵 우리 집안은 말할 것도 없고, 씨족 부락을 이루었던 근방 일대의 진주 강씨들은 이미 뿌리가 뽑혀 망해 자빠지는 지경을 만나게 되었다. 할아버지에 대한 나의 기억은 내가 이 세상에 태어난 이후 마악 처음으로 지각을 갖기 시작하던 때의 아리아리한 기억을 이룩하고 있는 것이기는 하지만, 지금부터 말하고자 하는 것은 당신의 만년(晩年)을 감싸고돌던 그 폐원(廢園)처럼 삭막하던 분위기 같은 것에 대해서이다. 그렇지만 나로서는 다만 희미한 연상과, 지극히 단편적(斷片的)인 인상(印象)들에 의거해서 이것을 말해 볼 수밖에 없는 것이다.

할아버지가 당신의 죽음을 맞이한 것은 전쟁이 일어나서 마을이 잿더미로 화하고 집안사람들이 서로 죽고 죽이는 참극을 겪은 얼마 뒤의 일이었다. 이로써 저 모든 징조들이 헛된 것만은 아니었다는 것이 입증된 셈이었다. 그리고 할아버지는 당신 자신으로써 나라가 망한 일, 마을이 망한 일, 집안이 망한 일, 민족이 분단된 일을 무겁고 괴롭게 지켜보신 후 그걸 간수하여 저세상으로 간, 전 시대의 마지막 인물이었다고 말할 수 있는 것이다. 하기야 할아버지는 만년에 얼마나 죽음을 원하셨던 것인가. 그렇지만 죽음은 짓궂게도 할아버지에게 느지막하게 나타났으며, 이에 할아버지는 의연한 자세로써 임하였던 것이다.

말하자면 할아버지는 당신의 노래(老來)에 맞이하게 된 삼팔선이니, 이데올로기니 하는 것들을 전혀 이해할 수도 없었으며, 또 이해하려는 생각을 전혀 가지고 있지 않았던 것과 마찬가지로, 당신이 당신의 평생을 통하여 겪어 온 나라 빼앗긴 설움, 정든 고향이 황폐하게 되는 기막힌 참상, 집안이 망한 것에 대한 조선(祖先)들에의 죄책을 당신 자신에게 책임 지워 당신으로서 끝장을 낼지언정 뒤의 사람들에게 넘겨주려고 하지 않았던 것이었다. 따라서 할아버지의 죽음은 처절한 몰락의 마지막 노을이었다. 할아버지는 얼마나 완벽하게 그 몰락의 아픔을 당신 자신만으로서 감당해 내고자 했던 것일까. 할아버지의 만년(晩年)은 나의 시년(始年)이 되고 있는 것이며, 할아버지의 죽음의 방식이 내 삶의 방식에 연결되어 있다는 것을 깨달은 것은 이 때문이다.

할아버지는 네 명의 아들과 세 명의 딸, 그리고 노래(老來)에 첩실을 얻어서 아들 하나를 더 두었고, 손자와 손녀는 연년이 닥쳐오는 홍역으로 많이 빼앗겼음에도 20명이 넘었지마는, 당신의 만년은 퍽이나 쓸쓸하였던 것이었다. 당신이 별세하던 그해에는 전쟁이 일어나서 아직 전투가 곳곳에서 벌어지고 있을 때이기도 하였지마는, 가솔들이 남으로 북으로 흩어지고, 오망골 뙈쇄집은 폭격을 맞아 이미 잿더미로 돼 버리고 말았으며, 게다가 할아버지는 당신의 자식의 주검을 시체 더미 속에서 찾아내어 손수 매장을 해야만 했던 것이었다. 그리하여 남편 없는 두 명의 며느리와 손주들과 함께 할아버지는 옹진면 마산리라는 생소한 땅에서 당신의 마지막 여름철을 무겁고 무덥게 보내었다. 그로부터 할아버지는 이미 이 세상 사람으로서는 있기 힘든 기행을 일삼았고, 그리고 나는 이 시절의 할아버지에 대해서는 비교적 자세한 기억을 가지고 있는 것이다.

할아버지는 종일 방구석에 틀어박혀 끊임없이 으르렁대고, 밤새도록 가래를 긁고, 꿈자리가 사나워 가위눌린 신음 소리를 발하여 집안사람들을 놀라게 하는가 하면, 새벽같이 일어나서 뜻을 알 수 없는 경문을 외었다. 할아버지의 체취는 너무 진하고, 무거워서, 누구도 범접 못 할 귀기가 씐 듯하였으며, 특히 어린 손주들은 함부로 그 곁에 다가갈 생각을 내지 못하였던 것이다. 전쟁은 그대로 계속이 되고 있었고, 피난 나와 사는 살림은 궁색스럽기 그지없어서 할아버지의 노염(老炎)은 더욱 활활 불타올랐을 것이다. 할아버지는 평소에 쥐 죽은 듯이 소릿기 없이 지내다가도 한번 울화가 치밀기 시작하면 "봉오리 에미 있느냐" "개창구 에미 오라구 해라" 하고 소리를 지르며 겨레붙이들을 닦아세웠던 것이다. 젊은 사람들은 이제 할아버지의 죽음이 임박한 듯한 느낌을 애써 감추면서 "정말이지 노망이 걸리셨지 무어야" "노래(老來)에 저 고생을 하시다니…… 이제 그만 장서(長逝)하실 때두 되셨는데" 하고 수군거리었다. 그리하여 그해 윤달이 다가왔다. 그해에는 유월이 두 번 있었다. 할아버지는 누구보다도 윤달이 오기를 손꼽아 기다리었고, 이에 따라 집안 며느리들도 이번 윤달에 준비해야 할 것들을 염두에 두게 되었다. 대체로 말해서 윤달에는 액이 끼는 날이 없기 때문에 밀렸던 집안의 행사들은 이때를 기다려 치러지는 것이었다. 그런데 그해 유월 윤달에는 줄곧 집안에서 밀렸던 일이 일어날 참이었는데, 할아버지는 역정을 내시면서 "너희들이 무슨 생각을 하고 있는지 내 모를 줄 아느냐. 그렇지 않아두 내가 너희들에게 추한 꼴은 보이지 않아" 하고 말하였고, 그러한 뒤 끝에는 반드시 당신의 일을 염두에 두어 달라는 듯한 표정을 지었던 것이었다. 할아버지는 차츰 알아듣도록 집안사람들에게 이야기를 하기 시작하였으니, 당신의 장사(葬事)를 은연중 예비하시는 듯하였다. 며느리들은 "염려 마셔요"라는 뜻을 완곡하게 표현하기 위하여 쩔쩔매었지만 그럴수록 할아버지의 시선은 의혹과 불안으로 흔들리고 있었던 것이다. 그리하여 드디어 윤달을 맞이하면서 할아버지는 관(棺)을 만들 생각을 하셨고, 수의를 지을 것을 분부해 두었다. 할아버지는 말하자면 당신의 죽음을 당신의 손으로 치르고라도 싶은 듯하였고, 그래서 아랫사람들을 도무지 마뜩지 않아 하였다.

사람의 죽음에 따르는 의례(儀禮) 절차를 잘 이해하고 있는 이의 눈에 비친 생로병사의 친숙한 느낌을 남에게 대해서가 아니라 당신 자신에 대해서 행사할 수 없는 안타까움이 서리어 있는 듯하였다. 윤달 초하룻날 할아버지는, 당신에게 마뜩지 않은 존재인 며느리에게 당신의 마지막 일을 주선해 달라지 않을 수 없는 데 대한 불안과 짜증을 느끼는 표정으로 준비는 어떻게 됐느냐고 물었던 것이다. 대체로 이러한 일은 아랫사람들이 숨겨 가는 체하면서 갈망을 해 줘야 하는 일이었고, 그러면 윗사람은 알면서도 모르는 체, 대견하면서도 노여운 체, 지청구를 틀고 아랫사람을 달달 들볶아야 하는 것이니, 사람의 죽음이란 그렇게 졸연스런 일이 아닌 때문이었다. 하지만 그해 할아버지에게는 그러한 경황이 없었고, 집안사람들은 세상의 소용돌이에 휘감겨 들어가 제정신이 아니었던 것이다.

할아버지에게 마뜩지 않게 생각되는 며느리는, 즉 어머니는 밤새도록 수의를 깁기 시작하였다. 수의는 실을 매듭을 지어서 깁지 않았다. 실에 매듭이 지면 저승에 들어간 고인의 귀신이 매듭을 풀어 달라고 따라다닌다고 하였다. 대체로 수의는 세 벌을 준비하는데, 홑겹, 겹옷, 솜바지 저고리가 그것이었다. 홑겹은 굵은 베를 가지고 지었고, 겹것은 비단에다가 목자를 받치었다. 노인께서는 당신에게 마뜩지 않은 며느리가 당신의 저세상 갈 옷을 깁는다는 것을 여전히 마뜩지 않아 하시었는데, 그럴수록 어머니는 할아버지의 보비위[2]를 맞추기 위하여 정성을 쏟았으니, 수의는 저세상에 가서까지도 영원히 입게 되는 옷이므로 일일이 손으로 홈질을 떠서 산 사람의 치성이 바치어야 하는 것이었다. 그리하여 수의가 마련되자 다시 큼지막하게 버선을 깁게 되었고, 이어서 악수(幄手)·멱목(幎目)·칠성판(七星板)을 준비했다. 그리고 물론 관을 짜기 시작하였는데 관목(棺木)으로 사용된 은행나무는 평소 할아버지가 눈여겨 두셨던 것으로 "아무데 있는 은행나무가 은행이 주렁주렁 열렸더라" 하고 넌지시 귀띔을 하였기에 동네 장정들을 시켜 베어가지고 온 것이었다. 할아버지는 인부들이 관을 짜고 있는 곁에 다가가서 딴청을 부리는 듯하면서 참견하시었다. 원래 관에는 못을 쓸 수는 없고, 아귀를 틀어 맞추어야 하는 것이지만, 나무의 결이 틀리면 꼬이는 수가 있고, 건조가 제대로 되지 않거나 옻칠이 좋지 않으면 쉽게 썩어 버리는 것이며, 또 그 크기와 부피를 맞추어야 하는 것이었다. 그것이 제대로 되지 않으면 나중에 소렴을 할 때 멱목(幎目)으로 아무리 시신을 잘 묶고, 보공(補空)을 제대로 한다고 하여도 시신이 반듯하게 놓이지 않는 것이었다.

할아버지는 관목 다듬는 인부에게 잔소리를 퍼부으면서 종종 먼눈을 지으셨고, 또는 인부가 일손을 놓고 가 버린 뒤에도 손수 관목을 쓰다듬어 세심히 관찰하며 깊은 생각에 잠기는 것이었다. 어떤 때 집에 손님이 찾아오기라도 하면 할아버지는 쑥스러워하는 빛도 없이 관을 가리키며 "나는 저걸 만들고 있는 중이야. 아무래도 안심이 되질 않아서……"라고 하시었다. "원, 어르신네께서 그런 일까지 관여를 하십니까. 아랫사람들이 잘 알아서 할 텐데요"라고

---

2) 補脾胃. 남의 비위를 잘 맞추어 줌. 또는 그런 비위.

말할라치면 할아버지는 잠잠히 먼눈을 지어 가며 "내가 죽어서 호사하려니 이러는 게 아냐. 추한 꼴을 뵈기가 싫어서……"라고 하시었다.

어머니는 안에 붉은 비단을 받치고 겉에 검은 갑사를 쓰고 사방에 질긴 베로 열두 끈을 달아서 멱목(幎目)을 만들고, 멱목 두건을 만들었다. 깨끗한 솜으로 대추씨만 하게 충이(充耳)를 준비하고, 졸곡(卒哭) 주머니를 만들고, 검은 비단으로 악수(幄手)를 만들고, 그리고 장포(長布)를 준비하고, 속포(束布) 스물한 구비를 준비하고, 이어서 천금(天衾) 지금(地衾) 두 이불을 꾸미고 다시 흑홍(黑紅) 두 색으로 이불을 꾸미었다. 한편 인부들은 관(棺)을 만들어 놓은 뒤, 관을 고여 놓을 괴목(塊木)을 준비하였다. 경황없는 피난 살림에 이러한 일들은 적잖이 번거로운 일이었지만, 할아버지는 결코 이에 만족하지 않고 끊임없이 잔소리를 퍼붓고, 끊임없이 준비해야 될 것들을 생각해 내곤 하였으니 일거리는 한정 없이 불어나 가기만 하였다.

그러나 이제 할아버지가 돌아가시게 되었다는 것은 자명한 사실이 되었다. 수의를 만들어 가는 동안에 차츰 그것은 기정의 사실로써 확인되었다. 그럼에도 할아버지는 도리어 정정하여 죽음과는 거리가 먼 듯하였는데, 이는 말하자면 아직 죽음에의 준비가 제대로 되지 않았기 때문인 것 같았다. 할아버지는 이윽고 만족할 만하게 완성된, 그리고 충분히 건조된 관(棺)을 놓아둔 헛간에 들어가 지내는 시간이 많아졌다. 어느 날 밤 할아버지는 관 안에 들어가 가만히 누워 본 적도 있었다. 날이 훤히 밝아온 뒤에도 할아버지는 그 안에서 꼼짝 않은 채 두 눈을 감고 있었고 그래서 집안사람들은 대경실색하였지마는 당신으로서는 전혀 개의하지 않았다.

하여튼 이때로부터 할아버지는 더욱 노망 증세를 드러내었다고 집안에서들은 말하곤 하였는데, 그 누구도 당신의 의중에 서린 바가 무엇인지를 짐작하는 수는 없었을 것이다. 차이가 나는 것은 전에는 집안 식구들에게 잔소리를 퍼붓고 달달 들볶아 어찌할 수 없을 지경으로 몰고 갔는데, 관이 완성된 이후로부터는 집안 식구들에게 도무지 무관심해졌다는 점이었다. 할아버지는 확실히 좀 다른 세계 속에서 살고 있는 듯하였다. 집안에서들은 한편으로 다행스럽게 생각하였지마는, 다른 한편으로는 새로운 불안에 잠기어 들어갔던 것이다. 할아버지가 조만간 돌아가실 것이라는 것에 관하여는 이제 누구도 의심을 하지 않았고 이상하게 여기지도 않았지만, 당신은 그럼에도 아직 정정하기만 한 것이 무슨 다른 해야 할 일이 남아 있는 것만 같았기 때문이었다. 하기야 할아버지는 "오망골에 가야지, 오망골에 가야지" 하고 고향을 그리워하는 말씀을 하곤 했었으나, 도처에서 전투가 벌어지고 있는 그 당시 그것이 가당치도 않은 이야기라는 것은 당신으로서도 알아차리고 있는 듯했다.
이제 이 이야기를 마무리 지어야 하겠다. 할아버지의 죽음은 그것이 너무도 심상하게 찾아왔으므로, 집안에서들은 그것을 거의 심각한 사실로서 받아들이지도 않았던 것이다. 장사를 지낼 준비가 갖추어진 이래로 할아버지는 이미 가족들과는 차생(此生)의 인연을 다하기라도 한 듯이 외따로 행동하는 경우가 늘어 있기도 하였지마는, 그로부터 집을 벗어나서 인근 산야를 헤매는 일이 종종 있었다. 노인이 따분하여서 그러는 것으로 이해를 하였지만, 그러나 할아버지는 당신이 묻힐 유택을 찾아다니었던 것이다. 하기야 그것은 훨씬 후에 가서야 알려진 사실이었다. 나로서는 그것을 제대로 표현할 능력이 없지만, 할아버지는 그것을 알고 계셨던 것이 아닌가 한다. 말하자면 하나의 파멸이, 또는 몰락과 멸망만이 할아버지를 기다리고 있었던 것이며, 그러므로 할아버지가 할 수 있는 일이란 보다 의젓하고 떳떳하게 그것을 맞이하지 않으면 안 된다는 침통한 자각 같은 것이 아니었는가 생각되는 것이었다. 그리고 할아버지는 당신의 죽음을 만들어 가는 과정에서 그것을 해내시었던 것이다. 할아버지는 어쨌든 저 모든 재난의 마지막 기둥으로 버티다가, 그것을 거두어 가지고 떠나 버렸다. 그리고 우리는 그해 초겨울 텅 빈 들판에 하얗게 깔린 무서리가 햇빛을 받아 창끝처럼 빛나던 아침 장례를 마치고, 낯선 객토(客土)를 향하여 소달구지에 실리어져 떠나갔던 것이다.

《월간중앙》, 1973년 3월호

재채기

— 외촌동 사람들 13

재채기

— 외촌동 사람들 13

1.

내가 사는 외촌동은 정말로 사람이 살아봄직한 곳이다. 외촌동을 난민촌이라고 해서 깔보거나 외촌동 사람들을 형편없는 무지렁이들이라고 멸시하는 자가 있다면 내가 결코 그런 자를 가만 놔두지 않겠다. 그야 도시 한복판에 서 있다가 외촌동에 들어와 보면 그 행색이 초라해 보일지 모른다. 아니 물론 초라하다. 반대로 말해서 초라하기 때문에 사람이 살아볼 만한 곳이기도 하다. 내가 전국을 떠돌아다니다가 이곳에 들어와서 내 젊음을 묻어두기 시작한 지는 3년여 정도밖에는 되지 않는다. 지금 내 나이 스물넷이니까 한창 좋은 스물두 살때 들어왔는데, 나는 여기에서 좋은 일을 많이 겪었고 느꼈다. 지금부터 내가 너희들에게 말하려는 것이 그것이지만, 간단히 말하자면, 아니 유식한 문자를 써서 말한다면 내가 여기에서 사는 일의 깊은 재미를 맛보았다는 말이다. 한때는 나도 너희들과 마찬가지로 그저 멍청한 인간이었다. 항상 내 머릿속에는 나 자신에 관한 생각으로 꽉 차 있었고 그리고 나는 아무런 일도 하지 않을 때에도 무엇엔가 쫓기고라도 있는 것처럼 불안하고 긴장이 되어 있어서 도무지 나와는 상관이 없는 일에 관심을 쏟아본 적이 없었다. 더욱이 나는 부끄러움이 많고 소심한 인간이었다. 내 고민을 남이 알까 봐 겁을 내었다. 나 자신을 항상 허약하고 모자란 인간인 것처럼 꾸며 두었다. 내가 나를 그렇게 꾸며 두지 않으면 남들이 진짜로 나의 허약한 곳, 못난 곳을 찔러댈 것만 같아서 마음이 놓이지 않았던 것이다. 이런 것 말고도 나는 일테면 숙명론자이기도 하였다. 나는 몇 번인가 우연스러운 죽음의 한가운데에 직면하였다가 또 그것도 그저 우연스럽게 살아남게 되었다든가, 반드시 구체적인 것은 아니라 할지라도 내게는 어떤 예감 같은 것이 있어서 대개 예감했던 일이 현실로 나타나는 경우를 흔히 겪게 되었던 것이다. 또 말해 본다면 나는 시대를 잘못 택해서 태어났다고 하는 따위의 생각에 잠겨 지내기도 하는 불평분자였다. 말하자면 나는 돌멩이처럼 이리 구르고 저리 차이면서 우왕좌왕 갈팡질팡하여 사는 날까지 살아가다가 죽는 순간에 그것도 또 허망하게 죽어 나자빠지고 말 미미한 존재에 불과한 것이었다. 그런데 나는 그것을 그렇지 않다고 주장하고 싶어 했던 것이다. 어렸을 적부터 나는 그런 것을 알았지마는 이윽고 나 자신이 그것을 아주 똑똑히 느끼게 되면서 외촌동에 들어와 살게 되었다. 그러니 내가 이 세상에 살면서 공헌할 수 있는 것이란 기껏해야 이 세상의 공기를 내가 존재하는 그만큼 불결하게 만드는 것뿐이란 생각도 해 봤다. 그야 틀림없이 그럴 것이다. 그러니 어쩌란 말인가. 이왕이면 이 세상의 공기를 악착같이 힘껏 불결하게 만들어 보기라도 하자. 말하자면 이러한 것이 외촌동에서는 자연스럽게 깨달아지는 것이다. 좀 장황한 예가 될는지 모르나 나는 어떤 영감님에게서 깊은 감명을 받은 적이 있었다. 나는 그 영감님을 경찰서 보호실에서 만났다. 깊은 밤중이 되어갈수록 들어오는 사람들이 많아져서 급기야 보호실은 사람으로 꽉 차게 되었다. 그런데 그 영감님은 술에 취해 있었고, 유치장 행차는 항다반사로 겪었는지 그저 무표정일 뿐이었다. 그 영감님에게서는 지독한 냄새가 났다. 그런데 나는 영감님의 바로 옆에 앉아 있지 않으면 안 되게 되었다. 악취는 코를 찔러 심지어는 골치마저 아팠지마는 영감님은 남이야 어쨌든 아랑곳하지 않았다. 영감님은 사람으로 터질 듯이 만원이 되어있는 보호실에서 어쩔 수 없이 쪼그려 앉게 되었지마는, 그럼에도 조금어치의 영역이나마 더 확보하기 위하여 어깨에 힘을 넣어 막 사방으로 밀치어 댔다. 그래서 나도 지지 않고 막 밀어 대었지마는 영감은 일단 자기가 확보해 놓은 영역에 대해서는 요지부동으로 끄떡도 하지 아니하였다.

아, 그러나 내가 이야기하려는 바는 그것이 아니다. 영감이 밉살맞게 다리를 뻗어서 내 가랭이 아래로 하여 앞의 여자(아마 틀림없이 창녀였다.)의 궁둥이에까지 펴 가지고 앉게 되기까지에는 아마 한 5분가량 끈질기게 힘으로 밀어댄 탓이었다. 그렇게 하여 영감은 이윽고 좀 만족한 듯한 표정을 지었다. 그러자 영감은 눈 깜짝할 사이에 잠이 들어 버리고 말았다. 영감은 머리가 무거워서 견딜 수 없다는 듯이 점점 앞으로 숙이더니 내 가랭이 위에 얹었다. 그러니까 내 가랭이 아래로는 영감의 다리가 뻗어 있었고 가랭이 위에는 영감의 머리였다. 나는 안간힘을 써 가지고 팔을 빼내어 영감의 대갈통을 쥐어박았지마는, 끙 하는 소리를 한 번 낼 뿐 영감은 그것으로 그뿐이었다. 내가 말하려는 이야기가 지금부터이다. 악취는 점점 더 심해져서 나는 머리를 돌릴 수 있는 한껏 뒤쪽 방향으로 돌려서 숨을 쉬었다. 그래도 악취는 여전했으므로 아예 한 사오십 초쯤 참았다가 숨을 쉬었지만 아무 소용도 없었다.

그러자 갑자기 트르러억 드르르쿵…… 하는 소리가 벼락같이 들리어왔을 때에는 나도 모르게 깜짝 놀라기까지 하였다. 영감의 코 고는 소리는 대단하였다. 공기는 영감의 몸뚱이 속으로 들어가지 않으려고 안간힘을 다하는 듯했다. 그래서 관운장이 청룡언월도를 휘두를 때 일어나는 풍뢰와 같은 소리가 났다. 영감은 그렇게 힘껏 공기를 들이마셨다. 일단 영감의 목구멍으로 넘어 들어간 공기는 순순히 영감의 폐로, 허파로 내려가는 것이 아닌 듯하였다. 목구멍은 딸그락 소리를 내었고 배때기에서는 푸룩푸룩 소리가 났다. 공기는 영감의 배때기 속에서 급하게 격류하고 요동치고 걷잡을 수 없이 휘몰아치고 있는 것 같았다. 혈관이 부풀 대로 부풀고, 콧구멍이 벌름거렸으며 개기름 같은 땀이 줄줄줄 흐르고 있었다. 머리털까지 제풀에 흔들리고 있는 것 같았다. 그와 같이 영감의 몸뚱이 속에 들어간 공기는 영감이 경찰서에 있든 말았든 죄를 지었든 어쨌든 간에 그렇게 그 속에서 우당탕 퉁탕 소리를 내며 뼈마디 속까지, 살 껍질의 맨 거죽 세포에 이르기까지 돌고 도는 것에 틀림없었다. 영감은 공기를 내뱉을 때 다시 끙끙거렸다. 코가 막혀서 그렇다기보다도 몸속의 굽이굽이 돌아가는 계곡이 너무 가파롭고 너무 협착해서, 장거리 여행이 너무 힘들어서, 그리하여 트르러억…… 소리가 나는 듯하였다. 영감이 몸 바깥으로 뽑아낸 공기는 거센 바람이 되어 내 얼굴로 불어왔는데 거기에서는 마늘 냄새, 김치 냄새, 방귀 냄새, 고린내가 났다. 보호실은 여전히 만원이어서 나는 움치고 뛸 수도 없었고 그 고약한 냄새, 썩은 냄새를 얼굴 전체로 받아낼 수밖에 없었다. 거기에다가 영감의 코 고는 소리는 여전히 우레 소리처럼 들려왔던 것이다. 그리하여 코 고는 소리를 무시할래야 무시할 수가 없었던 것이다. 몇 번씩 나는 재채기를 하였지만 이윽고는 영감의 코 고는 소리에 익숙해지고 말았다.

그때 보호실에서 풀려나온 뒤로 나는 그따위 거랑말코 같은 영감쟁이 일은 까마득히 잊어먹고 말았지만 우연한 일로 잠깐 기억을 되살린 적이 있었다. 별로 자랑스러운 이야기는 아니나 나는 시시한 일거리를 따라 전국을 돌아다녔던 적이 있었다. 그러다가 돈이 떨어져서 생각하기에도 신물이 나는 더러운 싸구려 방에서 낯모르는 자들 속에 섞이어 합숙을 한 적이 있었다. 그곳이 이른바 함바집이라는 노동꾼 합숙소였는데 누군가가 흔들어대기에 눈을 떠보니 인상이 더러운 젊은것들이 쥐어박기라도 할 듯한 표정으로 "이봐, 코 고는 소리 때문에 잠을 잘 수가 없단 말야." 하고 윽박질렀던 것이다. 그때 나는 보호실에서의 그 영감쟁이 코 고는 소리를 기억해냈다. 그리고 괜히 기분이 좋았던 것이다. 우락부락한 녀석들이 나와 코 고는 소리에 대해서 시비를 할 정도라면 나의 그 소리도 보통은 넘는 것이 되리라 생각하니 괜히 뻐겨보고 싶었다. 어차피 내가 이 세상을 산다는 것이 이 세상의 공기를 내가 살아 있는 그만큼 불결하게 만드는 것에 불과하다면 내 능력을 최대한도로 발휘하여 불결하게 해보자, 하고 생각했기 때문이었다.

2.

이제부터 내가 진짜로 이야기하고 싶은 것을 이야기해야겠다. 내가 이 글의 제목을 「재채기」라고 한 것은 이유가 있다. 내 하고 싶은 이야기가 꼭 재채기의 성미를 닮았다. 내 마음속이 간질간질해져 재채기처럼 울컥 쏟아놓고 싶은 것이었다. 내가 겪어온 행동 체험도 재채기를 닮았다. 나는 평소에 나 자신을 항상 허약하고 모자란 인간인 것처럼 꾸며서 생각하지 아니하면 마음이 놓이지 않는 것인데, 그러다가도 어느 때 조마조마하게 언짢아지기만 하면 울컥 뱉어놓고야 만다. 내 오장육부를 다 동원시켜서 엣취 하고 재채기를 하고야 마는 것이다.

그건 그렇다 치고 나는 열심히 코를 고는 방법을 항상 연구했다. 그래서 코 고는 소리만큼은 나를 당해낼 자가 없으리라고 감히 장담할 수가 있다. 내가 코 고는 데 관해서 이만한 자신을 가지게 되기까지는 물론 보통 노력이 들었던 것이 아니지만 어쨌든 이 사실 하나만으로도 나의 삶이라는 것이 무조건 무가치한 것은 아니라고 말할 수 있을 듯하여 나는 즐거워진다. 그런데 내가 진짜로 말하고 싶은 것은 이 이야기가 아니다. 내가 그녀를 어디에서 어떻게 만났다고 말할 필요는 없을 것이다. 하여튼 나는 그녀를 만났다. 그녀의 이름? 그까짓 이름이야 아무래도 좋을 것이다. 성(性)은 이 가였다.

생일이 1월 18일이라고 했으니, 정월(正月)이란 이름이나 붙여 줄까. 하여튼 나는 그녀를, 즉 이정월(李正月)을 우연히 만났다. 좀 더 정확히 말하자면 주웠다고 할 수도 있다. 누구보다도 크게 코 고는 소리를 낼 수 있는 나는, 꼭 여자를 한 명 가지고 싶었다. 그런데 내 처지로서는 그것이 반드시 쉬운 일만은 아니었다. 요새 여자들은 터무니없이 사치스러워졌고 또 건방져졌다. 하기야 내가 이런 말을 해 봤자 입만 아플 수밖에 없는 일인데, 어쨌든 나는 여자를 한 명 가지고 싶었다. 내가 못난 놈이니 아예 잘난 여자는 보기만 해도 무섭고, 어디 천덕꾸러기라도 한 명 가졌으면 싶었다. 솔직히 말해서 여자를 가지고 싶다는 것은 추한 생각도 아니고 엉큼한 생각도 아니다. 다만 내 처지가 처지이고, 또 나는 솔직한 놈이 돼서 고상하게 연애니 뭐니 소리를 하지 않는 것에 불과하다.

자, 그럼 지금부터 그 이야기가 전개된 날 밤의 일을 여기에 적겠다. 비가 내리고 있었다. 아니 비가 내리고 있었다는 것이 중요할 턱은 없다. 그러나 그때가 여름이었다는 것은 중요하다. 나는 여름철의 더위를 무척이나 사랑한다. 몸 안의 온도와 몸 바깥 세상의 온도가 같은 여름철에는, 몸의 두께가 아주 버거워지기도 하지만 내 경우에 여름철이 되면 좋은 일이 일어나곤 하였다. 그곳은 공원이었다. 나는 아스팔트가 질질 녹아 흐르는 도심 지대를 하루 종일 돌아다녔고 그리고 밤이 되자 비를 맞으며 걸음을 옮겨서 공원으로 들어갔다. 공원이라고는 하지만 벤치 두어 개가 놓여있을 뿐이고 어린애들의 아귀다툼밖에는 들리는 것이 없다(비가 내리고 있음에도 어린애들은 뛰놀고 있었다). 그리고 수은등을 감싸고 미친 듯이 날아와 부딪치고 또 부딪쳐 급기야 떨어져 죽는 나방 떼들의 모습이 구경할 만하다. 그리고 또 머리 풀어헤친 유령처럼 비를 맞으며 서 있는 버드나무도 하여튼 그럴듯하다. 그렇게 되어 나는 그 여자를 그곳에서 보았다. 밤이 늦어 공원에 혼자 들어와 바장이는 여자, 이것은 아무래도 심상치 않은 것이었다. 그런데 그 여자는 공원을 한 바퀴 빙 돌아서 바깥으로 나갔다. 그 여자는 우산을 들고 있지 않았다. 마침 나도 공원을 벗어나도 좋을 때가 되었으므로 거리로 나갔다. 저만치 앞에서 걸어가고 있는 그 여자의 모습을 볼 수 있었다. 나는 부리나케 걸음을 옮겨 그 여자를 앞질러 10여 미터쯤의 간격이 생겼을 때 이번에는 아주 느릿느릿 걷기 시작했다. 이것은 내가 길거리에서 여자를 보았을 때 노상 해보는 수법이었는데 솔직히 말해서 성공률은 희박한 편이다. 그러나 그렇다고 해서 나는 실망한 적이 없었다. 언제인가는 내 뜻을 알아주는 여자가 있겠지, 하고 생각해 왔는데 바로 그날이 그날이었다. 그 여자가 느릿느릿 걷고 있는 나를 추월하여 앞으로 나섰던 것이다. 그 여자가 내 앞을 스쳐 갈 때 나는 그녀에게서 비 냄새를 맡았다. "비를 맞으면서 걸으시는군요." 나는 그 여자에게 이렇게 말했다. "네, 그래요. 비를 맞으면서 걷고 있어요." 그 여자의 말이다. 그녀가 비를 맞고 있다는 것쯤이야 중요한 일이 아니었다. 그녀가 대답해줬다는 게 놀라운 사실이었다. "이왕이면 함께 비를 맞으면서 걷고 싶습니다." 나는 특히 '함께'라는 말에 힘을 주었다. 나는 자동차 헤드라이트가 이쪽을 비추었을 때 자세히 그녀를 관찰해 봤다. 결코 예쁜 얼굴이라고는 할 수 없었다. 솔직히 말하자면 약간 실망이 될 정도였지만 뭐 그것은 상관없는 일이었다. 내가 놀란 것은 그녀의 얼굴 표정이었다. 나는 사람들의 표정에 관해서는 항상 좀 깊게 관찰을 해왔다. 그런데 그녀의 눈은 동물과도 같이 맑은 슬픔을 담고 있었다. 특히 그녀의 코는 울고 싶어 하는 듯한, 젖어 있는 코였다. 코만으로써 판단하건대 그녀는 틀림없이 맹꽁스러운 성격일 것이다. 코끝이 발름했다. 콧구멍이 떨리고 있는 듯했다. 그런데 그녀의 입술이, 특히 윗입술이 앞으로 두툼하니 튀어나왔고 그녀의 표정을 둔하게 만들어주는 것도 그 입술 덕분이었다. 그녀의 입술은 그녀가 깊은 고민에 잠겨있다는 것을 나타내주고 있었고 그녀의 마음속에 심술스런 결의가 도사려 있다는 것을 알게 해주었다. 이와 같이 그녀는 뭐 예쁜 얼굴도 아니었고 게다가 자세한 이유는 알 수 없지만 심히 괴로움 받는 일이라도 있는 모양으로 그 이목구비를 제멋대로 찡그리고 있는 중이었다. 사람의 표정을 자세히 관찰해볼수록 거기에서는 동물의 냄새가 나기 마련이다. 문명이니 뭐니 하는 것 때문에 흔히 사람들이 동물이라는 것조차 기만적으로 잊어버릴 때가 있지만 특히 생생하게 살아있는 표정이란 한 마디로 동물적이다. 깊은 슬픔에 젖어 있을 때, 또는 기뻐하고 있을 때 사람은 동물로서의 본능을 숨김없이 드러내기 마련이다. 그녀가 예쁘지 않다는 것, 그런 데다가 더욱 예쁘지 않게 이목구비마저 찡그리고 있다는 것—, 그것이 나를 안심시켜 주었다. 얼굴이 그저 예쁜 여자는 어쩐지 살아 있는 여자 같지가 않다는 느낌을 나는 가지고 있었는데 그런데 내가 만나보고 싶은 여자는 열심히 살아 있는 여자였다. 트르러억……, 하고 코 고는 소리를 거칠게 낼 수 있었던 영감님처럼 그렇게 열심히 살아 있는 여자였다. 하여튼 그녀를 어떻게 만나게 되었느냐는 이야기가 중요하지는 않다. 그녀와 나는 함께 비를 맞으며 쭈욱 걸어서, 굉장히 긴 거리를 걸어서, 어느 낯선 골목에까지 가닿았다. '그렇지, 이렇게 순순히 끌려오는 것으로 봐서 너는 헌 여자로구나.' 하고 나는 생각했다. 헌 여자, 얼마나 어감이 좋은 말인가. 보나 마나 너는 고민 많고 따분한 집안에서 천덕꾸러기로 태어나 구박만 오지게 받으며 자랐을 것이고, 순정을 바쳤던 사내에게 어이없이 농락당하고 그리고 괜히 죽고만 싶어지는 일을 수없이 겪었겠지. 나는 이렇게 그녀를 평가절하해서 생각했고 그리고 그녀를 힘껏 사랑해주고 싶은 싱싱한 성욕으로 인하여 졸렬하게 서둘러댔는지도 모른다. "이러지 말아요. 이 양반이 사람을 어떻게 보고 이러는 거야?" 의외로 그녀는 뚝심이 강한 여자였고 그리고 전등불 아래에서 바로 옆에 두고 보자니까 거의 예쁜 것과는 상관이 없는 여자였다. 그리하여 저 태곳적에서부터 끊임없이 반복되어온 실랑이가 벌어졌다. 나는 야수 같이 으르렁거리며 공격했고 그녀는 내 뺨따귀를 후려쳤다. 왜 나는 그래야 했고 또 그녀는 왜 그래야 했는지는 알 수 없다. 그러나 우리는 그렇게 밤새도록 싸웠다. 하여튼 굉장히 기다란 밤이었다. 비는 여전히 구중구중[1] 내리고 있었고, 그리고 내 몸과 마음은 채워지지 않은 욕망으로 끝없이 부풀어오르고 거세게 고동치고 졸음과 땀과 살 냄새로 흐리터분해졌다. "빌어먹을 년." 하고 나는 막 욕설을 퍼부었고, 그녀의 몸뚱이 전체를 샅샅이 알아내기 전에는 결코 풀어주지 않으리라, 그녀의 못생긴 영혼을 끝간 데 없이 더듬어주리라 하고 작정했다. 새벽녘에야 그녀는 비로소 나를 받아주었지만, 빌어먹을 나는 그것의 과정을 즐긴 것이었지 그것의 결실을 탐스럽게 맛본 것은 아니었다. 그렇지만 어쨌든 나는 그녀를 본 척도 않고 차 버리려고 했었다. 그리고 그것은 그녀도 마찬가지였을 것이다. 함부로 제 자신이 그 이상의 것을 바랐을 리는 만무하다. 그녀는 눈물을 찔찔 짠 것도 아니었고, 무슨 요구를 내세우거나 앙탈을 부리지도 않았다. 못생긴 얼굴이 더욱 못생겨 보였을 뿐이었다. 참따랗게 눈알을 내리깔고는 그저 졸음이 오는 듯한 표정을 지을 뿐이었다. 그렇게 숙맥 같이 쭈그려 앉아 있는 모습이 도리어 괴기스러웠다. 그런데 나는 무엇보다도 우선 배가 고파서 뭣이든지 먹었으면 했다. 그녀는 내가 옷을 주섬주섬 껴입고 있는 것을 물끄러미 바라보았다. 그러자 그녀는 벌떡 일어서더니 자기도 옷을 껴입기 시작했다. "내 청 하나만 들어줄 테야?" 그녀는 머뭇거리더니 이렇게 말했다. 나는 잠자코 있었다. "들어주기 싫다면 할 수 없지 머." 그녀는 혼잣소리로 중얼거리고는 한숨을 씩 하고 쉬었다. '이 병신아, 그렇게 당하고 나서도 쭈뼛쭈뼛하고만 있니? 왜 앙탈을 부릴 줄도 모르고 빳빳하게 대들 줄도 모르니?' 하고 나는 속으로 안타깝게 외쳤다. 바깥으로 나와서 나는 본 체도 않고 걸어갔는데 그녀

1) 九重九重. 아홉 겹이라는 뜻으로, 여러 겹이나 층을 이르는 말.

가 졸졸 뒤에서 따라오고 있음을 나는 느끼었다. 나는 골목 모퉁이[2]를 돌아서 큰길로 나왔다. 그리고 저 앞에 식당을 발견했다. 식당 문을 밀면서 비로소 나는 뒤를 돌아다보았다. 어쨌든 그녀에게 뜨뜻한 밥은 먹여 주고 보아야 했다. 그런데 그녀의 모습이 시야에 들어오지 않았다. 나는 빠른 걸음으로 왔던 길을 되돌아갔다. 그녀는 눈에 띄지 않았다. 나는 초조해졌다. 달음박질하다시피 하여 골목을 뒤졌다. 그녀를 만나지 못하면 내 평생토록 꼼짝달싹도 못 할 것 같았다. '이 병신아. 그렇게 당하고 나서도 변변히 자기주장 한번 내세워 보지도 못한 채 어디로 꺼졌단 말이냐.' 나는 그녀의 어리석음을 생각해 볼수록 분통이 터져서 눈물까지 핑 돌 지경이었다. 만나기만 하면 뺨이라도 한 대 후려치고 싶었다.

찾았다. 그녀는 어깨를 내려뜨리고 고개를 숙인 채 걷고 있었다. 신파조 국산 영화에서 그렇게도 많이 보아온 그 청승스런 모습으로 지척지척 걸어가고 있었다. 울화가 치밀어 올랐고 그리고 격정과도 같은 분노가 그녀를 겨냥하듯 하여 달려가게 했다. 사실이지, 내가 나 아닌 다른 사람에 대하여 이토록 깊은 격정을 느꼈던 적은 없었다. 이토록 다른 사람에게 관심을 보였던 적은 없었다. 이렇게 하여 내 어리석은 사랑의 역사가 시작되었던 것이다.

3.

그런데 그녀는 3개월이 채 못되어 가 버렸다. 자세한 이야기는 말하고 싶지 않다. 또 말할 필요도 없을 것이다. 하여튼 그녀는 임신

2) 원문은 '모쿠재'로 되어 있음.

중이었는데 그것이 나를 알기도 전에 이미 만들어진 것이었다. 나는 그 사실을 알았지만 놀라지는 않았다. 앞으로 어떻게 할 것인가가 문제였는데 그녀는 곰곰 생각한 끝에 자기가 떠나 버리는 것이 옳겠다고 생각한 모양이었다. 어느 날 밤 집에 들어와 보니 그녀는 보이지 않았다. 그리고 그녀를 나는 다시 만난 적이 없게 되어 버렸던 것이다. 이따금씩 한밤중에 걷고 있노라면 우리의 불순한 대기권에서 그녀가 뱉어낸 공기를 따로 분간해낼 수 있을 것 같은 생각이 들었지만 조금 더 시간이 흐르자 나는 그녀의 체취를 점점 잊어먹게 되었다. 아마 지금도 한반도 어딘가에 살아 있겠지. 이왕 살아 있을 바에야 좀 잘 살아 있어 주었으면 좋겠다는 생각은 해 보지만, 글쎄 과연 어떨지? 나는 무료한 때에는 이렇게 그녀를 위해서 발원을 내보는 것이다.

이것으로 내가 너희들에게 말해주려던 그녀에 관한 이야기의 일단(一端)을 풀어 놓은 것이 되었지만 실상 이야기의 속 알맹이는 내가 전혀 풀어 놓지 않았다. 왜냐하면 너희들은 너무너무 이해심이 결핍되어 있고, 또 인간에 대한 상상력이 부족해서 말해준댔자 알아먹지를 못할 것이다. 그것은 가령 앞으로 언젠가는 내가 그녀와 다시 맞부닥칠 날이 있을 것이라고 믿고 있는데 그때 내가 어떠한 표정을 짓게 될 것인가를 이따금씩 생각해 보기 때문에 하는 말이다. 그러나 그때는 그때이고 하여튼 나는 악착같이 잘 살아 두어야겠다고 늘 생각을 먹고 있고 또 누구보다도 건강하게 살아가고 있는 것이다.

일찍이 경찰서에서 만난 영감으로부터 우렁차게 코를 고는 법을 터득한 바 있었고, 또 그녀 정월이를 만나서 누구보다도 사람을 사랑하는 능력이 내게 있음을 알았던 것이다. 이렇게 하여 일단 내 이야기는 그쳐 두어도 좋겠지만 이것으로는 아무래도 미진해서 끝으로 한 마디만 더 첨가해 두겠다. 그것이 바로 재채기에 관해서이다.

이런 이야기를 하면 비웃겠지만 내가 재채기와 딸꾹질에 대해서 곰곰 연구를 해 본 적이 있다. 잘 알다시피 딸꾹질은 가슴과 배때기를 갈라 놓고 있는 가로막이 흔들려서 그 여파로 딸꾹딸꾹하게 되는 것이다. 딸꾹질을 멈추게 하기 위해서는 충격이나 자극을 주어야 하는데, 그러나 그 딸꾹질이라는 것도 장기화 되면 웬만한 자극이나 충격으로서는 꿈쩍도 하지 않는다. 계속해서 주기적으로 딸꾹질하게 된다. 한편 재채기는 일회적인 것이다. 나로서는 의학 상식이 부족하여 재채기가 일어나는 원인을 과학적으로 설명할 능력이 없지만 재채기라는 것은 하여튼 코가 맹맹해지고 가슴이 간질간질하며 불안하여지다가 저도 모르게 격정적이고 돌발적인 힘에 의하여 거세게 바깥으로 밀어붙이게 되는 것이다. 재채기 기운이 가슴 속에서 언제 어떻게 폭발하여 바깥으로 내뿜어지느냐를 알 수 없기 때문에 재채기의 생리란 묘한 것이다. 재채기는 단순히 구토증과도 다르다. 구토증은 사람의 신체 조직에 맞지 않는 상태를 만났을 때의 거역 반응이지만, 재채기는 그렇게 순차적으로 발생하는 것이 아니라 돌발적인 성질, 격정적인 성질을 가졌다는 점에서 상쾌한 생리 현상임에 틀림없다. 그런데 언제인가부터 다시 나는 재채기 기운을 느끼고 있다. 가슴이 답답하고 불안하고 꼬물꼬물해진다.

코 고는 영감쟁이를 만났을 적에도 정월이를 만났을 적에도 나는 재채기 기운 비슷한 것을 느꼈었다. 그런데 이번의 재채기 기운은 아무래도 그것들보다는 좀 더 큰 것으로 폭발되어 나오지 않을까 하는 예감이 든다. 그래서 나는 불안하고 적이 긴장되어 있다. 재채기가 언제 어떻게 터져 나오든 그것에 대해서 일단의 준비는 해 두어야 하기 때문이다. 그래서 역으로 말하자면 재채기 기운이 나를 자각시켜 주고 있다. 아무리 사소한 일이라도 무심하게 보이지 않는다. 나는 오늘도 하루 종일 외촌동의 사람들, 강아지들, 집과 점포와 나무들을 바라보았지만 그 모든 것들이 깊은 뜻을 함축하고 있는 것처럼 보이는 것이다. 내 앞으로 내 옆으로 우렁차게 코 고는 소리를 냈던 영감쟁이와 닮은 사람들이 지나가고 있고 또 정월이와 그 모습이 똑같은 여자들이 걸어간다. 나는 그래서 몇 번인가 그 사람들에게 다가서서 확인까지 하였다. 이 세상을 향하여, 더욱 시시하게 조건을 붙이는 세상에 대하여 재채기를 하고 싶어서 말이다.

《월간중앙》, 1972년 9월호

무너지는 산
— 외촌동 사람들 14

무너지는 산

— 외촌동 사람들 14

벌거숭이 야산에는 덩그러니 죽어 나자빠진 송충이 떼 같은 바라크들이 다문다문 연이어져 있었다. 그러한 야산의 그 아래로 시냇물이 졸졸 흘렀음직한 예전의 한유(閑幽)한 풍경을 간신히 상기시켜 주려는 듯 아직도 경사 급한 계곡으로서의 흔적이 조금은 남아 있었다. 하지만 예전의 시냇물은 이제 그 양편에 축대를 쌓아 하수천이 되었고, 소달구지가 지나다녔을 오솔길은 자갈로 다져진 신작로가 되어 버스가 클랙슨 소리를 내며 달려가고 있는 것이었다. 더위는 한풀 꺾였으나(8월 하순이었다.) 잔뜩 심술스럽게 찌푸린 낮은 하늘은 별촌동(別村洞)의 스산한 분위기가 다른 장소로 퍼지는 것을 두려워하여 유독 이곳을 압박시켜 놓고 있는 것 같았다. 이상하게도 나다니는 사람의 숫자가 많지 않았고, 아이들 대여섯 명이 겅정거리며 뛰놀고 있는 것이 돋보여지고 있을 만큼 별촌동은 전체적으로 그렇게 황량하였다. 이른바 '별촌동 소요 사건'이 이곳에서 불과 나흘 전에 일어났다고는 도저히 믿어지지 않았다. 조독수(趙獨秀)는 25미터 도로를 버리고 15미터 도로로 꺾어졌다. 다시 벌거숭이 야산의 꼭대기를 향하여 가파르게 뻗어 올라간 3미터 도로로 접어들었다. 지난번 장마에 패여 길은 말이 아니었다. 사태가 일어났을 때 흙탕물이 어떻게 흘러내려 갔는지 그 흔적을 알아볼 수 있었다. 얼마 기어오르지 않았는데도 숨이 머리 꼭대기까지 차오르고, 벌써 축축하고 비릿한 땀방울이 물줄기를 이루어 등허리를 타고 흘러내려 갔다. 한 집 건너 구멍가게, 연탄가게, 그리고 우동 집, 막걸릿집, 보신탕집, 생사탕(生蛇湯) 집들이 계속되고 있는 그곳 일대는 그런데 상가가 아니라 이른바 주택지라고나 해야 할 곳이었다. 원래 시 당국이 한 가구당 열다섯 평씩 균등하게 대지를 끊어서 분배했으므로 크기는 일정하였으나, 이곳에 제대로 집을 지어서 정착해 보고자 생각하는 사람들은 거의 없었으므로 모든 집들은 나무판자를 이어붙이고 값싼 블록을 적당히 이겨 바른 허술하기 짝이 없는 가건물에 불과하였다. 담장마저 제대로 둘러치지 않은 방들의 문이 열려 있어서 그 어두컴컴한 속에 누워 있거나 앉아 있는 사람들의 궁기 낀 모습을 엿볼 수 있었다. 사람 냄새가 빈민촌의 악취에 섞여 있어서 가파른 골목길을 걷고 있는 스무 살가량의 어린 녀석의 유순한 듯한 얼굴이 반항기가 서려 있는 것으로 보이게 만들었다. 그 녀석은 무력한 의심을 조독수에게 보냈으나 곧 제 시선을 슬그머니 회수하고는 괜히 비칠거리는 모습으로 비탈길을 내려갔다.

조독수는 이곳에 두 달쯤 만에 다시 와보는 셈이었다. 두 달쯤 전 그가 왔을 적에 비해 볼 때 크게 달라진 것은 없었다. 그러니까 그렇게 답답하고 음습한 분위기를 유지하고 있었다. 하지만 이상한 그 무엇인가가 느껴지지 않는 바는 아니었다. 빈민촌 특유의 활기라고나 할까, 떠들썩함이라고나 할까, 가난한 사람들로 버스 속처럼 만원이 되어 버린 그러한 지대에 잠겨 있는 악에 받친 듯한 소란스러움이 없었다. 그것은 마치 이 지대를 텅 빈 것처럼 느끼게 만드는 것이었다. 난민촌의 궁(窮) 자 낀 가난한 풍경을 모르는 한국인은 많지 않을 것이며, 그러므로 별촌동 골목길의 꾀죄죄한 살림 풍경이야 하나도 이상한 게 없었다. 이곳의 찌들 대로 찌든 풍경을 보면서 새삼스럽게 낯 찌푸릴 것도 없는 것은, 뭐 부자 나라의 설교가처럼 이방인의 시선으로 이곳 사람들과 이곳 형편을 개탄하게 되지 않는 그러한 동질 의식이 있기 때문이었다. 하지만 난민촌 특유의 발악 같은 것, 전쟁 중의 피난지처럼 사뭇 엉성하게 서성거리고 있고 갈피를 잡지 못한 채 우왕좌왕하고 있고, 또는 약간이나마 식견을 가지고 있거나 투쟁적인 아낙네들의 싸움 싸우듯 하는 목청 같은 것으로 팽팽하게 날카로워져 있는 것 같은 그러한 분위기가 사라져 있다는 것은 이상스럽게 놀랄 만한 사실이었다. 더욱이 난민촌에는 아랫배만 엄청나게 부풀어 오른 그러한 어린것들과 똥개들이 많이 길거리에 나와 있는 법인데 조독수는 그러한 풍경마저 어쩐지 찾아볼 수가 없었다. 이상한 고요함, 숨을 죽이고 있는 것처럼 침울한 적요가 이곳 일대를 내리누르고 있었다. 이렇게 따져본다면 별촌동은 두어 달 전과는 사뭇 다른 곳처럼 되어 버렸다. 그는 아까 이곳으로 들어오면서 지나쳤던 외촌동의 모습과 비교해 보았다. 외촌동은 이제 문안 동네처럼 되어버렸으니 세월의 변모를 느끼게 하는 것이지만, 그가 외촌동에 한 1년 동안 살았던 적의 그곳은 문자 그대로 난민촌이었다.

그때에도 서울시 당국은 무허가 판자촌을 헐어내 외촌동에다가 이주시켰었고 그리하여 그 동네의 개척기란 지금 별촌동에서 벌어지고 있는 그것과 전혀 똑같은 것이었다.

시 당국은 1차적으로 무허가 판자촌 주민들을 이주시키고, 다음으로 택지를 조성하여 시 자체로서 땅장사라고나 해야 할 그러한 토지 입찰을 실시하고, 그러면 서울의 투기자들이 몰려들어 땅값에 농간을 부려 가지고 한밑천 벌게 되는 것이었다. 이 단계가 지나고 나면 서울시는 외촌동을 더 이상 개발할 생각을 하지 않았던 것인데 그것은 말하자면 외촌동에서 더 이상 서울시 자체로서 땅장사라고나 해야 할 그러한 자금 회수가 없기 때문에 그러한 것이 아닌가 생각되었다. 외촌동은 하루아침에 미군이 철수해 버린 기지촌처럼 썰렁해졌고, 여태까지 천정부지로 뛰어오르던 땅값은 폭락하여 버렸다. 그러나 끈질긴 것이 사람의 생명이라 또 이삼 년쯤 지나자 외촌동은 어느 정도 안정이 되었다.

조독수가 이곳 별촌동에서 그러한 외촌동의 재판을 보게 되는 것은, 그때보다 규모는 커졌지만 시 당국의 난민촌 건설 방식이 너무도 닮았기 때문이었다. 지난 반년 동안 신문은 별촌동의 놀랍게 발전되어가는 모습을 대서특필로 보도하곤 하였는데, 실은 그것이 일종의 선전책이라는 것을 모를 수가 없는 일이었다. 그렇게 함으로써 전국 각지의 딱한 처지에 놓인 사람들이 무리인 줄 알면서도 약간의 희망조차 품고 별촌동으로 몰리게 되는 것이었으며, 이른바 땅값을 가지고 별의별 사기 협잡 같은 짓들이 백주에 횡행하게 되는 것이었다. 대단지 조성이 이루어지고 도로 구획 정비가 세워지면 그것으로 영성한 예산밖에는 갖지 못한 시 당국은 마치 하나의 도시를 완성해 주기라도 한 것처럼 선전하고 다음 단계로 이른바 유보지라 하여 도로변에 있는 목이 좋은 땅을 비싼 값에 입찰시킴으로써 투자한 자본을 회수하려고 하는 것이며, 이러한 기회를 이용하여 토지 브로커들이 난무하는 것이었다. 그것은 마치 너무 비대해진 서울시가 자체의 모순을 해결하기 위하여 일종의 침략

정책 비슷한 것으로써 주변의 촌락을 자기의 식민지처럼 만들어 버리는 그 방식을 닮았다. 이럴 때 난민촌의 건설 방식은 일찍이 왜인들이 주변의 나라들에 대하여 실시해 봤던 그러한 방식을 모방한 것처럼 보이게 하는 것이었다. 따라서 난민촌의 주민들에게서는 저 삼사십 년 전 사람들이 지었을 터무니없는 표정과 같은 것이 끈질기게 남아 있는 것이었다.

조독수는 진종만이 살고 있는 바라크를 찾으려고 하였으나 길을 잘못 들었다는 것을 알았다. 그래서 여태까지 왔던 길을 일단 되돌아 내려갔다. 그는 약간 높은 언덕바지를 이루고 있는 위치에서 저 아래를 굽어보았다. 별촌동의 중심가라고나 할 시장 일대와 맞은쪽의 벌거숭이 야산을 보고 있노라니까 그는 또 외촌동에서 살았었던 몇 년 전의 일이 회상되어지는 것이었다. 외촌동이 한창 난민촌으로 개척기를 맞이하고 있을 때 이곳 별촌동은(하기야 그때에는 이곳이 그저 이름 없는 산야에 불과했다.) 사람들이 천렵을 나오곤 하던 곳이었다. 이제 와서 하수천이 되어 버린 개울은 그 당시만 해도 물이 맑아서 어른들은 소주를 마시며 풍월을 읊었고 애들은 가재를 잡는다고 물속의 돌 더미를 뒤지곤 했다. 그리고 개울을 굽이 돌아가노라면 대봉산이 되어 등산객들이 찾아 오르는 길목이 되었던 곳이었는데, 하루아침에 지저분하기 짝이 없는 장소가 되어 버리고 말았다. 그때의 그 한유하던 풍경은 어느덧 사라져 버리고 추악한 난민촌이 엉성하니 형성되어 버린 지금 그가 이곳을 찾으면서 느끼는 심정은 그러니까 몇 년 전의 그것과는 전혀 다른 것일 수밖에 없는 것이었다.

진종만은 그가 외촌동에서 알게 된 친구였는데 스스로 생활력이 강하다고 믿고 있는 인간이었다. 진종만은 저 혼자 살아가는 외로운 처지이기도 하였지만, 이상하리만치 난민촌에 대한 애착을 가지고 있었다. 이러는 말은, 그가 줄곧 난민촌만을 떠돌아다녔기 때문이었다. 그때 외촌동의 경기가 가실 즈음해서 진종만은 재빨리 도봉산 아래 창동으로 들어갔고 또 거기에서 영등포구 신림동, 서울공대 앞의 상계동, 인천 가는 길목의 개봉동, 신정동 등등을 찾아다녔다. 진종만은 급기야 복덕방을 내게 되었지만 그 자신의 말을 빌린다면 난민촌의 억척스런 분위기에 매력을 느껴서 다른 환경에서는 도리어 살아낼 것 같지가 않다는 것이었다.

진종만은 자기보다 열두 살이나 많은 유부녀와 동거 생활을 하고 있었는데, 남들에게는 그 여자를 자기의 누님이라고 속여두고 있었다. 따라서 그 여자의 열입곱 살짜리 아들은 동생이자 의붓아들처럼 되는 묘한 관계에 있었다. 진종만은 이렇게 해서 다섯 식구의 가장 역할을 해내고 있는데, 그것에 대해서 불평을 말한 적은 없었다. 경제권을 그가 장악하고 있으므로 열두 살 많은 그 동거 여인은 물론이려니와 그 여인의 아들과 두 명의 딸도 그에게 복종심을 나타내고 있었다. 언젠가는 이런 생활을 청산해야 한다고 그 자신 말하고 있으나 자기 아니면 먹고 살아갈 방도가 바이 없는 그 유부녀와 자식들을 내버려 둘 수가 없기 때문에 도리어 돌봐주지 않을 수 없다고 실토한 적도 있었다. 진종만은 별촌동으로 들어와서 지난 봄철 한때 재미를 보았지만 정세 판단을 잘못한 결과 지금 와서 다시 무일푼이 되었다는 얘기를 그는 들은 바 있었다.

찾아가 보니까 진종만은 집에 없었다. 대문을 따준 여자애는 그 동거 여인의 딸임에 틀림없었다.

"지금 집에 없어요. 요 아래 가게에 내려갔을 거예요." 하고 여자애는 말했다.

"가게라니? 무슨 장사라도 새로 시작했니?" 그는 물었다.

"저를 따라오세요. 아저씨 친구분이시죠? 그렇죠?"

여자애는 의심을 풀었다는 듯이 일단 미소를 띠더니, "가게에 있을 거예요. 만약 가게에 없다면 무촌동에 들어갔을 텐데……, 빨리가 보기루 해요. 무촌동에 들어갔다면 오늘 밤에나 되어서야 들어올 거니까요." 하고 말했다.

조독수는 그런데 무촌동이 있다는 말은 처음 들었다.

"무촌동이라니, 언제 또 그런 동네가 생겼지?"

"아이, 아저씨는 무촌동두 모르세요? 저기 하수천을 쭈욱 타고 20분쯤 올라가면 무촌동이 나와요."

그들은 다시 15미터 도로로 내려왔다. 빗방울이 하나둘 듣기 시작하더니 가는 국수발 같이 잔다란 가랑비가 내리기 시작했다. 낮은 구름, 더 낮은 구름이 빠른 속도로 켜켜이 벌거숭이 야산의 턱주가리에 걸려들어 이곳 일대를 더욱 음습하게 만들었다. 여자애가 말하는 가게라는 것은 15미터 도로와 25미터 도로가 만나는 곳에 있었다. 그 일대에는 나무 판때기에다가 유리창을 붙여서 만든 성냥갑 같은 '하꼬방[1]' 복덕방들이 마치 여기저기 굴러다니다가 멈춰선 것처럼 눈에 띄곤 하였는데 그 대부분의 복덕방은 한때 이곳의 경기가 얼마나 좋았던가 하는 것을 입증하기에 충분한 것이었으되, 그것들은 이제 와서 텅텅 비어 있었다. 가게는 그러한 복덕방 하꼬방에 만들어져 있었다. '복흥 복덕방'이라는 간판은 뜯겨 식탁으로 되어 있었는데, 진종만과 함께 살고 있는 그 여인이 국수를 말고 있는 중이었다. 한쪽에 구멍탄 틀이 놓여 있었고 솥에서는 더운 김

---

1) 판잣집.

이 솟아올랐다. 여자애가 가게라고 말한 것은 그처럼 복덕방 하꼬방을 뜯어서 만든 국숫집이었는데 여자애가 쪼르르 자기 어머니에게로 달려갔다. 조독수는 그 뒤에 서서 이미 마흔 살을 넘겼을 그 여인의 일하는 모습을 지켜보고 있었다. 아무리 따져봐도 잘 되는 국숫집은 아닌 것 같았지만, 그것보다도 그 여인의 국수를 말고 있는 모습이 어쩐지 서투른 데가 있었다. 말하자면 장사를 하고 있는 것이라기보다는 집안에서 부엌일을 보고 있는 듯한 태도였다.

"들어오셨나요?" 하고 그 여인이 이쪽을 보면서 말했다.

"이 사람은…… 조금 전에 무춘동엘 들어갔는데, 어떡하나?"

"거기에는 왜 갔습니까?" 그는 물었다.

"일찍 돌아오지는 않을까요?"

"아마 이따가 밤이 되어서야 돌아올 거예요. 시간이 좀 걸리는 볼일이 있다면서 들어갔는데, 조금만 일찍 오셨다면 만나는 것인데……."

"뭐 그렇다면 내가 찾아가 봐도 좋겠지만……, 무춘동이라는 데가 어디 붙어 있는지조차 몰라서 말이죠."

그는 이렇게 말하면서 어떻게 할까 망설였다. 그 여인도 어떻게 해야 좋을지 생각하는 눈치였다. 국수를 한 다발씩 떼어 소반에 쌓아놓으면서, "얘, 네가 가 본 적이 있지? 여기 아저씨 모시고 얼른 다녀오겠니?" 하고 애에게 말했다. 그러다가 그 여자는 그를 바라보았다.

"하지만 안 가시는 게 좋을지 모르겠네요. 무춘동이라는 데는……, 하도 험한 곳이 되어놔서 사람이 가 볼 데가 못 되어요."

그와 시선이 마주치자 그 여자는 머리를 숙였다.

"사람이 가 볼 데가 못 되다니……. 그렇다면 어디 꼭 한 번 가 보고 싶은 생각이 드는데요."

그는 이렇게 말하면서 이미 무촌동으로 길 안내를 나서기로 결심한 듯한 표정으로 그를 쳐다보고 있는 여자애의 팔을 붙잡았다.

"네가 나하고 같이 가지 않겠니?"

"네, 그렇게 해요."

여자애는 도리어 좋아했다.

이제 그는 이 국수 가게에 남아 있을 이유가 없었다. 하지만 그는 둘레둘레 사방도 훑어보면서 잠시 선 채로 있었다. 나무 의자며, 선반이며, 식탁 같은 것을 진종만이 자작 만들었다는 것을 알 수 있었다. 가게치고는 엉성했지만 그보다도 한 그릇에 20원인 국수의 하루 벌이가 과연 얼마나 될지 그것을 어림잡아 보았다. 그 여자는 엉거주춤 이쪽을 바라보면서 거북하게 서 있었다. 그 여자는 진종만과의 동거가 상식적인 안목에서 벗어난다는 것 때문에 진종만의 친구를 대할 때 이상하게 민망해하고 수줍음조차 타는 것이었다.

"아주머니께서 고생이 많으시군요." 하고 그는 부드러운 어조로 말했다,

"고생될 거야 뭐 있나요. 밑지는 날이 많으니까 그것이 탈이지요. 참 술 한잔 하구 싶으시다면 저 앞에서 받아올 수가 있는데……."

"그만두십시오. 무촌동에나 갔다 와서 진종만하구나 한잔 하지요." 그는 이렇게 말한 뒤에 이윽고 국수 가게를 벗어났다.

"가게 덕분에 네가 국수는 잘 먹게 되겠구나." 하고 그는 여자애에게 말을 붙이면서 이윽고 걷기 시작했다.

거리는 여전히 나다니는 사람의 숫자가 많지 않았다. 혹간 눈에 띄는 사람들은 모두가 이상하리만치 어릿거리는 표정들인데, 전에 그가 들어와 봤을 때의 그 악쓰는 듯한 활기 같은 것이 정말이지 사

람들에게 없었다. 하기야 진종만과 동거 생활을 하는, 어쩌면 불륜의 관계를 맺고 있다고 자책감마저 가질지도 모를 이 여자애의 어머니도 좀 전에 그냥 어릿거리고만 있었지 않았는가. 자기보다 10여 년이나 나이가 아래인 조독수에게 도리어 부끄러움을 느끼는 듯한 표정을 짓고, 자기의 속내 수줍음을 엿보인 것처럼 피하려는 구석마저도 있었다,

진종만과의 그러한 동거 생활이 설사 윤리적인 일반적 판단에 비해 어긋난다 한들 그것 때문에 그 여자가 그토록 부끄러워해야 할 이유는 없을 것이었다. 그것은 다만 그 여자의 무력함, 허약함을 돋보이게 하는 구실을 할 뿐이었다. 그런데 그는 별촌동의 사람들이 바로 그러한 부끄러움, 무력함, 허약함에 빠져 버린 것을 보는 듯하였다. 그는 어느 책에선가 본 듯한 글을 기억해냈다. 조선의 지배층이 일반 백성들에게 윤리 의식을 엄격하게 주입시킨 것은 민중의 야성을 죽여 버리고 민중으로 하여금 지배층에게 무조건 복종하는 양순한 집단이 되도록 길들여놓기 위한 수단이었다는 것이다. 그 이야기 자체가 깊은 뜻을 지닌 관찰은 아니겠지만, 허약하고 무력한 처지에 놓인 사람일수록 필요하지도 않은 예절이나 타인의 시선에 신경을 쓴다는 것은 사실일 것이었다. 여자애는 쫄랑거리며 앞장을 서 있었고 그는 과연 나흘 전에 이곳 주민들이 이른바 '별촌동 소요 사건'을 일으킨 그 사람들일까 적이 의심하면서 사방을 뚜릿뚜릿 살펴보았다. 그는 나흘 전에 벌어졌다고 하는 어떠한 흥분이나 분노 같은 것도 찾아볼 수가 없었다. 다만 여기에 고여 있는 것은 선생으로부터 야단을 맞은 어린 학생들처럼 쭈뼛쭈뼛하는 모습뿐이었다. 그리고 그와 같이 쭈뼛쭈뼛하는 모습을 보고 있노라면 그는 이유도 없이 왜정 시대의 분위기 같은 것을 연상하는 것이었다.

그 연령층의 인간은 왜정 시대를 살아본 체험을 가지기에는 좀 늦게 태어났지만, 가령 싸구려 국산 영화라든가 또는 연극 같은 데서 보더라도 그 어떤 분위기가 살아오는 것이었다. 연기가 신통치 않은 배우일지라도, 가만히 보면 왜놈에게 밑도 끝도 없이 학대받고 서러움 받는 사람의 그러한 배역은 썩 잘 해내는 것이었다. 특히 이유 없이 학대받으면서 그것을 오롯이 참아내는 역할은 그 표정에 독특한 정감마저 넣어서 그 생생한 분위기가 살아 오르고 그것을 보는 자들로 하여금 긍정적이든 부정적이든 애틋한 공감을 불러일으키는 것이었다. 그럴 때의 연기자의 표정은 딱히 연기를 한다는 것을 의식한다기보다도 어쩌면 본능에 가까운 정감을 스스로 우러나게 하고 있는 것 같으며, 관객은 또 거의 본능적으로 그러한 분위기의 깊은 맛을 느껴 깨닫고 있는 듯했다. 시장 거리께는 그런대로 옥작거리는 편이었다. 노점 좌판도 꽤 번영했다. 빈대떡, 덴뿌라, 떡장수, 홍합 장수, 번데기 장수, 사과 장수들이 늘어서 있었고, 아낙네들과 작업복을 걸친 사내들이 얼씬거렸다. 하지만 흔히 대낮부터 술 취해 꽥꽥 고함지르고 다니는 그러한 사내들의 모습은 어찌 된 셈인지 보이지 않았다. 남자를 대상으로 하는 이러한 노점들 옆에는 생선 장수, 나물 장수, 파, 고추, 마늘, 배추 장수들의 좌판이 연이어져 있었는데 사람들이 제법 옥작대고 있음에도 불구하고 얼쾨하니 떠들어대야 마땅할 행상꾼의 구성진 목청을 들을 수 없었고, 물건을 사려는 사람보다는 팔려는 사람들뿐인 것처럼 보였다. 그래서 조독수는 그것을 새삼스럽게 이상스레 느끼게 되었다.

나흘 전에 태풍처럼 한바탕 소동이 지나갔으므로 발악하듯 활기차던 이곳이 이상하게 풀이 죽고 주눅이 들었으며, 반대로 말해 이곳 분위기가 썰렁하면 할수록 그것은 그만큼 나흘 전의 소동이 어떤 것이었나를 표현해주고 있는 것인지도 모르는 일이었다.

그는 별촌동 주민과 외부 사람을 금방 식별해낼 수 있었다. 이 말은 여름 점퍼 차림의 사내가 시장 어귀로 들어가고 있었는데 그 사내의 표정에는 어릿거리거나 풀죽은 기색이 보이지 않았던 것이다. 그러므로 그 사내는 별촌동 주민이 아닐 것이라고 그는 단정적으로 판단했던 것이다.

시장을 지나자 파출소, 동사무소가 나왔다. 그런데 이곳이 가장 번화가임이 틀림없었다. 향군복을 입은 청년들이 전투복을 착용한 경찰들과 함께 파괴된 건물의 복구공사를 한창 진행하고 있었다. 행인들은 무심한 척 걸어가고들 있었지만 약간 고개를 숙이고 있을지언정 결코 파괴된 건물 쪽을 바라보지 않고 있었다. 그곳을 바라보기라도 하면 그 사건 때 주동 중의 한 사람이라고 추궁당할까 봐 겁이 나서 그러는 것이 틀림없었다. 거기서부터 길은 일단 기역자 꼴로 꺾어져서 비탈이 되었다.

별촌동의 번화가를 빠져서 사열이나 하듯 천천히 걸어가면서 조독수는 나흘 전 그 사건의 규모와 그 결과를 전체적으로 느끼고 깨달아 알 수 있었다. 분화구는 한 번 거세게 폭발되었다가 더욱 차가운 재만을 남긴 채 식어 버렸고, 별촌동 사람들은 뚱딴지같은 표정을 틀어서 시무룩한 체하며 마음속에 화산을 숨겨 두는 것이었다. 이제 절실하게 확인되는 것은 지나간 소요가 아니라 바로 그들이 당장 해결하지 않으면 안 될 호구지책과 생활의 핍박성, 그것임이 틀림없었다. 그 언저리에 고여 있는 것은 당장 어떻게 먹고 살아야 하느냐고 누구에게든 묻고 싶으나 그래 봤자 핀잔을 들을 수밖에 없기 때문에 울먹울먹한 기분으로 참아 두고 있는 듯한 그런 표정이었다. 삶에 대한 칙칙하면서도 다급한 숙제가 마음속에 가라앉아 있지를 않고 멍멍하게 떠올라 와 있었다.

그러나 이윽고 별촌동을 벗어나 무촌동이라는 곳으로 들어서게 되자 그의 시야에 전개된 또 하나의 풍경을 별촌동의 그것에 견줄 바가 아니었다. 얼마 전까지만 해도 논이었을 그러한 분지에 바야흐로 바라크와 천막들이 들어차고 있는 중이었는데, 그 어귀에 경찰들이 백여 명가량 늘어서 있었고 이쪽 언덕에는 사람들이 올라서서 구경을 하고 있었다. 별촌동의 침울했던 분위기와는 달리 무촌동은 일단 소란스러운 분위기에 싸여 있는 것 같았다.

"경찰들이 왜 늘어서 있는 거지요?"

조독수는 스무 살가량의 청년이 담배를 좀 빌리자고 말해왔으므로 성냥을 내준 뒤에 그에게 물었다.

"글쎄요?"

그 청년은 불은 붙인 뒤에 조독수를 빤히 바라보았다.

"잘 모르기는 하지만 별일은 없는 것 같은데요. 경찰은 요새 저렇게 도열해 서 있곤 하니까요."

"나흘 전 여기에서 일어났던 그 일 때문에 말입니까?"

"뭐 그것두 있구……, 무촌동에서 사람들이 농성하고 있기두 하구……, 그러니까 그러는 것일 거예요."

그 녀석은 말이 많은 것은 안 좋은 일이라고 스스로에게 견제하듯 하면서 냉큼 지나가 버렸다. 무촌동에서 사람들이 농성하고 있다면, 그 이유는 무엇 때문인가. 그는 알 수 없었지만, 경찰들이 저렇게 대기하고 있다는 것을 보면 단순한 일만도 아닐지 몰랐다. 만일의 사태에 대한 대비책과 아울러 주민들에게 전시적인 효과를 주자는 것인 것 같기도 했다.

도열해 서 있는 경찰들은 그런데 무촌동으로 들어가는 행인들을 차단시키지 않은 채 내버려 두고 있었다. 이로 보아서는 당장 무슨 사태가 벌어지고 있는 것이 아님은 확실했다.

그렇지만 경찰들이 도열해 서 있는 곳으로부터 왼쪽으로 10미터쯤 떨어진 곳에 교통순경이 서 있었는데 지나다니는 차량이 많다고 할 수 없음에도 불구하고 행인들을 정지시켰다가 한번에 건너가게 하곤 하는 것이었다. 행인들은 잘 순종했고, 순경은 호각 소리를 좋아하는 사람인 것만 같았다. 여자애가 빠르게 길을 건넜고 조독수가 뒤를 따랐다. 그는 이제 처음으로 무촌동을 눈앞에 보게 되었다.

“여기서부터 무촌동이에요.” 여자애는 브리핑하듯 말했다.

“그럼 진종만 씨가 있는 곳은 어디쯤이냐?” 그는 시선을 넓게 이동시키며 물었다.

무촌동은 아직 바야흐로 개척 단계에 있다는 것을 첫눈에 알 수 있었다. 오른쪽으로 벌거숭이 야산이 가로막혀 있어서 그 저쪽은 잘 볼 수 없었지만 그곳 산허리의 나무들이 완전히 베어지고 풀잎들이 뽑혀져서 그야말로 황토가 드러나고 있었는데, 집을 지을 수 있게끔 땅을 평평하게 다져놓기도 전에 우선 급한 대로 거기에 바라크와 천막 같은 것들이 들어차고 있는 중이었다. 벌거숭이 야산의 아래쪽, 약간 밋밋한 둔덕을 이루며 전개된 분지에는 그야말로 소시장 같은 것이 서고 있는 것이나 아닌가 착각게 했다. 그렇지만 황소처럼 어른어른 보이는 것이 바로 바라크이거나 천막을 고정시켜 만든 움막이었다. 의당 잡초가 무성해야 할 둔덕에 별안간 바라크와 움막들이 빽빽하게 들어차 있다는 것이 아무래도 무슨 실수이거나 돌발적인 오류인 것처럼 보이는 것은 그 풍경이 도저히 사람들이 몰려와서 사는 곳이 될 수 있는 곳으로 보이지 않기 때문이었다. 그 아래 배수로가 제대로 뻗은 논두렁에도 바라크들이 세워져 가고 있었는데, 그것은 마치 둔덕에 지어놓았던 움막이 비바람에 아래쪽으로 떨어져서 그렇게 거기에 서 있는 것처럼 보이는 것이었다. 아마 이 일대가 무촌동의 새로 개척되기 시작한 택지의 중심을 이루는 것 같았는데, 그로써 보건대 불과 얼마쯤 전부터 이곳으로 사람들이 몰려들기 시작했다는 것을 짐작할 만했다.

"여기에서는 보이지가 않아요." 하고 여자애는 말했다.

"저기 저 벌거숭이산을 휘돌아가야 해요. 그러면 거기에 우리 오빠가 있을 거예요."

여자애는 진종만을 오빠라고 불렀는데 그것이야 어찌 되었든 야산의 저 반대쪽에 진종만이 있을 것이라는 말은 그를 적잖이 피곤케 했다. 아무래도 그쪽까지 가자면 10여 분은 더 걸어야 하게 생겼다.

"그럼 우리 좀 빨리 걷기로 해 볼까?"

조독수는 여자애의 손을 붙잡고 야산 쪽으로 걸어가는 길목으로 나섰다. 야산을 허덕허덕 타고 넘으면 거리가 단축될 것 같았지만 그냥 휘돌아가기로 했다. 벌거숭이 야산은 옆구리에 매달려 있는 바라크며 움막들을 금방이라도 떨궈 내고 싶어 하는 것만 같았다. 하지만 사람들은 개미 떼처럼 꼬물거리며 흙을 파내고 소나무 기둥 같은 것을 세우고 있는 중이었는데, 그것은 커다란 황소 같은 야산을 타살해 가고 있는 것 같이 보일 정도로 잔인한 풍경이었다.

비는 계속 추적추적 내리고 있는 중이었으며, 채 흙이 다져지지 않은 황톳길은 발이 푹푹 빠질 정도로 험했다. 마차 한 대가 흙탕물에 빠져 있었다. 조랑말은 마부로부터 채찍을 얻어맞고 있는 중이었는데, 자꾸 고개를 뒤채면서 절망적으로 킁킁거렸다. 마부의 호령 소리가 계속해서 조랑말을 위협하고 있었고, 발악이라도 하듯이 조랑말은 다시 힘을 넣었는데 그러나 마차는 빠져나오지 않았다.

"이놈의 자슥, 돼먹지 않게 잔꾀를 부리고 있잖아."

마부는 성이 나서 사람에게 말하듯 조랑말을 힘껏 비난하면서 다시 채찍을 들었다. 그 앞을 지나갈 때 조독수는 동행인 여자애를 안아서 건너지 않으면 안 되었다. 흙탕물이 그의 바지에까지 튀었고, 건너뛸 적에 오른쪽 구두가 진흙 속에 빠져버렸다. 하지만 그것을 털어내 보거나 양말을 벗어 볼 경황도 없이 그는 야산의 산허리를 뒤돌아갔다.

그의 시야에 여태까지 가려져서 보이지 않았던 새로운 풍경이 나타났다. 그는 그곳 일대에도 바라크와 움막집들이 다닥다닥 들어차 있을 것이라고 막연히 예상하고 있었다. 하지만 그의 눈앞에 나타난 것은 너무 삭막하고 황폐한 모습이었고, 그는 발걸음을 멈추고 멍청하게 허전하게 우두커니 서 있었다. 그것은 바로 몇 시간 전에 지진이라도 만나서 모든 것이 파괴되어 버리고 만 것만 같은 폐허 그 자체였다. 제 모습을 간직하고 있는 것은 아무것도 없었다. 여기저기 좁다란 천막이 무질서하게 제멋대로 널부러져 있었는데, 자세히 보니 어찌 된 것이 그 천막들은 형편없이 자빠져 있고 뒤집혀 있었다.

그 어귀에는 솥, 냄비, 땔감, 가마니, 신발, 포대 자루, 소주병, 라면 박스, 신문지, 조각들이 함부로 흩어져 있었다. 눈에 잡혀 오는 비탈 전체에 그렇게 천막과 지저분한 가재도구들이 쓰레기처럼 뒤엉켜 있었다. 그 전체 풍경은 너무 비참하고 황막해서 아무리 따져 봐도 이러한 곳에 사람들이 웅크려 견뎌 내고 있다고는 도저히 믿을 수 없었다. 게다가 추적추적 내리고 있는 빗줄기 속에서 사람들이 얼씬얼씬 움직이고 있었는데, 물안개가 잔뜩 끼어 그들의 움직이는 모습이 기괴하게 보였다. 사람들은 나자빠지고 뒤집힌 천막들을 다시 일으켜 나무 기둥에 비끄러매려 하고 있었다. 아낙네들은 삽으로 천막 앞쪽에 흙을 괴어 보려고들 하고 있었다. 정확히 어떠한 일이 벌어졌는지는 모르지만 아무튼 한바탕 이 일대를 무서운 혼란이 스쳐 간 것만은 확실하였다.

그는 무촌동 일대에 경찰들이 늘어서 있던 것이며, 그에게 담뱃불을 빌렸던 녀석의 말을 상기했다. 하여튼 이 일대에서 무슨 일이 터진 것만은 확실하였고 그래서 한바탕 지진을 만난 뒤끝처럼 모든 것이 아수라장으로 변해 버렸을 것이었다. 그는 자기 곁에 바짝 붙어 있는 여자애를 보았다.

"전에두 여기가 이랬니?" 그는 물었다.

여자애 또한 겁에 질린 듯한 표정을 짓고 있었다.

"몰라요." 그 애는 애매하게 대답했다.

"전엔 이렇지 않았어요."

"진종만이가 와 있다는 곳이 여기야?"

그는 도대체 이곳에 진종만이 와 있으리라는 것이 납득되지 않았다. 와 있다면 어디에 와 있을 것인가?

"저기 오른쪽으로…… 복덕방이 하나 있었는데, 지금은 안 보여요." 여자애는 또 이렇게 아리송한 대답만을 했다.

"복덕방이라니, 나무 판때기로 지은 복덕방이었니?"

"아, 아니에요. 나무 판때기로 만든 복덕방이 아니라…… 천막이에요. 천막 앞에 '희망복덕방'이라고 써 있었는데……, 지금은 안 보여요."

그들은 그동안에도 쇼빵[2]처럼 부풀어 오른 흙탕에 빠지기도 하고 허우적거리기도 하면서 허벅허벅 걸어 올라갔고, 그리하여 어느

---

2) 식빵의 옛말.

엎어져 있는 천막 앞에 이르렀다.

“여기 이 천막이 네가 말하는 그 천막이 아니니?” 하고 그는 물었다. 그 천막 앞에는 러닝셔츠 바람의 아낙네가 비를 맞으면서 가재 집물들을 가마니로 덮느라고 서성대고 있었다.

“아, 아니에요. 이 천막은 아니에요.” 하고 여자애는 말했다.

“그럼 도대체 어느 천막이지? 네가 저 아주머니한테 가서 물어 볼래?”

“무어라고 물어요?” 여자애는 맹꽁하게 말했다.

“희망복덕방 아저씨가 지금 어디 있냐구 물어보렴. 희망복덕방을 찾으면 진종만이를 찾아낼 수 있겠지.”

여자애는 쭈뼛쭈뼛하더니 아낙네 앞으로 다가갔다. 여자애는 아낙네에게 물었다. 아낙네가 조독수를 바라보았다. 그래서 조독수가 다시 물었다.

“희망복덕방을 찾습니다마는…….”

아낙네는 그러나 대답할 기미를 보이지 않았다. 비를 맞아 러닝셔츠가 몸에 달라붙었는데도 그 여자는 미처 그것에 신경을 쓸 여유가 없는 것 같았다. 조독수는 어찌 할까 망설였다. 그 여자가 대답하지 않을 것 같은 생각이 들어 다른 천막으로 가 보는 게 낫겠다고 짐작되었다. 조독수가. “실례했습니다.” 하고 말하니까 그제야 그 여자는 입을 열었다.

“곽 씨를 찾으시나요?”

“네, 그 사람이 곽 씨라고 했을 겝니다.” 조독수는 거짓말을 했다.

“여기에 땅을 사셨다면……, 댁에서두 변이 났구먼요.” 그 여자는 그러나 거의 무표정하게 말했다.

“아까 한바탕 소동이 있었지요. 그 이야기를 듣고 찾아오신 모양인데, 다 틀렸어요."

"그러나 저러나 곽 씨는 어디 있나요?"

곽 씨는……, 아직 모르시는 모양이구먼요. 오늘 아침에 그 집 어린애가 죽었어요. 젊은 사람들이 살아 봐야겠다구 그렇게 애를 쓰더니만……. 이런 데 들어와서 어린애까지 죽이고 말다니……."

그 여자는 말끝을 흐리고는 조독수와 너무 자자분한 이야기를 나누었다는 듯이 다시 자기네의 엎어져 있는 천막으로 다가가 그 속에 양은그릇 따위를 집어넣기 시작했다.

조독수는 그 여자의 말을 도대체 납득할 수 없었지만 그렇다고 더 이상 물어볼 수도 없음을 깨달았다. 그는 다시 앞으로 걸음을 옮겨놓았다. 어린애가 죽은 곽 씨? 잘은 알 수 없지만 그 곽 씨라는 사람도 대단히 운수가 막힌 사람임에 틀림없었다. 그런데 진종만이 과연 곽 씨라는 사람과 같이 있을지 어떨지도 확실히 알 수 없게 되었으므로, 그는 도대체 자기가 여기에는 왜 와 있으며 또 이 일대에 살고 있는 난민들은 어떻게나 된 사람들인지 마치 무엇에 홀리기라도 한 듯한 느낌이었다. 조독수는 다시 다른 천막 앞으로 다가갔다. 그 천막도 배때기를 하늘로 향하여 죽어 나자빠진 메뚜기처럼 그렇게 뒤집혀 있었다. 흙탕과 뒤범벅이 되어 '왕대포, 주류 일체, 안주 일체'라고 써놓은 붉은 헝겊이 나뒹굴고 있었다. 긴 오리 의자 두 개와 상이라기보다는 소반이라고나 해야 할 것이 또 뒤집힌 채로 그 한옆에 놓여 있었다. 아마 그 천막은 얼마 전까지만 해도 술집을 차렸던 곳 같았는데, 조독수는 여기 사람들이 왜 뚝딱뚝딱 바라크라도 만들어 붙이지 않고 저렇게 천막으로만 버티고 있는지 의아하게 생각했다. 열대여섯쯤 되어 보이는 소년이 눈에 띄었다. 조독수는 그 소년 앞으로 다가갔다.

"요 앞에서 희망복덕방을 차리고 있던 곽 씨라고 알겠지? 그 곽 씨를 찾는데……, 오늘 아침에 그 집 어린애가 죽었다고 하던데 말이지……, 그 곽 씨를 알겠지?"

조독수를 소년은 빤히 바라보고만 있더니 어린애가 죽었다는 이야기가 나오자 알고 있다는 듯한 표정이 되었다.

"저기 교회당이 보이죠?"

소년이 가리키는 곳을 보니까 과연 교회당이 벌거숭이 야산의 꼭대기에 세워져 있었는데 저쪽 비탈을 향해 있었으므로 여기에서는 그 교회당의 뒷모습만 보였다.

"그 아래쪽에 천막이 있죠? 다섯 개 말이에요. 거기 중에서 오른쪽으로 세 번째 천막이에요. 그런데 아마 그분은 지금 저기 없을 거예요."

"왜?" 하고 그는 낭패한 듯한 표정으로 물었다,

"죽은 어린애를 들메 업구 나갔는데 돌아왔는지 모르겠어요."

"장례를 치러주러 말이지?"

조독수는 자기와는 상관없는 일이면서도 괜히 짠한 심정이 되어 소년을 바라보았다.

"그건 몰라요. 장례를 치러주러 갔는지 데모라도 하러 갔는지……, 어른들이 우르르 몰려서 내려갔으니까요."

소년은 무슨 말인가를 더 해볼 듯하다가 입을 다물었다.

"데모라니, 아니 데모는 왜?"

조독수는 아까 경찰들이 늘어서 있던 모습을 회상하면서 소년에게 재우쳐 물었다. 그러자 소년의 표정이 굳어졌다. 비로소 조독수가 여기 근처에 사는 사람이 아니라는 것을 알게 되어 도리어 겁을 집어먹는 것 같았다. 여기 사는 사람이면 누구나 다 알고 있고 겪고 있는 일인데 그것을 모르는 조독수가 혹시 이상한 목적을 가지고 정찰하러 나온 사람이 아닌가 의심하기 시작하고 있는 것 같았다. 소년은 그러자 잽싸게 자기네 천막 있는 데로 달아나서 부삽을 가지고 흙을 파기 시작했다. 조독수는 그 소년에게 더 물어본댔자 헛일임을 느꼈으므로 다시 허벅허벅 걷기 시작했는데, 그 자신 무엇이 어떻게나 돼 있는지 정신을 못 차릴 정도로 혼란에 빠져 버리고 말았다. 그는 담배를 한 대 물었다. 성냥은 습기가 배여서 잘 켜지지 않았다. 여덟 번째의 알갱이를 그었을 적에야 간신히 불씨를 얻었다. 그는 담배 연기를 깊숙이 마시고 다시 사방을 휘둘러보았다.

빗발은 여전히 구중구중 내리고 있었고, 깨닫고 보니 오후도 착실히 되었다. 손을 대 보기만 하면 사방 공기에서 새까만 것이 묻어날 것처럼 그렇게 아득하게 모든 것이 시커멓게 변질이 돼 가고 있는 것 같았다. 저 위쪽 초소 같은 교회당의 십자가는 네온사인이었는데, 그 교회당은 이쪽으로는 궁둥이를 틀고 앉아 있었으므로 마치 자기 뒤쪽의 천막이 있는 풍경의 비참함을 은폐시키기 위하여 거기에 세워져 있는 것이나 아닌가 보일 정도였다. 그는 교회당에서 시선을 떨궈 진종만이가 있을 것으로 예상되는 곽 씨의 천막을 눈으로 찾았는데 그것은 빗줄기의 밀림 저쪽에 무슨 시커먼 묘소처럼 어른거렸다. 아마도 기독교 신자가 이 풍경을 본다면 무슨 골고다의 언덕이니 하는 따위의 비유를 찾아내고 싶어 할 것이었다. 하지만 그는 기독교 신자가 아니었으므로 이쪽의 황량한 분위기를 무시한 채 발광하고 있는 네온사인 십자가에 반발을 느꼈다. 조독수는 그러다가 시선을 거두었다. 그는 자기가 서 있는 곳의 주변을 둘레둘레 바라보았다. 여자애는 이제 오들오들 떨기까지 하면서 그가 왜 그렇게 멍청하게 서 있기만 하는지 의심스러워하고 있었다.

조독수 자신도 자기가 여기에 왜 서 있는가를 다시 생각했다. 그는 도무지 멍청해서 정신을 차리지 못하고 있었다.

"자, 조금만 더 걷자. 응?" 하고 그는 자기 옆에 있는 여자애에게 말했다.

"저기 곽 씨네 천막까지 가기만 하면 되니까."

그가 여자애의 손목을 잡으니까 여자애는 참하게 고개를 끄덕끄덕했다.

"아저씨, 저기 아래쪽 좀 봐요."

그러자 여자애는 이렇게 말하면서 턱으로 이곳 벌거숭이 야산의 세력이 끝나고 논두렁이 전개돼 있는 아래의 전원을 가리켰다. 과연 거기에는 아직 전원이 남아 있었다. 비안개 때문에 사위가 몽롱하여 초록색의 논과 논두렁길, 그리고 드문드문 서 있는 미루나무, 오리나무 같은 것들이 구도가 잡혀 있었다. 그 아득한 사이로 먼 곳에 위치하는 듯만 싶은 초가집 10여 채가 눈에 들어왔다. 산과 나무와 조그만 개울이 하나도 파괴되지 않은 채 초가집과 함께 지극히 목가적인 조화를 이루어 놓고 있었다. 조독수는 여자애가 가리키는 그 풍경에 그만 지극히 감탄했다. 이곳의 황폐한 풍경과 저곳의 전원의 풍경은 그야말로 기막힌 대비를 이루고 있었다. 이쪽이 저주를 받은 땅이라면 저쪽은 아직도 축복을 받고 있는 곳이었다.

조금 뒤에 조독수는 여자애를 앞장세워 다시 걷기 시작했다. 그의 눈앞에 벌거숭이 야산이 그 기괴한 모습을 다시 드러내놓고 있었다. 여기저기 벌써 빗물은 도랑을 이루어 작은 산사태를 일으켜 놓고 있었다. 산은 조금씩 조금씩 허물어져 내려가고 있는 것 같았다. 여자애가 돌멩이에 걸려 엎어졌다. 달려가 일으켜 세워가지고 흙탕물을 털어주었다. 여자애는 울지는 않았으나 조독수 때문에 이렇게 되었다는 것처럼 원망스러운 표정으로 쳐다보았다. 그러자 조독수는 이 여자애가 지금 이 황량한 벌거숭이산에서 겪고 있는 이 기괴한 체험을 이담에 나이가 많이 들어서도 기억해내고 있을 것 같아 겁이 났다. 그는 여자애에게 죄를 짓고 있는 기분이 들고 이 여자애의 기억 속에 자기가 아주 기괴한 어른으로 남아 흐르고 있을 생각을 하자니 언짢았다. 이 여자애는 조금 전에 조독수로서는 미처 보지도 못했던 저 아래 초가집이 있는 전원을 발견하고는 저 혼자 감동에 빠져 있지 않았던가?

그러는 가운데 조독수는 이윽고 벌거숭이 야산을 거의 다 올라와서 그 어린애가 죽었다는 곽 씨의 천막 어귀에 닿았다. 이상하다면 이상한 것이 다른 천막들은 무섭게 뒤집혀 버리고 말뚝이 뽑혀 나가고 가재 집물들이 흐트러져 있는 데 반해, 그 곽 씨라는 사람의 천막은 그런대로 온전히 남아 있었다. 아마도 한 떼거리의 사람들이 밀려와서 한바탕 소동을 부리고 야단법석을 치른 것이 분명하다면, 곽 씨네 천막만은 건드리지 않았음에 틀림없었다. 아마 어린애가 죽었다는 이야기를 들었기 때문에 건드리지 않고 내버려 둔 것이 아닌가, 그는 그렇게 짐작해볼 수가 있었다.

"자, 이제 다 왔구나. 저기 저 천막이라구 했지?" 조독수는 여자애에게 말했다.

여자애는 목적지에 닿아서 다행이라는 듯이 고개를 끄덕거렸다. 하지만 조독수는 새로운 불안에 휩싸여 들어갔다. 곽 씨는 죽은 어린애를 들메 업고 이곳에 사는 사람들과 함께 어딘가로 가 버렸다고 했지 않았는가. 그 곽 씨라는 사람이 이곳에 없다면 진종만이 있을 리도 만무하며, 그렇다면 그는 여기에 와서 만나볼 사람이라곤 아무도 없는 셈이었다. 막상 그 곽 씨네 천막 앞에 다다르고 보니까 그는 그만 이대로 돌아가 버리고 싶은 생각이 불현듯 일어났다. 그러나 그를 또릿또릿한 눈으로 쳐다보는 여자애 때문에 그럴 수도 없는 일이었다. 어차피 여기에 온 이상, 알아보는 대로 알아볼 수밖에 다른 도리가 있을 수 없었다.

그 천막 앞에는 양은 그릇, 라면 상자, 간장병, 구멍탄 틀, 삼립 식빵, 비닐 봉지 같은 것들이 너저분하게 놓여있었다. 그렇지만 여기에 올라오면서 본 다른 천막들은 엎어지고 뒤집혀서 그 모양이 더욱 보기가 흉했는데 이 천막은 그런대로 살림살이의 느낌을 주는 것이 다행이라면 다행이었다. 살림살이의 느낌? 천막의 아가리는 벌어진 채로 있었다. 빗물이 들이치고 있었고 위에서 흘러내리는 흙탕물이 한 가닥 줄기를 이루어 천막 안으로 흡사 구렁이가 기어들듯 그렇게 새어들어 갔다. 조독수는 천막 안에 아무도 없는 것이 아닌가 의심했다.

"한번 불러 볼까?" 그는 어린애에게 이렇게 말하고, 껌껌한 천막의 아가리 안쪽에다 대고 "여보세요." 하고 불렀다. 목소리를 크게 내려고 하였지만 어째 작은 목소리밖에는 안 나왔다.

"여보세요." 하고 여자애도 소리를 질렀다. 안에서는 아무런 반응도 없었다.

"아무도 없는 모양이지?" 그는 좀 암담한 어조로 말했다.

"아저씨가 들어가 보세요. 안에 누가 있는지 없는지 알아보아야 하잖아요." 하고 여자애는 말했다. 이 애는 자기더러 안에 들어가 보라고 할까 봐 겁이 나는 모양이라고 그는 생각했다.

조독수는 고개를 숙이고 천막 안으로 한 발자국 디밀었다. 그 속은 깜깜해서 아무것도 첫눈에 보이지 않았으나 가마니 썩은 듯한 냄새에다가 묘한 악취가(굳이 캐들어 간다면 결국 사람 냄새라고 할 수밖에 없겠지만) 풍겨 나왔다. 거기에 또 습기가 잔뜩 배여 비 냄새가 풍겼다. 가마니 썩는 냄새는 사람의 똥 냄새와 흡사했고, 비 냄새는 생선의 구린내와 같았다. 조독수는 마치 자기의 코만을 그 천막 속에다가 들이민 듯한 느낌이었다.

그런데 그 모든 냄새는 조독수가 조금 전에 들었던 어떤 사실을 상기시켜 주었다. 바로 이 천막 속에서 곽 씨라는 사람의 갓난애가 앓다가 죽어 버린 것이다. 그는 숨을 가빠 몰아쉬다가 죽었을 갓난애를 상상하는 것만으로도 이 천막의 임자인 곽 씨와 그의 부인의 아픔을 자기가 느끼게 되는 것 같았다. 아마 한반도를 떠돌 대로 떠돌다가 급기야 이런 데에까지 들어오게 되었겠지. 그리고 여기에서 살아보려고 낑낑대며 애를 썼겠지. 그러다가 그들의 사랑의 결실인 어린것을 잃고 말았다면 그들이 이 벌거숭이산에 대한 저주의 통한이 어떠할 것인가. 그는 벌거숭이 야산으로 들어오면서 보았던 여러 황폐한 모습으로 이미 갈피를 잡지 못하고 있었으나 천막의 냄새는 여태까지 느꼈던 것 중에서도 가장 참담한 것이었다. 서울 시내에서, 또는 지방의 도시와 시골에서 내몰렸던 사람들이 외촌동으로 들어왔었고, 거기에서 다시 별촌동으로 밀려났다가 또 거기에서 마저 쫓기듯 하여 무촌동으로 추방을 받았다면, 그 무촌동 중에서도 가장 황막한 벌거숭이 야산에 천막을 쳐 놓고 있는 곽 씨란 사람은 오늘에 있어서 누구보다도 불행한 사람임에 틀림없었다.

시간이 조금 지나자 희미하게 천막 안의 모습이 시야에 들어왔다. 천막 안이 터무니없이 비좁다는 것을 알 수 있었다. 그런 데다가 자질구레한 살림 도구들이 또 거기에 쌓여 있었다. 왼쪽으로 밥상과 손거울과 궤짝을 볼 수 있었고, 포대 자루가 한두 개 매달려 있었다. 그 옆에는 또한 양재기 두어 개와 바케쓰, 그리고 구멍탄 틀이 놓여 있었다. 그러자 조독수는 예상 밖으로 그 안에 사람이 있다는 것을 발견했다. 천막의 오른쪽으로 땅의 습기를 막기 위해 가마니를 포개고 담요와 요를 그 위에 깔았는데, 거기에 한 여자가 얼굴을 무릎 사이에 파묻은 채 꼼짝도 하지 않고 있었다. 그 여자는 전혀 꼼짝도 할 기세가 아니었다. 그 여자의 옆에는 보퉁이가 두 개 놓여져 있었고, 그리고 무슨 값싼 내의 같은 것이 포개져 있었다. 그런데 자세히 보니 그 여자 이외에도 또 한 명의 사람이 있었다. 천막의 저 안쪽으로는(그러니까 벌거숭이산의 꼭대기 쪽이 되는데) 바람이 들어오지 못하도록 하기 위해서인지 나무판자로 천막의 덮개를 고정하고 있어서 아주 어두웠다. 바로 그 짙은 어둠 속에 한 사내가 어깨를 꾸부정하게 숙인 채 ㅅ글자 모양으로 도사려 앉아 있었다. 조독수가 그 사내를 얼른 발견해내지 못한 것은 이 때문이다.

그러자 이때 여자의 목소리가 들려왔다. 그 여자는 여전히 꼼짝도 하지 않았지만, 그렇게 무릎에다가 머리를 파묻고 있는 채로 갑자기 성이 난 듯한, 체념에 젖은 듯한 어조로 말하기 시작했던 것이다. 간간 흐느끼는 소리가 섞였는데 가슴에 배어든 슬픔을 간신간신히 눌러 막고 있는 듯했다. 조독수는 그렇게 사람의 마음을 후벼파는 울음소리를 일찍이 들은 적이 없었다.

“난 더 이상 여기엔 못 있어요. 암만 그래 봤자 소용이 없어요…….”

하고 그 여자는 말했다.

“이젠 모든 게 지긋지긋하구 저주스럽기만 해요. 당신이나 여기에서 잘 견뎌 봐요. 난 더 이상 여기엔 못 있어요.”

그 여자는 그러자 어린애에 대한 생각 때문에 미칠 듯한 심정이 된 듯했다. 어깨를 들먹이며 슬피 울었다. 그러다가 다시 격렬하게 소리를 질렀다.

"그때 이곳을 떠나자구 했을 때…… 내 말을 들었더라면 우리 운선이는 안 죽었어. 쓸데없는 고집 때문에 제 자식을 죽였어. 내버려두면 나마저 죽이구 말 거야. 이 더러운 땅에 당신을 잡아끄는 귀신이라도 붙어 있는 게 틀림없어."

그 여자는 한참 동안 흐느끼더니 다시 진정이 되어 갔다.

"아무리 말해봐도 소용없어요. 난 더 이상 여기 남아 있지도 않으려니와 더 이상 함께 살지도 않겠어요. 어린애 때문에 당신이 싫은 걸 억지로 참았는데 이제 걔는 죽었어……. 난 나 갈 데루 가구, 당신은 여기서 버티든 죽든 맘대루 하는 거야. 언제 우리가 뭐 남처럼 결혼식 올리구 혼인신고하며 산 것두 아니니 잘 되었어요. 난 여기서 떠나겠어요……."

그 여자는 다시 꼼짝도 하지 않은 채 머리를 무릎 속에 파묻고 앉아 있었다. 어깨가 들먹들먹했지만 울음소리는 들리지 않았다. 저 안쪽의 사내가 주머니를 뒤져서 담배에 불을 붙였다.

불빛에 드러난 사내는 덩치가 컸고, 부황증에 걸린 것처럼 얼굴이 누렇게 떠 있었다. 사내는 연거푸 담배를 빨아들였다. 사내의 한숨 소리가 크게 들렸다.

"이왕지사 우리가 조건을 까다롭게 해서 만난 것두 아니니까 서로 뜻이 엇나가면 헤어지는 것쯤이야 있을 수두 있다 하겠지만……."

사내는 말을 끊고 나서 다시 연거푸 담배를 빨아들였다.

"네가 애를 잃었다구 해서 헤어지겠다고 하는데 돈 한푼 없이 어디 가서 무얼 하겠다는 건지 딱하구만. 네 말대로 나두 이 벌거숭이 산이 싫어. 그렇지만 다른 도리가 없지. 버티는 거야, 사내새끼가 끝장을 봐야 하는 거니까. 여기에서 문문히 물러날 순 없어. 끝장을 봐야 하니깐."

"그러나 난 싫어요. 아무리 말해 봐두 소용없어요. 난 여기서 떠나겠어요……."

여자는 여전히 고개를 무릎에 파묻은 채 이렇게 말했고, 사내는 어둠 속에 웅크리고 앉아서 담배를 태워대고 있었는데 말이 없었다. 그런데 조독수는 더 이상 거기에 숨어서 괴로움에 가득 차 있는 그들의 이야기를 엿듣고 있을 수가 없었다. 그는 천막을 벗어나 숙였던 고개를 들었다. 비는 여전히 추적추적 내리고 있었고, 그러자 여자애가 그를 빤히 쳐다보았다. 안에 사람이 있는지 어떤지를 여자애는 눈으로 물었다.

"응, 저 안에 사람이 있어. 그런데 말야, 오늘 아침에 어린애가 죽어서 슬퍼하고 있는 중이니까 가만 내버려 두는 게 좋겠다."

그는 이렇게 말했는데 여자애의 눈초리가 호기심에 반짝이는 것을 보자 괜히 안쓰러운 심정을 느꼈다. 여자애를 위해서라면 이곳으로부터 벗어나는 것이 좋을 듯하였던 것이다.

그러자 이때 아래쪽으로부터 한 무더기의 사내들이 떼를 지어 올라오고 있었다. 진종만도 그들과 함께 있었다. 어림잡아도 그 사내들은 스무 명이 실히 넘지 않은가 싶었다. 사내들은 긴장된 모습으로 걸어 올라오고 있었다. 바삐 걷는 것은 아니었음에도 보행에 절도가 있었고 서로 간격을 띄워서 고개를 약간씩 숙인 채 묵묵히 다가오고 있었다. 사람들이 여기저기서 몰려나와 아래로부터의 사내들을 맞이하기 시작했다. 이곳 벌거숭이 야산 일대의 사람들이 모두 그렇게 나와 있는 것 같았는데, 아낙네, 어린애 할 것 없이 그들의 표정은 한결같이 굳어 있었다.

사내들이 다가오자 그들을 기다렸던 사람들은 자연스럽게 합류

되고 있었다. 그리하여 벌거숭이산의 위쪽으로 올라갈수록 사람들의 숫자가 불어나고 있었다. 그들의 표정이 굳은 것으로 보아서는 무슨 심상치 않은 일이 벌어져 왔고, 또한 벌어지고 있음이 분명했다. 그러자 어떤 아주머니가 사내들에게 무어라고 큰소리로 묻고 있었다. 사내들 중의 한 사람이 대꾸하자 그 아주머니는 격노한 표정으로 울부짖었다. 아무도 그 아주머니를 달래려고 하지 않았다. 말하자면 그 아주머니가 울부짖는 것은 그 모든 사람들의 격렬한 느낌을 대변하고 있는 것 같았다.

그들은 급기야 조독수가 서 있는 바로 아래쯤까지 왔다. 거기에 평평하게 땅을 밀어붙인 공터가 약간 있었는데(말하자면 참호 비슷하게 파 놓은 것으로 보였다.) 사람들은 멈추어 섰고, 쉰댓 살 가량의 혈색이 붉은 사내가 참호 파 놓은 곳의 바로 위에쯤 될 둔덕에 올라섰다. 사람들은 침울하게 그 사내를 쳐다보고 있었다.

"우리가 말이요, 저 아래까지 내려갔다 왔소. 우리는 내려가서 그놈들을 만나고 오는 길인데……, 그놈들은 조금도 사죄하는 기색이 없으니 도대체 세상에 이런 일이 어디 있겠소?"

늙수구레한 사내는 감감하게 절망적인 표정을 지었다가 분연히 두 주먹을 쥐고 흔들었다.

"죽기 아니면 살기루 우리가 똘똘 뭉쳐서 대항해내는 수밖엔 없소. 당신들은 어떤지 몰라도 난 이놈의 데에 붙어 있구 싶어서 버티고 있는 게 아냐. 이 이상 어찌할 도리가 없이 된 연고로, 막다른 골목에 다다르고 보니 물러서고 싶어도 물러설 데가 바이 없소. 당신들두 보았겠지만 곽 씨는 오늘 아침에 자기 어린것마저 잃어버렸소. 우리의 원한이 골수에 맺힌 이 땅은 우리의 생명이 남아 있는 한 호락호락 물러설 수 없게 되었소……."

"그래, 내려갔던 일이 어찌 되었는지 그 하회나 이야기하십시오."
하고 아래에서 한 사람이 내댔다.

"그 이야기를 해야 하구 말구. 우리가 내려가 보니 그놈들은 경찰 대표하고 이야기를 나누고 있는 중입디다. 당신들두 알겠지만 저 아래 경찰들이 백여 명두 넘게 대기하고 있는 중인데……, 우리가 다가가니까 경찰 대표의 말인즉은 화해를 하라는 것이야. 이런 젠장맞을 화해를 하라니, 화해를 자청해 와야 할 자들이 어디 우리냔 말야, 그놈들이지. 그날 불한당 같은 놈들이 아니냔 말야. 아마 그쪽에서들은 무신 이야기가 있었던 것 같애. 그 새치마을 대표라는 자가 고개를 주억거리고 있었는데, 이거야 원 말이나 하지 않고 가만있으면 얄밉지나 않겠는데 '이보우, 아까 일은 괜히들 이쪽 청년이 흥분들을 해서 그리된 모양이니 이해를 허시오.'라구 한단 말야. 그래 쏘아주기를 '이해하라니? 아니 그래 어떻게 이해하란 말이오? 임자네들 세간살이를 우리 쪽에서 때려부숴야 하는 것으로 그렇게 이해를 하란 것이오?' 하고 윽박질렀더니 경찰 대표가 '이봐요, 흥분한다고 될 일이 아니잖소?' 한단 말이오."

"아니 그래 그런 소릴 듣고 가만있었소?" 하고 아래쪽에서 또 누군가가 말했다.

"그래서 말이지, 이야기가 어떻게 되었는고 하는 것을 결론만 간단히 말하기로 하겠소. 이제 좀 있으면 저쪽에서들 이리로 올 거요. 마지막으로 한번 만나서 이야기를 해보자는 게니까 마다할 것은 없다고 생각됐소. 이제 한 30분쯤 있으면 경찰 대표하구, 별촌동 사업소측 사람하구, 그리고 새치마을 대표하구, 무촌동 개발위원회에서 사람들이 올 모양이니 우린 기다려 봅시다. 만나서 이야기해 봤자 뾰족한 소리가 나올라는지 뭐 그거야 알 도리가 없겠으나, 큰 기대는 걸지 말되, 그렇다고 경망되이 흥분된 마음으로들 엉뚱한 일은 일어나지 않도록 조심들을 하면서 기다려보자는 게요. 당신들도 알다시피 우린 약자들이니까 말야. 어디 이 세상이 약자들의 설움을 알아주는 세상인가?"

조독수는 사정이 어떻게 돼 있는 것인지 아직은 잘 알 수 없으되, 그들이 흥분하고 있는 것은 그들의 생명과 재산에 연관된 절박한 이유 때문임을 느낄 수 있었다. 그들은 긴장될 대로 긴장되어 있었고 또한 흥분을 감추지 못하고 있었다. 그렇지만 그들은 이쪽 주장을 내세워 다른 사람들과 팽팽하게 맞싸워나가는 데에는 서투를 수밖에 없는 것처럼만 보였다. 혈색이 붉은 그 사람은 이러한 일에 있어서 사람들을 이끌어 단결시켜서 이쪽의 입장과 주장을 관철시킬 능력을 가진 사람은 아닌 모양이어서 아마 젊은 사람들의 강경책에 부딪히고 있었다. 그러나 그들로서도 당장은 뾰족한 대책이 있을 수 없는 모양이었다. 이럴 때일수록 일치 합심해서 우리의 생명 재산을 끝까지 우리 자신의 힘으로 지켜나가야 하는 것이니 쓸데없이 분란이 생길 만한 말은 삼가는 게 좋겠다고 이번에는 30대의 경상도 사내가 말하고 있었다. 그리하여 대체적으로 그들은 우선 농성의 태세로 돌입하여 아래로부터 저들이 올 때까지 기다리기로 합의를 보아가고 있었다.

이때에 진종만이 토론을 벌이고 있는 사람들을 헤치고 조독수 앞으로 다가왔다. 진종만은 얼굴이 시꺼멓게 탔고 아마 이번 일에 쫓아다니느라고 긴장이 되어 있는 것 같았다.

두 사람은 서로 만나게 되면 떠들썩하니 반가운 치레를 늘어놓곤 하였는데, 이곳 분위기가 긴장된 탓으로 그럴 경황이 없었다.

"별촌동엘 찾아갔더니 이쪽 무촌동으로 들어왔다고 하더군. 그래서 나도 이쪽으로 왔는데……, 여기에서 무슨 일이 벌어지고 있는지 영문을 알 수 없군."

"자네두 나흘 전에 별촌동에서 일어났던 소요는 신문을 봤으니 알겠지만……, 여기 무촌동은 거기보다 더 절실해. '무촌동 개발위원회'라는 데에서 땅 없는 사람들에게 집과 땅을 마련해 준다구 해서 많은 사람들이 밀려왔거든. 당국이 들러리 비슷이 서준 것도 사실이었으니 사람들은 안심하고 택지를 분양받았단 말야. 그런데 그 개발위원회라는 게 사기 단체였어. 사람들로부터 돈을 받아먹은 뒤에 뺑소니를 쳤단 말야. 결국 원래 땅의 임자들인 새치마을의 지주들과 분양택지인 줄 알고 샀던 사람들이 모두 피해를 입은 거야. 그러니 양쪽 간의 싸움이 돼 버린 거야. 아까 새치마을에서 달려와서 여기 천막들을 모두 뒤집어 엎어버렸지."

"그렇다면 두 쪽 모두 물러설 수 없게 되었군."

"물러설 수 없지."

"당국에서는 어떻게 하고 있지?"

"그런데 당국은 개입하기를 꺼려 하고 있어. 단지 소동만 일어나지 않기를 바라는 중이야. 정말이지 모든 게 개판이야. 그런데 문제는 개판이라는 데 있는 게 아니라…… 개판이든 쇠판이든 거기서 견뎌낼 수만 있다면 상관이 없겠는데 말야, 죽느냐 사느냐 하는 문제가 걸려있으니 그냥 참고 있을 수도 없게 됐구……. 조건은 까다롭단 말야. 조건은 까다로운데 양보할 것은 하나두 없어. 양보했다간 이쪽에서 단박에 피를 보게 생겼으니……."

그들이 이렇게 이야기를 나누고 있는데 그 곽 씨와 그의 부인이 천막으로부터 나왔다. 여자는 보퉁이를 들고 있었다.

"다른 데 가보면 무어가 다를 줄 알아?" 하고 그 곽 씨가 말하고 있는 중이었다. "다른 데라는 데가 없단 말이다, 이것아. 그러니 여기서 싸워 가지고 여기에다가 살 터전을 마련해야 되는 거야, 이것아."

곽 씨는 소리를 질렀으나 여자는 보퉁이를 든 채 아래로 내려가고 있었다. 곽 씨는 금방이라도 여자를 향해 독수리처럼 덮칠 것 같지만, 그러나 꼼짝도 하지 않았다.

"어서 말려야지." 진종만이 말했다.

"병신 같은 년." 곽 씨는 진종만의 말에 대꾸하는 것이 아니라 이렇게 욕설을 퍼부었다.

"이 세상이 어떤 세상인데, 그래 자기가 물러선다구 이 세상두 물러설 줄 알아? 물러서구 또 물러서구 해서 급기야 여기까지 들어왔으면 이젠 더 이상 물러설 데가 없단 말야."

곽 씨는 비로소 진종만을 바라보았고, 조독수를 바라보았다.

"그러니 물러설 수 없는 것이 아니오? 세상이 잘못돼 버렸구 나도 잘못돼 버렸지만, 잘못돼 버렸다구 또 물러선다면 그땐 어떻게 되는 거요? 병신 같은 년……, 나란 인간이 워낙 아둔해서 죽두룩 죽두룩 고생을 겪었지만…… 내가 왜 이렇게 돼 버렸는지, 얼마나 멍청하고 어리석게 수굿수굿 견뎌오기만 했는지……, 더 이상 어리석어질래야 어리석어질 도리가 없게 돼 버렸단 말이오. 제깟 년이 가고 싶으면 가라지."

어느덧 곽 씨의 주변으로 사람들이 몰려들기 시작했다. 곽 씨는 담배를 거푸 태워 물면서 노엽게 사방을 휘둘러보고 있었다. 이때 곽 씨의 시선과 조독수의 시선이 만났다. 곽 씨의 시선에 순간적으로 적의가 번득였고 조독수의 시선이 이것을 빨아들였다.

조독수는 곽 씨의 시선에 왜 적의가 번득이고 있는지를 분명히 깨우쳐 알았다.

곽 씨의 시선을 읽은 조독수를 이번에는 조독수 자신이 읽었다. 조독수는 자기가 왜 여기에 왔으며 그리고 자기가 보고자 하였던 것이 무엇인지를 알았다.

곽 씨가 걷기 시작했고 사람들이 말없이 그 뒤를 따라갔다. 비는 계속 퍼붓고 있었고, 여기저기서 조금씩 산사태가 일어나고 있었다.

《창작과 비평》, 1972년 가을호

이야기, 이야기, 이야기

— 외촌동 사람들 15

이야기, 이야기, 이야기
— 외촌동 사람들 15

이 세상에 나처럼 이야기를 좋아하는 사람이 있을까? 나는 이야기를 좋아한다. 재미난 이야기만 있다면 얼마든지 살아낼 자신을 가지고 있다. 또한 지금의 내 처지가 배가 고프기도 하고, 따분한 처지에 빠져 있는 것도 사실이기는 하지만, 그러나 나는 그런 것 때문에 맥살을 내고 있는 것은 아니다. 재미난 이야기만 있다면 그런 것쯤은 아무것도 아니라고 생각되기 때문이다.

이야기를 찾아서…… 나는 실로 많은 사람들을 만나왔다. 그렇다, 이 세상에는 사람들이 많은데, 그 사람들은 모두 이야기를 가지고 있음에 틀림없다. 잘난 체하는 사람, 말이 많은 사람, 박테리아처럼 세상을 부패시키기만 하는 사람, 서푼짜리 딴따라로 지절대기만 하는 사람, 남의 눈치나 보며 아부에 능한 사람, 왜정 시대에 왜놈이 만들어줘 버린 조선 종자, 자기주장을 내세울 줄을 모르고 남의 압제 받기나 좋아하는 사람, 쓸데없이 공명심만 높은 사람, 분파심이 강한 사람, 그런가 하면 나는 자기가 과연 어떤 인간인가 하는 것을 놓고 많은 이야깃거리를 찾아내 보고자 했다. 양순하고, 겁많고 부끄러움이 많으면서도 이상하게 신경질적인 조선 토종, 아

그러나 나 자신에 관한 이야기는 뒤로 미루어 두겠다.

이야기를 찾아서…… 나는 또 떠돌아다니기도 했다. 버스 칸에서, 완행열차 안에서, 다방에서, 대합실에서, 이발소에서, 공중변소 속에서, 경찰서 보호실에서, 향군 훈련장에서, 백운대 등산 코스에서, 여수 부둣가에서, 상동 중석 광산에서……, 나는 무심하게 흘러나오는 한두 마디 이야기라도 놓친 적이 없다.

재미난 이야기를 찾아서…… 나는 또 소설을 읽고 철학개론을 보기도 하고, 「21세기의 이데올로기에 관하여」 따위의 유식한 글 같은 것도 읽고, 그런가 하면 연극 구경도 했고 영화도 보고, 연애도 해봤고, 창녀촌에도 가보고, 변두리 동네를 헤매고 전국 방방곡곡 안 가 본 데 없이 김삿갓 흉내를 냈다. 마을에는 역신을 퇴치한 부군님이 있고, 산에는 왜놈을 무찌른 장군봉이 있고, 깡패 세계에는 은어가 있으며 바다에는 뱃놈 노래가 있었다.

재미난 이야기를 찾아서…… 나는 또 어린애 만드는 연습도 했으며, 며칠이고 술을 퍼마시면서 시대를 논하고 인간의 사악함을 말하고 사회악을 한탄하기도 했었다. 나는 왜정 시대에 친일 분자들이 왜 생겼는지를 알고 있고, 민주니 공산이니 하는 것이 뭔지를 이해하고 있고 어째서 사람들이 그렇게 사람들을 잔인하게 서로 죽이고 죽고 했는가를 느끼게 되었다.

우리의 경제가 발전되고 있다는 말, 현대인은 무섭게 소외당하고 있다는 논리, 역사발전의 현 단계가 어떻다는 둥, 나로서는 이렇게 여러 이야기들을 주워들었고, 그리고 때에 따라서는 내 입으로 여러 이야기들을 지껄인 적도 없지 않다. 가령 나는 몸을 보신하는 방법에 관해서도 알만큼은 알고 있다. 요가라든가 단전호흡이라든가, 지압이니 식이요법이니 하는 것들의 대강을 주워들었고, 불

개미를 산 채로 으적으적 씹어먹으면 신경통에 좋다는 것, '컴프리' 라는 식물이 산성화된 인간에게 그럴듯한 알칼리성 식물이라거니, 또 그리고 나는 사상 의학이나 주역에 대해서도 약간 짐작하는 게 있다. 내 친구 중에는 산에 들어박혀 3년 동안 득도하고자 한 자가 있는데 역(易)이란, 이론이 아니라 터득되어지는 것으로서 그것만 이해하게 된다면 이 세상의 순리와 역리가 환히 집힌다는 것, 그리고 사람의 신체란 그 역의 작용에 불과한 것으로서, 서양놈들은 세균을 가지고 사람의 병을 분석하려고 하지만 동양놈들은 몸의 조화나 몸의 리듬을 가지고 그것을 궁구하고 있다는 따위의 해설도 그럴듯하게 여기고 있다.

이야기를 찾아서…… 나는 4·19에 관해서 말하라면 한 시간쯤은 떠들 만한 이야기를 가지고 있고, 교도소에 관해서라면 가장 재미있는 것만 골라잡아도 두 시간 가량은 말할 수 있고 돈 버는 방법에 관해서라면 적어도 석 달 이내에 그 두 배 벌이는 할 수 있는 요령을 한 50가지는 알고 있다. 물론 나는 편하게 앉아서 남의 등을 처먹는 돈벌이를 말하는 것은 아니다. 집 장사면 어떤가? 고추나 배추를 생산지에서 밭째 사다가 파는 장사도 해볼 만한 것이다. 꿩을 사육하는 것도 괜찮고 똘마니를 서너 명 거느리고 목 좋은 다방에 텃값을 물고 구두닦이 장사를 해보는 것도 좋은 돈벌이다. 하여튼 나처럼 이 세상 사정을 골고루 겪어본 놈도 드물 것이고 그리고 이야기를 나처럼 좋아하는 놈도 없을 것이다.

재미난 얘기를 찾아서…… 그런데 요사이 재미난 이야기가 없다. 이야기가 고파서 죽을 지경이다. 하루 종일 라디오가 왕왕 울려대고, 텔레비전이 요란하게 흘러나오고, 영화가 쏟아지고, 신문이 널브러져 있고, 주간지가 범람하고, 사람들이 바글바글 들끓지만 이야기가 없다. 이야기가 어째서 없느냐, 이야기가 될 만한 이야기가 없어서 이럴까. 사람들이 태평성대에 놓인 낮잠 자는 백성들처럼 이야깃거리를 가지고 있지 않아서 이럴까.

이야기를 찾아서…… 나는 오늘도 하루 종일 헤매 다니다가 밤늦게서야 집으로 돌아왔다. 그런데 이야기가 없는 것이다. 우국지사는 우국담을 늘어놓고, 대학 선생은 진리를 가르치고, 경제학자는 경제를 말하고, 신문은 기사를 내보내고, 만담가는 만담을 하고, 아나운서는 뉴스를 보내 주고, 친구들은 죽는 시늉만 하고 있는데, 그럼에도 이야기가 없다. 모든 말이 어째서 이렇게 공허하기만 할까.

이야기를 찾아서……, 이 시대의 이야기를 찾아서…… 사람들이 조용하게 살고 있는 것이 아니라 시끄럽게 소리를 내면서 산다는 것을 알려줄 이야기를 찾아서……, 그런데 이야기가 고프다.

이야기여, 너 어디에 있느냐. 그 누가 이렇게 이야기를 숨겨놓고 있느냐. 왜 어째서 재미난 이야기가 이렇게 도망가 버렸느냐. 이 시대를 시끄럽게, 살아 움직이게 외쳐 부르짖게 할 이야기를 찾아서……, 그러한 이야기가 어디에 어떻게 꽁꽁 숨겨져 있는가를 찾아내기 위해…… 이야기여, 이야기해 주렴. 생선처럼 비늘이 시퍼런 이야기, 8·15처럼 감격으로 터져 나오는 이야기……. 아니 그러한 이야기가 아니라도 좋다. 처녀막을 터뜨려 피를 뚝뚝 흘리는 이야기면 오죽 좋은가.

나로서는 너무 재미난 일들을 많이 겪어 보았으므로 그까짓 고생쯤이야 하나도 두렵지 않고, 아무리 따분한 처지에 빠져 버렸다 해도 겁날 것 하나 없지만, 재미난 이야기가 없으면 참을 수도 없고 견딜 수도 없다. 어째서 이렇게 이야기가 없을까. 좁아터진 나라에서 일어나고 있는 갖가지 사건들, 체험들이 이야깃감이 되지 않아서 이럴까. 아니면 그 체험들을 이야기하는 게 두려워서 이런가, 능력이 없어서 이런가, 누구나 기막힌 체험을 겪었으면 그걸 이야기해 보고 싶을 터인데, 우리의 경우에는 기막힌 체험은 그저 언제까지나 기막힌 체험으로 꼭 막혀 있을 뿐, 이야기로 엮어 볼 재간이 없는 것 같다.

그렇다, 이 세상은 이야기가 없는 세상인 것 같다. 그게 어째서 그러할까. 이야기해 볼 만한 체험이나 사건이 없어서 그렇다면 무슨 할 말이 있겠는가마는 사정은 그 반대인 것만 같으니 어째 웃음도 나오지 않는다. 정말 이렇게 이야기를 잃어버리고 있는 세상도 없을 것이다. 재미있는 이야기가 귀한 세상에서 살아가자니 화가 난다. 이 세상이 재미없는 세상이 돼 놔서 그렇다고 말할 수 있을지 모르지만, 다르게 생각하자면 이 바닥에서 살아가고 있다는 실감을 찾아내기가 힘들어서 그런지도 모르겠다. 모든 사람들이 산다는 걸 밑둥치부터 느끼지 못하게 되어 버린 것은 아닌가.

진짜로 이 바닥에서 열심히 살아본 놈이라면 자기가 성실하게 살고 있다고 주장할 이유도 없을 것이고, 옳게 살고 있노라고 말할 수도 없을 것이며, 정정당당하게 살고 있다고 이야기할 배짱도 없을 것이다. 그건 결국 변명에 지나지 않는다. 변명일랑 50년쯤 뒤에 태어날 자들이 알아서 판단하라지.

이 바닥에 이렇게 파묻혀 살아가고 있는 것이라면, 더도 덜도 말고 '이렇게 살아가고 있다.'는 얘기는 해볼 수 있는 것 아닌가. 그리하여 이렇게 살아가고 있는 게 과연 무엇인지 느끼기라도 하면서 살아 두어야지 않겠는가. 이야기라는 것이 별거겠는가. 삶이라는 걸 어떻게 느껴 봤느냐 하는 것이 이야기인 것이다. 그래서 '흠, 그 녀석이 제법 산다는 것의 똥구멍 속을 깊숙이 들여다봤군.' 하는 칭

찬의 말마디나 듣게 된다면, 바로 그게 이야기가 되는 것이 아닌가.

이야기를 찾아서……, 그런데 재미난 이야기가 없기에 '에라, 어디 나 같은 놈도 이야기나 좀 끌어내 보자.' 하고 생각을 하게 되었단 말이다. 따라서 내 이야기라는 게 자기 잘났다는 이야기일 리 만무하고, 양심 타령일 것도 없으며, 무슨 지당한 가치가 있는 말도 아닐 것이다. 아니, 이야기가 되는 이야기인지 어떤지도 알 수 없다. 그저 이렇게 저렇게 볶이면서 실아 보았다 하는 이야기일 터인데, 따라서 자기야말로 옳고, 지당하고, 양심적으로 살아가고 있다고 생각하는 사람은 읽어 볼 하등의 가치도 없는 이야기일 것이다.

그러니까 내 이야기는 이야기랄 것도 없는, 이야기가 아닌 것도 아닌…… 이야기를 찾기 위한 이야기라고나 할까, 내 몸과 내 뼈를 아프게 했던, 그러한 상처들의 부스럼 딱지와 같은 것들이다.

내 몸과 내 뼈를 아프게 했다 해서, 과연 그것은 이야기가 되는 이야기일까, 안 될지 모른다. 아니, 그것만 가지고는 이야기가 안 되고 있을 것이다. 가령 말해 보자면 내가 껴묻어 있는 이 고가(古家)와, 이 고가에서 사는 사람들에 관하여 나는 제법 많은 것들을 알고 있는데, 그것이 이야기가 될까. 나는 성남 단지에서 이곳으로 흘러들어왔거니와, 이 고가가 처음에는 그저 낡은 집이겠거니 싶기만 했었다. 성남 단지(지금은 성남시가 되었지만)는 일단 내 모든 것을 앗아가 버렸다. 15만 원가량 되던 나의 총재산, 우연히 막차 버스에서 만나 함께 살게 되었던 심금선이, 그리고 저주스러웠던 철거 소동과 하루아침에 온다간다 말 한마디 없이 사라져 버린 심금선이, 그래서 나는 성남 단지를 뒤로하고 멍청히 걸었고, 멍청히 걸었으되 노모가 살고 있는 시골 고향으로 내려갈 수 없는 노릇이었다. 내려갈 수 없으니 무슨 짓으로든 도시 주변에서 어정대며 견뎌야 했다.

내가 껴묻어 있는 이 고가에는 지금 아홉 세대가 살고 있다. 그런데 이 고가는 주인이 없는 집이다. 살고 있는 사람 모두가 이 고가의 주인은 아니고, 모두가 나그네들이다. 또 놀라운 사실로써 이 고가는 지은 지 백여 년이 착실히 되지만 무허가 건물이다. 주인도 없고, 등기도 되어 있지 않은 이 고가는 게다가 금방이라도 허물어질 것처럼 낡아빠졌다. 이 고옥은 한말의 어느 친일파 귀족과 첩실이 살았던 별장이었다는 것이다. 그 귀족은 당시 경기도 양주군 배밋골이었던 이 근처에 땅을 소유하고 있어서 자기 첩실을 살게 하고 토지를 관리케 하였다는 것인데, 요샛말로 도적놈 촌의 별장과 같은 것이었겠지. 친일파 귀족은 얼마 안 가 제 명에 죽고, 그의 첩실은 뙤새집을 자기 소유로 했던 것이나 곧 팔아 버렸다는 것이며, 그리하여 해방이 될 때까지 이 집에는 인동 장 씨 대소일가가 살았다는 것이었다. 하지만 6·25를 만나 인동 장 씨의 늙은이들은 불의에 떼죽음을 당했고, 젊은이들 중에는 이북으로 넘어간 것에 틀림없는 자들에 행방불명된 자들이 전부여서, 이 고가는 휴전이 될 무렵 아무도 살지 않는 흉가에, 폐옥으로 버려져 있었다는 것이었다. 배밋골 사람들은 이 집 근처에 얼씬대는 것조차 피하였지마는, 이윽고 타처 사람들이 한둘 꾀여 들기 시작하여, 현재에는 많은 사람들이 오구구 모여 붙어 살고 있는 것이다. 배밋골이 서울시로 편입되었을 적에 동사무소는 이 고가가 무허가 건물임을 알았는데, 일제강점기의 기록 문서는 어디에 처박혀 있는지 찾아낼 수조차 없었으며, 한번 어떤 사기꾼의 농간이 있기는 하였지만 그 뒤로는 누구 하나 이 고옥을 자기 명의로 하여 등기 내려고 하는 사람도 없고, 그래 동사무소는 세금 받을 때를 제외하고는 일단 모른 척 내버려 두고 있는 것이다. 다 쓰러져가는 조선 와가는 그나마 기왓장이 깨지고 토담 벽이 무너앉고 대들보까지 썩어가지만, 기숙자들은 거기에는 관심도 없이, 서로들 지지고 볶느라고 정신들이 없는 것이다. 집이야 쓰러지건 말건 상관이 없다는 조다. 그리고 그것은 나 또한 마찬가지이다. 애당초 이 고가에 들어섰을 적에 나는 집 때문에 설움을 겪었던 나머지, 격식을 갖춘 아자창이며, 행랑채와 안채를 잇는 누마루며, 사람 사는 데에 들어선 느낌이었지만, 바글대는 아홉 세대의 아귀다툼 속에 낑겨들면서부터 이 고가야말로 악머구리 소굴임을 깨닫지 않을 수 없었던 것이다.

그렇지만 이따위 고가의 내력이야 무슨 이야기라 할 수 있겠는가. 따라서 고가에 관한 이 이야기는 이야기가 안 되는 이야기이다. 이야기가 안 되는 이야기를 왜 했느냐 하면, 내가 집 없는 설움을 면해보려다가 더 큰 설움을 겪었던 일이 안타깝게 회상되기 때문이다. 그것은 저 성남 단지에서 겪은 일이었고, 사실은 그것 때문에 내 친구들 중에는 교도소에 들어가 있는 녀석도 있다. 그리고 나도 그랬어야 마땅했던 것을 옹고집으로 버티었기 때문에 무마가 된 셈이었다. 가만있자, 그것은 얘기가 될 수 있을까!

그 얘기를 하기로 들자면 길지만…… 하여튼 초창기의 성남 단지는 전국의 떨거지들이 모두 몰킨 무법자, 방랑자, 부랑민들의 도시를 이루고 있었던 것이다. 한반도에 커다란 회오리바람이 일어 사람들은 제 고향에 제 농토를 지키며 살 수도 없고, 제 직장에 제 식구를 건사할 수가 없어 슬픈 백의민족으로 이리저리 몰켜다니다가 성남 단지로 와르르 쏟아져 들어오고 있는 듯했던 것이다. 깎인 산과 들이 하루아침에 사람들로 들끓기 시작하여 15만이 넘는 인

총으로 바글거렸다. 풍진 세상을, 또는 인생을 통과하여 흘러간다는 것이 얼마나 비탄스럽고 힘든 일인지 단지에서는 저절로 깨달아지는 것이다. 고통과 절망 속에 함부로 내팽개쳐져 있는 사람들 속에 끼어 먹고 살 일을 근심하노라면 자연히 이 세상을 이끌어가는 근원적인 힘은 사람들의 고통과 절망이라는 것이 알아진다. 그런데 그 고통과 절망은 절대로 윤색될 수 없는 것이다. 비록 사회는 그 고통과 절망을 지렛대로 사용하고 있는 것이지만……. 그러나 이 이야기도 이야기는 못 된다. 아니, 이야기가 될 수는 있는 이야기인데, 나로서는 차마 그것을 자세히 말하지 못 하겠다.

사람들 사이에 한바탕 소동이 일어나, 성남 단지는 그 난민촌의 모순을 처절하게 드러내었지만, 그 당시 나는 나 대로 가장 최악의 상태에 놓여 있었다. 우리의 생명과 우리의 재산을 보호하기 위해서는 저항해야 했고, 거부해야 했고 싸워야 했던 것이다. 나는 같은 처지에 놓인 스물다섯 가구와 함께 버티고 있었다. 그러나 이윽고 한 명 한 명 줄어들어 마지막으로 나만 버티고 있는 형국이 되었다. 돈을 주고 샀던 내 땅(그들은 우리가 사기를 당한 것에 불과하다고 주장했지만)에서, 더 이상 물러설 데도 없고 물러나도 안 되겠기에 버티었지만 결국 정신을 차리고 보니 나 혼자서만 우스꽝스럽고 불쌍하게 낙오되어 있기라도 한 듯한 정황임을 깨달았던 것이다. 그때가 내 살아온 중에서 가장 비참하고 그리고 가장 깊은 절망을 짓씹고 있던 때였다. 게다가 심금선마저 나를 저버렸던 것이다.

심금선이는 이야기가 될 수 있을까. 심금선이 나를 저버렸다 해서 나는 그녀를 원망하지는 않는다. 밑바닥 인생에게 밀려오는 위로부터의 압력은 너무도 무거운 것이어서, 심금선이 도무지 견뎌낼 재간이 없었을 줄 짐작하기 때문이다. 우리가 서로 허술하게 만났던 것처럼, 우리가 서로 헤어지게 된 것도 너무 허술하기만 했다.

그야 나는 기막힌 사연이라든가, 묘하고 터무니없는 인연이나 얽히고설킨 운명 같은 이야기를 읊으려는 것은 아니다. 아무리 심금선과 나의 만남과 이별이 당자인 우리들에게 절실한 것이었다 할지라도 말이다. 애당초 내가 성남 단지를 찾아들었을 적에는 지칠 대로 지친 결심이 서 있었다. 세상 이리저리 떠돌아다녀 봐야 사람 몸만 축나지 아무것도 안 되겠다고 나는 느꼈고, 그래서 마지막으로 거기에 정착해 볼 생심을 냈던 것이다. 그런데 사내놈 딱한 것도 딱한 것이지만, 계집이 한 번 딱하게 풀리기 시작하면 정말이지 그것은 어쩔 도리가 없는 일인 것이다. 양갓집 규수로나 태어났다면 그럭저럭 몸보신을 해 가며 맹한 사내한테 시집가서 한 세상 그런대로 편안한 감옥소에서 지내는 형국이 되겠는데……, 어디 세상에 그런 양갓집 규수들만 있는 것이 아니었다. 그런데 심금선이는 팔자를 더럽게 타고나서 어렸을 적부터 고생깨나 한 여자였다. 철이 들기 전에 그것은 고생이었으나, 철이 들면서 그것은 고통과 체념이 되는 것이다. 그래서 우리가 처음 알게 된 인연은 허술하기 짝이 없었다.

애당초 나는 심금선과 함께 살게 되리라곤 꿈에도 생각하지 않았다. 당장 갈 데가 없는 것 같고, 팽개쳐 두면 혹시 제 목숨이라도 끊을 것만 같았으므로 하루 이틀쯤 달랜 뒤에 시골에 있다는 집으로 내려보내 줄 작정이었다. 하기야 심금선이가 제 목숨을 끊을 만큼 허약하지도 어리석지도 않다는 것을 나중에 알게 되었다. 어쩌면 내가 개한테 마음이 있어서 그런 식으로 걱정해주는 체했는지도 모를 일이다. 또는 개가 그러한 궁상을 떨어서 내 마음을 끌어당긴 것이 아닌가 싶기도 하지만, 그까짓 것이야 어찌 되었든 상관없다.

이틀 동안 쿨쩍거리기만 하던 심금선이는 사흘째 되던 날 저녁, 빚을 갚아야겠다고 결심이라도 한 것처럼 저녁 식사를 장만하더니, 식사가 끝나자 슬그머니 제 몸을 맡겼는데 그것이 영락없이 빚을 갚아야겠다고 제 딴에 결심하고라도 있는 그런 태도였다. 나는 하마터면 심금선이를 갈겨댈 뻔했다. 그 애를 갈겨대지 않은 것은, 내가 세상을 많이 떠돌아다녀서 사람 사는 놀음의 깊은 데를 봤기 때문이었다. 그래서 빚을 갚기로 결심하고 있는 심금선의 결백성을 나는 채워주었다. 이렇게 해서 우리의 동거 생활은 시작이 되었는데, 생각했던 것보다 심금선이는 얌전한 여자였고, 뭐 나에게 마음이 쏠려 하는 눈치는 아니었지만 내 말에 곧이곧대로 순종했고, 나를 위해 주는 게 제 도리인 것으로 생각하는 눈치가 보였다. 이게 인연인가보다 싶어서 우리는 그럭저럭 의지했다. 임신을 하게 되면서부터 우리의 생활에 변화가 왔던 것이다. 심금선이는 마음을 진정시킬 수 없는 듯했다. 여자란 본능적으로 계산이 빨라서, 심금선이는 우리의 삶의 근본적인 데까지 생각이 미치는 듯했던 것이다. 어느 때는 바가지를 긁어봄으로써, 내가 자기를 차 버리지 않을 것이라는 확신을 굳혀 보려는 것 같았고, 나로 인하여 배태된 어린것의 태어난 뒤까지 궁리해 보는 것 같았다. "천하 없어두 먹고 살기는 해야 할 것 아녜요? 이제 어린애가 태어난단 말예요. 이래서는 거기두 거기구, 나두 나구, 또 애기두 애기예요. 모두 굶어 죽거나 병에 걸려 죽고 말 거예요. 그야 뭐 우린 살 만큼 살았으니 아무래도 괜찮아요. 태어나는 애기만큼은 그럴 수 없는 일이잖아요?" 심금선이는 나를 의심했고, 그리고 그 의심은 현실이 되었다. 심금선이는 그래서 나에게서부터 멀어져 갔던 것이다.

장마철이 되어 사람들에게 점령당해 버린 벌거숭이 야산은 잘금잘금 무너지는 소리를 내고 있었고, 그리고 나는 같은 처지의 스물다섯 가구와 함께 비장하게 농성을 벌이고 있었는데, 아직도 나는 그것의 진상을 모른다. 심금선이는 일부러 어린 생명을 없애버렸는지, 아니면 영양실조와 시궁창 같은 막서리 생활과 농성을 벌이는 데서 오는 고통으로 인하여 그것이 그렇게 되었는지 분간이 잘 안 선다. 하지만 아무 쪽이라 해도 상관은 없다. 결국 그건 마찬가지 이야기니까. 심금선이는 울지도 않고, 원망하는 말 한마디 남기지 않고, 마치 나와는 인연이 다 되었다는 것처럼 그렇게 나로부터 멀어져 갔던 것이다. 결국 말하자면 우리는 흔한 사랑을 한 것도 아니었고, 그렇다 해서 영리하게 서로 계산을 하고 있었던 것도 아니었다. 아, 그러니 이것도 이야기가 되지 않는 이야기이다. 한 사람의(즉, 나 자신의) 비통한 체험은 나에게는 지극한 의미를 띠는 것이나, 이것은 이야기가 되지 못한다. 확실히 심금선과 나 사이에 있었던 일은 이야기가 아니다. 이야기라는 것은 사람들의 삶에 관해서 말하는 것이로되, 그 삶을 싸고도는 어렵고 모순 많은 베일을 벗겨내어 삶의 뜨거운 모습, 진실되고 올바른 모습을 보여주어야 이야기인 것이다. 그래서 나는 이야기가 고프고, 그래서 내게 있었던 많은 사연들로부터 이야기를 끄집어내 보고자 애쓰는 것이지만, 그러나 당장 이야기가 없다.

이야기는 또 없는가? 심금선이 가 버리고 그리고 나마저 성남 단지를 뜨게 되었을 적에, 나는 주머니 속에 시골 고향에 홀로 남아 농사를 짓고 있는 노모의 편지(사실은 대필 편지이지만)를 가지고 있었다. 어머니에게는 나 이외에도 두 명의 아들이 더 있었던 것이지만

위의 형 하나는 죽었고, 그리고 나머지 하나는 인생의 길이 잘못 풀려 지금 교도소에 들어가 있는 것이다. 어머니께서 내 딱한 사정을 알 리도 없는데, 모성의 본능으로 무슨 기미를 느끼셨는지 시골 고향에 와서 지내라고 하였던 것이다. 그러나 나는 고향으로 돌아갈 수는 없는 몸이었다. 내가 가기 싫어서가 아니라 고향이 나를 추방해버렸다고나 해야 옳을 것이었다. 하기야 가난한 시골 태생의 젊은것들의 처지가 다 비슷할 터이지만 말이다. 나는 그때 어머니를 생각했고 어머니의 편지를 생각했다. 어머니 당신은 확실히 이야기를 가지고 있는 분이었다. 아, 나는 어찌해서 어머니의 이야기를 이야기할 수 없는가. 내가 알고 있는 가장 확실하고 가장 믿을 수 있는 이야기가 어머니의 이야기인데도 말이다. 어머니는 이야기를 가지고 있지만 나는 어머니의 이야기로부터 영원히 추방을 받게 된 것임을 생각하면서 눈물을 흘렸다.

내가 이 고가를 찾아들게 된 것은 온(溫) 씨를 바라고서였다. 온 씨는 성남 단지에서 알게 된 50줄의 연만한 사람인데 복덕방을 차렸다. 성남 단지가 한바탕 그 지경으로 소동을 겪게 되었을 적에 온 씨는 이런 곳에서 견딘다는 것은 차마 못할 노릇이라면서 먼저 살던 고가로 돌아가 버렸는데, 그때 내게 말하기를, 아마 자네는 젊은 힘으로 견뎌 보려 하지만 그게 잘 안 될 것이라면서, 고가에는 얼마든지 껴묻어 있을 데가 있으니 수틀리면 자기한테 찾아오라고 그렇게 말하였던 것이다. 사람이 젊은 시절에 꼭 해야 할 것은 일찌감치 정착을 해 버리는 그런 것이 아니고, 인생 사회가 얼마나 근본적인 모순과 절망으로 가득 차 있는가를 똑똑히 보아서 아는 일이니 자네는 결코 용기와 희망을 잃지 말라고 귓맛이 좋은 그런 소리도 해준 영감님이었다. 온 씨 자신은 그런 소리를 입에 담는다는 것이

격에 맞지 않는다든가 젠체하는 것이 되지 않을 만큼의 신산(辛酸)과 경력을 쌓은 사람인 듯하였던 것이다. 세상에는 두 종류의 사람이 있는 것이니, 그 하나는 두더지처럼 밑만 내려다보면서 땅을 갉작거려 사회야 어찌 되든 말든 자기 실속 차리기에만 급급하나 결국은 작은 능력마저도 제대로 발휘 못 하는 그런 자들과, 다른 하나는 자기 눈높이보다 항상 위쪽을 쳐다보면서 경정경정 뛰어다니느라고 항상 좌절과 비참 속에서 헤매 다니는 그런 자들이 있는데 온 씨 자신은 후자에 속하였다고 하면서, 자네도 차차 겪어 보게 되겠지만 우리네에게는 이 두 가지 좌절과 실패밖에는 허락되어 있지 않은 걸세, 하였던 것이다. 그래서 나는 온 씨가 어쩌면 이야기를 가지고 있을지 모르겠다고 생각했으며 그래서 온 씨를 좇아 고가로 굴러들어 왔던 것이다.

이 고가에서 사는 사람들은 어쩌면 이런 사람들일 수가 있을 것인가. 유식한 비유로 말하자면 난파하기로 돼 있는 배에 타고 있어서 암담한 절망감으로 서로 남에 대하여 헐뜯고 물어뜯는 것밖에는 할 일이라곤 없는 그러한 사람들처럼 보이는 것이다. 이 고가는 집주인이 없는 관계로, 또 불원간 당국에 의해 철거되리라는 소문마저 나돌고 있어서(이 동네에도 그거 무슨 공장이 들어선다는 것이다.) 그러한 것일까. 하기야 온 씨는 나를 반겨 했다. 알고 보니 온 씨는 이 동네의 유지로 통하고 있었고 이 고가의 실질적인 주인 행세를 하고 싶어 했던 것이다. 그러한 온 씨와 맞서 있는 사람이 돌팔이 치과쟁이 지영구 씨였는데, 지 씨는 면허도 아무것도 없이 자기 방에 이발소 의자를 들여다 놓고 은밀하게 사람들의 썩은 이빨을 두들겨 대는 것인데, 이 벌이가 자못 괜찮은 편이었다. 지 씨는 반공

포로 출신으로 한때 정치 깡패 집단에 몸을 담아 야당 정치인들에게 테러를 가하고 집회 방해를 하곤 하였던 일을 자랑삼아 늘어놓는 때가 있었는데 이럴 때면 온 씨는 자못 비분강개하여 지 씨를 타매해 마지않았던 것이다. 온 씨는 8·15 직후 이른바 우국 청년으로 기라성 같이 솟아오르던 여러 애국 정당의 청년 당원으로 편력했던 적이 있었던 사실을 항상 긍지로 삼고 있었다. 나아가서 온 씨는 자유당 치하에서 무소속으로 국회의원에 출마했다가 감옥소에 다녀온 적이 있었다는 사실에 자부를 느끼고 있었으므로, 정치 깡패 출신의 지영구 씨를 진심으로 경멸코자 하는 것이었다.

그렇기는 하지만 온 씨는 이야기를 가지고 있는 사람은 아니며, 지영구 씨 또한 물론 그러한 것이다. 나는 고가에서 사는 사람들에게 곁을 주지 않았다. 왜냐하면 나는 먹고사는 일에 바빴던 것이다.

이야기가 없는 사회, 이야기가 없는 생활, 이야기가 없는 사람들 속에서 나는 언제까지나 참고 기다려야 할 것인가. 그럼에도 저들은 성급한 나머지 억지 이야기라도 꾸며내려고 하는 것이다. 지난겨울 통일 주체 국민 회의 대의원에 온 씨가 출마하고 싶은 생각이 있어서 추천 도장을 받으러 다녔던 일이 있었던 것이다. 알고 보니 온 씨는 땅을 몰래 사둔 것이 꽤 되어 돈은 있는 사람이었다. 그래 내가 말하기를 당국에서 일으키고 있는 유신 과업에 영감님 같은 사람이 날뛰는 것은 얼마나 우스운 꼴이냐고 비웃었지만, 온 씨는 마다 않고 추천 도장을 받으러 다니고 예비 선거 유세 행각조차 부리더니 급기야 선거법 위반으로 갇히기까지 하는 사태를 낳았던 것이다. 얼마 후 온 씨는 풀려나왔지만, 아 이것은 얼마나 허황한 이야기인 것인가. 온 씨는 고가로 돌아오자마자 돌팔이 치과쟁이 지영구 씨와 그리고 내가 배반을 했다고 믿은 나머지, 보건소에 돌팔이 치과

의사로서 지영구 씨를 고발하는 한편, 나에게는 즉각 고가로부터 퇴거해줄 것을 명령하고 있는 것이다. 하지만 물론 나는 퇴거하지 않고 있다. 그런 사치스런 이유로 해서 내가 퇴거해야 할 까닭이 없을뿐더러, 나는 다시 이야기를 찾고 있는 중인 것이다. 왜냐하면 나는 이야기가 없으면 살지 못하는 자이기 때문이다. 나는 온 씨를 만나 내 이야기를 들려줄 작정이며, 그리고 고가에서 살고 있는 다른 사람들과 만나 내 이야기를 할 것이고, 그들의 이야기를 찾아낼 것이다. 이야기를 구하기 위해 더 이상 방황하지는 않을 작정이다. 이야기를 찾아서……, 그러나 이야기가 없다. 우거지 국물 같은 내 과거를 서랍 뒤지듯 뒤져 봤지만 역시 이야기가 없다. 이야기를 잃어버린 삶, 이야기를 빼앗긴 삶은 계사(鷄舍) 속의 암탉, 수탉만은 아니라는 것을 알게 되었다고 말한다면, 그야 물론 당신들은 나의 천박한 젊음을 나무라겠지.

나무래거라. 이야기를 잃어버린 나는 분노도 잃어버렸고, 미소를 지을 줄도 모르고 있다. 내 처지의 부당함을 생각하지 않게 되었기 때문에, 세상이 어떻게 되든 말든 관심이 가져지지도 않는다. 그래서 나는 지독하게 무더운 간밤에 모기가 내 피를 영악스럽게 빨아먹고 있는 것을 참으면서 거세된 머슴꾼의 메울 길 없는 메마른 성욕 같은 기분으로 그것을 생각했다. 그렇다. 어차피 이러한 세상인 것이다. 어차피 이야기가 없어진 세상이란 말이다. 이야기를 찾으려고 하는 것 자체가, 마치 무슨 옛 시대의 유물을 찾으려는 일종의 도락(道樂)과 같은 것으로 돼 버렸단 말이다. 그러기에 가령 그것을 가지고 영화를 만들었으면 수많은 사람들로 하여금 닭똥 같은 눈물을 좔좔 흘리게 하였을 나와 심금선과의 모질디 모진 사랑 얘기도(아, 왜정 시대의 신파 조 영화가 얼마나 좋았던 것이냐.) 다만 삭막하고 따분하고 재수없는 젊은것들의 비틀어진 사연쯤으로밖에는 낙찰될 수가 없는 듯하다. 안 되겠다, 안 되겠어. 이야기를 더 이상 찾지 않겠다. 이야기를 억지로라도 만들어내야겠다. 더 이상 가만있지 않겠다. 모든 것이 다 그렇지만 이야기도 고통스러운 역정 끝에 쟁취해내야 이야기가 되는 것임을 깨닫기 때문이다.

《문학사상》, 1973년 9월호

모기떼

— 외촌동 사람들 16

모기떼
— 외촌동 사람들 16

그 여자는 정확히 다섯 달 열흘 만에 이 동네에 들어선 참이었다. 이미 밤이 늦은 시각의 만원 버스 속에는 그 여자도 얼굴을 아는 사내들이 몇 명은 끼여 있었고, 그들은 그 여자의 얼굴을 힐끗거리면서 지네들끼리 수군수군 말들을 해쌓고 있었지만, 그 여자는 그까짓 일에 참견할 바가 아니었다. 하품을 해 가면서, 최서춘을 어떻게 만나야 할지, 아니 최서춘은 아직 이 동네에 살고 있기나 한지 그 소식이 궁금한 것이었다. 그 여자는 최서춘과의 동거 생활을 더 이상 지탱할 수가 없다고 느껴져서 온다 간다 말 한마디 없이 종적을 감추었던 것이었다. 그 여자는 그러다가 더 이상 돌아다닐 수도 없게 되고 또 최서춘만 한 사내도 별반 드물다고 생각이 되자 불현듯 그를 찾아가게 된 것이었다. "이젠 너 같은 거 꼴도 보기 싫으니 썩 꺼져." 이렇게 말이라도 해 온다면 어쩌나 하는 걱정이 생기지 않는 바도 아니었지만, '그럴 리는 없을 거야. 최서춘은 나를 이해해 줄 것이 틀림없어. 그이는 그래도 순진한 사내인 걸 뭐.' 하고 그녀는 생각하면서 혼자 웃었다. 그 여자는 아까 버스 칸에서 자기를 알고 있는 것이 틀림없는 사내들이 "야 이것 봐라, 재가 다시 돌아왔잖아? 재

말야, 쟤, 강금옥이 말야……. 발가벗구 마당을 거닐었던 여자애 말야……. 그래 그래, 최서춘과 함께 살았던…….”이라고 중얼거리는 소리를 들었을 때에도 ‘홍, 네까짓 것들 암만 그래 보라지. 내가 눈 하나 깜짝할 줄 알구?’ 이렇게 속으로 중얼거리면서 앞가슴을 더욱 흔들어 댔던 것이었다. 강금옥도 물론 사람들이 뒷전에서 뒷말을 해대고 있는 줄을 알고 있었다. 가난한 동네에서 사는 사람들은 인정이 넘치는 나머지 나 아닌 다른 사람들을 감시하는 데 이골이 나 있기 때문이었다. 4천 원짜리 사글셋방, 강금옥과 최서춘이 살고 있었던 그 집은 무려 방이 일곱 개나 되었으며, 집주인 오민주 씨는 순전히 셋방을 놓아서 먹고 살아가는 사람인만큼, 블록을 적당히 이겨 발라 엉터리로 지어 놓은 앞, 옆, 뒷방에서 하는 짓거리들이 모두 다 잘 감지되는 것이었다. 최서춘이 한밤중에 괜히 옆방의 기척에 신경을 쓸라치면 강금옥은 신경질적인 기분이 들어서 “이봐, 우리가 못 할 짓이라도 하는 건가 머, 그까짓 거 듣고 싶으면 얼마든지 들으라지 머.” 하고 일부러 소리를 내지르곤 했던 것이었다. 그래서 앞, 옆, 뒷방 사람들의 입방아를 찧게 된 원인이 된 것이었다. 여름철 더위가 심할 때에는 방문을 열어 놓지 않을 수가 없었는데 그럴 때면 마당 가에 누군가가 호기심 어린 시선으로 이쪽을 훔쳐보고 있다는 걸 강금옥으로서도 낌새로 알아차리는 것이었으나 ‘홍, 엿보고 싶으면 얼마든지 엿보라지. 참 이상한 사람들이지 뭐야.’ 하고 생각하는 것이었다. 그 여자는 남에게 무엇을 숨긴다거나 동정을 살피거나 예절 같은 것을 차린다거나 하는 일은 생각만 하여도 머릿골이 지끈지끈 쑤시는 것이었다. 그 여자는 남의 말이나 행동에 신경을 써 본 적이 없었다. 자기 하고 싶은 대로 하면 그만이 아니겠느냐고 무슨 이기적인 마음으로 따져서 그러는 게 아니고, 남을 의식하기 시작하면 가슴이 답답하고 언짢아서 아무 일도 할 수가 없어지기 때문에 그러는 것이었다. 어느 쪽이냐 하면 강금옥은 낯선 사람들을 만나면 무척 겁을 집어먹게 되는 소심한 여자이기도 했다. 그 여자는 동네에서 자기에 대하여 어떤 이야기가 떠돌고 있는지 알고 있었다. 골목길이라도 나설라치면 아낙네들이 분개한 표정으로 쏘아보거나 괜히 머쓱해져서 자리를 피하거나 말이라도 걸어올까 봐 겁을 내는지 쌀쌀한 태도를 짓는 것이었다. 동네 꼬마들이 줄줄이 뒤를 따라붙는 수도 있었다. 그래서 그 여자는 될 수 있는 대로 방 안에만 틀어박혀 밤낮 사탕 같은 것을 먹고 지내거나 옷이 거추장스러워 대체로 벌거벗고 뒹굴면서 낮잠이나 자 두곤 하였던 것이었다. 그리고 언젠가는 교회 집사라나 하는 권 씨라는 과부가 막 최서춘에게 닦달을 놓듯 따지는 말을 하였던 것도 그 여자가 엿들은 적이 있었다. 한 마디로 강금옥이가 품행이 불량해서 어린애 교육을 시키는 데 지장이 많으니 다른 데로 이사 가달라는 그런 내용의 말인 듯하였는데, 최서춘은 한참 뒤에 방에 들어와서도 별말이 없었다. "왜 그래? 무슨 일을 가지고 그러는 거야?" 하고 도리어 강금옥이 물으니까 "아무것두 아냐. 괜히 심심해서 그런가 부다." 하고 최서춘은 대수롭지 않게 대꾸하고, 그래서 강금옥으로서도 심상하게만 여기고 말았다. 그 여자는 또 이상한 습관이 하나 있었는데 낮이건 밤이건 혼자서는 변소에 가지 못한다는 점이었다. 그 여자는 변소에 대해 공포심을 가지고 있었다. 혼자 변소 문을 열면 그 안에 이미 어떤 사내놈이 숨어 있어 가지고 낚아채듯 자기를 안으로 잡아끌어 죽여 버릴지도 모른다는 공포심이었다. 그리고 가령 무섭고 시꺼먼 똥통 속으로부터 팔뚝이나 갈쿠리 같은 것이 쑥 위로 치솟아 올라와 자기를 낚아챌지 모른다는 두려움에 떨게 되기도 했다. 그래서 변의를 느끼면 반드시 최서춘과 동행했다. 최서춘더러 먼저 변소 문을 열게 해서 그 안에 아무도 없다는 것을 확인하고 난 뒤에야 그 여자는 안으로 들어가는 것이었다. 용변 중일 때라도 반드시 변소 문 바깥에 최서춘이 지켜주고 있어야 안심이 되는 것이어서 "이봐, 거기 있지? 틀림없이 거기에 지켜 서 있지?" 하는 말을 되묻곤 했던 것이었다. 그럴 적마다 최서춘은 "그래, 이 병신아, 나 여기 지켜 서 있단 말이다." 하고 무뚝뚝한 어조로 말하곤 하는 것이었다. 최서춘은 이런 일 때문에 화를 낸 적이 없었는데 아마도 강금옥이가 변소에 대해서 공포증을 가지게 된 이유가 뭣 때문인지를 제 나름으로 꿍꿍스럽게 짐작하는 바 있어서 그럴 것이었다. 강금옥으로서도 최서춘이가 무던한 사내이며, 또 그만큼 이해성이 깊은 사내이기도 하였어서 그 점에 관한 한 최서춘에게 잠자리를 즐겁게 해줄 욕심을 항상 내게 되는 것이었다. 그런데 사람들이란 이상해서 강금옥이가 변소에 갈 적마다 제 서방을 반드시 동행시킨다는 것이 대수롭다고 야단 짓거리를 떨고 흉물스럽다고 깔깔대는 것이었다. 일곱 개나 되는 방에 스물댓 명 가까이 되는 사람들이 끼어 묻어 살아가고 있는 것이어서 하나밖에 없는 집안 변소는 하루 종일 빌 틈이 없었고, 그러면 집주인 오민주 씨는 사흘이 멀다 하고 변소를 쳐야 하니 이거야 원 살 수 있겠느냐고 푸념을 늘어놓는 것인데. 강금옥이는 한 번 변의를 느끼기 시작하면 도무지 참을성을 내지를 못하여 그때는 20여 미터 가량 떨어진 공중변소를 단거리 경주라도 하듯 달려가는 것이었는데, 이때 꼬마들이 덩달아 뛰어드는 일도 있었고, 그래서 강금옥의 그런 괴벽이 더욱 소문이 나게 되었는지도 몰랐다.

최서춘은 빙충맞은 사내임에 틀림없고 데면데면한 사내이기도 하지만, 그래서 강금옥으로서도 그와의 생활에 참을 수 없는 느낌이 들어 온다 간다 말 한마디 않고 뛰쳐나갔던 것이지만 이렇게 다시 그에게로 돌아가면서 생각해 보면 이 세상에서 자기를 이해해 주는 사람은 그밖에 없다는 생각마저 드는 것이었다. 잘은 모르지만 최서춘은 고등학교 공부도 해 보았고 그래서 강금옥이 신문 하나 제대로 볼 줄 모른다고 타박을 할 만큼 유식하기도 하지만, 사실은 그 유식하다는 것이 강금옥으로서는 불만 중의 하나였었다. 아예 공부 같은 걸 전혀 하지 않았더라면 착실히 제 몸 갈망과 제 여편네 뒷바라지는 해줄만 한 위인인데, 머릿속에 쓸데없는 지식이 들어박히니까 요령이 생겨 가지고 자기가 무엇쯤 되는가 보다 하고 착각도 하는 것 같고 쓸데없는 자부심도 가지고 있는 것이 틀림없었다. 강금옥이가 최서춘을 처음 만났던 것은 저 삼남 지방의 어느 조그만 시골 마을인 잠박골에서였는데. 그때 강금옥은 다방 레지가 되어 그곳에 들어간 지 이틀째 되던 날이었고, 최서춘은 깡패임에 틀림없는 구본중이라는 우락부락한 사내와 단짝 패가 되어 산판 일감을 찾아든 길이었다. 나중에 알게 된 일이지만 최서춘은 그렇게 방랑하듯 떠돌아다닐 위인은 아니었는데, 서울에서 무슨 사건이 터져 가지고 피해 다닐 겸 시골 구석을 숨어 다닌다는 것이었으나 그것이 과연 무슨 사건이며 또 최서춘의 고민되는 바가 무엇인지는 강금옥으로서는 알려고도 하지 않았을 뿐 아니라 그런 흥미를 가져 본 적도 없었다.

강금옥이 시골 다방이면 으레 그렇듯 물수건을 갖다 주고 신문을 갖다 주고 엽차를 갖다 준 뒤에 그의 옆 의자에 걸터앉아서 애교웃음을 지어 보이고 있는데, 이 숙맥 같은 위인은 도무지 아무런 반응이 없어서 속이 상했다. 차라리 구본중이가 맞상대할 맛은 나은

편이었는데, 찾아볼 사람이 있다면서 나가버리고 나서 최서춘과 그렇게 둘이서 늦은 시간의 다방을 지키고 앉은 것이 퍽 따분했다. '흥, 그래 봤자 산판 노무자 신세는 빤한 거니까.' 하고 강금옥은 경멸했었다. 사람들을, 특히 사내들을 경멸할 수 있다는 것은 그 여자가 사회생활에서 얻은 특수한 우월감이었다. 머라고 말을 붙였던가. 하여튼 강금옥이가, 먼저 말을 붙이었는데 최서춘은 담배가 꽁초까지 타들어 갈 때까지 데면데면하게 앉아만 있었다. 서울서 왔느냐고 그렇게 물었던가 하니까 "한 2년은 좋이 되었겠군그래." 하고 최서춘은 알 듯 말 듯한 소리를 지껄이며 이쪽을 무슨 애처로운 동물 보듯이 하였던 것이었다. 그래서 그게 무슨 소리냐고 재우쳐 물으니까 "그럴 것 아니겠어? 처음에는 제법 큰 도시로만 돌아다녔을 게구, 차차 격하되어 이런 시골 다방까지 내려왔을 제야 그 정도 안 걸렸겠냐 말야. 한 다방에서 20일 정도씩만 붙어 있었다 치더라도 말야." 알고 보니까 최서춘은 시골 다방 레지라는 게 어떠한 생리를 가지고 떠돌아다니는 여자들인가를 짐작한 듯하였는데, 강금옥으로서도 제주도만 빼놓고는 안 가 본 데 없이 훑어 다녀 본 셈이었으므로 당장은 말문이 막히는 수밖에 없었다. "흥, 그렇게 말하는 거기도 한 2년은 좋이 됐겠는데." 하고 한참 만에 강금옥은 최서춘에게 반말지거리로 응대해 주었던 것이다. 그러니까 막판 노무자로 떠돌아다니는 게 적어도 2년은 넘었으리라고 한 말이었다. 최서춘은 쓰고 떫게 웃고는 신문 쪽지만을 들여다보고 있었다. 한참 후 강금옥 쪽을 바라보는 시선에 핏발이 서는가 하더니 "뭣하러 그렇게 떠돌아다니는 거여? 병신 머저리 같은 사내새끼라도 하나 꿰차서 살림 차려 들어앉지 않구 뭣하러 그렇게 떠돌아다니느냔 말여." 하고 삿대질하듯 다그쳐 물었던 것이었다. "뭣하러 떠돌아다니냐구? 거기선 뭣하러 떠돌아다니지?" 하고 그 여자가 말을 되받았다.
"뭣하러 떠돌아다니냐? 그걸 말해 본댔자 네가 알아먹겠니?"

"알아먹을 테니까 말해 보라지."

"넌 몰라." 최서춘은 이런 빳빳한 대꾸만을 던지고는 담배를 는적는적 입술에 대고 씹었다.

"세상 떠돌아다닌다는 건……, 사내의 경우에 있어서……." 최서춘은 점잔 빼듯 느릿느릿 말하더니 "이 세상을 창녀처럼 끌어안아서 발정을 내 보려구 애쓰는 거, 그런 거하구 비슷한 거여." 이렇게 지껄이고는 그 말이 무슨 철학적인 소리이기나 한 것처럼 제풀에 엄숙한 표정이 되었다.

"흥, 떠돌아다니면서 기껏 창녀촌에만 들락거렸군그래." 하고 강금옥이 비웃어주니까 "그것 봐, 넌 내 말을 이해하지 못 하구 있는 거야." 하고 뚱딴지같은 소리를 내질렀던 것이었다. "너두……, 그 몸뚱아리루 세상을 받아내면서 그게 얼마나 무거운지를 느끼지 못하는 게 딱하긴 하지만서도 말야." 무슨 뜻으로 그런 소리를 했건 강금옥은 이 사내가 자기를 비난하는 것 같다고 생각이 들자 "흥, 지가 무언데 그런 소리를 할까? 내 고민이라두 풀어주겠다는 건가?" 이렇게 말하면서 하품을 했다. 보아하니 대학생 나부랭이쯤으로 건들대다가 데모 같은 거라도 했다가 쫓겨 다니는 자가 아닌가 하고 강금옥은 이 사내를 보면서 어림짐작을 했는데, 그 여자로서는 대학생이라면 이가 갈리는 족속들이었던 것이었다. 유식한 듯한 소리를 지껄이는 품으로 봐서 그렇고, 세상일이란 그렇게 진지한 표정으로 따져들 것이 아닌데 진지한 듯한 어조로 말해대는 품으로 봐서 그러했던 것이었다. "네 고민이 뭔지 들어보지." 하고 이 사내는 말했으며, 그래서 강금옥은 속으로 웃었다. 강금옥은 작화술에는 어느 정도 자신이 있었던 것이었다. 이런 사내가 자기 같은 여자로부터 듣기 좋아할 이야기라는 게 어떤 것인가쯤은 그 여자로서도 능히 짐작하고 있었다. 첫 번 연애의 실연담 같은 것을 과장되게 설계해가지고, 그 남자놈한테 어떤 식으로 당해버렸는가를 눈물 섞어 이야기한 끝에 서릿발 같은 여자의 원한을 줄줄이 엮어내어 언젠가는 반드시 복수하겠노라는 그런 레퍼토리를 들려주면 감동할 사내라고 짐작했다. 그리고 그날 밤새도록 강금옥은 그런 이야기를 했던 것이다. 나중에는 딱히 그 이야기 때문에서라기 보다도 제 설움이 얹혀, 와 하니 울음보를 터뜨리기까지 했지만, 그것은 최서춘이가 서툴러서 그렇게 되고 만 것이었다. 이 서투른 사내를 좇아갈 마음은 강금옥으로서 전혀 가지고 있지 않았지만, 그런 면에 있어서는 강금옥 스스로 생각해 봐도 자기는 결코 이기적인 여자가 되지는 못하는 것이었다. 최서춘이라는 이 사내는 신문을 잘 볼 줄 아는지는 모르지만 그만큼 허약한 사내였던 것이었다.

그 여자는 산비탈을 허벅허벅 기어 올라가, 다리 잘린 메뚜기 시체들에 달려들고 있는 모기떼와도 같은 불빛들을 헤아려보기 시작했다. 야산 중턱에 세워진 바라크 집들이 꼭 다리 잘린 메뚜기떼 같고 깜박대는 전기 불빛이 그 메뚜기 시체를 파먹고자 달려든 모기떼 같아 보였는데 그래서 그런지 왱왱거리는 소리마저 들리고 있는 것 같았다. 그 여자는 최서춘과 함께 살았던 방을 눈짐작으로 찾아 그 방에 불이 켜 있는지 어떤지 살펴보고자 했다. 그러나 왱왱대는 소리와 가물대는 불빛이 어지러워 잘 찾아낼 도리가 없었다. 하지만 여자가 걷는 골목길은 낯이 익었고, 이미 열한 시가 돼 가고 있는 시간의 느낌이 이 동네에서는 항상 이렇기 마련이었다는 것도 선명하게 살아 올랐다. 만화 가게에는 돈을 내고 텔레비전을 보기 위해 몰려든 어린이들로 바글거렸고, 쌀 가게 주인은 심부름 다니는 녀석과 함께 수첩 장부를 들여다보면서 막 화를 내고 있었다. 하수도 시설이 돼 있지 않은 골목길에서는 퀴퀴한 냄새가 나고 있었고, '막글리'라고 써 붙인 토담 술집의 할배와 할망구도 아직 죽지 않고 살아 있었다. 그래서 그런지 그 여자는 마치 고향에라도 찾아드는 기분이 들었다. 그리하여 이윽고 도착했다. 방에는 불이 켜 있지 않았다. '어디 갔을까?' 그 여자는 방문에 자물쇠가 채워져 있음을 보았다. 열쇠는 그렇다면 골목길 옆의 공터에 있는 느티나무 밑둥치 속에 숨겨져 있을 것이었다. 두 사람은 서로 외출할 때를 위하여 열쇠는 항상 거기에 놔두도록 약정을 해두었기 때문이었다.

열쇠가 거기 있는 것으로 봐서는 최서춘이 아직 이 방에 여전히 그런 나름으로 살고 있다는 것이 확실했다. 그 여자는 방문을 땄다. 성냥이 어디 있는지 있는지를 찾아 헤매노라니 퀴퀴한 어둠의 냄새가 났다. 최서춘은 성격이 게을러서 도무지 목욕을 하는 법이 없었고 그에게서는 항상 땀내가 풍기었던 것인데(그리고 모가지에는 여드름과 함께 때가 끼여 있기도 했지만), 이 방에서는 바로 그러한 퀴퀴한 냄새가 났다. 이불도 개켜 놓지 않았다. 쨍그렁하고 발밑에 차이는 것을 보니 아마도 라면을 끓여 먹은 뒤 치울 생각도 하지 않은 채 어딘 쏘다니러 나간 것에 틀림없었다. 당장 버르장머리를 고쳐놓도록 해주어야지. 그 여자는 자기 스스로도 깔끔한 성격은 아니었지만, 최서춘의 게으른 성격에만은 학질을 떼었던 것이었다. 이 사내는 도무지 무능력한 인간이 되기로 작정을 하였던 듯싶었었다. 아무리 가난한 동네지만 몸동작이 재빠른 사람들은 제 한 몸 먹고 살아갈 만한 갈망은 빈주먹으로라도 마련해 놓고 있었는데, 최서춘은 그토록 핀잔을 주어서 시작한 옷 장사마저 신실하게 해내지를 못하는 것이었다. 남대문 시장과 평화 시장의 옷 공장엘 가 보면 생산 과정에서 폐품으로 낙착이 되었거나 유행이 지난 의류 제품들을 싸게 구득할 수 있는 길이 있었고, 그것을 받아다가 "막 팔아요, 싸구려로 막 팔아요."라고 버스 종점 어귀에서 소리치고 있노라면 설마하니 목구멍에 거미줄이야 칠 것인가 하였는데, 최서춘은 누구나 다 해볼 수 있는 그런 간단한 장사에서마저 서툴게 굴었던 것이었다. 그리고 또 가령 아스팔트 도로가 이쪽에 가설되어 전국 도로망에 연결되게 되었다 해서 복덕방들이 밀려들었을 때, 그 여자는 최서춘더러 한몫 잡아 볼 좋은 기회라고 말했건만, 그런 사기 협잡질은 하지 않는다고 딴청을 부린 일도 강금옥은 두고두고 아까운 기회였다고 기억하게 되는 것이었다. 그야 최서춘은 강금옥으로 하여금 잠자리 맛을 좋게 해 주기는 했고, 가령 변소를 갈 적에라든가 또 가령 군것질을 좋아하는(그중에서도 단것을 즐기는) 그녀를 위해서 과자나 사과 나부랭이들을 빠지지 않고 사다 준다든가, 또 가령 변덕이 심한 그녀가 어느 때 무턱대고 무서워서 벌벌 떨 적이면 그럴 수 없이 사근사근하게 위로의 말인지 인생론인지를 떠벌여 대는데 이럴 때 보면 최서춘이 궁량이 넓고 머릿속에 헤아리는 바가 많은 것 같기도 한 것이었는데 그러함에도 누구나 다 해볼 수 있는 옷 장사 하나 변변히 못 하는 주변머리 없는 위인이던 것이었다. 강금옥은 원래 그런 성미는 아니었지만 최서춘과 함께 살게 되어 방구석에 틀어박혀 지내면서부터 막 강짜를 부리게 되고 성깔이 사나워졌던 것이었다. 아마 답답해서 그랬을 것이고, 최서춘이가 못마땅해서 그랬을 것이었다. 그래서 가령 최서춘이 돈 한푼 들여놓기는커녕 1주일 동안 술만 처마시고 들어와 땡깡을 놓던 끝에 "이년아, 너두 불쌍한 인간이구 나두 불쌍한 인간이지 뭐냐. 우리에게 희망이 있겠냐. 이 세상에 바랄 게 있겠냐. 이런대로 살다가 죽어버리면 그걸루 그만이니 이렇게 살아가면 되는 거지 별수 있겠냐." 하고 이야기를 꺼냈을 때에는 괜히 약이 올라, "흥, 불쌍하고 싶으면 자기나 불쌍할 것이지 난 왜 끌어들인담. 내가 어때서?"라고 쏘아준 적도 있었지만, 이때 최서춘의 인간 됨됨이를 알아보았다고 느꼈던 것이었다. 그리고 언젠가는 최서춘이 누굴 만나고 오는 길이라면서 심란한 표정을 짓고 있기에 도대체 누굴 만났기에 그러느냐고 그녀가 물었는데, "누군 누구야, 간신히 찾아냈지만……, 바로 네 어머니와 네 오빠를 만나고 오는 길이다."라고 말을 하는 것이었다. 강금옥은 결코 엄마나 오빠에 관해서 내비친 적이 없었는데 최서춘이 꿈꾸막스럽게 알아채 가지고는 그런 짓을 벌였던 것이었다. 강금옥은 집을 뛰쳐나온 뒤로 자기에게 어머니와 오빠가 있다는 생각을 해본 적이 한 번도 없었다. "그년은 우리 집에서는 버린지 오래된 년이며, 우리는 그런 년 알지 못하니 어서 꺼지라."는 대답을 듣고 왔노라고 보고라도 하듯 말하는 최서춘이 하도 미워서 그녀는 분을 삭이다가 참지 못하고 이미 잠든 최서춘을 사납게 꼬집어 물어 뜯었던 것이었다. 최서춘은 눈을 뜨고 일어나 앉아서 막 화를 냈는데 강금옥은 결단코 질 수가 없었다. 네가 스파이냐 뭐냐, 왜 남의 과거를 캐서 뒷조사를 하느냐, 내가 싫으면 싫다고 할 것이지, 까맣게 잊어버린 지 오래된 옛날 일, 죽어도 죽어도 생각하고 싶지 않은 지난 일을 조사하고 다니느냐고 말해가는 동안에 독이 올라 강금옥은 동네방네 가릴 것 없이 빽빽 악을 썼는데, 최서춘은 급기야 "내가 잘못했다, 잘못했어. 스파이나 돼서 네 뒷조사를 캐러 다녔을 리야 있느냐, 네 고민을 풀어 주고 싶어서 그랬다."고 하였던 것이었다. 그렇지만 그런 일로 해서 최서춘으로부터 도망질을 칠 생각을 낸 것은 아니었지만, 그러다가 보니까 임신을 하게 되었는데 자기 같은 여자애를 낳을까 봐 겁이 나서, 그래서 강금옥은 온다간다 말 한마디 않고(그리고 따져 보니까 돈은 있어야겠고 자기가 투자한 것도 적지 않으므로 값나갈 만한 물건을 챙겨 넣어 가지고), 5개월 열흘 전의 대낮에 최서춘에게로부터 멀어져간 것이었다.

그 여자는 대충 방을 정돈해 놓은 뒤 저녁밥 지을 준비를 하였다. 집안은 그야말로 빤빤강산이었다. 된장도 간장도 다 떨어져 있었다. 명길이 엄마한테 인사차릴 겸 찾아가서 급한 대로 된장을 좀 얻고 아래 가게에 가서 간장과 두부 등속에 찬거리를 장만하여 찌개를 끓이고, 그리고 최서춘을 위해 소주도 한 병 사놓았다. 막상 최서춘이 나타났을 때 그 여자로서 어떤 표정을 짓게 되겠느냐는 것이 스스로도 궁금하였지만 그러나 그런 것에 신경을 쓸 여유가 없었다. 퀴퀴한 냄새를 몰아내기 위해 방문을 활짝 열어젖힌 뒤 두어달 이상은 고스란히 쌓여온 듯한 먼지를 활활 털어내고 걸레질을 했다. 그 여자가 다시 최서춘을 찾아올 생각을 하게 된 것은 뭐 최서춘이 연연스럽게 그리워져서는 아니었던 것이었다. 가만히 자기 나이를 따져보니까 이제는 그만 세상을 떠돌아다니고 한 사내의 아내가 되어 방구석에 틀어박힐 나이가 충분히 되었다는 것을 깨달았기 때문이었다. 누구의 아내가 되든 아내가 되면 그만이지, 그것이 최서춘이어야 하느냐 김개똥이어야 하느냐를 따지고 싶은 마음은 차라리 없었다. 왜냐하면 세상 남자들이란 다 고만고만한 사내들이고 아내 노릇이라는 것도 엇비슷하리라고 깨달았기 때문이었다. 대충 이렇게 어림잡아놓고 누구한테 갈까 하다가 최서춘한테로 가자, 하고 생각하였기로 그녀의 발걸음이 이처럼 홀가분하였던 것이었다. 최서춘에 관해서라면 그녀는 대체로 짐작하고 있는 바와 같이 자기가 다시 돌아온 것을 반겨 이해해 줄 수 있으리라 예상했던 것이었다.

"언제 왔지?" 하고 최서춘은 방문을 열고 들어오면서 이렇게 덤덤한 소리부터 했다.

"방안이 아주 깨끗해졌군."

"그래도 아직 퀴퀴한 냄새가 나는걸." 강금옥이 말하자, "사내란 원래 그런 거니까." 하고 최서춘은 씩 웃었다. 이 사내는 전에 보다도 더 덤덤해졌네, 하고 강금옥은 생각했다.

"네가 가구 나서 생각하기를, 언젠가는 돌아오려니 했는데 생각보다 빨리 돌아왔군. 그건 그렇구 어떠니, 나 좀 달라진 것 같지 않니?" 최서춘은 고물 구제품 같은 홈스펀 양복에 노타이 셔츠를 걸치고 있었다. "나 말야, 아무래도 옷 장사보다는 사무실 의자에 걸터앉아 지내는 게 나을 것 같아서 취직을 했다. 그러니 너두 월급쟁이 마누라가 된 셈이구나." 최서춘은 웃었지만 그 여자는 웃지 않았다. 이 사내는 결국 더 나빠졌군. 자기 능력으로 벌어 먹구 살 생각은 하지 않구, 양복이나 걸치구 신문이나 들여다보면서 그만큼 남들보다 편하게 살아 볼 궁리만 하고 있으니 말야. 그래두 지방을 싸돌아다닐 적에는 눈썰미에 사나운 기색이 엿보였는데, 우선 눈썰미가 산양 새끼처럼 유순해졌지 뭐야. 앞으로 더욱 꾀죄죄해지겠네. 그리고 그녀가 신문도 볼 줄 모른다고 구박하는 수작도 좀 더 늘어놓을 테고, 그렇지만 그 여자는 크게 상관하지 않기로 했다. 이제 어린애나 하나 만들어내면 자기 곁에 있는 사내야 어떤 사내이든 크게 괘념할 바 아니라고 생각되었기 때문이다.

《월간중앙》, 1973년 11월호

발가락 없는 소문

발가락 없는 소문

19××년 3월

지금 석유 파동 때문에 전 세계는 야단이다. 70년대 초기(정확히 말한다면 73년 10월 중동 전쟁 때였다.) 아랍 산유국들이 서방 여러 나라에 단유 조치를 취한 이래 석유 사정은 악화 일로를 걸어왔다. 사람들은 석유난이 일시적인 현상이라고 생각하고 싶어 했으나 사정이 그렇지 않다는 것이 입증된 셈이다. 모든 자원이 고갈 현상을 일으켜 인류 사회에 위기가 도래할 것이라고 했던 '로마클럽'의 경고는 예상보다 빨리 박두하고 있는 것인가.

오늘 당국에서는 비장한 발표를 했다. 외국으로부터의 석유 수입은 더 이상 불가능하다는 것이다. 아랍은 물론 모든 산유국들은 자국 내의 석유 수요 및 저장량을 위해 외국으로의 수출을 전면 금지키로 했다는 것이다. 국가 간의 생존 경쟁·빈부 격차는 더욱 심해지려는가. 한반도 남해안에서 석유가 나오지 않았더라면 어찌할 뻔했을까. 그나마 그것만으로는 수요를 전혀 채울 수 없는 처지이다.

에너지 자원의 탈석유 방안을 모색한다는 전제 아래 당국은 몇 가지 발표를 하고 있다. 도시의 버스 정류장을 6km마다 한군데씩 설치하고(지하철은 5km마다 하나씩) 모든 택시는 6인 이상이 승차

하지 않을 경우에는 운행하지 못하도록 조처했다. 중화학 공업은 더 이상 확장되는 것을 억제키로 했다. 모든 화학 섬유·합성 수지 제품 생산을 제한하는 한편 무명·모시·칡목면 등 재래 섬유 작물의 재배 및 가공을 적극 권장키로 했다는 것이다. 석유난이 심할 바에야 나일론 같은 것 입지 말고, 택시를 모두 없애라는 소리도 일고 있다. 걷기 운동이 활발하고, 스모그 현상이 확실히 덜한 것 같다.

19xx년 8월

드디어 최악의 상태이다. 택시·버스 등 자동차는 모두 없애기로 했다. 지하철 정류장은 10km에 하나씩으로 연장되고, 석유를 분해하여 원료로 사용하거나 연료로 사용하는 난방기구들은 모두 소멸돼 버리고 말았다.

하나의 시대가 마감을 고하고 새로운 시대가 펼쳐지지 않는다면 파멸이다. 선진국들은 그런대로 견디어 내는 모양이지만, 후진국들은 비참하기 짝이 없다.

석유 파동으로 별 우스운 일이 다 일어나고 있다. 아프리카의 가마렝가와 오마렝가가 전쟁에 돌입했는데 석유가 없어서 비행기·탱크·전차들이 전혀 기동을 하지 못한다는 것이다. 움직이지 못하는 전쟁 기구들은 한낱 고철일 뿐이다. 전쟁은 해야겠고 하는 수 없이 두 나라는 활과 창과 칼을 가지고 전투를 하고 있다는 것이다.

19※※년 1월

세계 모든 나라는 자국의 자원 확보를 위해 야단법석이다. 유럽 통일 국가가 발족되었다. 당국에서도 모든 원자재의 해외 수출은 종류 여하를 막론하고 전면 금지키로 했다. 과거의 수출 우선 정책에 의하여 우리의 귀중한 천연자원이 무분별하게 해외로 유출되어진 것은 안타까운 노릇이었다. 공업 정책 대신에 농업 정책의 중요성이 크게 인식되어지고 있다. 태양 에너지 활용 방안이 모색되고 있기 때문이다.

19※※년 3월

화석 연료, 즉 석탄·가스의 시대는 완전히 지나가 버렸다는 말은 이제 상식이 되어 버렸다. 태양 에너지 개발에 앞장섰던 황남칠 박사의 논문은 특히 서양 사람들에게 충격적인 것이었던 모양이다.

산업 혁명으로부터 시작되는 19세기 근대사의 원동력은 석탄이었음을 그는 상기시킨다. 증기 기관의 발명으로 석탄은 전성기를 맞이하여 매뉴팩처, 도시화, 산업화가 일어났으며 이의 힘으로 자본주의가 발전했고 이의 모순에서 공산주의가 태동한 것일진대, 이것을 한마디로 석탄 문명의 여파라고 그는 지적한다. 석탄이 서양의 이데올로기를 만들어 냈고, 그 이데올로기 때문에 동양을 비롯한 비서양 문화가 짓밟혔다는 것이다. 다음으로 석유는 20세기 초엽의 기계화·물질화·대중 사회의 모든 원동력이었다고 그는 말한다. 지구의 먼 옛날의 동식물의 시체가 이처럼 유용하게 쓰인 것에 찬사를 일단 보내면서, 다음으로 그는 석유 에너지 시대의 종말이 문화적으로 무엇을 뜻하는가에 관해 그것이 탈(脫) 이데올로기 사회를 초래할 것이라면서 이렇게 지적한다.

"그것은 서구가 주동으로 되었던 문명 형태의 종언이며, 이제 동양 문화가 세계를 인도하지 않을 수 없음을 의미한다."

그러한 이유로서 그는 도시화된 세계가 다시 농촌화된 세계로 변모할 것이며, 태양 에너지를 활용하지 않을 수 없는 긴박한 사태가 이를 촉진시킬 것이라고 말했다. 끝으로 황남칠 박사는 조지 오웰의 공상 소설「1984」의 착각이 어디에 근거하느냐에 관해서 이렇게 지적했다.

'오웰은 그것을 너무 믿었다. 즉 서양의 과학 기술을 너무 믿었다. 그가 주역(周易)을 읽었더라면 달리 생각했을 것이다.'

19※※년 7월

태양 에너지 5개년 개발 계획이 수립되어, 남해안 일대에 '태양 공장' 건설이 활발히 진척되고 있다. 특히 한반도는 해안의 길이가 길고, 서해안은 간만의 차가 심하여 태양 에너지에 의한 해조 발전(海潮 發電)과 바닷물을 증류시키는 증류장치 시설에 적격지라는 것. 나 또한 태양 에너지 개발 계획에 연구원으로 참여키로 되었다. 담당 분야는 태양 주택 단지 건설.

19※※년 12월

'태양 주택'에 대한 관심은 대단하다. 강연이다 방송 출연이다 해서 눈코 뜰 새 없이 바빴다. 이제는 앵무새처럼 술술 이야기해 낼 수가 있다.

태양 주택은 대체로 1960년대에 실험되고 1970년대로 들어서면서 차츰 개발되었다는 것, 특히 1973년 7월 2일 프랑스 파리에서 '태양 에너지 회의'가 열려 70여개국으로부터 900여 과학자들이 참석, 계기를 마련했다는 것, 그때까지만 해도 태양 주택이 일반에서 보급되는 시기는 2020년경이 될 것이라고 예상했었으나, 석유 에너지의 고갈로 개발이 훨씬 단축되었다는 것.

태양 주택의 원리는 태양 에너지를 가정 목적에 최대한으로 이용한다는 것이다. 지붕은 태양열을 가장 잘 받을 수 있도록 남향을 향하여 45도 각도로 하고, 여기에 황산 카드뮴 전지판(또는 실리콘 전지판) 장치와 열집적(熱集積) 장치를 하여 이를 에너지로 바꾸는 원시적 방안이 70년대 초에 실험되었다는 것. 태양 광선을 받은 이 천정은 전류를 일으키는 수많은 태양전지에 의해 가정의 전기 배선으로 이어져 가정의 전기 제품을 가동하게 되며, 나머지 전류는 지하에 설치된 배터리에 저장되고, 한편 태양 주택의 벽에도 축열 장치를 하여 특수관을 통해 냉난방의 효용도를 갖게 한다는 것. 대체로 이러한 구조의 태양 주택을 더욱 개량시켜 햇빛이 없는 흐린 날이나 밤은 물론 겨울처럼 햇빛이 약할 때에도 얼마든지 불편 없이 이용할 수 있도록 동력 장치·냉장 장치·연료 장치·발전 장치를 하였다는 것 등…….

그렇지만 사람들의 관심은 너무 치열하여 그들의 호기심을 만족시켜 줄 도리가 없다. 그동안 석유 고갈로 얼마나 시달림을 받았나 하는 증좌이다.

태양 주택도 주택이지만, 태양 에너지를 보다 대단위로 이용하기 위해서는 인공위성을 띄워야 하며, 에펠탑을 거꾸로 세워 놓은 듯한 태양에 안테나, 태양로, 원자로를 가미시킨 태양 탱크 등의 시설이 더욱 절실하다. 지금 이것의 건설을 위요하여 추문이 일고 있다. 각 지역 간의 싸움도 굉장하다. 계룡산에는 '태양교' 계통의 신흥종교가 23개 파나 생겼다고 한다.

어쨌든 우리 모두의 사활이 태양에 달린 것만은 틀림없다. 옛날 희랍의 태양신 아폴로에 대한 신화가 새로이 거론되고 있다. 요컨대 그 신화는 과학적이면서 예언적이라는 것. 〈오 솔레미오〉라는 이태리 창가가 새로이 유행되고 있다. 성리학의 이기론(理氣論)이 에너지 역학의 관점에서 검토되고 있다. 우주를 본체인 이(理)와 에너지인 기(氣)로 나누어 생각했던 주리설(主理設)이 거부되고, 서화담의 주기설이 긍정되고 있다. 묘한 일이다. 지금 세계는 마치 우대한 개척의 시대를 새로이 맞이하고 있는 듯 들떠 있다. 그러나 저러나 태양 에너지 계획이 잘되어야 할 텐데…….

19△△년 2월

예상하지 않은 사태가 발생하고 있다. 아, 어째서 이러한 일이 일어나고 있는 것일까. 괴롭다. 모든 것은 종잡을 수 없는 혼란 속에 휘말려 들고 있다. 그야말로 개판이다. 이것은 전쟁 이상이다. 민심이 극도로 흉흉하다.

사건의 발단은 이렇게 된다. 전에서부터 태양 주택은 햇볕을 충분히 받아야 하는 만큼 현재의 밀집된 대도시에 이를 건설하기에는 적합지 않다는 이야기가 거론되었었다. 또 그것은 사실이기도 했다. 대도시, 특히 서울 시민들은 전전긍긍해 왔었다. (부산은 바닷가를 끼고 있는 만큼 약간 사정이 다르다고 억지로 자위하고 있었지만.)

솔직하게 여기에 기록해 두자. 이것은 보통 심각한 문제가 아닌 만큼 비밀리에 서울 시민을 구제할 수 있는 방안이 없겠는지가 검토되어 왔었다. 만약 서울시에 태양 주택 단지가 조성될 수 없음이 알려지는 날이면 1천만을 이미 돌파한 인구들이 왈칵 지방으로 내리 밀릴 것이며 그것은 한반도 전체를 온통 혼란의 소용돌이에 몰아놓은 결과를 초래할 것이다.

여러 방법으로 연구해 보았지만 지금까지의 태양 에너지에 관한 기술로서는 서울시를 전체적으로 구제한다는 것이 지난(至難)하다는 결론에 도달하지 않을 수 없었다. 태양 에너지 연구에 관한 한 우리의 기술진이 외국보다 뒤떨어져 있지는 않은 만큼 외국 도시에서도 지금까지는 소동이 일어나지 않고 있는 것이다. 물론 당장이야 괜찮겠지만 앞으로의 서울시는 그대로 폐허가 돼 버릴지도 모르는 운명이다. 빽빽이 들어차 버린 고층 건물들을 허물어 버릴 도리도 없겠거니와 무엇보다도 밀집된 주택들의 처리가 만만하지 않다. 그런 이상 말하자면 서울시 전체를 온실처럼 커버할 수 있는 장치가 필요한데, 이것은 우선 너무 막대한 투자가 요청되므로 불가능할 뿐만 아니라 대기와 차단시키는 터이므로 생각될 수가 없는 노릇이다. 어찌하면 좋겠는가. 도시와 농촌의 입장이 완전히 뒤바뀌어진 것이다. 과거에 도시인들은 농촌을 탄압했지만 앞으로 그것은 완전히 거꾸로 작용될 것이다.

민심이 벌써 흉흉하다. 서울 시민들은 지방에 땅을 사려고 안달이지만, 이미 땅을 팔려고 하는 사람은 아무도 없다. 친지들이 내게 찾아와서 진실을 알려달라고 하소연이다. 나로서는 아무 말도 할 수가 없다.(말하기 부끄러우나 나는 직장 동료들과 함께 남해안의 조그만 섬 하나를 공동으로 사 놓았는데 양심의 가책을 받지 않을 수 없다.)

당국은 시민들을 안심시키느라고 별의별 허황한 청사진을 다 들이밀고 있다. 장차 어찌 될 것인지.

19△△년 3월

이것은 음모라고 말할 수밖에 없는 일이다. 저 옛날 임진란때 선조(宣祖)가 백성들을 속이고 서울을 버렸듯이, 6·25때 이승만 씨가 거짓말을 남기고 도망쳤듯이, 그러한 일이 다시 벌어지고 있다. 나는 벌써 일주일 전 비밀리에 차출되어 남해안의 어느 섬에 와 있다. 이 섬이 바로 장래의 수도가 될 것 같다. 중앙 관공서로 쓰일 거대한 태양 빌딩을 나는 건설하고 있음에 틀림없다. 이 섬은 엄격히 통제받고 있다. 외출은 금지되어 있다. 서울에 남아 있을 아내와 딸은 아무것도 모를 것이다.

19△△년 4월

지난 열흘 동안에 일어난 일을 어찌 다 기록할 수 있겠는가. 서울은 완전 폐쇄돼 버리고 말았다. 다른 대도시도 비슷한 운명이지만 약간의 탄력성이 주어져 있다.

당국 발표는 대체로 이렇다. 지금 우리는 중대한 변혁의 시대를 맞이하고 있다는 것, 석유 에너지 시대의 주무대(主舞臺)는 도시였지만 태양 에너지 시대의 주무대는 농어촌, 특히 도서 지방일 수밖에 없다는 것, 과감히 지금까지의 공업 정책에서 탈피하여 농업 정책을 추진하지 않을 수 없다는 것, 특히 해안 지방과 도서 지방을 먼저 개발해야 할 운명인데 다행히 한반도는 여기에 합당한 지리적 조건을 갖고 있다는 것, 한반도 연안에는 2418개에 달하는 섬이 있으며 이 섬들 중에서 70년도까지만 해도 유인도는 불과 831개에 그칠 뿐으로 낙후되어 있었다는 것, 바로 이처럼 무인도가 많았기에 태양 발전소를 대단위로 설치하기에 좋은 입지 환경을 가지고 있으며 이미 당국으로서는 이러한 건설 사업을 전면적으로 일으켰다는 것, 나아가서 도시와 공업 단지를 제외한 한반도의 전 농촌에 궁하여 태양 주택 단지와 태양 공업 단지를 조성하여 이로써 농촌을 새로운 생활 환경으로 건설한다는 것, 마지막으로 현재의 도시민들은 이러한 건설 작업이 완수될 때까지 인내해 주지 않으면 안 되겠다는 것, 만약에 통제를 가하지 않는다면 도시의 난민들이 해안과 농촌으로 밀려들어 급기야 무정부 상태의 혼란만 야기될 뿐이라는 것, 물론 이러한 일은 섬 지방, 농촌 지방을 특별 취급하고 도시를 차별 대우하는 게 아니냐는 비판을 받을 수도 있으나 설사 그 점을 인정한다 해도 어쩔 도리가 없다는 것, 현재 섬 지방의 태양 에너지 건설 사업은 70% 이상 완성되어 있고, 농촌은 제1차 3개년 계획에 의해 30%를 우선순위로 완성시킬 예정이며, 다만 도시의 경우는 엄격한 통제하에 수공업 생산 단지로 유보, 생활 비품을 만들어 내는 공장 노동자로 취업시키며, 차차 이전 계획에 의해 섬 지방 및 농촌 지방으로 흡수시킨다는 것, 이러한 조치는 도시인들에게 불편스러울지 모르겠으나 부득이한 일인만큼 경거망동하게 쓸데없는 반감을 품는 자가 있다면 일벌백계 방침에 의해 가혹하게 처벌하겠다는 것, 새로운 시대를 맞이하고 있는 영광된 이 순간에 특히 분발하여 긍지를 가지고 영원히 행복된 전원(田園)의 찬가를 부르기 위하여 태양에게 감사하는 일을 잊지 말아야 한다는 것…….

19△△년 5월

태양에너지 개발에 어느 사람보다 공이 큰 황남칠 박사가 자살했다. 어떠면 피살일 수도 있다. 자살로 공식 발표 되었다는 것 뿐이란 말이다. 어떠면 나로서도 서울로 돌아갈 일이 생길지 모르겠다. 이런 미친 시대에는 나 개인에게 욕심을 부릴 여유가 없다.

198△년 7월

시대 풍경은 참혹을 극하고 있다. 한강 백사장에는 태양 배터리를 든 사람들이 저 옛날 신익회가 대통령 출마 연설을 했을 때와 같은 광경을 연상시키게 한다. 마침 구름이 끼어 있어서 햇빛이 들락날락했는데, 이에 맞추어 사람들의 환성과 비명이 꼭 파도 소리처럼 철썩거렸다. 혹여 불의의 사태라도 일어날까 봐 도열해 서 있는 감독자들의 눈초리가 여간 매섭지 않다.

똑같은 광경이 거리마다, 골목마다, 주택마다 전개되고 있다. 태양을 향하여 전 시민이 애타게 희원을 하는 것 같고, 태양이 이 도시를 저버리고 사라져 버릴 것 같아 공포에 차 있는 것 같다. 일찍이 서화담은 선천(先天)과 후천(後天)의 작용을 논하여 선청, 즉 태허(太虛)는 담연무형(淡然無刑)하여 본래 무시무종(無始無終)으로 무궁무진하여 미만해 있지 않은 곳이 없는 단 하나의 기(氣)로서, 이 기(氣)가 작용하여 후천(後天)의 모든 변화와 현상이 일어나는 것으로 보았다.

서화담의 이러한 언설은 물론 과학적인 진술은 되지 못하지만 적어도 우주의 질서를 끊임없는 운동력, 즉 에너지인 기(氣)로써 충만되어 있다고 보아 힘찬 리듬을 포착하려는 겸허한 탐구의 자세에서 나온 것만은 확실하다. 그것의 현대적·과학적 해명으로 우리가 그 무엇인가를 짐작할 수는 없을까. 사람들을 가장 비자연적 상태로 처박아놓은 채 그대로 방치해 놓고 있는 이 암담한(태양이 없는) 밤이 어째서 괴기스러운지를 느끼지 못할 수가 없다. 전원이 황폐하니 전원으로 돌아가야겠다고 귀거래(歸去來)를 읊은 도연명의 지혜는 무엇을 뜻하는가. 밤새도록 책을 펼쳐 들고 연구했다.

오 맑은 태양
너 참 아름답다
폭풍우 지난 후
너 더욱 찬란해

19△△년 8월

수소문 끝에 간신히 아내를 만났다. 아내는 견디어 내고 있어서 기뻤다. 미처 내가 모르고 있었던 일들을 아내는 들려주었다. 서울은 지방으로 탈출되는 도로가 전자 장치에 의하여 엄격하게 차단되어 있는 것이지만, 비밀리에 사람들을 빼돌리는 수법이 생기는 것 같다. 태양 배터리 두 개를 은밀하게 아내에게 전달했다. 헤어질 때 옛날 왜정 시대의 유행가 가락 같은 슬픔이 빚어 나왔다.

태양실(太陽室) 건설은 너무 벅찬 일이다. 이것은 대지의 표면을 두꺼운 유리로 덮어, 말하자면 유리 건물을 짓는 것이다. 옛날의 빌딩은 땅에서 공중을 향하여 위로 위로 뻗어 올라가는 그러한 고층 빌딩이었지만, 지금의 그것은 땅을 파 내려가 아래로 아래로 뻗어 내려가는 그러한 고층 지하 빌딩이다. 왜냐하면 햇빛을 아끼기 위해서는 일조(日照)에 방해가 되는 건물을 도시에 지을 수가 없기 때문이다. 유리 건물은 투명하고, 햇볕은 반짝거리며 사람들은 아닌게 아니라 도깨비들처럼 얼씬거리게 된다. 자연을 찾기 위한 자연의 파괴 놀음……. 서울을 구제하기 위한 '서울 구제 위원회'가 결성되고 있다는 외부로부터의 '발가락 없는 소문'이 들리고 있다.

19△△년 9월

발가락 없는 소문이 확대되고 있다. 어쨌든 태양은 어제도 떠올라 왔고, 오늘도 떠올라 왔다. 별일이 없는 한 내일도 떠오를 것이다.

시민들 중 일부를 '태양실'로 이주시켰다. '지하 빌딩'에서 생활하기 싫다고 앙탈하는 사람도 있었지만, 어차피 이 새로운 환경에 적응돼 나가겠다.

198△년 10월

요 근래의 발가락 없는 소문은 하도 요란스러운 것이어서 발가락 있는 소문을 송두리째 축출시키고 있지만, 이데올로기가 완전히 소멸됐다는 소문이 수시로 닿고 있다. 태양 에너지는 인간의 역사를 쪼아 버리고 있는 것만은 틀림없다. 어떠면 인간의 역사가 질질 녹아내리고 있는지도 알 수 없다. 그러나 저러나 차츰 커다란 변화가 일어나고 있다.

사람들은 석유 에너지를 사용하던 시절의 공해 문명에서 차츰 벗어나면서부터 기질들이 변하고 있는 것이다. 태양의 자외선이 강한 작용을 일으켜 섹스가 강해진 모양들이다. 우스운 노릇이다. 방사능 물질에 대한 사람들의 항력(抗力)도 강해졌다는 보고가 있다.

19□□년 1월

기뻐해야 한다. 남북으로 분단되었던 한반도가 통일되었다. 다만 이 도시만은 여전히 폐쇄된 상태대로이다.

19□□년 2월

이 도시를 제외한 다른 곳에서는 지상 낙원이 건설되었다는 발가락 없는 소문이 수시로 닿고 있다. 아마도 발가락 없는 소문일 뿐이겠지.

19□□년 4월

이 도시는 이제 더 이상 발전도 없고 역사도 없다. 이 도시의 시간은 그대로 멈춰져 있다. 시계가 고장 난 것이 아니라 시간이 고장나 버렸다. 발가락 없는 소문은 이렇게 전한다. 이 도시에 살고 있는 사람들을, 외부의 사람들이 포기해 버렸다는 것이다. 사람임을 인정하지 않는다는 것. 이 도시는 이제 이름도 없다. 서울이 새로 건설되었다고 한다. 이 도시는 도시로부터도 축출을 당하고 있는 것이다.

□□□□ 년

종말의 디데이가 하루 앞으로 박두하고 있다는 발가락 없는 소문이다. 이 도시와 사람들을 소멸시키기로 외부 사람들이 합의했다는 것이다. 즉 내일 이곳 사람들은 모두 의식이 마취되어 버릴 것이다. 모습은 사람의 모습이지만, 이미 의식은 없어지게 돼 버린다. 따라서 나의 수기도 이것으로 마지막이다. 발가락 없는 소문은 이 도시의 사람들을 특정한 목적에 부합하게끔 의식을 상실시킨 후에 사육, 훈련시킬 것이라고 한다. 그러나 나로서는 설사 그러한 일이 일어난다 하더라도 상관하지 않겠다. 그렇게 사육, 훈련된 나는 지금이 수기를 쓰는 나와는 상관이 없는 것이기 때문이다. 두렵다. 그러나 공포는 없다. 오늘 하루는 자유 시간이 주어져 있다. 실컷 햇볕을 쬐고 있다.

《여성동아》, 1974년 1월호

민중의 발견에서 민중 되기의 서사로
— 박태순의 '외촌동 사람들'에 관하여

오창은

민중의 발견에서 민중 되기의 서사로
— 박태순의 '외촌동 사람들'에 관하여

오창은(문학평론가, 중앙대학교 교수)

1. '외촌동 사람들' 연작은 어떻게 탄생했을까

1960년대에 등단한 작가들은 지역에서 태어나 성장한 이후, 대학에 진학하면서 서울 생활을 시작한 경우가 대부분이었다. 김승옥은 일본 오사카에서 출생해 전남 순천에서 청소년기를 보낸 이후 서울대에 진학했다. 서정인은 전남 순천 출신으로, 이청준은 전남 장흥 출신으로 서울대에 진학했다. 이문구는 충남 보령에서, 박상륭은 전남 장수에서, 김원일은 경남 김해에서 성장한 후 서라벌예술대학에 진학했다. 신상웅은 교토에서 태어나 경북 의성에서 성장한 후 중앙대에 진학했다. 이들과 비교했을 때, 박태순은 예외적 존재였다. 박태순은 어린 시절부터 서울에서 자랐기에 서울내기와 다름이 없었다.

박태순은 1942년 황해도 신천군 용문면 삼황리 소산동에서 태어났다. 여섯 살이 되던 해인 1947년에 서울로 이주해 서울중학교, 서울고등학교, 서울대 문리대 영문과를 졸업했다. 동시대 작가 중에서 박태순은 도시적 시선으로 1960년대 후반부터 1970년대까지 서울의 변화를 포착해 낼 수 있는 위치에 있었다.

박태순의 초기 작품인 「공알앙당」(1964)과 「연애」(1966) 등은 도시 문화를 젊은이의 세대 감각으로 포착해 낸 작품들이다. 그의 도시적 감각은 4·19 혁명을 그린 「무너진 극장」(1968)에서 빛을 발했다. 그 이후의 돋보이는 성취가 '외촌동 사람들' 연작이다.

박태순은 1960년대 후반 서울 도시의 과잉 팽창에 주목했다. 박태순은 서울의 급격하고 폭력적인 재편 과정을 문학적으로 형상화한 작가다. 박태순은 '외촌동 사람들' 연작에서 민중 발견, 민중에게 다가서기, 민중 되기의 서사를 펼쳐 보였다. 이 시기 박태순의 소설 작품들은 제3세계 도시의 공간 재편 과정을, 지식인과 민중의 관계 설정을 통해 문학적으로 형상화해 의미 있는 성취에 도달했다.

'외촌동 사람들' 연작이라는 명칭은 어떻게 생겨나게 되었을까? 박태순은 '외촌동'이라는 공간을 설정해 1966년부터 1973년까지 소설들을 발표했다. 박태순은 '외촌동' 공간과 '사람들'의 이야기를 결합해 '외촌동 사람들'이라는 명칭을 썼다. 그리고, '외촌동 사람들'이라는 명칭 다음에 일련번호를 16번까지 붙였다. 단행본 『정든 땅 언덕 위』를 간행할 때도 부제로 '외촌동(外村洞) 사람들'로 표기했다. '외촌동 사람들' 연작은 박태순이 붙인 명칭이다.

'외촌동 사람들' 연작의 범위는 어느 작품에서 시작해 언제 집필이 마무리되었을까? '외촌동 사람들' 연작 중 첫 작품은 「정든 땅 언덕 위」(《문학》 통권 5호, 서울대 문리대 문학회, 1966년 9월호)이다. 마지막 작품으로는 「모기떼—외촌동 사람들 16」(《월간중앙》, 중앙일보사, 1973년 11월호) 아직까지는 '외촌동 사람들' 열여섯 편 전체의 면모가 밝혀져 있지 않다. '외촌동 사람들' 연작 전체를 어떤 작품으로 볼 것인가는 논란의 대상이다.

'외촌동 사람들' 연작은 다음과 같이 추정할 수 있다.

1. 박태순, 「정든 땅 언덕 위」, 《문학》 통권5호, 서울대 문리대 문학회, 1966년 9월호
2. 박태순, ‘Ⅰ.김씨신문’, 「삼두마차」, 《창작과비평》 통권10호, 일조각, 1968년 여름호 (추정)
3. 박태순, ‘Ⅱ.쥐꼬리 장사’, 「삼두마차」, 《창작과비평》 통권10호, 일조각, 1968년 여름호 (추정)
4. 박태순, ‘Ⅲ.팔금산으로 가자’, 「삼두마차」, 《창작과비평》 통권10호, 일조각, 1968년 여름호 (추정)
5. 박태순, 「옥숭이의 가출—외촌동 사람들」, 《신동아》, 동아일보사, 1970년 5월호
6. 박태순, 「구멍탄 냄새—외촌동 사람들 6」, 《월간중앙》, 중앙일보사, 1970년 12월호
7 박태순, 「새벽 외출」, 《세대》, 세대사, 1971년 2월호(추정)
8. 박태순, 「대지모신의 만족」, 《월간문학》, 한국문인협회, 1971년 6월호 (추정)
9. 박태순, 「한오백년—외촌동 사람들 9」, 《현대문학》 통권 197호, 현대문학사, 1971년 5월호
10. 박태순, 「걸신—외촌동 사람들 10」, 《월간중앙》, 중앙일보사, 1972년 1월호
11. 박태순, 「무비불」, 《월간문학》, 한국문인협회, 1972년 1월호(추정)
12 박태순, 「무비불 2」, 《신동아》, 동아일보사, 1972년 12월호(추정)
13. 박태순, 「재채기—외촌동 사람들 13」, 《월간중앙》, 중앙일보사, 1972년 9월호
14. 박태순, 「무너지는 산—외촌동 사람들 14」, 《창작과비평》제7권 제3호, 창작과비평사, 1972년 가을호

15. 박태순, 「이야기, 이야기, 이야기—외촌동 사람들 15」, 《문학사상》, 문학사상사, 1973년 9월호
16. 박태순, 「모기떼—외촌동 사람들 16」, 《월간중앙》, 중앙일보사, 1973년 11월호

박태순은 1973년에 창작집 『정든 땅 언덕 위—외촌동 사람들』을 정음사에서 출간했다. 이 창작집에는 '외촌동 사람들' 연작 전체를 수록하지 않고, 작가가 선별한 작품 8편만 수록했다. 박태순은 창작 과정에서 16편의 '외촌동 사람들'을 발표했으나, 최종적으로는 「정든 땅 언덕 위」, 「재채기」, 「이야기, 이야기, 이야기」, 「모기떼」, 「걸신」, 「옥숭이의 가출」, 「무너지는 산」, 「무비불」만을 중요 작품으로 선별했다. 『정든 땅 언덕 위』에서는 발표 당시 붙였던 '외촌동 사람들' 일련번호를 모두 뺐다. 그 이유는 단행본에 수록하면서 작품의 배치가 일련번호의 순서와 맞지 않고, 애초에 번호를 붙였던 16편 중 8편만을 수록했기 때문으로 보인다.

2. 신림동 난민 주택 '외촌동' 공간은 어떻게 형상화되었을까

신림동의 옛 지명은 '낙골' 혹은 '난곡'이었다. 행정 구역상으로는 서울시 관악구 신림 3, 7, 11, 12, 13동이다. '낙골' 혹은 '난곡'은 1930년대 말 일제 강점기에 조성된 공동묘지와 관련이 있다. 일제 강점기에 이 지역은 경기도 시흥군 동면 일대였다. 이후 1964년 즈음에 '난민 주택'이 들어섰다. '난곡' 이주가 본격적으로 이뤄진 시기는 1965년이었다. 1965년 7월 16일 저녁 8시에 집중 호우로 인해 한강

이 최고 수위를 기록했다. 1925년 한강 대홍수 이후에 40년 만에 한강이 위험 수위에 도달했다. 한탄교와 서울 여의도 공항 다리가 유실되었고, 한강 저지대의 무허가 주택들이 침수되었다.《경향신문》 1965년 7월 25일 자 보도에 따르면, "인명 피해 20여 명, 수재민 8만여 명"의 피해가 발생했다고 한다. 한강 홍수 이후, 서울시는 수재민 8만여 명 중 '저지대 무허가 건물 입주자'를 이주시켰다. 신림동 지역은 "65년 3천 가구의 난민 이주를 계기로" 형성되었으며, 1968년도에 이르러서는 "5만 명의 인구"에 이르렀다.(《매일경제》 1968년 2월 22일 자 보도) 급격한 인구 증가로 '난곡/낙골'행 버스 종점이 신림 7동에 만들어졌다. 이후 '낙골'이라는 지명은 점점 사라지고 '난곡마을'이라고 불렸다. 이곳은 "무허가 밀집 지역"이자 "가난의 표상"으로 자리잡았다.(조문영, 「빈민 지역에서 '가난'과 '복지'의 관계에 대한 연구—'난곡(蘭谷)'을 중심으로」, 『도시연구』 제7호, 한국도시연구소, 2001, 228~229쪽)

박태순은 '낙골', '난곡'을 배경으로 「정든 땅 언덕 위」를 창작했다. 이것이 '외촌동 사람들' 연작으로 이어졌다. 그렇다면, 박태순은 어떻게 신림동 난민 주택을 '외촌동'으로 형성화하는 작업을 하게 되었을까?

박태순이 신림동 난민 주택촌과 인연을 맺은 때는 1965년 봄이었다. 박태순은 『정든 땅 언덕 위』의 「후기」에서 "1965년 봄 20일가량" 가까운 친척 한 분 '난민촌'에 거주하고 있어 그곳에서 지낸 적이 있었다고 했다. 그때 "우중충한 골목을 헤매고, 날마다 들르는 싸구려 통술집의 한편 구석에서 그곳 사람들을 형사처럼, 관찰"했다고 술회했다. 박태순은 1965년 즈음부터 '난곡'에 방문했으며, 1965년 '외촌동' 배경 첫 작품인 「정든 땅 언덕 위」를 발표한 이후로 지속적으로 인연을 맺고 작품들을 발표했던 것으로 보인다.

1965년 즈음 서울 도시 공간은 급격한 변화에 직면했다. 1966년 8월 13일에는 '서울시 도시 기본 계획'이 발표되었다. 최초로 시민에게 공개한 이 계획은 24년이라는 긴 기간 동안 서울의 공간 변화를 실행할 예정이었다. 이 계획에는 "판잣집이 지저분하게 널려 있어 도시 미관을 해치는 영천, 신당, 한남, 낙산, 공덕, 종로3가 등 7개 지구 1백 38만 9천 평의 불량 지역은 재개발 지구로 지정, 아파트촌을 위주로 한 새로운 주택지를 만들기로 했다"는 내용이 포함되어 있었다.(《조선일보》 1966년 8월 14일 자 보도) 1965년 집단 이주가 시작된 이후, 1966년부터는 '서울시 도시 기본 계획'에 따라 "수재민, 무허가 철거민 등 3천 5백 68가구 6만 7천 4백 72명을 시내 거여동, 상계동, 신림동, 도봉동, 시흥동, 목동 등 난민촌에 집단 수용"하기 시작했다.(《경향신문》 1966년 10월 25일 자 보도) 1968년에는 동부이촌동 철거민 5백 60가구가 집단 이주하기도 했다.(《조선일보》 1968년 8월 21일 자 보도) 서울 도심 철거민의 '서울 신림동 낙골 철거민 정착촌' 이주는 1970년 즈음까지 지속되었던 것으로 보인다.(《조선일보》 1970년 9월 12일 자 보도)

신림동 난곡에 '도시 난민, 도시 빈민' 이주가 대규모로 이뤄졌고, 박태순은 '외촌동'이라는 공간을 상징화해 서울의 과잉 팽창을 소설화했다. 박태순에게 '외촌동'은 대도시 주변부 공간의 발견이자, 그곳에서 살아가는 사람들의 이야기의 발견이기도 했다. 박태순이 '외촌동 사람들' 연작에 그린 도시 변화는 서울만의 특수성이 아닌, 세계 근대 도시 변화의 보편성과 연결된다. 마이크 데이비스는 『슬럼, 지구를 뒤덮다』에서 "1950년 전 세계에서 인구 100만 명 이상의 도시는 86개"였는데, 2006년에는 "400개이며, 2015년에는 550개가 넘을 것"이라고 했다. 대도시화 중 눈에 띄는 현상으로 "인구 800만 이상의 신흥 거대 도시(megacity)와 2,000만 이상의 초거대 도시(hypercity)가 출현"한 것에 대해 거론했다. 그는 이러한 새로운 도시의 출현으로 "도시 내부의 불평등 및 도시 사이의 불평등 심화"가 이뤄졌다고 했다. 박태순은 도시 중산층 출신의 지식인 작가로서는 특이하게 도시의 '난민촌' 생활을 경험했다. 그는 '난곡' 생활을 예외적 체험으로만 보지 않고 작가적 호기심으로 다가가려고 노력했다. 그 관찰이 공간의 충격과 민중 발견 서사로 이어졌다. 박태순의 소설 세계는 신림동 난곡을 '외촌동'으로 상징화함으로써, 작가의 세계관적 지평을 확대해 나갔다.

3. 1960~70년대 주변부 서울은 어떻게 그려지고 있을까

박태순은 1970년 5월에 발표한 「옥숭이의 가출—외촌동 사람들」에서 본격적으로 연작을 구상하기 시작했다. 1970년 즈음에 박태순에게 어떤 변화가 있었기에, 그 이전까지 '공간의 충격'으로만 그렸던 '외촌동'을 '연작 형식'을 창작하여 발표하게 된 것일까?

먼저, 1960년대부터 최인훈·이호철·남정현이 '연작 소설'이라는 형식의 소설을 발표한 것에서 영향을 받은 것으로 보인다. 최인훈은 연작소설 「크리스마스 캐럴」(1963.6~1966.6)·「총독의 소리」(1967.8~1976.8)·「소설가 구보씨의 일일」(1972.2~1972.7)을 발표했고, 이호철은 연작소설 「일기졸업생」(1964.6~1969.3)을 썼으며, 남정현은 「허허선생」(1969.3~1999.9)을 창작했다. (김재영, 「연작소설의 장르적 특성 연구—1970년대 연작소설을 중심으로」, 《현대문학의 연구》26권, 한국문학연구학회, 2005, 334쪽) 1970년 즈음에 최인훈 등의 작업으로 연작 소설 형식의 가능성을 작가들이 인식했을 것으로 보인다. 김지미는 연작 소설이란 "동일한 작가에 의해 쓰인 2편 이상의 독립된 텍스트로 구성된, 동일한 표제 하에 묶인 작품들로 독자들이 순차적인 독서 행위를 개별 작품의 의미를 심화, 확대하여 해석할 수 있고, 개별 작품을 묶어 낼 수 있는 전체적인 의미망을 구성할 수 있는 작품"이라고 했다. (김지미, 「1970년대 연작소설의 서사 구조 연구」, 서울대 석사학위 논문, 2001, 12쪽) 박태순은 1969년 11월부터 《주간한국》에 연재한 중편 『낮에 나온 반달』을 통해 연작 소설 형식을 실험한 후, '외촌동 사람들' 연작 구상을 체계화한 것으로 보인다.

다음으로, '외촌동 사람들' 연작 발표는 1970년 즈음의 시대 상황으로 인한 박태순의 현실 인식 변화에 영향을 미쳤다. 박태순은 '상허학회'에서 주최한 한 강연에서 1970년대 초에 대해 1970년 5월 김지하의 담시 「5적」 필화 사건, 11월에는 청계피복 노동자 전태일의 분신 사태, 1971년 대선을 앞두고 예상하지도 못했던 인물의 야당 후보 선출로 사회 갈등 양상이 표면화되었던 시기라고 했다. 이 시기 박태순은 시대 상황에 대응하는 작가의 역할에 대해 탐색했다. 사회 의식의 변화 과정에서 이전까지와는 다른 '외촌동' 공간에 대한 문학적 형상화의 필요성을 느끼게 되었던 것으로 보인다.

그 결과 「옥숭이의 가출—외촌동 사람들」부터 시작해 「구멍탄 냄새—외촌동 사람들 6」, 「한오백년—외촌동 사람들 9」, 「걸신—외촌동 사람들 10」을 연이어 발표했다. 발표 시기도 3개월 내외이기에 1970년 5월부터 본격적으로 '외촌동 사람들' 연작이 기획되었다고 볼 수 있다.

「정든 땅 언덕 위」는 '외촌동 사람들' 연작의 기원이고, 「옥숭이의 가출—외촌동 사람들」은 '외촌동 사람들' 연작의 형식적 시작이다. 「옥숭이의 가출—외촌동 사람들」은 '안갑종 씨와 평산댁'이 외촌동 천막집에서 결혼식을 올리게 된 사연에 관한 소설이다. 외촌동에 사는 오씨댁은 세 명의 어린 것들을 키우는 과부 아닌 과부이다. 오씨댁 남편은 "술 마시고 들어와서는 마누라 두들겨 대는 것만을 능사"로 알던 위인이었다.(「옥숭이의 가출—외촌동 사람들」, 11쪽) 그런 남편이 바람이 나 집을 뛰쳐나갔다가, 거지 몰골로 돌아왔지만 오씨댁은 더 이상 받아들이지 않고 내쫓았다. 오씨댁은 8개월 전에 먼 친척 결혼식에 참례하러 고향에 갔다가, 기차역에서 평산댁을 만났다. 평산댁 남편도 술만 먹으면 폭행을 하는 위인이었다. 오씨댁은 평산댁의 간절한 구원 요청을 외면하지 못한다. 함께 서울로 올라와 어떤 대학 교수댁에 식모로 평산댁을 소개시켜 주었다. 그런데, 평산댁의 남편이 서울까지 쫓아오면서, 평산댁은 교수댁에서 쫓겨나는 처지가 된다. 오씨댁은 그 평산댁을 안갑종 씨와 결혼시킴으로써 새 생활을 하도록 도움을 주었다.

결혼을 여섯 번이나 한 안갑종 씨의 사연도 기구하다. 함경도 경흥 출신인 안갑종 씨는 가족을 두고 넘어온 월남민이다. 군대에 입대해 '악바리 하사'로 용맹을 떨치기도 했고, 제대 후에는 대구 양키 시장에서 장사를 했으며, 미군 부대를 터는 일에도 끼어들었다. 대구에서 같은 처지인 과부와 조순분과 결혼해 단란한 가정을 꾸렸다. 부부는 함께 남대문 시장에서 장사를 해 성공하였고, 아이 다섯을 슬하에 두고 단란한 생활을 하기도 했었다. 부인 조순분이 교통사고를 당하면서 그의 가족 운명도 바뀌었다. 교통사고 여파로 부인 조순분은 세상을 떠났고, 남대문 옷 가게도 고리대금업자에게 넘어가면서 안종갑 씨는 가난의 길로 접어들었다. 안종갑 씨는 아이 다섯을 건사해 줄 부인을 데려오면서, 결혼을 네 번이나 한 처지가 되었다. 데려온 부인들은 모두 가난을 견뎌 내지를 못하고 떠나가 버렸던 것이다. 안갑종 씨는 체념하듯 “가장 못나고 병신 같은 여자”와 결혼을 하겠다고 주변에 하소연했고, 오 씨네가 평산댁을 소개시켜 줘 둘이 맺어지게 되었다. 큰딸 옥숭이는 아버지의 반복되는 결혼을 못 견뎌 하다가, 결국 가출하는 것으로 이야기가 마무리된다.

‘외촌동’은 서울로부터 격리된 ‘주변부 서울’이다. 그곳은 빈곤의 공간이자, 차별의 공간이기도 하다. 박태순은 「옥숭이의 가출—외촌동 사람들」을 통해, ‘외촌동 사람들’의 가난이 사회 구조적으로 재생산되고 있음을 보여 준다. 서울에서 가난으로 내몰린 사람들이 모이는 곳도 ‘외촌동’이고, 시골에서 상경하여 머물 곳이 없는 사람들이 모여드는 곳도 ‘외촌동’이다. 외촌동은 서울에서 공간적으로 격리된 ‘서울 외곽의 서울’이지만, 가난한 사람들은 빈한한 삶을 유지하기 위해 ‘외촌동’으로 모여든다. 박태순은 「옥숭이의 가출—외촌동 사람들」에서 ‘외촌동’이라는 공간을 그 가난한 사람들이 모여 서로 의지하며 사는 곳으로 그려냈다. 박태순이 그려낸 ‘외촌동’ 공간은 인류학자 오스카 루이스의 『산체스네 아이들—빈곤의 문화와 어느 멕시코 가족에 관한 인류학적 르포르타주』를 연상시킨다. 오스카 루이스는 가난이 “빈민들이 살아가는 데 없어서는 안 되는 구조이자, 근거이자, 방어기제”라고 했다. 멕시코시티에서도 극심하게 열악한 주거 문화가 빈곤 악순환의 토대가 되었는데, 이는 ‘외촌동’의 공간적 상황과도 연결된다. 1950년대 멕시코시티의 베씬다드와 1960년대 서울의 외촌동으로 상징화된 난곡은 근대 도시의 과잉 팽창이 만들어 낸 구조적 가난을 보여준다. 그런 의미에서 옥숭이의 결단은 이채롭다. 옥숭이는 평산댁과 안갑종 씨의 결혼이 끊임없는 '빈곤 문화'의 재생산일 뿐이라는 사실을 간파했다. 옥숭이는 가출을 통해 새로운 가능성을 탐색한 셈이다. 옥숭이의 결단은 세대에게 대물림 되는 가난을 거부하려는 저항적 선택으로 의미화할 수 있다.

도시 과잉 팽창으로 인한 '공간적 격리'는 광기, 알코올 중독, 범죄, 폭력 사태, 사생활의 일상적 침해를 야기한다. 이는 '가난과 민중 문화'의 독특한 연결로 이어지기도 하고, 체념적 정서로 인한 분노의 감정과 관련이 있기도 하다. 박태순은 '외촌동 사람들' 연작에서 도시 정상성의 바깥에 있는 세계를 포착했다. '외촌동' 공간은 범죄, 살인, 폭력의 세계이자, 제도권 질서 바깥에서 '민중의 질서'를 구현하고 있는 곳이었다.

그렇기에, 「구멍탄 냄새—외촌동 사람들 6」에서 그리는 살인 사건은 이채롭다. 소설 속 '우리'는 '나', 왕오, 경연, 민대이다. '우리'는 외촌동 패거리인 '극락동파' 건달들이다. '우리' 패거리는 '외촌동'에서 발생하는 여러 사건의 뒤처리를 하며, 난민 주택촌의 음지에서 치안을 담당하고 있다. 새벽 두 시경에 외촌동 술집 '정주옥'의 주인인 정주댁이 살해당한 채 발견되는 사건이 발생한다. "'돈만 아는 할망구'라는 좋지 않은 별명을 얻어 가지고 있"던 정주댁이 피살당하자, 새벽임에도 불구하고 외촌동 사람들 삼백여 명이 모여들었다.(「구멍탄 냄새—외촌동 사람들 6」, 60쪽) 마침 '우리' 패거리는 구멍탄 사고로 세상을 떠난 '홍영표와 그의 딸' 장례를 담당하여, 외촌동 구멍탄 사고가 언론에 보도되지 않도록 조치하고 있던 중이었다. 이 소설은 정주댁의 파란만장했을 것으로 추정되는 삶에 대해 이야기한다. '가난과 범죄'를 연결해 외촌동에서 정주댁 살해 사건, 얽히고설킨 복잡한 인간관계 등이 그려진다. 소설은 시경에서 파견한 형사들이 도착하고, 신문기자들이 도착하면서 급작스럽게 마무리된다. 소설은 외부에서 온 정주댁의 아들이 정주댁을 살해했으리라는 결말을 암시하며 끝이 난다. 이 소설은 외촌동의 분위기를 '구공탄 냄새'가 낮게 깔린 분지로 묘사하거나, 정주댁을 미스터리한 인물로 그려 내면서 특별한 정조를 만들어 낸다. 이 독특한 분위기는 '외촌동'의 빈곤 문화, 주변부성을 포착해 내는 상징으로 작동한다.

주목할 만한 작품이 「한오백년—외촌동 사람들 9」이다. 이 작품은 '그(윤지노)'를 주인공으로 내세운다. 윤지노는 한 때는 외촌동 사람이었지만, 지금은 서울 용두동으로 떠나간 인물이다. 그는 외촌동 종점에서 버스 사고를 당해 왼쪽 다리가 부러진 적이 있었다. 버스 회사로부터 재해 보상금 7만 원을 받아, 그 돈을 종잣돈 삼아 청계천변 시장에 조그만 상점을 낼 수 있었다. 윤지노는 두 가지 문제로 11개월 만에 외촌동을 방문하게 된다. 첫 번째 이유는 여동생 윤지후 때문이다. 윤지후는 외촌동 건달 '뽀빠이'와 사귀었고, 딸아이를 낳아 '외촌동'에서 살고 있다. 윤지노는 윤지후가 걱정되어 외촌동을 방문한 것이다. 두 번째 이유는 외촌동에 살 때 가장 친한 친구였던 정여철의 제사에 참례하기 위해서였다. 정여철은 미망인 홍서희와 세 아이를 남겨 두고는 세상을 떠났다.

정여철 사건이 인상적이다. 비극적이게도 정여철은 "작년 오늘 밤 외촌동 사람들에 의해 매 맞아 죽"었다.(「한오백년—외촌동 사람들 9」, 186쪽) 그날 밤 정신병 증세가 있던 정여철이 발작을 일으켜 부인 홍서희와 아들을 폭행하고는 거리로 뛰쳐나갔다. 정여철은 거리에서 만나는 사람들을 쇠막대기로 폭행했다. 아무 집에나 들어가 가재도구를 마구 부수기도 했다. 외촌동은 공포의 도가니가 되었고, 외촌동 주민 수십 명이 달려들어 겨우 정여철을 꽁꽁 묶어 집에 가둘 수 있었다. 집에 갇힌 정여철은 계속 병증으로 몸부림치기를 멈추지 않았다. 그 모습을 안타까워하던 정여철의 노모가 그만 포승 밧줄을 느슨하게 풀어 주어 풀려나고 말았다. 집에서 탈출한 정여철은 외촌동 공중변소에서 볼일을 마치고 나오던 공 씨를 폭행했고, 정여철이 네 명을 죽였다는 잘못된 소문이 외촌동에 퍼져나갔다. 공포에 빠진 외촌동 사람들이 오백여 명이나 외촌교 쪽으로 몰려나와 '너 나 없이 분노하여 돌팔매질을 하고 몽둥이로 두들겨' 정여철이 사망에 이르고 만 것이다.

정여철의 죽음은 외촌동 마을이 생긴 이래 발생한 가장 큰 사건이었다. 집단적 공포심이 가학성을 폭발시켜, 한 인물을 희생양으로 삼은 것이다. 외촌동의 불완전한 도시 기반 시설, 치안 공백, 열악한 주거 환경, 교육 시설의 미비 등은 사회적 불안 요인이다. 1960~70년대 서울시 당국은 시내 곳곳에 산개해 있는 "10만 동이 넘는 무허가 불량 주택"을 폭력적인 방식으로 재개발했다.(손정목, 『서울 도시 계획 이야기 2』, 한울, 2003, 101쪽) 사회구조적 문제는 폭력의 표출과 연결되는 경우가 많다. '정여철 집단 폭행 사망 사건'은 '외촌동 사람들' 연작에서 자주 등장하는 '집단적 폭력 사태'의 한 사례이다. 외촌동 주민들은 다섯 번의 굿판을 벌였는데, 이는 민중 축제의 한 측면을 보여준다. 굿판을 통해 펼쳐지는 축제의 광기는 지배 질서에 대한 도발이자, 자기 치유의 효과를 발산한다. 레나테 라흐만은 이를 "공식적인 제도화된 문화를 혼란"시키는 것이면서, "억압할 수 없고 침묵시킬 수 없는 에너지"의 분출이라고 했다.

(레나테 라흐만, 여홍상 옮김, 「축제와 민중 문화」, 『바흐친과 문화이론』, 문학과지성사, 1997, 70쪽) 박태순은 민중적 에너지 분출을 외촌동 사람들이 정여철의 넋을 기린다면서 벌인 다섯 번이나 굿판으로 은유화하고 있다.

「걸신—외촌동 사람들 10」에서는 '노걸대 영감' 이야기가 흥미롭게 펼쳐진다. 소설 속 화자는 구술로 이야기를 전하는 형식으로 "196x년 가을 무렵"에 "서울 뚝섬 근처에 있는 동부 경찰서"에서 만난 노걸대 영감을 그려낸다. 쉰일곱인 노걸대 영감은 "외촌동에서 구멍탄 리어카를 끄는" 일을 했다.(「걸신—외촌동 사람들 10」, 193쪽) 노걸대 영감은 시내 식당에서 상습적으로 무전취식을 하여 경찰서에 잡혀 들어오는 인물이다. 평안북도 순천이 고향인 노걸대 영감은 일제 강점기에 만주로 징집되어 일본군 생활을 한 적도 있고, 한국전쟁 시기에는 인민군으로 동부전선에 배치되었다가 거제도 수용소에서 고생한 적도 있었다. 수용소에 풀려나온 뒤에는 다시 국군에 징집되어 5년 동안 군대에서 복무하기도 했다. 제대 후에는 경기도 안중에서 머슴으로 생활하며 생계를 유지했는데, 토박이들의 박대를 견디다 못해 폭행을 저지른 죄로 2년 8개월간 교도소 생활을 했다. 출소 이후 서울로 올라와 노가다꾼으로 일하다가 '외촌동 황 씨네' 구공탄 가게에서 배달 일을 맡게 되었다. 인색한 황 씨네는 충분한 음식을 주지 않았다. 참다못한 노걸대 영감은 상습적으로 서울 시내에서 무전취식을 하기 시작했다.

걸신(乞神)인 노걸대의 형상은 소설 후반부에서 일제 강점기의 핍박, 한국전쟁 시기의 고통, 그리고 도시 빈곤층의 가난에 빗대어진다. 노걸대 영감은 '외촌동'을 떠돌며 '밥 도둑질'을 한다. 이제는 아무 구애도 받지 않고 도도하게 '외촌동의 어느 집에서나 밥 도적

질'을 대놓고 한다는 것이다. 노걸대 영감의 행태는 굶주렸던 민중의 형상을 상징화한 것이다. 소설의 초반부에서는 희화적 인물로 그렸다가, 한국의 역사와 결합해 '배고픈 민중'으로 보편화된다. 민중이 견뎌야 했던 수난의 역사를 노걸대 형상과 겹쳐냄으로써, 민중의 거침없는 뻔뻔함을 그려낸 것으로 해석할 수 있다.

「옥숭이의 가출—외촌동 사람들」, 「구멍탄 냄새—외촌동 사람들 6」, 「한오백년—외촌동 사람들 9」, 「걸신—외촌동 사람들 10」은 '외촌동 사람들'의 실체적 삶에 다가서려는 박태순의 노력이 만들어낸 성과다. 이 시기 '외촌동 사람들' 연작은 모두 빈곤 문제를 다루고 있다. 가난의 대물림이나 일제 강점기와 한국전쟁과 같은 역사적 격변으로 인해 굶주려야 했던 민중의 모습을 그렸다. 「정든 땅 언덕 위」가 외촌동 공간을 중심으로 낭만적 태도로 민중 발견의 서사를 펼쳤다면, 이 시기에 이르러서는 민중의 실체에 다가서려는 진솔한 태도를 보인다. 가난, 범죄, 광기와 폭력, 비루함을 아우르는 '날것'으로서의 민중 형상화가 인상적이다. 박태순은 서울의 과잉 도시화가 초래한 가난의 문제를 '빈곤 문화'와 연결시키면서도, 이를 극복하려는 옥순이의 결단을 그려낸 점도 특이하다. 군중의 광기와 굿으로 상징화된 에너지 분출을 그려낸 점도 인상적이고, 걸신들린 민중의 비루한 형상을 민중 수난사와 연결시키려는 시도도 특징적이다.

박태순의 이 시기 작품들은 민중의 형상을 있는 그대로 실체화하려 한 한국 문학사에서 희귀한 시도라고 평가할 수 있다. 박태순의 「옥숭이의 가출—외촌동 사람들」 등은 최서해의 「탈출기」(1925)와 「기아와 살육」(1925), 강경애의 『인간 문제』(1934), 그리고 손창섭의 「사연기」(1953), 「비 오는 날」(1953), 「생활적」(1954)의 계보를 잇는 '민중 빈곤' 탐구의 서사이다.

4. 지식인 작가는 '민중'을 어떻게 그렸을까

1971년 8월 10일 경기도 광주군 중부면에서 '광주대단지 사건'이 발생했다. 이 사건은 《조선일보》 1971년 8월 11일 자 보도를 통해 상세히 알 수 있다. 보도에 따르면, 오전 10시부터 광주단지 주민 2만여 명이 모여 "1백 원 땅 1만에 파는 것을 결사 반대한다" 등의 현수막을 들고 궐기 대회를 하고 있었다고 한다. 이 대회에는 양택식 서울시장이 참석하기로 되어 있었다. 서울시장이 11시 10분이 되도록 도착하지 않자, 주민들은 흥분하기 시작했다. 군중 중 누군가가 "나가자"라고 외쳤다. 삽시간에 민중 봉기가 시작되었고, 성난 군중은 서울시 광주대단지 사업소로 몰려가 몽둥이와 곡괭이로 파괴된 후 불을 질렀다. 군중들은 경찰차와 관용차도 불태웠다. 군중의 소요 사태는 약 6시간여 동안이나 경찰과 대치하며 지속되었다. 《조선일보》는 7면 사회면 머리기사로 '불타는 경찰백차' 사진과 함께 '광주단지 2만여 주민 난동, 출장소·경찰차 등 불살라'라고 크게 보도했다. 사회과학자 김원은 「1971년 광주대단지 사건 연구—도시 봉기와 도시 하층민」(《기억과 전망》 18호)에서 '광주대단지 사건'을 "학생이 아닌 도시 대중 봉기"였으며, "46년 대구 10·1항쟁, 48년 4·3 사건 이후 20여 년 만의 일"이었다고 의미화했다. 또한, "서울 바로 위에 휴전선이 그어진 상황"에서 "안보적 의제로서의 성격"도 부각되었다. 김원은 '광주대단지 사건'으로 '박정희 자신이 큰 충격을 받았'을 것이라고 했다. 즉, 국가 안보라는 측면에서 도시 빈민 문제가 다뤄지는 계기가 바로 '광주대단지 사건'이었다.

'광주대단지 사건'은 1968년 김현옥 시장 시기에 착수된 '서울시 18만여 무허가 주택 정리 사업'의 영향으로 발생했다. 서울시는 무허가 주택 철거 이후 철거민들 20여만 명을 서울과 단일 생활권 안에 있는 위성도시로 이주시키겠다는 계획을 세웠다. 1970년 양택식 서울시장이 취임하면서 1973년까지 35만 명을 수용하는 도시 개발이 추진되었다. 위성도시에서는 철거민이 아닌 '전매입자들'이 입주권을 사면서 투기 붐이 과열되었다. 서울시는 전매입자를 차단하는 정책을 펼쳤고, 이미 다수가 된 전매입자들이 봉기한 것이 '광주대단지 사건'이었다.(《조선일보》 1971년 8월 12일 자 보도)

박태순은 1971년 8월 19일부터 23일까지 4박 5일간 광주대단지 현장을 방문해 르포를 썼다. 박태순은 광주단지를 취재하면서 일부러 "사업소나 출장소에 찾아가지를 않"고 "밑바닥 사람들이 사실이라고 믿고 있는 것들"을 취재해 「광주단지 4박 5일」(《월간중앙》 1971년 10월호)을 집필했다. 박태순은 광주대단지 현장 취재를 통해 "이 사회에서 살고 있는 사람들이 과연 어떻게 살고 있느냐 하는 문제를 무시해 버린다면 무엇이 중요한가"라고 질문하고는, "사람들이 인간 권리 선언, 생존권의 문제를 들고 나왔다면, 모든 것에 우선하여 이 사회의 삶의 분위기를 바꾸어야 한다"라고 했다. 박태순은 정치 체제와 국제 관계, 안보의 문제도 "인간의 권리 선언, 생존권 문제"보다 우선할 수는 없다고 분명한 태도로 이야기했다.

박태순은 광주대단지 르포 경험을 소설에 녹여내 「무너지는 산—외촌동 사람들 14」를 발표했다. 이 작품은 광주대단지 사건의 심층까지 파헤치려는 작가의 고투가 스며 있으며, 한국 근대화 과정의 단층을 예리한 칼날로 적나라하게 파헤치려는 의도가 담겨 있다. 「무너지는 산—외촌동 사람들 14」은 내촌동—외촌동—별촌동—무촌동으로 이어지는 공간의 상징화도 독특하다. 약소자(minority) 중의 약소자로서 형상화된 무촌동 주민들의 형상이나,

정부와 경찰의 공모 관계를 암시하는 대목, 그리고 내부에서 일어나는 갈등의 복잡성 등도 눈길을 끈다. 특히, 조독수가 여자아이와 무촌동을 거닐면서 보게 된 농촌 풍경과 무촌동의 황폐화한 풍경의 극적 대비는 소설의 '결정적 장면'의 역할을 하고 있다.

> 벌거숭이 야산은 옆구리에 매달려 있는 바라크며 움막들을 금방이라도 떨구어 내고 싶어 하는 것만 같았다. 하지만 사람들은 개미 떼처럼 꼬물거리며 흙을 파내고 소나무 기둥 같은 것을 세우고 있는 중이었는데, 그것은 커다란 황소 같은 야산을 타살해 가고 있는 것같이 보일 정도로 잔인한 풍경이었다.(「무너지는 산」, 329쪽)

산을 동물의 형상에 비유하여, 커다란 황소가 몸서리치는 장면으로 변환시킨 묘사가 극적이다. 박태순은 사람들을 개미 떼로 비유하여 황소를 타살하는 모습으로 형상화했다. 도시화로 인해 자연이 침탈당하는 모습을 날카롭게 상징화한 표현이다.

박태순은 '외촌동' '별촌동'이 인간의 기본권인 주거 문제와 연결된다는 사실을 정확히 포착해냈다. 현대 자본주의 도시의 과잉 팽창이 폭력적으로 이뤄지는 과정, 격리되고 배제된 도시 공간 속에서 이뤄지는 가난 문화에 대한 천착도 돋보인다. 「정든 땅 언덕 위」에서는 방문자이자 관찰자의 시선을 취했고, 「옥숭이의 가출—외촌동 사람들」에서는 빈곤의 문화에 다가서려는 태도를 보였다. 「무너지는 산—외촌동 사람들 14」에서는 참여적 관찰자이자 문학 고발자의 위치에 서 있으면서도, 민중과 수평적 위치에 서 있으려는 태도를 취했다. 박태순은 '외촌동'이라는 공간을 '별촌동' '무촌동'으로 확장했으며, 이를 통해 1960년대 후반부터 추진된 서울 도시의 과잉 팽창이 근대적 폭력에 기반해 있음을 밝혀냈다. 무촌동의「무너지는 산—외촌동 사람들 14」에 그려진 민중의 악착같은 생활력은 저항적 에너지로서 '그로테스크한 생명력'과 연결된다. 자본주의 현대 도시는 '난민, 빈민'을 도시 외곽으로 내몰면서 확장해 갔고, 민중은 이에 순응하면서도 저항했다.「무너지는 산—외촌동 사람들 14」는 도시의 과잉 팽창과 민중의 활력을 적극적으로 대비해 포착해내고 있다.

박태순의 '외촌동 사람들' 연작의 변곡점에는「광주단지 4박 5일」이 자리잡고 있다. 광주대단지 르포 이후 창작한「재채기—외촌동 사람들 13」에서「모기떼—외촌동 사람들 16」까지 '민중 되기'의 서사가 펼쳐진다. 박태순은 이 시기에 창작된 작품들을 통해 내면의 창을 통해 세계를 바라보는 작업을 버리고, 삶의 이야기, 민중 이야기를 찾아 나섰다. 대표적인 경우가 '광주대단지'를 직접적으로 다룬「이야기, 이야기, 이야기—외촌동 사람들 15」이다. 박태순이 찾는 이야기는 "고통스러운 역경 끝에 쟁취"해야 하는 것이다.(「이야기, 이야기, 이야기—외촌동 사람들 15」, 366쪽) 그 이야기는 "사람들의 삶에 관해" 쓰는 것이되, "그 삶을 싸고도는 어렵고 모순 많은 베일을 벗겨내어 삶의 뜨거운 모습, 진실되고 올바른 모습"을 보여 주어야 한다고 강조했다.(「이야기, 이야기, 이야기—외촌동 사람들 15」, 361쪽) 이 어구에는 박태순의 깊은 성찰이 담겨 있다. 이 소설의 전체적 정조는 한탄, 하소연, 내적 고민의 고백으로 채워져 있다. 소설 속 화자인 '나'는 소설의 이야기와 실제 현실의 괴리 때문에, 민중의 이야기를 소설화한다는 것이 허상처럼 느껴진다고 고백한다. 이 고백이 "이야기가 없다"라는 절망으로 이어지고, 더 나아가 "억지로라도 이야기를 만들어 내야겠다"는 의지로 나아간다. 그렇게 의지적으로 만들어낸 이야기가 연작의 마지막 편인 「모기떼—외촌동 사람들 16」이다.

「모기떼—외촌동 사람들 16」은 강금옥과 최서춘의 이야기이다. 강금옥은 다섯 달 열흘 만에 외촌동으로 돌아오는 참이다. 강금옥의 성격 묘사가 이채롭다. 강금옥은 "남에게 무엇을 숨긴다거나 동정을 살피거나 예절 같은 것을 차린다거나 하는 일은 생각만 하여도 머릿골이 지끈지끈 쑤"신다고 했다. 그 이유는 "남을 의식하기 시작하면 가슴이 답답하고 속이 언짢아서 아무 일도 할 수 없어지기 때문"이다.(「모기떼—외촌동 사람들 16」, 369~370쪽) 강금옥의 형상은 박태순이 의식적으로 성격화하려는 당당한 민중의 모습과 닮아 있다. 반면, 강금옥이 바라본 최서춘의 모습은 '멸시 받을'만큼이나 나쁜 쪽으로 변해간다. 한때 최서춘은 서울에서 무슨 사건에 연루되어 삼남 지방을 떠돌며 산판 일도 했었다. 지방을 떠돌 때는 최서춘의 "눈썰미에 사나운 기색이 엿"보였었다. 하지만, 강금옥이 외촌동에 다시 돌아와 만난 최서춘은 "눈썰미가 산양 새끼처럼 유순"해져 버려, "꾀죄죄"하고 "멸시" 받아도 마땅한 존재로 변해버렸다. 강금옥은 최서춘이 "양복이나 걸치고 신문이나 들여다"보는 속물이 된 것에 대해 실망감을 감추지 못한다. 강금옥과 최서춘 형상의 대비는 중요한 의미를 지닌다. 박태순은 '억지로 만든 이야기'에서 강금옥은 민중의 형상으로, 최서춘을 속물의 형상으로 그려냈다. 이는 박태순 스스로 '최서춘'의 나약한 속물성에서 벗어나 강금옥과 같이 당당하고 야성을 가진 민중적 존재가 되겠다는 다짐이기도 하다. 박태순은 '광주대단지 사건'을 현장에서 겪으면서, 격렬한 각성의 단계에 이른 것으로 보인다. 박태순의 각성은 지식인 작가의 민중 되기로 의미화할 수 있다.

박태순은 '외촌동 사람들' 연작 창작 과정에서 소설 공간을 '외촌동', '별촌동', '무촌동'으로 확장하면서 더 풍부한 민중의 이야기를 발견해 나갔다. '외촌동 사람들' 연작은 박태순의 문학적 여정의 변화를 '삶의 서사'와 연결해 자연스럽게 녹여내고 있다. '외촌동 사람들' 연작을 통해 그간 박태순 소설에 가해졌던 비판(작중 화자가 작가와 동일화돼 있다든지, 작중 화자의 형상이 천편일률적으로 지식인이거나 표현력이 대단히 뛰어나다든지, 작중 화자의 구체적인 형상에서 차이를 발견하기 힘들다든지 하는)에서 완전히 자유로워졌다고는 할 수 없지만, 작가와 작중 화자의 거리 두기에 성공하고 있다. 박태순은 '외촌동 사람들' 연작 창작 과정에서 민중 발견, 민중에게 다가서기, 민중 되기의 여정을 개척해 나갔다.

박태순 소설은 내면세계의 갈등을 기술하는 양상이 현저하게 줄어드는 경향을 보인다. 작중 화자는 자신의 내면을 드러내지 않고도 이야기를 전개하는 방식을 취한다. 따라서 화자의 내면 갈등이 전면화되지 않고 있으며, 민중의 이야기와 민중의 목소리가 서사의 중요한 근간을 형성하게 된다. 예외가 있다면 「무너지는 산—외촌동 사람들 14」에서 조독수가 '무촌동 풍경'으로 인한 자신의 내면의 충격을 펼쳐 보이는 것이다. 민중 되기의 서사가 작품의 개방성을 확대해, 독자에게는 민중 되기라는 문학적 충격을 주고 있다는 점을 주목할 필요가 있다.

1970년대는 연작 소설의 시대(이문구의 『관촌수필』, 조세희의 『난장이가 쏘아올린 작은 공』, 윤흥길의 『아홉 켤레 구두로 남은 사내』)인데, 박태순의 '외촌동 사람들'이 이들 작품에 앞서 발표된 민중 서사라는 사실에 주목할 필요가 있다. 박태순의 '외촌동 사람들' 연작은 '외촌동' 공간 집중성을 기반으로 인물의 사연들이 꼬리에 꼬리를 무는 서사로 연결되어 있다. 공간을 연작의 매개로 설정하면서도 인물 서사와 연결하는 시도를 했다. 「재채기—외촌동 사람들 13」에 나오는 영감은 「걸신—외촌동 사람들 10」에 노걸대 영감으로 변형된다. 「재채기—외촌동 사람들 13」의 여인은 「무너지는 산—외촌동 사람들 14」의 곽 씨 부부 이야기와 겹친다. 「이야기, 이야기, 이야기—외촌동 사람들 15」의 심금선은 「모기떼—외촌동 사람들 16」의 강금옥으로 변형된다. '외촌동 사람들'을 창작하던 시기 박태순은 노인, 여인의 이야기에 서사적 관심을 집중하고 있다. 이전 박태순 문학에 그려진 여성 형상이 단조로운 반복에 가까웠다면, '외촌동 사람들' 연작에 이르러서는 '강금옥'과 같이 놀라운 활력을 가진 여성으로 풍부한 형상의 옷을 입게 된다. 이는 약소자로서 민중 형상이 여성·노인의 서사와 연결되어 민중 형상화로 이어지는 것과 연관이 있다.

5. 도시 슬럼의 세계화는 한국 도시 공간에서 어떻게 포착되었을까

박태순은 1975년 초부터 1977년 봄까지 '절필' 상태에 빠져들었다. 박태순은 그 시기의 고민을 "문학의 허구성을 깨닫는 것"과 "《신문학》 60년사에 참으로 회의를 느꼈"다고 했다.(김치수·박태순(1984), 「왜 우리는 제3세계 문학을 논하는가」, 《외국문학》 제2호, 열음사, 141쪽) 박태순은 '외촌동 사람들' 연작 이후 억압적 현실이 문학을 압도하는 상황에서, 작가적 정체성을 다시 설정하는 데 곤란을 겪었던 것으로 보인다. 그는 현실과 문학의 관계를 '세계

문학과 제3세계 문학', 그리고 산문적 글쓰기와 르포, 소설 쓰기를 통해 재설정했던 것으로 보인다. 박태순 문학 세계의 한 결절점에 '외촌동 사람들' 연작이 있었고, 또 다른 측면에서는 르포 「광주단지 4박 5일」이 큰 영향을 미쳤음을 1970년대 절필을 통해서도 확인할 수 있다.

박태순은 2009년 3월 3일 다음과 같이 회고했다.

"나는 66년에 「정든 땅 언덕 위」를 발표하고, 73년 무렵까지 외촌동 사람들 연작을 썼고, 그리고 71년의 광주대단지 사건에 관해 《월간중앙》에 르포를, 그리고 88년 일산과 분당 신도건설 현장 르포를 썼던 적이 있어요. 토건 사업과 주택 정책은 전혀 달라진 것이 없고 용산 참사는 60년대와 똑같은 패턴이고……. (박태순, 「오늘의 눈물겹게 참담한 문학 현실」, 2009년 3월 3일 필자와 나눈 이메일.)

근대 도시로서의 서울은 세계 도시의 변화와 궤를 같이한다. 세계의 수많은 도시들이 팽창 과정에서 '가난한 사람들의 비탈진 정착지'를 형성했다. 한국 서울의 '난곡'도 세계 도시 변화의 전형적인 한 사례에 해당한다. 마이크스 데이비스는 『슬럼, 지구를 뒤덮다』에서 "무허가 판자촌과 전쟁의 폐허로 뒤덮였던 서울이 무서울 속도로 돌진하여 1960년대 내내 연평균 11.4%라는 가공할 증가세"를 보이다가 "50년 만에 뉴욕 규모의 메갈로폴리스로 변신"했다고 밝혔다. 도시의 팽창은 자본의 막강한 권력에 의해 폭력적으로 진행되고 있으며, 박태순의 '외촌동 사람들' 연작은 한국 도시의 과잉 팽창이 민중에게 가한 폭력을 형상화했다는 데 의의가 있다.

그간 박태순의 '외촌동 사람들' 연작은 창작집 『정든 땅 언덕 위』

수록 작품을 중심으로 논의되어 왔다. 이 글은 1966년부터 1973년 사이에 발표된 '외촌동 사람들' 연작을 통해 박태순 소설의 문제의식을 재구성했다. 박태순은 '난곡'이라는 이질적 도시 공간의 충격을 민중 발견의 서사로 연결시켰다. 이 작품은 「정든 땅 언덕 위」이다. 연작 형태로 연결을 구상하면서 쓴 작품들은 「옥숭이의 가출—외촌동 사람들」, 「구멍탄 냄새—외촌동 사람들 6」, 「한오백년—외촌동 사람들 9」, 「걸신—외촌동 사람들 10」 등이다. 이 작품들을 통해서는 민중 삶의 실제 현실을 빈곤, 범죄, 광기와 축제 등으로 그림으로써 '민중에게 다가서기'로 나아갔다. '광주대단지 사건'을 겪은 이후 발표한 「재채기—외촌동 사람들 13」, 「무너지는 산—외촌동 사람들 14」, 「이야기, 이야기, 이야기—외촌동 사람들 15」, 「모기떼—외촌동 사람들 16」에서는 이야기에 대한 근본적 질문에 직면해 '민중 되기'로서의 서사를 펼쳐 보였다.

박태순의 '외촌동 사람들' 연작은 초기에는 '연작 형식'으로 구상하지 않았다. 1970년 5월에 발표한 「옥숭이의 가출—외촌동 사람들」에서부터 연작 형식을 갖추게 되었다. '외촌동 사람들'의 주요 소설 속 공간은 서울 신림동 '난곡'이며, 1971년 8월 이후에 발표한 작품에는 '광주대단지'의 경험이 녹아 있다. 박태순은 '광주대단지 르포'를 통해 한국의 현실을 충격적으로 인식했다. 지식인 작가가 현장과 대면하면서 갖게 되는 인식의 변화가 '외촌동 사람들' 연작에 잘 드러난다. 박태순은 르포 작업으로 '현장'을 경험하게 되면서, 소설과 이야기의 관계를 근본적으로 성찰한 중요한 사례이다.

'외촌동 사람들' 연작은 1966년부터 1973년까지 한국 도시의 폭력적 팽창을 문학적으로 형상화한 작품이다. 이 연작 소설들은 한국의 특수한 도시 공간 재편 과정을 다뤘지만, 근대 이후 세계 도시 변화 과정의 한 전형을 보여 준다. 세계 도시는 도시 외곽을 주변화하면서 팽창해 나갔는데, 서울 도시의 과잉 팽창도 압축적이고 폭력적인 양상을 보였다. 박태순의 '외촌동 사람들' 연작은 세계적이면서도 한국적인 '도시의 팽창'을 도시 민중의 시각에서 다룬 중요한 문학적 기록이라는 데 의미가 있다.

* 이 해설은 필자의 「지식인 작가의 각성과 민중 서사의 변화-박태순의 '외촌동 사람들' 연작 연구」(《한민족문화연구》 68, 한민족문화학회, 2024)를 해설의 체계에 맞게 편집·수정·가감하여 재기술한 글이다.

박태순 연보

1942 5월 8일 황해도 신천군 용문면 삼황리 소산동에서 아버지 박상련(朴商縺), 어머니 권순옥(權純玉)의 2남 2녀 중 장남으로 출생하였다. 본관은 밀양이다.

1947 1월, 부친이 가산을 모두 정리한 뒤 해주에서 서울로 이주하였다. 묵정동, 삼청동, 청운동, 원효로, 신당동 등지의 빈민촌을 전전하였다.

1950 12월 하순 대구로 피난했다. 그동안 다섯 군데의 국민학교를 옮겨 다닌 끝에 대구 중앙국민학교를 졸업했다.

1954 환도와 함께 서울로 이사하여 서울중학교에 입학했다. 중학교 2학년 때 막연히 작가가 되겠다고 마음먹었다. 친구와 함께 출판사 동업 중이던 부친이 휴전 이후 독립하여 출판사 박우사를 차렸다. 박태순은 국민학교 6학년 때부터 교정과 편집, 배달 일을 거들었다.

1957 서울중학교를 졸업하고 서울고등학교에 진학했다. 문천회, 바우회 등의 독서 모임에서 활동하였다.

1960 서울고등학교를 졸업하고 서울대학교 문리대 영문과에 입학했다. 곧바로 맞이한 4·19혁명 당시 경무대 앞까지 진출했는데, 함께 있던 친구 박동훈(법대 1학년)의 죽음에 큰 충격을 받았다. 이후 이때의 경험을 바탕으로 단편 「무너진 극장」과 「환상에 대하여」 등을 창작했다. 서울대 문리대 교양학부에서 김광규, 김승옥, 김주연, 김치수, 김현, 이청준, 염무웅, 정규웅 등을 동기로 만났다.

1961 학업에 뜻이 없어 학교에는 거의 나가지 않고 음악다방에만 출몰하였다. 자퇴를 결심하고 친구 따라 강원도 영월군 주천면에 가서 한동안 두문불출하는 생활을 이어 나갔다. 상경한 후에는 본격적으로 신춘문예에 도전하기 시작하였다. 시와 소설을 합해 총 스물한 번 도전하였으며 신림동 난민촌에서 한 달여간 틀어박혀 외촌동 연작을 구상하였다.

1964 대학을 졸업하고 단편 「공알앙당」으로 《사상계》 신인문학상에 입선하였다.

1966 중편 「형성」이 《세대》 제1회 신인문학상에 당선되었다. 단편 「향연」이 《경향신문》, 「약혼설」이 《한국일보》 신춘문예에 각각 당선작 없는 가작으로 입선하였다. 외촌동 연작의 첫 번째가 되는 단편 「정든 땅 언덕 위」를 발표하여 문단의 호평을 받았다.

1967 본격적인 창작 활동을 시작하였다. 《월간문학》에 근무하던 이문구, 《사상계》에 근무하던 박상륭 등과 알게 되어 가깝게 지냈다.

1969 1월에 출간된 《68문학》 제1집에 김승옥, 김주연, 김치수, 김현, 염무웅, 이청준과 함께 참여하였다.

1970 11월 청계 피복 노동자 전태일의 분신 사건을 취재하였다.

1971 르포 「소신(燒身)의 경고—평화시장 재단사 전태일의 얼」을 발표하였다. '광주 대단지 사건'(지금의 성남민권운동)을 취재하고 르포 「광주단지 4박 5일」을 발표하였다. 이때의 경험을 바탕으로 다음 해 단편 「무너지는 산」을 발표하였다.

1972 4월 15일 김숙희(金琡姬)와 결혼하였다. 창작집 『무너진 극장』(정음사), 『낮에 나온 반달』(삼성출판사)을 간행하였다. 장편 「님의 침묵」(여성동아)을 세 달간 연재하였으며, 연출가 임진택이 「무너지는 산」을 연극으로 각색하고 연출하였다.

1973 인문기행 「한국탐험」을 《세대》에, 장편 「사월제」를 《한국문학》에, 「서향창」을 《주부생활》에 연재하였다. 창작집 『정든 땅 언덕 위(부제: 외촌동 사람들)』(민음사)를 간행하였다. 《중앙일보》에 소설 월평을 연재하였으며, 12월 26일 민족학교 주최 '항일문학의 밤'에 참가하여 시를 낭송하였다.

1974 1월 6일 유신헌법에 반대하여 '개헌 청원 지지 문인 61인 선언'에 발기인으로 참가하였다. 4월, '문인 간첩단 조작 사건'에 대하여 문인 295인의 진정서 규합 활동을 하였다. 11월 18일, 광화문에서 '문학인 101인 선언'을 발표하며 '자유실천문인협의회'의 창립을 주도하였다. 이날 경찰에 연행되었다가 이튿 후 풀려났다. 장편 「내일의 청춘아」를 《학생중앙》에 연재하였다.

1975 창작집 『단씨의 형제들』(삼중당), 산문집 『작가기행』을 간행하였다. 《한국문학》에 '언사록'이라 하여 개항 이후의 상소문, 격문, 선언문, 민요, 풍요와 유언비어 등을 수집·정리해 3회에 걸쳐 소개하였다. 김지하의 '오적필화사건'과 연이은 긴급조치 등 폭압적인 유신 체제에 항의하는 의미로 절필을 결심하였다. '동아일보 광고탄압사건'에 항의하여 자유실천문인협의회 문인들의 격려 광고를 주도하였다.

1976 번역시집 『아메리칸 니그로 단장(斷章)—랭스턴 휴즈 시선집』(민음사)을 간행하였다. 침묵이 길어지는 동안 「사서삼경」을 독파하였는데, 훗날 이것이 이후의 재창작에 큰 도움이 되었다고 고백한다.

1977 3월 '민주구국헌장'에 서명한 혐의로 고은, 김병걸, 이문구 등과 함께 연행되어 수일간 조사를 받았다. 7월 24일 전태일의 모친 이소선이 구속되고 평화시장 노동 교실이 폐쇄되자 이후 '평화시장사건 대책위원회' 결성에 참여하였다. 12월 23일 한국 최초로 발표한 '한국노동인권헌장' 작성에 참여하여 교열 보완 작업을 하였다. 장편 『가슴 속에 남아 있는 미처 하지 못한 말』(열화당)을 간행하였다. '자유실천문인협의회 제3선언'에 참가하였다. 장남 영윤(榮允)이 출생하였다.

1978 4월 24일 자유실천문인협의회와 백범사상연구소가 공동으로 주최한 '제1회 민족문학의 밤'에서 한용운의 시 「님의 침묵」을 낭송하였다. 이 행사를 빌미로 고은과 백기완이 중앙정보부에 연행되었고, 박태순과 이문구 등이 고은의 화곡동 집에서 단식 농성을 주도하였다. 12월 21일 '김지하 문학의 밤' 행사에서 「세계 지식인 및 문학인에

게 보내는 메시지」를 낭독하였다. 장편 「백범 김구」를 《학원》에 연재하였으며, 번역서 『자유의 길』(하워드 파스트, 형성사), 『올리버 스토리』(에릭 시걸, 한진출판사)를 간행하였다.

1979 2월 5일 광주 YWCA에서 열린 '양심범을 위한 문학의 밤' 행사에서 사회를 맡았다. 6월 23일 종로 화신 앞에서 '카터 방한 반대 시위'에 참가했다가 연행되어 김병걸, 김규동, 고은 등과 함께 구류 25일 처분을 받았으며, 정식재판 청구 후 10일간 구금되었다. 8월 31일, '1979년 문학인 선언' 발표와 관련하여 퇴계로 시경 안가로 연행되었다. 11월 13일, 윤보선 전 대통령 집에서 불법 회합을 가졌다는 이유로 계엄사에 의해 염무웅 등과 함께 연행되었다가 경고 훈방 조치를 받았다. 고은, 이문구 등과 함께 무크지 《실천문학》 창간을 주도하였다. 11월 24일, '명동 YWCA 위장 결혼식 사건'에 참가했다가 연행되었다. 장편 『어제 불던 바람』(전예원), 『님을 위한 순금의 칼』(경미문화사)을 간행하였다. 둘째 아들 영회(榮會)가 태어났다.

1980 3월 25일, 무크지 《실천문학》의 창간호가 간행되었다. 여기에 『팔레스티나 민족시집』을 번역하여 소개하였고, '사회과학자가 보는 한국문학' 조사를 발표하였다. 4월 19일 연세대학교 '4·19 문학의 밤' 행사에서 '문학에 있어서 4·19의 의미'에 대해 강연하였다. 장편 『어느 사학도의 젊은 시절』(심설당)을 출간하였다.

1981 번역 시집 『팔레스티나 민족시집』(실천문학사)을 간행하였으며, 번역 소설 『대통령 각하』(앙헬 아스투리아스 , 풀빛), 『민중의 지도자』(치누아 아체베, 한길사), 『파키스탄행 열차』(쿠스완트 싱, 한길사)를 간행하였다. 산문 「국토기행」을 《마당》에 연재하였으며 평론 「문학과 역사적 상상력」(실천문학)을 발표하였다.

1982 장편 「골짜기」를 《실천문학》에 연재하다가 중단하였다. 『무너지는 사람들』(후앙 마르세, 한벗), 『우편배달부는 벨을 두 번 울린다』(제임스 M. 케인, 한진출판사)를 번역 출간하였다. 12월 실천문학사가 전

예원에서 분리·독립하면서 독립문 근처 박태순의 집필실 옆으로 이주하였다. 그로 인해 무크지《실천문학》편집은 물론『문학과 예술의 실천논리』『아프리카 민족시집』등 실천문학사의 초기 출판 목록에 적잖은 영향을 미친다.

1983 『문학과 예술의 실천논리』(실천문학사)에 아시아 아프리카 작가 운동을 집중 소개하였다.「국어교과서와 민족교육」을《교육신보》에 연재하였으며, 기행문『국토와 민중』(한길사)을 간행하였다.

1984 자유실천문인협의회 개편 작업에 참가하였다. 장편「풀잎들 긴 밤 지새우다」를《마당》에 연재하였다. 무크지《제3세계연구》(한길사) 창간호에 팔레스타인의 민족시인 마흐무드 다르위시에 대한 소개글과 르포「잃어버린 농촌을 찾아서」를 발표하였다.『종이인간』(윌리엄 골딩, 한진출판사)을 번역 출간하였다.

1985 연작 소설「고향 그리고 도시의 벽」을《열매》에 연재하였으며,《실천문학》에 보고문「자유실천문인협의회와 1970년대 문학운동」을, 장편「어머니」를 발표하였다. 후자는 미완으로 남았다.「역사와 인간」을《오늘의 책》에,「한국의 장인」을《동아약보》에 연재하였다. 8월 '갑오농민전쟁의 전적지를 찾아서'를 주제로 하는 '제1회 한길역사기행'을 강의하였다.

1986 8월 10일부터 2박 3일간 한길사『오늘의 사상신서』101권 발간을 기념하는 '병산서원 대토론회'에 80여 지식인 학자들과 함께 참여하였다. 창작집『신생』(민음사), 산문집『민족의 꿈 시인의 꿈』(한길사)을 간행하였다. 월간《객석》에「작가가 본 연극무대」라는 공연평을 연재하였다.

1987 4월, 자유실천문인협의회가 주최하는 '시민을 위한 민족문학교실'에 강사로 참가하여 '제도 교육 속의 문학'을 강연하였다. '4.13 호헌조치'에 반대하는 문학인 193인 서명에 참가하였으며, 6월항쟁 이후 자

유실천문인협의회를 '민족문학작가회의'로 개편하는 작업에 참여하였다. 신동엽창작기금을 수혜하고, 무크지《역사와 인간》에「문학은 곧 역사 탐구」라는 창간사를 집필하였다.

1988 '4월혁명연구소'의 발기인으로 나섰다.「광화문」을《월간조선》에, 국토기행「한국의 기층문화를 찾아서」를《월간중앙》에 연재하였다. 중편소설「밤길의 사람들」로 한국일보문학상을 수상하였다.

1989 3월 27일, 민족문학작가회의 대표단으로 남북작가회담을 위해 판문점으로 가던 중 연행되었다. 국토기행문「사상의 고향」(월간중앙), 역사 인물 소설「원효」(서울신문)를 연재하였으며《사회와 사상》에 실록「광산노동운동과 사북사태」「거제도의 6·25 그 전쟁범죄」 등을 발표하였다.

1990 사회학자 김동춘과 함께「1960년대의 사회운동」(월간중앙)을 연재하였다. 한길문학예술연구원에서 소설 창작을 강의하고 한길문학기행을 주도하는 등《한길문학》 편집위원으로 활동하였다. 역사 인물 소설「연암 박지원」(서울신문)과「원효대사」(스포츠서울),「박태순의 분단기행」(말)을 연재하였다. 10월, 윤석양 이병이 공개한 '국군보안사령부 민간인 사찰 폭로 사건'의 보안사 사찰 대상에 포함된 것으로 밝혀졌다.

1991 사단법인 한글문화연구회의 이사를 맡았다. 4월「신열하일기」(서울신문) 연재를 위해 첫 번째 중국 기행을 다녀왔다. 이때는 대한민국과 중국 간의 공식 수교가 이루어지기 전이었다.

1992 《민주일보》에 객원 논설위원으로 참여하였으며,《한겨레신문》에「역사의 승리자로 남기를」을 발표하였고,《사회평론》에「역사와 문학」을 연재하였다.

1993 충북 중원군 상모면 온천리(수안보)에 집필실을 마련하였다. 역사 인물 평전 『뇌봉』(실천문학사)을 조선족 동포 최성만과 공동으로 번역 간행하였다. 부친 박상련이 별세하였다.

1994 일본 후쿠오카 아시아태평양센터 주최 국제학술심포지엄에 '국토 소설가' 자격으로 참가하였고, 그 방문기를 《황해문화》에 발표하였다. 역사 인물 평전 『랭스턴 휴즈』(실천문학사)를 번역 간행하였으며 《공동선》에 「서울 사람들」을 연재하였다.

1995 계간 《내일을 여는 작가》 창간호에 첫 장시 「소산동 일지」를 발표하였다.

1997 《내일을 여는 작가》에 「자유실천문인협의회 문예운동사」를 연재하였다.

1998 제15회 요산문학상을 수상하였다. 《실천문학》에 장편 「님의 그림자」를 연재하다 중단하였다. 8월 연변작가협회의 강연 초청을 받아 백두산과 길림성 일대를 방문하였다.

2000 '안티조선 운동'에 동참하였으며 《현대경영》에 「고전으로 세상 읽기」를 연재하였다.

2001 '광주대단지사건' 30주기를 맞이하여 성남 지역 시민단체들이 마련한 심포지엄에 발제자로 참석하였다.

2004 『문예운동 30년사 : 근대운동으로 살펴본 한국문학』(전 3권, 작가회의 출판부)을 간행하였다. 이는 훗날 『한국작가회의 40년사』(2014) 집필에 가장 중요한 자료로 쓰인다.

2005 기행문 「우리 산하를 다시 걷다」(경향신문)를 연재하였다.

2006 《공공정책》에 「박태순의 신택리지」를 연재하였다.

2007 첫 창작집 『무너진 극장』(정음사,1972)을 책세상 출판사에서 '소설 르네상스' 시리즈로 재출간하였다.

2008 『나의 국토 나의 산하』(한길사)를 완간하였다.

2009 《프레시안》이 주최하는 '박태순의 국토학교'의 교장으로 취임하며 "찾지 않는 한 국토는 없으며 깨닫지 않는 한 현실은 보이지 않는다"는 소신을 30여 회에 걸쳐 실천하였다. 『나의 국토 나의 산하』로 한국일보사가 주관하는 한국출판문화상 저술상(교양)을 수상하였으며, 제23회 단재상을 수상하였다. 전통공예의 장인들을 취재한 기록 『장인』(현암사)을 발간하였다.

2013 5월 2일, 모친 권순옥이 별세하였다.

2014 '한국작가회의 30년을 말한다' 좌담회의 첫 대상자로 초청되었다. 한국작가회의 창립 40주년 기념식에서 문학운동에 관한 각종 기록을 정리하고 보존한 데 대하여 특별 감사패를 받았다.

2019 8월 30일 오후 3시 30분 서울 신촌 세브란스병원에서 향년 77세의 나이로 타계하였다. 9월 2일 경기도 파주시 파평면 청송로414번길 7—19 망향동산 묘지에 안장되었다.

출전 및 저본 정보

작품명	최초 게재지	저본
옥숭이의 가출	《신동아》, 1970년 5월호	최초 게재지와 동일
독재자의 아내	《월간문학》, 1970년 11월호	최초 게재지와 동일
구멍탄 냄새	《월간중앙》, 1970년 12월호	최초 게재지와 동일
새벽 외출	《세대》, 1971년 2월호	최초 게재지와 동일
대지 모신의 만족	《월간문학》, 1971년 6월호	최초 게재지와 동일
우스꽝스런 정밀	《월간중앙》, 1971년 6월호	최초 게재지와 동일
한오백년	《현대문학》, 1971년 5월호	최초 게재지와 동일
걸신	《월간중앙》, 1972년 1월호	최초 게재지와 동일
무비불	《월간문학》, 1972년 1월호	최초 게재지와 동일
무비불 2	《신동아》, 1972년 12월호	최초 게재지와 동일
사육	《지성》, 1972년 1월호	최초 게재지와 동일
홍역 1	《신동아》, 1972년 6월호	최초 게재지와 동일
고사목 — 홍역 2	《월간중앙》, 1973년 3월호	최초 게재지와 동일
재채기	《월간중앙》, 1972년 9월호	최초 게재지와 동일
무너지는 산	《창작과비평》, 1972년 가을호	최초 게재지와 동일
이야기, 이야기, 이야기	《문학사상》, 1973년 9월호	최초 게재지와 동일
모기떼	《월간중앙》, 1973년 11월호	최초 게재지와 동일
발가락 없는 소문	《여성동아》, 1974년 1월호	최초 게재지와 동일

박태순 중단편 소설전집 3권

2024년 12월 13일 1판 1쇄 펴냄

지은이 박태순
엮은이 박태순 전집 편집위원회
김남일 김영찬 김우영 박윤영 백지연 서은주 오창은 이수형 이승철
펴낸이 김성규
편집 김안녕 조혜주 한도연
작품 검수 김사이 노예은 선상미 신민재 안현미 이준재 윤효원 황채연
디자인 신혜연
펴낸곳 걷는사람
주소 경기도 용인시 기흥구 동백중앙로 358-6, 7층(본사)
서울 마포구 월드컵로16길 51 서교자이빌 304호 (지사)
전화 031 281 2602 / 02 323 2602
팩스 02 323 2603
등록 2016년 11월 18일 제25100-2016-000083호

ISBN 979-11-93412-77-0 04810
ISBN 979-11-93412-74-9 [04810] (세트)